續三國志

속삼국지

無外者 무외자 — 이원섭 역

明文堂

속삼국지 권5 · 권세변전편

차 례

속삼국지

권
5

권세변전 편

제1장. 한실의 쇠운(衰運)

1. 유총의 죽음

한제(漢帝) 유총은 유약이 가죽 주머니에다 옥간(玉簡)을 담아 가지고 오는 꿈을 꾼 후부터는 일체 정사를 돌보지 않았다. 유씨가 제위를 차지하여 변함이 없으리란 것은 이미 하늘로부터 정해진 일이 새삼스럽게 자기가 정사에 힘쓰지 않아도 되리라는 생각에서였다.

그러므로 밤만 되면 궁중에 연석을 베풀고 후궁들을 불러들인 후에 이제까지 다 즐기지 못한 음락(淫樂)을 즐기기에 여념이 없었다. 계집들의 간드러진 교성과 풍악소리는 구중궁궐의 높은 담을 넘어서 궁 밖 여염집까지도 들려왔고, 불야성을 이룬 휘황한 등명(燈明)은 하늘의 달과 별이 무색할 정도였다.

이처럼 *주지육림(酒池肉林)의 나날이 1년 남짓 계속되던 어느 날, 태자 유약은 결국 자기가 예언한 대로 죽어버렸다. 풀잎에 맺힌 이슬이 지듯, 그처럼 유약이 죽어버리자 황제의 슬픔은 이루 형언할 수 없었고 만사가 허무하기만 했다.

마침내 유총도 죽은 영혼의 말을 믿고 시름시름 앓기 시작하더니 덜컥 자리에 눕고 말았다.

　이듬해 가을, 즉 유약이 죽은 지 1년이 돌아왔으나 태사(太史)는 이것을 감추고 상주하지 않았으며, 조정의 모든 신하들도 이 말을 황제에게 알리기를 꺼려했다.

　그러던 어느 날 저녁, 침상에 누워 있는 황제 앞에 유약이 나타났다. 황제는 반가움과 놀라움이 엇갈린 표정으로 벌떡 일어나 맞았으나, 망령(亡靈)은 조용히 손을 가로저어 말린 후에 말을 했다.

　「아바마마께서는 지난날 소자와 하신 약속을 잊으셨나이까. 아직 떠나실 차비를 아니 하신 모양이오나, 이미 아바마마를 모셔 가기 위해 법가(法駕)가 마련되었고, 저승사자는 문 밖에서 기다리고 있나이다.」

　이 말을 듣자 유총은 퍼뜩 깨달으며 말했다

　「네가 죽은 지 벌써 1년이 지났구나! 이제 내가 살아 있을 날도 얼마 남지 않은 듯하니, 내 어찌 운명을 면할 수 있으리오.」

　말을 마친 황제는 곧 유요와 석늑을 불러오라 했다. 고명(顧命)을 내리고자 한 것이다. 그러나 양인은 해칠까 두려워 다른 일을 빙자해서 오지 않았다.

　하는 수 없이 황제는 조서를 내려 유요를 일자왕(一字王)에 봉하여 관서도독을 삼아 산우(山右) 81군의 군사를 거느리게 했고, 석늑은 양국공(襄國公)으로 봉왕(封王)한 다음 관북도독을 삼아 산좌(山左) 51군의 군사를 맡겼다. 또한 양인에게 각각 정토(征討)대장군을 겸하게 했다.

　황제(皇弟) 상락왕 유경(劉景)과 제북왕 유기(劉驥) 두 사람에게는 상서사에 대사도를 더했으며, 근준은 보국공 좌승상, 그의 아우 근술과 근명에게는 각각 대사마, 대사구(大司寇) 벼슬을 내려 좌우 금위(禁衛)의 병마를 맡아보도록 했다.

　이렇게 근씨 3형제는 모두 국가의 중요한 직책을 맡고 문무 대권을 잡음으로써 조정 출입이 잦게 되었다.

황제는 병이 위독하자 태자 유찬(劉燦)과 근준·유경·유기·유광원 등 중신을 불러들여 후사를 부탁했다. 우선 근준을 보고 말했다.

「짐과 경이 함께 정사를 맡아본 지 20년이나 되오. 이제 헤어지는 마당에 있어서 무슨 유한이야 있겠소만, 경은 국구(國舅)의 몸으로서 태자는 어리석고 어두우니 부디 잘 보필해 주오.」

황제의 분부를 받은 근준은 부복하여 아뢰었다.

「폐하께서는 부디 마음을 너그럽게 가지셔서 용체를 보존하시옵소서. 신 또한 재주 없사오나 충성과 힘을 다하여 태자를 보좌하겠사오니 성려를 거두시옵소서.」

황제는 다시 유경·유광원 등 중신을 돌아보며 분부했다.

「짐의 지금 상태는 예측할 길이 없구려. 태자를 경들에게 부탁하니 한실에 충성을 다하고 종사(宗社)를 지키도록 하오.」

부복한 중신들은 이마로 땅을 치며 일제히 아뢰었다.

「어찌 신들이 자기 한 몸만 생각하여 힘을 다하지 않으오리까. 죽음으로써 분부를 받들겠나이다.」

그제야 유총은 머리를 돌려 모든 사람을 바라보며 말했다.

「지금 천하는 매우 안정된 상태에 있으니, 유요와 석늑은 변방을 지키게 하고, 조정의 대신들은 그 재주에 따라서 적소적재 일을 맡기되 함부로 군사를 움직이지 말도록 하라.」

말을 마치자 황제는 퇴청을 명령하고 내일 다시 모이도록 했다. 그러나 유총은 그날 밤 조용히 숨졌다. 재위한 지 9년, 소무(昭武) 황제라 시호를 올렸다.

다음날, 문무백관들은 구름처럼 모여들어 황제의 붕어를 슬퍼했다. 거상을 의논할 때 근준이 나서서 말했다.

「국가에는 하루라도 임금의 자리가 비면 안되는 법이니 우선 대위(大位)를 바로잡은 연후에 일을 하도록 하십시다.」

그리하여 여러 신하들은 태자 유찬을 받들어서 즉위시키고 연호도 창원(昌元) 원년으로 개원했다. 또한 선제 유총의 유명에 따라서 질서를 바로잡고, 품례(品例)를 정했으며, 대사령을 나라 안에 반포하고, 부음을 장안·양국·청주 3대 진(鎭)에 띄웠다.

2. 신제(新帝)의 황음(荒淫)

신제 유찬이 즉위하자 근준은 국척의 몸이라 모든 국가의 정사가 그의 재량으로 이루어졌다. 그러므로 군사에 관한 사무라 할지라도 우선 근준의 손을 거치고 나서야 결정이 되니 이로부터 근씨 일족의 권세는 더욱 크게 떨치게 되었다.

새로 등극한 황제 유찬도 처음에는 다소 정치에 신경을 썼으나 조정의 돌아가는 모양이 신통치 않자 차츰 정치에 싫증을 느끼게 되었다. 그래서 얼마 후에는 '정치의 대임을 모두 국척 근준에게 맡기노라'고 선언한 후, 오직 궁중 깊이 들어앉아 연락(宴樂)에만 열중하게 되었다.

당시 궁중에는 선제 유총의 후비(后妃)였던 다섯 여인이 있었다. 그 중의 하나는 근준의 딸 월화(月華)요, 이외에도 유씨(劉氏)·번씨(樊氏)·선씨(宣氏)·왕씨(王氏)가 있었다.

오랑캐의 풍습에서 자란 일이 있는 유찬은 아비의 후비였던 이 여인들에게도 차츰 곁눈질을 하게 되었다.

또한 유찬은 성격이 거칠어서 사람 죽이기를 즐겼으며, 조금만 자기의 비위를 거슬러도 용서치 않았다. 그러기에 많은 신하들은 유찬을 두려워했고, 그의 덕 없음을 내심 비난했으나 화를 당할까 봐 아무도 내색하지 못했다.

등극한 지 얼마 안돼서의 일이다. 유찬은 궁전의 밀실에 연석을 베풀고 다섯 후비들을 불러들였다. 황제의 비위를 거스를까 두려워 그녀들이 연석으로 들어오자 이미 먼저 마신 몇 잔의 술에 얼근히 취해 있던 유찬은 들어오는 여인들의 몸을 아래위로 훑어보았다.

「이리들 오셔서 과인 옆에 앉으십시오」

그녀들이 황제가 가리키는 대로 옆에 둘러앉자 그는 넌지시 술잔을 내밀며 수작을 걸었다.

「술이란 혼자 마셔서는 아무 맛도 없는 법입니다. 그래서 여러 부인을 오시라 했으니 편히 앉아 드십시오」

그녀들이 황제의 청에 못 이겨 술잔을 잡자 왕은 비로소 입가에 만족스런 웃음을 띠었다. 그날 저녁 유찬은 후비들을 하나씩 내실로 끌어들여 욕심을 채웠다. 그러나 번씨 한 사람만은 끝까지 치마끈을 움켜쥐고 말을 듣지 않았다. 욕을 보이려다가 마침내 실패하여 화가 치민 유찬은 번씨를 방에 밀어붙여버린 후 문을 박차고 내실을 나왔다. 번씨는 수치스럽고 분해서 허리띠로 목을 매어 죽어버렸다.

이 소문은 얼마 되지 않아서 곧 근준의 귀에 들어갔다. 근준은 본디 오랑캐 속에서 자라난 몸인데다가 포악하고 잔인한 인간이어서 이 말을 듣자 이를 부드득 갈며 분해했다.

「내 딸 월화는 선제의 비인데, 자식 된 몸으로서 그놈이 어찌 그처럼 무례하게 굴 수 있단 말인가!」

그러자 앞에 있던 심복부하 왕침(王沈)이 급히 앞을 막으며 나섰다.

「국공(國公)께서는 목소리를 낮추십시오. 새로 등극하신 황제께서는 사람 죽이기를 좋아하시고 인륜을 거역하여 덕을 잃으셨

지만, 아직 시일이 얼마 지나지 않았은즉 우선 간언을 올리는 것
이 순서일 것입니다.」

근준이 왕침을 노려보며 물었다.

「그러면 자네는 나보고 어쩌란 말인가?」

「예부터 큰일을 도모하는 사람은 작은 일에 얽매이지 않는다
하였습니다. 우선 공은 노여움을 거두시고 제 말을 들으십시오.
공이 정권을 잡으시려면 먼저 황제 좌우에 시립한 고굉지신(股肱
之臣 : 임금이 가장 믿고 중하게 여기는 신하)들을 제거하셔야 합니
다. 그런 연후에 조정의 신하를 제압하고, 그것으로써 황제가 뜻
대로 국정을 좌우하지 못하게 하신다면 아무도 공이 하시고자 하
는 일을 가로막지 못하리다.」

근준은 잠시 생각한 후 왕침의 말에 따르기로 작정했다. 즉 널
리 심복을 규합하여 후일에 대처하고, 조정에 버티고 있는 충직한
신하들을 차례대로 무고하여 끝내는 죄를 씌워서 물러나게 한 후,
쥐도 새도 모르게 죽여버리는 것이었다.

그러나 오직 유경·유기 두 사람만은 근준의 권력으로도 어쩔
수가 없었다. 이 두 사람은 조정의 중신이자 임금의 숙부이며 또
한 충성과 용기가 뛰어난데다가 지모 또한 놀라우니 두렵지 않을
수가 없었다.

생각다 못한 근준은 어느 날 아침 한 계책을 짜내어 이를 시행
하고자 남몰래 황제의 침소에 들어가서 상주했다.

「폐하께서도 아시는지 모르겠습니다만, 요 근래 밖에서는 의
논이 분분하옵니다.」

「아니, 의논이라니?」

내심 찔리는 바가 있지만, 유찬은 굳이 내색을 않으려는 듯 놀
라면서 물었다. 근준은 황제가 깜짝 놀라는 것을 보자 더욱 능청

스럽게 목소리를 낮춰서 말했다.

「폐하께서 아직 모르고 계시다니 여쭙겠습니다만, 우선 기밀이 샐까 두려우니 좌우의 사람들을 물리쳐 주옵소서.」

좌우에 시립한 자들이 각기 황제의 분부로 물러가자 근준은 은근한 목소리로 속삭였다.

「상락왕 유경과 제북왕 유기가 서로 배를 맞대고 음모를 꾸민다 하옵니다. 그들은 폐하가 태후(太后)를 간음하고 조정 일을 돌보지 않으심을 원망하여 비밀리에 자객을 불러들이고 군사를 조련하니 조만간에 반란을 일으킬 모양이옵니다. 그러하오니 폐하께서는 이를 통찰하사 빨리 막으실 준비를 하시옵소서.」

이 말을 듣자 유찬은 벌컥 성을 내며 대답했다.

「짐이 등극한 이후 이 땅에 사는 모든 사람의 생사여탈의 권한이 다 짐에게 있는데, 짐이 잠시 조정에 나가지 않는 것을 탓하여 음란하다고 비난한다면 기필코 그 망령된 말을 하는 자는 죽여버려야겠소. 그래야만 모든 백성들도 짐의 명령을 두려워하게 되고 헛된 말을 함부로 지껄이지 못하게 될 것 아니오.」

이 말을 듣자 근준은 짐짓 목소리까지 떨면서 아뢰었다.

「폐하께서는 너무나도 모르시는 말씀이옵니다. 그 두 왕은 지위가 높고 세력이 막중하며 종당(宗黨) 내에서도 힘이 굉장하옵니다. 만약에 이 말이 약간이라도 밖으로 새어나가면 노신은 멸족의 화를 당하지 않을까 두렵사옵니다.」

「그렇다면 짐이 밀조(密詔)를 경에게 내려서 이 양인을 없애버리면 어떻겠소?」

근준은 일부러 더욱 머리를 조아리며 황제에게 상주했다.

「신은 외척의 몸으로서 어찌 친왕(親王)을 도모할 수 있겠사옵니까? 생각하건대 기밀이 안 지켜져서 비밀리에 될 일이 한 가지

라도 못된다면 도리어 화를 초래할까 두렵사옵니다. 폐하께서는 거듭거듭 이 점을 생각하시어 신으로 하여금 실패하는 일이 없게 하옵소서.」

근준은 내심 자기 계략이 맞아 들어간 것을 기뻐하며 임금 앞을 물러나왔다.

궁을 물러나온 근준은 그 길로 왕침을 찾아갔다. 그리고 따로 사람을 대궐로 보내서는 딸 월화를 데려오게 한 후 그녀에게도 유경·유기 두 사람을 모해할 계책을 가르쳐주었다.

그 후부터 월화는 황제가 환관을 보내어 불러도 나타나지 않았다. 때문에 그녀를 기다리다 못한 황제가 하루는 저녁이 되자 일부러 그녀의 처소로 찾아갔다.

「모든 잘못은 이미 저질러진 일이오. 그런데 그 정도의 일을 가지고 당신은 짐을 모욕하려는 것이오?」

황제의 목소리는 근엄하였으나 그 말 속에는 자기를 냉정하게 대하는 월화에 대한 원망의 심정이 역력히 나타나 있었다. 월화는 황제의 이 말을 듣자 한결 유혹하는 듯한 교태를 지어 보이면서 한숨 섞인 말로 아뢰었다.

「어찌 첩인들 성상의 뜻을 거역하고 싶겠사옵니까. 다만 이 근래 들리는 말에 의하면 첩들이 음탕한 행위로 폐하의 총명을 흐리고 있다는 소문이 나돌고 있으며, 특히 그 중에도 상락왕 유경과 제북왕 유기는 이 일을 비방하는 나머지 언젠가는 궁중에 몰래 자객을 들여보내 첩들은 물론 폐하까지도 쫓아내겠다고 벼르고 있다 하옵니다. 오늘날 첩이 은근히 성상을 멀리한 것도 모두 이에 연유하는 것이옵니다. 그러하오니 부디 폐하께선 첩 등을 가까이 하사 두 왕의 노여움을 사서 옥체에 해가 돌아가게 하지 마옵시고 차라리 이 자리에서 첩을 죽여주시옵소서.」

말을 마치자마자 월화의 두 눈에는 눈물이 이슬처럼 반짝이고, 두 어깨가 들먹거리는 것이 출렁대는 물결 같았다.

이 말을 듣자 측은한 정을 이기지 못한 황제는 몸을 굽혀 그녀를 끌어안으며 말했다.

「궁중에 드나드는 내시 등 모든 자들은 전부가 짐의 심복인데 무엇을 두려워하오. 아무 걱정 말고 그대는 과인에게 모든 것을 맡기시오.」

황제의 말을 듣자 월화는 비 맞은 부용꽃처럼 떨면서 더욱 애처롭게 울부짖었다.

「이미 두 분 왕께서는 폐하와 첩들의 일을 손바닥 들여다보듯 알고 계시다 하옵니다. 어찌 그 날카로운 음모의 칼날을 피할 수 있사오리까. 차라리 폐하께서 첩을 이렇듯 껴안아주시는 이 순간에 죽기라도 한다면 오죽이나 행복하오리까. 분노한 두 왕의 손에 죽느니보다 차라리 폐하 앞에서 죽기가 소원이오니 제발 말리지 마옵소서.」

월화는 말을 마치자마자 곧 가슴에 품은 비수를 뽑아 목을 찌르려 했다. 황제는 손을 들어 말리고 나서 얼굴에 분연히 노여운 빛을 띠며 말했다.

「틀림없이 짐은 내일 그 두 놈의 도적을 목 베어 죽임으로써 그대의 두려움을 풀어 주리라!」

월화를 품에 안은 황제의 팔에는 더욱 세게 힘이 주어졌다. 그러나 그녀의 떨림은 황제의 그 같은 애무 속에서도 멎질 않았다. 얼마간을 그렇게 떨던 월화는 비로소 눈물 젖은 눈을 들어서 황제를 우러러보며 말했다.

「비록 폐하의 노여움이 깊으시더라도 고정하시옵소서. 첩은 일개 보잘것없는 아녀자인데 어찌 저로 하여 두 사람의 고굉지신

을 죽일 수 있사오리까.」

하지만 황제는 이미 심중에 결심이 선 듯 그 길로 사람을 보내 근준과 왕침을 궁중으로 불러들였다. 근준·왕침 양인이 황급히 궐내로 들어와서 황제 앞에 엎드리자, 좌우의 다른 신하들을 다 물리친 후에 말했다.

「어제 경들이 과인에게 말을 한 바와 같이 유경·유기 양인이 과인을 우습게 여긴다 하니 어찌 그 비방과 화를 앉아서 기다릴 수 있으리오. 그러므로 여기 조서를 내리니 경들은 곧 우림군(羽林軍)을 이끌고 상락·제북 양부(兩府)를 포위해서 모조리 잡아 죽이고 오도록 하오. 새삼스럽게 법사(法司)에 돌리지 않아도 될 만큼 두 역적 놈의 죄가 뚜렷하니, 경들은 짐의 지시대로만 시행 하도록 하오.」

이에 황제의 명령을 받은 근준은 곧 야음을 타서 우림군을 이 끌고 상락왕 유경과 제북왕 유기의 부중을 에워쌌다. 그리고 아우 근술과 근명을 시켜서 황제의 조서를 읽게 한 후에 일제히 들이치 니 감히 누가 그 앞을 막을 수 있으랴!

그리하여 두 왕의 집안사람들은 늙은 것 어린 것 할 것 없이 모 조리 죽음을 당했다.

이때 조정의 중신인 유요·유아·석늑·장빈은 모두 외진(外 鎭)에 나가 있었기 때문에 상락·제북 양 왕이 모해를 입어 죽음 을 당했어도 백관은 모두 근씨 일가의 세력이 두려워서 말리는 자 가 없었다. 근씨 일가의 *발호(跋扈)는 마침내 근준으로 하여금 이 전보다도 더욱 더 황음무도한 짓을 자행하게 했다.

며칠 후에 왕침이 찾아왔다.

「현재 한나라 조정의 모든 권력은 전부 승상 손에 들어가 있 습니다. 그러므로 모든 군·읍은 물론 조정에까지도 우리 당의 심복을 배치해두셔야 합니다. 지금 황제가 황음무도하니 이때야말로 의기를 들어 대업의 터를 다질 시기가 아니겠습니까.」

왕침의 말을 들은 근준은 약간 근심스레 말했다.

「조정 내의 일은 걱정할 바 없네. 다만 유요·석늑·조억(曹嶷) 등 세 대장이 외진에 나가 있는데 우리가 난을 일으키면 틀림없이 외진의 군사를 거느리고 우리를 칠 터인즉 그것을 어떻게 막아낼 수 있겠는가. 혹시 자네들에게 이 군사를 막을 계책이 있다면 우리 일도 성공할 수 있을 텐데……」

그러자 근술이 나서서 말했다.

「그 옛날 유좌(劉左)는 병마 수만밖에 거느리지 못했으나, 그것으로도 능히 큰일을 성취했습니다. 지금 도성 안팎의 군사를 다 합친다면 그 병력이 약 40만에 달합니다. 그러므로 외진에 나가 있는 유요와 석늑이 연합하여 쳐들어온다 해도 그 병력이란 불과 2, 30만을 넘지 않을 것인즉 무엇을 두려워하십니까. 또한 저에게 한 가지 계책이 있습니다. 석늑 막하에 있는 공장·도표가 형님과 막역한 사이이니 그들에게 비밀리에 편지를 보내어 내응하라고 권해서, 만약 듣기만 한다면 석늑을 막는 것은 손바닥을 뒤집는 것보다도 쉬울 것입니다.」

「그러면 조억의 군사는 어떻게 막을 수 있을까?」

근준이 아우에게 묻자, 이번에는 근명이 나서서 말했다.

「제가 듣기에 조억은 본래부터 석늑과는 사이가 좋지 않다고 합니다. 더구나 그는 멀리 청주를 지키고 있는데, 한나라의 신하이긴 하지만 은근히 모반할 의사도 있다고 들었습니다. 또한 저와는 오래 전부터 이웃에 살아서 각별한 사이니 마땅한 사람을 보내 비밀히 연락을 취한다면 틀림없이 따라올 것입니다.」

이 말을 듣자 근준은 손뼉을 치며 기뻐했다.

3. 근준의 음모

며칠 후에 근준의 밀사는 석늑의 진영으로 공장을 찾아가서 밀서를 내놓았다. 공장은 근준의 편지를 웃으며 받았지만 가부를 말하지는 않았다. 밀사는 다시 청주로 가서 조억을 만났다. 조억이 근준이 보낸 밀서를 펴보니 다음과 같은 내용이 씌어 있었다.

<옛 친구 근준은 삼가 글월을 삼제대도독(三齋大都督) 조공께 올립니다. 내가 듣기에 세도를 잡은 자는 항상 남을 투기하기가 일쑤라 합니다. 그래서인지 장군은 지금 산수가 험한 요새인 청주를 지키고 계신데, 석늑은 가끔 장군에게 반심이 있다고 트집을 잡아 황제께 모함을 하는 모양입니다. 요 얼마 전에도 석늑은 장군께서 지키고 있는 청주를 치고자 황제께 상주한 일이 있으며, 그때마다 조정에선 이 아우가 누누이 장군을 위해 황제께 간하였습니다. 그러므로 석늑은 요즘에 와서 나에게 심히 노여운 마음을 품고 있는 성싶습니다. 내가 알기로 장군은 지금 고립무원(孤立無援)의 지경에 빠져 있고, 그나마 조정에 이 못난 아우라도 없으면 언제 어디서 어떻게 화를 당할지 모를 일일 것입니다. 그러나 불행 중 다행인지 장군은 예부터 이 아우의 친구였으므로, 이제 여기에 밀사를 보내어 저의 간담을 토로하는 바이니 서로 도와 나아가심이 어떠하오리까. 즉 만약에 석늑이 청주를 범한다면 아우는 이곳에서 곧 출병하여 장군을 도울 것이요, 석늑이 평양(平陽)을 칠 경우가 생기면 장군은 군사를 이끌고 양국을 쳐서 서로서로 안팎으로 내응하면 좋을 듯합니다. 그리고 석늑의 막하에는 한팽(韓彭) 같은 지혜와 용기 있는 장수가 있으나 그 능력을 펴지 못하고 있으니 부디 장군께서도 이 점을 충분히 짐작하셔서서 서로 충실한 맹약을 맺기

를 원합니다.>

편지를 읽고 난 조억은 대단히 기뻐했다. 곧 막하의 부장들을 불러서 분부했다.

「내가 항상 걱정한 것은 미친 놈 같은 석늑이 황제에게 상주하여 나를 해치고자 하는 점이었소. 다행히 지금 근공이 밀서를 보내어 함께 석늑의 군사를 막기로 했으니 제장은 힘써주기 바라오.」

조억은 근준이 보낸 밀사를 불러서 회답의 글을 주며 말했다.

「삼가 조억은 근공의 명에 따르겠습니다. 어찌 변할 리 있으리오.」

근준은 돌아온 밀사한테서 조억이 보낸 편지를 받자 기뻐하며 곧 사자에게 후한 상을 내린 후 아우 근술을 불러서 의논했다.

「지금 나는 네가 올린 계책을 써서 조(曹)·석(石) 두 강적을 견제하게 되었으니 동북쪽은 다소 안심이 된다. 그러나 서북쪽은 유요가 지키고 있으니 장차 어떻게 조처했으면 좋을까?」

근술이 잠깐 생각한 후에 대답했다.

「석늑은 조억이 틈을 노리고 있기 때문에 제멋대로 양국(襄國)을 떠나진 못할 것입니다. 그 내용을 상세히 말씀드리자면, 석늑이 출정한다면 조억이 그 틈을 타서 침범할까 두려워하기 때문이니, 이제 남은 일이란 오직 유요에 대한 방비책인데, 거기 대해서는 저에게 한 가지 계책이 있습니다. 즉 형양에는 진장(晉將) 이구(李矩)가 병사 수만을 거느리고 장안과 형양 사이를 지키고 있으며, 진장 조적(祖逖)은 예주에 있는데 만약의 경우에는 저와 내통할 수 있을 것 같습니다. 그러므로 형님께서는 곧 편지 한 통씩을 써서 두 사람에게 보내십시오.」

「무엇이라고 적어 보낼까?」

「지금 우리는 한나라 조정에서 난을 일으켜 황제 유찬을 죽이고 산서(山西) 지방을 진나라에 돌려드릴까 하는데, 오직 두려운 것은 유요가 장안에 주둔하고 있으니, 그가 군사를 일으켜 우리를 치지 않을까 하는 것이다. 그러므로 이구와 조적 두 장군이 우리와 상종하여 유요의 군사를 가로막아 주면 우리들은 필연코 당신네 진나라의 민(愍)·회(懷) 두 황제의 원수를 갚고 나서 진나라의 속국이 되겠노라고 쓰십시오.」

근준은 아우의 말을 듣자 곧 편지 두 통을 써서 말 잘하는 신하를 시켜 형양과 예주로 보냈다. 이구는 사자를 맞아들여 근준의 뜻을 들었다. 그리고 난 후 근준의 편지를 들고 가서 조카인 모사 곽송(郭誦)과 의논했다.

「유연·유총 두 사람은 백성을 학대하여 신망을 잃었으므로 이제 바야흐로 망할 때가 되었나보다. 근준이 한나라 조정 안에 있으면서 난을 꾸민다니 그의 계략을 돕는다면, 어찌 지난날 진나라의 굴욕을 설욕하지 못하겠는가?」

이구는 사자를 불러 말했다.

「그대는 곧 평양으로 돌아가서 근공에게 나의 말을 전하라. 이구는 삼가 근공의 뜻을 받들어서 실행할 터인즉 근심 마라. 만약 유요의 군사가 쳐들어오면 나는 그를 막아낼 것이고, 만약 그렇지 않을 경우에는 곧 다른 군사를 비밀리에 보내 장안을 취하겠노라고. 그러고 나서 예주를 지키는 조적을 맞아들여 평양을 치게 한다면 만사가 성취되지 않겠는가.」

사자는 그 길로 다시 조적을 만나기 위해 예주로 달려갔다. 조적도 근준이 보낸 글을 보고 나서 크게 기뻐하며 곧 부하들을 모아놓고 의논했다.

「한나라의 근준이 사자를 보내 지금 내게 도와줄 것을 청하는데, 이것은 필시 근준이 한나라의 대권을 찬탈할 목적으로 일으키는 음모이오 내 어찌 호응하지 않을까 보냐. 비록 이번 일이 성공 못한다 하더라도 한나라를 무너뜨리는 난리는 여기서부터 시작될 것이오.」

조적 막하의 장수들은 모두 일어서서 말했다

「장군의 말씀이 맞습니다. 성패는 역시 하늘에 달려 있으나, 저희들의 생각에 의하면 이 일은 실패할 확률보다 성공할 가능성이 많으니 해보시는 것이 좋을 듯합니다.」

조적은 제장의 말을 듣자 곧 밖으로 나와서 사자를 만났다.

「곧 돌아가 근 승상에게 나도 찬성하더라고 일러주오.」

사자가 대답했다.

「회답을 써주시면 돌아가서 승상께 보여드리겠습니다.」

그러나 이 청에는 조적이 머리를 가로저으며 응하지 않았다.

「대장부의 말 한 마디는 천금과 같은 것. 그대가 돌아가는 도중에 유요의 군사에게라도 잡히는 일이 일어난다면 기밀이 누설될 우려도 있으니, 차라리 말로 전하느니만 못하오.」

사자는 그 길로 돌아와서 근준에게 이 사실을 보고했다. 크게 기뻐한 근준은 황제를 시역(弑逆)하기 위한 계획에 박차를 가했다.

한편 근준으로부터 협조를 약속받은 조적은 건강(建康)에 상소문을 올려 진제(晉帝)에게 이 모의를 알렸다. 진제는 그 상소를 받자 이때야말로 한실을 멸망시킬 때가 돌아온 것이라고 기뻐하면서 곧 왕도를 불러들여 상의했다.

왕도가 말했다.

「등유(鄧攸)를 예주로 보내셔서 신속히 일을 진행시키라고 분부하옵소서.」

등유가 예주로 가서 진제의 뜻을 전하니, 조적은 다시 근준에게
로 사람을 보내 재촉했다.

마침내 근준은 궁성의 수비에 심복부하들을 배치하고 다른 성
문의 수비군에게는 뇌물과 일당을 주어 휴가를 보낸 후 우승상 제
갈선우의 생일날을 거사일로 잡았다.

그 날은 조정의 모든 관원들이 우승상 부중으로 경하(慶賀)차
가기 때문에 궁이 텅 비어 거사가 손쉽기 때문이었다.

그러나 어찌 알리요, 중흥의 기치를 내걸고 한조(漢朝)를 일으
킨 지 불과 20여 년에 외적이 아닌 내부의 간당(奸黨)에 의해 다시
허물어질 운명에 놓이다니, 평양성에는 시시각각으로 먹구름이
다가오고 있었던 것이다.

4. 취화루의 비극

창평(昌平) 원년, 근준이 황제 유찬에게 상락왕 유경과 제북왕
유기를 모함해서 죽인 후 조정에는 기둥이 될 만큼 믿음직한 신하
라곤 한 사람도 없었다.

유광원은 근준의 계략으로 지방 시찰을 떠났고, 국가의 대사는
오직 근씨 3형제가 장악하여 요리하게 되었으니 그 누가 역적들의
세력을 막을 수 있겠는가.

또한 내궁의 일은 태후이자 근준의 딸인 월화(月華)와 근준의
심복부하 왕침이 농락하게 되었고, 밖으로는 조억·이구·조적
등이 약속에 따라 움직이게 되었으니, 근준 일당은 거리낌 없이
역모를 꾸밀 수 있었다.

어느 날, 근준은 심복 장수인 모근·맹한·구마·방식 등을 불
러들여 분부를 내렸다.

「지금 황제 유찬은 천도와 인륜을 거슬러서 태후를 간음하고

백성들을 도탄에 빠뜨렸으니 이것은 천인이 공노할 일이라 아니할 수 없다. 그러므로 만약 내가 그 일을 도모하지 않는다면 다른 사람이 도모할 것이다. 그러나 나는 국척(國戚)의 몸이므로 앞장서기 어렵겠고, 그대들은 내가 신임하는 심복이니 힘을 빌려주기 바란다. 혼군(昏君)을 제거한 연후에는 각기 부귀를 누릴 수 있을 것이니라.」

이 말을 들은 네 장수는 팔을 걷어붙이며 대답했다.

「승상께서 쓰실 일이 있다면 견마(犬馬)의 노고를 해서라도 길러주신 은공에 보답하겠습니다.」

이튿날은 안국공(安國公) 제갈선우의 생일이었다. 근준은 먼저 아우 근술과 구마에게 군사 1만 명을 거느리고 대궐로 들어가서 외문(外門)을 점령하라 이른 다음, 근명과 맹한에게는 병사 5천을 내주면서 모든 관원들이 제갈 승상의 생일잔치에 참석하여 궁중이 텅 비면 쳐들어가라고 명령했다.

군사를 통솔한 사람들이 각각 소임대로 떠나려 하자, 근준은 다시 한 번 나직하고도 음흉한 목소리로 은근히 다짐을 두었다.

「한실과 유씨의 자손은 한 사람도 남기지 말고 죽여 없애도록 하라. 생포하는 자는 용서치 않으리라.」

오정 때, 근준이 원로의 자격으로 유광원·호연식 등 문무 관원들을 거느리고 제갈 승상 부중으로 떠나가자, 근명은 모근·맹한과 함께 군사를 이끌고 일제히 대궐로 쳐들어갔다.

그때 대궐은 섭취(葉聚)와 공통(冀通) 두 위장(衛將)이 지키고 있었는데, 대궐 외문에서 소란스럽게 떠드는 소리가 들리자 깜짝 놀라서 밖으로 뛰쳐나왔다.

「여기는 성상께서 계시는 금문(禁門) 안이다. 어느 놈이 무엄하게도 군사를 이끌고 들어와서 소란을 피우느냐!」

근명이 나서서 외쳤다.

「너는 궁중에 난리가 일어난 줄도 모르느냐!」

섭취가 다시 입을 벌리고 대답하려던 찰나, 번개처럼 달려든 모근이 칼을 내리쳤다. 그러자 섭취의 목은 눈 깜짝할 사이에 나뒹굴었다. 옆에서 이 광경을 지켜보던 공통은 아찔했다. 곧 부하들을 돌아보며 소리쳤다.

「난을 일으킨 놈은 바로 저놈들이다. 너희들은 얼른 달려가서 저놈들을 잡아들이도록 하라!」

공통은 명령과 동시에 자기도 칼을 휘두르며 근명과 겨루었다. 그러나 3천 명의 위졸(衛卒)이 어떻게 5천 명의 정병(精兵)을 당할 수 있겠는가. 한때 공통의 용맹에 놀란 근명이 나아가기를 주저하다가 모근과 맹한이 거느린 5천 명의 정병이 뒤따라오자 도망치던 걸음을 멈추고 되돌아서며 긴 창으로 힘껏 공통을 찔렀다.

불의의 습격을 당해 산적을 꿰듯 창을 맞은 공통은 금시 입으로 피를 토하며 나가떨어졌다. 쓰러진 공통의 몸을 난병들의 날카로운 칼날이 난도질을 하는 바람에 유혈이 낭자했다.

외문의 위졸들은 이 광경을 보자 겁에 질려서 모두 흩어져 달아났다. 근명은 군대를 이끌고 내궁으로 쳐들어갔다.

황제의 침소 가까이에 이르자 환관 하광과 유승이 나와서 군사들의 무례함을 꾸짖었으나 그들 또한 말을 다 마치기도 전에 칼에 찔려 쓰러졌고, 밀려오는 군사들의 발길에 밟혀 짓이겨졌다.

이때 황제 유찬은 취화루(翠華樓)에서 궁녀를 끼고 누워 있었는데, 난군이 궁을 침범했다는 보고를 받자 곧 가까이 있는 후궁으로 몸을 피했다.

이때 후궁에서는 여러 후비(后妃)들이 아직 난이 일어난 줄도 모르고 몸단장하기에 여념이 없었다. 어떤 후비는 거울 앞에 앉아

열심히 자기 얼굴을 들여다보고 있었고, 또 다른 후비는 물결처럼 흘러내린 머리칼을 매만지고 있었다.

이때 황제가 들어오며 다급한 목소리로 말했다.

「그대들은 무엇들을 하는가. 지금 궁중에 모반이 일어나 역도들이 궐내에 들어왔다.」

월화(月華)가 앞으로 나와서 아뢰었다.

「첩을 보내시어 그들을 물리치게 하옵소서.」

그러나 이때에는 벌써 군사들이 취화루까지 쳐들어온 후였다. 한 병사가 후궁의 문을 발길로 차자 파랗게 질린 후비들은 어찌할 바를 모르고 비단을 찢는 듯한 비명을 지르며 문 밖으로 내달았다. 황제는 가까스로 목소리를 가다듬어 군사들을 꾸짖었다.

「이게 무슨 짓들이냐! 대체 너희들은 누구 명령으로 난을 일으켰느냐?」

한 병사가 얼른 황제의 말을 받아서 대답했다.

「우리는 승상 근준의 명을 받아 무도한 임금 유찬을 죽이려고 왔노라!」

이 말을 듣자 황제는 아직도 자기 곁을 떠나지 않고 있는 월화를 돌아보며 문책했다.

「너희 부녀는 짐에게 무슨 원수진 일이 있기에 이처럼 난을 꾸미고 은혜를 원수로 갚으려 하느뇨!」

유찬의 문책을 당하자 월화는 발끈 성을 내며 쏘아붙였다.

「은혜라고? 이 패륜무도한 자가 내 얼굴에 똥칠을 하는구나! 듣거라, 그대가 자식 된 몸으로 선제의 비(妃)인 내 몸을 훔치고도 죄에서 빠져나가길 바랐느냐. 대답해 보아라. 그대의 더러운 입이 나를 문책할 수 있겠는가를…… 군사들은 얼른 저 자를 잡도록 하라.」

월화의 앙칼진 목소리가 떨어지자마자 군사들은 우르르 달려 들어 황제, 아니 유찬을 잡았다. 붙잡힌 유찬은 하늘을 우러러 길게 탄식했다.

「배은망덕한 역적 놈이 사직을 이같이 위태롭게 하니 짐이 어찌 살아날 수 있으리오. 그러나 짐이 비록 역적의 손에 쓰러진다 하더라도 아직은 이 나라에 충성을 다하는 신하가 있으니, 이 원수는 반드시 갚아지리라.」

말을 마치고 그는 기둥에 머리를 받고 죽어버렸다. 그것을 본 근명은 군사들을 시켜 여러 후비들도 뒤뜰 즉 취화루 밑으로 끌고 가서 한꺼번에 죽이도록 했다.

이리하여 유총의 여러 아들과 손자, 거기다 비빈(妃嬪)까지 모조리 난병의 칼날에 맞아 숨지니 온 궁궐 안에는 피비린내가 진동하고 유씨라고는 거의 씨가 마르다시피 됐다.

근술은 궁중에서의 일이 끝나자 군사를 이끌고 제갈 승상의 부중(府中)으로 달려갔다. 그리고 원로대신인 근준 및 백관에게 사태를 의논하자고 청했다.

그러나 모든 신하들은 아직도 궁중에서 일어난 사태에 대하여 아무런 아는 바가 없었기 때문에 어리벙벙했다. 그러더니 근술의 말이 끝나자 일제히 궁으로 달려 들어갔다. 궁에는 오직 창칼을 든 군사가 늘어서서 위협을 주고 있을 뿐이었다. 이윽고 정전의 주렴이 걷히자 태후인 근씨 월화가 친히 나와서 조신들에게 분부를 내렸다.

「황음무도한 황제는 천륜을 어기고 나를 비롯한 선제의 후비들을 모조리 유린하려고 했소. 그래서 번후(樊后)는 유찬의 명령을 거역한 죄로 살해되었고, 유후·왕후 두 부인은 힘에 못 이겨 황제와 잠자리를 같이하는 데 이르렀소 이에 승상은 사마(司馬)

근명과 사구(司寇) 근술의 도움을 받아 군사를 일으켜서 혼암(昏暗)한 임금을 물리치고 문무백관과 함께 더럽혀진 사직을 혁신하고자 한다니 경들은 승상의 명령에 따라서 모든 일을 해나가기를 바라오.」

태후가 말을 마치자 근준이 나섰다.

「낭랑(娘娘)은 잠시 내궁(內官)으로 듭시오. 신들이 천천히 장래의 일을 의논하여 알려드리겠소이다.」

유광원이 앞으로 나서며 물었다.

「폐하께서는 지금 어디에 계십니까? 내가 가서 뵙겠소.」

「취화루에 계십니다.」

근준의 말을 들은 유광원이 취화루 쪽으로 달려가자 모든 관원들도 그의 뒤를 따랐다. 이것을 본 근명이 칼을 빼어들고 앞길을 가로막으면서 외쳤다.

「무도한 임금은 이미 죽었소! 여러분이 뒤쫓은들 아무 소용이 없으리다.」

유광원의 뒤를 따르던 여러 신하들은 발뒤꿈치가 얼어버린 듯 그 자리에 우뚝 섰다. 근명의 위엄이 두려워서 아무도 앞으로 내닫는 자가 없었다. 이윽고 유광원은 고꾸라질 듯 무릎을 꿇고 땅을 치며 통곡했다.

5. 굴묘분곽(掘墓焚槨)

「여러분의 고견은 어떠하실지 모르나, 내 생각으로는 시안왕 유요를 영접하여 황제의 자리를 이었으면 합니다.」

근준이 백관의 얼굴을 휘둘러보며 물었다. 혹시 거역했다가는 해를 입을지도 모른다는 생각에선지 아무도 나서는 이가 없었다. 한참 만에 근술이 나서서 말했다.

「시안왕은 용기만을 믿고 살생을 좋아합니다. 지금 승상께서 유씨의 노유를 많이 죽여 버리셨으니, 또다시 유씨를 세워 임금으로 삼는다는 것은 스스로 화를 불러들이는 것과 다름이 없습니다.」

이렇게 중론이 결정되지 않아서 의논이 구구할 때, 근준의 내심을 아는 왕침·곽의·근술·모근의 무리들이 일어서서 함께 말했다.

「지금 조정을 전부 돌아보아도 이 혼란을 수습하고 지존(至尊)의 자리를 이을 만한 인재가 없습니다. 오직 승상께서 이 자리에 앉으신다면 저희들도 복종하겠습니다.」

그러나 근준은 일부러 머리를 낮추고 겸사하면서 문무백관들에게 덕이 있는 자를 받들어 임금의 자리에 앉히라고 제의했다. 그러나 백관들은 근준이 역모를 꾸며 임금을 죽인 것이 대권(大權)을 잡고 싶은 욕심에서였다는 것을 알고 있었으므로 감히 위험을 무릅쓰고 나서기를 꺼려했다. 그러므로 몇몇 아첨하는 무리들만이 빈번히 나서서 근준에게 말했다.

「지금 승상께선 명실상부한 이 나라의 집권자시니, 대위에 오를 만한 인물이 없으면 차라리 섭정(攝政)하옵소서.」

이리하여 근준은 아첨하는 자들의 제의를 받아들여 대장군에다 통한천왕(統漢天王)을 자칭하며 권력을 휘어잡았다.

한편, 유광원은 유찬의 유해 앞에 엎드려 통곡을 마치자 근준에게서 낯을 돌리고 집으로 돌아갔다. 그리고 밤이 되기를 기다려 제갈 승상 부중으로 달려갔다. 승상의 아들 제갈무(諸葛武)가 급히 달려 나와서 문을 열었다.

「대부(大夫)께서 이처럼 밤중에 제 집을 찾아오시다니 틀림없이 무슨 중대사가 일어난 것 아닙니까?」

유광원이 숨을 헐떡이며 부탁했다.

「신속히 승상을 만나 뵙게 해주십시오 지금 근준이 반란을 일으키고 궁중을 침범해서 큰 불행이 생겼습니다.」

제갈무는 유광원을 승상의 침실로 안내했다. 이윽고 유광원은 통곡을 하며 호소했다.

「근준과 왕침의 도당이 궁을 침범하여 황제를 시살하고, 그 밑의 여러 왕자와 비빈까지 노유(老幼)를 가리지 않고 3백여 명을 살해하였습니다. 그러고 나서는 스스로 대한(大漢)의 천왕이라 자처하고 정권을 장악해 버렸습니다.」

이 말을 들은 제갈 승상은 길게 탄식하며 대답했다.

「이 며칠 동안 심신이 허황하고 밤이면 잠조차 오지 않아 무슨 일이 일어날까 두려워했더니, 이제 기어이 비통한 일을 당하게 되는구려. 일찍이 내가 집안 권속과 조상을 버리고 이곳까지 온 것은 오직 한실에 공을 세워 영원한 부귀를 누리고자 한 것인데, 이제 근준의 무리가 일어나서 저 한실의 후예들을 모조리 죽여 없앴으니, 그 누구의 힘을 빌려 이 원수를 갚는단 말이오 한갓 원망스러운 것은 이 몸이 병들어서 역적을 눈앞에 두고도 싸우지 못하는 일이니, 이 일을 어찌하면 좋단 말이오!」

승상은 말을 다 마치지 못하고 까무러쳐버렸다. 이것을 본 제갈무는 깜짝 놀라 땅에 엎드린 채 울음을 터뜨렸다. 이때 유광원은 손가락을 깨물어서 승상의 메마른 입술에 피를 흘려 넣으면서 탄식해 마지않았다.

「내가 노상국(老相國)을 의지해서 주인으로 삼고 한실의 원수를 갚으려 했는데 이 어찌 된 불행한 일입니까.」

울음소리에 놀란 승상의 부인과 집안 권속들이 모두 달려 나왔다. 그때 까무러쳤던 제갈 승상은 홀연 눈을 뜨더니 처자를 돌아보았다.

「내가 지금 통분 끝에 죽더라도 부인은 너무 슬퍼하지 마오. 내가 죽거든 선영에 계신 무후(武侯 : 제갈양) 옆에다 묻어주오. 그리고 내 추측에 의하면 평양은 멀지 않아 곧 쑥대밭이 될 것이오. 그러니 항상 집안을 화목하게 하고 조상들의 제사를 정성으로 받들도록 하시오.」

또 유광원을 향해서는 이렇게 말했다.

「그대와 더불어 목숨을 내걸고 역적의 무리를 토벌하여 흩어진 나라를 바로잡아 한실의 기틀을 반석 위에 세웠으면 좋으련만, 좀 전에 들은 비보(悲報)가 나를 죽음으로 모나보오. 부디 대부에게 뒷일을 부탁하오.」

말을 마치자 한조(漢朝) 최후의 노신 제갈선우는 눈을 감더니 다시는 뜨지 않았다.

유광원은 깊이 허리를 구부려 절한 다음에 제갈 승상 영구 앞을 물러나왔다. 제갈무가 소매로 눈물을 닦으면서 따라 나왔다.

「지금 조중(朝中)에는 역적을 물리칠 만한 분이 한 분도 안 계십니까?」

유광원이 고개를 흔들자, 제갈무는 다시 말을 이었다.

「이런 일은 몇 사람의 힘만으로는 도저히 안되는 일이니, 대부께선 이 길로 장안으로 가시는 게 어떨까요. 시안왕 유요에게 이 급변을 알리시지요. 나는 부친 상(喪)을 당한 몸이라 떠나지 못하지만, 시안왕께서 이 변을 아시면 곧 군사를 일으켜 역적을 토벌할 것입니다.」

유광원은 제갈무의 권고에 따라 장안을 향해 걸음을 재촉했다. 얼마를 그렇게 달려가다가 가족을 이끌고 황급히 도망쳐 나오는 호연식을 도중에서 만났다. 두 사람은 슬픈 중에도 서로 손을 마

주잡고 기뻐하며 걸음을 옮겼다.

한편, 정권을 장악한 근준은 유광원 등이 도망쳤다는 보고에 접하자 그 뒤를 추격하게 했다. 필시 그들이 장안으로 달려가서 유요에게 급변을 고할 것이라 판단했기 때문이다. 그러나 이때는 이미 유광원과 호연식이 멀리 피한 뒤였다.

화가 난 근준은 모근·맹한 등 네 명의 장수를 시켜서 유연(劉淵) 이하 역대 제왕과 친왕(親王)·후비들의 능침을 발굴하라고 명한 후에 그 속에 묻은 보물을 캐냈다. 그리고 이 물건을 진장(晉將) 이구·조적에게 보내고, 장안에서 시안왕 유요가 쳐들어오면 도중에서 막아주도록 부탁했다.

6. 관산의 의사(義死)

근준이 왕릉을 파헤친 이후, 평양 성중에는 잇달아 괴변이 일어났다. 대궐은 물론 거리거리의 골목마다 밤이 되면 귀신의 울음소리가 끊이질 않았고, 도깨비불은 민가의 지붕과 대궐의 지붕, 그리고 종묘의 검은 숲 속에서도 번쩍거렸다.

그러기에 어둑어둑 땅거미만 지면 번화한 거리의 상점들도 문을 닫았으며, 등불을 켤 무렵이면 넓은 한길에서도 행인의 그림자를 찾아볼 수가 없었다.

한편 성 밖의 농촌에도 몇 십 년 만에 처음 보는 메뚜기 떼가 남쪽으로부터 몰려와서 천 리나 되는 넓은 들판을 새까맣게 덮었다. 대낮에도 가끔 이 흉악한 벌레들이 태양을 가려 햇빛을 볼 수 없는 날이 잦았다.

들에 널린 곡식이란 곡식은 말할 것도 없거니와 나뭇잎이란 나뭇잎, 풀잎이란 풀잎이 다 갉아 먹혀서 오뉴월 염천 아래에서도 백성들은 더위를 피할 나무 한 그루조차도 볼 수가 없었다.

근준은 백성들에게 명하여 메뚜기 떼를 잡도록 했다. 그리고는 땅에 구덩이를 파 잡아온 메뚜기들을 수천수만 마리씩 한꺼번에 묻었으나, 어찌된 일인지 메뚜기들은 구덩이에 묻힌 후에도 구멍을 파고 기어나와 이리 뛰고 저리 날며 곡식을 헤쳤다.

그 때문에 농사를 망친 백성들은 모두 쪽박을 차고 거리로 나서서 유리걸식(遊離乞食)을 일삼았고, 도시의 부유한 백성들은 대낮에도 문을 꼭꼭 잠그고 굶주린 백성들의 노략질을 피하는 형편이었다.

또 들리는 소문에 의하면, 어느 날 면류관을 쓴 개가 곤룡포를 입고 죽은 황제가 앉았던 옥좌에 앉으니, 다른 두 마리의 개는 조복(朝服)에 옥대(玉帶)를 띠고 그 옆에 시립한 일이 일어났다고 한다. 대궐을 지키던 군사들이 이것을 발견하고 궁실로 달려갔으나, 이 개들은 홀연히 자취를 감추었고, 갑자기 밝은 하늘이 흐려지면서 핏빛 우박과 요사스런 바람이 피비린내를 풍기며 불어제쳤다.

그때 조정을 물러나와 평양성 교외의 금룡지(金龍池) 가에서 늙은 몸을 쉬고 있던 황신·황명 두 원로 장신(將臣)은 조정이 크게 문란해지고 잇달아 귀신소동이 일어난다고 듣자 사람을 성중에 보내 알아보고 오도록 했다.

성중을 다녀온 하인이 두 노인 앞에 무릎을 꿇고 아뢰었다.

「보국공(輔國公) 근준이 난을 일으켜 임금을 시살한 다음 정권을 빼앗고, 유씨의 자손을 모두 죽인 후에 선제의 능침까지 파헤쳤다고 합니다.」

이 말을 듣자 황신은 크게 놀라면서 이를 갈았다.

「내 기필코 역적 놈을 죽여 그 고기를 씹어서 한실의 원수를 갚으리라!」

이때 옆에서 묵묵히 듣고 있던 황명이 조용히 말리면시 말했다.

「형님께서는 고정하십시오. 우리가 지금 몸이 늙어 시골에 숨어 사니, 충성된 마음은 있어도 뒤따를 군사가 없었습니다. 더구나 근력조차 희미하니 어찌 힘으로 역적을 죽일 수 있겠습니까. 차라리 다른 일을 해서 충성된 마음을 보입시다.」

아우의 말을 듣고 난 황신은 길게 탄식했다.

「과연 그러하군. 아까는 분이 치미는 바람에 앞뒤 생각 없이 말을 했지만, 이제 나는 성중으로 들어가 흩어진 선제의 뼈나마 수습하여 다시 묻어드리도록 할 터이니, 아우는 이 길로 석늑과 장빈을 찾아가서 사직의 변란을 고하고, 관중(關中) 군사를 이끌고 가서 역적들을 토멸하여 국가에 대한 충성을 다하도록 하라.」

이에 황명은 당일로 말을 타고 떠났고, 황신은 남몰래 능 있는 데로 가서 흩어져 있는 선제와 종친의 뼈를 모아 땅을 깊게 파고 묻어주었다.

제갈무가 죽은 아버지 제갈 승상의 영구를 장지에 모시고 있는데, 급히 집안 장정이 뛰어와서 능침이 역적들의 손에 의해 파헤쳐진다는 소식을 고했다.

이 소식을 듣자 제갈무는 한참 동안 하늘을 향해 한숨을 내쉬더니 간악한 무리의 박해가 한나라의 고구(故舊)에 미칠 것을 두려워한 나머지, 가인에게 빈소(殯所)를 지키게 하고 길 떠날 차비를 차렸다.

그의 생각은 상복을 입은 채 성을 빠져나가 포주(蒲州)를 지나 해량(解梁) 땅으로 가서 관운장의 후예인 관씨 형제들을 만나보려는 것이었다. 얼마를 달려가자 그는 산기슭에서 사냥을 하고 있는 관하를 만났다.

그렇지 않아도 아까부터 관하는 상복을 입고 말을 달려 이쪽으로 오는 사람에게 유심히 주의를 기울여오던 터였다.

「그곳에 계신 분은 관사원(關思遠)이 아니시오?」

관하는 말 탄 사람이 자기의 자(字)를 부르는 것을 듣자 얼른 앞으로 달려 나갔다. 아닌 게 아니라 그는 제갈무였다. 관하는 황망히 물었다.

「안국공자(安國公子)께선 어쩐 일로 상복을 입으셨소? 승상 대인이 혹시라도……」

말에서 내리며 제갈무가 대답했다.

「말씀을 드리자니 눈물이 앞서는구려.」

두 사람은 말을 나란히 몰아서 마을로 들어갔다. 관하의 형 관산·관심 두 사람이 나와서 맞았다. 방으로 들어가서 주객의 자리가 정해지자, 제갈무는 그 동안에 일어난 일을 자세히 말했다.

그 자리에 모인 사람들의 눈엔 한결같이 눈물이 쏟아져 내렸다. 특히 관산은 가슴을 치고 입술을 깨물어 피를 흘리며 통분해 마지않았다.

「우리들이 힘을 합해서 한실의 기업을 다시 세운 것은, 조상 때부터 내려온 동기(同氣)의 정을 그르치는 일 없이 다 함께 잘 살고자 한 것인데, 선제께서 정치를 그르치신 이후에 이 같은 환란이 닥쳐왔구려. 이를 어찌해야 좋단 말이오」

관심이 말을 꺼냈다.

「우리 형제가 조정을 물러난 것은, 조정에 있을 때 이미 근준·왕침의 무리가 틀림없이 한실에 해를 끼칠 것을 알고 적신과 함께 조정에 서기가 참기 어려워서였는데, 이처럼 빨리 환란이 닥칠 줄은 미처 몰랐소이다.」

관산이 다시 눈을 부릅뜨고 말했다.

「우리가 아직도 조정에 있었다면 어떻게 역적의 무리가 일어나는 것을 방관할 수 있었겠습니까. 뉘우친들 소용이 있으리오만,

이제라도 악독한 도적을 보고만 있다면 얼빠진 노릇, 나는 내일 아침 일찍 조정으로 들어가겠소이다.」

「장군께서는 어찌하실 작정이십니까?」

옆에서 관씨 형제의 말을 머리를 숙인 채 듣고 있던 제갈무가 물었다.

「유씨를 기만하는 것은 곧 우리를 기만하는 것과 같소. 내일 조정으로 들어가면 나는 우선 승상과 선제(先帝)의 영전에 분향하고, 흩어진 뼈를 모아 장사지낼 것을 핑계로 삼아 근준을 만나서 한칼에 그 놈의 목을 베어 죽일 작정이오」

관하가 관산의 소매를 잡고 말렸다.

「형님께선 노여움을 잠시 멈추십시오 지금 적의 형세는 매우 강합니다. 아마 가까이 하기조차 어려울 것입니다. 그리고 만일 잘못하다간 형님의 일신은 물론 가족에게까지 화가 미치리다.」

「내 나이 지금 칠십인데 죽은들 무엇이 아깝겠는가. 옛사람의 말에도 충과 효를 다하는 데는 때가 있다고 했으니, 이제는 몸을 내던져서 한실의 은공에 보답하고 역사에 이름자를 남길 수밖엔 다른 길이 없네.」

제갈무가 다시 말했다.

「대인께서 나라를 사랑하시는 충정은 알겠사오나, 역시 혈혈단신으로 일을 성취하시기가 어렵지 않겠습니까. 머지않아 시안왕이 군사를 이끌고 쳐들어올 터인즉 그때 가서 보복하심이 어떠할지요?」

그러나 이 말도, 이미 결정을 내린 관산을 말릴 수는 없었다.

그날 저녁, 네 사람은 양을 잡아서 입술에 피를 바르고 한실에 충성을 다할 것을 맹세한 다음 새벽이 가깝도록 술을 마시면서 비분한 마음을 달랬다.

이튿날, 관산은 일찍 일어나 떠날 차비를 차린 다음 제갈무에게 말했다.

「안국공자께선 내 아우 두 사람과 함께 가족을 거느리고 촉중(蜀中)으로 피난을 가시는 게 좋을 듯합니다. 그리고 만약에 인편이 있다면 상당(上黨) 땅에 주둔하고 있는 강발과 곤중(昆仲)에게 편지를 보내서서 유요와 함께 군사를 이끌고 평양을 수복하라고 전하십시오」

제갈무는 그래도 관산이 죽을 자리를 찾아가는 게 안타까워서 말렸다.

「대인의 말씀이 역시 지당하십니다마는, 어리석은 제가 생각하기에는 차라리 대인께서도 대궐로 들어가실 것이 아니라 이 길로 장안으로 가셔서 시안왕과 함께 군사를 거느리고 평양으로 쳐들어가심이 좋을 것 같습니다.」

그러나 관산은 이 말을 듣자 벌컥 역정을 냈다.

「그 옛날 진나라의 예양(豫讓)은 혼자의 힘으로 능히 지백(智伯)을 위해 원수를 갚았다고 했소(漆身呑炭칠신탄탄). 지금 내 몸은 한실의 상장인데 어찌 죽는 게 두려워서 눈앞에 있는 원수를 피하겠소. 내 마땅히 한 목숨을 던져서 위로는 선제의 은덕에 보답하여 국사(國士)로서의 충성을 다하고, 아래로는 마음을 다 바쳐서 관씨 집안에 대대로 내려오는 의(義)를 지키겠소. 다 내가 알아서 처리할 일이니 굳이 말리지 마시고, 오직 늙고 어린 식구를 보호하여 공자께선 효를 다하도록 하시오.」

이에 관산은 노모와 처자, 그리고 아우와 어린 조카들을 불러들여 이별을 고했다. 그리고 나서는 날카로운 칼을 품고 울며 따라나오는 노모를 위로한 다음에 시동(侍童) 둘만을 거느리고 평양성을 향해 떠났다.

　관심·관하 형제는 동구 밖까지 쫓아나와 죽을 땅을 찾아가는 형을 눈물로 전송했다. 그러나 관산은 울며 배웅 나온 형제를 나무라면서 이렇게 말했다.

　「사람은 누구든지 한 번 죽는 것인데, 내가 근심하는 것은 오직 죽기 위한 마땅한 장소를 찾지 못하는 데 있었다. 아녀자처럼 울지 마라.」

　성중으로 들어온 관산은 옛 친구 공연수(孔延壽)의 집을 찾아가 여장을 풀었다. 그리고 나서 주인을 불러 지니고 온 은량(銀兩)을 내놓은 다음 의연히 말했다.

　「노부(老夫)가 이번에 귀형 댁을 찾아왔소만, 앞일을 생각하니 사는 것보다는 죽기가 쉬울 것 같소. 노형께서는 내가 만약 죽는다면 비밀히 이 두 시동을 시켜서 시체의 머리만을 거두어 선영에 묻어주시오. 그러면 내가 죽더라도 노형의 공덕을 결코 잊지 않으리다.」

　주인은 울면서 이를 응낙했다. 말을 마친 관산은 말을 타고 대궐로 들어가서 근준을 찾았다.

　근준은 관산이 혼자 찾아왔다는 말을 듣자 아마 한제(漢帝)의 유골을 요청하여 장사를 지내주려고 그러려니 생각했으므로, 관산의 의로움에 감동한 나머지 좌우에게 명하여 불러들이도록 했다.

　「장군께선 지금 어디에서 살고 계십니까?」

　근준이 돌아온 관산을 보고 물었다.

　「조상의 뼈가 묻힌 해량 땅에 살고 있습니다.」

　「장군께서도 아시다시피 금번 선제가 죽음을 당한 것은, 그가 인륜을 거슬러서 태후를 간음하고, 궁중의 풍기를 문란케 했으며, 황모(皇母)를 죽이고 조정을 어지럽힌 데 있습니다. 또한 충성된 신하의 간하는 말을 용납하지 않아서 백성과 관리들은 물론이려니와 천인이 공노하여 중의에 따라서 주살(誅殺)한 것입니다. 내가 듣건대, 장군께서는 의를 중하게 여기시고 덕이 있으신 군자시라니 무엇 때문에 부덕한 임금의 복(服)을 입으시려 하십니까?」

근준의 변명을 듣고 관산은 입을 열었다.

「선제는 천륜을 거역하셨으니 죽음을 당해도 마땅하시겠지요. 그러나 기타 유씨의 종족과 상락(上洛)·제북(濟北) 등 여러 왕에겐 무슨 죄가 있어서 해치셨소. 더군다나 지하에 묻히신 지 오랜 선제와 후빈(後嬪)의 무덤까지 파헤치고 그 관을 불사른 것은 군후를 욕보인 것이 아니라 하겠소?」

관산의 이 물음에 근준은 대답할 말이 없었다. 궁리 끝에 근준은 말을 둘러댔다.

「그것은 진나라의 신하인 이구·조적 양인이 시켜서 한 짓이오」

이 대답을 듣자, 관산의 노여움은 극도에 달했다. 두 눈을 등잔처럼 부릅뜨고 크게 꾸짖었다.

「너는 한나라의 녹을 받아먹으면서 왜 진나라 도적들이 시키는 일을 행하였는가. 이 파렴치한 역적 놈아 순순히 나와 내 칼을 받아라!」

말을 마친 관산은 몸에 감춘 비수를 꺼내들고 근준을 향해 내리꽂았다. 불의의 습격을 당한 근준은 탁자를 밀어서 예리한 칼날을 피한 다음 밖을 향해서 소리쳤다.

「관산이 나를 죽이려 한다. 게 누구 없느냐? 어서 나와 이 자를 잡아라!」

크게 노한 관산은 다시 한 번 칼을 집어 들고 근준을 겨누어 찔렀다. 그러나 이번에도 역시 가로놓인 탁자 때문에 겨눈 칼끝이 근준의 어깨를 약간 스쳤을 뿐이었다.

　관산은 급히 손으로 탁자를 밀어젖히고 한발 한발 뒷걸음질치는 근준을 향해 다가섰다. 그러나 그보다 먼저 뛰어 들어온 근준의 심복부하 모근(毛勤)이 뒤로부터 관산을 덮쳤다.

　배후에 압력을 느낀 관산은 매달린 모근을 홱 뿌리치며 비수를 날렸다. 모근은 왼쪽 잔등에 칼을 맞고 나뒹굴어졌다. 그러나 모근 뒤를 따라 들어온 맹한(孟漢)이 창을 내밀어 관산의 등을 정통으로 찔렀다.

　치명상을 입은 관산은 등에 창이 꽂힌 채 비수를 휘두르며 맹한을 향해 달려들려고 했다. 이때 근술과 구마(丘麻)가 수병(手兵)을 거느리고 일제히 내달려왔다.

　드디어 힘이 빠진 관산은 역적들의 칼날에 무수히 찔려 죽었다. 삼조(三朝)에 충의를 다한 당대의 영웅 관산도 이처럼 간신배들의 손에 의해 *원한이 골수에 맺힌 채(怨入骨髓원입골수) 장렬하게 죽으니, 참으로 애달프다고 하지 않을 수 없었다.

7. 왕연의 진충(盡忠)

　부하들의 구원으로 관산의 예리한 칼날을 겨우 면한 근준은 난도질을 당한 관산의 시체를 묻어주라고 명하였다. 그러자 근술이 말했다.

　「시체를 조각내서 거역하는 자들에게 본을 보이십시오」

　그러나 근준은 관산의 의기에 다소 감동한 바가 있었으므로 아우의 말을 듣지 않았다.

　「안된다. 그는 충의지사(忠義之士)이니 시체일지라도 욕은 보일 수 없다. 예(禮)를 다해서 장사지내주도록 하라.」

　이에 공연수는 관산을 쫓아온 시동에게 명하여 시체를 염하게 한 다음 화장을 해서 선영에 묻어주었다.

근술이 또 형에게 말했다.

「관산은 죽었다 하더라도 그의 형제들은 해량 땅에 아직 살고 있습니다. 관산이 우리 칼에 맞아 죽었다는 소식을 들으면 틀림없이 군사를 규합하여 원수를 갚으려고 몰려올 것입니다. 그러므로 우리가 먼저 그 소굴을 쳐서 화근을 없애도록 하심이 어떨지요?」

근준은 그 말을 옳게 여기고 염탐꾼을 해량 땅으로 보내어 살피고 오라 했다. 염탐꾼이 돌아와서 보고했다.

「관가 형제들은 이미 추격이 미칠 줄 알았는지 가솔을 다 거느리고 촉중으로 도망쳐 버렸습니다.」

근준이 한숨을 내쉬며 말했다.

「그들이 이미 촉중으로 도망쳤으니 근심은 없다. 다만 지금 성중에는 아직 제갈무와 호연식, 그리고 황신 형제가 남아 있는데, 미상불 이들은 한실에 충성을 다하는 자들이므로 화근이 될 것 같다. 이들을 불러들여라. 내가 한번 시험해보리라.」

말을 마친 근준은 좌우의 신하에게 명령을 내려 이 세 집안 사람들을 모조리 불러들이라고 했다. 이에 백관들이 아뢰었다.

「제갈 승상이 이미 죽었으매 그 아들 제갈무는 부친의 초상을 치른 후 자취를 감췄습니다. 호연식과 유광원은 며칠 전 도망을 쳐서 지금 이곳에 없고, 황신·황명 두 장군은 아직도 금룡지 가에서 늙은 몸을 쉬고 있으니 그들을 불러들일 수밖에 없겠습니다.」

그 말을 들은 근준은 황신에게 사람을 보내어 만나보고 오도록 했다. 황신은 근준의 사자에게 말했다.

「내 아우 황명은 가족을 거느리고 촉중으로 들어간 지 이미 반년이 넘었소. 나는 늙고 병들어서 거마(車馬)조차 탈 수가 없기에 오직 성중에 남아서 죽기를 기다리며 선제의 능침이나 지킬까 하오. 얼마 전 제왕(諸王)의 해골을 거둬 땅을 깊게 파고 묻은 후

통곡을 해서 신병이 더해 지금은 문 밖 출입도 제대로 못하는 형편이외다. 이제 승상의 분부를 받았지만, 내 명도 그리 길지 못하리라 생각되니 어찌 승상과 더불어 국사를 의논할 수 있겠소」

근준은 황신의 말을 액면대로 믿고 곧 심복들과 의논했다.

「지금 성중에는 한실을 두둔하는 자가 없다. 내 마땅히 자립하리라.」

왕침이 아첨했다.

「대사는 이미 결정되었습니다. 곧 백관을 안배하고 서정(庶政)을 분장시킨 후에 나라의 근본을 굳게 하고 밖으로부터 침입하는 군사를 막아야 할 줄로 아나이다.」

아첨배의 말에 솔깃한 근준은 곧 근술로 녹상서사(錄尙書事)를 삼고, 모근·맹한에게 각각 금위의 내군(內軍)을 장악케 했으며, 구마와 방식에게는 경영(京營)의 외병을 맡기고, 근명에게는 대사마의 직위를 내려 내외의 군사를 통솔케 하였다. 다른 한편으로는 표를 올려서 월화를 상황태후로 삼아 수렴청정(垂簾聽政)하게 하고, 한나라의 신하들을 위협해 연호를 소평(紹平) 원년으로 개원하였다.

근준은 자기 스스로가 면류관에 곤룡포를 입고 백관으로 조현케 했으며, 근강(斬康)은 시중(侍中)을 삼아 전량(錢糧)과 군장(軍仗)을 다스리게 하였다.

그러고 나서 한실의 구신 중 선제에게 간언을 올렸다가 물리침을 당한 자는 모조리 불러들여 벼슬을 주어 일을 맡겼다. 이로써 유총·유찬 두 황제의 실정을 규탄하고, 명령에 따르는 자에게는 후하게 상을 내렸으며 거역하는 자는 어김없이 죽여버렸으니, 이때 죽음을 당한 자가 10여 명, 벼슬을 받은 자가 4, 5명이었다.

당시 전조(前朝)에서 광록대부의 벼슬을 지낸 왕연(王延)이란 사람이 있었다.

지난날 황제 유총에게 권하기를,

「근준·왕침은 둘 다 소인이므로 출세를 했으나 큰일을 맡길 만한 인물이 못됩니다. 폐하께서는 통찰하사 그들이 천하를 어지럽히는 일이 없도록 조심하옵소서.」

라고 했었다. 그러나 유총은 이 간언을 듣지 않았으므로, 왕연은 근준을 면전에서 배척한 죄로 벼슬에서 물러나 한가롭게 지내고 있었다.

근준은 그가 충성되고 재주 있는 사람이기에 죽이기가 아까우므로 사람을 세 번씩이나 보내어 조정으로 들어오라고 권했다. 권에 못 이긴 왕연이 들어오자 근준은 거드름을 피우며 물었다.

「공은 왜 그다지도 고지식하오. 내가 재차 만나보기를 청했으나 한 번도 돌아보지 않으니 무슨 일이 있으셨는지요. 지난날의 허물은 모두 유총의 잘못으로 일어난 것, 그러므로 이제 다시 불러들인 것이니 편히 앉으시오.」

그러나 왕연은 완곡하게 거절했다.

「안됩니다. 승상께서 지금 나를 불러들인 것은 노신에게 한 조각 영예를 베풀어서 내 우직(愚直)함을 나타내려 하심에 불과하지만, 신은 이미 한나라의 녹을 받은 지 60여 년에 이르러 그 짐이 무겁습니다. 어찌 은혜를 잊고 배반할 수 있으오리까. 그러므로 바라노니 여명을 전원으로 돌아가서 마치게 하여주옵소서.」

왕연의 대답을 들은 근준은 다시 은근한 말로 꾀었다.

「대부는 한실의 은혜만을 생각하는구려. 그러나 내 어찌 적은 은혜나마 대부에게 베풀지 않을 수 있겠소이까. 굳이 사양하지 말고 내린 관직에 취임해 주시오.」

왕연은 머리를 가로젓고 얼굴에 홍조를 띠우며 대답했다.

「사람에게는 누구나 자기대로의 뜻한 바가 있습니다. 나는 본래부터 한실의 신하이므로 나라가 망한 이 마당에는 오직 죽음이 있을 뿐입니다. 어찌 목숨을 아껴 녹을 받음으로써 이름을 더럽힐 수 있겠습니까.」

머리끝까지 화가 치민 근준은 손가락으로 왕연을 가리키며 소리쳤다.

「나는 은혜를 베풀어 너를 관대하게 용서했는데, 너는 죽기를 맹세하고 나를 협박하며 내 명을 거역하는구나. 무례한 놈 같으니라고. 얘들아, 이 망령된 늙은 놈을 끌어내다 목을 쳐라!」

계하에 시립하고 있던 군사들이 우르르 몰려가서 버티고 서 있는 왕연을 포박했다. 그러나 왕연은 군사들에게 팔을 비틀리고 끌려 나가는 마당에도 뒤를 돌아보며 근준을 향하여 소리쳤다.

「역적 놈아, 듣거라! 죽음은 내 소원하는 바로다.」

그리고 나서 자기를 결박한 군사들을 향해 부탁했다.

「내 너희들에게 간곡히 부탁하노니, 내 이제 죽거들랑 내 왼쪽 눈은 떼어내어 서양문(西陽門) 위에 걸어두고, 오른쪽 눈은 떼어내어 건춘문(建春門) 위에 달아매다오 왼쪽 눈으로는 시안왕께서 장안 군사를 이끌고 역적을 토벌하기 위해 쳐들어오는 것을 보고, 오른쪽 눈으로는 대장군 석늑과 장빈이 진격해오는 것을 맞으리라.」

말을 마친 왕연은 목을 늘여서 칼잡이가 내리치는 칼을 받았다. 참으로 슬프고도 장한 최후였다.

칼잡이가 들어와서 왕연이 죽을 때 한 말을 근준에게 고하자, 근준은 비로소 놀랐다. 곧 사자에게 능침을 파내어 훔친 한실의 보물을 들려 진장(晉將) 이구·조적의 진영으로 보내어 고했다.

<황제 유연은 더럽고 추잡한 오랑캐입니다. 일찍이 몰래 중

원(中原)을 쳐서 낙양을 함락시키고 진실(晉室)의 회(懷)·민(愍) 두 황제를 유폐하여 욕을 보이고 끝내 시역해버렸습니다. 천인이 공노할 일이라 아니할 수 없습니다. 그러기에 오늘날 불초 근준은 남김없이 유씨의 씨를 뿌리뽑아 대의(大義)를 펴고 원수를 갚기에 이르렀습니다. 다만 회·민 두 황제의 유해가 이곳에 안치되어 있으니 곧 맞아들일 사람을 보내서 모셔 가십시오. 또한 바라옵건대, 이 글월을 보시는 대로 곧 병사를 정비하고 국경까지 나와 장안에서 귀환하는 시안왕 유요의 군사와 대장군 석늑의 군사를 막음으로써 전날의 약속을 저버리지 마시기를 바랍니다.>

사신은 두 곳을 다 다녀왔으나, 이구와 조적은 감히 제 마음대로 군사를 일으키지 못하고 사람을 강동의 진제(晉帝)에게 보내 그 뜻을 상주하였다.

진나라 원제는 양쪽 진에서 보내온 표를 보자 대단히 기뻐했다. 곧 태상경(太常卿) 한윤(韓胤)에게 칙서를 받들고 조적에게로 가기를 명했다.

조적이 칙서를 펴보고, 당장 소준(蘇峻)에게 명하여 병사를 이끌고 나가서 길목을 지키고 있다가 회군하는 석늑을 요격하라는 내용이었다.

원제는 또 등유(鄧攸)에게 명하여 곧 평양으로 가서 비명에 죽은 회·민 두 황제의 유해를 모시게 했다.

제2장. 평양성의 낙일

1. 망명하는 구신(舊臣)들

호연식과 유광원은 평양성을 도망쳐 나왔지만, 가족을 거느린 몸이라서 영 거치적거려 걸음을 재촉할 수가 없었다. 혹시 근준에게 추격당하지나 않을까 두려워서 낮에는 숲에 숨고 밤이 되어야 비로소 희미한 달빛 아래 천방지축 걸음을 옮기니 심신은 풀솜처럼 노곤하고 발바닥엔 온통 물집이 잡혔다.

이렇듯 10여 일의 강행군 끝에 한 주막에 다다르니, 등 뒤에서 요란한 말발굽 소리가 들려왔다. 깜짝 놀란 호연식은 식구들을 내실에 숨게 하고 문짝 뒤에 몸을 도사려 밖의 동정을 살폈다.

한참 만에 말을 탄 몇 사람의 장정이 부녀자가 탄 마차를 호위하고 호연식이 머물고 있는 주막 앞으로 다가왔다. 놀란 가슴을 진정하며 빠끔히 내다보니 그것은 관씨네 형제였다.

「관사원은 어디로 가시오?」

문짝 뒤에서 뛰쳐나오며 반색을 하자, 관하도 역시 놀라움과 기쁨을 감추지 못하며 앞으로 다가왔다. 관하가 말했다.

「가족을 거느리고 촉중(蜀中)으로 가는 길입니다. 제갈 공자도 뒤에 따라오십니다.」

일행은 손을 잡고 함께 주막으로 들어왔다. 관산의 아들 관도(關濤)가 눈물을 흘리며 말했다.

「아버님께서 근준을 죽이려고 평양성에 들어가실 때 제게 말씀하시기를, 속히 사람을 강발·곤중 두 분에게 보내어 같이 원수를 갚도록 하라 하셨습니다. 아버님 말씀에 의하면 그분들이 아니면 운명을 걸고 역적들과 대결하여 승리할 사람이 없다고 하셨으므로 지금 저는 그분을 만나 뵈러 가는 길입니다.」

호연식이 대답했다.

「상당(上黨) 땅은 여기를 지나서 북쪽으로 돌면 무려 수천 리나 됩니다. 지금 서로 헤어지면 언제 만나게 될지요. 생각건대 내 집안사람으로 한나라를 위해 죽은 이는 무려 예닐곱으로서, 임금을 도와 왕업을 성취시키고 낙양을 쳐서 진(晋)나라 황제들을 체포하여 이름을 드날렸는데, 이제 일단 간적(奸賊)의 무리에게 사직을 약탈당하니 진실로 마음 기댈 곳이 없군요.」

말이 끊어지자마자 두 눈에 눈물이 글썽였다. 얼마 후에 흐르는 눈물을 손등으로 닦은 호연식은 술상을 두 손으로 치며 다시 말을 이었다.

「내 다시 돌아가 역적을 죽이지 못한다면 그 누가 나를 사내대장부라 할 것인가! 이제 우리도 곧 떠나도록 합시다. 제갈 공자와 내 동생 호연정·관사원은 가족들을 보호하여 촉중으로 들어가시오. 우리들은 이 길로 장안으로 가서 시안왕을 만나 군사를 일으켜 역적 놈들을 뿌리뽑고 이 원한을 풀어야겠소이다.」

관도가 역시 소리 높여 울부짖으며 말했다.

「우리 아버님은 역적의 손에 죽음을 당해 그 시체의 행방조차도 알 수 없습니다. 나는 절대로 이 *원수 놈과 한 하늘 밑에 서 있지 않겠습니다(不共戴天之讎불공대천지수). 언젠가 꼭 군사를 휘

몰아 반적을 친 다음에 근준을 사로잡아서 배를 가르고 염통을 끄집어내 돌아가신 아버님 영전에 바침으로써 내 소원을 성취하겠습니다.」

관심이 젊은이들의 혈기를 타이르듯 조용히 입을 열었다.

「어쩌면 시안왕 유요도 더불어 시종(始終)을 같이할 사람이 못 될는지도 모르오. 선제 유연(劉淵) 때와 비교하는 것은 아니지만, 유총이 태자 화(和)를 죽이고 제위에 오를 때 우리들은 모두 그의 위령에 복종하지 아니하였소. 다른 이들도 모두 같아서 모두 황제 앞에 나가 하직을 고하고 시골로 숨어버렸고, 더러는 조정에 서기를 거부하다가 멸문(滅門)의 화를 당하기까지 했는데, 만약 유요에게 세상을 구제할 아량이 있어 그때 마땅히 군사를 거느리고 유명(遺命)을 받들어 조정으로 들어가서 간악한 무리를 물리치고, 요사스런 자들을 멀리 했다면, 어찌 오늘과 같은 일이 일어날 수 있었겠소. 그러나 그는 선제 유연의 유명을 받들지 않고 장안에 들어앉아 시세가 돌아가는 꼴만 방관하다가 한실을 망쳐버린 것이오.」

제갈무가 말을 거들었다.

「그러나 이 역시 불행 중 다행입니다. 만약에 시안왕이 지금 조정에 있어서 역적을 치지 못했다면 그도 역시 유씨의 일족이니 상락·제북 두 왕처럼 목숨을 부지하지 못했으리다. 그러나 아직도 한실의 왕기(王氣)가 다하지 않느라고 시안왕이나마 살아 있으니, 우리들은 다른 것은 생각지 말고 오직 그를 도와 군사를 일으켜 근준을 쳐 없애서 우선 눈앞의 원한을 풀어버립시다.」

「공자의 말씀이 옳습니다. 나와 호연식은 이 길로 관(關)으로 나가 급보를 알리고 나서 힘을 합해 역적을 칠 터이니, 그대들은 가족들을 거느리고 속히 갈 길을 재촉하시오. 그리고 가는 도중에는 도적들이 많으니 부디 조심하시오.」

관심의 이 말에 제갈무가 허리를 굽혀 인사하며 말했다.

「나는 아버님의 상사를 당한 몸으로서 여러분과 더불어 역적을 토벌할 수는 없으나, 촉중으로 가족들이 들어가기까지의 모든 책임을 질 터이오니 근심 마십시오.」

이리하여 여러 사람은 주막을 나와 서로 이별을 아쉬워하며 각자 길을 떠났다.

관심과 호연식 등은 밤낮을 말을 달려서 장안으로 들어가 시안 왕 유요를 뵈었다.

두 사람은 땅에 엎드려 대성통곡을 하며 말했다.

「근준이 난을 일으켜 한실의 족친(族親) 3백여 명을 씨도 남기지 않고 죽여 버렸습니다. 지금 살아 있는 사람이라곤 오직 근후(靳后) 하나뿐이며, 선제와 후비의 여러 능침까지 파헤쳐 불사르고, 스스로 무엄하게도 통한천왕이라 일컬으며 권력을 잡고, 동생 근명·근술 등의 무리를 조정에 세워 요직을 맡기니 그 횡포와 무도가 이루 말할 길이 없습니다. 저희는 역적 도당의 손아귀를 피해 이처럼 달려와서 한실의 위급함을 고하오니, 부디 대왕께선 군사를 일으켜 위로는 조상, 밑으로는 초개와 같은 백성에까지 미친 이 큰 원수를 토벌하시옵소서.」

이 말을 듣고 나자 유요는 크게 한 소리 울부짖은 다음에 의자 밑으로 기절해 떨어졌다. 옆에 시립한 여러 장수가 급히 부축하여 일으켜 세우니 얼굴은 핏기 한 점 없는 것이 마치 백지장 같았고, 온몸이 뒤틀리며 떨더니 등골로부터 식은땀을 주르르 흘렸다.

이렇게 기절하기를 반 시간이 지나자 호연식과 관심이 시안왕을 위로했다.

「왕께서 충격이 너무 크셨나 봅니다. 그러나 예부터 이르기를,

죽은 사람은 다시 살아나지 않으며, 가는 자는 말릴 수가 없다고 했으니 너무 애통해 하지 마십시오.」

한참 만에 깨어난 시안왕 유요는 하늘을 우러러 길게 탄식한 후 불현듯 안색을 변하여 공중으로 껑충 뛰어오르더니 평양성 쪽을 향해 큰 소리로 꾸짖는 것이었다.

「이 배은망덕한 역적 놈들아! 너희들이 한실의 녹을 먹고 자라서 근본을 잊어도 분수가 있지, 우리 유씨의 종사(宗祀)를 해치다니 개돼지만도 못한 놈들 같으니라고. 오, 하늘이여! 내 마땅히 평양으로 쳐들어가 내 발로 역적의 모가지를 짓밟고 고기를 씹어 이 한을 풀리라.」

유요의 욕설이 다 끝나기도 전에 황급히 말을 달려온 상서(尙書) 유광원이 층계 밑에 몸을 던지며 통곡했다.

「신의 간하는 말을 듣지 않으신 선제는 역적들의 꾐에 빠져 드디어 비명에 숨지셨습니다. 그때 신은 임금의 명령으로 외지에 나가 있었는데, 이것은 모두 근준의 음모에서 비롯된 것임을 나중에야 알았으니 신의 죄가 너무나도 큽니다. 일을 당한 후 제갈 승상과 일을 도모하여 악적 근준을 죽이려 했으나 생각지도 않게 승상마저 홀연히 돌아가시니 이에 가족을 피난시키고 허겁지겁 대왕 앞으로 보고하고자 오는 길입니다. 죽여주시옵소서.」

이에 유요는 몸을 꿇어 용서를 비는 유광원을 옆으로 불러 앉히고 말했다.

「상서께서는 백성을 다스리는 데 능하십니다. 이제 나는 곧 출정할 터인즉 나 대신 이곳에 머물러 장안을 지켜주십시오.」

이리하여 시안왕 유요는 그날로 군사를 일으켜 역적 근준을 치고자 했다. 즉 성웅(鄭雄)을 선봉상, 유자원을 참보, 유아(劉雅)를 감군(監軍)으로 삼고, 관심과 호연식은 중군에 두어 같이 정세를 의논하기로 했다.

유광원이 제안했다.

「지금 평양 성중에는 예부터 있던 장수들은 모두 떠나거나 해를 입어 없고, 오직 역적의 심복들만이 남아 병마를 분장하고 있습니다. 더구나 완전히 무장한 기병 40만이 있고 교태(喬泰)와 같은 자는 계략을 잘 쓰니 필연코 혼자 진군하시는 것보다는 청주와 양국 두 진의 군사와 합하여 적을 치심이 좋을 것 같습니다.」

이 말을 들은 유요가 물었다.

「양국의 석늑은 그 뜻이 큰 장군이오. 모르긴 모르지만 내 명령에 복종할는지요?」

이 때 왕복도(王伏都)의 아들 왕진(王震)이 나서서 아뢰었다.

「신의 아비 복도는 석늑 장군의 막하에 있습니다. 신의 아비와 군사 장빈은 각별한 사이이니 왕께서 저에게 편지를 써주시면 전하고 오겠나이다.」

유요는 그 말을 옳다 여기고 곧 편지를 써서 왕진에게 주어 보냈다.

2. 황명의 고란(告亂)

한편 황신의 아우 황명은 양국 땅으로 달려가서 석늑과 장빈 두 장군에게 근준의 난을 고했다.

이 말을 듣자 노장 장빈은 비통한 나머지 정신을 잃었고, 석늑은 부끄러운 것도 잊고 가슴과 얼굴을 쥐어뜯으며 울었다. 이렇게 애통해 마지않은 후에, 석늑이 먼저 눈물을 거두고 장빈을 향해 말을 건넸다.

「나와 선생은 같은 한나라의 신하로서 지금에 이른 것입니다. 그러나 지나치게 슬퍼한 나머지 몸을 해친다면 그 누가 국적을 토멸하여 한실의 원수를 갚겠습니까? 그러니 오늘은 각각 집으로 돌아가서 분한 마음을 달랜 다음, 내일 다시 만나서 적을 칠 의논을 합시다.」

이튿날, 석늑이 사람을 시켜 장빈을 초청해 의논을 하려는데, 때마침 시안왕이 보낸 사자 왕진이 그 아버지 왕복도와 같이 들어왔다.

왕진이 석늑 앞에 엎드려 말했다.

「지금 시안왕 전하께서는 근준의 반역으로 나라가 망한 것을 분하게 여기신 나머지 군사를 일으켜 역적을 치려하시나이다. 그러므로 저를 시켜 한 통의 글월을 국공(國公) 대인과 장빈 장군께 바치오니, 청컨대 더불어 국적을 무찔러서 한실의 원수를 갚아주옵소서.」

왕진의 말을 들은 석늑이 대답했다.

「그 말 역시 내 본심과 같구려. 잠깐 장 장군과 의논하고 나서 구체적인 대답을 하겠지만, 내 생각에 의하면, 적은 군사를 가지고는 수가 많은 근준의 군사를 물리치지 못할 것이오. 그렇다고 갑자기 많은 군사를 일으킨다면 틀림없이 양국이 허한 틈을 타서 조억이 진나라 병력을 유인해다 기습할 것이니, 그 일 또한 두렵소.」

왕진이 계책을 말했다.

「장군께선 조억이 허한 틈을 타서 쳐들어올까 걱정을 하시는데, 그러면 우선 장군 휘하의 군사를 반으로 나누십시오. 그래서 대장군 장빈, 대부 서보명(徐普明) 등은 남아서 이곳을 지키게 하고, 장군께서는 나머지 절반의 군사들을 친히 이끌고 시안왕을 도우신다면 어떠하오리까.」

석늑 막하의 부장 공장이 나서서 말을 거들었다.

「그것은 말과 같이 쉽지가 않습니다. 지금 이곳에는 수십만 군사가 주둔하고 있다 해도 여러 강적들 한가운데 들어앉은 격입니다. 북쪽에는 유주와 기주가 있어서 항상 보복의 기회를 노리고 있고, 남쪽에는 소준·조적이 있어서 항상 침략할 틈을 엿보고 있습니다. 또한 조역과 왕돈도 멀지 않은 곳에서 양국이 허하기만 기다리고 있으므로, 만약에 자칫 잘못 군사를 움직인다면 진퇴유곡에 빠져 스스로 멸망을 초래하지 않을까 두렵습니다.」

이처럼 의논이 분분할 때 장빈이 큰 소리로 외치며 들어왔다.

「국은에 보답하지 못하고 큰 수치를 설욕하지 못한 이 마당에 의논이 분분한 것은 어찌 된 일이오?」

왕복도가 나서서 대답했다.

「지금 여러 장수들이 역적을 칠 의논을 하고 있사온데, 곧 군사를 일으켜 원수를 치자는 쪽과 함부로 움직이지 말고 주위의 적을 경계해야 된다는 쪽으로 중론이 갈리고 있습니다. 청컨대 장군께서 이것을 결정해주시기 바랍니다.」

장빈이 석늑을 보고 물었다.

「장군의 뜻은 어떠시오?」

「다른 것은 두렵지 않소만, 오직 조역이 혹시 우리 쪽의 허함을 탐지하여 쳐들어오지 않을까 두렵습니다.」

이 말을 듣자 장빈은 카랑카랑한 목소리로 결단을 내렸다.

「장군께서 친히 출정하신다면 비록 내 몸이 화살 꽂을 자리가 없을 정도가 될지라도 반드시 힘써 이곳을 지키리다. 유씨로부터의 막중한 위탁을 받고 서로 힘을 합하여 오늘날의 공을 이루었으니, 이 나라의 관리 중에 그 누가 국은을 잊었으리까. 지금 국난을 당해서 나가 싸우지 못하고 일신의 안일만 취한다면 후일에 어찌 시인왕과 옛 친구들을 만나 볼 수 있겠습니까. 그리고 조역은 비

록 한나라의 신하이지만 방심하지는 말아야 하므로 편지 한 통을 써 보내 힘을 합하여 역적을 토멸하자고 권하는 것이 좋을 듯합니다. 그 결과 조억이 우리 의견에 따른다면 큰 걱정할 필요가 없겠으나, 만일에 거역하는 일이 있다면 곧 시안왕의 명령이라 거짓으로 엄포하고 선수를 써서 쳐부숩시다. 그런 다음 근준을 친다면 그 무엇이 두렵겠습니까.」

석늑은 이 말을 듣고는 안심하고 말했다.

「역시 장우후(張右侯)의 말씀은 식견이 높으십니다. 곧 능한 사람을 하나 뽑아서 조억의 진중으로 보내 동정을 살피는 것이 좋겠습니다.」

장빈이 사람을 천거했다.

「왕자춘은 구변이 좋고 임기응변에 능하므로 그를 보내심이 좋을 듯합니다.」

이에 석늑은 편지를 써서 왕자춘에게 주어 청주로 보냈다. 한편, 조억은 근준한테서 뇌물을 받고 내통하고 있는 판에 한실이 멸망을 당했다고 사람이 와서 구원을 청하자 휘하 장수들을 모아 놓고 의논했다.

「내가 비록 근준이 보낸 뇌물을 받긴 했지만, 이 마당에 와서 어찌 지난날의 은혜를 저버리고 역적을 돕겠는가. 그러나 앞으로 나가려 해도 혹시 석늑이 청주를 침범하지 않을까 두려우므로 멀지 않은 장래에 시안왕 유요가 와서 역적을 치자고 할 것 같으면 그때를 당해서나 그를 따르기로 하겠소」

하국경(夏國卿)이 나서서 말했다.

「좋은 의견이십니다. 하지만 시세를 관망하여 행하심이 좋을 듯합니다.」

이처럼 의논을 하고 있는데 밖에서 양국공 석늑의 사자가 왔다고 보고하므로 조억이 불러들여 보니 왕자춘이었다.

왕자춘이 조억을 보고 말했다.

「제 주인 석늑은 조장군께 서신 한 통을 올리는 동시에 저를 보내어 이렇게 전하라 하십니다. 즉 근준이 찬역하여 한실을 멸하였으므로 시안왕 유요는 이미 장안에서 군사를 일으켰고, 근왕(勤王)의 뜻을 가진 제후의 군마도 말발굽을 나란히 하기로 하였습니다. 진군 도중에 각 진(鎭)의 군사를 모두 규합할 예정인데, 거역하는 자가 있다면 근준의 일당으로 몰아 먼저 그 자를 쳐서 국법을 바로잡겠다고 한다니, 장군께서도 좌시(坐視)하여 허물을 입지 마옵소서.」

조억이 대답했다.

「나 역시 이미 역적이 난을 일으켰다는 말을 듣고 지금 막 제장을 모이라 해서 대책을 강구하고 있는 중입니다. 이제 곧 상의를 마치고 자세한 말씀을 드릴 터이니, 대부께선 잠깐 객관으로 가셔서 기다리십시오.」

왕자춘이 물러가자 조억은 곧 하국신 등을 불러들여 의논했다.

「지금 시안왕 유요가 근왕의 군사들을 규합하여 근준을 토멸한다는데, 유요가 보낸 사람보다 석늑의 사자가 먼저 왔으니 어찌 된 일일까?」

하국신이 대답했다.

「필시 양국공 석늑이 장안으로부터 온 사자를 자기 진영에 머물게 한 후 왕자춘을 대신 보냈을 것입니다. 이것은 석늑이 우리가 저를 칠까봐 두려워하기 때문일 것입니다. 그러므로 장군은 우선 양국공과 맹약을 맺어 군사를 출동시키되 저쪽에서 먼저 움직이거든 그 동정을 살핀 후에 이쪽에서도 응하도록 하십시오 그렇지 않으면 필시 석늑은 우리를 의심하고 시안왕의 명을 핑계삼아

먼저 우리 쪽을 칠 것이니 그 화를 어찌 면할 수 있겠습니까. 그러니 곧 장령(將令)을 내려서 군사를 일으키겠노라고 좋은 말로 석늑의 사자를 돌려보낸 다음에 기병하신다면, 석늑이 우리를 치고자 해도 칠 틈이 없을 것입니다.」

이에 조억은 다시 왕자춘을 불러들여 이 말을 전한 후에 돌려보내고, 하국신의 계략에 따라 먼저 선봉으로 군사 3만을 일으켜 석늑의 막하로 보냈는데, 그 장수로는 하국경을 택했다. 하국경이 석늑을 만나 말했다.

「우리 주공은 먼저 저에게 군사 3만을 주어 역적 근준을 토멸하는 데 선봉이 되게 하시고, 자신은 곧 대군을 이끌고 뒤따르겠다고 하십니다. 이에 서신을 가지고 왔으니 보시기 바랍니다.」

석늑이 조억이 보낸 편지를 펴보니, 그곳에는 뜻밖에도 이렇게 씌어 있었다.

<삼가 조억은 양국공 석늑 장군께 글월을 올립니다. 이미 하국경이 이끄는 불초의 전군(前軍)은 출발을 하였으니 저는 이곳의 방비를 돌아본 후에 대군을 이끌고 장군의 기치(旗幟) 아래로 달려가서 적으나마 역적을 섬멸하고 한실을 지키는 데 힘쓸까 합니다. 부디 이 전군의 지휘는 장군께서 친히 맡아주시고 곧 출병하셔서 적을 격파하시기를 바랍니다.>

편지를 보고 나자 석늑은, 조억의 뜻이 이러하다면 크게 우려하지 않아도 되리라 결심하고 대군 15만을 일으켜 평양성을 향해 진격했다.

3. 근준의 패배

장안을 떠난 시안왕 유요가 동관(潼關)을 지나서 백여 리에 이르러 주민에게 그 지명을 물어보니 적벽(赤壁)이라고 한다. 이곳에 잠시 군사를 멈추고 있는데 먼저 내보낸 염탐꾼이 돌아와서 보고했다.

「형양에 주둔한 진장 이구와 곽묵이 좁은 길목을 지키며 아군의 진로를 막고 있습니다.」

유요가 화를 냈다.

「이 도적들이 요행히 낙양에서 이기고 황제가 암우하여 멸망한 것에 입맛을 붙여 감히 나의 앞길까지 막는구나. 내 기필코 먼저 형양성을 함락시켜 도적의 무리를 잡아 군기(軍旗)에 제사지낸 뒤 평양을 취하리라.」

옆에 서 있는 유자원이 간했다.

「잠시 노여움을 고정하십시오. 필시 이구는 근준과 내통이 있으므로 우리의 앞길을 가로막는 것일 겁니다. 그러므로 아군이 형양을 친다면 이구는 근준과 유주·기주에 원군을 청할 것인즉, 그렇게 되면 하나라도 적세를 더하는 것이 됩니다.」

「그렇다면 어떻게 해야 좋겠소?」

「먼저 이곳에 잠시 군사를 멈춰서 힘을 기르고, 지름길로 사람을 석늑에게 보내 재빨리 평양으로 진격하라 분부하십시오. 그리하여 근준의 힘을 분산시킨 후에 고립무원의 이구를 치고 평양으로 치달린다면, 성중에서는 양쪽으로부터 밀려오는 군사를 보고 틀림없이 반란이 일어날 것입니다. 이때 대왕께서 한번 진군의 북을 울리신다면 힘 안 들이고 승전할 수 있사오리다.」

유요는 유자원의 말을 옳게 여기고 마침내 진병을 앞에 두고 진군을 멈췄다.

그때 해호(解虎)와 윤차(尹車)라는 비장(裨將)이 있었는데 그들이 선봉장 정웅을 보고 말했다.

「지금 한실에는 소제(少帝 : 유찬)가 시역을 당한 후 주인이 없으므로 호령을 해도 말이 먹히질 않습니다. 왜 시안왕에게 황제의 위에 오르게 하여 그 위령으로써 병사를 진격하시라 권하지 않습니까. 만일 시안왕께서 그리하신다면 백성들이 모두 귀순할 곳을 얻으므로 적을 격파하기가 쉬울 것입니다.」

이 말에 공감을 한 정웅은 곧 유자원과 유아 두 사람에게 이 일을 상의했는데, 이들도 생각이 같아 함께 일단의 장교를 거느리고 유요 앞에 나가 이 뜻을 말했다.

「선제께서 유조(遺詔)를 내려 전하께 국가의 대사를 부탁하셨을 때, 전하께서 굳이 입궐하지 않으셨기에 역적의 무리가 난을 일으켜 한실의 종족을 남김없이 시살하여 비극을 겪게 된 것입니다. 그러므로 지금 한실의 종친이라고는 오직 전하 한 분이 남아 계실 뿐이오니, 바라옵건대 전하께서는 존칭을 올려 대위에 오르시고, 연호를 바꿔 제왕의 자리를 타인에게 빼앗기지 마시옵소서. 만약 근준이 나서서 그 더러운 이름을 판다면 이것은 곧 정통의 자리를 빼앗기는 것이며, 사방의 호걸들도 그를 따르게 될 것이오니, 우리가 먼저 일을 벌여서 전하를 황제의 자리에 오르시게 하면 여러 진(鎭)도 전부 전하의 호령에 따를 것이옵니다. 또한 그렇게 하여야 마땅히 역적의 무리를 토멸하기가 쉬울 것으로 아나이다.」

그러나 관심과 양계훈(楊繼勳)은 이 계획에 반대했다.

「오늘날 군사를 동원한 것은 국적을 치기 위한 것이오 그 도중에 이와 같은 일을 논한다는 것은 때와 장소를 가리지 못하는 소행이 아니겠소」

유요도 짐짓 사양하는 투로 말했다.

「지금 원수도 다 갚지 못한 이 마당에 망령되이 스스로 이름을 높인다면 남들이 웃을까 두렵구려.」

하지만 정웅은 적극 나서서 권했다.

「아닙니다. 폐하께서는 제업(帝業)을 처음으로 성취하시는 분이 아니요, 이미 있어온 제업을 이으시려는 분이니, 남의 비웃음을 두려워하지 않으셔도 될 줄로 아나이다. 이미 한나라 황제가 2대에 걸쳐 내려오다가 역적에게 모해를 당해서 정당하게 뒤를 이을 분이 전하밖에 아니 계신즉, 먼저 명분을 세우고 나중에 죄인을 치신다면 순리를 따르고 그 이름을 바로잡을 것이니, 어찌해서 안된단 말씀입니까. 이렇게 하여야 아직 복종하지 않고 있는 백성들도 복종할 것이옵니다.」

제장들도 정웅의 진언에 적극 찬성을 하여, 아침부터 저녁에 이르기까지 유요의 앞을 떠나지 않고 권유를 했다. 이에 유요는 중의에 못이겨 마침내 날을 택하여 적벽의 진중에서 한조의 대통을 이어 보위에 올랐다.

보위에 오른 유요는 여러 신하와 의논하여 인덕(麟德)의 연호를 개원하여 광초(光初)로 하니, 이 때는 동진(東晋) 원제 태흥(太興) 원년 10월이었고, 서력으로 318년 되는 해였다.

유요가 제위에 오르자 종사(從事) 사마정해(司馬禎楷)와 몽빙(夢憑)이 황제에게 아뢰었다.

「근래에 소문을 듣자오니, 근준은 한실을 멸한 후에 스스로 통한장군 자리에 올라섰다고 하옵니다. 그러기에 만약 우리가 나라 이름을 한(漢)이라 한다면 그 역적 놈의 지배를 받는 것으로 되옵니다. 지난날 예언자가 말하기를, 한나라의 운수가 다하면 그에 대신하여 조(趙)나라가 일어난다고 했는데, 선제께서 폐하를 조왕(趙王)에 봉하고 지금 한나라에 난리가 생겼으니, 이것이 바로 그 징조가 아니겠사옵니까. 그러므로 전날의 예언으로 비추

어 보건대, 나라 이름을 바꾸어 대조(大趙)로 하심이 어떠할까 하나이다.」

이 말을 들은 유요는 두 사람의 진언을 그럴싸하게 여겨, 대장부가 스스로 임금의 자리에 오르는 것은 만백성의 위에 서고자 하는 일인데, 어떻게 남의 거느림을 받을 것이냐 한 후에 곧 교지(敎旨)를 내려 나라 이름을 한에서 조로 갈게 하였다.

그러나 이처럼 국호를 바꾸는 데 대해서는 반대하는 사람이 많았다. 즉 예로부터 임금을 섬겨오던 대장인 관심과 호연식·유아·양계훈 등이 한결같이 황제에게 간하였다.

「고조(高祖)께서 한나라를 창업하신 후 백성들은 한실의 여덕을 흠모하고 서로 상조하여 살아 내려오기 5백여 년에 이르렀사옵니다. 지난날 왕망(王莽)을 격파하여 광무(光武)가 일어나고, 조비(曹丕)를 멸하여 소열황제가 섰으며, 사마씨를 쳐서 광문황제 유연 대에 이르러 재기한 것은 이 모두 한실이 민심을 잃지 않았기 때문이옵니다. 그런데 오늘날에 와서 하루아침에 나라 이름을 바꾼다면 아마도 천하의 인심마저 바뀌어 귀순하는 자가 없을 것이고, 군사와 백성들은 서로 마음 둘 곳을 몰라 뿔뿔이 흩어지지 않을까 두렵사옵니다. 청컨대 폐하께서는 이 점을 살피시어 함부로 국호를 바꾸지 마시도록 하옵소서.」

유요는 이 상소를 듣고 유자원에게 의향을 물었다. 그러나 유자원이 미처 대답을 하기도 전에 정웅 등 무장(武將)들이 일제히 나서서 아뢰었다.

「폐하의 영특하심은 열성조(列聖祖)의 현명에 비할 바가 아니시옵니다. 무엇 때문에 구구하게 옛 고사를 따르려 하시나이까.」

유요는 제장들의 말에 마침내 손을 들어 여러 대신에게 분부를 내렸다.

「과인 역시 한(漢)이란 글자가 매양 이익이 적었음을 보아온 바여서 마음으로부터 이를 싫어하오. 일찍이 소열황제께서 촉지에서 한호를 세우셨으나 그 국운이 길지 못하였고, 광문황제께서 평양에서 또 한호를 세우셨으나 불과 20년에 오늘날과 같은 망국지변을 당하게 되었소. 그러니 구구하게 또 그것을 답습할 필요는 없는 줄로 아오」

그리하여 관속(官屬)도 새로 개편하였으며, 대조황제로 황제의 칭호를 확정지었다.

그러는 한편 칙사에게 조서를 받들게 해서 석늑에게 보내어 석늑을 조왕(趙王)으로 봉하고 구석(九錫 : 공로 있는 신하에게 임금이 내리는 아홉 가지 물품. 즉 車馬거마·의복·악기·朱戶주호·納陛납폐·虎賁호분·斧鉞부월·弓矢궁시·秬鬯거창) 등을 내려 대사마의 일을 집행하게 했으며, 평양을 쳐서 정복하라는 명을 내렸다.

그러나 석늑은 이것을 받긴 했으나 내심으론 기쁘지 않았다. 그래서 곧 사람을 장빈에게 보내 잠깐 다녀가라고 청했다.

이때 장빈은 한실이 망한 것을 애달프게 생각한 나머지 병이 나서 종군도 하지 않고 오직 집안에 들어앉아 있었는데, 석늑의 부름을 받자 곧 말을 몰아 진중으로 찾아왔다.

석늑이 우울한 안색으로 장빈을 맞아들였다.

「장군의 신색이 좋지 않으신데 어찌 된 일이신가요?」

장빈이 들어서는 길로 묻자, 석늑은 깊이 탄식하며 대답했다.

「어찌 마음이 유쾌할 수가 있겠습니까. 우리가 군사를 이끌고 여기까지 달려온 것은 역적 근준 일당을 쳐부숴서 한실을 중흥시키고자 한 것인데, 그 원수를 다 토멸하기도 전에 유요는 스스로 교만하여 제위에 오르고 내게 구석을 보내 대사마로서 근준을 섬멸하는 선봉을 맡으라고 합니다 그려. 내 생각에 의하면 그가 민

저 선제의 원수를 갚고 나서, 우리들이 그를 추대하면 예의로써 세 번 겸양한 후에 제위에 올라야 도리일 것 같은데, 무슨 근거를 가지고 그는 자존망대하여 나를 조왕에 봉하는 것입니까? 그러므로 나는 우후(右侯)에게 물은 뒤 이 치사스런 물건을 받지 않으려고 합니다.」

이 말을 듣자 장빈이 무릎을 치며 말했다.

「이것이 바로 지난날의 예언이 들어맞는 징조입니다. 언젠가 내가 장군께서 성(姓)을 갈려고 하자 그 일을 말린 적이 있는데, 그때 내가 장군께 말하기를,『후일에 장군이 나라를 세운다면 국호를 조(趙)라고 하십시오』했습니다. 지금 유요가 사람을 장군께 보내어 구석을 바친 것은 이 모두 하늘의 뜻입니다.」

장빈의 말을 듣고 난 석늑은 고개를 끄덕이며 곧 칙사를 불러들여 무릎을 꿇고 구석을 받았다.

그날 저녁, 칙사를 후하게 대접하여 보낸 다음 석늑은 조용히 장빈을 자기 방에 불러들여 물었다.

「나는 이미 유요의 봉함을 받았으니 그에게 신복(臣服)하지 않을 수 없습니다. 청컨대 우후는 어느 때가 되면 나도 능히 제왕이 될 뜻을 이룰 수가 있겠는지 가르쳐 주십시오」

「유요는 원래 필부로서 용기를 뽐내고 근본을 존중하지 않기 때문에 크게 될 위인이 못됩니다. 이번 일만 보더라도 국가의 원수를 갚기도 전에 스스로 자존하여 황제의 자리에 오르고 조상 대대로 내려온 국호를 갈아 치웠으니 무엇으로 백성을 부리겠습니까. 이번에 우리들이 군사를 일으킨 것도 모두 한실을 위해서인데, 그가 그러한 한실을 불신하고 민심을 저버렸으니 이번에 승전하더라도 일단 각기 본진으로 회군하면 그 누가 그의 명령에 복종할 것입니까. 의 없는 자가 패하는 것을 멀지 않아 목도하게 될 것입니다.」

장빈의 말을 듣고 난 석늑이 머리를 끄덕이며 또 물었다.

「그러면 곧 군사를 회군시켜 돌아가야 하겠습니까?」

「그것은 안되지요. 우리들은 선대로부터 한실의 녹을 받아왔으니 유요의 실책만으로 은혜를 저버리고 의를 잊을 수야 없지 않겠습니까. 그러니 아직은 군사를 움직이지 말고 정세를 관망하면서 진격한다면 의도 지키고 공도 세울 수가 있을 것입니다.」

「그렇다면 군사를 어디에 주둔시켜야 할까요?」

「평양성 밖으로 옮겨서 주둔하되 진격을 개시한다고 크게 소문을 낸 후 장수를 보내어 각처의 고을을 안무하고 인심의 동향을 살피십시오. 그 결과 백성들이 한실을 생각한다면 풍문을 듣고 귀순할 것입니다. 그때 우리가 평양성에 이르러 역적을 생포하고 큰 공을 세운다면 유요가 무엇을 가지고 도리를 세우겠습니까. 그런 연후에 장안과 청주의 군사가 오는 것을 기다려서 일제히 진격한다면 반드시 좋은 결과를 얻을 수 있을 것입니다.」

석늑은 곧 의논에 따라 군사를 거느리고 평양성 경내로 쳐들어갔다. 그리고 각 군(郡)에 격문을 띄워 백성들을 타일렀다.

—지금 나 석늑은 50만 대군을 이끌고 나라를 가로챈 역적을 섬멸하러 이곳에 왔다. 뒤에는 아직도 시안왕 유요가 거느린 20만 대군과 청주의 군사 10만, 그리고 태상(太常) 유아가 거느린 10만 군사가 있으니, 역적의 군대로 강제 징집을 당한 자나 한실을 위해 원수를 갚고자 하는 자는 나의 군문(軍門)으로 모여들어라. 만약 명령에 복종하지 않는 자가 있다면 군사를 파견하여 엄벌에 처하리라.—

명령을 내린 지 열흘도 못되어 오랑캐의 대장 강갈(羌羯)이 4,

5만의 병력을 이끌고 투항해 왔으며, 가까운 곳에 있는 군병(郡兵)들도 모두 이 소식을 듣고 석늑의 기치 아래로 달려왔다.

석늑은 이들 군사가 한실을 생각하는 것을 보고 이번 싸움엔 꼭 승전하리라는 자신이 생겼다. 그래서 죽은 황제 유찬의 위패를 진중에 모셔놓고 전 군사에게 영을 내리기를, 모두 흰 베옷에 두건을 쓰고 흰 깃발을 세워서 역적의 손에 죽은 황제의 유혼(幽魂)을 조상하는 차림새로 평양을 치라고 했다.

이처럼 하고 보니, 석늑의 군사가 앞으로 전격할수록 각 고을의 장정들이 모여들었다. 이 때문에 군사들의 사기는 더욱 충천했다. 마침내 석늑은 군사를 휘몰고 평양성 교외에 당도하자 사람을 근준에게 보내어 항복하라고 권했다.

깜짝 놀란 근준은 허겁지겁 무리를 모아놓고 의논을 했다.

「시안왕 유요의 군사는 이미 이구의 방어선을 돌파하고 성 밖에 당도했소. 선봉으로 온 것은 석늑·조억의 연합군인데, 저항을 하려고 해도 어려울 것 같소.」

금오(金吾) 장군 태연(泰璉)이 일어나서 말했다.

「지금 양국공 석늑은 죽은 소제(少帝) 유찬을 위해 갑옷 위에 소복을 입고 성 밖에 당도했으니, 이 의병의 깃발이 가는 곳마다 각 고을은 모두 군량을 보급하고 그 기세가 자못 당당하옵니다. 아마도 이 군사가 성 밑으로 쳐들어온다면 성안에서 싸우는 군사들은 싸울 기백을 잃지 않을까 두렵사옵니다.」

근준이 입술을 떨었다.

「나 역시 그것이 무섭네. 굳이 싸우고자 한다면 칼자루를 거꾸로 들고 반란을 일으키지 않을까 두려우니, 생각건대 화평하기를 구하는 것이 어떠하겠소.」

여러 장수들이 모두 말을 못하고 잠잠 하자, 근준은 금오장군 교태에게 옥새와 임금의 옷 등을 싸가지고 가서 곧 화평을 청하라고 일렀다.

석늑은 곧 근준이 보낸 사자 교태가 품안에서 편지 한 통을 꺼내주는 것을 받았다. 석늑이 펴보니 그 편지에는 다음과 같은 내용이 적혀 있었다.

<불초 준(準)은 국척의 몸으로 선제께서 붕어하실 때의 유조를 받들어 국정을 위임받았습니다. 그러나 소제 유찬은 인륜을 거역하고 난륜(亂倫)에 빠졌으므로 여러 대신이 한결같이 그 일을 걱정한 나머지 준을 추대해서 우두머리로 내세워 덕 잃은 임금을 징계하고 한실의 기풍을 쇄신하려 했던 것입니다. 그러나 뜻하지 않게 수문장 공통·설취 등이 이 일을 가로막고 뭇 관리를 죽이고 황제에게 부상을 입혔으므로, 결국 노한 군사들에 의한 화가 대장군 유창 등에게 미치고 이 사건에 연유되어 죽은 자가 40여 명에 달하게 되었던 것입니다. 한때의 잘못된 생각으로 우리는 떠밀리는 힘에 의하여 종실까지 해치게 되었지만, 준의 애초 생각은 패륜의 임금을 폐하고 시안왕 유요를 맞아들여 면면한 한실의 뒤를 잇게 하는 데 있었던 것입니다. 그러나 일단 일이 성취되자 군사들이 준에게 권하기를, 이미 불길 속에 내던진 몸이니 도중에서 멈추지 말고 원훈(元勳)의 자리에 오르라고 강권하기에 어리석은 마음에 그럴 것도 같아서 허락했던 것입니다. 지난 일을 돌아보건대 송구스럽고 부끄럽기가 바늘방석에 앉은 듯합니다. 그리하여 여기 교태를 보내어 한실의 유보(遺寶)를 바치고 죄를 청하오니, 바라옵건대 장군께서는 이 어리석은 사람을 위하여 선처하여 주시기 바랍니다. 일이 성취되면 좋은 날을 택해서 장군과 황제 앞에 나아가 죽음

으로써 잘못을 빌고 영원히 복속하겠나이다. 어리석은 준이 삼가 머리를 조아려 비오니 감납(監納)하여 주시면 천만 다행으로 알겠습니다.>

석늑은 대충 편지를 훑어본 후 근준이 항복할 뜻이 있음을 알고 받아들이려는 생각으로 장빈에게 의논했다. 그러나 장빈은 안 된다고 한 마디로 끊었다.

「지금 장군께 귀순하는 백성들은 한결같이 한실을 위해 원수를 갚고자 하기 때문입니다. 그러므로 장군께서 일단 역적의 뜻을 받아들인다면 자기의 사사로운 인정을 민중에게 보이는 게 되니 민심이 변할 우려가 있습니다. 무릇 모든 대사를 성취하려면 민심의 바탕 위에 그 계획을 세워야 하는데, 이와 같은 소인의 감언이설(甘言利說)에 속아 넘어가 민심을 배반한다면 틀림없이 백성의 노여움을 살 것입니다. 우리가 평양을 취하게 된 것은 군사의 피를 흘려서 이루어진 것이니, 장군께선 이 좀스런 꾀에 빠지지 마시고 곧 역적의 무리를 도륙해서 그 죄상을 밝히고 그것으로써 후세 사람들을 경계하심이 도리인 줄로 압니다.」

석늑은 장빈의 말을 듣자 곧 사신으로 온 교태를 준절히 꾸짖어 일으켜 세운 후에 황제의 행재(行在)로 압송했다.

4. 역적의 멸망

대조 황제 유요는 석늑이 압송해 보낸 교태를 보자 크게 진노하여 곧 내다가 목을 베어버리라고 했다.

유자원이 옆에서 간하였다.

「지금 피라미와 같은 교태 한 사람을 죽인다고 해서 무슨 이익이 있겠사옵니까. 자칫하다가는 도리어 역적의 무리에게 공포감을 안겨줌으로써 오히려 항복하지 않고 죽을 때까지 싸우려는 생각을 일으키게 할 뿐이옵니다.」

이 말을 듣자 유요는 얼른 깨달아 유자원에게 물었다.

「그렇다면 어떻게 해야 할는지 경의 의견을 말하시오」

「석늑이 교태를 압송해서 폐하께 보낸 것은 폐하를 존중하는 뜻을 보이기 위함인 줄로 아옵니다. 장빈은 한나라의 충성된 모사(謀士)로서 폐하께서 주장하시는 바를 알지 못하고 근준을 미워한 나머지 교태까지 욕보였지만, 폐하께서는 그의 결박을 풀어주시고 좋은 말로 달랜 후 돌려보내 교태로 하여금 근준을 꾀어 대가(大駕)를 영접하도록 해서 조정으로 들어가 황제의 위를 바로잡으소서. 싸워서 이기는 것이 어찌 책략으로 굴복시키는 것만 하겠사옵니까.」

유자원의 의견을 듣고 나서 유요는 손뼉을 치며 기뻐했다. 곧 교태의 결박을 풀어주고 들어오라 해서 은근히 물었다.

「경(卿) 등은 모두 한실의 구신(舊臣)인데 뭣 때문에 근준과 같이 일을 꾸며 유씨의 종묘와 능침을 파괴하였느뇨?」

교태가 머리로 땅을 치고 피를 흘린 후 교묘하게 말을 돌려 변명에 급급하자, 유요는 얼굴에 노여운 빛을 띠었다. 옆에 시립한 유자원이 황제를 똑바로 쳐다보며,

「교 장군 자신은 충성된 마음이 있어도 근준이 임금의 친척임을 빙자해서 그 세력이 컸기 때문에 혼자서는 간계를 막을 길이 없었겠지요」

하고 말을 거들었다. 유요는 유자원의 말뜻을 얼른 알아차리고 말했다.

「짐도 역시 교 장군이 불충한 사람이 아님을 알고 있소 다만 선제가 신하의 충성된 간인을 듣지 않고 부진의 후비를 간통하고

정치를 문란케 했음은 나도 들어서 알고 있으니, 만약 근 승상이 노여워하지 않았던들 짐도 역시 그를 미워했을 것이오 그런데 이미 승상이 혼용(昏庸)한 임금을 제거해버렸으니 그 공로는 짐과 비할 바가 아닐 것이오. 어찌 죄라고만 할 수가 있으리오」

다음날, 유요는 다시 교태를 불러들여 은밀히 속삭였다.

「만약 승상이 선수를 써서 유찬을 죽이지 않았다면 짐이 어떻게 능히 대위에 오를 수 있었겠소 승상이 빠른 시일 안에 짐을 조정으로 맞아들인다면 짐은 마땅히 그를 주석지신(柱石之臣)으로 삼아서 대정(大政)을 맡기고자 하오 기타 세세한 일은 일체 논하지 않을 것이오」

귀가 솔깃한 교태가 수그렸던 머리를 쳐들자 유요는 더욱 능란하고 부드러운 말투로 덧붙였다.

「단, 한실의 능침을 파헤친 사건은 암신(闇臣)인 왕침·모근·맹한 등이 주동이 되었다고 들었는데, 이 또한 승상이 손수 죄를 다스리도록 할 터이니 염려 마오. 자, 그러면 경은 속히 돌아가서 짐의 뜻을 승상에게 은밀히 전해주시오」

황제 유요의 말을 다 듣고 나자 교태는 곧 하직을 고하고 평양으로 돌아와서 근준에게 자세한 전말을 고했다.

근준은 크게 기뻐하며 말했다.

「황제의 말씀은 역시 진심이오 만약 유찬이 죽지 않았다면 그 역시 어찌 황제의 자리를 엿볼 수 있었을까 보냐. 이제 그 지위에 올라 지난 원한을 문제삼지 않겠다니 과연 제왕의 도량이 있는 분이로다.」

그러나 이러한 근준의 동요에도 불구하고 그의 아우 근술·근명 형제는 유요의 계략을 간파하여, 계속 형에게 유요의 꾐에 빠지지 말라고 간했다. 근준도 일단은 아우들의 말을 따라 항복할 것을 멈추고 시세를 관망하기로 했다.

하루는 근준의 막내아우 근강이 형들의 의논을 엿듣고서 비밀로 쉬쉬하는 일임을 모르고 병마를 점검하여 적을 방비할 준비를 했다. 여러 장수들이 물었다.

「듣기에 승상께서는 이미 황제를 영접하여 삼가 신직(臣職)을 지키겠다고 하셨다는데, 무슨 일로 갑자기 적을 방비할 준비를 하시는 거요?」

이 말을 듣자 근강이 대답했다.

「그 일은 아직 결정이 되지 않았소. 우리 형님들의 죄가 너무 막중하거니와 아마 그 말은 유요가 우리를 꾀고자 하는 말일 것이오. 필연코 황제에게 받아들여지지 않으리다. 그러므로 그대들도 조련할 것을 게을리하지 마오.」

한편 유요에게 다녀온 교태와 진연은 비밀리에 경영(京營)의 좌·우 대장군인 왕등·마충과 의논을 했다.

「우리들은 모두 선제 앞에서 벼슬을 산 한실의 양신이오 지금 근준이 역모로 난을 일으켜서 우리들을 불충의 구렁텅이에 처박고 중죄를 짓게 했소. 멀지 않아 근왕의 군사가 이곳에 당도하면 무슨 수로 살육을 면할 수가 있겠소.」

왕등이 대답했다.

「옳은 말씀입니다. 근준은 씨도 남기지 않고 유씨를 도륙해버렸으니 일단 근왕병이 밀어닥친다면 틀림없이 흑백을 가려 죽일 것이오 그러므로 화를 당하기 전에 복태와 같이 의논하여 역적들을 죽여서 그 수급을 가지고 황제에게로 가서 죄를 탕감받읍시다.」

이리하여 마충은 곧 일어나 후궁으로 가서 복태를 불러오니 복태는 선뜻 무리를 이끌고 앞장을 서서 궐내로 들어갔다.

그때 마침 근술과 근명 형제는 모근·구마와 함께 장차 닥쳐올

일에 대해서 의논을 하고 있었는데, 갑자기 군사들이 함성을 지르며 들이닥치자 영문도 모르고 몸 둘 바도 몰라 황급히 자리에서 일어났다.

난입한 군사들이 접근하자 모근과 구마가 단도를 빼어들고 문을 막아섰으나 왕등·복태·마충·교태가 모두 백전의 용사들이니 어찌 막을 수 있으랴!

왕등이 우렁차게 고함소리를 내며 칼을 휘두르자 모근의 머리는 저만치 나가 떨어졌다. 이것을 본 구마는 대궐 밖으로 도망치려고 뛰었으나 그도 얼마 안 가 등 위에서 내리친 복태의 칼을 맞고 엎어져버렸다.

소식을 들은 맹한과 방식이 5천의 군사를 거느리고 달려들었다. 이것을 본 교태 등 네 사람의 장수는 목청을 높여 수하 군사들을 독전했다.

「지금 우리들이 죽고 사는 것은 경각에 처해 있다. 군사들은 힘써 싸워야 할 것이고, 진퇴는 오직 지시를 따르라!」

네 장수가 일제히 칼숲을 뚫고 백인(白刃)을 휘두르며 내달리자 길이 쫙 갈라지고 기세에 짓눌려 맹한이 당황해 했다. 마충이 한 칼에 그의 손을 쳐서 베어버리자 맹한이 이끌고 온 군사들은 모두 뿔뿔이 달아나버렸다.

얼마 후에 교태는 도망치는 방식을 낚아채서 생포하고, 그 길로 궐내에 들어가 근준을 사로잡았다. 이것을 본 근술이 대갈했다.

「너희들은 일개 장교 주제에 어찌 이다지도 무엄하게 구는가!」

교태가 눈을 부릅뜨고 대답했다.

「너희들은 한실을 망친 역적의 무리들이다. 아직도 살았다고 주둥아리를 놀리느냐! 누구든지 이놈을 패 죽여서 대장군 유창의 원수를 갚도록 하라.」

말이 떨어지자마자 병사들은 근술에게 달려들어 칼과 창으로 찌르고 쳐 온통 피범벅이 되었다.

근준은 군사들에게 울부짖으며 대들었다.

「유찬은 음학(淫虐)했기 때문에 모두가 찔러 죽였는데 어째서 나에게만 죄를 돌리는가!」

교태가 침을 뱉으며 대답했다.

「너는 본시 술장수의 집안에서 태어난 소인으로 한제(漢帝)의 은덕을 입어 부귀함이 비할 바 없었는데, 한실의 덕에 보답하지는 못할망정 간악한 마음을 품고 역모를 일으켜 임금과 후비를 죽이고 그것도 부족하여 선제의 무덤을 파서 욕을 보였으며, 유씨의 씨마저 말려버렸다. 그런데도 아직 자기에게 죄가 없다고 앙탈하느냐!」

군사들도 소란하게 떠들었다.

「얼른 황제 앞으로 끌고 가서 저 자의 죄상을 밝혀 형을 내리도록 합시다.」

복태가 고개를 저었다.

「불가하오. 늙은 도적의 요사스런 혓바닥은 마치 칼끝과도 같소. 황제 앞에까지 끌고 간다면 도리어 우리를 모함해서 우리의 공을 깎을까 두렵소. 그러니 목을 쳐서 황제에게 바치는 것이 오히려 뒤가 깨끗할 것 같소.」

이에 왕등이 칼을 번쩍 쳐들며,

「난신적자(亂臣賊子)를 죽이는데 굳이 백정을 뽑아서 죽일 것인가!」

하고 푸념한 후에 한칼로 내려치니 마충은 얼른 수급을 잘라서 백성들에게 내보였다.

이리하여 교태는 스스로 군사 2천을 거느리고 역적 여섯 놈의 머리를 상자에 담아들고 적벽 행궁에 가서 공을 청했다.

그리고 성중에 남은 왕등·마충·복태·교영 등 네 명은 우선 근명을 가왕(假王)으로 내세워 주인으로 삼았으며, 왕침·곽의를 잡아 죽인 다음에 그 수급을 따로 옥새와 함께 복태에게 들려 황제의 진영에 보내 용서를 빌고 '근씨의 대를 끊지 마옵소서'라고 탄원했다.

한편 평양성 교외에 주둔하여 역적과 대치한 석늑은 근씨 일당이 지척에 있는 자기를 두고 멀리 적벽에 주둔한 유요에게 항복했다는 말을 듣고 펄펄 뛰며 노여워했다. 그리하여 살아남은 근명이 자기에게로 직접 와서 항복하지 않는다면 성을 공격하여 체포한 후에 시체를 갈기갈기 찢어버리겠다고 위협을 한 후 곧 군사를 동원하여 성을 맹렬히 공격했다.

크게 겁을 집어먹은 근명은 교영에게 말했다.

「미상불 큰일이 났소. 석늑이 저처럼 노여워하니 곧 쳐들어올 것이 틀림없으므로 그대는 빨리 적벽으로 가서 구원을 청하시오. 그 동안 나는 각 집안의 식구들을 보호하리다.」

그날 밤, 교영은 야음을 타서 성문을 빠져나가 적벽을 향해 말을 달려 황제 유요에게 구원을 청했다.

유요가 유자원에게 물었다.

「석늑이 평양성을 포위하고 공격하기 때문에 근명이 짐에게 사람을 보내 구원을 청하는데, 내가 만약 그 청에 따른다면 역적을 구원하는 게 되고, 그렇지 않는다면 힘써 한실의 원수를 갚은 성중의 다른 장수들에게 신(信)을 잃게 되니 어떻게 했으면 좋겠소?」

유자원이 대답했다.

「관계없사옵니다. 장계취계로, 누구를 시켜 군사 1만을 이끌고

성 밖에 주둔하게 한 후 교영을 성내로 들여보내 근명에게 일가권
속을 이끌고 빠져나와 우리 군중에 귀순하라 명령하시오소서. 단
근명을 장안으로 데려감으로써 해를 입지 않도록 하여 주마 하고
권한다면 근명은 꼭 믿고 달려올 것이옵니다. 그때 죄에 비추어
벌을 내리신다고 해도 늦지 않을 것이옵니다. 그리고 만약 석늑이
불만을 표시하는 일이 생긴다면 근명은 자기 죄가 두려워 스스로
우리 군중에 투항했으므로 포로로서 잡았노라고 하신다면 별 걱
정이 없을 것이옵니다.」

이에 황제는 곧 장군 유아에게 명하여 군사 1만을 이끌고 평양
성 밑에 가서 근명과 그 가족이 도망쳐 나오는 것을 데리고 오라
고 했다.

근명은 교영으로부터 이 말을 듣자 혹시 유요가 자기를 해치고
자 해서 그러는 것이 아닌가 하고 부쩍 의심이 들어 마충을 불러
상의했다.

마충은 말했다.

「석늑의 군사가 성을 공격하는 것이 심히 급합니다. 만약 장군
이 이곳을 떠나기가 안돼서 그런다면 황제의 명령을 어기는 것이
되며, 그 결과 황제의 군사가 성 안으로 밀어닥친다면 그때는 죽
어서 시체를 어디에다 묻겠습니까. 그러니 명령에 복종하는 길밖
에 따로 살길이 없습니다.」

이 말을 듣자 근명은 땅이 꺼지게 한숨을 내쉬며 자기의 신세
를 한탄했다. 그리고 나서 아우 근강과 군사 1만 명, 그리고 일가
친척 5천 명을 모아들여 오밤중에 서문을 몰래 열고 달려가서 유
아의 군중에 투항했다.

다음날 아침, 석늑의 군사는 또다시 성을 포위하고 맹렬히 공격
을 했다. 성문의 파수병은 우두머리가 한 사람도 남지 않고 도망

친 걸 보고 마침내 성문을 열어 석늑의 대군을 영접했다.

석늑이 대군을 이끌고 성내로 들어가자 백성들은 모두 한길로 나와서 엎드려 맞았다. 대궐로 들어간 석늑이 막 영을 내려 백성들을 안위하고 역적 근준 일당의 죄를 고한 후에 여러 장수와 함께 도망친 근명을 추격할 의논을 하는데, 황숙(皇叔) 유아로부터 전령이 왔다.

「본관은 양국공과 더불어 성을 공격한 후 역적의 잔당인 근명을 체포하여 죄를 묻고자 하였으나, 그가 가족과 잔당을 이끌고 북쪽으로 도망친다는 보고가 들어왔기에 추격하여 그를 사로잡았습니다. 바라옵건대 국공께서는 입성하셔서 백성을 평안케 하시고 흩어진 시체를 모아 후하게 장사지내 주시옵소서.」

석늑은 이 소리를 듣자 이마를 손바닥으로 탁 쳤다.

제3장. 도적의 발호(跋扈)

1. 유요의 자립

다음날, 석늑은 막료를 이끌고 대궐을 돌아보았다.

「세상사가 바뀌는 것이란 봄 가을이 바뀌는 것과도 같구려. 회고하건대, 지난날 이곳에서 나는 군사를 일으켜 제장(諸將)들과 더불어 공로를 다투었으니, 그 동안 자신은 별로 늙은 것 같지 않으나 삽시간에 대궐은 폐허가 되었소이다. 참으로 슬픈 일이 아닐 수 없소」

말을 마치자 생각지도 않게 두 눈에서 주르르 눈물이 흐르니, 자리를 같이했던 장빈·황명·서광·정하 등 구신들은 모두 소리를 내어 통곡했다.

장빈이 추연한 안색으로 입을 열었다.

「역적 근준이 여러 황제와 후비들의 능침을 파헤쳐 해골을 버렸다는 것은 듣기만 해도 마음 아프군요. 먼저 그것을 수집해다 장사지내서 옛 인정을 추모하는 것이 좋을 듯합니다.」

옆에서 석늑이 혼잣말 비슷하게 중얼거렸다.

「유씨에게 무슨 죄가 이다지도 크기에 그처럼 버림을 받기까지 이르렀는가! 다 같이 찾아내어 묻어드리고자 해도 흩어져 있는

곳을 그 누가 알겠소」

이때 노장 황신이 지팡이에 몸을 의지하고 궁전으로 들어왔다. 장빈과 서광은 계단을 내려서서 영접했고 석늑은 윗사람에 대한 예로써 절을 했다.

「듣자 하오니, 여러 장군들께서 한실의 선제 및 여러 종친의 유골 행방을 수소문하시는 모양인데, 그것은 이 늙은이가 집사람과 함께 거두어 정한 흙에 두었소이다. 장군들께서 역적을 쳐부수기를 기다려 임금과 신하의 대의를 밝히고자 했기 때문입니다.」

노장 황신의 말을 듣자 석늑은 뛸 듯이 기뻐했다. 그래서 곧 부하에게 명하여 관을 준비하게 하고, 뼈를 일일이 솜과 깁에 싸서 먼저대로 능에 안치하게 한 뒤 관리에게 분부를 내려 제사를 지내도록 했다.

장빈이 나서서 노장 황신에게 말했다.

「지금 평양성은 심히 파괴되었고, 한나라의 역대 황제가 세운 대궐도 많이 훼손되었으며, 그 자손들도 남김없이 도륙을 당해 거리거리 골목골목마다 원망하는 기운이 짙습니다. 그러므로 내가 알기에 시안왕도 이곳에 도읍을 정하지는 않을 것이고, 양국공도 영지로 회군하게 되면 나도 따라서 가게 되니 노장군께서 이곳을 맡아 다스려주셔야 될 것 같습니다.」

그래서 석늑은 곧 황신을 평양부윤, 황명을 장군도독(掌軍都督)으로 삼아서 군사 5만과 부장 10명을 배속시켜 이곳을 다스리게 하였다. 그리고 나서 그 동안의 사정을 왕수(王修)·왕낙(王樂) 두 사람을 시켜 황제 유요에게 보고하도록 했다.

유요는 적벽의 행재에서 평양 소식을 기다리고 있었는데, 때마침 석늑의 사자 왕수와 왕낙이 와서 첩표(捷表)를 올렸다.

또한 유아가 근명을 대동하고 들어왔다. 근명을 보자 황제는 노여움이 치밀어서 그 일족을 모두 죽여 원수를 갚을 생각이 들었다. 그러나 유자원이 옆에 서서 조용히 간했다.

「지금 역적의 도당이라곤 모두 그물 안에 든 고기와 같은데 뭘 그러십니까? 잠시 다른 일은 놔두시고 조서를 내리고 상을 높여서 석늑이 어떻게 이것을 받아들이는가 보도록 하시옵소서.」

그리하여 황제 유요는 곧 석늑에게 태제(太宰) 벼슬을 더하고 평양성 동쪽의 네 고을을 상으로 떼어준 후 이전과 같이 조왕(趙王)에 봉했다.

석늑의 사자 왕수가 평양을 향해 떠나려 하자, 황제는 그를 불러들여 별가(別駕) 벼슬을 내리며 다음과 같이 분부했다.

「짐은 경의 재주를 아름답게 여겨 벼슬을 내리기를 청직(淸職)으로써 하니, 이것은 양국공 석늑이 경을 중하게 쓰지 않도록 하기 위함일세. 경이 돌아가면 석늑에게 이와 같이 전하라.『짐은 조왕으로 봉함을 입은 지 얼마 되지 않아서 황제로 즉위하게 되었는데, 이제 조왕의 자리를 공에게 물려주니 그 자리를 가볍게 생각지 말지어다』라고.」

왕수는 황제에게 하직을 고하고 나왔다. 그때 옆에 시립하고 있던 왕낙은, 황제 자신이 지난날에 비추어 장래의 예언을 부지중에 비춘 것을 보고 혼자서 생각했다.

'유요가 참언(讖言 : 앞날의 길흉에 대한 예언)을 스스로 하는 것을 보니 석늑은 반드시 조(趙)라는 이름으로 크게 일어나겠구나.'

그리고 왕수도 유요 밑을 떠나가면 반드시 석늑의 총애를 차지할 것이고, 그렇게 되면 자신은 아마도 왕수 밑에 있게 될지도 모른다는 생각이 들자 우선 왕수를 없애버려야겠다고 생각했다.

여기서 잠깐 말해둬야 할 것은, 본래부터 왕수와 왕낙은 사이가 좋지 않았다. 그러나 두 사람은 석늑이 허도(許都)를 쳐 함락시켰

을 때 함께 그곳에서 붙잡혔으므로, 그 인연으로 같은 사명을 띠고 유요에게 오게 된 것이다. 그러나 이곳에 와서도 운이 좋았던지 왕수는 왕낙을 젖혀놓고 요행으로 벼슬을 얻게 되었는데, 그것 때문에 왕낙은 심사가 틀어진 것이다.

황제에게 왕낙이 품했다.

「조왕 석늑이 왕수를 보내어 폐하께 첩표를 올린 것은 기실 다른 뜻을 품었기 때문인 것 같사옵니다.」

황제의 얼굴에 의아해 하는 빛이 떠오르자 왕낙은 기회를 놓치지 않고 다시 말했다.

「그보다도 우리 군대의 허실을 탐지하는 데 있는 것 같사옵니다. 그러므로 폐하께서는 이 다음에라도 왕수에게 함부로 우리 쪽 형편을 엿보이게 하시면 해로울 줄로 아옵니다.」

유요가 무릎을 내밀며 관심을 표시하자, 그는 더욱 열을 내어 속삭거렸다.

「신은 지난날 석늑이 말하는 것을 들은 일이 있사온데, 그는 다음과 같이 말했사옵니다. 자기는 폐하께서 국호를 바꾸어 조(趙)자를 빼앗으려 하므로 군사를 일으켜서 다투려고 했지만, 장빈이 권하기를 먼저 나라의 원수인 근준을 치라고 했기 때문에 그만두었노라고. 또한 후에 폐하께서 그를 봉하여 조왕으로 하니 석늑이 말하기를, 그(유요)가 이미 조(趙)를 나에게 돌려주었으니 내 마땅히 이를 받으리라 하였사옵니다. 이것으로 미루어보건대 이번에 왕수가 자청해서 이곳으로 온 것은 석늑의 지령을 받아 군사의 기밀을 탐지하기 위해서인 것 같사옵니다.」

이 말을 들은 황제 유요는 왕낙이 왕수를 모함하기 위한 수작인 줄도 모르고 소리를 높여 석늑과 왕수를 꾸짖었다.

「석늑이란 놈이 이번 싸움에 약간 공을 세웠다고 해서 이처럼 망령되게 다른 뜻을 품는단 말인가!」

그리하여 곧 사람을 시켜 왕수를 추격해서 잡아오라고 했으나 이때에는 이미 왕수가 멀리 떠나간 뒤였다. 뒤쫓아간 사람이 돌아와서 결과를 보고하자 유요는 내심 언짢아하며 침울해져버렸다.

한편 왕수는 말을 재촉하여 평양성에 당도하자 곧 황제 유요가 한 말을 석늑에게 전했다. 석늑은 크게 기뻐하여 그 즉시 영지로 회군할 것을 군사들에게 명령하고, 재차 왕수를 적벽에 보내어 황제에게 치사하도록 했다. 이때 석늑은 이미 평양성을 완전히 평정하고, 새로운 군사 10여 만을 더 얻었으므로 그 위세는 어느 면으로 보나 유요보다 나은 점이 많았다.

한편 왕수는 석늑의 회군과 동시에 적벽으로 떠나서 황제를 알현하고 표를 올려 치사했다. 그런데 의외에도 유요는 좌우의 군사에게 명하여 왕수를 결박하라 하더니 밖으로 내다가 목을 자르라고 명령했다.

너무나 의외의 일을 당한 왕수가 끌려 나가면서도 뒤를 돌아보고 아무 죄가 없음을 외쳤으나, 유요는 분노해서 손가락을 세워 삿대질을 하며 왕수를 꾸짖었다.

「늙은 여우 석늑이 네놈을 첩자(諜者)로 보내서 아군의 허실을 탐지한다는 증거가 있는데도 너는 네 죄를 부정할 셈이냐!」

이리하여 왕수는 자기도 모르는 죄를 지고 억울한 죽음을 당하였다. 또한 그를 따라온 사람들마저 무슨 영문인 줄도 모르고 오직 목숨을 보존한 것만 다행으로 여기며 도망쳐버렸다.

왕낙은 왕수를 없애는 데 성공하자 다시 유요에게 상주하였다.

「석늑이 회군은 했어도 아직 멀리 가지는 않았을 것이옵니다. 만약에 그가 폐하께서 자기가 보낸 사람을 죽였다는 말을 듣는다면 틀림없이 가던 길을 멈추고 돌아서서 싸우고자 할 것이옵니다.

그러므로 폐하께서도 군사를 거두시어 장안으로 개선하는 것이 마땅한 줄로 아옵니다.」

유요는 이 말을 듣고 머리를 끄덕인 후 유자원에게 평양에 대해서 물었다.

「지금 평양은 텅 비어 있습니다. 하나 이것을 얻는다고 해도 아무 이익이 없사옵니다. 그러므로 평양은 황신 형제에게 맡겨두시어 양웅(兩雄)이 서로 다투는 일이 없도록 하시고, 폐하께서는 왕낙의 상주처럼 장안으로 회군하여 제왕의 자리에 오르소서.」

유요는 그 의견을 옳게 여기고 곧 영을 내려서 장안을 향하여 어가를 돌렸다.

한편, 왕수의 종자(從者)들은 걸음을 재촉하여 양국으로 가서 석늑에게 왕수의 죽음을 보고했다. 이 말을 듣자 석늑은 펄펄 뛰며 이를 갈았다. 그래서 곧 장빈의 부중으로 사람을 보내 상의할 일이 있으니 다녀가라고 청했다.

그러나 이때 장빈은 아우 장경(張敬)이 병이 들어 위독하였으므로 밤낮을 가리지 않고 간호에 힘쓰다가 자기마저 자리에 눕게 돼서 부름에 응할 수가 없노라는 회답을 보내왔다. 그 말을 듣자 석늑은 대단히 놀라며 장빈의 집으로 달려가서 우선 병자를 문병한 후 장빈의 고생스러움을 위로했다.

장빈이 크게 위독하지 않음을 알고 나자 비로소 마음을 놓으며 석늑이 물었다.

「나는 유씨를 섬겨 인신(人臣)으로서 해야 할 일을 다 했습니다. 또 공로에 있어서도 적은 것을 가지고 다투지를 않았습니다. 그런데 어찌해서 유요는 내가 보낸 사람을 제멋대로 죽였는지 모를 일입니다. 더구나 지금 유요의 기업(基業)은 그 모두가 나의 도움을 받아서 이루어진 것입니다. 그러하거늘 이제 제가 뜻을 얻었다고 하여 별안간에 나를 업신여긴다는 것은 그 어질지 못함이 너무나도 심합니다.」

장빈이 대답했다.

「유요는 그 위인 됨이 용기만을 믿어서 경박하고, 사람 죽이기를 좋아하며 올바르지 않아서 어질지 못할 뿐만 아니라 의로운 마음마저 희박합니다. 그 한 예를 들면, 이번 일에 있어서도 우리가 그를 수호하고 돕고자 한 것은 한실(漢室)이란 두 글자를 존중하기 때문인데, 그는 무지하여 조상이 지어준 나라 이름을 저버렸으며, 또한 옛 친구를 미워하니 그와 같은 위인에게 무슨 제왕의 도량이 있겠습니까. 지금 장군께서 그와 더불어 각기 자기대로의 기업을 지켜나가고자 하신다면 틀림없이 질시(嫉視)를 면치 못하실 것입니다. 이번에 장군이 보낸 사신을 죽인 일은 그래도 사소한 일입니다. 앞으로 얼마만큼 해를 끼칠지 모르겠습니다. 그런데 무엇 때문에 그에게 구원을 청하셔야 합니까. 옛말에도, 천하는 천하 사람을 위한 천하지 한 사람을 위한 천하가 아니라고 했습니다. 유요가 제왕의 권리를 행사했으면 장군께서도 역시 그것을 행사하셔야 합니다. 지금부터라도 각기 경계(境界)를 지키되, 그가 싸움을 걸어오면 이쪽에서도 곧 대등하게 응전하십시오. 일체 지난 일은 기억할 바가 못됩니다.」

장빈의 말을 듣고 난 후부터 석늑의 마음속에는 자립하고자 하는 생각이 자리를 잡았다. 그러므로 이후부터는 유요와 손을 끊기로 작정하고 일체 구원도 청하지 않았으며, 유요는 또한 유요대로 장안으로 회군한 후에도 석늑이 왕수를 죽인 일에 대해서 일체 말이 없자 두 번 다시 그것에 대해서 우려하지 않았다.

그리하여 마침내 궁궐을 새로 짓고 대사령을 내려 죄수를 풀어주었으며, 관리들에게는 녹을 올려주고 모든 품급(品級)을 새로

정하여 줌으로써 천자(天子) 행세를 했다.

또한 조서를 내려 석늑에게는 하북(河北)과 산서(山西) 지방의 군사를 통솔케 하고, 칙사를 보내 조역으로 하여금 임제공(臨濟公)으로 봉해서 산동과 해이(海夷)의 군사를 관장케 하였다. 또 하국경·하국상에게는 장군 벼슬을 제수하여 싸움터에 나가게 하고, 군사들에게는 각기 은 한 냥, 기총(旗總)에게는 다섯 냥, 부장에게는 열 냥씩을 상금으로 내렸으며, 교태·왕등·복태·마충·진연·교영 등 여섯 사람에게는 각각 관직을 주었다.

한편 복태에게는 금위(禁衛)를 지키는 책임을 맡겼으며, 근준의 역모를 명백하게 밝혀서 근명·근강 및 근준·근술의 가족과 그 잔당의 가족 8백여 인을 잡아들여서 함양 시내로 끌고 나가 목을 베어 죽였다.

2. 조적(祖逖)의 토적(討賊)

대조 황제 유요는 광초(光初) 원년에 석늑과 연합하여 근준을 토멸하고 평양을 취했으나, 스스로 지키지 않고 도리어 장안으로 회군하였으므로 산우(山右)·하북(河北)의 여러 곳은 전부 석늑의 수중에 들어갔다. 그리하여 석늑은 세력이 매우 커졌으므로 재차 낙양을 탈환하려고 먼저 군사를 내보내 여영(汝穎) 지방을 침범하려 했다.

진나라 예주자사 조적은 석늑이 가끔 하남지방으로 쳐들어오는 것을 보자 곧 군사를 엄하게 단속하고 각기 지키는 바를 맡겨 국경을 수비케 했다. 또한 자기 조카인 중랑장 조제(祖濟)로 하여금 여남(汝南)을 지키게 하고, 임금께 상주하여 장경(張敬)을 여양태수로 임명한 후, 주굉을 신채(新蔡)의 내사(內史)로 삼았다.

그리고 예주 경계에는 큰 성을 수축하여 서·북 두 문 안엔 너비가 두 길이 넘는 도랑을 파 인마의 출입을 막고, 도랑 위를 풀로 가려서 함정을 만들었다. 이 예주성은 아장 위책(衛策)과 장군 한 잠·풍철 등에게 군사 1만 명을 주어 지키게 했고, 조적 자신은 친군도호 동소(董韶), 사마 동기(董驥)와 함께 예주에 있으면서 서로 긴밀한 연락을 취하여 도적의 무리와 북호(北胡)의 침입을 막기로 했다.

이때 동서남북 근처의 땅은 모두 패주(覇主)가 나서서 서로 칠 틈만 엿보고 있었지만, 유하(惟河) 이남과 강우(江右)·제동(濟東)·회북(淮北)·중토(中土)의 땅은 오직 유곤의 조카 유연이 그 중간에서 지키고 있을 뿐 따로 주인이 없었다.

조적은 동서의 경계점에 위치하고 있기 때문에 뭇 도적들이 떼를 지어 머리를 쳐들곤 했는데, 그 중에도 주견(周堅)·장평(張平)·번아(樊雅)·진천(陳川)·우무(干武)·동첨(董瞻)·사부(謝浮) 등은 각기 힘이 강해서 사사로이 관명을 사칭하여 백성들로부터 세금을 징수하고 동에 번쩍, 서에 번쩍 하며 백성들과 관아를 괴롭히기 때문에 잠시도 편할 날이 없었다.

이 무리 중에도 장평·번아가 가장 세력이 강하고 그 다음으로 주견이 강했는데, 주헌은 본래가 장교 출신이라 자사라고 관명을 사칭해도 그럴 듯했지만, 장평과 번아는 본래 초적(草賊)의 무리 가운데서 입신한 자들로서 우스꽝스럽게도 장평은 예주자사, 번아는 초군(譙郡)의 내사를 각각 자칭했다.

조적은 장평이 자기 직함을 사칭한다는 말을 듣자 몰래 군사를 몰고 가서 쳤다. 장평은 조적이 매우 인심을 얻고 진제(晋帝)의 신임을 받고 있음을 알고 있으므로 굳이 맞서지 않고 오직 지키기만 했다.

조적은 계략을 써서 도적을 잡지 않으면 어려우리라 생각하고

곧 여러 장수들에게 명하여 성벽보다 높이 기어오를 수 있는 도구
를 만들어서 사방으로 포위 감시하여 꿈쩍을 못하게 하니, 놀라자
빠진 장평은 사람을 사부에게로 보내 구원을 청했다.

그러나 사부는, 조적의 인품이 충직하고 올바르며 의리가 깊고
명령이 엄한 줄을 알기 때문에 경솔하게 쳐들어오지 못하고 오직
자기 군사를 멀리 경계에 세워둔 채 허장성세만을 돋울 뿐이었다.

조적은 사부의 내심을 파악하고 비밀리에 첩자를 사부에게 보
내, 같이 힘을 합해서 장평을 치면 정식으로 벼슬자리를 주겠다고
하자 사부는 귀순할 것을 맹세하고 계략을 알려왔다.

「동북쪽 포위를 풀고 성내로 인마가 드나들 수 있게 하면 성
을 취할 수 있게 하겠습니다.」

사부의 말을 듣자 조적은 곧 동북쪽에 배치한 군사를 철수하도
록 명령했다. 그러자 사부는 곧 편지를 쓰고는 사람을 시켜 성내
에 있는 장평에게로 보냈다.

「지금 예주자사 조적은 우리가 경계에 이른 것을 보고 협공을
당하지 않을까 두려워서 동북쪽의 포위를 풀었는데, 이것은 그대
와 나를 함께 무찔러버리고자 하기 때문이오 그러므로 특히 공에
게 청하는 것이니, 산채를 내려와 의논을 정한 후에 힘을 합하여
조적을 친다면 그의 군사를 물리칠 수 있을 것이오.」

장평은 이 편지를 보자, 아우 장천을 시켜 성을 지키게 하고 자
신은 친히 1백여 명의 무리를 이끌고 사부를 만나러 떠났다.

사부는 장평이 찾아오자 반갑게 영접했다. 그때 장평의 부하 한
사람이 은밀히 장평의 귀에 대고 속삭였다.

「우리가 사부에게 구원을 청할 때, 그는 경계까지 와서는 주둔
하고 더 앞으로 나아가기를 주저하더니, 오늘은 도리어 비굴할 정
도로 겸손을 보이며, 관병도 여기까지 오는 도중에 길을 막지 않

으니, 혹시 함정이 있지 않을까 두렵습니다.」

장평은 이 말을 듣고 지난 일을 돌아보며 말했다.

「네 말이 맞는 것도 같다. 그러나 이미 여기까지 왔으니 나갈 수도 물러갈 수도 없구나. 더구나 내가 거느리고 온 군사도 얼마 되지 않으므로 별수 없이 채(寨)에 들어가서 형편을 살피며 막을 수밖에 없다. 그러므로 너희들은 내 뒤를 바짝 뒤쫓아 떨어지지 말도록 하라.」

무리들이 응낙하자 장평은 안으로 들어갔다. 대청 한가운데에는 술상을 크게 벌여놓았는데, 바라보니 양쪽 벽에 걸린 벽걸이가 수상하게 흔들렸다. 주인인 사부가 버선발로 뛰어 내려와서 장평을 맞아들였으나 장평은 영 마음이 불안하여 바늘방석에 앉은 것만 같았다. 더구나 자기가 데리고 온 병정들은 모두 문 밖에서 들어오는 것을 저지당했으므로 틀림없이 자기를 해치려는 음모가 있음을 감지했다.

잠시 앉아 있으니 한 계집이 살이 비치는 얇은 옷을 입고 술자리에 나와서 술을 따르는데, 심중에 잔뜩 의심스런 생각이 뭉친 장평은 술맛조차 없었다. 그래서 사부에게 은근히 말했다.

「큰일을 앞에 두고 무슨 여유가 있어 한가롭게 술을 마시겠소 바라건대 공은 얼른 적을 격퇴할 계책이나 가르쳐주시오」

그러나 사부는 계집을 시켜 연신 술만 따르게 하고 호탕하게 웃었다.

「적은 마땅히 쳐야 하고, 술은 마셔야 하는 것이 아니요? 어서 술이나 드시오. 허허허!」

그러나 장평은 안절부절 못하는 듯 술잔조차 기울이기를 주저했으므로 사부는 내심 계략이 누설되지 않았나 추측하고 옷을 바꿔 입고 와야겠다며 핑계를 대고 내실로 들어갔다. 벽 뒤에 숨은

병사들에게 나가서 장평을 죽이라고 귀띔을 해주기 위해서였다.

술상 앞에 혼자 남은 장평은 눈치를 채고 계집에게 측간에 다녀오겠노라고 말한 후 밖으로 나와서 부하들을 손가락으로 불렀다. 그리고는 곧바로 채문을 나서서 장평성을 향해 달렸다.

사부가 복병을 이끌고 대청으로 돌아왔을 때, 이미 장평은 자리에 없었다. 당황한 사부는 곧 말을 타고 뒤쫓았으나 40리를 달려도 붙잡지 못하고 돌아와버렸다.

한편 장평은 도망치는 도중에 사람을 번아(樊雅)에게 보내서, 사부를 공격하여 성을 지키고 있는 아우 장천과 아들 장모를 구원해달라고 부탁했다. 이 말을 들은 번아는 곧 군사를 이끌고 밤낮을 가리지 않고 달려와서 조적의 진지를 기습했다.

조적의 관군은 아무 방비 없이 있다가 번아의 기습을 당하자 우왕좌왕 갈 바를 모르고 모두 흩어져 달아났다. 번아는 자기의 무용을 믿고서 창을 꼬나 잡고 중군까지 쳐들어갔지만 이미 관군은 다 도망치고 아무도 없었다.

그리하여 번아는 말을 이리 몰고 저리 몰며 장군 조적을 찾아 헤맸다. 이것을 보자 한쪽 구석에 숨어서 번아를 죽일 기회만 노리고 있던 일단의 관군은 조적이 크게 한 마디 소리치자, 와락 달려들어 번아를 에워쌌다. 위기에 빠진 번아는 말머리를 돌리며 뒤쫓아오던 아우에게 구원을 청했다. 그러자 번아의 아우는 극(戟)을 휘두르며 조적에게 똑바로 달려들었다.

불시에 극에 찔린 조적은 펄쩍 뛰어 밖으로 뺑소니를 쳤다. 쫓기고 쫓는 두 사람의 거리가 불과 30보쯤으로 단축되었을 때 엄폐물 속에서 달려나온 동소(董韶)가 창으로 번아의 어깻죽지를 내질렀다. 할 수 없이 번아는 뒤쫓던 조적을 버리고 말을 돌려 장평성 쪽으로 퇴각했다.

번아의 창끝에 자칫 죽을 뻔한 조적이 한참 만에 머리를 돌려 보니 자기 뒤를 바짝 뒤쫓던 번아가 어깨를 한 손으로 움켜쥐고 도망을 치고 있었다. 이에 조적은 그가 상처를 입은 줄 알고 다시 몸을 돌리며 추격했다. 그 뒤를 동소와 풍철도 재빨리 따랐다.

장천이 성루에 올라서 보니 번아가 이쪽을 향해서 천방지축 달려오고 있었다.

「음, 번아 형님이 관군에게 추격을 당하는구나. 내 나가서 맞아 싸우리라!」

이렇게 한 마디를 던진 그는 무리를 거느리고 달려 나와 관군을 요격했다. 이를 보자 번아를 뒤따르던 동소와 풍철은 혹시 도적의 무리에게 협공을 당하지 않을까 두려워서 길을 틀어 한잠(韓潛)의 진지 속으로 뛰어들었다.

장천은 그것도 모르고 앞만 보고 10여 리를 달리다가 비로소 형 장평이 도망을 치고 번아가 자기를 구원하러 온 것을 알았다. 배반한 사부를 원망하며, 급히 조카 장모와 함께 성중에 남은 처자 권속을 보호하고자 말머리를 돌려서 달려오니, 이미 성벽에는 조적의 깃발이 펄럭이고 화광이 충천했다.

「조적의 꾐에 빠져 근거지를 소각 당했구나!」

넘실거리는 불길을 바라보던 장천은 주먹으로 가슴을 치고 원통해 하며 번아와 함께 초군으로 도망쳐버렸다.

그런데 초군으로 도망쳐 들어온 지 닷새가 지나도 조적은 어찌된 일인지 통 추격해 들어오지 않았다. 그래서 번아는 창에 찔린 상처가 아물자 또 다시 장천과 4만의 군사를 거느리고 나와서 신성(新城)을 포위, 조적을 공격하여 보복을 했다.

조적은 싸움에서 지고 적에게 막대한 피해를 입자 번아와는 견원지간(犬猿之間)인 봉파성(蓬坡城)의 도적 괴수 진천(陳川)에게

곧바로 사람을 보내 구원을 청했다.

당시 진천은 정병 1만여 명을 거느리고 자칭 영삭장군(寧朔將軍)이라 하여 군마를 진류(陳留)에 거둬두고 있었다. 조적이 자기에게 구원을 청하자 본래부터 번아를 미워하던 터라 곧 두령 이두(李頭)를 시켜 정병 5천을 거느리고 신성을 구원하게 했다.

그날은 마침 번아가 총공격으로 나와 성을 치는 날로, 한잠은 번아와 맞붙어 싸우고 풍철과 장천도 서로 말을 달려 극과 창을 휘두르며 싸우고, 위책은 번아의 칼에 맞아 말에서 떨어져 뒹구는 등 일대 혼전이 벌어졌는데, 성루에 올라가 독전하던 조적이 바라보니 홀연 적진의 후대가 크게 흩어졌다.

이것을 보자 조적은 크게 소리를 쳤다.

「구원병이 왔다! 빨리 앞으로 나가서 적을 무찔러라!」

이두의 군사 5천이 달려들어 번아의 후진을 교란시키자 성 안에서는 동소·동기 형제가 각기 수병을 거느리고 나는 듯이 달려나왔다. 번아와 장천은 가뜩이나 관군의 사력을 다한 용전에 허덕거리는 판에 이두의 구원병이 밀어닥쳐 협공을 당하자 혼비백산하여 초성으로 도망쳐버렸다.

조적은 제장을 불러들여 잠시 의논한 후 곧 이긴 기세를 타서 밤새도록 추격하여 초성 밑에 이르러 포위 공격했으나 번아가 굳게 지키고 나오지 않으므로 승부를 가리지 못했다.

10여 일을 두고 공격해 결국 아무런 소득이 없어, 조적은 양초(糧草)가 떨어지게 되자 은근히 후퇴할 생각을 했으나, 혹시 추격을 당하지 않을까 두려워서 또다시 사람을 왕돈의 형 왕함(王含)에게로 보내 도움을 청했다.

왕함은 도와달라는 요청을 받자 장군 환선(桓宣)에게 군사 1만을, 도독 반신(潘宸)에게 군사 5천을 내주어서 돕도록 했다.

원군들을 보자 조적은 크게 기뻐했다. 곧 그들을 진지에 맞아들여서 연회를 베풀고 더불어 도적을 격파할 계략을 의논했다.

환선이 말했다.

「이 도적 떼들은 전쟁터에서 굴러먹은 놈들이기 때문에 힘으로 이길 것이 아니라 반드시 계략을 써서 취해야 합니다. 조(祖) 장군께선 내일 군사를 이끌고 적에게 싸우기를 권하고, 풍(馮) 장군은 군사 5천을 이끌고 성 북쪽에 매복하여 있다가 대포소리가 나면 그것을 신호로 동문으로 옮겨 적이 달아나는 길을 차단하고, 한(韓) 장군도 군사 5천으로 남문에 매복해 있다가 역시 도주로를 막으십시오. 또한 동소 형제분도 남문 5리 밖에 양편으로 갈라서 매복하시되, 대포소리가 들리면 그것을 신호로 삼아 풍장군과 같이 성안으로 쳐들어가십시오. 한편 위(衛) 장군께선 싸우는 척하다가 도망을 치셔야 하는데, 번아가 그것을 보면 틀림없이 추격할 것입니다. 이때 성의 포위를 좁히고 대포소리에 따라 사면으로 공격하면 성공할 것입니다. 그리고 소장은 본부의 인마를 이끌고 요처에 매복해 있다가 괴수를 포로로 하겠습니다.」

이 말을 듣자 조적은 환선의 계략이야말로 예주와 초군의 화근을 뿌리뽑는 묘산(妙算)이라고 칭찬한 후, 여러 장수를 향해서 계략에 의해 유감없이 행동할 것을 부탁했다.

3. 뿌리뽑힌 도적떼들

다음날 새벽, 각 군사들이 계략에 따라 매복하자 위책은 성을 치면서 큰 소리로 욕설을 퍼부었다.

「번아, 이 도적놈아. 속히 나와서 항복하지 않겠느냐! 네가 만약 나와서 항복을 한다면 모르되, 고집을 부린다면 잡아서 난도질을 쳐 호랑이밥을 만들겠다. 그때는 비록 후회한들 소용이

없을 것이다. 보아라! 지난날 네 친구였던 사부·진천이 지금은 관군에 귀순하여 모두 벼슬자리에 앉아 있는데 네놈은 부럽지도 않느냐?」

이 말을 듣자 번아도 외쳤다.

「우리들은 이곳에서 아무 횡포도 부린 일이 없는데 조적이란 감투 쓴 도적이 벼슬이나 한다고 이유 없이 우리를 치니 어떻게 우린들 가만있을쏘냐!」

이렇게 말다툼이 오가다가 한낮이 되자 번아와 장천은 군사를 이끌고 쳐나왔다. 관군이 굶주리고 피로했다 하여 그 힘을 얕잡아 본 도적 떼들은 급히 관군의 진영으로 쳐들어왔다.

위책은 처음에는 완강히 저항해서 싸우는 척하다가 맞붙어 싸우기 20여 합에 이르러 말머리를 돌려 달아났다. 번아는 이것을 보자 큰 소리를 치며 바짝 뒤를 추격했는데 4, 5리가량 달아나던 위책은 잠깐 멈춰서 싸우는 척하다가 또다시 도망쳐버렸다.

그때 조적도 달려와서 도적을 맞아 싸웠으나 장천이 거느린 도적에게 무찔려서 달아나니 관군은 사태가 무너지듯 밀려났다. 장천은 난군 속에 조적이 섞여 달아나는 것을 보자 더욱 힘을 써서 추격하며 소리쳤다.

「이 도적놈아! 네놈이 내 창끝을 피해 달아날 수 있을 것 같으냐!」

장천의 군마가 조적을 뒤쫓아 달려가는 것을 보자, 동소 형제는 매복한 곳에서 뛰쳐나와 한길을 막고 대포를 울려 신호를 했다. 한잠과 풍철도 그 소리를 듣자 역시 매복한 곳에서 뛰어나와 성을 에워싸고 공격했다.

번아가 조적을 뒤쫓기 10여 리에 이르렀을 때였다. 갑자기 길가 숲에 매복한 이두와 반신이 대포를 쏘니, 조적과 위책은 도망치던 말발굽을 멈추고 뒤돌아서서 소리를 질렀다.

「너 교활한 도적 번아야! 지난날 네가 힘만 믿고 나를 속인 일을 기억하느냐. 내 오늘 너와 겨루어 단판에 요절을 내리라.」

번아도 욕지거리로 대답했다.

「개만도 못한 놈들! 너희들이야말로 하룻강아지 범 무서운 줄 모르는 격이구나!」

이처럼 이를 갈며 욕하던 번아는 조적의 군중에 이두(李頭)가 끼여 있는 것을 보고 말발굽을 울리며 소리쳤다.

「너는 이두가 아니냐? 이 배반자, 쥐새끼 같은 놈! 너는 지난날 내게 기대어 세력을 펴고 굶주린 배를 채우더니, 이제는 배가 부르자 나를 배반하고 관군 쪽에 붙어 옛 은인을 해코자 하는구나. 네놈이 어찌 이리도 방자하단 말이냐!」

아픈 데를 찌르는 번아의 말을 듣자 이두는 약간 안색을 붉히며 대들었다.

「조 예주께서 이곳에 오신 후 인의(仁義)로 사람을 대하기에 우리는 힘만 믿고 백성의 재물을 노략질하는 너희들의 명령을 거역하기로 했다. 너도 지난날의 죄를 뉘우치고 귀순하여 목숨을 보전하는 것이 어떤가?」

번아가 몸을 부르르 떨며 극을 꼬나 잡고 이두를 향해 내달리자, 이두도 번아를 맞아 칼춤을 추었다. 접전하기 10여 합이 되어도 승부가 나지 않자, 관군 쪽에서 반신·조제 등이 뛰어나와 어울리니, 장천·장모 등 도적 떼도 바람처럼 밀려나와 각각 하나씩 맡고 나섰다.

이렇게 싸우기를 수십 합에 이르자, 도적들은 아무래도 뒤가 켕기고 지쳐버렸는지 슬금슬금 뒷걸음을 치다가 갑자기 말머리를 돌려서 성을 바라보고 달아나기 시작했다.

조적이 이끄는 관군은 달아나는 도적 떼를 보자 하늘이 무너지는 듯한 함성을 지르며 추격했다. 남문 밖에서 길을 가로막고 진을 친 동소 형제는 번아가 도망쳐오는 것을 보자 일제히 뛰어나오며 가로막고 소리쳤다.

「독 안에 든 쥐새끼들아! 이미 우리 대장 한잠과 풍철이 대장군의 명을 받잡고 너희 성지(城地)를 쳐부쉈으니 네놈이 어디로 갈 것인가. 얼른 말에서 내려 항복하지 못할까!」

번아가 이 소리를 듣고 영문을 몰라 우물쭈물하는 틈에 벌써 뒤를 시살하며 쫓아온 관군은 목덜미를 치듯 하고, 앞에서는 동소 형제가 바람개비처럼 칼을 날리며 다가서는 바람에 진퇴가 어렵게 되었다. 이에 두어 마장을 쫓겨 갔을 때 저만치 달려오는 자가 있어 바라보니 그는 바로 자기 아우였다.

「어찌 된 일이냐?」

황급한 중에도 숨을 헐떡거리며 물었다.

「풍철이 쳐들어와 남문을 함락시켰으므로 싸우다 못해 도망쳐 나오는 길입니다.」

번아는 머리카락을 곤두세우며 울부짖었다.

「또 적의 계교에 빠져 초성마저 잃어버렸구나. 별수 없다. 잠시 우무(于武)의 산채로 달려가서 다시 일을 꾸며야겠다.」

이리하여 아우와 함께 동문 밖으로 달려서 좁은 길목에 이르렀는데, 갑자기 양쪽 언덕에서 포소리가 울리더니 5천 정병이 앞길을 막아섰다. 깜짝 놀란 번아가 머리를 들어 바라보니 군사를 이끌고 나오는 대장은 커다란 입술에 긴 수염, 넓적한 이마에 번뜩이는 눈이 부리부리한 대장부였다. 내심 겁이 난 번아는 얼른 나부끼는 기치를 쳐다보았다.

'대진(大晋) 어구장군(禦寇將軍) 환선(桓宣)'

번아는 도망치기 어려움을 깨닫고 그 자리에 멈춰 섰다.

환선이 대갈했다.

「흉악한 자야, 네가 이 지경에 이르렀어도 항복하지 않고 어디로 도망치려 하느냐!」

번아는 추격병이 쫓아올 것이 겁나 오로지 앞을 뚫고 나가려 해도 환선이 막아섰기 때문에 어쩔 수가 없었다. 할 수 없이 번아는 눈을 딱 감고 환선 앞으로 냅다 말을 부딪치며 무지갯빛 불을 뿜었다.

이렇게 싸우기를 몇 차례, 그 틈을 타서 장천과 장모는 좁은 목으로 살짝 빠져나갔으나 번아 형제만은 탈출하지 못했다. 거기다가 몇 차례 치른 돌격 때문에 번아와 아우는 몸이 천근처럼 무거운 데 비해 환선은 더욱 힘이 솟는 듯 날래기가 비호같았다.

진퇴양난에 빠진 번아는 굶주린 쥐가 고양이에게 덤벼드는 격으로 다시 한 번 몸을 솟구쳐 돌격했다. 그 결과 아우는 환선의 칼에 맞아 거꾸러졌고, 번아만 단기로 사지(死地)를 벗어나서 겨우 고개 밑으로 쫓겨 내려왔다.

온몸은 칼과 창에 찔려 피가 낭자하고 말도 다리를 절었다. 만신창이가 된 그는 추격병이 좀 늦춰진 틈을 타서 말에서 내려 솔밭으로 들어갔다. 이미 더 나갈 수도 없을 만큼 힘이 지쳐 있었다. 갈 곳도 없었다. 때마침 솔잎 끝에 걸린 초승달을 보자 난생 처음으로 슬퍼졌다.

잠시 후 환선이 군사를 이끌고 추격해왔을 때는 이미 번아가 자결한 뒤였다. 칼로 깊숙이 후빈 가슴에서는 아직도 피가 콸콸 솟아나오고 있었다. 말도 그 옆에 쓰러져 있었다.

「비록 도적이긴 하지만 정말 용사로구나!」

부하가 들것에다 번아의 시체를 싣고 오자, 환선은 아깝다는 듯

혀를 차며 땅을 깊이 파고 잘 묻어주라 했다.

그 이튿날, 환선은 새로 점령한 초성 내의 관아에서 베푼 조적의 승전 축하 연회에 참석하여 조적에게 인사를 드렸다. 조적은 제장의 노고를 치하하고 계략으로써 도적을 격파하게 한 환선에게는 후한 상을 내렸으며, 귀순한 *녹림(綠林)의 제장에게도 따로 관직을 내렸다.

죽은 번아에게는 방승(方昇)이라고 하는 사위 한 사람이 있었는데, 번아가 조적의 공격을 받아 성(城)과 부하를 잃고 자살했다는 소식을 듣자 원수를 갚고자 석늑에게로 달려갔다.

방승이 울며 말했다.

「신의 장인 번아는 진나라의 녹림호걸이온데, 이번에 진장 조적과 환선 등의 공격을 받아 근거지를 함락당하고 자살해버렸습니다. 번아는 비록 도적이긴 하지만 의를 중하게 여기고 부하를 사랑해서 평소에 그를 따르는 무리가 많았습니다. 이번에도 같은 녹림 동지인 장평(張平)을 구원코자 힘써 싸웠으나 중과부적으로 결국 비명에 죽어버린 것입니다. 조왕(趙王)께서는 부디 저의 장인을 위해 군사를 풀어 원수를 갚아주십시오. 그러면 저는 예주의 도적들을 전부 설득하여 전비(前非)를 개과하고 모두 대왕 앞에 귀순하도록 권하겠습니다. 부디 굽어 살피시옵소서.」

석늑은 평소에도 진나라 예주의 도적 번아가 비록 녹림에 묻혀 도둑 노릇을 하기는 하나 의협심이 강하고 가난한 백성 돕기를 즐긴다는 말을 들어서 알고 있었다. 그러던 차에 번아의 사위가 와서 장인의 횡사(橫死)를 고하고 피눈물로써 원수 갚아주기를 간청하자, 곧 아들 석호에게 명하여 정병 3만을 이끌고 가 초성을 치라고 명령했다.

조적은 석호의 군사가 근접했다는 전갈을 받고 녹림패가 자기

를 배반할까 두려워서 갑자기 사부(謝浮)의 공로를 조정에 보고해 중랑장 벼슬을 제수한 후 나가서 싸우라고 했다. 사부는 곧 초성으로 들어가서 싸울 궁리를 했다.

며칠이 지나자 석호의 병사가 성 밑에 당도했다. 조적·사부·조제(祖濟)는 세 길로 나누어 이를 맞아 싸웠으나 석호를 당해낼 수가 없었다. 그러므로 또 왕함(王舍)에게 구원해주기를 청했다.

왕함은 이전처럼 환선을 보내어 싸움을 돕도록 했다. 양쪽으로부터 협공을 받은 석호는 크게 패하여 하북지방으로 철수했다. 조적이 승전한 군사를 이끌고 지난번에 완전히 귀순하지 않은 진류성의 도적 괴수 진천을 치려고 하는데, 급히 달려온 척후병이 고했다.

「진천은 이미 진류성을 버리고 여남지방으로 떠나 기현(杞縣)을 공격하고 있습니다. 소인은 이곳으로 오는 도중 적에게 말을 빼앗기고 부상을 입어 겨우 목숨만 부지해서 기다시피 왔습니다.」

조적이 이 말을 듣고 곧 진로를 바꾸어 기현성 밑에 이르렀을 때 장군 한잠이 마침 적장 진천과 자웅을 결하고 있었다.

풍총(馮寵)이 함성을 지르며 적군 속으로 달려들자, 한잠과 싸우는 데 여념이 없던 진천의 무리는 별안간에 덮쳐온 조적의 군사를 막을 길이 없어서 사방으로 흩어졌다. 이 틈을 탄 풍철이 극을 휘두르며 달려들자 진천은 급히 말을 몰아 준의성(俊義城)을 향해 도망쳤다.

한잠과 풍철이 승리한 기세를 이끌고 뒤를 바짝 따르니 칼에 맞아죽는 자, 창에 찔려죽는 자, 말발굽에 밟혀죽는 자 등이 부지기수였는데, 진천의 조카 진검(陳儉)도 난군 속에서 죽었다.

조적이 성을 포위하자 진천은 굳게 지키고 나오지 않았다. 그러기를 며칠, 워낙 성이 작아 비축된 양식도 떨어지려 하자 할 수 없이 진천은 몰래 사람을 양국으로 보내 진류성 및 여러 현읍(縣邑)을 석늑에게 바칠 것을 맹세하고 구원을 청했다.

석늑은 마침 영토를 넓혀 하남지방까지 병합할 욕심이 있었기 때문에 진천이 보낸 편지를 보자 크게 기뻐했다. 그래서 곧 석호에게 정병 5만을 내주고 가서 진천을 구원하라 했다.

한편 주견(周堅)에게는 군사를 이동시켜 초성을 쳐서 조적의 보급로를 끊게 했다.

조적은 석늑이 두 길로 나눠 쳐들어온다는 소식을 듣자 크게 놀랐다. 그리하여 곧 사람을 건강으로 보내 진제(晋帝)에게 구원을 청했다.

진제가 조적의 상주문을 보고 급히 문무백관을 불러들여 의논하자 사도 왕도가 의견을 말했다.

「석호의 군사는 멀리 있기 때문에 지금 군사를 보내어 공격한다고 해도 때가 늦을 것입니다. 그러니 우선 소준·유하·서감(徐龕)에게 명하여 삼진(三鎭) 군사를 규합시킨 후 주견을 치도록 하십시오.」

이 말을 들은 진제는 곧 격문을 삼진에 보내어 초군을 구하라고 분부했다.

제4장. 석늑의 자립

1. 서감의 항복

주견이 석늑의 명령을 받아 군사 1만을 이끌고 초성을 공격했으나 수장 심흠(沈欽)과 중랑장 사부는 주견의 군세가 강한 것을 보자 싸우지 않고 굳게 지켰다. 그리고 여남의 조제에게 밀사를 보내 구원을 청하려 했으나, 성 밖으로 빠져나간 밀사는 주견의 순찰병에게 발각되어 붙들리고 말았다.

주견 앞에 끌려온 밀사의 몸을 뒤지니 구원을 청하는 쪽지가 나왔다.

이것을 보자 주견은 크게 기뻐하며,

「내 기어코 이 성을 격파하리라.」

하고 곧 전군에 명령을 내려서 계속 치열한 공격을 가했다.

이때 어디선지 탐마(探馬)가 달려와 보고했다.

「적의 구원병이 이미 10리 밖에 도착했습니다!」

깜짝 놀란 주견이 군사를 지휘해서 길을 막은 후에 바라보니 멀리 자욱한 먼지를 일으키며 일진의 군마가 달려오고 있는 것이 보였다.

맨 앞에 달려오는 것은 진장 소준(蘇峻)이었다. 주견은 창을 꼬나 잡고 소준을 향해 삿대질을 하며 소리쳤다.

「그대는 일찍이 초야에 묻혀 있을 때 나의 친구였다. 이제 우리가 서로 나뉘어 싸우게 된 것은 운명이 시킨 것인데, 이제 나는 초성을 함락시켜 일신의 안전을 취하려고 한다. 그런데 무엇 때문에 그대는 나와 원수를 맺으려 하는가!」

소준이 말에 높이 앉아 대답했다.

「앞서 그대가 팽성(彭城)을 치다가 실패했을 때 그대를 쉽게 잡을 기회가 있었다. 생각건대 그대는 본래 오(吳)나라의 옛 신하가 아닌가. 이제라도 진조에 귀순하여 친구가 된다면 얼마나 좋을까. 지금 그대가 오랑캐의 병사를 이끌고 본국의 고을을 침해하는 것은 상도를 벗어난 짓이 아닐까?」

주견이 대답을 하지 않고 곧 창을 내밀며 덤벼들자 소준은 큰 칼을 휘두르며 대적했다. 둘이 싸우기 10여 합에 이르러도 승부가 나지 않는데, 홀연 진장 유하(劉遐)와 서감이 양쪽으로 나눠 정병을 이끌고 밀어닥쳤다.

주견은 이렇게 삼면으로 공격을 받아 크게 패했다. 곧 남은 군사를 수습하여 북서쪽을 향해 달리는데, 진병도 힘을 다하여 추격하니 주견의 군사 중 전사한 자는 길거리에 즐비하고, 버리고 달아난 무기도 부지기수였다.

서감은 힘이 빠져 헐떡거리는 주견의 모습을 보자 한층 힘을 내어 뒤쫓았다. 둘의 사이가 어느 정도 가까워지자 서감은 주견을 놓칠까 싶어 활을 쏘았다. 화살은 핑 소리를 내며 날아가서 주견의 어깨에 꽂혔다. 그래도 주견은 패주하는 걸음을 멈추지 않았다. 다시 한 번 서감이 마상에서 몸을 내밀어 활을 쏘자 이번에는 정통으로 등심을 뚫으니 주견은 몸을 비틀며 말에서 떨어졌다.

이튿날, 소진 등은 진제에게 적장 주견의 머리와 표(表)를 올려

승리를 고했다.

한편, 이때 석호는 군사를 이끌고 진천을 돕고자 준의현(俊義縣) 경계에 당도했는데, 주건이 전사했다는 말을 듣고 곧장 진류성 안으로 들어가 굳게 지키며 나오지 않았다.

조적은 석호가 이끄는 원군이 도착했다는 보고를 받자, 성의 포위를 풀어 전세를 관망했다. 진천도 안도의 한숨을 내쉬며 계속 성을 지켰다.

진장 소준 등은 조정에서 회답이 오는 것을 기다린 연후에 자청해서 조적을 돕고자 했다. 얼마 후에 건강(建康)으로부터 칙사가 진제의 조서를 받들고 왔다. 공명첩을 펴보니 소준이 1등, 유하가 2등, 서감은 3등으로 되어 있었다.

이것을 본 서감은 불끈 화가 났다. 주건의 수급을 딴 것은 바로 자기인데 3등이라니! 그는 곧 부하를 거느리고 싸움터를 떠났다.

소준과 유하도 기분이 언짢았다.

「우리는 임금의 명령을 받아 초성을 구원했지만, 재차 다른 지시도 없고 서감도 이미 떠났으니 우리도 진(鎭)으로 돌아가자.」

이렇게 의논이 끝나자 모두들 각기 흩어져버렸다.

한편, 서감은 진으로 돌아가는 도중에도 생각하기를, 조정에 들어가서 자기의 공로를 밝힐까 했다. 그러나 부하들이 그의 행동을 말렸다.

「조서는 이미 내렸습니다. 지금 장군께서 혼자 들어가 전공을 아뢰었다고 해도 누가 증명하겠습니까. 이미 소준·유하 두 사람도 싸움터를 떠났으니 헛된 일에 마음을 쓰지 마십시오」

이리하여 마침내 서감은 자기 소관인 태산군(泰山郡)을 통틀어서 진류성에 주둔한 석호에게 항복한 후 군사를 합쳐 자진해서 조적을 쳤다.

조적은 석호와 항장(降將) 서감이 군사를 합쳐서 나오는 것을 보고 성안에 농성한 진천과 안팎으로 내응하여 자기를 친다면 이기기 어렵겠다는 생각을 하여 우선 회남(准南)으로 퇴각했다.

또한 석호도 역시 소준·유하가 조적과 연합하여 자기를 칠까봐서 양국으로 회군하여 아버지 석늑에게 주견의 전사를 고하고 서감의 내투(來投)를 보고했다.

석늑은 아들의 말을 듣자 주견의 전사를 애도했으나, 대신 서감을 얻은 것을 기뻐하여 본래대로 태산태수로 삼고, 진천은 진류태수로 삼는 한편 도표(桃豹)에게 군사 1만 명을 주어 이 두 사람과 협조해서 남쪽을 지키라고 했다.

그리고 아들 석호에게는 대장군을 제수하여 전군을 통솔하게 하고, 북방인 유주와 기주를 빼앗으려고 군사(軍師) 장빈을 청하여 계략을 물었다.

「강동의 적이었던 진천과 서감이 투항해왔으므로 이제는 남쪽을 염려하지 않아도 되리니, 이 틈을 타 북쪽을 공략하여 지난 날 늙은 도적 단필탄이 몰래 기주를 구원한 원한을 풀고자 합니다. 바라건대 우후(右侯)께서는 계책을 가르쳐주십시오.」

장빈이 몸을 일으키며 대답했다.

「대왕께서는 내가 군(軍)에 임하여 계책을 내리는 것을 기다려주십시오. 꼭 성공할 것입니다.」

장빈은 석늑과 같이 원문(轅門)으로 나가서 석호를 불러 지시를 내렸다.

「대장군께서는 이미 여러 번 전쟁을 경험했으므로 용병을 잘하는 줄로 알고 있소. 유주의 단필탄은 우리가 번번이 하남으로 출병한 일을 알고 있으므로 갑자기 북상할 것을 예상 못해 방비가 없을 것이오. 이 기회를 노려 대장군께서 군사를 거느리고 비밀리

에 행군하여 습격한다면 단필탄은 허겁지겁 덤비다가 성을 버리고 패주하거나 격파될 것이오.」

석호가 군사 장빈의 빈틈없는 계책에 대하여 존경과 감사를 아뢰자 장빈은 다시 한 마디 주의를 주었다.

「단, 단문앙은 영특하고 용기가 있는 장수니, 날래고 힘센 장수 두어 사람을 뽑아 보내서 치게 한다면 이길 수 있을 것이오.」

석호가 대답했다.

「군사께서는 너무 걱정하지 마십시오. 단문앙에게 비록 용기가 있다고 하지만, 저에게도 그를 제압할 힘이 있으니 염려하실 것이 없습니다.」

이리하여 석호는 군사를 이끌고 출정했다. 모든 깃발을 싸서 감추고 북도 치지 않았으며, 밤에는 행군하고 낮에는 숨되 행군하는 속도는 배 이상 빠르게 했다.

그리고 앞으로 군사들이 나아갈 곳에는 꼭 수색병을 내보내 정세를 살피고, 군사들에게는 함구령을 내려 목적지를 가르쳐주지 않았으므로 그 누가 보더라도 어디서 와서 어디로 가는 누구의 군사인지 일체 알 수가 없었다.

또한 장령(將令)을 내려 민폐를 절대로 끼치지 못하도록 하고, 유주성 20리 밖에 이르기까지 철저하게 군사를 단속했다.

그러나 유주성이 저만치 바라다보이자 석호는 맨 먼저 성 밑으로 달려가 기치창검을 크게 벌리고 북과 대포를 하늘높이 울리면서 성을 포위 공격했다.

때마침 단필탄은 단말배와 같이 성 밖으로 나가 사냥을 하고 있었는데, 석호가 군사를 휘몰고 달려들자 대부분의 군사를 성 밖에 버리고 허겁지겁 성안으로 뛰어 들어갔다. 그러기에 성안에는 오직 2만 명 가량의 늙고 약한 병사밖에 없었으므로 단문앙은 성을 굳게 지키고 사람을 요서(遼西)에 보내 구원을 청하고, 그 구원 병이 당도하기까지는 싸움을 피하자고 주장했다. 그러나 단필탄은 수성(守城)하자는 소리를 듣고 버럭 화를 냈다.

「이미 병화가 *초미지급(焦眉之急)에 이르렀는데 어찌 지키고만 있을 수가 있느냐. 얼른 이곳을 버리고 악릉(樂陵)으로 가서 단숙혼의 군사와 합친 후에 다시 쳐들어온다면 죽는 것을 모면하리라.」

단문앙도 별수가 없어서 야음을 틈타 도망쳐버렸다.

유주 백성들은 하루아침에 주인을 잃어버렸으므로 항복하고 나와서 살려주기를 탄원했다. 석호는 재차 영을 내려 일체 약탈을 금하고 이유 없이는 백성을 죽이지 못하게 했으므로 치안은 금세 확보되고 백성들의 칭송이 자자했다.

석호 역시 기쁨을 이기지 못해서 곧 사람을 보내 조왕 석늑에게 첩보를 올렸다. 석늑은 크게 기뻐하였다.

「내가 오늘 유주를 얻는 데 있어서 칼에 피를 묻히지 않았다. 모든 큰일은 이처럼 이루어지는가!」

이 말을 들은 모든 장수들은 '조왕 만세'를 외치며 곧 문관인 서화(徐話)·정하(程遐)·정기(程巖)·유경(庚景) 등과 의논하여 석늑에게 대위에 오르기를 권하기로 했다. 그리고 한편으로는 원로인 장빈을 부중으로 찾아가서 가부를 물었다.

장빈이 엄숙하게 입을 열었다.

「우리들의 세월이 이 땅에 돌아왔으니 올바르고 기쁘게 행하라. 뒷일에 대해서는 크게 염려할 바 없네.」

다음날 장광(張光)은 공장·장월·오예·조응·공돈 등 백관을 이끌고 가서 조왕을 뵌 후에 아뢰었다.

「대왕의 용맹하심은 조역보다 낫고, 영매하심은 사마씨(진제)

를 누르고 계십니다. 하남·산서 관외(關外)·기북 등 여러 지방은 한결같이 대왕의 위엄 앞에 평정되었으며, 정병 80만에다 맹장 수천 명을 거느리고 계십니다. 바라옵건대 기쁘게 존위(尊位)에 오르십시오. 저희들은 오직 신직(臣職)을 지키겠습니다. 지난날 유요가 국호를 바꾸고 한(漢)을 버렸으므로 민심은 그를 노여워하며 떠났습니다. 그가 스스로 관중(關中)만을 지키고 있는 것은 다행이지만, 관외인 중원(中原)의 백성들은 임금이 없습니다. 그러므로 대왕께서는 선뜻 공론에 따르십시오. 지난날에 불린 민요에도 있다시피 한(漢)을 대신하는 자는 조(趙)이므로 유요가 나라 이름을 바꿔서 그 예언에 응하였지만, 그 역시 무식하고 경망스러워 대왕을 조왕에 봉함으로써 모든 영광을 대왕께 돌렸습니다. 이 어찌 하늘의 뜻이 아니라 하겠습니까!」

그러나 석늑은 좌우에 장빈이 없음을 보자 재삼 물리치고 받지 않았다.

여러 신하가 다시 표(表)를 올리고 장(章)을 바쳤으나 조왕 석늑은 그것을 받아들이려 하지 않았다.

2. 대봉군신(大封君臣)

조왕 석늑이 대위에 나가는 것을 재삼 거절하자 다시 제장과 백관은 문장으로써 상주했는데, 이렇듯 문장이 세 번씩이나 올라가자 석늑도 비로소 마음이 움직였다.

「경들은 잠시 조용해주오. 내가 우후를 뵌 후에 물어서 결정하리다.」

그때 장빈은 늙기도 했거니와, 한실이 멸망하고 유요가 국호를 바꾸어 평양을 저버린 데 대해 격분한 나머지 울화병이 나서 아픈 몸을 다스리고 있었다.

여러 사람은 석늑의 말을 듣고 나서 또다시 장빈의 부중으로 찾아가 이를 고했다.

장빈이 아픈 몸을 일으키며 대답했다.

「어제 내가 제군들에게 말한 바와 같네. 무슨 다른 뜻이 있겠소. 내일 이 늙은이가 친히 조왕을 찾아가서 뵙고 권할 터이니 기다려주시오.」

다음날, 장빈은 손자 장한경(張漢卿)의 부축을 받아가며 궐내로 들어왔다. 석늑은 그것을 보자 황급히 계하로 내려와서 맞으며 공손히 말했다.

「연일 우후를 뵈올 수가 없기에 혹시 저에게 무슨 실수나 없었는지 걱정을 했습니다만, 이처럼 왕림해주셨으니 바라건대 가르침을 내려주십시오.」

장빈이 대답했다.

「오히려 노부가 몸이 괴로워 찾아뵙지 못해 실례됨이 많았습니다. 지금 들은 바에 의하면 문무백관이 대왕에게 상소를 드렸으나 아직 결정을 보지 못했노라 해서, 특히 그 일 때문에 찾아와 뵙는 것입니다.」

그러자 석늑이 약간 안색을 붉혔다.

「예, 그렇습니다. 여러 장수가 힘으로써 뜻을 합해 망령되게도 이 사람에게 등극을 권하는데, 아시다시피 이 사람은 본래 한실의 한 무변(武弁)으로서 병권을 위임받고 여러 문무백관의 도움을 입어 요행으로 이에 이르렀던 것입니다. 그러나 오늘날 한제의 나라는 멸망하고 유요가 겨우 섰지만 취할 바가 못되는 형편입니다. 그러므로 스스로 패(覇)를 내세운다면 찬탈은 아니라 하겠지만 참람하다는 비난을 면치 못할 것이 아니겠습니까. 우후의 고견은 어떠하신지요?」

장빈이 말했다.

「옛말에 기회는 놓치지 않아야 하고, 뜻은 꺾지 말라고 했습니다. 지금 남북은 스스로 패를 내세워 각각 주권을 잡았는데, 중원에는 주인이 없습니다. 그러기에 백성은 의지할 곳이 없어서 동침(東侵) 서구(西寇)를 당하고 있는 형편입니다. 오늘날 대왕이 존위에 오르시는 것은 그런 뜻에서 천리와 인심에 순응하시는 것이 되오니, 조속히 대위에 오르셔서 백성을 불러들이신다면 만민은 안심하고 우러러보며 모여들어 모두 신속(臣屬)할 것입니다. 바라옵건대 대왕께서는 백성의 청을 받아들이십시오.」

석늑은 이 말을 듣자 머리를 깊이 끄덕이며 말을 했다.

「우후의 말씀은 진실로 옳습니다. 이제 곧 모든 백성에게 묻고 군의(群議)에 붙여 결정할 것입니다만, 이 사람은 정녕 그것을 두려워합니다.」

석늑의 말을 듣고 나자 장빈은 곧 그 자리를 물러 나와서 서광과 공장 두 문무의 원로를 소수(疏首)로 하고, 정하·지굴륙 등 1백 29명의 이름을 연명하여 상소를 올렸다. 그 상소에 적힌 내용은 다음과 같다.

─삼가 조왕 전하께 아룁니다. 신 등이 들은 바에 의하면, 비상한 때를 만나야 비상한 공(功)이 비로소 생기고, 비상한 공이 생기면 비상한 업(業)이 필연코 이루어진다고 했습니다. 삼대(三代 : 하夏·은殷·주周의 3대를 말한다)가 바뀌고 오백(五伯 : 제齊의 환공桓公, 진晋의 문공文公, 진秦의 목공穆公, 송宋의 양공襄公, 초楚의 장왕莊王)이 번갈아 고개를 들었던 까닭입니다. 지금 우리 조국(趙國)은 영토의 넓이가 위무제(魏武帝 : 조조) 때보다 더하고, 세력은 오(吳)와 촉(蜀)을 능가하며 천

하의 약 3분의 2를 차지하고 있습니다. 사해의 군·현을 아홉이라 한다면 그 중 여섯이 우리의 것이며, 호구는 1백 40여 만, 지방은 남북 5천여 리로 남쪽은 맹진(孟津), 북쪽은 삭한(朔漢)에 연하여 닿고, 동쪽은 대하(大河)에 이르고, 서쪽은 용문(龍門)에서 끝납니다. 여러 오랑캐는 우리 위력에 복종하여 모두 달려와서 임금을 배알하고 다녀가며, 상서로운 길조(吉兆)는 꼬리를 이어 일어나고 있습니다. 신 등이 엎드려 바라옵건대 이때야말로 대왕께서 하늘의 뜻에 응하시고, 모든 형상에 따르셔서 뭇 백성들의 소원하는 바를 들어 주신다면, 온 천하가 복 받을 것이옵니다.

표가 재차 올려지자, 석늑은 이를 좇아 택일을 한 후 산천의 신령에 제사 지내고, 황제의 위에 올라 나라 이름을 대조(大趙)라 칭하였다. 또한 연호를 지어 태화(太和) 원년으로 하고, 사형수 이하의 죄수에게는 대사령을 내렸다. 백성들의 전조(田租)를 조정하여 균등하게 했으며, 과부·홀아비 등 외로운 늙은이에게는 매인당 곡식 한 섬, 무명 한 필을 하사했다.

종묘를 세워 역대 조상에게 춘·추 두 계절마다 제사를 지내게 했으며, 연일 향을 피우고 포를 올리는 것을 7일 동안 끊지 않았다. 그리고 그의 형 조염(趙染)·조번(趙藩)에게는 시호를 추증하여 건시천왕(建始天王)이라 하고, 장실(張實)을 개성보조 충렬왕(開城輔趙忠烈王), 장웅(張雄)을 충렬후(忠烈侯), 급상을 개국보의 상당공(開國輔義上黨公)에 추증했다.

또 장빈을 대주국 조공(大柱國趙公)으로 삼아 내외 군의 군사로 모셔서 함부로 이름을 부를 수 없게 했으며, 장경(張敬)을 위국공(魏國公)에 봉하여 거기대장군을 겸하게 해 군대 내의 제반 사무

를 맡아보게 하였다.

이 외에, 조개(趙槩)는 좌상국 양로태사(左相國養老太師), 석민(石閔)은 무위장군(武衛將軍)으로 삼아 동궁의 군사를 장악하게 하고, 조호(趙虎)를 선우원보 대도독(單于元輔大都督), 석준(石遵)을 금위장군으로 삼아 우림군(羽林軍)을 맡겼다.

도표(桃豹)와 이익을 대사마(大司馬) 탕구장군으로 삼았으며, 도호·도표(桃彪)를 무기(武騎)장군에 명하여 동쪽 병사를 거느리게 했고, 왕복도·왕진 부자를 효기장군에 각각 명하여 남쪽 군사를 통솔하게 했다.

또 모목(牟穆)·임심(林深)은 표기장군으로 서쪽 군사를, 왕낙생을 진무장군으로 하여 북쪽 군사를 거느리게 하였다.

또 석생(石生)·조응을 진위장군에 명하여 경병(京兵)을, 지영(支英)을 양무장군으로 삼아 지방의 병사들을 각각 장악하게 했으며, 정기·이인을 상당국기(上黨國記)로 임명했다.

이건(李騫)은 국자사교(國子司敎)에 임명하여 글을 읽고 활을 쏘는 법을 가르치게 했고, 석태(石泰)·석국(石國)·석겸(石謙)·공음에게는 행군지(行軍誌)를, 부표·가포에겐 대장군의 기거주(起居註)를 각각 편찬하도록 명했다.

왕양·유모·강범 등은 제주(祭酒)를 시켜 무고(武庫)의 일을 행하게 하고, 부창·두호에게는 경연(經筵)의 문학을, 서광·정하에게는 상서사(尙書事)를 맡도록 하였다.

이 밖에도 오예 등 십사한(十四悍)의 유족 중 중심이 된 인물은 그 생사를 불문하고 모두 보의장군(輔義將軍)의 직에 봉했다.

그런 다음 석늑은 스스로 위에 올라 황제라 칭하고 크게 문무의 신하를 관직에 봉한 후 태자를 세워 동궁(東宮)을 삼았으며, 이로부터 조회에는 천자만이 행할 수 있는 예악(禮樂)을 울리고 군신을 인견했다.

그러므로 조정의 위의(威儀)와 관리의 서열이 아름답게 정제되어 새로운 국가의 힘찬 기상이 엿보였다.

3. 서감 다시 반역하다

숙망의 버슬자리를 얻게 된 서감과 진천은 정성을 다해서 조나라 신하가 되고자 했다. 둘은 상관인 도표(桃豹)에게 상의하여 하남지방의 여러 고을을 쳤는데, 침략을 당한 그 지방의 장관들은 곧 급보를 진제(晉帝)에게 올렸다.

진나라 원제(元帝)는 상소문을 받자 깊이 우려하여 곧 대신들과 회의를 한 후 군사를 보내 구원코자 했으나 마땅한 장수가 없었다. 그러던 중에 왕도(王導)가 나서서 아뢰었다.

「신은 태자를 보좌하는 좌위(左衛)장군 양감(羊鑒)을 천거하옵니다.」

원제는 왕도의 말을 듣자 곧 양감을 불러들여 정북도독(征北都督)에 임명하고 군사 5만을 내주어 나가서 싸우라 했으나, 오히려 양감은 표를 올려 사양했다.

—신의 재주는 전쟁터에서 무용을 드날리는 데 있지 않고 태자를 위해 시문(詩文)과 병서(兵書)를 가르치는 데 있사옵니다. 그러므로 이 무거운 책임을 짊어졌다가 혹시 맡은 바 소임을 다하지 못할 경우가 생기면 신의 일신상에 내리는 형벌은 물론 국가의 대사를 그르칠까 두렵사옵니다. 바라옵건대 다른 장수를 선택하사 승전하시도록 하옵소서.

그러나 원제는 그 상소를 허락하지 않았다. 그리고 서주자사 채표(蔡豹), 하비(下邳) 태수 유하(劉遐)에게 명령을 내려서 새로 임

명한 정북도독을 도우라고 했다.

이에 양감은 별수 없이 군사를 거느리고 하비로 가서 주둔한 후에 진격하지 않고 채표에게 사람을 보내어 그 소식을 물었다. 서주를 다녀온 군사가 돌아와서 보고했다.

「서주자사 채표는 황제의 명령을 받자 이미 군사 2만을 이끌고 출정하셨다고 합니다.」

그러나 양감은 본래 겁이 많은 자였다. 이 보고를 받고도 출정하지 않고 다시 사람을 유하에게 보내 먼저 나가서 적과 싸우라고 명령했다.

채표가 군사를 거느리고 하남에 다다르자, 서감은 그 사실을 탐지하여 곧 나와서 싸울 태세를 취했다. 서감이 말을 타고 달려 나와 채표를 가리키며 소리쳤다.

「지금 너희 나라 임금은 공과 죄를 올바르게 다루지 못하고 있다. 비록 공이 있는 자라도 뇌물을 바치지 않으면 상을 주지 않으며, 죄를 지은 자라도 뒤만 든든하면 죄를 탕감해주고 벼슬을 시켜준다니, 그 누가 임금과 국가를 위해 목숨을 바치려 하겠느냐. 그러므로 너도 차라리 우리 조나라에 귀순하여 중하게 쓰이는 것이 어떠하냐.」

이 말을 듣자 채표는 매우 불쾌한 안색을 지으며 외쳤다.

「이 반역자야, 네가 무슨 낯짝을 들고 내게 훈계를 하느냐. 대장부가 입신하는 데는 마땅히 충과 효를 앞세우고 명예를 중히 여길 줄 알아야 하거늘, 한때 임금이 자기에게 섭섭히 대했다고 해서 조국을 배반하고 오랑캐에게 투항했으니 네 행동이야말로 금수와 진배없다. 너 같은 개자식을 상대할 내가 아니로다!」

모욕을 당한 서감은 머리끝까지 화가 치밀었다. 그는 곧 창을 비껴들고 달려들며 소리쳤다.

「이 개뼈다귀만도 못한 놈이 함부로 주둥아리를 놀리는구나!」

이것을 보자 채표도 양손에 칼을 들고 마상에서 춤을 추며 내달리니, 두 장수의 창과 쌍도(雙刀)는 허공에서 쨍그랑 소리를 울리며 요란하게 맞부딪쳤다.

말들은 각기 주인을 태운 채 거품을 물고 달렸고, 마상의 두 사람은 각기 상대방의 허점을 노려 창과 칼을 번뜩였다.

이처럼 싸우기를 1백여 합에 이르렀는데도 승부가 나지 않았다. 그러나 두 장수는 지칠 줄을 모르며 손에 땀을 쥐게 하는 열전을 벌이고 있는데 갑자기 조군 쪽에서 동요가 일어났다.

「유하가 군사를 거느리고 싸움을 도우러 왔다……」

이에 섬뜩한 생각이 든 서감이 진군 쪽을 언뜻 넘겨다보니 아니나 다를까 진장 유하가 깃발을 펄럭이면서 진군 후면에 당도하는 것이 보였다. 그래서 서감은 한 걸음 물러서며 소리를 질렀다.

「채표야, 듣거라! 오늘은 내가 부득이해서 용서하지만, 다음번엔 틀림없이 네 목을 받아 가리라.」

이 말을 듣자 채표는 도망치는 서감 뒤를 바짝 쫓으면서 조군 속으로 뛰어들어 마냥 칼을 휘두르니 낭패한 조군은 모래알이 흩어지듯 뿔뿔이 흩어져 달아났다.

첫번 싸움에 크게 패한 서감은 태산성(泰山城)으로 곧장 들어가서 성문을 굳게 닫고 지키며 황제 석늑 앞으로 구원을 청했다.

석늑은 전령의 말을 듣자 크게 놀랐다. 그래서 곧 장군 왕복도를 원수로 삼고 그의 아들 왕진을 선봉으로 해서 군사 5만을 거느리고 가서 서감을 구원하라고 했다.

채표는 염탐꾼으로부터 조군에게 원병이 온다는 보고를 받자 곧 군사를 20리 밖으로 후퇴시켜 주둔하고, 유하와 양쪽으로 나뉘어서 진을 벌인 후에 조군이 쳐들어오기를 기다렸다.

　그러나 태산성에 당도한 왕복도는 진군이 포위를 풀고 물러간 것이 자기를 두려워 그러는 것이라 자만하고 성 밖에 진지를 친 채 더 추격하지 않았다. 그리고 사람을 성중으로 보내 서감이 나와서 영접하지 않고 힘써 싸우지 않은 책임을 추궁했으므로, 서감은 내심 왕복도를 원망했다.

　그리고 또한 왕복도는 과거에 하남지방이 색향(色鄕)이란 말을 들은 일이 있는 터라 부하를 시켜 여염집의 어여쁜 계집들을 붙들어다 만족을 채우고 연일 술자리를 마련하여 먹고 마시고 하니, 자연 부하들의 규율도 흩어져서 기회만 있으면 그들도 계집을 강간하고 연락을 즐겼다.

　이러다 보니 왕복도의 군사는 앞으로 나가 적을 물리칠 궁리는 안하고 오직 백성을 노략질하고 수색하여 민폐가 심하므로 백성들은 성내로 들어가서 피해 입은 것을 서감에게 일러바쳤다.

　서감이 그 말을 듣고 불안하여 곧 성 밖으로 사람을 내보내 알아보니, 과연 왕복도의 군중에 규율이 없고 민가의 가축이란 가축은 다 잡아먹어 씨가 말라버렸다는 것이다. 그리고 장군 왕복도는 술에 빠지고 색에 곯아 탈영하는 군졸이 속출했으며, 행패를 말리는 사람은 용서 없이 치고 때려 내쫓았음을 알았다.

　백성들의 장로가 서감을 보고 말했다.

　「장군께서는 강동이 낳은 인물 중에 가장 뛰어난 용장이신데, 한때 시세를 잘못 타서 진제(晉帝)의 밑을 떠나 석늑 앞으로 귀순하셨습니다. 그런데 지금 석늑이 보낸 장수 왕복도의 행패를 보니 그놈들이야말로 오랑캐 상놈임을 알 것 같습니다. 그들이 백성의 재산과 여자들을 노략질해 욕심을 채우는 것이 마치 굶주린 짐승과 같으니 장군께서는 통찰하십시오」

　입장이 난처해진 서감은 얼굴을 붉힌 채 아무 말이 없다가 한

참 만에,

「여러 장로께선 나를 보고 어쩌란 말씀이오?」

하고 물었다.

그 말에 서감의 부하 장교들이 대신 대답했다.

「장군께서는 한때 노여움을 참지 못하셔서 조나라에 투항했고, 저희들도 장군 뒤를 따랐습니다. 그러나 이제 조나라의 명령으로 남쪽을 치며, 왕복도 등의 행패를 보니 후회만 생길 뿐입니다. 그러므로 우리들의 어리석은 생각으로는 성내로 왕복도를 유인하여 죽인 다음에 다시 진나라로 돌아가는 것이 좋을 듯합니다.」

하룻밤을 꼬박 뜬눈으로 밝히며 고민하던 끝에 드디어 서감은 백성과 부장들의 의견을 따르기로 했다.

이튿날, 서감은 소를 잡고 술을 빚어 연석을 마련하고 사람을 성 밖으로 보내 왕복도를 초청했다.

「우리 노야께서는 그 동안 창황 중에 준비가 없어서 왕장군을 모시지 못했으나, 이제 적도 물러가고 한숨을 돌려 장군 부자 분을 초청하여 연회를 베풀고 더불어 채표를 칠 의논을 하시자고 저를 보내셨으니 물리치지 마시옵소서.」

왕진은 지나치게 공손한 초청의 말을 듣자 의심이 덜컥 났다. 그래서 아버지 왕복도에게 말했다.

「전날 아버님이 이곳에 당도하셨을 때 태수 서감이 영접하지 않음을 책하셨는데, 그때 나와서 뵙지 않고 이미 보름이 지난 지금에 와서 모시러 온 것은 아무래도 의심스럽습니다. 가시지 마십시오.」

그러나 사람이 좋고 주책이 없는 왕복도는,

「남이 마음을 돌이켜 호의를 베푸는데 가지 않는다면 인사가 아니리라. 헛헛헛!」

하고 일축했다. 그리고 왕진과 친한 장교 수명을 대동하여 곧 성내로 들어갔다.

서감은 왕복도가 오는 것을 보자 대청 위에 앉았다가 맨발로 뛰어내려와 맞으며, 그 동안 찾아보지 못한 것을 빌고 나서 극진히 공경했다. 그리고 뒤따라 온 종자(從者)들도 따로 마련한 별석에 인도하여 은근히 호의로 접대하니 왕복도는 매우 기뻐하며 마음을 놓고 통음했다.

서감이 쉼 없이 술을 권하며 왕복도의 장수를 빌고 아첨의 말을 던지자 기분이 좋아진 왕복도는 사양하지 않고 잔을 받으며 서감이 상사를 공경할 줄 안다고 입에 침이 마르도록 칭찬했다.

이렇게 술잔이 돌고 돌아 어느덧 연회가 고비에 달하자,

「장군을 대접하려고 특별히 준비한 술이 있습니다. 좋은 누룩과 쌀로 빚어서 향기롭기가 말할 수 없는데 자셔보시겠습니까?」

하고 물었다.

술기운에 기분이 매우 좋아진 왕복도는 눈을 가늘게 떴다.

「아, 그래요! 가져오시오」

서감은 말이 떨어지기를 기다렸다는 듯이 선뜻 일어서서 안으로 걸어 들어가며 큰 소리로 외쳤다.

「애들아, 그 강동(江東) 특주를 가져오너라!」

그 말이 끝나자마자 '네—!' 하는 소리와 함께 대청 양쪽 벽 뒤로부터 20여 명의 기골이 장대한 장정이 손에 무기를 들고 뛰어나왔다. 취중의 몽롱한 눈에도 왕복도는 깜짝 놀랐다.

「네놈이 날 속였구나!」

왕복도는 한 마디 소리를 지른 다음 휘청거리는 다리를 가누며 일어서려 했으나 워낙 술이 취해서 다리가 말을 듣지 않았다. 그 순간에 장정들은 각기 손에 든 무기로 찌르고 치니 왕복도의 비둔

한 몸은 삽시간에 피범벅이 되었다.

한편, 왕진은 따로 마련한 별석에서 함께 온 사람들과 술을 마시고 있었는데, 아무래도 불안해서 견딜 수가 없었다. 딴 사람들은 맛난 술과 안주에 입맛을 다시며 지껄여대도 자신은 점점 더 정신이 말짱해졌다.

옆에 앉아 술을 권하던 계집은 그처럼 얌전한 왕진이 귀엽다는 듯이 연신 소년장군의 손을 잡으며 술을 권했다.

그러나 계집과 부하 장수들의 권에 못 이겨 잔을 기울이면서도 왕진의 온 신경은 돌담 하나를 격해 있는 대청 쪽으로 쏠렸다.

자정이 지났을까? 이미 10여 명의 부하 장수들은 술에 곯아떨어져서 저만치 나뒹구는 놈, 꾸벅거리는 놈, 일어서서 계집과 함께 덩실거리는 놈 등 엉망진창인데, 왕진은 자기 곁으로 바짝 붙어 앉은 계집을 약간 밀어내고 자리를 고쳐 앉으려고 했다.

바로 이때였다. 담 하나를 격한 대청 저쪽에서 갑자기 수많은 사람들의 인기척이 들리는 듯하더니,

「으아악……!」

하는 단말마의 비명이 들려왔다.

순간 온몸의 피가 역류하는 듯 가슴이 울렁거리는 것을 의식하며, 왕진은 소매 끝에 매달리는 계집을 밀어 젖히고 밖으로 뛰어나왔다.

밖은 달도 없는 어두컴컴한 밤이었다. 후들거리는 다리를 칼에 의지하고 섰다가 눈이 어둠에 익는 걸 기다려 살금살금 돌담께로 기어갔다. 한참 만에,

「누구냐!」

하고 대청으로 들어가는 문을 지키던 병사가 창을 내밀며 수하를 했다. 어둠 속에서 벌떡 일어난 왕진은 칼을 휘둘러 그놈을 친

후에 냅다 문 안으로 뛰어들었다.

대청에는 촛불이 휘황했다. 그리고 20여 명의 장정들이 내리친 창칼에 맞아 쓰러진 왕복도는 이미 목이 잘린 채 몸뚱이만 나뒹굴고 있었다.

왕진이 원한의 칼을 휘두르며 대청으로 뛰어오르자 모여 있던 20여 명의 장정들도 그때서야 눈치를 채고 쫙 벌어지면서 왕진을 둘러쌌다. 왕진은 재빨리 좌우를 훑어보며 서감을 찾았으나 그는 이미 보이지를 않았다.

이에 왕진은 기합소리도 요란하게 핑그르르 몸을 돌리며 등 뒤에 있는 놈을 쳤다. 순간 칼을 맞은 그 놈이 푹 엎어졌다. 혈로를 뚫은 왕진은 대청 안으로 달려 들어갔다.

「이놈, 반역자 서감아, 나오너라! 네 나와 무슨 원수를 졌기에 우리 아버지를 유인해 죽이고 또다시 임금을 배반하느냐!」

그러자 방문이 드르륵 열리면서 서감이 창을 들고 나타났다.

「이 어린놈아, 듣거라! 너희 부자는 황제의 명을 받아 태산을 구원하러 왔으면서도, 싸우라는 진군과는 싸우지 않고 백성의 계집과 재물을 약탈해 주야장천 음락을 즐기기에만 여념이 없었다. 어찌 살기를 바라느냐!」

이 말을 듣자 더욱 분통이 터진 왕진은 견딜 수가 없었다. 곧 칼로 허공을 찌르면서 서감에게 대들었다.

그러나 비록 왕진이 여러 싸움터를 거친 용감한 소년장군이지만 어찌 서감의 노련한 창술과 20여 명의 장정이 내리치는 무기를 당할 수 있으랴!

드디어 서너 놈을 찔러 죽인 왕진은 두 겹 세 겹으로 둘러싼 적과 싸우다 못해 원수 서감을 눈앞에 두고도 찌르질 못해서 이를 부드득 갈며 칼을 맞고 쓰러졌다.

눈을 딱 부릅뜨고 죽은 왕진을 보자 서감은 눈길을 돌리면서 부하를 보고 목을 자르라 명령했다.

이튿날, 서감은 왕복도 부자의 목을 창끝에 꿰어서 성 위에 올라가 조군을 향하여 소리쳤다.

「너희들의 장군 왕복도 부자의 목이 여기 있다. 이놈은 황제가 태산의 위급을 구하기 위해 파견한 것을 기화로 백성의 집을 탐색하여 처첩을 빼앗고 술과 계집질에만 파묻혔으니 전쟁은 그 누가 할 것이냐! 생각건대 너희들은 본래가 배우지 못한 오랑캐 족속이라, 나는 다시 너희 나라를 떠나 진나라로 귀순하니 돌아가거든 너희 황제 석늑에게 내 말이나 전해다오.」

왕복도 부자의 수급을 본 조군은 사기를 잃었다. 그래서 부장 기파총(旗把總)은 채표·유하가 거느리는 진군의 추격이 있을까 봐 급히 깃발을 거두고 본국으로 달아났다.

서감은 다시 진나라로 귀순하려 해도 죽임을 당하지나 않을까 두려웠다. 그래서 먼저 왕복도 부자의 수급을 부하에게 들려 채표의 진영으로 보내고 이렇게 말했다.

「나는 왕복도 부자의 목을 잘라서 또다시 진나라를 위해 공을 세웠습니다. 바라건대 장군께선 잠시 군사를 돌려 진(鎭)으로 돌아가십시오 근일 내에 나는 이곳을 수습하고 조정에 들어가서 황제 앞에 죄를 기다리겠습니다.」

채표는 서감의 뜻을 곧 황제에게 상주했다. 원제(元帝)는 대신을 불러들여 의견을 물었는데, 대신들은 한결같이 말했다.

「서감이 왕복도를 죽이고 다시 귀순하겠다고 한다지만, 받아들여서는 안될 줄로 압니다. 그는 반복(反覆)이 무상한 위인으로 이쪽 형세가 곤란해지면 반드시 재삼 반역할 소인이옵니다.」

원제는 그래도 서감의 무용이 아까워 살려보려 했으나 조정의

공론은 절대로 반대였다. 그래서 할 수 없이 도독 양감에게 명령을 내려 서감을 치라고 했다.

그러나 앞서도 말했지만, 이 겁쟁이 장군 양감은 나가 싸우지를 못하고 격문을 유하와 채표에게 보내 그들 보고만 나가서 태산성을 치라고 했다.

채표와 유하는 모여서 의논하기를,

「양 도독은 우리들에게만 싸움을 시키고 자기는 앉아서 공을 취하려 하지만, 우리가 거느린 군사들도 싸움에 지치고 보급도 신통치 않은데 어떻게 공성(攻城)을 하겠는가. 그리고 싸워서 이기지 못하면 도리어 세상의 웃음거리만 될 뿐이오」

하고 각각 원제께 표를 올려 회군을 청했다.

조정에서는 양감이 서감을 치지 않는 것은 군량이 결핍되었기 때문이라고 좋게 해석하고, 일시 서감의 귀순을 받아들이는 조치를 취했다.

이 때 상서령 조협(刁協)과 종사중랑 유외(劉隗)는 양감을 탄핵하는 강력한 상소문을 연명으로 올렸다.

원제는 하는 수 없이 양감을 삭탈관직하고 채표를 세워 정북(征北)장군의 조칙을 내려 양감의 임무를 관장토록 하였다.

조정의 공론이 이같이 결정되자 승상 왕도는 양감을 천거한 것을 부끄럽게 여겨 스스로 인책사의를 표했다. 그러나 원제는 그의 청을 들어주지 않고 계속 승상의 중임을 맡도록 하였다.

4. 최필의 배은(背恩)

중원에서 전란이 끊이지 않는 동안 요동태수 모용외(慕容廆)는 이미 요(遼)나라를 병합하여 큰 세력을 잡았다.

그는 은혜를 베풀어 백성을 다스리고 덕으로 이웃을 도우니, 누구든지 그 근방에 사는 사람이라면 그의 덕을 칭송하지 않는 이가 없었으며, 그 이름은 떠오르는 태양처럼 드높게 되었고, 이웃 고을의 벼슬하는 자들은 모용외의 명망을 두려워하게 되었다.

그 중에도 노룡(盧龍) 자사 최필은 모용외의 인덕을 질투하는 이들 가운데 가장 두드러진 자였다. 그는 속으로 혹시 모용외의 덕이 자기가 다스리는 영토 내의 백성에게까지 미쳐서 백성들이 자기의 학정에 대항해 봉기하지나 않을까 은근히 두려워했다.

그래서 비밀리에 요동 땅 동쪽에 있는 고구려와 북쪽에 있는 단물진(段勿塵), 그리고 서쪽의 우문연(宇文延)과 연합하여 모용외를 칠 계략을 세웠다.

이 세 곳으로 간 사자들은 각각 자기가 맡은 나라에 가서 이렇게 말했다.

「지금 요동태수 모용외 부자는 거짓된 은덕으로 백성의 마음을 사로잡아 그 힘이 나날이 뻗어가고 있습니다. 그러나 본래 모용외 부자는 호랑(虎狼)의 기질을 갖고 있는 자들이기 때문에, 이들이 이웃 백성들에게까지 은혜와 덕의 손길을 뻗치는 것은 필시 그 고을을 집어삼키고자 하는 저의에서 나왔을 것이 분명합니다. 그러므로 우리 주인인 노룡자사 최필은 저희를 보내 지금 여러 대인과 상의해서 연합군을 형성하여 같이 모용외를 치자고 하십니다. 후일 그의 거짓된 계략, 즉 은덕을 가장한 계략에 백성들이 매혹된다면 무슨 힘으로 막아내겠습니까? 그러니 후회하기 전 미연에 막을 수 있는 길은 오직 우리가 먼저 치는 것이니 찬동하시는 분은 한데 모여주시기 바라옵니다.」

이 말을 듣자 가뜩이나 모용외의 영토가 확장되는 것에 경계심을 품고 있던 세 곳의 군주는 곧 각기 사신을 최필 앞으로 보냈다. 세 곳의 사신이 다 모이자 최필이 나서서 말했다.

「우리는 맹약을 맺고 나서 각기 군사를 휘몰고 와 모용외를 치도록 하십시다. 그렇다면 제가 아무리 강하다 해도 우리 사로(四路)의 강병을 막을 수는 없을 것이오.」

이에 최필의 꾐에 빠진 세 곳의 사신이 각기 찬동을 표시하자, 최필은 크게 기뻐하며 참사 고첨(高瞻)에게 맹약문을 기록해두라고 했다.

그러나 고첨은 조용히 머리를 흔들고 최필에게 간했다.

「모용씨는 그 힘이 강할 뿐만 아니라 중국과 오랑캐의 백성들까지 복속하고 있으므로 치기가 어렵습니다. 거기다 부자가 모두 어질고 덕이 있어서 많은 호걸과 빈객(賓客)을 거느리고 있으며, 모용씨를 위해서는 목숨조차 아끼지 않겠다고 한다니 명분 없이 치다간 오히려 실패하기가 십상입니다.」

이 말을 들은 최필은 화가 치밀었다. 그는 갖은 욕설로 고첨을 꾸짖은 후에 스스로 붓을 빼앗아 맹약문을 기록했다.

그리고 동문 밖 언덕 위에 단을 쌓고 하늘에 제사지낼 제물로 백마를 잡아서 올린 후 그 피를 세 사신과 함께 입술에 바른 후에 맹세했다.

「모년, 모월, 모일, 모시, 우리 네 곳의 사신은 각기 군사를 이끌고 극성(棘城)에 모여 모용외를 치겠나이다.」

드디어 그날이 왔다. 네 곳에서 모인 30만 대군은 다 함께 극성에 모였다가 회제(會齋)로 나가 각기 진지를 치고 출전에 대비한 훈련을 했다.

한편 모용외는 경계를 지키던 병사의 보고를 받자 곧 여러 모사(謀士)를 불러들여 의논을 했다.

「나는 본래 인의(仁義)로써 여러 이웃을 상대하여 공동으로 환란을 막아왔소. 그런데 최필은 내가 거짓으로 덕을 베풀어 인심을 낚고자 했다니 기막힌 일이 아닐 수 없소. 더군다나 이제는 세 군데의 군사까지 규합해서 쳐들어오고 있는데, 실로 이것은 호의를 원수로 갚는 일이오. 어찌해야 좋을지 선생들의 고견을 듣고자 하오.」

말이 끝나자 봉추(封抽)·봉혁(封奕) 형제가 앞으로 나서며,

「저희들에게 명령만 내리신다면 기필코 적을 쳐부숴서 물러가도록 하겠습니다.」

하고 간청했다. 그러나 유수(游邃)가 조용히 손을 들어 말리면서 의견을 말했다.

「너무 급히 서둘지들 마십시오. 제가 보건대 고구려와 단씨·우문씨는 본래 우리와 아무 혐의 진 것이 없습니다. 그런데 무엇 때문에 여기까지 와서 싸워야 하겠습니까? 이것은 모두 최필이 이익으로 그들을 유혹했기 때문에 이곳까지 왔을 뿐입니다. 그러므로 그들과 싸울 때 우리 쪽이 온 힘을 다해서 싸운다면 그들 역시 협심 협력하여 맞서게 되므로 오히려 패할까 두렵습니다.」

유수는 침을 한 번 꿀꺽 삼킨 다음에 말을 이었다.

「그러나 만약 우리가 성을 굳게 지키고 싸움에 응하지 않는다면 싸움에 이길 자신이 있습니다.」

모용외 이하 모여 앉은 사람들은 유수의 부전승론(不戰勝論)을 듣자 의외라는 듯 얼굴을 마주보았다.

좀 전에 나가 싸우게 해달라고 자청하던 봉추 형제가 낯을 붉히며 물었다.

「그럼 공께선 싸우지 않고도 이길 수 있다는 것입니까?」

「예.」

한결 얼굴에 온화한 빛을 띤 유수는 잠깐 말을 끊고 여유를 보이더니 일대 웅변으로 부전승론을 폈다.

「대저 저들은 이익을 추구하여 모인 오합지졸이니 그만큼 이간(離間)을 붙이기도 쉽습니다. 그러므로 우리는 먼저 저들이 이간되도록 시기(猜忌)를 조성해야 합니다. 즉 우리가 근처 고을에 전령을 보내어 들에 널린 곡식을 모두 거두어 성내에 반입하도록 하고, 장수를 각 군(郡)에 파견해서 동을 치면 서가 가서 구원하고, 북을 치면 남이 가서 접응할 것이라 공공연히 밝힌다면 저들은 감히 의심하고 두려워하여 진격하지 못할 것입니다. 그런 한편 적이 양식을 얻지 못해 굶주릴 때 우리는 성을 지키기만 하고 싸우지 않다가 유언비어를 퍼뜨려 저들의 심정에 이간의 불을 지른다면 필시 저들의 사기는 해이해질 것입니다. 그 기회를 틈타 우리가 계략으로써 적을 친다면 어찌 이기지 않을 수 있겠습니까. 이러한 방법이 있거늘, 무엇 때문에 날카로운 적의 예기(銳氣)와 맞서서 인명을 손상시켜야 하겠습니까.」

이 말을 들은 모용외는 크게 기뻐했다. 그래서 곧 유수의 계략에 따라 군사와 백성들에게 당장 영을 내렸다.

「모든 군사와 백성은 곧 곡식을 성 안으로 거둬들이고 굳게 지키도록 하라. 망령되이 싸우는 자는 엄벌에 처하리라.」

최필 이하 연합군의 장수들은 이 말을 전해 듣자 크게 웃었다. 즉 그들은 모용외가 싸우기를 겁내는 줄로 알고 일제히 영채를 뽑고 회제(會齋)를 떠나 요동성 밑으로 달려들었다.

연합군은 성문을 부수려고 주야로 성문을 향하여 공격을 가했으나, 그때마다 모용외가 지휘하는 요동 군사는 일제히 근접하는 적에게 화살을 비 오듯 퍼부을 뿐 통 싸움에 응하려 하지 않았다.

이러기를 10여 일, 연합군은 성이 얼른 함락되지 않고 나와서 싸우지도 않으므로 적을 격분시켜 끌어내기로 마음을 먹고 매일같이 성을 향해 욕설과 고함을 질렀다.

「이놈들아! 두더지처럼 숨어 있지 말고 어서 나와!」

「이 굶어죽을 거지같은 놈들아! 그래도 안 나온다면 성 밖에 있는 너희 조상의 무덤을 다 파버리겠다.」

이 말에는 약간 충격이 컸든지 성안의 병사들이 다소 동요의 빛을 보였다. 그러나 이것도 얼마 후 잠잠해졌다.

연합군 군사들은 일제히 성 밖에 있는 공동묘지로 달려가서 뼈다귀를 파내다가 성 밑까지 발길로 굴리고 와서 소리를 질렀다. 그러나 역시 성내는 잠잠했다. 참는 듯싶었다.

이렇게 하기를 다시 20여 일, 연일 공격하고 묘지를 파헤쳐 조상에게 욕을 보였으나 일체 반응이 없고 잠잠하자, 성 밖의 병사들은 자연히 태만해지고 처음의 충천했던 사기도 떨어졌다.

마침 그때는 초겨울이라, 춥고 배고픈 병사들이 슬금슬금 상관의 눈을 피해서 요기할 음식을 찾아 사방의 민가를 뒤지며 헤맸으나 쌀 한 톨 푸성귀 한 잎 얻을 수가 없었다. 자연히 굶주린 병사들의 입에선 원성이 터져나왔다.

성 밖으로 몰래 내보낸 첩자가 돌아와서 이 일을 보고하자 황보급(皇甫岌)이 모용외 앞에 나가서 말했다.

「지금 적병들이 서로 머리와 귀를 맞대고 수군거리는 것은 추측컨대 그들의 심중에 의심이 생긴 징조입니다. 이때야말로 우리가 계략을 쓸 때입니다. 만약 장군께서 저를 성 밖으로 보내 주신다면 미흡하나마 세 치 혀를 놀려 적을 낚아보겠습니다. 특히 우문연은 오래 전부터 저와 잘 아는 사이이니, 만약 그를 설득시킨다면 나머지 무리들을 격파하기는 쉬울 것이옵니다.」

그러나 모용외는 신중하게 대답했다.

「나 역시 우문연의 사람됨을 잘 알고 있소 그는 신의(信義)가 있는 사람으로서 한 번 맹세한 일은 잘 지키는 사람이니 어떻게 그의 마음을 돌릴 수가 있겠소이까. 오히려 선생께서 호랑이 새끼를 잡으려고 굴로 들어가시다 호랑이에게 잡히지나 않을까 두렵소이다.」

황보급이 다시 청했다.

「그처럼 보잘것없는 이 사람을 걱정해 주시는 것에 대해선 무엇이라 감사드려야 할지 모르겠습니다만, 저에게도 따로 계책이 있으니 오직 허락만 해주십시오.」

황보급이 이처럼 진심으로 자신을 표시하자 모용외는 그에게 금은보화를 내주었다. 그러자 황보급은 그것을 받아 감춘 뒤에 곧 우문연의 영채로 달려갔다.

파수꾼의 보고를 받은 우문연은 곧 황보급을 영채 안으로 맞아들였다. 서로 인사가 끝나자 우문연이 물었다.

「선생께서는 나에게 무슨 일로 이처럼 오셨습니까?」

황보급은 정중히 허리를 굽히며 대답했다.

「저는 요동태수 모용 공의 부탁을 받고 이렇게 여기까지 왔습니다.」

이 말을 듣자 우문연의 안색은 금방 달라졌다. 곧 그는 손을 들어 병사를 부르려 하였다. 황보급은 급히 그 손을 붙들어 다시 앉힌 후 다음 말을 이었다.

「대인께서는 어찌 생각하실지 모르겠으나, 우문·모용 양가는 조상 대대로 절친함은 물론 통혼(通婚)까지 해온 사이입니다. 그런데 오늘날 이렇게 서로 병과(兵戈)를 마주잡고 싸우는 이유는 과연 어디에 있습니까?」

우문연이 대답했다.

「내가 듣자니, 요동공(遼東公) 모용외는 우리들을 병탄(併呑)하려고 한답디다. 그러므로 우리가 먼저 선수를 쳐서 협공하는 것뿐이오.」

우문연의 대답을 듣자 황보급은 짐작이 간다는 듯 고개를 끄떡이며 대답했다.

「그것은 필시 최필의 수작일 것입니다. 대인께서도 그가 의롭지 못한 자임을 잘 아실 텐데 어찌하여 그 같은 자의 말을 따르셨습니까?」

황보급은 은근히 우문연의 아픈 곳을 찔렀다.

「대인께서는 보셔서 아시겠지만, 지난번 최필이 목환진(木丸津)의 침략을 받았을 때, 그는 우리 모용 공 부자에게 구원을 청했습니다. 그래서 두 분은 최필 대신 죽을힘을 다해서 목환진과 싸워 마침내 궁지에 몰린 그를 구해주었습니다. 그러나 이제 그가 전날의 은혜를 배반하고 모용 공 부자를 치는 것은 그가 투기심 많은 소인이기 때문입니다. 만약 그가 이번 싸움에 이긴다고 하면 다음에는 필연코 무리를 모아서 대인을 칠 것입니다.」

반 협박 투의 말을 듣자 우문연 역시 깨닫는 바가 있는지 언성을 부드럽게 낮추며 말했다.

「나 역시 최필이 현명한 사람을 투기하고 요행을 바라는 낭심(狼心)의 인간임을 전혀 모르는 바 아니지만, 이번에는 다만 최필이 내게 고한 위언(危言) 때문에 부득이 마음이 움직여 따라왔을 따름이오.」

황보급은 바로 이 기회다 싶어 우문연의 말이 떨어지기가 무섭게 내쏘았다.

「대인은 그의 유혹에 빠지셨습니다. 대인께서도 아시다시피 우리 모용 공은 진정한 군자이십니다. 그런 분에게 어찌 이웃을 적으로 여기는 마음이 있겠습니까. 그러므로 모용 공은 저더러 명하기를, 약간의 예물을 대인에게 바치고 대대로 이어오는 서로의

우의를 손상함이 없도록 하라고 하셨습니다. 옛 글에도 *입술이 없으면 이가 시리다고 했으니(脣亡齒寒순망치한), 어찌 모용씨가 망하면 우문씨인들 성하겠습니까. 대인께선 깊이 통찰하셔서 부디 이 예물을 수납하신 후 군사를 돌리셔서 서로 싸워 상함이 없도록 하십시오. 그리 하신다면 우리 요동병도 대인의 군사를 적대하지 않으리다.」

황보급의 말을 들은 우문연은 잠시 마음속으로 모용외의 병력과 현재 연합군이 당면한 여러 가지 문제를 놓고 저울질을 했다. 그 결과 멀지 않은 날에 반드시 좋지 못한 사태가 다가오리라 예견하고, 기쁘게 선물로 보내온 보물을 받은 후 자기 옷자락 한 조각을 찢어 주면서 대답했다.

「선생의 말씀이 아니 계셨더라면 어리석은 이 사람이 조상님과 모용 공에게 큰 죄를 지을 뻔했습니다. 이제 이 옷자락을 신표로 삼아 화약(和約)을 맹세하니 선생께선 곧 돌아가셔서 모용 공에게 내 뜻을 전해주십시오.」

황보급은 그 옷자락을 받아 안주머니에 깊숙이 감추고 일어서며 밖으로 나왔다. 우문연이 문까지 따라 나오면서 말을 던졌다.

「선생께서 모용 공께 가시거든, 주신 선물 잘 받았으며 바라건대 이것으로써 영원한 우호를 맺자고 전해주십시오 그리고 이 사람은 남의 눈이 두려워 여기서 실례해야겠지만, 우리가 회군할 때 약속을 어겨 습격하는 일이 없도록 바랍니다.」

황보급이 정색을 하고 말했다.

「대인께서는 저를 어떻게 보십니까? 만약 추호라도 잘못되는 일이 있으면 그 모두가 이 황보급에게 책임이 있으니 신명(神明)께서도 용서치 않으시리다.」

우문연은 그 말을 듣자 크게 웃으며 실례를 빌고 돌아섰다.

황보급이 돌아와서 모용외 앞에 복명하자, 좌우에 앉은 배개(裵開)·송해(宋該) 등 장수는 곧 싸우자고 주장했다. 그러나 모용외는 그들을 돌아보고 말했다.

「아직 싸울 계략도 세우지 않았는데 그대들은 무엇 때문에 싸움을 입 밖에 내는가?」

그들이 대답했다.

「무엇 때문에 따로 계략을 세울 필요가 있습니까. 여러 곳의 적들은 마땅히 우리를 놔두고 도망칠 수밖에 없으므로 오직 그 뒤를 추격한다면 자연히 이길 것이옵니다.」

그러나 모용외는 그들을 말리면서,

「병사는 일단 칼을 들고 적을 맞으면 반드시 상하는 법이다. 그들이 스스로 물러간다면 그 후에 의논해도 좋지 않은가.」
라고 말했다.

송해가 다시 나서서 말했다.

「만일 우리가 추격하여 섬멸하지 않는다면 반드시 저희들이 겁내는 줄로 알고, 일단 물러갔다가 다음번에 또 쳐들어올 것입니다. 그러나 이번에 아주 그들을 격파한다면 다음이라도 망령된 생각을 품지 못할 것입니다.」

유수 역시 두 사람의 의견에 찬동했다.

5. 철령산 싸움

황보급이 요동태수 모용외의 밀명을 띠고 우문연의 영채를 다녀갔다는 말은 첩자를 통해 그 즉시 고구려 장군과 단물진의 귀에 들어갔다. 두 사람은 곧 최필을 만나서 같이 의논을 벌였다.

「지금 우리 네 곳의 군사가 합심해서 모용외를 치는 것은 장차 강성해질 그의 힘을 미리 꺾어서 후환을 방지하기 위해서입니

다. 그러나 들리는 바에 의하면 우문연은 그들과 내통해서 유사시에는 우리를 배반하고 회군할 것이라 합니다.」

최필이 난처한 표정을 지었다.

「그러므로 잘못하다간 복배(腹背)에 적의 칼을 맞을 염려가 있으니 우리들도 각각 회군해서 경계를 지키고, 만약 모용외가 쳐들어온다면 우리끼리 서로 구원해서 막도록 합시다.」

의논이 이에 이르자, 세 사람은 일제히 영채를 뽑고 본국으로 떠나자고 약속했다. 모용외의 첩자는 재빨리 이 사실을 눈치 채고 성안으로 들어가서 고했다. 유수가 계략을 말했다.

「제가 생각하건대, 철령산(鐵嶺山)은 요서(遼西)로 빠지는 지름길이니 적이 회군한다면 반드시 이곳을 지나갈 것입니다. 그러므로 둘째 공자 모용한과 장군 봉추는 군사 3만을 이끌고 먼저 출발하여 철령산 골짜기에 숨고, 봉혁·황보진·송해·황보선 등 네 장군은 정병 4만을 이끌고 슬슬 퇴각하는 적의 뒤를 쫓으십시오 그러고 나서 큰 공자는 군사 2만을 이끌고 뒤에서 접응하며 나가 적이 철령 좁은 길목으로 접어드는 걸 기다렸다가 대포소리를 신호로 양쪽에서 협공한다면, 비록 저들이 목숨을 부지하여 돌아간다고 하더라도 다시는 요동을 넘보지는 못할 것입니다.」

그 말을 듣자 모용외는 무릎을 치면서 기뻐했다. 그리하여 여러 장수를 불러놓고 계략에 따라 분부를 내리니 모두 맡은 바 소임에 따라 물러갔다.

이튿날 새벽, 성루에 올라가 바라보니 과연 최(崔)·고(高)·단(段) 세 군의 군사는 일제히 영채를 뽑고 이동하기 시작했다. 이를 보자 모용외는 황보진 등 네 장군을 불러 다시 한 번 명령했다.

「제장들은 절대로 적을 경시하지 말고 철령산에 이르기까지는 급히 추격하지 말도록 하라.」

적이 20리쯤 물러나자 요동군은 성문을 열고 추격을 시작했는데, 명령을 받은 대로 유유하게 뒤를 쫓았다. 최필이 남겨놓고 떠난 첩자가 급히 말을 달려 선두를 달리는 최필에게 고했다.

「뒤에 추격병이 쫓아옵니다. 빨리 앞으로 달려서 습격당하지 않도록 하십시오」

그러나 역시 최필은 노련한 장수였다.

「절대로 덤비지 마라. 그들이 일보 전진할 때 우리도 일보 전진하면 된다. 두려워할 것 없다.」

그러고 나서 최필은 각 대열의 선두를 달려오는 고구려의 장군과 단물진을 불러 의논했다.

「철령산을 지나면 그곳부터 우리 요서 땅이지만, 골짜기가 깊고 길며 좁고 험하니 기습을 조심해야 할 것입니다.」

행군한 지 이틀째인 저녁 무렵, 최필이 이끄는 세 곳의 군사는 철령산에 당도했다. 올 때는 각기 다른 길로 오느라 보지 못해서 몰랐지만, 정말 산이 깊고 험하기가 이를 데 없었다. 온갖 잡목이 꽉 들어찬 산 속은 대낮에도 햇빛을 볼 수 없으리만큼 울창했고, 하늘 위로 뾰족하게 솟은 산봉우리는 구름 속으로 들어갔는지 보이지가 않았으며, 산자락 자락마다 아가리를 벌린 골짜기는 저승처럼 무시무시했다.

지름길인 산 밑 골짜기를 돌아보고 오라는 명령을 받고 달려간 탐색병이 한참 만에 돌아와서 보고했다.

「골짜기에는 지금 자욱하게 안개와 어둠이 깔려서 시계(視界)가 분명하지 않습니다. 그리고 다른 곳에서는 별 이상이 없는 것 같습니다.」

세 사람은 망설이지 않을 수 없었다. 이 어둠을 뚫고 골짜기를 가기가 힘들기 때문이었다. 하기야 내일 새벽 환할 때 지나간다면

다소 나을 것도 같지만, 그러자면 얼마 거리를 두지 않고 뒤따라 오던 추격병이 밀어닥칠 것 같았다.

한참 동안 결단을 내리지 못하고 망설이던 최필은 자기 얼굴만 쳐다보는 두 장군에게 이렇게 말했다.

「이제는 별수가 없소. 야음을 타 얼른 이 길을 지나서 저쪽으로 빠진 후에 적을 기다려서 치기로 합시다.」

이때 행군 뒤쪽에서 급히 전령이 앞으로 달려 나왔다.

「황보진 등 요동 장수 네 명이 군사들을 거느리고 추격해옵니다.」

아닌 게 아니라 세 사람이 뒤돌아보니 어둠 속에서도 희미하게, 떠밀려서 일그러지는 행군 대열이 저만치 고갯길 밑으로 보였고 갑자기 소란스러워진 아우성 소리와 말울음 소리, 그리고 말발굽 소리가 먼발치로 들려왔다. 최필이 먼저 결심한 듯 앞으로 말을 내몰자 나머지 사람들도 골짜기로 말을 내몰았다.

골짜기에는 전령의 말마따나 습기와 짙은 몽기(濛氣)가 확 들어 차 있어서 마치 구름 속을 뚫고 가는 것 같았다. 병사들은 모두 그 눅눅한 습기 때문에 옷이 젖어 한기로 몸을 떨었고, 말도 코가 시린지 자꾸만 투레질을 했다.

이처럼 몽기를 뚫고 행군한 지 일각(一刻)이 더 지났을 때였다. 이미 부대의 후미까지도 골짝의 초입을 들어섰을 것이라고 생각하고 있는데, 갑자기 앞쪽 벼랑 위에서 대포소리가 터지며 화광이 충천했다. 그러더니 한 손에는 칼, 한 손에는 관솔불을 밝혀 든 요동 군사가 풀숲과 바위 뒤에 숨어 있다가 일제히 달려들었다.

이것을 보자 완전히 얼이 빠지고 싸울 자신을 잃은 세 곳의 군사들은 서로 요동군의 날카로운 칼날과 창끝을 피하려고 아우성을 쳤다. 삽시간에 아수라의 지옥으로 변한 골짜기에는 서로 먼저 도망치려는 군사들과 밟고 밟혀 죽는 자의 비명과 신음소리, 그리고 이 파멸을 최소한 막아보려는 장수들의 욕지거리, 연신 울리는 대포소리와 산 위에서 골짜기를 향해 내리쏘는 화전(火箭)의 시위소리로 살육의 교향악을 이루었다.

조금이라도 몸이 자유로 움직이는 자라면 풀뿌리나 나무뿌리, 아니면 언덕 쪽에 삐죽 돋아나온 바위를 잡고 산 위로 기어오르려고 안간힘을 썼으나, 그런 자는 그런 자대로 나뭇등걸이나 바위 뒤에 숨은 요동병의 습격을 받아 칼과 창을 맞고 쓰러졌다.

최필은 난군 속에서 몇 명의 결사대를 조직한 후 단물진·단물규(段勿規) 형제가 절륜의 용기로써 뚫은 혈로(血路)를 따라 골짜기 건너편을 향해 달렸다. 요동장수 봉추는 도망치는 최필을 저만치서 보고 급히 뒤쫓았으나 단가 형제의 끈덕진 방어로 겨우 어깨를 칼끝으로 찌르고 말았을 뿐 죽이지는 못했다.

이렇게 해서 문자 그대로 진퇴유곡(進退維谷)에서 빠져나온 최필은 고구려 장군과 더불어 그 길로 고주(高州)로 도망쳤는데, 그와 함께 요동성을 치러 간 20만 대군 중 이 산을 다시 넘어서 살아온 자는 10분의 1인 2만 명에 지나지 않았다. 그나마도 대개의 병사가 창칼과 화살을 맞아 부상을 입은 자들이었으니, 모름지기 전멸이란 이런 것을 두고 하는 말인지도 모른다.

최필 등은 고주로 도망을 쳤으나 공자 모용한이 계속 그 뒤를 추격해서 고주까지 이르렀으므로, 다시 최필은 고구려 장군을 따라 고구려 땅으로 도망을 쳤다. 이것을 본 모용한은 최필의 뒤는 더 쫓지 않고 곧장 노룡성(盧龍城)을 쳤다.

이렇게 되자 아비 대신 성을 지키고 있던 최필의 아들 최인(崔仁)이 곧 성문을 열고 울며 나와서 모용한 앞에 투항했으므로, 모용한은 그를 용서하고 성안으로 들어가서 백성들을 안심시킨 후

에 부친 모용외에게 첩보를 올렸다.

요동성에 앉아서 아들의 첩보를 받은 모용외는 최필이 너무나 머나먼 곳까지 도망친 것이 안되어서 모용한에게 회답하기를, 다시 최인에게 노룡을 지키라고 내준 후 고첨을 대동하여 회군하라고 명령했다.

그래서 모용한은 아버지의 서한을 가지고 손수 고첨을 찾아가 뵈었으나, 이때 고첨은 주인 최필의 운명을 생각한 나머지 병이 나서 일어나지를 못했다. 그래서 모용한은 아버지를 대신하여 말했다.

「선생께서 그처럼 최필을 위해 간하셨다는 말씀을 들은 우리 아버지께선 지금 몹시 선생을 존경하고 계십니다.」

고첨은 눈물을 흘리며 주인 최필을 용서해달라고 대신 비는 것이었다.

이곳 노룡에서 최필이 감춰둔 옥새(玉璽) 세 개를 얻은 모용한은 요동으로 돌아오자 그것을 모용외에게 바치며 치사했다.

「최필 등이 저를 해치고자 했으나 도리어 이 보배로운 물건을 이렇게 얻게 되었습니다. 진실로 아버님께서는 임금이 되실 복이 있으십니다.」

그러나 모용외는 옥새에는 눈길도 주지 않고 아들을 훈계했다.

「이것을 얻은 네 공은 크지만, 복은 이 물건에 있는 것이 아니라 덕과 인재를 얻는 두 가지 길에 있느니라.」

그러고 나서 곧 배억을 시켜 표를 진제(晋帝) 앞에 올렸는데, 거기에는 최필이 모해하다가 도리어 싸움에 패한 일과 옥새를 뺏은 사실이 밝혀져 있었으며, 끝으로 자기는 온갖 충성을 다하겠노라는 뜻의 글이 적혀 있었다.

표를 본 원제(元帝)는 대단히 기뻐했다. 곧 모용외에게 전직 말고도 벼슬을 내리니, 안북(安北)장군과 평주목(平州牧)이었다. 이로부터 요동 근방의 오랑캐와 백성들은 요동태수 모용외가 진제의 명령을 받아 오랑캐를 정벌한다고 해서 앞을 다투어 귀순했다.

한편, 우문연은 다른 세 곳의 군사가 퇴각하는 것을 보자 곧 자기도 모용외에게 인사를 드린 후 자기 진(鎭)으로 돌아감으로써 패망을 겨우 면하게 되었다.

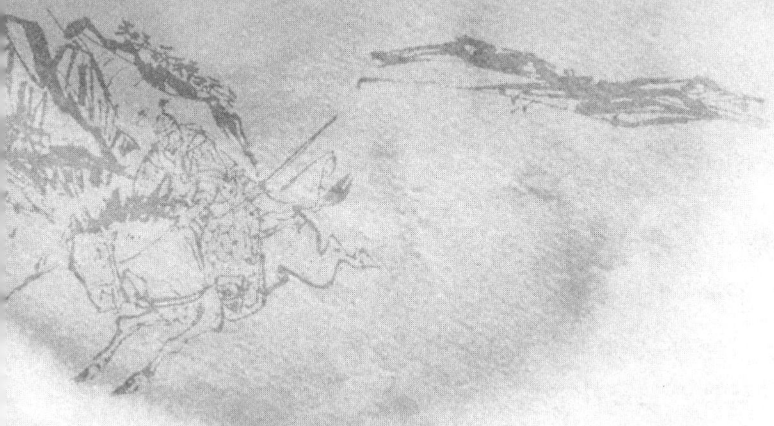

제5장. 장안의 봄

1. 사마보의 멸망

유요가 제위에 오른 후, 서조(西趙)는 한때 나라가 태평하고 군사와 양식이 넉넉하여 그 위세를 대단히 떨쳤으나, 항장(降將) 조고(趙固)가 낙양을 진나라에 내주고 또다시 항복하자 관외의 수비처를 잃게 되었다.

격노한 유요는 곧 장안의 항장 송시(宋始)·윤안(尹安) 등에게 명령을 내려 조고를 습격해서 죽이고 낙양을 수복하였으나, 석늑 역시 관외에 거점을 만들려고 석생(石生)에게 군사 3만을 내주어 유요의 낙양 점령을 막으려고 하였다.

이때 유요의 장군 송시와 윤안은 낙양성을 수비하고 있었는데, 북쪽 길은 석생이 막은 데다가 서쪽 길은 진나라 장수 이구(李矩)가 끊는 바람에 장안으로부터의 보급로가 전부 차단되어 양식이 떨어지게 되었다. 그러므로 병사들이 민가를 찾아 노략질을 한다는 소식을 들으니 송시와 윤안은 마음이 조급했다.

송시가 먼저 굶주린 군사를 거느리고 나가 싸웠으나 석생의 계략에 빠져 해심(垓心)에서 3일간 포위된 후 굶주림에 못 이겨 포로가 되고 말았다.

윤안은 송시가 잡힌 것을 보자 내심 크게 놀랐다. 그래서 곧 사람을 진장 이구에게 보내 항복하기를 청했다. 윤안의 항복서를 보자, 이구는 곽묵(郭默)에게 명하여 군사를 이끌고 가서 윤안을 돕도록 했다. 석생은 그들과 수일간 싸웠으나 결판이 나지 않자 군사를 이끌고 하북(河北)으로 회군했으며, 곽묵은 낙양에 입성하여 윤안과 백성을 위로하니 하남 백성들은 모두 낙양을 수복한 이구 앞으로 귀순했다.

유요는 이 말을 듣자 크게 노해 곧 군사를 이끌고 이구를 치려 했다.

이때 유자원이 나서서 아뢰었다.

「지금 들으니, 진장 이구는 그 위세가 매우 강해서 하내(河內)와 낙양의 백성들이 모두 그의 수중에 들어갔다고 하옵니다. 더욱이 진장 조적·채표 등도 가끔 석호와 싸워서 하남을 취하고 싸움이 잦다 하는데, 이들이 만약 이구를 원조할 경우를 생각해서 아직은 쉽게 공격하면 안될 줄로 아나이다.」

이처럼 회의에서 결정을 내리지 못하고 있는데, 탐마(探馬)가 급히 달려와서 보고했다.

「시중(侍中) 강발이 대장 평선(平先)과 군사 7천을 거느리고 평양의 난을 일으킨 간적(奸賊)을 치러 오셨으나, 이미 평정되었다는 말을 듣고 떠나려 하시는데, 떠나기 전에 황제께 뵙고 하직을 고하겠다 하옵니다.」

유요는 매우 기뻐했다. 곧 좌우의 관리를 성 밖으로 내보내 영접해서 조정으로 안내해 들어오니, 강발 형제는 배알을 마친 후 감개가 무량하여 눈물을 흘렸다. 이것을 본 관심·유광원 등 한실의 구신들도 모두 옛일을 생각하고 따라서 울었다.

얼마 동안 운 후에 강발의 아우 대장군 강비(姜飛)가 아뢰었다.

　「황제께서 계신 이곳을 지나가면서 뵙지 않는다면 그 누가 간적을 치러 온 신들의 충성심을 알아주시겠사옵니까. 다만 조정으로 들지 않고 성 밖에서 치사를 드린 것은 성안에 군마가 즐비하게 늘어섰기 때문이옵니다.」

　유요는 강발 형제의 충성을 위로한 다음 강발에게 물었다.

　「군사(軍師)께서 짐의 곁을 떠나 고향으로 은퇴한 후 곁에 더불어 의논할 사람이 적었는데, 이제 이구를 치려고 의논이 분분한 때 때맞춰 입궐하셨으니, 선제들의 남기신 유덕에 감사하지 않을 수가 없구려. 부디 군사께서는 짐을 위해 좋은 계략을 가르쳐 주시오.」

　강발이 망극하여 상주했다.

　「지금 폐하께서는 이미 이 땅에 도읍을 정하셨사옵니다. 형양과 낙양이 이곳에서 모두 멀리 떨어져 있고 보면 보급로가 막히는 수가 많으므로 다스리기가 쉽지 않사옵니다. 신이 들으니 상규 땅에 있는 진나라 남양왕 사마보(司馬保)는 군사 10만을 거느리고 번번이 장안을 치려고 노리고 있다는데, 이것이야말로 염통 밑이 곪는 우환이 아닐 수 없습니다. 그러므로 폐하께서는 우선 상규 땅의 사마보를 치시옵소서. 그리하여 진롱(秦隴) 지방을 모조리 우리 수중에 넣게 된다면 장안은 근심하지 않아도 될 것이옵니다. 그런 연후에 다른 곳을 취하심이 만전지책(萬全之策)이 아닐까 하나이다.」

　강발의 의견을 듣자 유요는 크게 기뻐했다. 그래서 칭찬의 말을 내린 후에 곧 대장 해호(解虎)와 윤차(尹車)를 불러들였다.

　「짐은 이제 군사의 탁월하신 의견을 따라 먼저 상규 땅을 치려고 하는데, 두 장군은 군사 5만을 거느리고 가서 힘껏 싸워 이기도록 하오.」

해호와 윤차가 분부를 받고 물러가자, 유요는 다시 농서(隴西) 땅에 도망가 있는 진안한테 알려서 힘을 합해 사마보를 치자고 권했다. 그 편지 내용은 다음과 같다.

<과인이 조용히 생각해보건대, 장군은 진정 당대의 영웅이나, 혼용(昏庸)한 주인을 잘못 만나 시기함을 입고서 그 뛰어난 재주와 큰 뜻이 모두 쓰이거나 나타내지 못한 채 머나먼 변방으로까지 쫓겨 갔으니 진심으로 애석하다 아니할 수 없소

일전에 이 사람은 유아(劉雅)를 장군께 보내어 서로 약속을 맺은 다음 진을 쳐서 그대와 함께 우리가 간직하고 있는 진나라에 대한 원한을 다소라도 풀어보고자 했으나, 그대는 군사를 이끌고 먼저 떠나고, 우리 군사 쪽은 미처 장군이 출발한 걸 몰라서 접응하지를 못해 서량태수 한박(韓璞)으로 하여금 *어부지리(漁父之利)를 취하게 하고 뿔뿔이 패주했으니 심히 유감된 일인가 하오.

불행 중 다행인지, 장군은 촉(蜀)으로 들어간 후 성(成)나라 임금 이웅(李雄)을 만나 고단한 몸을 의지하고 계신 것 같은데, 본래 이웅은 장군이 불세출(不世出)의 호걸임을 알기에 자기 세력을 신장하는 데 이용하려는 것뿐이지 결코 진심으로 장군을 도우려는 것은 아닐 것이오 또한 장군의 재주가 이웅이 장군께 내린 양주자사쯤으로 멎을 것이 결코 아님은 누구보다도 장군 자신이 더 잘 알고 있을 줄로 믿소이다.

이에 특히 짐이 장군께 청을 보내는 것은 이번에 해호·윤차 두 사람에게 군마 5만을 주어 상규 땅에 있는 남양왕 사마보를 치게 했으니, 장군도 만약 큰 뜻을 버리지 않았다면 이 기회에 촉땅을 나와서 우리와 같이 상규를 쳐 공동의 원수를 갚

도록 하십시다. 기회란 언제나 있는 것이 아니니 이번 같은 때 장군도 조종(祖宗)의 땅을 손에 넣게 된다면 이 아니 기쁘겠습니까.>

유요의 편지를 받고 나서 진안은 전번에 호되게 패전한 후 아직 한번도 세력을 드날리지 못했고, 자기 수하에 군사가 6, 7만이 있다고 해도 아직까지 원수를 갚지 못했다고 생각하였다. 그래서 유요의 명령에 따라 나서기로 작정하고 사신을 장안으로 돌려보낸 후 군사 5만을 일으켜 상규 땅으로 달려갔다.

한편, 상규 땅에 있는 남양왕 사마보는 이로(二路)의 군사가 쳐들어온다고 듣자 곧 부하 장수인 하문(夏文)에게 군사를 내주면서 격퇴하라고 명령했다. 그러나 하문은 사마보의 의견에 찬성하지 않았다.

「장안 군사가 매우 강성한데다 진안까지 와서 들이치니 적을 얕보시면 안됩니다. 그러므로 먼저 진주(秦州)에 나가 있는 호숭을 불러들인 후에 재차 서량 군사의 구원을 청하고 그 동안 우리는 굳게 지켜야 합니다.」

그러나 서량병을 청하자는 말은 사마보의 비위를 극도로 상하게 했다. 금시 얼굴에 노기를 띠더니 큰 소리로 꾸짖었다.

「그대는 명색이 대장이면서도 남에게 기대려고만 하는가! 가령 그대가 적을 무찌른다 하더라도 그대를 다시는 쓰지 않겠다.」

사마보는 하문을 옥에 가두고 다시 하경(夏景)·합도(盍濤)·송의(宋毅)·왕용(王用) 등 장수를 불러들여 분부했다.

「그대들 네 사람은 군사 4만을 이끌고 성 밖으로 나가서 합심협력하여 적을 물리치되, 속히 적장의 머리를 베어오는 자에게는 후한 상을 내리려니와, 아무 공도 세우지 못한 자는 군법으로 다스리겠다.」

　네 장수는 명령을 받고 나와서 각기 한 마디씩 했다.

　「지금 성 밖까지 몰려온 적군은 그 병력이 20만 대군으로, 맹장 또한 기라성같이 많소. 그런데 우리 남양왕은 오만 자존하여 적을 업신여기고 우리들에게만 나가서 싸워 적장의 수급을 베어다 바치라 하니 어찌하면 좋겠소?」

　하경이 나서서 말했다.

　「그는 자신이 왕자임을 믿고 교만 방자하여 군사들의 노고를 생각하지 않소. 내 조카 하문도 그 일을 간하다가 옥에 갇혔으니 우린들 어떻게 그 명을 거역하다가 벌을 자초할 수 있겠소.」

　하경의 말을 듣고 있던 송의 역시 땅이 꺼지게 한숨을 내쉬며 말했다.

　「우리 주공은 여색을 너무 좋아하고 살생을 즐기며, 아랫사람의 고통을 동정하는 자비심이 없으니 이번 싸움에 우리가 패한다면 틀림없이 목숨을 부지하지 못할 것이오 어찌해야 살 수가 있겠소.」

　이처럼 앞으로 닥쳐올 일에 대해서 한숨을 지으며 토론을 하고 있는데, 그 중 나이 어린 왕용이 소리를 낮춰서 말했다.

　「남양왕은 본래 파렴치한 사람입니다. 자기의 아버지가 살해당했어도 그 원수를 갚을 생각을 않고, 장안이 위급해도 구하지 않았으며, *불공대천지수(不共戴天之讐)와도 친분을 맺어서 신(信)을 버리기 헌신짝처럼 했으니, 하물며 우리 같은 부하야 말해 뭣하겠습니까. 그러므로 이 암군(暗君)을 죽인 후 그 목을 조왕 앞으로 들고 가서 투항한다면 우리에게 반드시 좋은 일이 있을 것입니다.」

　그러나 이 의논은 합도의 반대에 부딪쳤다. 합도는,

　「그와 같은 일은 신하로서 할 일이 아니오」
라고 말한 후 그 자리를 떠나려했다.

그 때, 비밀이 누설될까 두려워한 세 사람은 급히 뒤를 쫓아가서 합도의 등을 찔러 죽인 후 시체를 마루 밑에 감추고 황급히 음모를 꾸며 곧 실천하기로 했다.

　그날 해질 무렵, 성 밖을 에워싼 적군이 대포를 울리고 함성을 지르며 싸움을 청하자, 기회를 엿보던 하경·왕용·송의는 각기 품속에 예리한 비수를 품고 궁 안으로 들어갔다.

　때마침 심지를 돋워 불을 밝게 하고 총애하는 계집과 함께 술잔을 기울이던 사마보는 기척도 않고 들어오는 세 사람을 보자 자리에서 벌떡 일어나며 물었다.

　「나는 너희들에게 군사를 이끌고 속히 나가서 적병을 격퇴하라고 일렀는데, 무엇 때문에 다시 돌아왔는가?」

　왕용이 얼른 대답했다.

　「우리 세 사람은 전하의 명령을 받잡고 각기 두 부대로 나눠 싸웠으나 적의 형세가 우리보다 몇 배 더 강하고 우리 군사는 적고 고달파서 증원군을 청하러 왔나이다.」

　이 말이 떨어지자마자 사마보는 술잔을 내던지며 버럭 소리를 질렀다.

　「네놈들이 적병을 빨리 저지하지 않았기 때문에 적병이 예까지 몰려온 것이 아닌가! 그런데 너희들은 이제 와서 무슨 청을 또 내게 하려느냐!」

　이처럼 성을 내고 사마보가 비틀거리며 일어서자, 왕용과 송의가 부축하려는 척하고 가까이 가서 일제히 비수를 꺼내 찔렀다. 불의의 습격을 당한 사마보는 피를 내뿜는 가슴을 움켜쥐고 세 사람을 노려봤으나, 워낙 정확하게 급소를 찔렀는지라 한참 만에 겨우 외마디 비명을 질렀다.

「아버지!」

사마보가 마룻바닥에 쓰러지자 하경은 곧 목을 잘라 싸들고 성을 빠져나가서 그 밤으로 해호의 영채를 찾아 들어갔다.

남양왕의 수급을 보자 해호는 크게 기뻐했다. 곧 술상을 차려서 하경을 대접한 후, 이튿날 같이 성중에 들어가서 백성들을 안무하자고 했다.

이튿날 새벽, 해호와 하경이 군사를 거느리고 성문 앞에 당도하자 이미 안에서 내응이 된 송의와 왕용은 문을 열고 맞았다. 두 사람은 성안에 들어가 백성들을 두루 안위하고 나서 성 밖에 남은 군사들도 성안으로 들어오게 했다.

한편 진안은 남양왕 사마보의 수급을 들고 가서 진주를 포위한 후 호숭에게 내보이며 항복하기를 권했다. 이때 호숭은 병마의 지휘권을 모두 하정(夏正)에게 맡기고 있었는데, 이 하정은 하경의 일족이라 내통하여 변을 일으킨다면 오히려 욕을 당할까 두려워서 스스로 목을 매달고 죽어버렸다. 그리고 주인이 자살하자 호숭의 부하 신도(辛滔)와 장선(張選)은 성문을 열고 진안 앞에 나가 항복하니 이로써 상규·진주 두 고을은 완전히 유요의 손에 들어갔다.

승리의 첩보를 받은 유요는 손뼉을 치며 기뻐했다. 그래서 곧 조서를 내려 진안을 농우공(隴右公)에 봉하고, 하경·송의·왕용·하정·하문·장선·신도 등 항장을 모두 관내후(關內侯)에 봉하여 두 군(郡)을 지키게 하였다.

2. 해호·윤차의 난

남양왕 사마보가 멸망한 후 얼마 되지 않아서 남양왕의 구신

화포(和苞)가 장안으로 올라와 황제 유요 앞에 꿇어 엎드려 흐느
끼며 청했다.

　「저는 지난번 싸움 때 폐하의 위엄을 거스르다가 죽은 남양왕
사마보의 신하이옵니다. 비명에 죽은 주인의 수급을 폐하께서 보
관하고 계시다기에 돌려받아 가지고 돌아가서 장사를 지내주어
신하로서의 할 일을 다 할까 하오니 허락해주시옵소서.」

　유요는 화포의 충성됨을 가상히 여겨 수급을 내준 후에 봉의대
부(奉義大夫) 벼슬을 내리고, 또한 사람을 딸려 보내 사마보를 왕
에 대한 예로써 장사지내 주게 했으며, 유족에게도 봉록을 지급하
였다.

　처음에 화포는 주공의 장사를 아직 지내지 못했으므로 황제가
내리는 벼슬일지라도 받을 수 없다고 핑계를 대어 굳이 받지 않았
으나, 유요가 남양왕의 부인과 자식들에게까지도 은혜를 베풀자
감격한 나머지 장안으로 올라가서 벼슬을 받았다.

　그러나 이처럼 화포가 벼슬을 받은 일을 내심 좋아하지 않는
축이 있었으니, 그들은 바로 지난번에 상규를 쳐서 항복을 받은
해호와 윤차 두 장수였다.

　「지난번에 상규와 진주를 쳐서 항복을 받은 것은 모두 우리
둘의 공이 아닌가. 그런데 지금 황제는 다른 사람에게 벼슬을 내
려 우리보다 높게 하면서 구훈(舊勳)을 돌보지 않으니 무엇을 보
고 사람을 쓰는 건지 모르겠네.」

　급기야 이런 불평은 두 장수의 마음속에 반심의 불길을 일으켰
다. 그래서 어느 날, 그들은 평소에 친하게 지내던 파족(巴族)의 추
장 구서(句徐)와 고팽(庫彭)을 불러 술을 마셨다. 술이 얼마쯤 거나
해졌을 때, 윤차가 두 추장에게 조용히 말했다.

　「지금 주상은 오직 자신의 편견만 믿고서 상벌을 분명하게 하

지 않고 있소. 이번 남양왕을 친 일만 보더라도 우리 둘의 공로는 자타가 인정할 만큼 절대적인데, 주상은 도리어 진안을 공에 봉하고 여러 항장(降將)에게까지 관내후의 작위를 내리면서 우리 둘에게는 아무 벼슬도 더함이 없으니 논공행상을 이렇게 할 수가 있겠습니까?」

윤차의 말에 구서와 고팽은 동정하는 듯한 기색을 나타냈다. 그리고 한참 만에 물었다.

「두 장군은 그럼 어쩌시겠다는 겁니까?」

해호가 나서며 주먹을 불끈 쥐고 말했다.

「우리는 각자가 거느리고 있는 본부의 병마를 이끌고 나가서 경양(涇陽)에 진을 친 후 일을 벌이고자 합니다. 다만 혼자의 힘만으로는 일이 성사되기 어려울 것 같아 평소에 친하던 두 분의 도움을 받고자 진정을 토로하니, 좋은 의견이 있으면 가르쳐주시기 바랍니다.」

고팽이 결심이 선 듯 대답을 했다.

「우린들 뾰족한 수가 있겠소? 두 형씨가 정 그러시다니 평소의 교분을 생각해서 생사를 같이할 뿐이오.」

윤차와 해호는 그 말을 듣자 크게 기뻐했다. 그 자리에서 원소절(元宵節 : 정월 대보름)을 거사일로 약정하고, 흥을 돋우기 위해 노래를 부르며 새벽녘이 되기까지 진탕 술을 마셨다.

때마침 술주전자가 비었기 때문에 해호가 밖에서 심부름하는 졸병을 불렀다. 그러나 몇 번을 불러도 대답이 없었다. 상관이 밤을 새워가며 술을 마시는 바람에 지쳐버린 그는 부엌 구석에 쭈그리고 앉아 잠이 들었던 것이다.

몇 번이나 불러도 대답이 없는 데 화가 난 해호는 부엌으로 나와 잠든 졸병의 따귀를 후려쳤다. 그리고 갖은 욕설을 퍼부으면서

내일 아침에 혼을 좀 내주겠다고 벼르며 부엌 기둥에 새끼줄로 꽁꽁 묶어버렸다.

새끼줄에 묶인 졸병은 아무리 생각해도 마음이 불안했다. 해호는 성질이 거친데다가 일단 술에 취하면 물불을 가리지 못하는 성격이니 이러다가 다시 성이 난다면 금방 술자리에서 뛰쳐나와 쳐죽일지도 몰랐다. 더구나 저들은 역적모의를 하고 있으므로, 혹시 깜박 졸아버린 자기를 비밀을 지키기 위해서 죽일지도 모른다고 생각하니 잠시도 묶여 있을 수가 없었다. 그래서 조금씩 몸을 비틀어 새끼줄을 늦춘 다음 마침내 잘라버리고 도망을 쳤다.

그 길로 그는 대궐로 달려가 아문장에게 사실을 고해 바쳤다.

해호로부터 매 맞은 졸병의 이야기를 대충 듣자 아문장은 곧 내궁으로 들어가서 황제 앞에 그 사실을 고했다. 그 말을 듣고 몹시 당황한 유요는 궁을 지키는 군사를 불러 분부를 내렸다.

「해호와 윤차가 반란을 일으킬 음모를 한다니 곧 잡아들여라. 도망치지 못하도록 조심해야 한다.」

명령을 받은 군사들은 졸병을 앞세우고 달려가서 해호의 영(營)을 포위했다. 아닌 게 아니라 해호는 아직도 술이 취해 아무렇게나 쓰러져 있었고, 나머지 세 사람은 각기 집으로 돌아갔는지 없었다.

이튿날, 네 명의 장수가 모두 붙들려오자 유요는 친히 심문에 나섰다.

「너희들은 짐의 대우가 무엇이 부족해서 모반하려 했느냐!」

오랏줄에 묶인 채 윤차가 대답했다.

「지난날 신 등은 사력을 다해서 싸운 끝에 상규를 함락시켜 폐하께 바쳤으나 폐하는 아무 상도 내리지 않으셨사옵니다. 그러나 진안(陳安)은 큰 수고함이 없었는데도 우리가 싸워서 빼앗은 상규에 봉함을 받았고, 심지어는 항장(降將)에 이르기까지도 모두 관작이 내렸사옵니다만, 종내 저희 두 사람에게는 아무 분부도 없었나이다. 폐하를 원망하게 된 점은 바로 여기에 있사옵니다.」

「그래, 네놈들은 짐을 배반하여 어쩔 작정이었느냐?」

화가 난 유요는 거친 목소리로 물었다. 해호는 아무 말이 없고 윤차가 머리를 숙인 채 다시 대답했다.

「경양으로 도망을 치려고 생각했사옵니다만 반할 의사는 별로 없었나이다.」

「별로 없다니, 오살을 할 놈들!」

유요는 눈짓으로 군사를 시켜 끌어내다가 목을 치라고 했다.

얼굴빛이 사색이 다 되어 끌려 나가는 해호와 윤차는 강제로 병사들에게 떠밀려 나가면서도 지난날의 공로를 생각하여 이번만은 용서해달라고 소리치며 빌었으나 유요는 눈 하나 깜짝하지 않았다.

두 장수가 끌려 나가자 황제는 다시 구서와 고팽 두 추장을 불러 세웠다. 그러자 모든 관원이 다 일어서서,

「그 두 사람의 목을 자르기는 쉽습니다만, 그들은 각기 한 부족의 추장이라 그들이 죽으면 복속하지 않을까 두렵습니다. 폐하께서는 이 점을 살피시옵소서.」

하고 상주했다. 그러나 잔뜩 화가 난 유요는 이 말을 받아들이지 않았을 뿐더러 태보(太保) 호연식을 불렀다.

「경은 이 길로 곧 우림군(羽林軍)을 거느리고 가서 해호·윤차의 부하 5천 명 및 구서·고팽이 거느리던 파군(巴軍 : 파족으로 편성된 군사) 3천 명을 잡아다가 한꺼번에 주살해 버리시오!」

이 어처구니없는 복수의 말을 듣자, 간의대부 유자원은 재삼 나서서 강경하게 간했다.

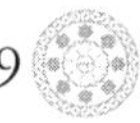

「불가하옵니다. 윤차와 해호는 일시나마 폐하를 원망해서 그 죄가 가볍지 않으니 죽여도 마땅하겠지만, 그 부하들은 상사의 명령을 따를 뿐이며 음모에 가담도 하지 않았사옵니다. 그럼에도 불구하고 죽인다는 것은 옛 진(秦)나라의 장수 백기(白起)가 한 행동처럼 잔학하다는 비난을 면치 못할 것이옵니다.」

여기서 잠시 말을 끊은 유자원은 다시 황제의 안색을 살핀 후에 말을 이어갔다.

「그리고 구서와 고팽 두 사람은 상규 땅을 정벌할 때도 종군하지 않았으며, 같이 음모를 꾸몄다고 해도 역시 어쩔 수 없이 거드는 척했다고 보는 것이 옳으므로 이들은 용서해주셔야 마땅할 줄로 아나이다. 더구나 이들은 파촉의 추장으로 만약 다른 죄 없이 이 일만으로 죽인다면 반드시 관외(關外)의 백성들은 동포의 죽음을 서러워하고 변심할 것이옵니다. 그렇게 되면 신은 경수(涇水)와 위수(渭水)의 서쪽 땅을 잃지 않을까 두렵사옵니다.」

이 말을 듣고 난 유요는 더욱 화가 나서 날뛰었다. 벌떡 용상에서 몸을 일으키더니 유자원에게 삿대질까지 하며 소리쳤다.

「짐이 이제 모반하는 무리를 잡아 죽이려 하는데, 그대는 끝까지 거역하며 나를 잔학하다고까지 비난하는구나. 이것은 필시 네가 그놈들과 당(黨)을 지어 서로 돕고자 하는 뜻에서 나온 말일 것이다. 아니냐?」

그리고는 곧 좌우의 무사에게 명령을 내려 유자원을 감옥에 잡아 가두라 했다. 그러고 나서 마침내 삼위(三衛)의 군사를 이끌고가 양쪽의 군사, 합해 8천여 명을 남김없이 잡아 죽였으니 그 피는 10리에 흐르고 시체는 산처럼 쌓였다.

이것을 보자 남은 파족의 추장들은 모두 나서서 반란을 일으켰다. 거기다 관중(關中)에서도 이에 응하는 자가 10여만 명에 달하니 길을 가는 사람조차도 드물 정도였다. 때문에 논밭은 돌보는 이가 없어 거칠 대로 거칠어지고, 방방곡곡마다 도적 떼가 일어나서 도읍과 마을을 쳐 약탈을 하니 힘없는 백성들은 문을 굳게 닫고 목숨을 지키기에만 급급했다.

유자원은 옥중에 있으면서도 이와 같은 외부의 소식을 듣자 또다시 황제께 표를 올려 상주했다.

—임금을 올바르게 보필하지 못하고 덕과 재주 없는 탓으로 폐하의 진노하심을 입어 이곳 천뢰(天牢 : 감옥)에 갇힌 신 유자원은 다시 한 번 폐하께 인사드리오며 상주하옵니다. 지난번에도 말씀드린 바 있사옵니다마는, 폐하께서 노하심이 극한 나머지 해호·윤차가 거느린 5천 명, 파병(巴兵) 8천 명을 죄 없이 죽이신 것은 지나친 처사가 아니었나 생각되옵니다. 신이 이곳에 들어와 있는 중에도 가끔 들려오는 풍문에 의하면 지금 관외에서 남은 파족의 무리가 배반하여 반란을 일으키고, 관중에서조차도 많은 무리가 이에 가담 그 형세가 자못 위험스럽다고 들었사옵니다. 이처럼 내외가 소란하니 정직한 백성들도 안심하고 생업에 종사할 수 없으며, 도처에선 도적의 무리가 횡행한다 하오니, 나라와 임금을 생각하는 사람으로서 어찌 마음이 편할 리 있겠나이까. 이에 신 유자원이 죽음을 무릅쓰고 다시 한 번 폐하 앞에 아뢰옵나니, 부디 먼저 구서와 고팽의 무리를 관대히 용서하시어 관외를 평안케 하시고, 연후에 관내 각지를 순무(順撫)하신다면 어찌 세상이 평안해지지 않으리까. 부디 폐하께서는 이 점을 크게 살피시어 관인대도(寬仁大度)로써 백성의 마음을 취하신다면 신 유자원은 죽어도 여망이 없겠나이다.

　그러나 이때 황제 유요는 각처에서 일어난 백성들의 변란을 당해 번뇌하는 바가 컸으므로 또다시 유자원의 표를 받게 되자 울화가 치밀었다. 그리하여 내관의 손에서 표를 빼앗아서 발기발기 찢어버리며 욕을 퍼부었다.

　「이 늙은 짐승이 내가 저를 가둔 것을 원망해서 또다시 이런 표를 올리는구나!」

　유요는 자기가 유자원을 잡아 가뒀기 때문에 원망하는 마음을 품은 유자원이 파족을 선동하여 난을 꾸미고, 그것으로써 자신의 예언이 맞았음을 증명하려 하는 것처럼 오해하고 있는 것이다. 그래서 유자원이 또 상주하여 구서와 고팽의 목숨을 두둔하자,

　‘네가 구서와 고팽의 죽음을 확실히 알았다면 또다시 짐을 모욕할 것이다.’

라는 뜻의 말을 사자를 시켜 전하게 하고, 뒤이어 형리(刑吏)를 보내 유자원을 죽여서 노여움을 풀려고 했다.

　이때 조정에는 오래 된 신하로 유광원(游光遠)이 있었으나 그는 유자원을 죽이려는 황제의 뜻을 알고도 감히 죽을까 두려워 상주하지 않았다. 오직 새로 간의대부가 된 화포만이 강직한 말로써 간했다. 그리고 화포는 조용히 이 사실을 유아(劉雅)와 주기(朱紀)에게 알리니 두 사람은 깜짝 놀라며 말했다.

　「유자원을 죽인다면 틀림없이 이 나라는 망할 것이오.」

　두 사람은 그 길로 곧 태부 강발과 태위 관심, 태보 호연식 등을 만나 의논한 후에 일제히 입궐하여 유요에게 간했다.

　「신 등이 보건대 유자원은 옥에 갇혔음에도 불구하고 폐하께 국사를 상주했사옵니다. 이것은 그가 폐하와 백성을 잊지 않았기 때문이니 충성된 신하라 아니할 수 없습니다. 그러므로 폐하께서 그의 상주함을 듣지 않으시는 것은 모르되, 사직에 충성된 자를

죽여 그 언로(言路)를 막으려 하시는 것은 어찌 된 일이옵니까? 지난날 선제께서는 충성된 신하 진원달(陳元達)을 내쫓고 나서 모든 늙은 신하가 물러간 후 드디어 역적이 난을 일으키게끔 되었으니, 이는 폐하께서 생각하실 바라 사료되옵니다. 그러기에 만약 이 아침에 유자원을 죽이신다면 신 등도 역시 저녁에 다 죽어서 폐하의 잘못을 나타낼 것이옵니다. 그때를 당하면 그 누가 감히 폐하를 위해 말씀을 여쭐 것이옵니까. 지금 신 등이 백성들 입에 나도는 말을 듣자오면, 폐하의 법(法)은 너무나 엄하고 형벌마저 가혹하여 대개 어진 선비들은 북방의 모용외와 남방의 낭야왕을 찾아 떠난다고 하나이다. 그 이유는 그 두 사람이 능히 간언(諫言)을 받아들이고 선비를 사랑하기 때문이옵니다. 그래도 우리 장안에는 유자원의 능력과 공로로 아직 천하의 현재(賢才) 중 삼분의 일 가량이 모여 있사오나, 만약 폐하께서 그를 죽이신다면 선비들 중 누구 하나 이곳에 남으려 하지 않을 것이옵니다.」

황제 유요는 중신들이 함께 올리는 이 상소를 듣고 한동안 생각에 잠긴 채 대답을 하지 않았다. 얼마 만에 완고한 노여움이 풀린 유요는 좌우의 무사들에게 분부했다.

「과연 경들의 말이 옳다. 곧 천뢰(天牢)에 가서 유대부를 모셔오너라!」

얼마 만에 유자원이 휘청대는 다리를 가누고 무사들의 부축을 받으며 전(殿) 아래 당도하자, 유요는 친히 전 아래로 내려가서 손을 잡아 올렸다. 유자원이 황송함을 이기지 못하여 푹 꺼진 눈가에 흐르는 눈물을 닦아내지도 못하고 엎드려 우니, 좌우에 시립한 노신들도 울지 않는 이가 하나도 없었다.

한참 만에 울기를 멈춘 유자원은 수척해진 얼굴을 들고 전상의 황제를 바라보며 아뢰었다.

「신의 부덕과 무지로 폐하를 그 동안 멀리했사오니 그 죄가 살기를 바라겠사옵니까마는, 성상의 너그러우신 은덕으로 오늘날 또다시 용안을 우러러 뵈옵게 되니 성은이 망극하나이다.」

황제는 측은한 표정을 지으며 그 동안의 본의 아닌 고초를 극진한 말로써 위로했다. 그러고 나서,

「짐은 이제 경에게 거기(車騎)대장군을 제수하니 체력이 회복되는 대로 군사를 거느려 파추(巴酋)를 초토하오.」

하고 명령했다. 유자원이 치사하며 대답했다.

「파추가 반란을 일으킨 것은 본래 다른 뜻이 있었기 때문이 아니옵니다. 간악하고 불충된 무리의 선동을 받았을 뿐으로 오직 폐하께서 자기들을 죽이지 않을까 두려워해서 그러는 것입니다. 그러므로 신의 생각으로는 군사를 보내어 치는 것보다 대사령(大赦令)을 내려서 죄를 뉘우치고 갱생할 수 있도록 기회를 주는 것이 오히려 마땅할 줄로 아나이다. 그리하여 귀순하는 자들을 모두 용서하고 업(業)을 내려서 생업에 종사하도록 한다면 무엇 때문에 목숨의 위협을 무릅쓰면서까지 반역하겠사옵니까. 바라옵건대 신에게 병사 5천만 주신다면 폐하를 위해 그들을 평정하겠나이다.」

황제는 유자원의 말을 듣자 기쁨을 감추지 못했다. 즉시 명하여 용서하는 글을 짓게 한 후 고을마다 돌리니 이것을 본 파추의 무리들은 곧 갑옷을 벗고 고향으로 돌아가서 생업에 종사했다.

그러나 오직 구씨(句氏) 일족만은 그 추장 구서가 살해된 것을 원망하여 다시 우두머리를 세우고 난을 일으켰으며, 죄가 두려운 나머지 고팽의 잔당과 음밀현(陰密縣)에 진을 쳤다.

유자원은 그 소식을 듣자 스스로 5천 군사를 거느리고 관(關)으로 나갔다. 그리고 단신 말을 타고 파추의 무리한테로 가서 좋은

말로 타이르니 다른 여러 부족은 모두 복속할 것을 약속했으나, 구건(句健)·구연(句衍) 등은 고집을 부리며 나오지 않았다.

결국 유자원이 항복한 파추의 병사를 돌려보내 설득했으나 구건만은 한사코 저항하겠다고 고집을 피우더니, 성내로 들어간 귀순병한테 마침내 죽음을 당해 남김없이 평정되었다.

그 후 유자원은 서쪽 경계를 자주 어지럽히는 저강(氐羌)의 무리 20여만 명을 장안과 함양 교외에 이주시켜 분산하니 변방의 수비가 한결 쉬워졌다. 황제는 그 공을 치사하여 유자원의 벼슬을 대사도 녹상서사(大司徒錄尙書事)로 올리고자 했으나, 그는 태자를 세운 연후에 벼슬을 받겠다고 청했으므로 황제도 가상히 여기고 허락하였다.

3. 태평한 세월

동진(東晋) 원제(元帝) 태흥(太興) 3년, 전조(前趙) 광초(光初) 3년은 서력으로 320년 되는 해였다.

유자원은 황제에게 태학(太學)을 세울 것을 권하고, 백성 중 가르쳐야 할 자 1천 5백 명을 뽑아서 유학(儒學)을 가르쳐 나라 안을 다스리는 데 크게 공헌했다. 이 모든 것을 유자원의 공로라고 사람들이 치하했으나, 당사자인 유자원은 그 영예를 전부 황제에게로 돌렸다.

이처럼 나라가 크게 다스려지자 장안은 천하의 중심이 되었다. 한때 영화와 번영을 누렸던 낙양이 거듭되는 전화(戰禍)와 돌보는 이가 없어 점점 화려한 옛 모습을 잃어가는 반면, 장안은 날로 사방 사람들이 모여들어 번창하고 융성해졌다. 서역(西域)으로 가는 장사치의 무리도 여기서 물자를 조달해 갔고, 그쪽에서 들어오는 물건도 이곳을 거쳐 온 천하에 퍼졌으니, 장안은 곧 중국의 중심

지이자 사이팔만(四夷八蠻)의 문물이 모여드는 집산지요, 대본산이었다.

그러기에 대궐로 이르는 큰 거리에는 먼 이방 손님을 맞기 위한 관청 및 여관과 술집이 즐비했고, 금안(金鞍) 백마에 귀인의 행렬과 오랑캐 땅으로부터 오는 변방 사람들의 조공행렬은 신민들의 눈을 즐겁게 했다.

이처럼 국내가 태평하고 백성들이 넉넉한 살림을 누리게 되자 황제도 할 일이 적어졌다. 물론 아직도 가끔 국경에서 말을 달려온 병사가 급한 목소리로 적의 침략이나 난을 고하는 일이 없지는 않았으나, 이제는 그것마저 황제 앞에 닿기 전에 유능한 관리, 예컨대 유광원 등과 힘센 장수가 다 처리해 버렸으므로, 오직 황제는 어여쁜 후비(后妃)들과 아름다운 음악이나 꽃과 새, 달빛을 즐기기만 하면 족했다.

하루 아침, 조회 때 황제는 풍명관(豊明觀 : 누각)을 지으라는 분부를 내렸다. 황제 앞에 읍하고 서 있던 태부 강발(姜發)이 아직도 지을 시기가 못됨을 이유로 들어서 간했다.

「지금 나라 안이 평화롭고 부고(府庫)가 풍족하오나, 그런 역사를 일으키시면 여러 해 동안 비축한 국고는 이내 바닥이 나버리고 말 것입니다. 전지를 거두시기 바라옵나이다.」

그러나 황제 유요는 듣지 않고 기어이 풍명관을 지어 그것을 만천하에 과시하였다.

풍명관의 위용에 맛을 들인 황제 유요는 얼마 지나지 않아 다시 서궁(西宮)을 꾸미고 능소대(凌霄臺)를 세우라고 했다. 이 분부를 듣자 시중 교예와 화포가 간했다.

「전에 풍명관을 지으라는 분부를 받자왔을 때, 태부 강발 이하 삼공께서 상주했으나 폐하께서는 용납하지 않았사옵니다. 이제

그 풍명관이 건립된 지 석 달도 되지 않았는데 폐하께서는 또 공사를 일으켜 진시황의 아방궁(阿房宮)을 본떠서 궁 짓기를 재촉하시고 능소대를 세우라 분부하시니, 백성들은 모두 한숨을 쉬고 신등은 죽을 것을 무릅쓰고 간하는 바이옵니다. 대저 그 비용을 생각하면 억만금이 드니 평주와 양주 두 고을의 값과 비등하나이다. 만약 이것을 군사들에게 지급한다면 파촉(巴蜀)과 제위(齋魏)를 취할 수 있을 것이옵니다. 무엇 때문에 그와 같은 무익한 공사를 벌여 백성을 곤궁하게 하고 경제를 파탄지경에 몰아넣으려 하시나이까.」

이처럼 간곡하게 간하자, 마침내 황제는 그 일을 그만두라고 했다. 그러나 이와 같이 신하들의 만류로 서궁과 능소대 짓는 일은 그만두기로 했어도, 워낙 호탕하고 사치를 즐기던 유요는 세월이 흐를수록 허무해지는 심사를 금할 길이 없었다.

더구나 장안에 봄이 돌아와서 모든 꽃같이 젊은 남녀가 이 봄과 태평한 세월을 즐길 때, 늙음의 문 앞에 선 자기는 그 찬란한 영화를 다 누리지도 못하고 죽게 되리라는 생각을 하니 조석으로 들어오는 진수성찬도 맛이 없었고, 아리따운 후궁들의 노랫소리와 춤가락도 다 시들했다.

그래서 생각해낸 것이 수릉(壽陵)을 짓는 일이었다. 비록 자신은 난세에 태어나서 어렸을 적부터 전쟁의 티끌과 피와 땀에 젖은 대지를 뒹굴며 오직 야망만을 이루고자 살아왔지만, 이제부터라도 만년의 유택(幽宅)을 지어 자기가 이 세상에서 누리지 못한 복록과 영화를 죽은 후에라도 누려보자는 심사에서였다.

황제로부터 수릉을 지으라는 이 분부를 듣자 교예와 화포 두 사람은 또다시 들어가서 간했다.

「신들이 듣자오니, 폐하께서는 또다시 터를 닦으셔서 교외에

다가 수릉을 짓는다고 하셨사옵니다. 둘레가 4천 척(尺)에 깊이가 다섯 길, 구리로 성을 쌓고 주석으로 곽(槨)을 두른 다음 그 안에 동궁(銅宮)을 세우고 금은보화로 된 옛 기명(器皿)을 마련해두시겠다고 하셨다니, 이것은 고금 역사를 통해 아직까지 없었던 일이라 아니할 수 없사옵니다. 그러나 신들의 소견에 의하면, 백 년 후의 일은 알 수가 없고 능침의 훼손 또한 방지하기 어렵지 않을까 생각하옵니다. 그 이유는, 옛날의 어진 임금은 임종하실 때 장례에 있어서 검약할 것을 자손들에게 부탁하셨다는데, 이것은 그 나라의 재화가 부족했기 때문이 아니라 뒷날 도굴(盜堀)의 욕을 당하지 않기 위해서였다 하옵니다. 아뢰옵기 황송하오나 폐하께서는 이 옛일을 어떻게 생각하시나이까.」

유요는 두 사람의 사리가 정연한 간언을 듣자 하룻밤을 꼬박 새우며 생각했다. 이튿날 아침 강발에게 말했다.

「짐은 어제 교예·화포 두 사람의 말을 듣고 사후의 문제에 대해 생각했소. 예부터 망하지 않는 나라가 없고 천 년을 넘는 무덤이 없다고 하오. 그러므로 짐은 그들의 의견을 따르려 하거니와, 경은 조정의 노신(老臣)이니 상세히 일러주시오.」

강발이 성성한 백두를 조아리며 대답했다.

「지난번에 풍명관을 지으려 하실 때 간언을 드렸사오나 폐하께서는 신의 말을 어리석다 하시고 아니 들으셨기에 이번에는 폐하의 노여움을 살까 두려워서 아무 말씀도 드리지 않았던 것이옵니다. 그러나 다행히도 화포·교예 두 사람이 몸을 돌보지 않고 성상(聖上)께 간하여 여기에 이르렀으니, 진실로 이것은 불꽃처럼 일어나는 이 나라의 장래를 위해 경사스러운 일입니다.」

황제는 크게 기뻐하면서 곧 화포와 교예 두 사람을 불러들여 말했다.

「짐은 어렸을 때부터 전쟁에 관한 일만 배워온 터여서 아직도 성질이 거칠기만 하오. 때문에 지난번엔 유자원의 간언을 듣지 않아서 나라 안을 소란케 했소. 지금 경들의 말을 들어보고 과연 백성을 괴롭힘이 지나친 것을 깨달았소.」

그리하여 곧 조서를 내려 능 만들기를 중지하라고 했는데 백성들은 그 조서를 보자 쌍수를 들어 기뻐했고, 또한 화포·교예 두 대부의 높은 인격을 칭송했다. 황제는 두 사람에게 간의대부(諫議大夫)의 중한 벼슬을 내렸다.

제6장. 하남의 전운

1. 양조(兩趙)의 결맹

유조(劉趙)의 황제 유요가 스스로의 잘못을 뉘우치고 신하들의 간언을 듣게 되자 그 나라의 기운은 날로 융성해졌다. 그런 어느 날, 황제는 문무백관을 평전에 모아놓고 다시 낙양을 취할 의논을 했다. 황제가 강발과 유자원 양인에게 물었다.

「일전에 짐이 이구(李矩)를 치고자 하니 경들은 먼저 진롱(秦隴)을 취하라고 짐에게 권했소. 이제 진안은 귀순하고 호숭은 죽었으며, 병사를 움직이지 않은 지도 이미 오래요. 이제는 군사를 움직여 출정해보는 게 어떻겠소?」

강발이 대답했다.

「이구는 남쪽에 조적, 동쪽에 왕돈이 있어서 서로 돕고 지키기 때문에 심히 굴복시키기 어려운 자이옵니다. 그러므로 군사로 치기만 해서는 아니 되며 기필코 계략을 세워 그대로 진행하되, 급히 서둘지 말아야 하옵니다.」

유자원이 나서서 말했다.

「신에게 계책이 하나 있사옵니다. 우리가 형양(榮陽)을 취한다고 하면 예주에 있는 조적은 형양 땅과 밀접한 관계가 있으므로

반드시 가서 이구를 도울 것입니다. 그러므로 이구를 치려면 먼저 석조(石趙)와 손을 잡아 그들을 시켜서 조적을 치게 한 후에 우리는 낙양을 수복하고, 같이 하남 땅을 분할하여 지키자고 해야 할 것입니다. 혼자서는 어렵습니다. 그리고 왕돈은 강을 사이에 두고 강한(江漢) 땅에 있으니 염려할 바가 못 되옵니다.」

유요는 그 말을 따라서 곧 아문장군 유공(劉貢)에게 예물을 들려 석늑에게로 보냈다.

유공이 양국(襄國)에 이르러 석조 황제 석늑을 알현하고 예물 및 유요의 편지를 올리니, 석늑은 곧 편지를 펴서 장빈에게 내주며 읽으라고 했다.

—짐이 생각하건대, 짐과 조왕은 다같이 사마씨가 서촉 땅을 차지하고자 하는 데 대하여 노여움을 품고 있습니다. 그러므로 백 번을 싸워 지더라도 낙양을 회복하려는 뜻이 있으나 가히 얻기가 힘이 드는군요. 허나 그 땅은 모두가 선제(先帝)께서 우리에게 위탁하신 것을 부당하게도 조고(趙固)가 몸을 적에게로 뒤치면서 잃어버렸으니 그와 같은 일은 모두 진장 이구가 조고를 시켜서 한 짓이오 그 후 배반한 조고를 죽이고 한때 다시 낙양을 수중에 넣은 일이 있으나 윤안이 겁을 내 지키지 못하는 바람에 다시 빼앗기고 말았으며, 한실의 왕업을 다시 일으키지 못한 지금에 와서도 낙양을 잃은 것은 두고두고 참을 수가 없군요 짐이 들으매 이구와 곽묵이 하내(河內)에서 그 힘을 뻗치고 방자하게 구는 것은 오로지 조적이 이웃에 있어서 돕기 때문이라고 합디다. 그러므로 조왕은 우리와 맹약을 맺고서 하남의 조적을 치되 양쪽 군사가 함께 쳐 밀고 나가서 하남지방을 나누어 지킨다면 이 역

시 유·조 일가의 지난 정을 서로 돌아보는 일이 아닐까요.
좋게 생각하시기를 바랍니다.

장빈이 편지를 다 읽고 나자 석조 황제 석늑이 말했다.
「유요가 짐과 동맹하여 자기는 이구를 치고 짐은 조적을 쳐서
같이 하남을 취하고자 하는가본데, 계책으로 보건대 이것은 두 가
지 이익이 있소. 짐은 지금 중원을 얻고자 하므로 만약 이구와 조
적을 쳐부술 수 있다면 한결 멋대로 일을 진행하기가 좋을 것이
오. 더구나 우리 혼자서도 군사를 나가게 하기가 어려우니 마침
잘된 일이오.」
장빈이 얼른 대답했다.
「폐하께서 생각하시는 것처럼 조적을 치기는 그리 쉽지가 않
습니다. 그는 일을 잘 꾸며 매우 민심을 얻은 데다가 또 그의 휘
하에 있는 소준(蘇峻)·유하(劉遐) 등의 장수는 모두가 용기 있
고 잘 싸우니, 신이 생각하건대 아직은 치기 어려울 것으로 생각
되옵니다.」
장군 도표(桃豹)가 나서서 아뢰었다.
「저는 군사의 의견과는 좀 생각이 다르옵니다. 남쪽 사람은 수
전에는 능해도 말을 타고 싸우는 것은 그리 능하지 못하니 오히려
치기가 쉬울 것이라 생각됩니다. 그러므로 저에게 정병 5만만 주
신다면 하남 땅을 쳐서 우리 조나라에 병합시키겠사옵니다.」
이 말을 들은 석늑은 크게 기뻐하며 곧 병사 5만을 내주어 도표
를 초토(招討)의 대장으로 삼아 출정시켰다. 도표는 하남에 이르
자 진주성에 병마를 주둔시킨 후 사람을 시켜 말을 퍼뜨렸다.

<석호(石虎)·석생(石生) 두 장군은 20만 대군을 거느리고
호양(湖襄)으로부터 물길을 따라 내려가 강남을 치고, 나는 지

금 날랜 병사 10만으로 혼자서 하남을 취하려 한다. 각 고을을 지키는 수령들은 조속히 귀순하라. 만약 대항하다가 쳐부숨을 당하면 살육을 면하지 못하리라……>

진나라 여러 고을의 수령들은 이 소문을 듣자 대단히 놀랐다. 그래서 곧 조적에게 보고하는 한편, 진제(晉帝)에게 표를 올려 상주했다. 원제도 그 글을 보자 곧 문무관원을 불러들여 적을 물리칠 계획을 의논했다.

왕도(王道)와 주의(周顗) 두 사람이 나서서 아뢰었다.

「폐하께서는 우려하지 마옵소서. 비록 석호가 강물을 따라 강동으로 내려온다 하더라도 서회(徐淮)에 유하와 주준이 있어서 진을 지키고, 형양에 왕징·왕함·주방이 지키고 있으니 크게 근심하실 바가 못 되나이다. 오직 강남만은 적에게 침략을 당할지 모르겠으나, 그 곳 역시 조적이 예주에 주둔하고 있으니 일이 급하면 스스로 와서 구원을 청할 것입니다. 그러므로 크게 동요할 바는 없으나 오직 백성들이 난을 입지 않을까 두려워할 뿐이옵니다.」

원제가 분부를 내렸다.

「그처럼 구원을 요청할 때까지 기다릴 것이 아니라, 먼저 이쪽에서 양장 수명을 보내는 것이 어떠하겠소. 군사들이 떠날 때 양초(糧草)를 싣고 가도록 하여 서로 돕는다면 도표가 쳐들어온다 하더라도 든든할 것이오.」

주의가 나서서 아뢰었다.

「조적 막하에는 대장 한잠·풍철이 있는데 모두 만부부당한 장수들입니다. 동소와 위책은 모두 지모가 뛰어난 선비이고, 또 풍총(馮寵)과 사부·장창(張敞)·조제 등이 있어서 도우니 능히 적을 막을 수 있을 것입니다. 그러므로 한 장수를 보내 빨리 양초를 보급하여 사기를 돕는다면 족할 것이옵니다.」

왕도가 다시 한 번 나서서 아뢰었다.

「폐하께서는 소준에게 조서를 내리셔서 강남을 지키라 하시고, 채표와 유하에게 명령하여 병력을 이동해서 조적을 도우라 하신다면 잃는 것 없이 영토를 보전하실 것이옵니다.」

그리하여 원제는 의논에 따라 곧 조서를 각 진에 내리고, 채율(蔡律)·채진(蔡進) 형제에게 명하여 군량미 5만 석을 실어내다가 수요에 응하게 하였다.

한편 도표는 진주에 이르러 각 고을에다 귀순하라는 엄포를 내렸지만 항복하러 오는 자가 하나도 없었다. 그리하여 먼저 선수를 쳐 각처의 진과 부락을 치고 조적의 거동을 살폈다. 이에 조적은 한잠·풍철·동소·위책 네 장수에게 명하여 각처를 분담시켜 지키게 하니 크고 작은 싸움이 10여 차례 있기는 했으나 승부가 나지 않고 양쪽 모두 장병만 상하게 했으니, 이때 한잠의 부장 서회(舒懷)는 도표의 칼을 맞아 쓰러졌고, 석늑의 장군 유고영(劉庫盈)은 한잠에게 죽음을 당했다.

이처럼 이곳을 지키기 40여 일에 이르니, 진병은 양식이 떨어져서 굶기를 밥 먹듯 하였으므로 전의를 상실했다. 한잠은 걱정이 되어 곧 사람을 예주로 보내 조적에게 양식을 보내줄 것을 청했으나 조적도 비축된 양식이 얼마 되지 않아서 심중에 매우 우려하고 있었다.

그때 채율은 아직 군량미의 수송 준비가 다 되지 않아서 출발을 못하고 있었는데, 이미 싸움이 월여에 걸쳐 벌어졌다고 듣자 군량이 적으면 군사들의 마음이 동요할까 싶어서 우선 쌀 1천 석을 싣고 조적에게로 달려왔다. 조적은 그것을 보자 손뼉을 치며

기뻐했다. 곧 한 계책을 생각해내 마차 10량을 꾸며서 모래를 실은 다음 위만 살짝 쌀가마로 가렸다. 그러고 나서 채율에게 밀서를 한 통 써주며 자세한 것을 분부하니, 채율은 고개를 끄덕인 후 위장한 보급차량을 이끌고 도표의 군영 앞을 쏜살같이 달려서 한잠의 주둔지로 가 풍철에게 조적의 밀서를 전했다. 풍철이 펴보니, 그 속에는 이렇게 씌어 있었다.

<지금 성중에도 양식이 모자라서 요구하는 전량을 주지 못하오. 우선 채율이 약간의 양식을 싣고 왔기에 그 중 얼마를 거짓으로 차량을 크게 꾸며 적군이 보게끔 전진 앞을 거쳐서 보내니 받되, 도표가 나와서 싸움을 돋우더라도 절대 응하지 말아야 하오.>

한편, 조적은 채율이 위장(僞裝)한 군량차를 몰고 한잠의 진영으로 달려가자, 그 뒤를 이어 진짜 양식을 실은 차 두 대를 꾸며 따르게 했다. 이 두 대의 차량은 얼마 가지 않아서 도표 군의 순찰병에게 발각되어 탈취되었는데, 이것을 보자 도표는 크게 근심이 되어 궁리를 했다.

「지금 진군 영채에는 양식이 도착했고, 보급을 받은 한잠 등은 3군을 배불리 먹인 후 각 영채에다가 양식을 쌓고 내일이 되면 힘을 다해서 우리와 겨루겠다고 한다니 어찌해야 할까?」

그래서 수하 부장들을 모아놓고 의논을 했다.

「애초에 나는 진병을 치기 쉬울 것이라 생각했는데, 지금 와서 보니 한잠·풍철 등은 역시 대단한 자들이오 어제 우리가 그들의 보급차량 두 대를 빼앗은 것으로 보아 그쪽에는 이미 넉넉하게 양초가 도착한 것 같소. 이제 그쪽은 우리보고 나와서 싸우자고 할 터이고, 우리 쪽은 양식이 얼마 남지 않았으니 어떻게 그들과 대결해야겠소?」

도표의 아우가 나서서 말했다.

「우리는 잠시 이곳을 지키고 본국으로 급히 사람을 보내어 양초를 보내라고 하십시다. 그러면 얼마간은 군사들도 동요하지 않고 싸울 것입니다.」

이 말을 듣자 도표는 곧 사람을 양국으로 보내 하루바삐 양식을 보내 달라고 청했다.

2. 도표의 패주

도표가 보낸 사자는 이틀을 달린 후 한 곳에 도착했는데, 때마침 그곳에서 황제 석늑이 도표에게 보내는 수송부대를 만났다. 수송 책임자인 아장(牙將) 지영(支英)이 나서며 늦은 사유를 몇 마디 설명하자 사자는 먼저 자기가 되돌아가서 군량이 온다는 소식을 알려 군사들을 기쁘게 하겠다고 했다.

이리하여 사자는 양국으로 가던 말을 되돌려서 다시 도표가 주둔한 곳으로 급히 달려오는데, 그날 저녁때 길가에서 소속을 알 수 없는 수상한 한 떼의 인마와 마주쳤다. 사자는 얼른 길옆에 있는 큰 나무 뒤에 몸을 숨겼으나 저만치서부터 유심히 보아온 듯 그들은 급히 말에서 내리더니 다짜고짜로 나무 뒤에 숨은 사자를 잡아다가 두목 앞으로 끌고 갔다.

「너는 어디서 온 놈이냐?」

두목이 묻자 사자는 대답을 않고 똑바로 쳐다보았다. 그러자 두목은 안색을 부드럽게 하며,

「네 행색을 보아하니 석조(石趙)의 군사 같은데, 어디로 가는 길인가?」

하고 물었다. 이번에도 역시 대답을 하지 않자 두목이 다시 덧

붙였다.

「자네가 나를 마적의 두목으로 아는 모양인데, 놀랄 것 없네. 나도 자네와 같은 조나라 백성으로 이름을 진걸(陳傑)이라 하네. 자네가 솔직하게 고백한다면 석방해주지!」

은근히 협박 투로 어르는 두목의 말을 듣자 사자는 겁이 났다. 더구나 이미 두목이 자기의 신분을 간파한 것도 같아서 한참 만에 곧이곧대로 털어놓았다.

「저는 도표 장군 휘하의 병사로, 장군의 명령을 받고 양식을 가지러 본국으로 돌아가던 중, 도중에서 군량을 싣고 오는 지영 장군을 만났기에 그 사실을 먼저 알리고자 돌아서서 영채로 가는 중입니다.」

이 말을 듣자 진걸은,

「그렇다면 빨리 달려가서 알리도록 하라.」

하고 등을 두드려 보냈다.

그런데 이 진걸이란 사람은 과연 어떠한 인간일까? 그는 조나라 중오(中塢) 촌의 장로로 일종의 이중인격자였다. 원래부터 쓸개와 간에 붙으면서 진장들과 왕래가 있었다. 그래서 진걸이 그 길로 조적을 찾아가 좀 전에 도표의 사자로부터 들은 말을 전하자 조적은 미심쩍긴 했으나 일단 감사했다. 그리고 곧 사람을 한잠에게로 보내 이 사실을 알렸다.

「나는 멀리 예주에 떨어져 있기로 즉각 조처를 취할 수가 없습니다. 그러니 장군이 신속하게 병사를 움직여서 적을 친다면 도표를 격파할 수 있을 것입니다.」

한잠은 이 보고를 들었으나 그것이 진걸의 입에서 나온 줄 알자 의심하여 친히 나가지는 않고, 채율과 항복한 장수 풍총 두 사람에게 정병 3천을 이끌고 길목을 지키라 했다.

이튿날 저녁 무렵, 과연 조장 지영은 적병이 매복한 줄도 모르고 무림(茂林) 숲을 지나갔다. 지영이 거느린 군사는 앞에 3천 명, 그리고 군량 수송차량을 밀고 이끄는 자가 6, 7천 명 도합 1만 명은 실히 될 것 같았다.

이들이 숲길을 거의 다 빠져나오려 할 때였다. 길 양쪽 후미진 곳과 앞뒤 나무숲 속에서 갑자기 대포소리가 울리며 두 장수가 뛰쳐나왔다. 지영은 어제 먼저 돌아선 사자의 일도 있고 해서,

「나는 조나라로부터 군량을 운반해오는 장수이다. 그대들은 누구인가. 도장군의 명으로 군량을 영접하러 온 자들인가?」

하고 물었다. 그러자 앞에서 달려오던 채율이,

「그렇소?」

하더니 냅다 칼집에서 칼을 빼어 달려드는 바람에 지영은 아차 하고 말고삐를 움켜쥐었다.

그러나 한쪽은 적을 습격하기 위해 계획적으로 매복해서 기다리고 있던 자들이요, 한쪽은 오랜 길을 무거운 군량차를 몰고 온 데다가 이제는 목적지 가까이 왔다고 방심한 군졸들이니 싸움은 애초부터 수는 적으나마 진군 쪽이 유리했다.

지영도 곧 창을 비껴 잡고 채율을 찔렀으나 잽싸게 창끝을 피한 채율은 제비처럼 몸을 날리며 칼을 휘둘러 쳤다. 지영은 뒤를 돌아볼 틈도 없이 허리가 두 동강이 나서 말발굽 밑으로 굴러 떨어졌다.

장수가 거꾸러지자 조군은 어떻게 할 바를 몰랐다. 어떤 자는 군량차 뒤에 숨고, 어떤 놈은 무성한 숲 속으로 튀었으나 바짝 뒤를 쫓아 등을 찌르는 진군의 창끝에 산적처럼 꿰어지고 마상에서 후려치는 칼을 맞아 땅에 깔린 이끼와 풀을 움켜쥐고 죽어버렸다.

한참 이런 난장판이 벌어지고 있는데, 진걸이 3천 명의 부하를

이끌고 달려왔다. 그는 채율과 풍총을 보자,

「나는 진걸이오. 얼른 군량을 이끌고 영채로 돌아가서 조군의 습격을 모면하시오.」

하고 이른 후에 채율을 호송해서 한잠의 영채로 돌려보낸 후, 자기는 다시 도표의 영중으로 달려가서 보고했다.

「내가 포소리를 듣고 급히 쫓아갔으나 그때는 이미 진병이 군량차를 탈취하여 도망치는 도중이었소. 그래서 급히 뒤를 쫓아가서 도로 빼앗고자 했으나 오히려 당하기만 했소. 바라건대 장군께선 얼른 군사를 이끌고 추격하십시오.」

진걸의 말을 듣자 도표는 크게 노하여 곧 군사를 이끌고 뒤쫓았으나 이미 한밤중이라 행군을 멈추고 주위를 살피는데, 도망쳐 오는 한떼의 패잔병과 만났다.

「너희들은 누구의 소속이냐?」

도표가 묻자 그들은 모두 말발굽 아래 엎드려 울면서 고했다.

「저희들은 지영 장군이 이끄는 수송부대의 일원인데, 군량을 이끌고 오는 도중 적의 기습을 만나 장군은 죽고 군량은 진군에게 빼앗긴 채 가까스로 도망쳐오는 중입니다.」

「그래 적은 어디로 도망쳤느냐?」

「어제 저녁 늦게 습격을 당해서 이미 하룻밤이 지났으니 지금 추격한다 해도 소득이 없을 것입니다.」

이 말을 듣자 도표는 깊이 한숨을 내쉬고 성으로 돌아왔다. 진걸이 도표의 눈치를 살피면서 말을 꺼냈다.

「장군의 성중에는 양식이 적은데 우리가 어찌 이곳에 더 있을 수 있습니까. 마을로 돌아가서 식사를 한 후, 내일 5천 석의 군량을 보내 드리지요.」

그러나 도표는 굳이 사양했다.

「장로께서는 전쟁을 안 해봐서 모르겠지만 5천 석이라 하면 군사 1천 명의 한 달 양식이 될 수 있는 양이오. 지금 우리는 양초를 겁탈당했으니 적은 넉넉한 군량에 넉넉함을 더하고 우리는 모자라는 데 모자람을 더했소. 무엇으로 나라와 군사를 지키겠소.」

도표의 아우가 옆에서 형의 심정을 헤아리면서 말했다.

「군사들은 먹는 것으로 힘을 삼는데, 밤낮을 두고 기다리던 군량을 적에게 빼앗겼으니 다시 청해서 기다린다 하더라도 때에 못 미칠 것입니다. 그러니 서서히 후퇴한 연후에 다시 쳐들어오기로 하시지요.」

그러나 침울한 표정을 지은 도표는 머리를 흔들었다.

「털끝만한 공도 세우지 못하고 내 마음대로 후퇴한다면 황제 앞에 나가서 무엇이라 변명하겠는가.」

「아닙니다. 지금 우리가 적의 계략으로 보급로를 차단당하고 군량마저 기습을 당해서 빼앗겼으니 이것만으로도 변명할 거리가 됩니다. 왜 우물쭈물하십니까. 이러다가 진병이 우리의 허실을 탐지하고 쳐들어오기라도 한다면 후회한들 아무 소용이 없을 것입니다.」

잠잠히 머리를 숙이고 생각하던 도표는 마침내 아우의 말을 따르기로 했다. 그래서 진걸을 마을로 돌아가도록 명령하고 내일 우리들은 본국으로 돌아간다고 말해주었다.

이 말을 들은 진걸은 마을로 돌아가는 척하다가 그 길로 한잠의 영채를 다시 찾아가서 도표가 한 말을 고해바쳤다. 한잠은 그 말을 듣자 곧 풍철을 오라 했다. 두 갈래로 군사를 나누어 후퇴하는 도표의 군사를 추격하려는 것이었다.

잠옷 바람의 풍철이 한잠의 영채로 달려오자 한잠은 풍철에게 곧 채율과 같이 군사 2만을 이끌고 나가서 길 왼쪽을 따라 추격하

라고 했다. 그리고 자신도 풍총과 같이 군사 2만을 이끌고 길 왼쪽을 따라 채 밝지 않은 어둠 속을 가르며 힘껏 달렸다.

한편, 도표는 진걸을 보내고 나서 전군에게 명령을 내려 급히 영채를 뽑고 후퇴할 준비를 하라고 명령했다. 진종일 적과 싸우거나 경비를 하느라고 물에 젖은 솜처럼 녹초가 되어 있던 군사들은 모두 한 마디씩 투덜대며 떠날 준비를 했다.

때는 늦가을이라 강으로부터 불어오는 습기 찬 바람이 양식이 모자라서 저녁조차 굶은 병사들의 살갗에 차가웠으나, 명령인데다 후퇴해서 본국으로 돌아간다는 생각 때문에 재빨리 떠날 준비를 마쳤다.

도표는 캄캄한 밤길을 묵묵히 행군하는데, 진병은 자기들이 후퇴하는 것을 알지 못할 것이라 생각했기 때문에 추격에 대비한 별다른 방비책도 없이 천천히 군사를 몰았다. 부하 장수들이 곁으로 와서 아뢰었다.

「잠깐 행군을 멈춰서 일단 뒤를 끊고, 만약 추격이 있을 경우의 방비책을 세운 후 다시 행군하는 것이 좋을 것 같습니다.」

그러나 도표는 걱정 없다는 말 한 마디를 남기고 행렬 앞으로 달려 나갔다.

얼마 후 후퇴하는 군사는 진천(陳川) 골짜기에 이르렀다 이미 새벽이 가까워서 군사들의 얼굴에는 피로의 빛이 짙은데 길이 좁기 때문에 뛰지는 못하고 5만 명의 군사가 장사진을 치고 천천히 빠져나갔다.

군사가 거의 절반 이상 골짜기 길로 빠져들어 갔을 때다. 맨 뒤에서 처지는 병사를 독려하던 부장 한 사람이 저만큼 떨어진 후미진 산길로 요란한 말발굽 소리를 내며 달려오는 진군의 추격병을 보았다. 밤이라 선명하게 눈에 띄지는 않았으나 흰 바탕에 먹글씨로 쓴 장령기에는 한잠(韓潛)이라는 두 글자가 펄럭거렸다.
　「한잠이 추격해온다!」
　부장이 크게 소리치자, 조군의 대오는 삽시간에 흩어졌다. 모두 남보다 먼저 골짜기를 빠져나가려고 앞으로 밀리는 바람에 사람은 사람을 밟고 넘어지고 말은 말을 밟고 넘어지고 하여 좁다랗고 긴 골짜기는 금방 용광로에 쇳물이 끓듯 퉁탕거렸고, 넘어져서 밟히는 자의 비명소리가 양쪽 산등성이에 메아리쳤다.
　거기다가 함성을 올리며 달려든 진군은 우선 조군의 후미를 강타하여 말발굽으로 밟아 무너뜨린 후에 골짜기 입구까지 쳐들어가서 봉쇄해버렸다.
　한잠과 풍철, 그리고 채율과 풍총 등 네 장수는 이겨서 신이 난 군사를 이끌고 앞으로 내달리며 창을 이리 저리 휘두르고 찌르니 네 장수의 창 앞에 도표의 군사와 부장은 추풍낙엽처럼 쓰러졌다.
　한편 도표는 행군의 맨 앞에 서서 골짜기를 빠져나오려는데, 갑자기 뒤에서 함성과 비명소리가 터져나왔다. 급히 말을 돌려서 적을 맞으려 했으나 골짜기에 들어선 많은 군사들 때문에 꽉 막히고 전의를 상실한 군사들은 오직 앞으로 앞으로 골짜기를 빠져나가려고만 하니 도저히 뒤돌아설 수가 없었다.
　몇 번인가 칼을 허공에 휘두르며 말을 돌리려다가 실패한 그는 천신만고 끝에 퇴로를 열고 달아나버렸다. 한잠은 도망치는 도표의 뒤를 쫓아서 10여 리를 추격했으나 그 역시 마지막에는 도표의 행적을 놓치고 골짜기로 돌아왔다.
　이 싸움으로 죽은 조나라 군사는 근 4만여 명에 달했으니 실로 전멸을 당한 셈이었다. 골짜기에는 밟혀 죽은 자와 칼에 맞아 죽은 자가 첩첩이 쌓였고, 죽은 말과 버린 무기가 도처에 널려 마치 시장바닥 같았다. 한잠이 돌아와서 조적에게 승리를 고하자, 조적

은 크게 기뻐하며 곧 본부에 남은 인마를 이끌고 동소·위책과 더불어 개선하는 한잠의 군사를 맞으러 나섰다.

이때, 전에 석늑의 군사에게 항복한 하남의 여러 군·현 백성들은 일제히 조적 앞으로 나가 귀순했는데, 이에는 진걸(陳傑)의 설득이 한 몫을 했다. 조적은 그들을 한결같이 위로하고 농사를 짓도록 권하니 모든 백성들은 기뻐하며 복종했다.

그 후에도 조적은 스스로 장병과 노고를 같이 하고 사졸들까지도 아끼고 사랑하니 하남지방은 그의 위력과 덕으로 크게 다스려졌으며, 또한 백성들마저 조적을 믿고 복종하여 다투어 군량미와 군사의 옷을 지을 무명을 바치므로 조적은 병위(兵威)도 크게 떨쳤다.

3. 보원이덕(報怨以德)

조적이 크게 승리한 후, 건강에 있는 원제(元帝) 앞으로 첩표를 올리자 원제는 매우 기뻐했다. 당장 조적의 벼슬에다가 삼진(三鎭)의 자사를 더하고 중원을 수복하라 일렀다. 조적은 원제의 조서를 받자마자 곧 모든 장교들을 불러들여 일장 연설을 했다.

「내가 이곳에 이르자, 낙양은 이미 스스로 우리 진나라에 귀속했다. 그러니 나머지 몇 군(郡)이야 취하기가 그리 어렵지 않을 것이다. 불원간에 나는 하남지방을 남김없이 수복하고 더 나아가서 온 천하를 평정하리로다.」

이처럼 연설을 하고 있는데 밖이 소란해지더니 급히 전령 한 사람이 뛰어 들어와서 보고했다.

「곽묵(郭默)이 군사를 거느리고 낙양 성중으로 들어가서 윤안을 체포했습니다. 아마도 윤안이 배반할 기미가 보여서 그런 모양입니다. 하지만 이구 장군은 곽묵이 오랫동안 낙양을 그리워하여 장군의 명령을 거역하고 떠났으므로 혹시 낙양을 취한 뒤에 다른 뜻을 품을까 의심하여 곧 회군할 것을 명령했다 합니다. 그런데 곽묵은 자신을 죽일까 의심을 해 돌아오지 않자 이구 장군이 군사를 풀어 곽묵의 죄를 추궁하며 싸웠는데 이미 달포가 지나도록 결말이 나지 않고 있습니다. 항장 윤안은 그 틈을 타서 곽묵에게 또 다시 낙양을 조나라에 바친 후 항복하자고 권하는 모양입니다. 장군의 조속한 조처를 바랍니다.」

보고를 듣고 난 조적은 곧 이구와 곽묵에게 문책하는 편지를 써서 따로따로 보냈다.

<지금 천하의 정세가 복잡하고, 제업(帝業)조차 뜻 같지 않아서 중원도 수복하지 못한 이때, 그대들은 무엇 때문에 서로를 원수처럼 여기며 싸우고 있는가. 올바른 신하라면 이때야말로 마땅히 실력을 길러서 임금과 나라를 위해 충성을 다할 때가 아닌가. 그러다가 갑자기 유요의 군사라도 쳐들어온다면 어찌할 셈인가. 대장부라면 사사로운 감정을 버리고 오직 국가의 만년대계를 위하여 힘을 길러야 할 것이로되, 그대들이 그처럼 소분(小忿)을 버리지 못하니 나는 그것을 근심하고 있소>

이구와 곽묵 양인은 각기 그 편지를 보자 크게 뉘우치고 부끄러워했다. 그래서 곧 서로 만나 원한을 풀고 조적에게 연명으로 잘못을 빌었다.

한편 석늑은 이구와 곽묵이 다투고 있다는 소문을 듣고 은근히 좋아했는데, 얼마 후에 그들이 조적의 편지를 받고 나서 화해했다는 소식을 듣자 장빈을 청해 들여 조용히 물었다.

「조적이 그처럼 인심을 얻고 있으니 멀지 않은 장래에 하남 땅이 모조리 그의 통치 하에 들어가지 않을까 걱정이 되는구려.」

　장빈이 대답했다.

　「신이 듣기에, 조적은 그 위인이 은의(恩義)에 두텁고 지모도 놀랍다고 합니다. 그러므로 만약 조적과 싸운다면 그처럼 강한 적이 없고, 또한 진나라도 제업을 이어서 그 기운이 왕성한데다가 이와 같은 강한 군사마저 있으니 힘만 가지고는 당하기가 어렵지 않을까 생각되옵니다.」

　장빈의 설명을 듣자 석늑의 안색에는 금시 수심이 깃들었다. 그래서 무릎을 내밀면서 물었다.

　「그렇다면 무슨 대책이 없겠소?」

　장빈이 조심스럽게 말했다.

　「한 가지 있기는 합니다만, 폐하께서 취하실지 모르겠사옵니다. 조적 같은 현인(賢人)은 무력에는 강하지만 은혜로써 치면 쉽게 함락됩니다. 즉 우리 조나라의 범양(范陽) 땅은 그의 고향으로 거기에는 조적의 대대 조상과 부모의 무덤이 있습니다. 폐하께서는 신의 말을 들으신 후, 부디 그곳 관리에게 명하여 조적을 위해 조상의 분묘를 수리하고 사당을 세워 주며, 제전(祭田)을 하사하시어 묘지기를 구해서 춘추로 제사를 지내도록 하옵소서. 그러면 틀림없이 조적은 폐하의 은덕에 감사해서 우리 영토를 치지 않을 것이며 하남 땅은 평안함을 얻을 것입니다. 그런 연후에 폐하께서는 북쪽으로 힘을 뻗어 강토를 넓히심이 좋을 줄로 아나이다.」

　석늑은 장빈의 말을 듣자 감동했다. 이것이야말로 *보원이덕 (報怨以德)하여 적을 내 편으로 만드는 좋은 계략이라 생각해서 즉시 공장을 범양 땅으로 파견했다.

　범양의 관리 하나가 공장에게 물었다.

　「진나라와 우리 조나라는 서로 원수지간인데, 대사마께서는 무엇 때문에 진장 조적을 위해 그 조상의 무덤을 수리하십니까?」

공장이 점잖게 대답했다.

「모르는 소리 하지 말게. 조공(祖公)은 인망이 높은 당대의 의인일세. 우리 황제께서 조공 조상의 무덤을 보수하고 다스리는 것도 그런 데 이유가 있네.」

관리는 그때서야 그 뜻에 수긍했다. 사당이 완성되자 공장은 그 고장에 사는 조씨의 장로를 찾아가서 지키도록 분부를 전했다.

그 후 이 일은 그 묘지기 장로를 통해서 조적의 귀에 들어갔다. 조적은 석늑이 그처럼 자기와 조상을 위해 배려해준 데 대하여 깊이 감동했다. 그래서 조나라 경계를 지키는 진병(晉兵)에게 함부로 조나라 병사와 다투거나 경쟁하지 말고, 사고가 나면 곧 자기에게 보고한 후 재가를 얻어서 행동하라고 명령했다.

어느 때, 조적 휘하의 아장 동건(童建)과 상채(上蔡)의 내사 주밀(周密)이 서로 혐의를 가졌다. 동건은 여러 번 주밀을 죽이고자 했으나 워낙 주밀의 재주가 여러 사람에게 알려져서 잡아 죽일 기회를 얻지 못했다.

그러다가 하룻저녁엔 야음을 틈타 주밀의 방에 침입해 찔러 죽인 후 그 머리를 잘랐다. 동건은 이제 그것을 가지고 조나라로 돌아가서 바친 후 공을 내세워 출세를 해보려고 했다. 그러나 황제 석늑은 동건이 들어와서 주밀의 수급을 바치자 동건마저 목을 쳐버렸다. 그리고 둘의 목을 한데 담아서 편지를 곁들여 조적에게로 보냈다.

<국가를 원망하여 반역을 행하고 국외로 도망친 자는 장군도 미워하겠지만 과인 역시 미워하는 바이오. 그러므로 동건이 장군 밑에서 죄를 짓고 도망오자 과인은 받아들이지 않았으며, 끝내 장군 대신 그 죄를 밝힌 후 죽여서 수급을 보내는 터이오

끝으로 장군의 대대 조상의 분묘는 이곳 과인의 영토인 범양 땅에 있으매, 이것으로 미루어보건대 우리는 본디 한 조상의 자손이라 하겠소이다. 그리하여 전번에 과인은 대사마 공장을 보내서 그 유택(幽宅)을 수리하고, 사당을 세워서 장군의 큰 이름을 그곳에 새겨두었소이다. 기타 과인이 친히 쓴 편액(扁額)을 걸게 하고 사전(祀田)을 내려서 봄가을로 제항을 올리도록 하였으니 장군은 근심을 놓고 오직 국사에 충실하시오.>

조적은 이 편지를 보자 더욱 석늑의 의로움에 감동해서 정중한 감사의 회답을 보냈다. 그리고 이로부터는 조적도 조나라로부터 망명해오거나 배반하여 오는 자를 절대로 받아들이지 않았으며, 군사를 이끌고 예주로 돌아갔다. 또한 서로 우호를 지켜서 침략을 하지 않았고, 군사들도 그것을 지켰으므로 백성은 평안함을 얻었는데 이는 모두 장빈의 공이라 하겠다.

제7장. 모반(謀叛)의 세월

1. 서량의 요란(妖亂)

서조의 황제 유요는 석늑과 맹약을 맺은 후 이미 도표가 약속에 따라 군사를 진천에 주둔시켜 조적과 겨루고 있다는 보고를 받자 곧 군사를 일으켜서 낙양을 취하려 했다. 진장 이구는 그 소식을 듣자 곧 곽묵과 윤안을 불러들여 의논했다.

「지금 유요가 군사를 몰고 와서 낙양을 치려 한다는데 그대들에게 좋은 계책이 없겠소?」

윤안이 대답했다.

「내가 장안에 있을 때 보니, 유요는 항상 서량공(西凉公) 장식(張寔)이 혹시 자기가 출정하여 없는 틈을 타서 장안으로 쳐들어오지 않을까 근심을 하더군요. 서량공은 본래 우리 진나라의 충신이니 왜 사람을 그에게로 보내 도움을 청하시지 않습니까.」

이구는 윤안의 말을 옳다고 여겨 곧 부하 장수 한 사람에게 편지 한 통을 써주며 한시바삐 달려가서 서량공 장식에게 전하라고 했다.

때마침 서량공은 만약의 사태에 대비하여 천제산(天悌山)에서 군사를 조련하고 있었는데, 이구가 보낸 편지를 받자 곧 참모들을

불러들여 유요의 낙양 침입을 의논했다.

참모 하필(夏弼)이 나서서 의견을 말했다.

「형양태수 이구는 두 번씩이나 낙양을 수복해서 진실(晉室)에 대한 그 충성과 공이 놀라운데, 이제 주공에게 서신을 보내 원조를 청하니 어찌 구해주지 않을 수가 있겠습니까.」

서량공이 고개를 끄덕이며 계략을 묻자, 하필이 말했다.

「먼저 군사들에게 거짓말로 장안을 기습한다고 퍼뜨리십시오. 그러면 반드시 유요는 양쪽으로 견제당할까 두려워서 감히 이구를 치지 못할 것입니다.」

하필의 말을 들은 서량공은 그의 의견을 옳게 여기고 곧 대장 염섭(閻涉)과 조앙(趙仰)을 불러들여 장안을 칠 준비를 하라고 거짓으로 일렀다. 염섭은 명령을 받자 그 길로 산을 내려가서 친구 유홍(劉泓)을 방문한 뒤에 계략을 물었다.

여기서 잠깐 유홍의 약력을 소개하자.

유홍은 본래 낙양 사람으로서 염섭과는 어렸을 때부터 친구였다. 다소 사람이 광기가 있어서 어렸을 때부터 명산대찰을 찾아다니며 수도를 한답시고 했는데, 한실(漢室)이 망하고 유씨가 몰락하자 나이를 먹을수록 일종의 요술을 터득해 도술로써 무지한 백성들을 현혹시켰다.

그러나 워낙 재주가 비상하고 글재주도 있는 자이기 때문에 사람들은 모두 그의 말을 공손하게 믿었으며, 그를 대하기를 스승처럼 했다.

염섭이 찾아가자 유홍이 먼저 물었다.

「자네는 지금 군사를 이끌고 헛되게 장안을 치려 하는데, 정말 가려 하는가?」

이 말을 듣자 염섭은 깜짝 놀라면서 도리어 유홍에게 물었다.

「아니, 형님은 어떻게 그것을 아십니까?」

「자네 얼굴에 그렇게 씌어 있으니 알지.」

염섭이 다시 물었다.

「그렇다면 형님 점을 좀 쳐봐 주시오. 내가 출정하면 이번 싸움에 이길 것인지 어떨 건지. 또 길흉은 어느 쪽이지요?」

「그야 어려울 것 없네. 자네가 출정을 안한다면 반드시 유요는 군사를 몰고 낙양을 칠 것이며, 자네가 출정한다면 유요는 장안으로 돌아갈 것이므로 낙양은 안전을 얻지만 서량한테는 재앙이 있을 걸세. 그리고 길할 것은 말할 건더기가 없고 흉한 일은 얼마 후에 곧 나타나겠지.」

이 말을 듣자 염섭은 더욱 궁금증이 나서 왜 길한 것은 말할 게 없느냐고 묻자, 유홍은 이렇게 대답했다.

「첫째, 장씨의 기운은 쉬 망하려고 하네. 둘째, 장군은 그 적이 아니며, 셋째, 멀리 출병해도 접응(接應)이 없네. 그러나 흉악한 일이 곧 나타날 것일세.」

염섭이 다시 물었다.

「그러면 나는 어떻게 처신해야 할는지요?」

그러자 유홍은 신들린 듯이 눈을 지그시 감더니 염섭을 향하여 다음과 같이 말했다.

「*전화위복(轉禍爲福)이란 말이 있으니, 위험에 처하거든 빨리 기회를 엿보게나. 서량공의 세력이 쇠약해지고 멸망이 목전에 도달했으니 그는 틀림없이 서량 땅을 잃을 것이야. 그는 지금 군사를 자네에게 맡겼네. 그리고 나는 또한 귀신이 내린 옥새 하나를 얻었으니, 이 모두 하늘의 조짐으로서 우리 둘로 하여금 하서(河西) 땅을 차지하게 하려는 것일세. 그러니 자네는 일단 이곳을 떠나서 유요를 장안으로 쫓은 후에 조앙(趙仰)과 공모하여 고장

(姑藏)으로 회군하는 길로 장식을 친다면 왜 부귀를 누리지 못하 겠는가.」

염섭은 유홍의 말에 현혹되어 그 말을 믿었다. 그리하여 하상 (河上)에 당도하여 조앙을 만나 의논한 후 서량 땅을 빼앗기로 약 속했다. 그러고 나서 암암리에 장교들과 군사에게 뇌물을 후히 주 고, 행사를 이유로 책임있는 직책을 맡기니 군사들은 한결같이 그 의 말에 복종하였다.

그러나 그들 중에 서량공의 은덕을 입은 자가 있었다. 그래서 그는 염섭과 조앙 몰래 고을로 돌아와서 그 일을 서량공에게 귀띔 해 주었다.

서량공은 그때 마침 잠자리에 들어 잠을 자려고 하던 참이었는 데, 얼핏 눈을 들어 바라보니 등불 밑에 머리 없는 사람이 하나 서 있었다. 등골이 오싹한 서량공이 소리를 질렀다.

「네가 누구냐, 이놈!」

그러자 그 자는 그대로 마른 나무토막처럼 등불 위로 엎어져버 렸다. 깜짝 놀란 서량공이 황급히 사람을 불러서 다시 불을 켜들 고 보았으나 응당 엎어져 있어야 할 머리 없는 사람은 물론, 피 한 방울도 떨어져 있지 않았다.

서량공은 그것을 보고 나서 매우 불안하고 근심스러워 형제들 과 하필을 불러들였다. 그리고 밤늦게까지 의논을 한 다음, 몸이 고단해서 잠깐 동안 책상에 엎드려 졸고 있는데, 또다시 이상한 꿈을 꾸었다.

달빛이 교교한데 그 달빛 아래 11명의 사람이 서 있었다. 그들 은 세 겹으로 된 문을 두드려서 열고는 물 위를 걸어서 그 달 안으 로 걸어 들어갔는데 또 머리 없는 귀신이 칼을 맞고 앞으로 거꾸 러지면서 엎어져버리는 것이었다.

서량공은 깜짝 놀라며 잠에서 깨 하필이 아직도 앉아 있기에 그 사실을 하필에게 이야기했다. 하필이 대답했다.

「꿈에 남을 죽이면 흉하고, 남에게 죽음을 당하면 길하다고 합니다. 꿈의 판단은 꿈에 나타난 실제와는 반대로 하는데, 그것은 음양이 교체되기 때문입니다.」

그러나 서량공은 머리 없는 귀신을 보고 밤새도록 불안해 하였다. 다음날 아침 날이 밝기를 기다려서 곧 장군 한박(韓璞)을 불러들여 앞일을 부탁했다.

그리고 따라서 모여든 집안사람들에게 분부했다.

「어제 나는 부정한 것을 보았다. 꿈도 흉하고 나빴으며 틀림없이 괴변이 일어날 것 같은데, 만약 예기치 않은 일이 내 몸에 일어나거든 공자는 아직 어려서 보필하기가 어려울 터이니, 그대들은 내 동생 장무(張茂)를 세워 내 뒤를 잇도록 하라.」

그러나 모여 앉은 사람들은,

「그런 꿈이나 헛것은 보이긴 해도 맞지 않는 수가 많습니다. 주공께서 덕과 은혜를 넓게 베푸셨으므로 필연코 하늘이 도와주시리다.」

하며 의논을 끝내지 못하고 있었다.

이때 공제 장무가 들어와서 형인 서량공의 귀에 무슨 말인가 속삭이더니, 이윽고 장무는 모인 사람을 다 내친 후 오직 하필과 범원(氾瑗)만을 안으로 불러들여 사태를 귀띔해 주었다.

「지금 염섭·조앙 두 장수가 병사를 이끌고 남문 쪽으로 공격해 들어오고 있다 합니다. 아마도 유홍의 요사스런 말을 믿고 그러는 모양인데, 한시바삐 대책을 세워 막지 않으면 안될 것 같습니다.」

이 말을 듣자 서량공은 짐작이 간다는 듯이 한숨을 내쉬며 말

했다.

「어제의 그 일이 마음에 걸리더니 기어코 이런 변이 일어났구나. 본래 이와 같은 내란은 막기가 어려운 법이니라.」

얼마 동안 침묵이 흐른 뒤에 하필이 말을 꺼냈다.

「지난 밤 저는 주공께서 꾸셨다는 꿈에 대하여 곰곰이 생각해 보았습니다. 그 결과 이상한 것을 발견했습니다. 11명의 사람이 달을 타고 달리는 것은 바로 조(趙)자입니다. 세 겹의 문은 파자(破字)하면 염(閻)이 됩니다. 또한 그들이 물 위를 걸어갔다고 하는데 이것은 섭(涉)자가 됩니다.」

하필의 말을 듣고 나자 그 자리에 모여 있던 사람들은 너무나도 명백한 귀신의 조짐에 모두 모골이 송연해졌다.

한참 만에 좌중의 무거운 공기를 깨뜨리려는 듯이 하필이 다시 말했다.

「옛말에도 모르면 약이로되 알면 병이라는 이야기가 있습니다. 이 일은 뭔가 석연치 않은 점이 있으므로 저는 곧 날랜 군사를 이끌고 달려가서 우선 유홍을 체포한 후, 염섭·조앙 등을 잡아서 죄를 밝힐까 하오니 하회를 기다려주십시오.」

말을 마치자 하필은 날랜 군사 5천 명을 거느리고 곧 길을 떠났다. 그때 유홍은 기도를 한답시고 시내에서 한 10여 리 떨어진 곳에 있는 험한 산속 암자에서 기거하고 있었다. 하필은 유홍이 요술을 부린다는 말을 들은 바 있으므로 우선 길에 개피를 뿌려서 부정을 쓸어버린 다음 암자를 향해 기어 올라갔다.

먼저 앞장서서 쳐들어간 병사들이 암자의 문을 두드렸으나 안에서는 아무 대답이 없었다. 수상히 여긴 병사들은 다시 문 앞으로 가서 안을 들여다보았다.

유홍은 그때 귀신을 모신 사당 앞에서 명상에 잠겨 있었다. 범하지 못할 위엄이 그 여윈 얼굴에 나타나 있으므로 병사들은 모두 앞에 서서 쳐들어가기를 주저했다. 이것을 보자 하필은 화가 났다. 꽁무니를 빼는 놈들을 뒤로 물러나게 한 다음 칼을 빼어든 채 문을 밀치고 들어가서 소리쳤다.

「일어나라, 이 망령된 자야!」

그때서야 밖에 몰려섰던 병사들도 우르르 들어왔다. 하필은 개 피에다 적신 생마(生麻)로 유홍을 꽁꽁 동여맨 후 살이 터지고 뼈가 부러지도록 족치자 비로소 그 일을 고백했다.

심문을 끝내자, 하필은 유홍을 뇌차(牢車)에 태워서 암자를 내려온 후 옥에 처넣어버렸다. 그리고 구술서(口述書)를 가지고 서량공과 공제 장무 앞으로 가져다가 보였다. 한편으로는 범원·송집(宋輯) 등에게 군사 3만 명을 주어 염섭·조앙의 무리를 치게 했다.

이때 반란군은 이미 성 밑에 당도해 일부는 성문을 부수고 들어서 성안의 수비군과 싸움을 벌이고 있었는데, 장군 한박은 이 소식을 듣자 부하 장수 음예(陰預)와 1만 명의 군사를 거느리고 달려가서 반란군을 향하여 소리쳤다.

「너희들은 대대로 서량공의 큰 은혜를 입고 살아오고 있는데, 지금에 와서 주공을 배반하고 난을 꾸미는 것은 무슨 배은망덕한 짓이냐! 죽는 게 두렵지 않은가!」

한박의 우렁찬 목소리는 성문의 대들보를 흔들 만큼 쩌렁쩌렁 울렸다. 이것을 보고 반란군 병사들은 겁에 질렸다. 한박은 모든 병사들이 가장 두려워하고 공경하는 장군이었던 까닭이다.

반란군이 한박의 위세에 눌려 주춤하자, 음예는 곧 군사를 이끌고 달려 나와서 맹렬히 공격했다. 공세에 몰린 반란군은 염섭과 조앙이 있는 데로 달려갔으나 그들 역시 별다른 계책이 있을 수

없었다.

드디어 한 반란군 병사가 자기들 괴수인 이 두 놈에게 사태를 수습할 아무 계책도 없는 것을 알자 「이 역적 놈들!」하더니 곧 염섭에게로 달려들었다.

부하로부터 불의의 기습을 당한 염섭은 도망칠 틈도 없이 그 병사가 뽑아든 칼에 어깨를 맞고 땅바닥에 나뒹굴었다.

한참 만에 정신이 든 염섭이 눈을 떠보니 병사들이 달려들어서 자기 몸을 결박 짓고 있었다. 조앙도 그렇게 해서 불개미 떼처럼 덤벼드는, 좀 전까지 자기편이던 군사들에게 붙잡혀 한박 앞으로 끌려갔다.

이런 중에도 유청(劉淸) 하나만은 간신히 난군 속을 뚫고 성내로 잠입하는 데 성공했다. 유청은 본래 유홍과 같은 낙양 사람으로 한때 유홍 밑에서 요술을 배운 적이 있었다. 그 후 유청은 유홍의 눈에 들어서 성과 본이 같은 관계로 자식이 없는 유홍의 양자가 되었고, 드디어는 유홍의 청으로 군대에 들어와서 염섭 막하의 장수가 된 자이다.

성내로 잠입한 유청은 곧 서량공의 거처를 향해 그림자처럼 사라졌다.

서량공 장식은 그때 마침 전령으로부터 남문 밖 전투의 전황(戰況)을 보고받고 있는 중이었다. 이미 날이 저물어서 대청에는 관솔불이 곳곳에 밝혀져 붉고 푸른 불빛이 흔들거리고 있었으며, 층계 밑에는 몇 명의 시위병이 시퍼런 창을 잡고 늘어선 채 지키고 있었다.

서량공은 전황을 보고받고 잠깐 동안 고개를 숙이더니 의자에 푹 파묻혀서 무엇을 생각하는 듯했다. 바로 그때였다. 서량공 뒤에 둘러친 병풍 속에서 찬바람이 획 감돌아 나왔다. 마루 구석 곳곳에 놓인 관솔불이 불꽃을 튀기며 춤을 추었다.

갑자기 등 뒤가 찬물을 끼얹는 것처럼 오싹해진 서량공은 벌떡 의자에서 몸을 일으켰다. 그리고 날쌔게 병풍 쪽으로 한 발을 내딛는 순간, 그 자리에 얼어버린 듯 우뚝 서버렸다. 머리 없는 귀신, 아니 흰 광목으로 얼굴을 온통 가린 수상한 자가 번개처럼 내닫더니 무서운 힘으로 파랗게 질려 있는 서량공의 면상을 향하여 철퇴를 힘껏 후려치는 것이 아닌가.

「으, 아악!」

밤송이처럼 삐죽삐죽 뿔이 달린 철퇴로 정수리를 정통으로 얻어맞은 서량공은 손으로 얼굴을 감싼 채 층계 밑으로 굴러 떨어졌다. 층계 밑에서 시위하고 있던 병사들은 급히 달려가서 땅에 쓰러진 서량공을 부축해서 일으켰으나 이미 치명상을 입은 서량공은 오직 대청 위를 가리키면서 「귀신, 귀신!」 할 뿐 더 말을 잇지 못했다.

이에 한 병사가 칼을 뽑아들고 급히 층계 위로 뛰어갔지만 이미 그곳에는 아무도 없었다. 다른 병사들도 뒤따라가 보았으나 대청마루에는 서량공이 흘린 낭자한 피가 관솔불에 비쳐서 어른거릴 뿐, 고요한 정적만이 감돌고 있었다.

워낙 눈 깜짝할 순간에 일어난 일이므로 당사자인 서량공을 빼놓고는 누구 한 사람도 범인은 고사하고 범행 자체도 눈여겨보지 못한 것이다.

이처럼 병사들이 어찌할 바를 모르고 우왕좌왕하고 있는데 갑자기 내실 쪽으로부터 비단을 찢는 듯한 여인의 비명이 들려왔다.

병사들이 급히 그쪽으로 몰려가보니 얼굴에 백포를 감은 그놈은 피 묻은 철퇴를 들고 한발 한발 서량공의 젊은 부인 앞으로 다가서고 있었다. 부인은 가슴에 안았던 어린 공자를 등 뒤에 감추

고 한 발짝씩 뒤로 물러나고 있었다.

바로 그 마당에 병사들이 와락 달려들자 그 수상한 자는 휙 몸을 돌리면서 제일 앞장서서 오는 병사 한 사람을 철퇴로 후려치더니 그대로 건너편 방문을 박차고 마당으로 뛰었다. 병사들도 뒤쫓아나갔다.

그렇게 얼마를 쫓고 쫓기다가 드디어 기진맥진한 그놈은 담 옆에 선 오래된 느티나무 등걸로 기어 올라가서 담 밖으로 건너뛰어 도망치려고 했다.

그러나 그놈도 운이 다했던지 휙 건너뛰려는 순간, 얼굴을 칭칭 동여맨 광목 한 끝이 나뭇가지 끝에 걸려 매듭이 풀리면서 그대로 공중에 매달리고 말았다. 이것을 본 병사들은,

「저놈 잡아라!」

하고 일제히 소리치며 달려가서 발목을 낚아챘다. 땅바닥으로 끌어내려진 그놈은 남은 헝겊을 풀려는 병사들의 손을 끝까지 대항하면서 물리쳤으나 나중에는 힘이 빠져서 두 손을 늘어뜨렸다. 벗겨보니 그놈은 다름 아닌 유청이었다.

시위병이 공제 장무를 찾아가서 이 일을 보고하자, 장무는 크게 탄식하며 곧 안으로 들어가서 형의 시체를 안고 통곡했다. 급보를 듣고 달려온 한박·하필 등 여러 신하들도 서량공의 무참한 죽음을 보자 노여움과 슬픔을 가누지 못했다. 그래서 곧 붙잡힌 염섭·조앙·유홍·유청을 끌어내다가 각각 사지를 찢어서 죽이고, 반란에 적극 가담한 자도 5백여 명을 죽였으며 그 나머지는 모두 사면했다.

그날 밤 늦게 한박·마급·장려·신암·음예·송배 등 20여 명의 가신(家臣)은 하필과 범원을 청해 죽은 서량공 장식의 뒤를 누구로 잇게 하느냐 하는 데 대해서 의논했다. 그 결과 중의가 서량

공이 생전에 한 말처럼 공제(公弟) 장무를 세우자는 의견이 지배적이어서 한박이 그 여러 가신들을 거느리고 장무를 찾아가 아뢰었다.

「지금은 국사가 다난한 때인데, 세자 장준(張駿)은 그 나이 아직 어려서 10살입니다. 이분으로서는 도저히 남북의 유(劉)·석(石)·요(遼)·대(代)의 군사를 제어하기가 어렵습니다. 그러므로 전날에 주공께서도 일단 유고(有故)시에는 공제 장사화(張士華 : 장무의 자)를 세워서 외세의 침략을 막으라고 촉명(囑命)하셨습니다. 또한 저희 일동의 뜻도 그러하오니 부디 공제께서는 돌아가신 주공의 뜻을 받드시어 서평공(西平公) 자리로 납시옵소서.」

그러나 장무는 이 같은 여러 사람의 요청에도 불구하고 듣지 않았다.

「공자의 나이 이미 열 살이니, 내 생각으로는 선공(先公)의 뒤를 이을 만하다고 판단됩니다. 나는 공자 뒤에서 그가 일을 혼자 할 수 있을 때까지 도울 뿐입니다.」

이처럼 장무가 받지 않고 사양하자 부하들은 매우 난처했다. 하필이 한 꾀를 내어 다시 가신들을 이끌고 나갔다.

「공자의 나이 충분하다 하시지만, 이미 선공께서는 공제께 촉명하신 바이니 어쩔 수 없습니다. 만약 공제께서 그처럼 대의(大義)를 존중하시겠다면 어린 조카 장준을 다시 세자로 세우시고, 그의 성장을 기다려서 물려준다면 이 아니 좋겠습니까.」

이 말을 듣자 여러 중신들은 물론, 당사자인 장무도 그 기발한 지혜를 찬양했다.

서평공이 된 장무는 그날로 죽은 서량공 장식의 장례를 서두르고 한편으로는 조카 장준을 다시 세자로 세웠다. 또한 이구(李矩)의 사자에게는 국내에 난이 일어나 이제 겨우 평정한 관계로 도울

수가 없다는 편지를 써주어 돌려보냈다.

이구는 돌아온 사자로부터 서량 소식을 듣자, 혼자 힘으로 어떻게 막강한 유요의 군사를 막을쏘냐 하고 곧 진제(晋帝)와 조적에게로 사람을 보내 도움을 청했다. 원제는 이구가 상주한 표를 보자 곧 백관을 소집해서 의견을 물었다.

왕도(王導)가 나서서 아뢰었다.

「신의 생각에 의하면 이구의 충성은 참으로 가상한 바가 있사옵니다. 곧 조서를 내리시어 구원할 것을 알리신 후, 한편으로 조적·소준·주방 세 사람에게 명하여 이구를 구하라 하신다면 가히 낙양을 부지하고 유요의 군사도 물러갈 것이옵니다.」

원제는 곧 의견에 따라 세 사람에게 조서를 내렸는데, 남양자사 주방은 원제의 명령이 군사를 일으켜 북쪽 낙양으로 가라고 한 것을 보자 한탄하며 뇌까렸다.

「내가 왕돈이 마음속에 다른 뜻을 품은 것을 보고 밤낮 근심하다가 병을 얻었는데, 이제 황제께서 나로 하여금 낙양으로 가서 이구를 도우라 하시니, 내가 가면 그 누가 왕돈의 방자한 힘을 막아낸단 말인가.」

한 마디 길게 탄식하더니 갑자기 땅에 쓰러져버렸다. 좌우에 모시고 있던 자들이 깜짝 놀라서 부축해 일으켰으나 병이 워낙 위독하여 사흘 만에 죽어 버렸다.

2. 왕돈의 야망

왕돈은 남양주(南梁州)에 무창(武昌)이 있기로 항상 집어삼키고 싶은 생각이 있었으나, 남양자사 주방이 지혜가 많고 만만치가 않아서 기회만을 엿보고 있었다. 그러던 중에 주방이 갑자기 죽었다는 말이 들리자 즉시 집안사람인 왕서(王舒)를 무창으로 보내 그

곳의 군사를 가로챘다. 그러나 주방의 아들 주무(周撫)는 왕씨네 세력이 두려워서 감히 항거하지 못하고 건강으로 올라가 황제 앞에 나아가 억울함을 상주했다.

당시 진나라 조정에는 왕돈의 아우 왕도(王導)가 승상자리에 앉아서 정치를 맡아보고, 왕돈도 그의 형 왕함(王含)과 같이 각기 수많은 군사를 이끌고 외지에 나가 있었기 때문에 왕씨 가문에서 현직(顯職)에 나가 앉은 사람이 많았다.

그런 관계로 원제는, 왕돈이 소위 배경을 믿고 횡포를 부리는 것을 알기 때문에 감탁(甘卓)을 뽑아서 남양자사에 임명하고, 왕돈이 무창으로 파견한 왕서에게는 우승(右丞) 벼슬을 내려서 중앙으로 불러들였으나, 왕돈은 왕서를 무창에 붙들어두고 서울로 올려 보내지 않았다.

그만큼 그 당시 왕씨의 세력이 만만치 않았기 때문에, 백성들은 곧잘 「왕(王)과 말(馬 : 진제의 성씨가 사마씨이므로)이 천하를 같이 요리한다」고 하였다.

유외(劉隗) 등이 이 말을 듣고 나서 비밀리에 원제를 깨우치자, 원제도 역시 왕돈이 공을 믿고 방자하게 구는 것을 언짢게 여기고 있었으므로, 어떻게 하면 왕씨의 권력을 조금이나마 누를 수 있을까 부심하였다. 그래서 한때는 유외·조협 등과 몰래 모의하고 나서 왕도를 약간 멀리했다. 그 후 중서랑 공유(孔愉)가 들어와서 이렇게 아뢰었다.

「만약 왕도가 임금 앞에 서기를 부끄럽게 여기고 마음속으로 섭섭한 생각을 가진다면 군신(君臣) 사이에 나쁜 감정이 얽히고, 결국에 가서는 왕돈 등이 노하여 역난을 일으킬지도 모르겠사옵니다.」

그러나 원제는 공유의 은근한 협박 상소를 모르는 척해버렸다.

얼마 후에 또다시 공유가 왕도의 좌명(佐命)한 공훈을 말하고 더욱 신임하여 일을 맡기시라고 권했으나 이를 밉게 여긴 원제는 공유를 지방으로 전출시켜버렸다.

왕도는 조정 안에 자기의 종당(宗黨)을 미워하는 자가 많음을 알고 있기 때문에, 도리어 주승·유외·조협 등과 협의하여 종당의 권력을 은근히 누르고 성품에 따라 충직하게 맡은 일을 해나갔으므로 모든 사람들이 더욱 그를 존중했다.

그러나 왕돈은 이 사실을 알자 더욱 심중에 불평을 품었다. 그리하여 왕돈은 참군 심충(沈充)·전봉(錢鳳)을 만난 자리에서 그것을 털어놓으며 의논했다. 심충이 왕돈에게 딴 뜻이 있음을 알고 은밀히 반역할 계략을 가르쳐주었다.

「심복 부하를 보내 현직에 있는 친척들과 손을 잡은 후, 임금에게 올릴 표(表)를 지어 방패로 삼고 조정에 들어가서 왕씨를 멀리하는 사실을 묻는다면 중신(衆臣)의 역량이 어느 정도인지 알 수 있을 것입니다.」

그러나 왕돈은 머리를 가로저었다.

「아직은 조정의 군마가 건재하고 외진의 방비가 튼튼하네. 그런데 만일 뒤만을 믿고 난을 일으킨다면 우리 쪽이 손해를 볼 것일세.」

전봉이 대답했다.

「주방도 이미 죽었고, 감탁이 새로 부임해왔다고 해도 늙어서 큰일을 하지 못하기 때문에 다른 걱정은 없지만, 오직 조적이 가까이 있으니 만만치 않습니다. 그의 군사가 매우 강하므로 다른 생각은 하지 말고 오직 말로써 황제와 그 측근의 국량(局量)이 어떤가 하는 것만 떠보십시오. 그리고 조적이 죽기를 기다려서 남은 일을 거행한다면 다른 일은 여반장입니다.」

　왕돈은 전봉의 계책을 듣자 옳게 여겨 곧 상소를 올렸다. 그 중 왕돈을 위해 공을 호소하는 글의 대목은 말 속에 원망을 품고 있어서 불손하기가 이를 데 없었다.

　원제는 이 상소문을 다 보고 나자 곧 좌군정(左軍政) 벼슬에 있는 사마승(司馬承)을 불러들였다.

　「짐은 황숙(皇叔)께서 충후하며 큰 도량과 지식이 있다기에 이처럼 오시라 했소이다.」

　그러고 나서 원제는 왕돈이 올린 상소문을 내보였다. 사마승은 그것을 다 읽고 나서 황제를 향해 아뢰었다.

　「왕돈이 믿는 데가 있으므로 오래 전부터 방자하더니 이제는 불신(不臣)의 마음을 품고 있는 모양이옵니다. 지금 이처럼 교만하고 패역하오니 앞으로는 필연코 더할 것인바, 빨리 막는 것이 상책인 줄로 아옵니다.」

　황제는 다시 유외를 불러들여 왕돈의 상소문을 내보이며 의견을 물었다. 유외는 한참 동안 말없이 거듭 상소문을 보더니 얼굴에 심히 분개하는 기색을 띠며 아뢰었다.

　「이 왕돈의 상소에 『폐하의 속마음을 유외・조협 등에게 맡기니』 하는 구절이 있는데, 신이 알기로는 이 자들이 신(臣) 등의 이름을 팔면서 난을 일으키려고 하는 모양이옵니다. 만약 폐하께서 지금 당장 신에게 병부(兵符)를 내려주시오면, 유요를 치고 낙양을 돕는다는 명분으로 의용병을 모집해서 조적과 더불어 왕돈의 역모의 자취를 밝혀내 치겠사옵니다.」

　그러나 이러한 간청도 원제가 왕씨의 공로가 컸음을 인정하여 허락하지 않았으므로 세 사람은 아무런 결론도 얻지 못한 채 헤어졌다.

　그런데 며칠 후 왕돈이 또 표를 올렸다. 그 내용을 보니, 상주

(湘州)의 수령인 여인(餘仁)이란 자가 죽었는데, 그 자리에 심충을 대신 앉혀달라는 청이었다. 이 표를 보자 원제는 또다시 사마승을 불러들여 흥분한 어조로 왕돈을 비난했다.

「지금 왕돈의 이 무례하고 괘씸한 역상(逆狀)을 보니, 이놈이 짐을 혜제(惠帝)와 같이 만들려고 하는 모양이오 그 상주란 곳은 세 강물의 줄기가 모이는 곳으로 군사·교통의 요지인데, 만약 왕돈과 한패인 심충이 그곳을 장악한다면 틀림없이 때를 골라서 난을 일으킬 것이오. 그때 그 누가 능히 이것을 막겠소?」

원제는 얼굴에 깊이 우려하는 빛을 띠면서 사마승을 바라다보았다.

「폐하께서는 그럼 어떻게 하시려는지요?」

사마승 역시 근심스러운 어조로 원제에게 묻자, 원제는 결정이 된 듯 손을 내밀어 사마승의 손을 잡으며 말했다.

「짐은 황숙을 그곳으로 가시게 하였으면 좋겠소」

사마승은 황제의 이 말을 듣자 황송해서 몸 둘 바를 몰랐다. 얼른 원제에게 잡힌 손을 빼고 땅바닥에 엎드리면서 아뢰었다.

「폐하께서 신을 그처럼 신임해주시니 무엇으로 하해(河海) 같은 은혜를 갚으오리까. 오직 힘과 능력을 다할 뿐이옵니다. 다만 상주는 전날 조억과 두도 등에게 침략을 당한 일이 있어서 백성들의 살림살이가 매우 피폐해 있으므로 최소 3년은 지난 후라야 싸울 준비가 될 것이니, 만약 그 안에 왕돈이 반란을 일으킨다면 신은 뼈마디가 부러지고 살이 썩는 한이 있더라도 그를 막아 보겠사옵니다.」

사마승의 그 말은 원제의 마음을 심히 기쁘게 했다. 그래서 다시 한 번 사마승의 손을 잡으면서,

「황숙께서는 짐의 지친(至親)이므로 이처럼 어려운 일을 맡기

니 섭섭히 생각지 마십시오.」

하고 격려한 후에 내보냈다.

그는 황제의 명을 받자 그 길로 대충 집안일을 정리하고 상주를 향하여 떠났다.

사마승을 태운 마차가 무창을 지날 때, 왕돈은 미리 그 소식을 전해 듣고 역관(驛館)에다 환영하는 연회를 베풀었다. 술이 반쯤 취해 거나해지자 왕돈이 자리에서 일어나 사마승에게 술잔을 권하며 말했다.

「전하께서는 본래부터 훌륭한 선비이시긴 하겠지만, 아마도 장수의 재목은 아니신 듯합니다. 그런데 예부터 상주는 반역자의 소굴이니 아마 단번에 제어하시기는 어려울 줄로 압니다.」

사마승은 왕돈이 정면으로 자기를 협박하고 빈정거리는 줄 알기는 했으나, 짐짓 못 느끼는 체하며 딴전을 피웠다.

「장군께서는 *낭중지추(囊中之錐)도 한번 쓰일 때가 있다는 것을 모르시는구려. 비록 풍속과 인정이 사납고 땅이 박하여 나는 게 적더라도 그것은 모두 다스리는 사람이 하는 탓이니 두고 보시구려.」

이에는 대답할 말이 없었든지 잠시 후 사마승을 배웅하러 나루터까지 나온 왕돈은 전봉(錢鳳)을 돌아보며 말했다.

「저놈은 하룻강아지 범 무서운 줄 모르고 큰 소리만 치는 놈이니 뭐 제대로 할 것 같지 않네.」

상주에 이르자, 사마승은 백성들이 매우 곤궁하게 사는 걸 보고 자신도 검약(儉約)에 마음을 기울였다. 그리고 온 힘을 다해서 도탄에 빠진 민생을 구하고자 힘쓰니 백성은 차차 자리를 잡기 시작했다. 왕돈은 이것을 보자 내심 미워하여 마침내는 사마승을 해코자 했다.

3. 염차성의 싸움

진나라 원제 대흥(大興) 4년, 갑자기 대낮에 일식이 일어나서 태양빛을 가리고 장경성(長庚星)이 나타났다.

원제는 이 천변을 보자 근심이 덜컥 나서 저작랑(著作郞) 벼슬에 있는 곽박(郭璞)을 불러들여 점을 치게 했다. 얼마 동안 주역(周易)과 귀갑(龜甲)을 써서 점을 치고 나더니, 곽박은 원제 앞에 나가서 이렇게 권했다.

「폐하께서는 부디 백성들을 긍휼히 여기시고 어루만져 줌으로써 민심을 얻으신 후 반역하는 무리는 하루속히 평정하시도록 하시옵소서. 대저 음양이 서로 침범하여 천하가 어둡게 되는 것은 모두 형벌이 지나치기 때문이옵니다. 그러므로 감옥이 많을수록 정치는 혼란하고, 죄수가 넘치면 변란이 일어나는 법이옵니다. 옛 정(鄭)나라의 자산(子産)은 일단 정사를 맡아보게 되자 우선 형서(刑書)를 모두 불태워 없애버렸다고 하나이다. 그러니 어찌 정치가 올바르지 않을 수 있었겠사옵니까.」

원제는 곽박의 이 말을 듣고는 다음날 나라 안에 대사령을 내리고 그 내용을 쓴 조서를 각 진(鎭)으로 보냈다. 예주의 조적도 임금의 뜻을 받들어 곧 방을 써서 붙이니 백성들은 모두 임금의 은혜를 감사히 여기고 기뻐했다.

석늑의 영토인 후조(後趙)의 백성들은 진나라가 천변을 보고 대사를 행한다고 듣자, 이 사실을 수령을 통해서 석늑에게 상주했다. 석늑은 이 말을 듣자 곧 장빈을 불러들여 의논했다.

「조적은 우리와 우호하기 때문에 변경이 무사하다고 해도 지금 그쪽에서 대사를 행하니 우리 백성들도 모두 그 덕을 바라서 마음을 진나라에 두고 있소. 태양은 곧 임금의 상징이고 민심은 천심이라고 하니 저쪽만이 먼저 대사를 행한다면 왜 우리 쪽도 영향이 없겠소」

장빈이 머리를 끄덕이며 대답했다.

「바라옵건대 폐하의 명령으로 우리 조나라에서도 백성들에게 대사의 은혜를 베푸심이 가한 줄로 아옵니다.」

장빈의 동의를 얻은 석늑은 곧 대사령의 문안을 작성하게 하고, 형옥(刑獄)을 늦춰서 백성들을 안무하고 구품(九品)의 관직을 정했다. 또 각 지방의 관원에게 조서를 내려서 해마다 효자와 숨은 선비, 직언을 서슴지 않는 선비 등을 각 네 명씩 천거해 올리도록 명하니, 재주 있는 선비나 충성된 용사가 버림받는 일 없이 모두 벼슬을 받아 국정에 참여하게 되어 나라의 힘이 더욱더 강성해졌다.

이때, 후조의 선우(單于) 대도독 석호는 스스로의 힘만을 믿고 온 나라 안의 인심을 자기에게 모으려는 속셈으로 석늑 앞에 나아가서 상주했다.

「지금 국가의 병마는 80여만, 군량을 비축하기 13년이나 되었사옵니다. 그러나 한가롭게 앉아서 파먹기만 하고 한 번도 그 힘을 써보지 못했사옵니다. 이럴 때 왜 폐하께서는 북쪽 연기(燕冀)를 취하고 요대(遼代)를 수복하지 않으시옵니까. 우리가 북방을 평정한 후 다시 그 힘으로 하남을 치고, 장안의 유요와 동쪽에 있는 진나라의 수도 건강을 굴복시킨다면 어찌하여 천하의 통일인들 어렵겠사옵니까. 폐하께서는 부디 소의(小義)에 구애되어 국가의 백년대계를 잃어버리지 않도록 하시옵소서.」

이 말을 듣자 석늑은 대단히 기뻐했다. 즉석에서 석호에게 정북대원수를 제수하여 20만 대군을 거느리고 나가서 먼저 기주를 치게 했다. 그리고 공장에게는 군사 5만을 주어 기주와 유주 양쪽을

유격하게 했다.

이때 유주는 단필탄이 총관으로 있었으며, 기주는 악릉자사 소속의 조카 소집(邵輯)이 맡아서 다스리고 있었다. 그리고 자기는 단문앙과 같이 군사 5만을 이끌고 염차성에 주둔하고 있었다.

석호는 경계에 이르자 적정을 자세히 탐지한 후 참모들을 불러서 의논했다.

「기주의 소집은 취하기가 쉬울 것 같소. 그러므로 먼저 염차성을 격파하여 단필탄을 생포한다면 연나라의 온 영토를 석권하기는 손바닥을 뒤집는 일보다 쉬울 것이오.」

여러 장수들도 그 의견에 찬성하자 석호는 군사를 이끌고 앞으로 진격했다. 소집이 그것을 보고 즉시 사람을 보내 단필탄에게 보고하니, 단필탄은 병마를 소집하여 점호한 뒤에 서둘러 적을 맞기 위한 준비를 하였다. 즉 석호가 거느린 후조병이 성 밑에 바짝 다가와서 백성을 괴롭힐까 두려워 각 요로에 영채를 세워서 적의 진격을 막기로 한 것이다.

석호는 수색병으로부터 이 소식을 듣자 단필탄이 요로를 막기 전에 쳐부수려고 곧장 앞으로 나가서 진을 펴고 싸웠다. 단필탄이 대오를 거느리고 나와서 멀리 바라보니 석호의 위풍이 대단히 장했다. 그 용모가 괴이하고 출중한 것을 보자 그는 동생을 돌아보고 말했다.

「오늘 처음 석호를 보는데, 그놈의 용모가 비범하다. 무서운 놈일 것 같으니 얕보지 말고 조심해서 막아야 할까보다.」

단문앙은 형의 말이 석호를 칭찬하는 것 같아 내심 불쾌했다.

「형님은 왜 남의 기운 센 꼴만 보고 자기 위력을 죽이려 하십니까. 이제 제가 말을 몰고 나가서 그에게 말을 걸어볼 터이니 석호의 대답을 들어봅시다.」

말을 마치자마자 곧 단문앙은 말등에 나는 듯이 올라타고는 석호의 진 앞으로 달려갔다.

「이 양국(襄國)의 올챙이 같은 놈아! 전날에 너희와 우리가 서로 싸우지 않기로 약속한 것이 어제 일 같은데 어째서 또 침범해 왔느냐?」

단문앙의 따지는 말을 들은 석호도 지지 않고 대들었다.

「무슨 잔소리냐! 전에 우리 아버지께서는 소속(邵續)을 격파해서 그 성을 탈취했는데, 너희 놈들은 그때 우리와 한편이면서도 우리가 힘들여 빼앗은 기성(冀城)을 도로 탈취해갔다. 적반하장(賊反荷杖)도 유분수지 그러고서도 우리를 나무라느냐. 내 이번에 너희들을 격파하여 유주와 기주를 돌려받지 못한다면 절대로 돌아가지 않으리라.」

단문앙이 맞대답을 했다.

「그대의 아비 석늑은 유주를 점령했으나 지키지를 못했고, 소속을 기습했으나 항복을 못 받았다. 성(城)이란 본래 쓰는 사람이 임잔데 너희는 자기 잘못으로 성을 빼앗기고 도리어 남을 문책하려 하느냐!」

석호는 단문앙의 비아냥거리는 말을 듣자 분해서 사지가 떨렸다. 고함을 지르면서 말을 휘몰고 나가 칼을 휘두르니 단문앙도 화극(畵戟)을 꼬나 잡고 찌르며 달려들었다.

전번에도 맞붙어 싸운 적이 있어서 상대방의 실력을 잘 아는 두 청년장수는 상대방의 허점만을 노리고 달려드는 신중한 전법을 썼지만, 워낙 범과 범, 용과 용이 싸우는 것 같아서 금세 살기가 서릿발처럼 서리고 힘과 바람을 몰아서 모래와 티끌을 하늘까지 말아 올려 햇빛까지 가렸다.

한 쌍의 마귀가 안개 속을 뚫고 싸우는 듯 두 사람의 무기는 무

섭게 공중에서 맞부딪쳤으나 한나절을 싸워도 승부가 나지 않았다. 그러다가 날이 저물고 지척을 분간할 수 없게 되자 각각 군사를 수습해서 물러섰다.

낮에 단문앙과 석호의 싸움을 시종 관전한 단필탄이 아우에게 말했다.

「오늘 낮에 석호가 싸우는 걸 보니 그의 힘과 용기는 전날보다 몇 배나 더하더라. 힘만으로는 이기기 어렵겠다. 그러므로 성을 굳게 지켜 그 예기를 무디게 한 후에 소축(邵畜) 형제와 군사를 합해서 앞뒤로 친다면 격파할 수 있을 것 같다.」

그러나 단문앙은 즉시 형의 의견에 반대했다.

「소씨네 군사들은 원래부터 석호를 두려워하니 믿을 바가 못 됩니다. 또한 농성을 한다면 그 고통스러움을 어찌 참겠습니까. 일단 물러나 지킨다면 와서 구해줄 사람도 가까이는 없고, 날짜가 흐르면 양식도 떨어질지 모르는데 왜 수세를 취해야 한단 말입니까. 내일 또다시 싸워 결판을 내되 힘을 내어 싸운 결과 적을 격퇴하면 다행이지만, 만일 이기지 못한다면 그 길로 요중(遼中)으로 도망쳐 들어가서 다른 계책을 세웁시다.」

단필탄은 아우의 말을 따르기로 했다. 곧 군사들에게 후한 상을 내린 뒤에 결전이 임했으니 힘껏 싸우라고 했다. 이 말을 들은 병사들은 모두 쌍수를 들어 응낙했다.

한편 석호도 영채로 돌아와서 장수들을 불러놓고 의논했다.

「단문앙의 영용은 비할 바가 없소. 성을 함락시키는 일이 그리 쉽지가 않을 것 같은데, 여러분은 어떻게 했으면 좋겠소?」

이 말을 들은 장수들은 일제히 소리치며 나섰다.

「적은 불과 5만에 지나지 않고 아군은 20만입니다. 무엇 때문에 걱정하십니까. 내일은 크게 싸워 승리를 쟁취합시다.」

석호는 그 장한 사기를 기특하게 생각하고 양식과 고기 따위를 후하게 내려서 군사들이 배불리 먹도록 했다.

다음날도 단문앙이 먼저 싸움을 걸어 왔다.

석호가 그를 맞아서 달려 나가니 양군은 반원을 그리면서 진을 쳤다. 석호가 단문앙을 보고 말을 걸었다.

「세상일에는 다 성쇠가 있는 법이다. 이미 대세가 이에 이르렀으니 눈으로 보면 알 것이 아닌가. 괜히 서로 싸워서 목숨을 상할 필요가 있을까?」

단문앙이 대답했다.

「잔말 말고 나오너라. 내 오늘은 너와 자웅을 결정하리라!」

「뭐라고? 이놈! 너를 내가 이 싸움에서 잡지 못한다면 장부가 아니다.」

화가 치민 석호가 칼춤을 추면서 단문앙의 진으로 돌격하자 단문앙도 이에 맞서며 맞대답을 했다.

「머리에 피도 안 마른 놈이 주둥아리만 놀리는구나. 내 기필코 너를 사로잡으리라.」

한 마디 크게 얼른 다음, 화극을 수레바퀴 돌리듯 돌리면서 달려드니 두 장수는 순식간에 불꽃처럼 맞붙어 누가 누군지 분간할 수가 없었다.

이렇게 싸우기 50여 합이 되었어도 아직도 승부를 내지 못하고 있는데, 홀연 서북쪽 산 밑으로부터 지축을 흔드는 듯한 함성이 울려왔다. 언뜻 두 장수가 칼과 화극을 마주 겨눈 채 돌아다보니 자욱한 티끌을 일으키면서 한 떼의 군마가 이쪽을 향해 달려오는 것이 보였다.

그것은 소씨네 삼형제, 즉 소집·소축·소낙(邵樂)이었다. 이들이 세 갈래로 갈라져서 조군의 배후를 들이치자 석호의 후군은 삽

시간에 와르르 무너졌다. 단필탄은 멀리서 조군이 눈사태처럼 흩어지는 것을 보자 곧 수하의 군사를 휘몰고 조군의 측면으로 쳐들어가면서 큰 소리로 외쳤다.

「조군은 대패했다. 누구든지 용기를 내어 적장 석호를 생포하는 자에게는 큰 상을 내리리라!」

단문앙과 싸우기에만 열중하던 석호가 고개를 돌려보니 과연 후군이 이미 무너져서 수습할 수 없을 정도로 전열이 흐트러진 것이 보였다. 급히 칼을 들어 단문앙이 탄 말 엉덩이를 후려치고 달아나자 단필탄이 이끄는 군사들이 앞을 다투어 석호의 뒤를 바짝 추격했다.

이렇게 도망치기를 30리, 그곳까지 추격한 단필탄의 군사가 더 추격할 의욕을 잃고 돌아간 후 석호가 10리쯤 더 나가 영채를 치고 흩어진 군사를 모아보니 인마가 합해서 3만여 명이나 축이 나 있었다. 석호는 분통이 터졌으나 꾹 참으면서 곧 사람을 보내어 양국에 가서 보고하도록 했다.

황제 석늑은 석호의 대군이 소집 삼형제와 단필탄 형제의 모략으로 협공을 당해서 대패했다는 소식을 듣자 크게 놀랐다. 그래서 곧 장빈을 불러들여 의논을 했다.

「짐은 단필탄이 약하므로 치기 쉬울 거라고 생각해서 석호를 보냈으나 도리어 적에게 크게 패했소 이제 곧 대병을 일으켜서 유주와 기주를 평정해야겠소」

장빈이 대답했다.

「신이 단문앙의 영용함을 회고해 보니, 그의 능력은 보통이 아니었사옵니다. 우선 그를 우습게 여기지 않아야 할 것입니다. 그리고 지금 석호 원수에게는 아직도 16, 7만 명의 군사가 남아 있는데, 그것만 가지고도 싸우기엔 넉넉하나이다. 다만 지모로 보좌할 참모가 없으니 노신이 직접 가서 보고 계략을 취하리다.」

석늑이 황급히 말렸다.

「짐의 생각에 의하면 오직 우후(右侯)가 계시기에 능히 큰일을 할 수가 있는데, 혹시 우후의 몸에 일이라도 일어난다면 어떻게 할 것입니까. 청컨대 다른 사람을 보내는 것이 어떨는지요?」

장빈이 단호하게 말했다.

「아닙니다. 신이 가지 않는다면 어떻게 성을 취할 수 있겠습니까. 그 옛날 염파(廉頗) 장군은 나이 80살에도 능히 여섯 나라를 굴복시켰나이다. 노신의 나이는 아직 염파에 미급하고 힘도 쇠하지 않았으니 아직은 적진에 임하여 사태를 판단할 수가 있습니다. 폐하께서는 걱정하지 마시옵소서.」

말을 마치자 곧 말을 타고 달려가니 석늑은 점거(秥車)를 대신 타도록 딸려 보내고, 또 석생·석감 두 장수에게 정병 2만을 주어 장빈을 호송하도록 했다.

4. 단필탄의 패망

석호는 초전에서 크게 패한 이후 신중을 기하기 위해 싸우지 않고 지키고만 있었는데, 장빈이 이곳으로 온다는 소식을 접하자 손수 멀리까지 마중을 나와서 영접했다. 우선 인사가 끝나고 석호가 그 동안의 전황을 자세히 설명하자, 장빈이 다 듣고 난 다음 자신의 의견을 말했다.

「단문앙은 용감하기는 하나 지모가 적고 소집은 용재(庸材)로서 겁이 많고 약하니 격파하기 어려울 게 없소 내일 아침에 이곳 지리를 살피고 나서 계략을 가르쳐 드릴 테니 기다리시오.」

다음날, 장빈이 석호·석생의 호위를 받으며 산 위에 올라가서 단문앙의 영채를 굽어보고 있는데 탐색병이 달려와 아뢰었다.

「단필탄은 우리 군사가 패해서 후퇴한 줄로 알고 그들도 염차성으로 회군해 버렸습니다.」

이 말을 듣자 장빈이 말했다.

「석생·석감 두 장군은 얼른 신병 2만을 이끌고 적의 증원병이 오는 길을 끊으시오. 나와 원수는 급히 군사를 몰아 염차성을 포위한 뒤 계략을 써서 그들을 격파하겠소.」

이리하여 마침내 석호는 영채를 뽑고 일제히 진격해나갔다.

단필탄은 성루에 올라가서 쳐들어오는 적군의 세력이 굉장한 것을 보고 굳게 지키며 나오지 않았다.

장빈은 석호와 같이 근처의 지형과 성 둘레를 돌아보았는데, 앞뒤로 산을 끼고 강에 임하여 그 모양이 매우 험난하고 견고한 것을 보자 공격하기가 쉽지 않을 것이라 하면서 영채로 돌아가 의논하자고 했다.

영채로 돌아온 장빈이 석호의 귀에다 대고 자세한 것을 일러주자, 석호가 무릎을 치며 기뻐했다. 그날로 석호는 군사를 동원하여 염차성 서쪽 교외 평천(平川)에 함정을 하나 팠다. 함정 위에는 진흙과 풀을 덮어서 예사 땅처럼 만들었다. 그러고 나서 성 밖에 사는 백성들을 잡아다가 모두 포승으로 엮어 성 밑으로 데려가 단문앙의 분통을 터뜨리게 하고, 한편으로는 마차에다 물건을 잔뜩 실은 것처럼 꾸민 후 서남쪽을 끊임없이 통과하게 했다.

이것을 본 염차성 내의 수비병들은 이 사실을 단문앙에게 보고하였다. 즉시 단문앙이 성루에 올라가보니 과연 크고 작은 차량이 산더미처럼 물건을 싣고 연락부절(連絡不絶) 양국 쪽을 향해서 가는 게 보였다.

단문앙은 심사가 뒤틀려 급히 군사를 이끌고 나가서 탈취하려고 하자 소집이 말고삐를 잡고 말렸다.

「백성들과 우리와는 관계가 없습니다. 약탈을 해가면 해가는 대로 놔두십시오. 오직 우리는 성을 굳게 지키고 있다가 적이 게 을러지기를 기다린 연후에 쳐서 승리를 거두는 게 상책입니다.」

단문앙이 입술을 깨물면서 되물었다.

「그놈들이 우리 영토에 쳐들어와서 행패를 부리는 것은 고사하고 백성과 재산을 약탈해서 자기 나라로 실어가는 걸 우리는 단지 앉아서 보고만 있으란 말이오?」

「아닙니다. 그것을 보고만 있으라는 게 아니라 적의 꾐에 빠지지 마시라는 겁니다. 저것은 틀림없이 우리가 농성을 하면서 나오지 않으니까 우리를 꾀어내려는 수작일 것입니다.」

그러나 소집의 이 말은 이미 화가 머리끝까지 치민 단문앙의 귀에는 들리지 않았다.

「백성들은 처음부터 내게 용기가 있음을 보고 모두 따랐소. 그런데 이제 그 백성들이 오랏줄에 묶여서 적국으로 끌려가는데도 불구하고 앉아서 보고만 있다면 다음날 그 누가 나를 위해 신명을 내던지고 싸우겠소.」

말을 마친 단문앙이 결사대 3천 명을 이끌고 성 밖으로 뛰쳐나가서 조군의 기마병 수천 명을 거꾸러뜨리고, 이어 끌려가던 백성 1백여 명을 다시 빼앗아 호위해 돌아오다가 조나라 장수 공돈(孔豚)과 체명(逮明)을 만났다.

단문앙이 힘을 내어 돌진하니 두 장수는 짐짓 패해서 서쪽을 바라보며 도망쳤다. 단문앙은 도망치는 두 장수의 등 뒤에서,

「비겁한 자들아, 도망치지 말고 나와 맞서라!」

하고 소리쳤으나 그럴수록 두 장수는 더욱 꽁지가 빠지게 도망을 쳤다.

얼마를 추격하던 단문앙이 그만 두 장수를 놓쳐버린 채 성으로

돌아오려는데, 이번에는 불쑥 공장이 나타나서 싸움을 걸었다. 두 장수는 말을 빙빙 돌리면서 수합을 싸웠으나 좀처럼 승부가 나지 않았다.

이때는 이미 날이 저물어서 사방이 어둑어둑했는데, 성중에 남은 소집은 돌아오지 않는 단문앙이 근심스러워 병사를 이끌고 나와 접응하려 했다. 그러나 성 밖으로 나가자마자 기다리고 있었다는 듯이 달려드는 석호·석준·도표 등의 공격을 받아 사상자만 남긴 채 다시 성안으로 쫓겨 들어왔다.

석호는 소집이 쫓겨 들어가자 곧 군사를 빼돌려 단문앙을 공격했다. 노한 단문앙이 석호를 노려보면서 소리쳤다.

「네놈 잘 만났다. 네놈이 나를 속인 지가 이미 오래다.」

석호는 혼신의 힘을 다해 달려드는 단문앙과 몇 합 어울려 싸우는 척하더니 그대로 말머리를 돌려 서쪽을 향해 도망했다. 이미 이때는 사방이 캄캄한데 계략에 빠진 줄도 모르고 단문앙은 추격을 계속했다.

이렇게 얼마쯤을 추격해서 평천까지 왔을 때다. 홀연 사방에서 대포와 함성이 일어나며 복병이 사면으로부터 에워쌌다. 경풍을 일으키듯 놀란 단문앙은 엉겁결에 화극으로 한쪽을 뚫고 달렸으나 얼마 가지 않아서 말이 엎어지면서 고꾸라지고 말았다. 함정에 빠져버린 것이었다. 게다가 말은 떨어질 때 발을 삐었는지 고통에 못이겨 울었고, 한참 동안은 정신마저 없었다.

「단형, 어떻소. 전비를 뉘우치고 우리한테 귀순할 생각은 없소?」

머리 위에서 말소리가 나기에 쳐다보니 석호가 함정을 들여다보며 항복할 것을 권하는 게 아닌가. 분한 단문앙은 이를 부드득 갈았다.

「비록 죽는 한이 있더라도 너희들과 같은 의 없는 도적놈한테 붙지는 않겠다.」

말이 끝나자마자 그는 젖 먹던 힘을 다하듯 기합 한 마디를 지르더니 화극에 몸을 실어 높이뛰기 선수처럼 함정에서 솟아올랐다. 캄캄한 오밤중이라 병사들은 어쩔 줄을 모르며 우왕좌왕하였다. 이 틈을 타서 단문앙은 병사들을 화극으로 찌르며 몇 합을 싸우더니 번개같이 2백여 명을 쓰러뜨렸다.

이것을 보자 석호와 공장이 모두 말에서 내려 단문앙에게로 달려들었다. 결국 하루 종일 싸우기만 하다가 지쳐버린 단문앙은 공장의 억센 힘에 눌려 다시 붙잡히게 되었다.

석호는 붙잡힌 단문앙의 투구와 갑옷을 벗긴 후 염차성 밑으로 가서 창끝에 꿰어 내흔들며 단필탄을 불렀다. 단필탄은 아우의 갑옷과 투구를 보더니 큰 소리로 통곡했다.

단필탄이 소집을 향해 말했다.

「내가 기대를 건 것은 오직 아우의 무용뿐인데, 그마저 생포되었으니 *만사휴의(萬事休矣)로구나! 이제 오로지 바랄 것은 단신으로 강동으로 도망쳐서 진제(晋帝)를 뵙고 신하로서의 충성을 보이는 것뿐이오.」

그러나 소속의 아우 소낙은 지난번에 원제(元帝)가 자기 조카를 시켜서 기주자사로 한 일을 불쾌하게 생각하고 있으므로 형제들과 상의했다.

「단필탄이 일단 성을 떠난다면 이 성은 틀림없이 조군한테 격파당할 것이오 차라리 조나라에 항복하여 파괴를 면하는 것이 상책이 아닐까요?」

이처럼 의논이 구구한데 원제로부터 칙사(勅使)가 와서 대사령을 각 군에 반포한다는 보고가 들어왔다. 단필탄은 이 말을 듣자 곧 칙사를 따라 건강으로 가겠다고 말했다.

소낙이 말렸다.

「조병은 성 밖에서 이쪽의 허실을 엿보고 있는데, 장군은 화를 남겨두고 혼자만 감으로써 백성들에게 그 화를 미치게 할 작정입니까? 그것보다는 차라리 무슨 계책을 세워 싸우든가 조군에게 항복하여 군민의 목숨을 구해야 되지 않을까요.」

그러나 단필탄이 간절하게 놓아줄 것을 주장하자 소낙 형제는 단필탄을 감금해서 성을 떠나지 못하게 하였다. 그리고 진제의 칙사가 황제 앞으로 돌아가서 이쪽의 잘못을 고해바칠지도 모르니 두려워서 칙사를 잡아 죽이자고 했다. 그러나 단필탄은 정색을 하며 소낙을 비난했다.

「그대는 나를 잡아 가두어 조정으로 들어가지 못하게 했으면 족하지, 또 임금의 칙사까지 잡아 죽여야 하는가. 비록 나는 오랑캐인 선비(鮮卑)지만 아직까지 그런 일은 듣도 보도 못했다.」

소낙은 이 말을 듣자 칙사를 체포하긴 했으나 죽이지는 않았으며, 형 소집을 협박해서 사람을 석호의 군중으로 보내 항복했다. 석호가 소낙이 열어준 성문으로 입성해서 관청에 들어서자 우선 단필탄을 불러들여서 물어보았다.

「주인께서는 무엇 때문에 그처럼 손님을 철저히 피하시오?」

단필탄이 대답했다.

「나는 진나라의 은혜를 두텁게 입었으므로 뜻을 세워 너희들을 모조리 없애버리려 했으나, 하늘이 돕지 않아서 너 같은 미친 놈에게 비웃음을 당하는 몸이 되었다. 또 무엇을 말하랴.」

석호는 그 말씨가 대단히 불손한 것을 보고 이곳에 그대로 놔둘 수 없겠다 싶어 소집의 일당과 함께 묶어서 양국으로 끌고 갔다. 그런 연후에는 유주와 기주, 그리고 연 땅이 전부 후조의 수중

에 들어왔다.

단필탄이 양국에 호송되자 조제(趙帝) 석늑은 그 충성된 마음과 의를 존경하여 죽이지 않고 행관(行館)에 머물게 하였다. 그러나 단필탄은 행관에 유하면서도 꼭 진나라 조복과 관을 쓰고, 진나라의 예의에 따라 초하루와 보름에는 역대 진제(晋帝)에게 아침 절을 올렸으며 결코 후조 황제 석늑을 찾아뵙고 절을 하는 일은 없었다. 실로 *충신불사이군(忠臣不事二君)의 전형을 보는 것 같았다.

석늑이 공장에게 물었다.

「단필탄 형제 두 사람은 짐에게 항복도 안하고 신하로서의 예절도 지키지 않고 있소. 장차 이를 어떻게 처리해야 되겠소?」

공장이 대답했다.

「단씨는 요동에서 몸을 일으키고, 폐하께서는 상당에서 발분하셨습니다. 함께 일어나고 한때는 형제로서의 약속까지 했으니 그가 새삼스럽게 무릎을 꿇을 것이옵니까? 만약 이 사람을 이곳에 오래 머물게 한다면 후에 혹시 근심스런 일이 생길지도 모르니 차라리 죽여서 진나라에 대한 충성을 다할 수 없도록 하옵소서.」

석늑은 그 말을 옳게 여기고 군사를 시켜 끌어내다가 교수형에 처했다. 장빈은 단필탄·단문앙 형제가 죽었다는 소식을 듣자 곧 입궐하여 황제를 뵙고 아뢰었다.

「단씨는 충신이기 때문에 모두 해를 입고, 소씨(邵氏)는 역적이기 때문에 도리어 살아남았나이다. 이것은 곧 충신과 역적이 따로 없다는 것을 온 세상에 선포하는 것이 되옵니다.」

이 말을 듣자 석늑은 아무 말도 못했다. 그리고 즉시 명령을 내려서 소집 이하 네 형제도 모조리 저자거리에 끌어내 죽이도록 명했다.

석늑은 유주와 기주를 평정하고, 산서(山西)와 하북(河北) 땅이 모두 그의 손에 들어오게 되니 이로써 제업(帝業)이 이루어졌다며 기뻐하고 곧 고향인 상당 땅 무향(武鄕)으로 관리를 파견하여 조상의 무덤을 보수하고 제왕의 예로써 제사를 지내게 하였다.

또한 석종(石宗)의 아들 석박(石撲)을 기성후(冀城侯)로 봉하고, 무향 땅의 노인 70여 명을 양국에 초청하여 벼슬을 내리고 연회를 베풀어 주니, 모여 앉은 부로(父老)들은 모두 황제 석늑의 덕을 찬양하고 옛 이야기로 꽃을 피우면서 즐거워했다.

제8장. 왕돈의 역란

1. 충신 조적의 죽음

진나라 원제가 영창(永昌) 원년으로 개원하던 해, 왕돈은 형주와 양주에 근거를 두고 조하(朝賀)조차 하지 않았다. 이를 괘씸히 여긴 원제는 이 사실을 유외와 조협에게 하소연했다.

「왕돈의 반역행위가 나날이 뚜렷해지는구려. 임금을 업신여기니 멀지 않아 난을 일으킬 것 같소.」

유외가 대답했다.

「적세가 이미 왕성하여 한꺼번에 제거하기는 어려울 것입니다. 그러므로 우선 빼어난 장수 한 사람을 뽑아서 역적의 군사를 막는 것이 상책이옵니다.」

그 말을 들은 황제는 어떤 사람에게 그 일을 맡겨야 할 것인가에 대해서 물었다.

유외가 다시 아뢰었다.

「신이 생각하기에는 광릉 사람 대연(戴淵)이 지모가 깊고 군사에 능해서 능히 이 일을 맡을 만하다고 생각되옵니다.」

그 말을 듣자 원제는,

「짐도 역시 대연에게 문무의 지략이 있음을 익히 들어서 알고 있소.」

즉각 대연을 조정으로 불러들였다.

원제가 물었다.

「지금 왕돈은 무엄하게도 반역을 꿈꾸고 있소. 경은 앞을 내다볼 줄 알고 지모가 깊은 선비이니, 반역의 무리를 물리칠 계책을 말씀해주오.」

대연이 한참 만에 머리를 들고 말했다.

「왕돈은 간웅으로서, 자기 일족의 공로와 세력을 믿고 교만을 부리고 있사옵니다. 지금 그 병마의 힘이 강성한데, 신의 생각으로 주방(周訪)이 죽은 오늘날 그를 막을 수 있는 힘을 가진 사람은 오직 조적밖엔 없는 줄 아나이다. 그러나 그는 하남의 경계를 지켜야 하기 때문에 난이 급하게 일어난다면 임지를 떠나기가 어려울 것이므로 반드시 한 사람을 뽑아 회서(淮西) 땅에 머물게 하여 청서(靑徐)와 채예(蔡豫)의 군사를 총독하게 한 연후 천천히 왕돈의 반역행위를 막아야 할 것 같사옵니다.」

이 말을 듣자 원제는 손으로 대연을 가리키면서 분부를 내렸다.

「그 임무를 맡을 사람이 경 이외에는 없는 것 같소.」

그래서 대연을 정서장군으로 임명하여 채예 6주의 군사를 관할케 하여 회음을 지키게 하고, 유외를 진북장군으로 임명하여 청서(靑徐) 4주의 군사를 감독토록 하여 회남을 지키게 하였다.

유외는 회남의 수령이 되어 외지에 나가 있어도 조정의 관리들이 경질될 때는 모두 그에게 사람을 보내 의논할 만큼 원제의 신임을 받았다.

또한 원제는 왕도를 사공 녹상서사(司空錄尙書事) 자리에 앉혔어도 마치 *반식재상(伴食宰相)처럼 고작 자리만 채웠을 뿐 소원해서 부르지를 않았다.

어사중승 주숭(周嵩)이 이 사실을 눈치 채고 원제에게 상소를 올렸다.

「폐하께서는 근래 근신(近臣)의 말만 들으시고 구덕(舊德)을 소원히 하신다는데, 이것은 기왕에 입으신 은혜를 업신여김으로써 스스로 화를 초래하는 처사이옵니다. 승상 왕도는 그 적심(赤心)이 변함없는 사람이오니 폐하께서는 그를 소원히 대하시어 혹여 안으로부터의 우환을 멀리하시옵소서.」

원제는 이 상소를 듣고 깊이 깨닫는 바가 있어 왕도를 다시 현직으로 불러들였다.

한편 무창(武昌)에 있는 왕돈은 유외가 회음의 수령이 되었다는 소식을 듣고 곧 편지를 써서 사람을 시켜 보냈다.

＜이제 그대가 회남의 수령을 맡게 되었으니 더불어 손을 잡아 진실(晉室)을 물리치고 해내(海內)를 숙청합시다.＞

유외는 곧 답장을 써서 왕돈에게로 보냈다.

＜나는 오직 고굉(股肱)의 힘을 다하여 임금을 도울 뿐이오 그것이 내 뜻이오＞

왕돈은 유외의 편지를 보고 나서 대단히 노여워했다. 예주의 조적은 대연과 유외가 조정의 명을 받아 군사를 이끌고 진(鎭)을 지키며 또한 왕돈을 막는다고 듣자 탄식을 했다.

「대연은 믿을 만한 유망한 인사이긴 하지만 다방면에 걸친 참지식이 없으니 멀지 않아 화란을 만들겠고, 유외는 어찌 왕씨의 적수이겠는가. 이제 미구에 나라가 시끄럽게 되겠구나. 내가 세운 공로 또한 수포로 돌아가겠구나!」

조적은 며칠 밤을 자지 않고 고민하더니 마침내 병석에 눕게 되어 여러 장교를 불러 놓고 분부를 내렸다.

「본래 나는 제군과 더불어 힘을 합해서 중원(中原)을 평안케 하려 했더니, 하늘이 내 명을 더욱 허락지 않아서 병이 들었구려. 이제 진실이 천하를 통일하기는 다 틀린데다가 백성들이 도탄에 빠지는 걸 면치 못할 것 같소.」

이렇게 조적이 탄식하자 여러 장수들이 말했다.

「대인께서는 귀하신 몸을 보중하시고, 나라 일 때문에 지나치게 근심하셔서 건강을 해치지 않도록 하옵소서.」

「지금 진나라는 개국 창업을 이루지 못했을 뿐더러 국란이 곧 일어날 조짐마저 보이는데 나는 일을 더 못할 것 같소. 부디 여러분은 내가 살아남길 바라지 마시오.」

조적이 말을 마치며 넋을 잃고 쓰러지자 모든 장수들은 각기 눈물을 머금고 물러갔다. 다음날 조적의 죽음을 전해 듣고 예주에 사는 모든 백성들은 부모를 잃은 것처럼 서러워했다. 그리고 곳곳에다 비석을 세워 그의 넋을 위로했다.

원제는 여러 장수와 조약(祖約)이 올린 표를 읽고 나서 옷소매로 용안을 가리고 크게 통곡했다. 조정의 여러 대신들도 한결같이 애도해 마지않았다. 그리고 원제는 조적의 동생 조약으로 그 군사를 거느리게 하였다.

이때 조적이 죽었다는 소식을 듣고 심중에 거리낄 것이 없어진 왕돈은 미소를 지으며 심충을 보고 말했다.

「진나라의 군사권은 오직 내 수중에 들어 있는 것과 같다. 무엇을 두려워할 것이냐!」

조약은 형의 뒤를 이어 예주자사 자리에 올랐으나 하는 짓이 서툴러서 인망이 없었다. 당시 범양에 사는 이산(李産)이란 사람이 난을 피해 조적에게 의지하러 왔다가 조적의 죽음을 알고 잠시

동안 조약의 막하에 머물러 있었는데, 얼마 안 있다가 조약의 처사를 보고는 고향으로 돌아가 버렸다. 사람들이 그 이유를 묻자 이산이 말했다.

「조약이 하는 처사를 보니 그 형과는 무척 달랐습니다. 조약은 미친놈입니다. 틀림없이 무슨 일을 저지를 것입니다. 아마 자기 한 몸도 보전하기 어려울 것 같은데 하물며 남을 보호해 줄 수 있겠습니까. 그러므로 나는 그의 행위를 보고 나마저 누를 입게 될까 두려웠던 것입니다.」

동소는 이산의 말을 듣고 나서 조약을 찾아가 형이 만들어놓은 규약을 답습하고, 함부로 다른 나라의 경계를 침입하지 않으며, 스스로 군사를 길러서 예기(銳氣)를 감추고 때를 기다렸다가 영웅이 나타나거든 그와 같이 힘을 합하여 천하를 수복하도록 하라고 권했다. 그러나 조약은 귀담아들으려고도 않았다.

더구나 조약은 자기 형 조적이 석늑의 위력을 두려워해 후조(後趙)와 우호를 맺었다고 비난한 후에 자기는 군사의 위력으로써 석늑을 쳐부수어 도리어 석늑이 자기를 두려워하게 만들어 보겠노라고 호언장담했다.

그러나 동소가 조약에게,

「장군께는 사아공(士雅公 : 조적)의 기량이 없으니 무엇으로 하남을 회복하시겠습니까? 차라리 석늑이 죽는 것을 기다려서 기회를 잡아 친다면 혹시 가능할는지도 모릅니다.」

하고 빈정거렸다. 이에 조약은 자기에게 형 조적과 같은 재능이 없다고 비난하는 것이 노여워서 동소를 욕해 내쫓은 다음 다시는 부르지 않았다.

이를 보자 한잠·풍철·위책 등 조적 막하에서 싸우던 장수들은 모두 병을 핑계 삼아 조약 앞에 나아가지 않았다.

2. 왕돈, 건강을 치다

무창의 진수(鎭守) 대장군 왕돈은 주방·조적이 모두 죽어버리자 앞에 거치적거릴 것이 하나도 없었다. 때마침 조정에서 사곤(謝琨)·양만(羊曼)·낙도융(樂道融) 등을 예주로 보내 조적을 제사지내고 아울러 그의 아우 조약에게 벼슬을 내린다고 듣자, 왕돈은 부하 심충에게 물었다.

「이번에 오는 사곤 일행은 모두 선비들 사이에 인망이 두터운 자들이오 그들을 우리 편으로 끌어들인다면 일하기가 훨씬 쉬울 것이오」

심충은 주인의 말이 옳다고 한 후, 곧 사람을 시켜 일행의 갈 길을 막고 강제로 왕돈 앞으로 연행했다. 왕돈은 사곤 일행이 들어오는 것을 보자 버선발로 마당까지 뛰어내려왔다. 그리곤 짐짓 갈 길을 막은 비례(非禮)를 빌고 은근한 말투로 자기 밑에서 벼슬을 살라고 달랬다.

세 사람이 왕돈의 위세에 못 이겨 아무 말도 안하자, 왕돈은 세 사람에게 각각 장사(長史) 벼슬을 내리고 나날이 방자함을 더했다.

사곤은 왕돈에게 불신지심(不臣之心)이 있는 걸 알고 종일토록 술만 퍼마시며 통 사무를 보려 하지 않았다.

하루는 왕돈이 사곤에게 물었다.

「유외란 놈이 간사하여 장차 사직을 위태롭게 할 것이오 그러기에 나는 임금 곁에 서서 간사를 부리는 놈을 제거하려 하는데, 대부의 생각은 어떻소?」

사곤은 이 말이 자기의 속셈을 떠보려는 수작인 줄로 짐작했다. 그래서,

「유외는 간신이지만 *성벽에 숨어 사는 여우이며, 묘당에 기어

든 쥐새끼입니다(城狐社鼠성호사서). 대수롭지 않은 존재이기 때문에 아마 잡아 죽이려 한다고 해도 말릴 사람은 없을 것입니다.」

하고 얼버무려버렸다.

다음날 왕돈은 전봉(錢鳳)·심충의 무리와 어울려 연석을 벌여놓고 술을 마셨다. 그때 왕돈에게는 조카 한 사람이 있었는데, 왕서(王舒)의 아들로 이름은 충지(充之), 자는 심유(深猶)라고 했다. 그의 아버지 왕서가 서울로 올라간 후에는 왕돈 곁에 남아서 공부를 하고 있었다.

왕돈은 충지가 뜻이 크고 자기와 닮은 데가 많으므로 그를 매우 사랑했다. 그래서 밖으로 나갈 때는 거마를 같이 탔고 침식도 같이 하면서 가르쳤는데, 공사는 알렸지만 사사로운 일은 감추고 가르쳐주지 않았다.

이날도 충지는 백부인 왕돈 곁에 앉아서 술을 마셨는데, 모여앉은 심충·전봉과 주고받는 백부의 말이 아무래도 마음에 걸렸다. 그래서 충지는 일부러 취한 척하며 들어가서 자겠다고 했다. 왕돈이 조카에게 말했다.

「네가 몹시 취한 모양이로구나. 돌아가다가 길바닥에 쓰러지기라도 하면 안되니, 옆방에 있는 평상 위에 잠시 누웠다가 술이 깨면 관(館)으로 돌아가도록 해라.」

충지는 그 말을 듣고 일부러 비틀거리며 옆방으로 갔다. 왕돈은 충지가 몹시 취한 것을 보자 자리로 돌아와 앉으며 즉시 심충·전봉과 중대한 일을 의논하기 시작했다.

먼저 전봉에게 물었다.

「나는 우선 군사를 이끌고 건강으로 들어가서 황제를 옆에 끼고 대신들을 죽여 맥을 못 추게 한 연후 정탈(定奪 : 임금의 재결裁決)을 하려 하는데, 그대의 의견은 어떠한가?」

전봉이 대답했다.

「지금 천하의 인심이 흉흉하여 심중에 다른 뜻을 품고 황제의 자리를 노리는 자는 공 한 사람만이 아닙니다. 그러므로 남보다 먼저 손을 쓰지 않는다면 나중에 후회한들 소용이 없습니다.」

심충도 곁에서 거들었다.

「지금 조정에는 사도(司徒 : 왕도) 한 분을 제외하고는 진실로 신하다운 능력을 갖춘 자가 하나도 없었습니다. 감히 그 누가 공의 힘에 대적하겠습니까. 그러니 오직 신속한 행동을 취하여 남한테 빼앗기는 일이 없어야 하겠습니다.」

한참 동안 침묵이 흐른 뒤에 왕돈이 단호하게 결정을 내렸다.

「그렇다면 각 로(路)의 군사가 모두 모여드는 걸 기다려서 행동하기로 하세.」

세 사람은 이렇게 의논한 후 새벽녘이 가까워서야 헤어졌다. 그때까지도 충지는 잠을 자지 않았다. 엿듣고 보니 역적모의가 명백한데, 혹시 백부인 왕돈이 자기를 의심하지나 않을까 하고 겁이 났다. 그래서 손가락을 목구멍으로 집어넣어 토한 다음, 평상에 누워서 자는 척했다.

얼마 후 왕돈이 손에 촛불을 들고 들어왔다. 그는 조카의 얼굴을 불빛으로 비춰보더니, 온통 토해서 침구를 더럽히고 입가에 침을 흘리며 곯아떨어진 걸 확인하자,

「어린 녀석이 쯧쯧……」

하며 방을 나가버렸다.

다음날, 충지는 아는 사람 하나를 불러다가 많은 금품을 쥐어주고 자기를 위해 수고 좀 해달라고 부탁했다. 한참 후에 자세한 부탁을 받은 그 사람이 충지가 머물고 있는 관에 찾아왔다.

「쇤네는 서울에 계신 왕서(王舒) 대인 댁에서 왔사온데 충지

도련님을 만나고자 하옵니다.」

하인이 안으로 들어가서 충지에게 그 말을 전하자, 충지는 반색을 하면서 현관으로 나갔다

「어떻게 이처럼 왔소 서울에 계신 부모님에게 무슨 기쁜 일이라도 있으시오?」

그러나 그 왕대인 댁 하인이란 사람은 한참 동안 말을 못하며 머뭇거리더니 눈물을 주르르 흘리면서,

「도련님 얼굴을 뵈오니 말이 목에 걸려 나오질 않는군요.」

하고 말했다. 이 말을 들은 충지도 짐짓 놀라며 대답을 재촉했다. 한참 만에 하인이 말했다.

「마님께서 병석에 누우신 지 달포가 넘었습니다. 도련님을 만나보시고 싶다고 줄곧 말씀하셨지만, 대인께서 도련님 공부에 지장이 있을까 저어하셔서서 이제야 모시러 왔나이다.」

충지는 슬픔을 못 이기겠다는 듯이 얼굴을 가리고 울었다. 얼마 후에 울기를 그친 충지는 하인을 데리고 숙부 왕돈 앞으로 나갔다.

「제가 부모님 슬하를 떠난 지도 오래 되옵니다. 그런데 지금 모친께서 병이 위독하시다고 하여 사람을 보내셨으니 가서 찾아뵈올까 하옵니다.」

그러나 왕돈은 충지를 보내고 싶지 않았다.

「네가 이곳을 떠나 자당 곁에 이를 때는 이미 어머니의 병이 다 나으셔서서 근심할 것이 없게 될 것이다. 그러니 저 사람에게 예물을 들려서 보낸다면 기뻐하실 것이 아니냐.」

그러자 하인이 앞으로 나서며 정중하게 아뢰었다.

「지금 마님께서 도련님을 기다리시는 심정은 일각이 여삼추같으십니다. 부디 도련님으로 하여금 부모님 곁에 다녀오시게 허락하옵소서.」

이처럼 간곡히 부탁을 하자 할 수 없이 왕돈은 허락을 내렸다. 충지는 배편을 이용하여 건강에 당도하자 급히 아버지 왕서를 찾아 뵌 후 백부의 역적모의를 들은 대로 고해바쳤다. 왕서는 아들로부터 그 말을 듣자 경악을 금치 못하며 한탄을 했다.

「폐하께서는 우리에게 섭섭히 대하시지 않는데, 무엇 때문에 왕돈은 멸문의 화를 초래하려 하는가?」

왕서의 아내가 옆에서 말참견을 한다.

「우리들이 이곳에 있는 한 그 누구보다도 먼저 누명을 입을 터이니, 영감께서는 왕사도와 의논을 하시지요.」

왕서가 아내의 말에 따라 날이 저물기를 기다려 왕도를 찾아가서 충지한테 들은 이야기를 옮기니 왕도가 대답했다.

「내 본래부터 왕돈의 잔혹한 성격을 알고는 있소만, 이제 그것으로써 우리 집안을 망치려 하는구려. 상감께서는 그래도 아직 우리 왕가네를 믿게 보시지 않으니, 왕돈이 거사하기 전에 먼저 조정에 들어가 아뢰어 후환이나마 면하도록 하십시다.」

이리하여 두 사람은 그 길로 입궐해서 원제 앞에 나아가 상주했다.

「아뢰옵기 황송하오나, 신들의 친족인 왕돈이 불측한 마음을 품고 역모를 꾸민다 하옵니다. 오늘 왕돈 밑에서 글을 배우고 있던 신의 자식 충지가 그 모의함을 눈치 채고 달려와서 신들에게 고하였은즉, 폐하께서는 한시바삐 조처를 취하시옵소서.」

원제는 두 신하의 상주를 듣자, 올 것이 마침내 오고야 말았다고 생각하고 왕도에게 물었다.

「그래, 그놈들이 언제 쳐들어온다고 그럽디까?」

왕도는 더욱 말소리를 낮추어 대답했다.

「아마도 조만간에 금궐(禁闕)을 범할 것 같사옵니다. 그리고

한 가지 저희가 바라는 것은, 후일 신 등이 그 정을 알았다고 해서 무고한 저희들에게마저 죄가 미치지 않도록 보살펴주시옵기를 바라나이다.」

원제는 왕도의 말을 듣자 측은한 마음을 억제하지 못했다.

「경들의 심정은 짐이 또한 잘 아는 바요. 짐이 지금까지 왕씨를 박대하지 않았는데 오직 왕돈만이 독단으로 이와 같은 반역을 저지르는 것은 필연코 짐의 자리를 빼앗으려는 생각에서일 것이오. 그러므로 충(忠)과 간(奸)은 같지가 않소. 다만 경들 두 사람은 모두 짐의 고굉지신이니 국은을 생각해서라도 반역하는 무리의 함정에 빠지지 않도록 조심하오.」

왕도는 원제의 그 말을 듣자 더욱이나 몸 둘 바를 몰라 하며 아뢰었다.

「신은 이미 오랜 전날에 왕돈의 어질지 못함을 말씀드린 적이 있사옵니다. 가령 죽는 한이 있더라도 어찌 폐하께 충성을 다하지 않겠사옵니까. 신들은 끝까지 조정에 남아서 폐하의 명을 수행하오리다.」

원제가 분부를 내렸다.

「그럼 경들은 우선 역적을 물리칠 준비를 하되, 곧 6군을 이끌고 나가서 역도를 치고 그 죄를 다스리는 것이 어떻겠소?」

왕도가 한참 생각한 후에 대답했다.

「지금 그들은 군세가 대단하고 군량도 충분하며, 역적의 소굴 또한 튼튼하나이다. 그러므로 생각 없이 진격하여 역란의 진행을 재촉할 필요는 없고 먼저 격문을 각 진(鎭)에 보내 병마를 소집한 연후에 치시는 것이 가할 줄로 아옵니다.」

원제도 그 말에 찬의를 표했으므로, 왕도는 곧 물러나와 중의(衆議)를 모은 후에 왕돈을 막을 준비를 했다.

한편 왕돈은 조카 충지를 떠나보낸 후 아무도 자기의 반역할 뜻을 거스르는 자가 없으므로 거리낌 없이 일을 진행시켰다. 그리하여 대장 두홍(杜弘)과 제갈요(諸葛瑤)를 전군으로 삼고, 자기와 전봉(錢鳳)은 상장군 위의(魏乂)·등악(鄧岳) 등을 이끌고 중군이 되었으며, 왕함(王含)·환선(桓宣) 두 사람에게는 각 군(郡)을 지킴으로써 북병(北兵)을 방어하도록 했다.

이리하여 군사와 말 모두 합해서 20만 대군을 이끌고 나가니 깃발은 하늘을 가리고, 전선(戰船)의 고물과 이물은 강물 위에 연하였으며, 징소리와 북소리는 백 리 밖에서까지 들렸다.

군사가 강중(江中)에 이르자, 왕돈은 먼저 사람을 시켜 소(疏)를 가지고 가서 황제께 올리도록 했다.

—신 왕돈은 삼가 성상 폐하 어전에 상소의 글을 올리나이다. 신이 듣자오니, 오늘날 조정 안에 들어앉아서 천하에 호령을 하는 것은 폐하가 아니시라 유외·조협을 괴수로 하는 간신의 무리라 하옵니다. 이 성상의 용상(龍床) 밑에 숨은 사직(社稷)의 쥐들이 폐하를 기만하고 제신(諸臣)을 능멸하니 조정으로 이르는 길은 좁아지고 묘당(廟堂)의 신하들은 입을 다물기에 이르렀다 하옵니다. 신은 그 말을 듣자 차마 억제하기가 어려워, 이제 특히 대군을 영솔하고 조정에 들어가서 간사한 무리들을 내쫓고 임금의 근심하는 바를 쓸어버리고자 하옵니다. 그러므로 신이 유외와 조협 두 놈의 목을 얻는다면 아침에 군문(軍門)에다 걸고 저녁이라도 회군하겠사오나, 그렇지 못할 경우에는 온 장안이 떨고 두려워하게 될 것이오니, 깊이 살피시어 사직의 앞날을 영원하게 하옵소서.

원제는 이 무례하고 방자한 글을 보고 나서 크게 진노하며 곧

떨리는 음성으로 왕도에게 명령을 내렸다.

「어쩌면 왕돈이 이처럼 망령되게 굴 수 있단 말인가. 경은 곧 군사를 나누어 각처의 요지를 지키도록 하고, 조서를 받들어 각 진의 군사를 서울로 올려보내 짐을 호위하도록 조처하오.」

한편 왕돈은 군사가 무호(蕪湖)에 이르기까지 조정에서 아무 회답이 없자 또다시 유외·조협 양인의 죄상을 열거하여 상소를 올리자, 원제는 그 상소문을 둘로 찢어서 노여움을 표시하고 온 백성과 제후, 군사들에게 조서를 내렸다.

―역적 왕돈은 그 자신은 물론 일족이 모두 귀문(貴門)에 영달하여 공중에 나는 새도 떨어뜨릴 만큼 그 세력이 등등해지자, 이제 그것에 기대어 반역을 저지르기에 이르렀다. 그리하여 스스로 옛날의 어진 신하인 태갑(太甲)과 이윤(伊尹) 같은 이의 충성됨과 어짊을 자처하고 망령되게 짐을 가르치려 하니 그 오만하고 방자함을 어찌 말로 다 하랴. 이에 짐은 친히 육사(六師)를 거느리고 나아가서 대역의 도적을 막고자 하니, 군·민·관은 물론 5천 호 이상의 식읍(食邑)을 받은 제후는 모두 짐의 기치 아래 모여들어 짐을 도와 역적을 토멸하는 데 앞장서고, 공훈을 세워 그 이름을 천추에 드날리게 하라.

이 조서가 일단 각처에 도달하자, 대연·유외 등은 당장 군사를 거느리고 선두로 달려왔고, 속속 많은 충의의 군관과 제후·지사들이 각기 군사를 이끌고 원제가 있는 건강으로 달려왔다.

3. 사마승의 의거

이때, 왕돈은 그 세력이 불 일 듯하여 거스르는 자가 없음을 보고는 최대한으로 위력을 부려서 자기의 군사가 지나가는 고을마다 수령을 불러내 자기에게 복종할 것을 강요하였다. 그래서 왕돈의 강력한 위세에 짓눌린 자나, 군사가 얼마 안 되어 자체방어도 어려운 고을의 수령은 왕돈이 패역무도한 역적임을 알면서도 울며 겨자 먹기로 복종을 맹세하거나 병사 또는 군량을 바쳤다.

이 일에 맛을 들인 왕돈은 감탁에게도 사람을 보내 함께 건강을 치자고 했다. 그러나 감탁은 단호하게 이를 거절했다. 왕돈은 감탁이 군사를 보내지 않는 것을 보고 다시 참군 환웅(桓熊)을 시켜 상주로 가서 사마승을 꾀도록 했다.

「지금 우리 주공께서는 전하와 같이 군사를 일으켜 황도(皇都)로 올라가 간신배인 유외·조협을 베어 국란을 미연에 방지하자고 하십니다.」

그러나 사마승은 환웅의 부정한 말을 듣자 눈을 똑바로 뜨며 대답했다.

「유외와 조협은 국가를 위해 충성을 다하며 방자하고 불손한 자의 횡포를 눌러서 근간(根幹)과 뿌리를 튼튼하게 하고자 하는 자들인데 어찌해서 간신이라 부르느냐! 지금 왕씨는 그 왕성한 힘을 믿고 방자하니 한심하구나. 황제께서 왕씨 일족을 대접하는 것은 박하지 않고 은혜 또한 막중한데 무엇 때문에 그와 같은 기망(欺罔)을 자행하는가?」

사마승의 준열한 꾸지람을 들은 환웅은 화가 치밀어 올라서 대답했다.

「지금 우리 주공께서는 수십만의 날렵하고 강한 군사를 거느리고 계십니다. 그런데 전하는 보잘것없는 일개 주군(州郡)의 허약한 군사를 거느리시고서 우리의 강력한 군사와 겨루시기를 원하시니, 제가 생각하기에 전하의 지위가 위태롭지 않을까 생각합

니다.」

사마승은 완연히 본색을 드러낸 협박조의 이 말에 피가 끓고 노기가 충천했지만, 그래도 분을 억지로 삼키고 노기를 억제하며 부드러우면서도 의연한 목소리로 대답했다.

「사람은 두 번 죽는 법이 없다. 그러므로 충의는 만세에 향기를 드날리고, 역적의 누명은 천추에 지워지는 법이 없다. 네 주인한테 가서 그렇게 일러라.」

환웅은 쉽사리 설득할 수 없음을 알자 인사를 마치고 그 자리를 떠났다. 사마승은 환웅을 보내고 나서 왕돈의 반역을 어떻게 막을 수 있을까 하고 여러 가지로 생각해 보았으나 얼른 좋은 생각이 떠오르지 않았다.

그때 언뜻 장사(長沙)에 사는 우이(虞悝)라는 선비가 현명하다는 말을 들은 생각이 나서 사람을 시켜 정중히 만나기를 청했다. 그러나 때마침 우이는 모친상을 입은 몸이라 해서 오지를 않았다. 때문에 사마승은 친히 장사로 달려가서 우이의 집을 찾았다. 우선 조문을 드리고 나서 우이에게 말했다.

「지금 황실은 매우 위급한 처지에 놓여 있습니다. 곳곳에서 싸움이 일어나고 이곳 상주(湘州)도 위험하기는 아침이슬과 같습니다. 선생께서는 천하를 다스릴 만한 경륜과 포부를 가지신 분이라 하는데, 어째서 초야에 묻혀 뜻을 펴지 않고 계십니까. 부디 한 마디 가르침을 내려주십시오」

우이가 모르는 척하고 물었다.

「전하께서 미천한 이 사람을 이렇듯 찾아오셨는데, 무슨 일 때문이십니까?」

「왕돈이 난을 일으켜서 사직을 위태롭게 하므로 좋은 계책을 얻어 국란을 평정시키고자 해서입니다.」

우이가 대답했다.

「전하께서 역적을 토멸하고 백성을 구하며 국가를 위해 충성을 다하시고자 하는 것은 참으로 지당한 일입니다. 그러나 우리 상주가 황폐하고 가난하여 싸워서는 승리를 바랄 수 없으니, 우선 백성과 군사를 모아 굳게 지키십시오. 그러고 나서 격문을 사방에 뿌려 각처의 군사들이 따라 움직인다면 반드시 왕돈의 세력도 갈라질 것입니다. 이때를 놓치지 않고 적을 치신다면 능히 적은 군사로도 많은 역적을 쳐서 이길 수가 있을 것입니다.」

사마승은 우이의 말을 듣고 나서 마음이 후련해졌다. 그래서 선생을 모셔가겠다고 청했으나 우이는 모친의 3년 상이 아직 끝나지 않았음을 이유로 들어 재삼 사양했다.

그러자 사마승은 문득 한 가지 계교를 생각했다. 그 길로 군사를 시켜 환웅의 뒤를 추격해서 잡아오도록 했다.

환웅을 잡아들인 후, 사마승은 혹시 왕돈이 공격해오지 않을까 두려웠다. 그리하여 다시 종사(從事) 한 사람을 시켜서 우이를 청해오도록 했다. 그 사람이 우이를 만나서 사마승의 말을 전했다.

「가정과 나라는 일체이고, 효와 충은 한 수레의 바퀴처럼 하나입니다. 지금 나라에는 몸집이 큰 좀도둑이 들어서 상하가 발칵 뒤집혔으니, 선생께서도 효도를 충성으로 옮기시면 둘이 다 온전하고 아름답지 않겠습니까.」

우이는 초왕(譙王 : 사마승의 왕호)이 그처럼 간절하게 권하므로 마지못해 달려와서 행군장사(行軍長史) 벼슬을 받았다. 또 우이의 종제 우망(虞望)도 역시 현명하고 무략에 뛰어나다고 하기에 청해다가 행군사마를 삼았다.

사마승은 이 두 사람의 도움을 얻게 되자 마침내 격문을 멀고 가까운 고을에 띄웠는데, 왕돈의 죄상을 낱낱이 열거하고 군사를

모집하여 역관에 대비하니 모든 군현이 이에 응했다. 그러나 상동
(湘東)의 수령인 정담(鄭澹)만은 왕돈과 처남 매부간이어서 사마
승의 명령에 복종하지 않았으므로 사마승은 곧 우망에게 군사 5천
명을 내주어 상동을 쳐 함락시킨 후 정담을 붙잡아다가 목을 치
고, 그것으로써 복종하지 않는 자들에게 본을 보였다.

　우이가 다시 사마승에게 말했다.

　「지금 곧 말 잘하는 사람 하나를 남양주(南梁州)로 보내서 감
탁을 설복시켜 함께 의병을 일으킨다면 모든 일이 뜻과 같이 될
터인데, 다만 그럴 만한 사람이 눈에 띄지 않는군요.」

　그러자 사마승 옆에서 일을 보고 있던 주보 정건(鄭騫)이 선뜻
나서며 자청했다.

　「장사께서는 아무 염려 마십시오. 비록 제가 재주는 없다고 해
도 남양주로 가서 국가의 은공에 보답하리다.」

　사마승은 대단히 기뻐했다. 곧 그에게 편지 한 통을 써주며 하
루속히 달려가서 감탁에게 전해주라고 일렀다. 남양주로 가는 정
건을 배웅하며 우이가 격려했다.

　「지금 상주의 군사와 백성들의 운명은 모두 그대의 손에 달려
있소. 명심하기 바라오. 옛날 공명선생은 오나라로 가서 그곳의
군신(君臣)들을 격분시킴으로써 능히 조조(曹操)의 80만 대군을 격
파시켰소. 그대는 지금 남양으로 떠나거니 마땅히 대의를 밝히고
우리들의 소원을 풀어주오.」

　정건이 감격에 겨워 말했다.

　「선생께서 저를 공명에 비유해주시니 부끄럽기 짝이 없습니
다. 그러나 아름다운 구슬이 끝내 진흙 속에 묻혀 있더란 말은 듣
지 못했으니, 말과 재주를 다하여 기대에 어그러짐이 없게 할 뿐
입니다.」

　수일 후 정건은 남양에 당도해서 감탁을 방문했다. 감탁은 사마승의 편지를 다 보고 나서 말했다.

　「나도 마침 왕돈의 일 때문에 마음이 편치 않았는데, 이처럼 선생이 손수 찾아오셨으니 타이를 말씀이 있으시겠지요」

　정건이 배에 힘을 주고 나서 말했다.

　「비록 유외가 교만하여 인심을 잃었다고 하더라도 천하를 해칠 일은 없습니다. 그러나 지금 대장군 왕돈은 사사로운 원한으로 군사를 일으켜서 금궐(禁闕)을 범하고자 하니 이 어찌 좌시할 수 있는 일입니까. 충신과 의사가 절의를 존중하여 나라를 위해 일할 때는 바로 지금입니다.」

　정건은 여기서 잠깐 말을 끊고 감탁의 안색을 살폈다. 감탁은 얼굴을 숙이고 있었다.

　「그런데 공은 지금 중신의 몸으로 임금의 두터운 신임을 받고 있음에도 불구하고 오직 일신의 안일만을 위하여 대세를 방관하고 토역(討逆)의 의사조차 비치지 않고 있습니다. 이래서야 어찌 임금이 임금으로서의 구실을 다하고 신하가 신하로서의 책임을 다한다고 하겠습니까! 지금 저희 주인인 초왕(譙王) 전하께서는 의(義)를 세워서 왕돈을 치고자 저를 장군께로 보내셨습니다. 더불어 군사를 일으켜서 역적을 제거하고 국가의 기강을 세우시길 촉구하옵니다.」

　감탁은 허리를 굽히며 대답했다.

　「초왕의 아름다운 뜻을 선생께서 멀리 이곳까지 가지고 오셔서 대의로써 저에게 가르치시니 전들 어찌 명령에 복종하지 않겠습니까.」

　이때 감탁 막하에 참군(參軍) 벼슬을 하는 자로 이양(李梁)이란 사람이 있었는데, 감탁과 정건 두 사람 사이에 오가는 말을 듣고

나자 감탁을 향해서 한 마디 했다.

「제 어리석은 생각에 의하면 장군께서 지금 움직이시는 것은 아직 이르지 않을까 합니다. 좀더 대세를 관망하고 움직이시는 것이 좋을 줄로 압니다. 만약 왕돈이 이긴다면 반드시 장군에게 이 방면의 큰일을 맡길 것이고, 왕돈이 지게 된다면 조정에서는 필연코 장군에게 명령을 내려서 그를 치게 할 것입니다. 무엇 때문에 애써 얻은 부귀를 잃으시려 합니까.」

이때 정건은 막 문을 나서려던 참인데, 이양이 감탁에게 하는 말을 듣자 홀연 뒤돌아서면서 대갈했다.

「이 소인 놈아, 네가 왜 장군의 총명을 흐리게 하느냐! 지금 장군께서 임금으로부터 받은 은혜가 만약 왕돈이 이번 싸움에 이긴다면 장군에게 던져주겠다는 고깃덩어리만 못할까보냐! 그리고 왕돈으로 하여금 유외를 물리치게 해서 그가 무창(武昌)으로 돌아오고, 따라서 국방이 약화되어 수자리가 늘고, 형주와 양주의 군량이 도달하지 못한다면 장군인들 어찌 이 자리를 지키고 앉아서 부귀를 누릴 수만 있단 말이냐. 지금 대세는 우리 편에 있는데 앉아서 조정의 싸움을 구경만 할 것이냐? 이것은 바로 내가 용서하지 않는 바다.」

정건의 노한 얼굴에는 그야말로 적을 보면 반드시 죽이리라는 의지가 서려 있었다. 이어서 그는 감탁에게 말했다.

「대신의 몸으로 국란을 알면서도 안락하기만 바란다는 것은 아까도 말씀드렸지만 역적행위에 못지않습니다. 제 생각으로는 장군의 위명(威名)에 의거해서 충절을 세우고, 징과 북을 울리고, 순리로써 역(逆)을 친다면 무창쯤 격파하는 것은 마른 가지 꺾기보다 쉬운 일입니다. 무엇을 주저하십니까?」

감탁은 따로 할 말이 없었다. 오직 정건을 향해 공손히 사례하면서 말했다.

「선생의 밝은 가르침이 아니었더라면 나는 참군의 거짓된 말에 속을 뻔했습니다.」

그리하여 감탁은 곧 대장 주헌(周憲)을 선봉으로 삼아 병마를 소집시키고, 준비를 튼튼히 하여 내보낸 후, 다시 서총(徐璁)·반구(潘矩)를 후군으로 해서 뒤따라 출정시켰다. 그리고 감탁 자신은 정건을 상주로 돌려보낸 다음, 곧 군사를 휘몰고 초왕의 기치 아래 모여 일제히 나가겠노라고 약속했다.

초왕 사마승은 감탁이 가담한 후 각 고을의 군사를 규합하여 무창을 치고자 의논했다.

4. 감탁 무창을 치다

왕돈은 군사를 일으켜 동쪽으로 내려왔지만 자기가 없는 사이에 감탁이 배후를 치지나 않을까 두려워서 더 나가지는 못하고 군사를 무호(蕪湖)에 주둔시켰다. 그러고 나서 사람을 보내 감탁을 꾀어 맞아들이려 했으나 감탁이 한 마디로 거절했다고 하자, 다시 참군 낙도융을 시켜 재차 감탁을 설득하려 했다.

그런데 독자도 아시다시피 이 낙도융은 진제(晋帝)가 조적의 제사를 지내기 위해 보낸 사신으로 왕돈에게 강제로 억류당해서 벼슬을 살고 있긴 하지만, 내심은 왕돈의 횡포를 미워하여 항상 불평 속에 지내고 있었다. 그러므로 왕돈의 명을 받고 남양으로 가서 감탁을 만났으나 오히려 여기까지 온 사명과는 달리 감탁에게 근왕의 군사를 일으키라고 권했다.

낙도융이 말했다.

「왕돈이 나를 이곳까지 보내 장군을 맞아서 같이 유외·조협을 치자고 하는 것은 그의 진실한 뜻이 아니오 뜻은 오히려 다른

데, 즉 대사를 도모하자는 데 있소 더군다나 왕돈은 신하이고 원제는 임금인데, 지금 그가 제멋대로 군사를 움직여 금궐을 범하고자 하니 그 패역무도함이 너무나도 지나치구려. 그런데 장군께서는 나라의 원로로 후한 녹을 받으면서 왕돈의 계획을 따른다면 이 것은 곧 살아서는 역신이 되고 죽어서는 탁귀(濁鬼 : 더러운 귀신)가 되는 길이오. 알아서 하시오.」

감탁은 이 말을 듣자, 낙도융이 자기를 시험하려고 그러는 줄로 알았다. 그래서 일부러 엄살을 피우며 말했다.

「공께서는 대장군 휘하에 계시면서도 그의 위력을 모르시오. 지금 나는 겨우 이 작은 고을을 지키고 있을 뿐인데, 만약 대장군의 명을 거역한다면 틀림없이 화를 당할 게 아니오?」

낙도융은 감탁이 자기 말을 믿지 않는 줄 알자 얼굴에 더욱 진지한 표정을 지으면서 말했다.

「귀신도 측량하지 못하는 것이 바로 기회요 무엇 때문에 장군께서는 거짓된 자를 용서하고 군명에 응하지 않는 거요. 왕돈이 없는 이 기회를 타서 군사를 소집하여 격리한 후에 무창으로 달려가서 친다면 싸우지 않고도 함락시킬 수 있지 않겠소!」

감탁이 다시 대답했다.

「지금 내 밑에는 장수도 군사도 얼마 없소. 아마 적을 상대하기가 어려울 것이오 게다가 무창을 지키고 있는 적장 왕함·환선은 모두 지혜와 용기를 구비한 장수니 무엇으로도 함락시키기가 쉽지 않다고 하오.」

이 말을 듣자 낙도융은 분명히 말했다.

「그것은 모르시는 말씀이오 환선은 비록 왕돈 밑에 있지만 망령된 무리가 아니오 그러기에 이번 왕돈이 건강을 치러 나가는데도 따라가지 않았소 그리고 장군께서는 휘하에 쓸 만한 장수가 없다고 했는데, 우선 공께서는 주방(周訪)이 쓰던 무게 3백 근이나 되는 철퇴를 휘두를 만한 기운이 있고, 서총은 오나라 승상인 서성(徐盛)의 손자요, 반구 역시 오나라 장수 반장(潘璋)의 자손으로 모두 이름 있는 무장의 씨요 만부부당의 용사가 아니오 그러기에 역적 왕돈이 재삼 나까지 보내어 장군을 꾀어내려 하는 것도 바로 장군들 몇 사람을 두려워하기 때문인데, 무엇이 염려스러워서 일을 못한단 말이오.」

감탁이 덥석 낙도융의 손을 잡으면서 대답했다.

「공께서는 진실로 나라를 근심하는 의사요. 내가 어찌 공께서 권하는 바를 듣지 않겠소.」

마침내 결심한 감탁은 의를 부르짖고 왕돈의 반역상을 낱낱이 기록한 격문을 띄웠다. 그리고는 군사 5만을 이끌고 친히 무창을 쳤으며, 한편으로는 종사 하제(夏霽)를 광주로 보내서 태수 도간(陶侃)에게 역적을 치라고 권했다.

도간은 감탁의 편지에 근왕의 뜻이 구구절절이 맺혀 있음을 보자 곧 대장 고보(高寶)와 참군 공탄(孔坦)에게 명령하기를 3만 명의 군사를 거느리고 달려가서 무창을 공략하려는 감탁을 도우라 했다.

한편, 무창의 수장 왕함은 상주와 광주, 그리고 양양 세 곳의 군사가 연합하여 무창을 치러 온다는 소식을 듣자 곧 배를 타고 달려가서 이 사실을 왕돈에게 보고했다. 깜짝 놀란 왕돈은 즉시 모사들을 불러들여 회의를 열었다.

「아직 우리 군사가 건업에 당도하지도 못했는데 감탁·도간·사마승 등 삼로의 군사에게 무창이 기습당했다 하오 만약 무창을 잃는다면 우리는 근거지를 잃게 되고 진퇴가 어렵게 되니 어떻게 해야 되겠소?」

전봉이 나서서 건의했다.

「아마 이 계략은 사마승이 꾸몄을 것입니다. 그러므로 속히 위의(魏義)에게 3만 명의 군사를 거느리고 가서 먼저 상주를 취해 사마승을 제거한 다음, 이에 의거해서 장사(長沙)를 지킨다면 광주 군사는 북으로 내려올 수 없게 되고 감탁의 군세는 외롭게 되어 역시 아무 수작도 못하게 될 것입니다.」

왕돈은 이 말을 듣자 손뼉을 치면서 기뻐했다. 그래서 곧 군사를 나눠 위의로 하여금 장사를 치게 하고, 자기는 전봉과 함께 군사 17만을 이끌고 여의(呂猗)·등악(鄧岳)을 좌·우군으로 삼아서 동쪽에 있는 건강을 치러 나가는데 선봉대장은 주무를 시켰다.

이 주무는 곧 주방의 아들인데, 만부부당의 용맹이 있으나 배운 것이 없고 생각이 모자라서 죽은 아비의 뜻을 받들지 못하고 오히려 왕돈의 사사로운 은혜에 목을 매어 끌려 다녔다. 그 아비의 장한 뜻이 부끄럽고 애석하다 하지 않을 수 없다.

제9장. 영원한 반골(反骨)

1. 진안, 오랑캐를 치다

서조(西趙) 황제 유요는, 조적이 이미 죽고 왕돈이 모반하여 군사를 이끌고 건강을 치려 한다는 말을 듣자 즉시 강발·유자원 등을 불러들여 의논했다.

「짐이 전날 석늑과 약속을 맺어 조적을 묶어놓고 이구를 치려 했는데, 도표가 예상 외로 조적에게 패하는 바람에 우리도 군사를 멈췄소. 지금 죽은 조적 대신 조약이 그 자리에 앉고 왕돈이 반란을 일으켰으니 진나라 군사는 북쪽을 돌아볼 틈이 없을 것이오. 이때 우리가 군사를 움직여서 이구를 치고 낙양을 빼앗아 원수를 갚는 것이 어떻겠소?」

강발이 대답했다.

「이구는 죽는 한이 있더라도 우리에게 항복할 리 없으며, 낙양을 취한다 하더라도 멀리 떨어져 있기에 지키기가 어렵나이다. 그러므로 차라리 구지(仇池)의 추장 양난적(楊難敵)을 치는 게 어떻겠사옵니까. 그들은 지난번에 우리가 사마보와 호승을 쳐서 멸하자 우리나라에 충성하겠다고 해놓고, 얼마 동안 정벌하지 않는 틈을 타서 다시 변경에 쳐들어와 노략질을 자행하니 장안 서남쪽 일대의 백성은 그들 때문에 큰 고통을 당한다고 합니다. 그러니 우선 서쪽 땅을 평정한 다음에 동쪽을 치면 좋을 듯하옵니다.」

유요는 강발의 말에 따라 즉시 대장 노빙(魯憑)·유함(劉咸)·적해(翟楷)·석종(石琮) 등에게 명을 내려 군사 3만을 이끌고 나가서 오랑캐를 토벌하라고 했다.

한편 양난적은 조군이 쳐들어온다는 말을 듣자 토병과 만장(蠻將)을 이끌고 막으러 나왔는데 양쪽 군사가 공교롭게도 도중에서 딱 마주쳤다. 양난적이 말을 달려 나오면서 노빙을 향해 소리쳤다.

「우리는 변방 땅에 살기 때문에 너희들에게 조공을 바치는 것도 안 바치는 것도 우리 마음대로다. 지금 너희들이 쳐들어온 것은 불 속으로 기어드는 불나비와 같으니 따끔한 맛을 보여주마.」

노빙도 지지 않고 소리쳤다.

「우리는 황제의 명령을 받고 너희들을 치는 것이다. 배반하기를 떡 먹듯 하고, 고을을 약탈하면서 백성을 사랑하는 덕마저 없으니 더 혼나기 전에 법을 지키고 투항해서 몰살을 면하는 것이 어떠냐!」

양난적이 기가 막힌다는 듯 빈정거렸다.

「몰살, 몰살이라. 단지 너희들 마음대로 안 된다고 해서 그와 같은 욕을 당해야 한단 말이냐?」

노빙은 화가 치밀었다.

「이 오랑캐 잡놈 같으니라고 감히 대장 앞에서 누구를 놀리느냐?」

노빙이 창을 꼬나 잡고 양난적을 향해 달려들자 양난적도 칼을 휘두르며 달려 나왔다. 두 장수가 싸우기 50여 합에 이르자 노빙이 피로한 기색을 보였다. 떨어져서 이 광경을 바라보던 적해가 안되겠다 싶었는지 삼차창(三叉槍)을 빙글빙글 돌리면서 달려 나왔고 만장 쪽에서도 생철정(生鐵丁)이 갑옷도 입지 않은 몸으로 손에 철봉을 든 채 적해를 향해 달려 나와 면상을 노리고 내려치니 적해는 손에 든 삼차창을 떨어뜨리고 말았다.

그 기세에 눌린 노빙과 적해는 도망을 쳤는데, 만장들은 도망치는 두 사람 뒤를 곧장 쫓아가서 덜미를 낚아채려고 했다. 이때 석종과 유함이 만장들의 측면을 공격했으므로 노빙과 적해는 생포를 겨우 면했으나 워낙 양난적의 군사들이 무섭게 달려들기 때문에 조병은 대패하여 50리 밖으로 후퇴하지 않을 수 없었다.

후퇴한 조병은 그곳에서 곧 장안으로 구원을 청했다. 전령이 이 소식을 황제에게 상주하자, 유요는 벌컥 성을 내면서 근신들을 불러들였다.

「오랑캐의 무리가 어쩌면 이처럼 무례하오. 우리 대군이 대패했다니, 짐이 친정해서 그놈들을 모조리 잡아 죽여 원수를 갚아야겠소.」

강발이 황제에게 간했다.

「그까짓 놈들을 치는 데 친정까지 하실 게 있습니까. 지금 농우공(隴右公) 진안에게는 10여만의 정병이 있으니, 그에게 치라고 하면 좋을 것이옵니다.」

유요는 그 계책을 옳게 여기고 곧 칙서를 내려서 진안을 평난(平難)대장군에 봉한 후, 군사를 일으켜 양난적을 정토하라고 명령했다.

진안은 황제의 조서에 파주 땅을 쳐서 빼앗으라는 구절이 있는 것을 보자 곧 군사 5만과 장군 조한(趙罕)·조모(趙募)·장명(張明)·송정(宋亭) 등을 대동하고 구지를 향해서 진격했다.

양난적은 진안이 또 군사를 이끌고 와서 경계를 침범한다고 듣자 전번 싸움에서 조병을 격파한 군사들을 이끌고 나와서 진을 치

고 적을 기다렸다.

얼마 후에 조병이 나타났다. 양난적이 적진을 바라보니, 진안은 왼손에 길이가 여섯 자나 되는 장도(長刀)를 들었고, 오른손에는 방천화극(方天畵戟)을 꼬나 잡고 마상에 높이 앉아 장수들을 지휘하고 있었다.

양난적은 좌우에 체구가 큰 오랑캐들을 거느리고 있었는데, 모두 머리카락은 붉고 눈썹은 노란 놈이 맨발에다 나체, 거기다가 가죽으로 만든 갑옷을 걸치고 날랜 말을 타고 있었다. 양난적이 진안을 가리키며 큰 소리로 외쳤다.

「네 이 반골 놈아! 네가 나와 무슨 원수가 졌기에 이처럼 달려들어 괴롭히느냐.」

진안이 대답했다.

「네 마땅히 신(臣)이라 칭하고 우리 황제에게 조공을 바쳤으면 삼가서 신례(臣禮)를 지킬 일이지, 무엇 때문에 난을 꾸며 관가를 습격하고 백성들을 해치느냐. 내가 이제 네 목을 잘라 개한테 던져 주리라.」

이 말을 듣자 양난적은 화가 나서 길길이 뛰며 달려들었다. 진안도 그에 맞서 방천화극을 이리 번뜩 저리 번뜩 휘두르니 두 사람의 손은 공중에서 풍차 돌 듯하고 말은 굽으로 땅을 차며 히힝 댔다.

이렇게 싸우기 40여 합이 되어도 승부가 나지 않자 조진에서는 양백우와 강충아가, 만군 쪽에서는 생철정과 황모송이 일제히 자기 편 장수를 돕기 위해 달려 나왔다. 만장들은 굵기가 장작만한 쇠뭉치를 휘둘렀고, 조군 측 두 장수는 붉은 술이 달린 장창으로 찔러대니 마치 꽃과 나비가 싸우는 것처럼 휘황찬란했다.

그러나 이때 조군의 진에서 조모·장명·유열 등 세 장수가 적의 배후로 돌아 갑자기 공격하니 양난적은 더 대적하지 못하고 궤멸된 본진을 돕기 위해 말머리를 돌렸다. 그 뒤를 모든 만장들이 따라 달리자 기세가 등등한 조군은 맹추격을 감행했다.

드디어 궁지에 몰린 만군은 파주 성으로 달려가서 문을 굳게 잠그고 싸움에 응하지 않았다. 성을 공격한 지 열흘이 넘자 진안은 울화가 치밀었다. 그래서 모든 군사들에게 말했다.

「너희들은 적이 도망치지 못하게 이 성을 포위하라. 나는 적의 본거지인 구지로 가서 뿌리를 뽑은 후에 돌아와서 다시 이 성을 격파하리라.」

이 말을 들은 양난적은 당황해서 곧 무리를 모아놓고 본거지를 구원할 대책을 물었다. 아우 양위가 나서서 대답했다.

「지금 진안의 군사는 그 기세가 대단합니다. 싸워서는 도저히 이기기 어렵고 항복한다 해도 해치지 않을까 두렵습니다. 이런 경우 유일한 계책은 몰래 사람을 장안으로 보내서 황제에게 직접 항복하는 것입니다. 만약 황제가 우리의 청을 받아들인다면 틀림없이 진안에게 철군하라는 명령을 내릴 것입니다.」

이 말을 듣자 양난적은 할 수 없이 양위를 장안으로 빠져나가게 했다. 밤낮을 가리지 않고 달려간 양위는 장안에 당도하자 유요에게 표를 올려 항복을 청했다.

강발이 황제 앞에 나가서 아뢰었다.

「구지 지방은 본래 외진 곳으로서 그 땅을 얻는다고 해도 지키기가 어렵사옵니다. 그들이 이미 잘못을 빌고 항복을 청하니 받아들이는 것이 좋지 않을까 생각되나이다.」

이에 유요는 강발의 의견에 따라서 항복을 받아들이고 양난적을 무도왕(武都王)으로 봉한 후 변방의 백성들을 괴롭히지 말라고 타일렀다. 또 한편으로는 진안과 노빙에게 영을 내려 회군하

라고 했는데, 진안은 조서를 보고 나서 장수들을 향해 불평을 털어놓았다.

「처음에 내가 군사를 일으킨 목적은 오랑캐를 쳐부수고 무도(武都)를 내 것으로 만들려던 것이었는데, 이제 양난적이 장안으로 사람을 보내 칭신하고 자기 땅을 지킬 권리를 얻었으니 나는 유요를 위해 헛되이 힘만 쓰고 얻은 것이 없다. 그대들은 어떻게 생각하는가?」

조모가 대답했다.

「우리가 조서를 받고 나서도 재차 성을 친다면 항복을 안할 것은 물론, 양난적은 또다시 유요에게 달려가서 애원할 것이니 도리어 우리가 의심만 받게 됩니다. 그러므로 잠시 명령에 복종하되, 양난적에게는 우리에게 배상할 물건을 청하십시오. 그런 연후에 후퇴해서 다시 장래를 도모하는 것이 좋을 것 같습니다.」

진안이 그 말에 따라서 곧 사람을 성 안으로 보내니, 양난적은 가축 1천여 마리, 피륙과 가죽 각 2천 필, 은 5천 냥을 내놓았다. 진안은 이것을 받자 군사를 거두어 농서로 돌아갔다.

한편 유요는 병을 앓고 있기 때문에 군사들에게 상 주는 일을 잊고 있었다. 진안은 전쟁터를 다녀온 지 1백 일이 되어도 아무 소식이 없자 황제를 원망했다.

「노빙은 패전을 했어도 군법을 시행하지 않고, 내가 힘써서 싸웠기 때문에 궁지에 몰린 오랑캐가 귀순하기에 이르렀는데도, 내 공에 대해서는 털끝만한 상도 내리지 않고 오히려 양난적은 무도왕으로 봉함을 입었다. 이처럼 상벌이 공정하지 않으니 어찌 임금이라 할까보냐.」

모사(謀士) 장명이 나서서 말했다.

「저에게 한 가지 계책이 있습니다. 우선 군사를 거느리고 입궐하여 황제 폐하께 양난적을 평정한 일을 축하드리고 상이 어찌 되었느냐고 물으십시오. 그때 제가 군사를 이끌고 성 밖에 숨어 있을 테니 장군은 황제 앞을 물러나는 길로 군사들에게 명하여 대궐에 불을 지르게 하고, 다시 입궐하여 황제를 위협한다면 그까짓 황제의 자리쯤이야 문제가 되겠습니까.」

장명의 말을 듣고 진안은 대단히 기뻐했다. 그날로 군사를 거느리고 장안을 향해 떠났다. 진안은 도중에서 먼저 표를 올렸는데, 유요가 펴 보니 다음과 같았다.

—신은 다행히도 성상의 위엄을 빌어서 오랑캐의 무리를 평정하였나이다. 그때는 폐하께서 편찮으시다기에 축하를 드리지 못했으나, 이제 다 나으셨다니 특히 공로를 세운 장졸들을 이끌고 입궐하여 폐하의 성수를 축수 드리고자 하나이다. 그리고 바라옵건대는 홍은(鴻恩)을 내리시어 상을 베푸시고, 남쪽 문으로 들어갈 수 있는 영광을 베풀어 주시옵소서. 후일 더 중대한 명령을 내리신다면 더욱 힘껏 싸우겠나이다.

표가 황제 앞에 이르자 황제는 진안을 맞아들여 곧 상을 내릴까 생각했다. 강발·유악(劉岳) 두 사람은 이것을 알자 극력 반대했다. 양인이 황제에게 아뢰었다.

「폐하께서는 진안이 정말 조하(朝賀)를 드리러 오는 줄로 아시나이까. 이것은 곧 봉상(封賞)을 빙자해서 대사를 도모하자는 것이옵니다. 만약 엄하게 방비하지 않는다면, 정병 10만이 당장 성 밑에 모여서 변란을 일으킬 것이니 무엇으로 그것을 막을 수 있겠사옵니까.」

황제는 강발의 말을 듣자 크게 놀랐다. 그래서 곧 유자원에게

대책을 물으니 유자원은 이렇게 말했다.

「폐하께서는 사람을 진안에게 보내시어 병이 아직 완쾌되지 않았으니 만날 수가 없노라고 하시옵소서. 아울러 상규 땅으로 돌아가서 봉상을 기다리라고 한다면 진안은 조정에 사람이 있음을 알고 자연히 물러갈 것이옵니다.」

황제는 곧 유자원의 계략에 따라 시행했다.

2. 진안도 반(反)하다

황제 유요가 보낸 급사(急使)는 곧 달려가서 진안의 앞길을 가로막으며 소리를 질렀다.

「폐하께서 아직 쾌유하지 못하셔서 봉상을 행하기가 어려우시다. 곧 회진(回鎭)하도록 하라!」

이 말을 들은 진안은 조정에 지모 있는 신하가 많음을 알고 실망했다. 그래서 다시 장수들을 불러서 의논했다.

「불의의 습격을 감행하여 장안을 취하려고 했더니, 이미 유요가 내 계략을 간파했나 보다. 다른 계책이 없을까?」

조모가 나서서 말했다.

「이미 계략이 깨어졌으므로 장군은 반드시 의심을 받을 것입니다. 지금 우리 군사가 10만이 넘는데 이만하면 황제라도 될 수가 있습니다. 무엇 때문에 남 앞에 머리를 숙이고 굽실거리려 하십니까.」

진안이 한숨을 내쉬며 대답했다.

「자네 말이 맞네. 그렇지만 겨우 상규와 농서 땅만을 차지하고서 황제를 칭한다면 남들의 비웃음을 사지 않겠는가.」

장명이 선뜻 나서며 말했다.

「자립하고자 생각만 하신다면 일면으로 저강(氐羌)의 왕 석무(石武)와 손을 잡고, 다른 한편으론 군사로 하군(下郡)을 취하여 땅을 넓히십시오. 왜 안될 일이 있겠습니까. 그 옛날 패업을 성취한 왕들도 모두 작은 데 기대어서 일어나 큰 영토를 만들지 않았습니까?」

장명의 말을 듣자 진안은 매우 기뻐했다. 그래서 곧 강충아·조간·유열 등에게 명하여 하현(下縣)·장안 근방의 여러 곳을 돌아가면서 치게 하고, 한편으로는 양백우를 보내 석무와 손을 잡았다. 그러므로 변방 땅 수령으로 진안의 침략을 당한 자들은 잇달아서 장안에 올라가 황제에게 구원을 청했다.

크게 놀란 유요는 상소를 듣자 즉시 대신들을 모아놓고 회의를 열었다. 유악이 아뢰었다.

「진안이 반한 것은 아직 크게 문제 삼을 바가 못되옵니다. 그보다도 지금 석늑이 석생을 시켜서 동관(潼關)을 침범하여 그 형세가 매우 대단하니 경솔하게 군사를 움직이지 마옵소서. 그리고 진안한테는 대신 한 사람을 보내어 무엇 때문에 반하려 하는지를 물어보고 나서 잘 타이른다면 큰 장애가 되지 않을 것이니, 석늑의 군사가 물러간 연후에 조처하면 좋을 것 같사옵니다.」

유요는 의논에 따르기로 했다. 그래서 곧 노빙·유함·석종에게 군사 1만 명을 내준 후 태위 호연식을 호위하고 가서 진안을 타이르라고 했다.

호연식이 상규 땅까지 가서 진안에게 황제의 뜻을 전하며 물었다.

「농우공께서는 이미 양난적을 항복받아서 나라에 큰 공을 세우셨는데, 무엇 때문에 소인배들의 말을 믿고 그 동안에 세운 많은 공훈을 돌보려 하지 않습니까?」

진안은 호연식의 문책을 받자 제장과 의논을 했다.

「지금 유요는 태위 호연식을 내게 보내어 그 동안의 반상(反
狀)을 문책하고 있다. 어떻게 회답해야 할까?」

한참 만에 장명이 나서서 계책을 말했다.

「우선 구곡(臞谷) 입구에 영채를 세우고 나서 좌석을 골짜기
안쪽 좁은 곳에 마련하고 네 곳에 군사를 매복시켜 두십시오. 그
러고 나서 강충아를 거짓으로 잡아들인 후, 호연식한테로 사람을
보내서『제멋대로 노략질을 하고 장령을 배반한 강충아란 놈을
잡아들였으니 부디 태위께서 오셔서 친히 심문해 주십시오』하고
말을 공손히 해서 청하십시오. 만약 이 말을 곧이듣고 그들이 온
다면 북소리를 신호로 일제히 달려 나가 잡으면 다음부터 감히 사
람을 또 보내어 문책하지 못할 것입니다.」

계책을 들은 진안은 크게 기뻐했다. 그래서 곧 조모·송정·진
건·신원 네 장수에게 명하여 구곡 골짜기 으슥한 곳에 숨어 있도
록 하고 스스로는 장명·장선과 영채를 구곡 초입에 세워 연석을
베푼 후 사람을 호연식에게 보냈다.

사자가 호연식 앞에서 말을 내려 공손히 절을 한 후 이 뜻을 그
럴듯한 말로 청하니 마침내 호연식이 절을 받고 나와 사자에게 말
했다.

「농우공의 진술서에 의하면 강충아란 놈이 법을 지키지 않고
반역을 자행하기에 그 목을 베고 그를 따르는 수많은 무리를 체포
하기에 이르렀다고 하니, 가서 이렇게 전하도록 하라. 나 호연식
은 이 길로 장안에 달려 올라가 폐하를 모시고 내려와서 심문을
하겠노라고.」

옆에서 부장 한 사람이 참견했다.

「무엇 때문에 도적 몇 놈을 처치하는 데 성상 폐하의 대가(大
駕)까지 이곳으로 청하셔야 합니까. 오직 일을 끝낸 후에 보고나

잘 하시면 될 것을……」

이 말을 들은 호연식은 그 말도 역시 옳을 것 같아서 곧 진안이 보낸 사자에게, 내일 초대에 응하겠노라고 고쳐 회답했다. 사자가 복명하고 밖으로 나가자 노빙이 호연식을 보고 말했다.

「진안의 꾀는 측량하기가 어렵습니다. 그가 만약 진심으로 그런다면 왜 잡은 도적을 우리 영채로 호송해 보내질 않습니까. 경솔하게 판단하실 일이 아닙니다.」

그러나 호연식은 고개를 저었다.,

「진안은 겨우 상규 땅 한 개의 군만 차지했을 뿐이니 감히 망령된 생각을 품지는 못할 것이오. 의심을 품어서 불안하게 하지 마시오.」

이튿날, 진안은 또다시 사람을 보내어 거듭 호연식을 초청했다. 호연식이 노빙에게 군사 1만을 거느리게 한 후 진안의 영채로 가니, 진안은 갑옷 위에다 유복(儒服)을 입은 일군의 선비를 대동해서 길 옆에 공손히 서 있었다. 석종(石琮)이 호연식의 귀에다 은밀히 속삭였다.

「이번에 진안 등 일당을 체포해서 장안의 근심을 아주 없애버리십시오.」

그러나 호연식은 머리를 가로저으며 응하지를 않았다.

호연식이 영채 앞에서 말을 내리니 진안은 얼른 앞으로 나와서 손을 잡아 자리로 모셔 올린 후에 차(茶)를 권했다. 그리고 나서 자기는 옷을 잠깐 갈아입고 나올 터이니 태위께서는 잠깐 기다려 주십사고 했다. 호연식은 진안의 행동이 몹시 정중하고 공경스러운 걸 보자 내심 기뻐하며 그러라고 대답했다.

진안이 옷을 갈아입고 나온다는 핑계로 영채 뒤로 사라진 지 얼마 지나지 않아서이다. 갑자기 포성이 골짜기를 진동시켰다. 영

채 밖에서 호연식을 기다리고 있던 노빙이 이 소리에 놀라서 달려 갔을 때는 이미 진안의 복병이 사방으로부터 불개미 떼처럼 몰려 나온 후였다. 복병은 1만의 조군 병력을 사면으로 포위하고 치열 하게 공격했다.

한편 호연식은 설마 무슨 일이 있으랴 해서 비수 하나 안 지닌 몸이라 갑자기 군사들이 달려드니 당황해버렸다. 그러나 워낙 싸 움터를 전전해온 몸이라 곧 달려드는 군사 한 놈을 발길로 차서 거꾸러뜨린 다음 창을 낚아채서 적을 막았다.

멀리 영채 밖에서 이것을 본 노빙은 용기를 다해 돌파구를 뚫 고 달려가서 구출하려 했으나 또다시 장명과 진안이 이끄는 일대 의 병력이 길을 가로막아 영채 밖으로 도망칠 수밖에 없었다. 이 때는 이미 조병의 태반이 전사하고 대패하여 줄행랑을 칠 때였는 데, 호연식은 신원과 진건한테 협공을 당하자 마침내 포로가 되고 말았다.

한편, 노빙은 난군 속을 돌파하여 강가에 이르렀으나 깊어서 건널 수가 없었다. 뒤에서 진안의 군사가 함성을 지르며 달려들 자 궁지에 몰린 노빙은 노기가 충천했다. 말머리를 돌리자마자 추격병을 이끈 장명과 송정을 향해 쏜살처럼 돌진을 했다. 궁한 쥐가 고양이를 문다고, 필사적으로 덤비는 노빙의 용기에 밀린 진병은 뒤로 주춤했다. 이름을 타서 석종과 유함은 겨우 강을 건 너갔다.

노한 노빙의 창끝에 찔려서 송정이 마상에서 떨어지자 이것을 본 장명은 활로써 노빙을 쏘라고 명령했다. 금세 빗줄기처럼 날아 오는 화살에 맞아 말이 앞발을 높이 들고 곤두서자 그만 노빙은 땅바닥에 굴러 떨어져서 생포되고 말았다.

겨우 죽을 고비를 빠져나와서 장안으로 돌아온 유함·석종 등이 황제 앞에 나아가 패전을 고하자 유요는 손에 들었던 술잔을 내던지면서 분노했다.

「이 반적 놈이 어쩌면 이처럼 무례하단 말이냐! 짐이 마땅히 삼군을 거느리고 나가서 반적을 진멸시켜 이 원통함을 풀리라.」

석종이 머리를 조아리고 아뢰었다.

「신이 도중에서 들은 바에 의하면 반적 진안은 이미 휴도왕(休屠王) 석무와 짜고서 반란을 일으켰다고 하옵니다. 그렇다면 아직은 치기가 어렵지 않을까 생각되나이다.」

강발이 석종의 말을 받아서 고했다.

「이런 일이 일어날 줄 신은 이미 예측하고 있었습니다. 이 길로 석무에게로 가서 맹약을 맺고 칼날을 돌려 함께 진안을 치자고 해야 할 것 같나이다. 그래서 먼저 진안의 본거지인 양주(梁州)를 격파하여 뿌리를 뽑고, 연후에 상규를 친다면 쉽게 평정될 것이옵니다.」

황제 유요가 물었다.

「그렇다면 그 누구를 석무한테 보내야 하겠소?」

강발이 앞으로 나서서 대답했다.

「노신이 스스로 가지 않는다면 석무의 뜻을 뒤집어 우리 편으로 할 수 없을 것이옵니다.」

유요는 그 말을 듣자 곧 강발에게 석무를 설복하도록 명을 내리고 한편으로는 대장 평선(平先)을 평구초토(平冦招討) 대장군에 임명하여 선봉을 삼았다.

평선은 본래 오저(烏氐) 사람인데, 산을 열어젖히는 힘이 있었다. 아무도 대적할 사람이 없어 그를 새전웅(賽展雄)이라 일컬었다.

강발이 관직을 그만두고 귀우(歸寓)할 때 평선은 강발에게 금백

(金帛)이 많음을 알고 그것을 겁탈하려다가 강발에게 오히려 설득당하여 평선은 선(善)에 복종하게 되어 사(邪)를 버리고 정도로 돌아와 강발과 함께 일을 하게 되었다.

근준이 난을 일으켰다는 말을 들었을 때는 강발에게 권하여 군사 5천을 이끌고 평양으로 올라가 난을 평정하고 장안으로 들어와 황제를 뵈었던 것이다.

황제는 횡충도위(橫衝都尉)를 제수하여 오늘에 이르렀다. 그런데 지금 선봉을 배수하고 호연식의 아들 호연유를 좌장군, 유공(劉貢)을 우장군, 관심을 후진, 석종·유함을 인가(引駕)로 해서 15만 대군을 일으켜 진안을 정토하러 나섰다.

태자 유희(劉熙)를 보좌하여 장안의 진수(鎭守)를 명령받은 유광원이 황제에게 권하였다.

「잠깐, 태재(太宰) 강발이 휴도왕을 만나고 돌아온 후에 출정하심이 좋을 줄로 아옵니다.」

그리하여 유요는 잠시 강발이 돌아오기를 기다리기로 하였다.

한편 강발은 그 길로 곧 저강(氐羌)에 당도해서 휴도왕 석무에게 면회를 요청했다. 때마침 석무는 진안의 사자 양백우가 다녀간 직후여서 아직 결정을 못 내리고 있는 참이었는데, 갑자기 조나라의 태재가 친히 와서 뵙자고 한다는 말을 듣자 곧 빈청에 드시라고 하명했다.

잠시 후 상견의 예가 끝나자 석무가 강발을 향해 입을 열었다.

「조금 전에 진안의 사자가 와서 조제(趙帝)의 횡포를 비난하고 과인에게 같이 장안을 공격하자고 했는데, 아직까지 결정을 못 내리고 진퇴양난에 빠져 있는 참입니다. 참 잘 오셨습니다. 과인에게 무슨 말씀을 하시려는지요?」

강발이 넌지시 물었다.

「무엇 때문에 결정을 못 내리십니까?」

「첫째, 과인의 영토는 진안의 수중에 들어 있는 양주 땅과 잇닿아 있으므로 만약 그의 말에 따르지 않는다면 해를 입을까 두렵고, 둘째, 그를 따르자면 대국인 조나라를 배반하여 역적을 돕게 되니 왜 어렵지 않겠습니까.」

강발이 한 걸음 다가앉으면서 말했다.

「대왕께서는 황제와 진안 어느 쪽이 강성하다고 생각하십니까. 본래 진안은 이익을 보고 나면 이를 버리는 자로서, 전번에는 사마보의 두터운 은혜를 입었음에도 불구하고 말 한 마디가 섭섭하다 하여 사마보를 배반하고 성(成)나라에 항복하여 자사 벼슬을 얻었습니다. 그러나 이 벼슬조차 성에 차지 않아 다시 성을 배반 우리 조(趙)에 귀순하기에 이른 것입니다. 우리 황제께서는 그를 대접하기 원훈(元勳)으로 하고 상공(上公)에 봉하였습니다. 그러나 이와 같은 대접을 받으면서도 보시는 바와 같이 난을 꾸미니, 대왕께서 만약 그의 청을 들어준다 하시면 반드시 후일에는 대왕마저 배반할 것입니다. 잘 생각해 하십시오.」

석무는 강발의 말을 듣고 나서 반 시간을 넘게 생각에 잠겼다. 그러더니 갑자기 머리를 들고 강발의 가르침을 청했다.

강발이 계책을 말했다.

「진안의 과거를 들추어 본다면 그의 수에 넘어갈 사람이 없을 것입니다. 지금 진안은 군사를 풀어서 남안(南安)을 포위하고 있습니다. 이 틈을 타서 대왕은 곧 상규 성을 습격하십시오 공이 이루어지면 그 땅은 대왕의 소유가 되겠거니와, 실패한다고 해도 상규에 따른 제읍(諸邑)은 대왕의 손에 귀속할 것입니다.」

석무는 이 말을 듣자 마음의 결정을 내리고 곧 군사를 이끌고 나가서 상규를 습격했다.

3. 진안, 양왕(梁王)에 오르다

조나라 대녕(大寧) 원년, 황제 유요는 15만 대군을 거느리고 친히 진안을 치고자 했으나, 행군한 지 얼마 안 되어 염병에 걸리는 바람에 도중에서 군사를 멈추지 않을 수 없었다.

진안은 이것을 보자, 유요가 자기네 군사의 강성함을 알고 아직 군사를 움직이지 않는 것이라고 속단, 마침내 평주(平州)와 양주(襄州)의 여러 현을 합쳐서 스스로 지절대도독(持節大都督)이라 칭하더니 곧 고쳐서 양왕(梁王)이라 칭했다.

그리하여 조모를 좌상, 장명을 우상으로 삼고, 아우 진집(陳集)을 태위, 족제 진건(陳建)을 태보, 그 밑의 양백우·강충아·유열·송정·신원 등의 장수는 모두 양(梁)·농(隴)·진(秦)·옹(雍) 네 주의 대총관으로 임명한 후 먼저 남안(南安)을 취하려고 달려들었다.

남안의 수장 유공(劉贛)은 진안의 군사가 몰려오자 항전하지 않고 성을 굳게 지키면서 곧 황제에게 구원을 청했다. 유요는 유공과 여중백에게 명하여 군사 3만을 이끌고 가서 남안을 구원하라고 했다.

두 장수가 경계에 당도하여 바라보니 진안의 군세가 대단했다. 그래서 곧 행군을 멈추어 방어태세를 취하고 사람을 석무(石武)에게로 보내어 협공을 하자고 청했다.

진안은 조·석 양로의 군사가 성을 구원하려고 달려왔다는 말을 듣자 포위를 풀고 물러갔는데, 물러가던 도중에 조군의 보급 물자가 모두 경양(涇陽) 교외에 쌓여 있다는 사실을 알았다. 즉시 탐색병을 보내 습격 여부를 탐지하게 하니, 그들이 다녀와서 보고했다.

「보급물자를 지키는 장군은 호연유·적해·석종 등으로 그 경계가 자못 삼엄합니다. 그리고 조제(趙帝) 유요는 병이 대단하다고 합니다.」

이 말을 들은 진안은 대단히 기뻐했다. 그는 곧 참모들을 불러 놓고 의논을 했다.

「조군의 형세가 그러하니 우리는 일단 상규로 돌아가서 유요가 죽는 것을 기다리기로 하자. 대세를 틈타서 일어난다면 장안을 함락시키는 것쯤 쉬운 일이다.」

이렇게 해서 진에 돌아온 진안은 호연식을 옥에서 끌어내어 꾀었다.

「지금 과인에게는 막강한 군사 수십만이 있어서 진·농은 이미 수중에 들어왔소. 그러나 유요는 병이 위독하다고 하오. 차라리 공도 과인을 도와서 부귀를 누리는 것이 어떠하오?」

그러나 호연식은 수척한 용모에 의연한 빛을 띠며 꾸짖었다.

「이 몸은 죽으나 사나 한실의 대신이다! 어찌 너 같은 반골(反骨)을 받들까보냐.」

이 말을 들은 진안은 불같은 성이 치밀었으나 어금니를 깨물어 분을 삭인 다음 여전히 부드러운 목소리로 말했다.

「유요가 죽는다면 이 지방에서 과인을 대적할 만한 임금은 따로 없소. 그래서 나는 족하와 함께 대사를 성취하려고 하는데, 무엇 때문에 공은 사소한 절개에 구애되어 그러시오」

그러나 호연식은 눈을 딱 부릅뜨고 대갈했다.

「너는 주인의 두터운 은총을 입고도 번번이 불의의 배반을 저질렀으나 요행히 여기까지 이르렀다. 하지만 그대의 천인공노할 소행은 귀신조차 미워하고 있다. 어서 내 목을 쳐서 동문 위에다 걸어두라! 내 반드시 너를 도륙하기 위한 군사들이 밀려오는 걸

보리라.」

재삼 성질을 죽이고 호연식의 마음을 낚으려던 진안은 이 말을 듣자 울화통이 치밀었다. 곧 칼로 호연식의 머리통을 후려친 다음에 다시 노빙을 향했다.

「그대는 봤겠지만, 과인은 공으로 하여금 대장군을 삼으려 하오. 따르겠소?」

노빙이 코웃음을 치며 대답했다.

「너는 지금 황제께서 보낸 태위를 죽였다. 이 역적 놈아! 너 같은 개를 죽여서 그 고기를 씹지 못하고 죽는 것이 원통할 따름이다.」

피 맛을 보자 미친 짐승처럼 환장한 진안은 마침내 노빙마저도 목을 쳐 죽였다.

한편, 황제 유요는 호연식·노빙 두 충신의 부음을 듣자 땅을 치며 슬퍼해 마지않았다. 얼마를 그렇게 애통해 하던 유요는 홀연 목소리를 가다듬어 중신들을 불러들었다.

「역적 진안은 짐이 보낸 대신을 둘이나 죽여버렸소. 이제는 더 참을 수가 없소. 곧 군사를 일으켜서 그 죄를 응징하려 하오.」

항장(降將) 왕용(王用)과 하경(夏景)이 함께 나서서 아뢰었다.

「어진 선비는 천하의 희망이라 하나이다. 지금 역적 진안이 두 사람의 현인을 해친 것은 스스로 천하의 인정을 저버린 것이 되옵니다. 폐하께서는 마땅히 천하의 현철(賢哲)과 충량(忠良)을 예로써 대우하여 쓰십시오. 천하의 인심을 얻을 것이옵니다.」

유요는 그 말을 가상히 받아들인 후 즉시 영을 내렸다.

「지금 호연식·노빙 두 사람은 역적 진안의 손에 억울한 죽음을 당했노라. 모든 군사들은 하루속히 달려가서 이 두 충신의 원수를 갚도록 하고, 불충한 종놈들이 영영 뜻을 얻지 못하도록 토멸하라.」

황제의 명령을 받자 평선·이춘화 등은 대군을 이끌고 질풍노
도와 같이 상규성을 향해 달려갔다. 대군이 샘물 빠지듯 빠져버리
자 황제는 여중백·호연유 등을 친히 인솔하고, 하경과 왕도를 향
도로 삼아 정병 5만으로 진안의 양초를 습격해서 적의 보급을 불
사르고자 했다.

4. 진안, 농성으로 패주하다

진안은 호연식과 노빙을 제 손으로 죽인 뒤 다시 강충아를 시
켜 하현을 치게 하고, 유열과 조간에게는 평양과 서주 두 고을을
치게 했다.

이 두 고을은 오랫동안 강호가 차지하고 있었는데, 오랑캐들은
진안의 병세(兵勢)가 대단한 걸 보자 앞을 다투어 항복했다. 두 장
수는 강호가 거느리던 군사 3만 명과 양곡 10만 석을 거둬들여 모
두 천금보(千金堡)에 저장해두고 진안의 아우인 진집·진건·장
명 등에게 이것을 지키라고 했다.

이때 호연유 등이 이끈 조나라의 정병 5만은 전후 양진으로 군
사를 나누어 파상적으로 밀어닥쳤다. 진집 등은 오직 2만의 강병
(羌兵)으로 이를 대적하고자 했으나 강병들이 지리에 익숙지 않아
서 이리 몰리고 저리 흩어지는 바람에 도저히 싸울 수가 없었다.
그래서 보(堡) 둘레를 깊이 파서 물을 대고 지키는 한편, 우군에게
구원을 청하려고 하는데 이미 조군이 성 밑까지 들이닥쳤다. 황급
히 성문을 닫아걸고 조교(吊橋)를 올렸는데, 이때 장명은 스스로
지모가 있음을 믿고 성 밖에 진을 친 채 들어가지 않았다.

병사 한 사람이 호연유에게 귀띔했다.

「저 장명이란 놈은 꾀가 많아서, 지난번에 장군의 아버님을 죽

게 한 계략을 꾸민 것도 바로 저놈이랍니다.」

병사의 말을 들은 호연유는 피가 펄펄 끓었다. 한 소리 크게

「아버님을 죽인 원수라니 내 마땅히 달려가서 원수를 갚으리라!」

하고 외친 후에 말 엉덩이를 치며 달려 나갔다.

장명은 본래 글은 좀 읽었지만 무용은 별로 뛰어난 자가 못 되었다. 진을 치고 꾀로써 천천히 조군을 괴롭히려 했던 것인데, 별안간에 호연유가 파죽지세(破竹之勢)로 군사들을 훑고 달려들자 그만 당황해버렸다. 가까스로 말을 집어타고 덤벼드는 호연유를 대적했으나 호연유가 휘두르는 철편이 목에 감겨서 나가떨어졌다.

진집은 장명이 생포되는 것을 보자 재빨리 달려 나오면서 탈취해 가려 했다. 적해(翟楷)는 그 틈을 타서 병사들에게 양초에 불을 지르라고 했다.

이것을 본 진집과 진건은 말머리를 돌려 자욱한 연기 속을 뚫고 양초의 불을 끄고자 달려갔으나 진건이 바짝 뒤쫓아온 하경의 칼에 맞아 대번에 두 동강이 나고, 대적할 수 없음을 안 진집은 그대로 꽁지가 빠지게 달려서 상규로 도망쳐버렸다.

호연유는 적장들이 다 도망치거나 생포되자 양초에 붙은 불을 끄고 성중에 남아 있는 강병 1만여 명을 무장해제 시켰다. 그리고 타다 남은 양초를 수레에 빨리 싣고 남안(南安)으로 가서 유공의 군사들과 함께 나눠 먹으리라 생각했다.

한편, 턱까지 숨이 찬 진집이 상규 성으로 뛰어 들어가서 진안에게 지난 일을 보고하자 진안은 펄펄 뛰며 노했다.

「그놈들이 궤계(詭計)를 써서 과인의 양초를 빼앗아다가 남안 군사들을 호궤한다고? 이놈! 너희들이 그 음식을 다 먹고 죽나 못

먹고 죽나 보자.」

진안은 곧 유열·조한·강충아 등에게 명하여 5만 군사로 유공을 치라 하고, 조모·송정·신원 등에게도 5만 군사를 내주어 남안을 향해 당일로 출발했다. 전초병이 남안성 내로 뛰어 들어가서 유공에게 이 사실을 보고하자 유공은 아우 유공(劉龔)과 함께 수성책(守城策)을 의논했다.

아우 유공이 말했다.

「진안이란 놈이 화가 치밀어서 이곳으로 쳐들어온다면 보나마나 그 위세가 대단할 것입니다. 그러므로 그 예기와 맞서서 아직은 싸우지 말고 사람을 휴도왕 석무한테 보내 구원을 청하십시오. 그런 연후에 전후로 협공한다면 격파할 수 있을 것입니다.」

유공은 계책에 찬성하고 곧 급사(急使)를 보냈다. 급사가 밤낮 없이 달려가서 위급을 고하자 그는 참모들과 의논했다.

「지금 진안은 대군을 이끌고 홧김에 남안을 친다고 하오. 그렇다면 필연코 상규는 비었을 것이오. 이때를 타서 우리가 상규를 기습한다면 진안도 남안의 포위를 풀고 우리한테로 달려올 것이니, 이것이야말로 손빈(孫臏)이 위(魏)나라에 대해서 조(趙)나라를 구한 옛 계책과 다름이 없소.」

석무는 중의가 결정되자 곧 사자를 불러들여 좀 전에 결정된 계책을 일러 보냈다. 석무가 사자를 돌려보낸 후 곧 군사를 일으켜서 상성(桑城)에 당도하니 비로소 진안의 탐색병은 이것을 알고 진안한테 달려가서 보고했다. 진안은 그 말을 듣자 이를 부드득 갈며 분해 했다.

「석무, 이 역적 놈! 네가 무슨 망령으로 보잘것없는 약졸을 거느리고 나를 대적하겠단 말이냐. 내 마땅히 네놈의 심줄을 끊고 나서 남안을 취하리라.」

　단박에 포위를 풀고 군사를 돌린 진안은 상성으로 달려가서 석무를 쳤다. 석무는 진안의 군세가 창끝보다도 날카로우므로 한 걸음 물러가 장춘(張春)의 보루(堡壘)로 도망쳤다. 장춘의 조카 장주(張宙)는 수병을 이끌고 달려 나와서 석무의 군사를 도왔다. 두 사람은 진병의 군사를 필사적으로 막는 한편, 남안으로 사람을 보내 구원을 청했다.

　유공이 말했다.

　「석무가 포위되었으면 속히 가서 도와야 합니다. 아마 군사가 많지 않을 것이니 그에게 있어 이긴다는 일은 하늘의 별을 따는 것처럼 어려울 것입니다.」

　이때 다시 구원을 재촉하는 급사가 뒤를 이어 달려왔다. 유공이 말했다.

　「너는 이 길로 폐하의 영채로 달려가서 구원을 청하여라. 나는 상성으로 달려가서 궁지에 처한 석무를 건지리라.」

　유공이 군사를 거느리고 달려 나가기 20리에 미치지 않았는데, 제장과 군사 10만을 거느린 채 진안으로부터 빼앗은 산더미 같은 양초 수레를 몰고 오는 호연위와 만났다. 뛸 듯이 기뻐한 유공은 달려가서 그 노고를 치하하고 석무가 장춘의 보루에서 포위된 것을 알려 주었다.

　여중백(呂仲伯)이 말했다.

　「장군께서는 군사가 적은 걸 걱정하시는데 우리 전부가 가서 구한다면 큰 걱정이 없을 것입니다.」

　이 말을 들은 유함이 계책을 말했다.

　「우리는 진안이 지금 남안을 침범한다고 해서 급히 달려오는 길인데, 벌써 형세가 그처럼 되었습니다 그려. 장군은 석종(石琮)과 함께 철기 1만을 거느리고 지름길로 가서 석무를 구하고, 적해는 유공을 따라서 석무와 기각지세(掎角之勢)를 이루시오. 그 뒤를 우리가 따라가서 군사 3만으로 들이친다면 진안이라 한들 격파당하지 않을 수 없을 것입니다.」

이에 각 장수들은 계략에 따라 각기 군사를 이끌고 달려갔다. 유공과 석종이 지름길을 달려 장춘의 보루로 가자 석무는 쌍수를 들어서 환영했다. 석무는 곧 의논을 마친 다음 보루를 나와 과전(瓜田)에 진을 치고 기치창검을 정연하게 늘어세워 위세를 올렸다. 진안은 이것을 보고 송정을 불러서 말했다.

「석무는 우리가 잠깐 공격의 손을 멈추자 허약해서 그런다고 얕보고 있는 것 같다. 그래서 저처럼 보루 밖으로 나와 싸움을 도발하니 내 기필코 저 늙은 오랑캐를 생포한 후에 유공의 등을 할퀴리라.」

진안은 과전 남쪽에 대각으로 진을 치고 있었는데, 전령이 달려와서 유공의 군사가 이미 당도해 강병과 10리 떨어져서 주둔했다고 보고했다. 진안은 이 말을 듣자 군사를 뒤로 물려서 유공을 격퇴하려고 했다.

유공은 적해의 내조를 얻었으므로 겁내지 않고 대담하게 진을 친 후 진안이 달려들기를 기다렸다. 진안은 자신의 용맹을 믿고 장도와 방천화극을 꼬나 쥔 채 앞으로 달려 나왔다. 그의 칼과 화극이 불을 뿜듯 번쩍일 때마다 조군은 가을바람에 나뭇잎 흩어지듯 흩어졌고 그 여유 만만한 무술은 전무후절(前無後絶)할 정도였다.

중군에서 이것을 바라보던 호연유는 밸이 뒤틀리는 것 같았다. 쏜살처럼 말을 달려 나오며 벽력같이 소리를 질렀다.

「너, 진안 듣거라! 너는 일찍이 사마보의 하해 같은 은덕을 입고도 비위에 거슬린다 하여 주인을 배반하고, 성왕한테 몸을 의탁

했으나 벼슬을 타박했다. 때마침 우리 성상 폐하께서 낙백한 너의 재주를 아까워하시어 불러들여 원훈을 삼고 상공(上公)의 벼슬로써까지 대접했는데, 너는 또다시 무슨 생각으로 성상까지 배반했느냐」

진안이 흘끗 바라보자 호연유다. 원수를 외나무다리에서 만났으나 피할 길이 없다. 호연유를 취하고자 달려 나오면서,

「머리에 피도 안 마른 네까짓 아이는 알 바 없다. 죽은 네 아비에게나 물어봐라!」

호연유는 머리카락이 온통 곤두서고 신이 오른 듯 사지가 떨리는 것을 가눌 길이 없었다. 양손에 칼을 들고 태풍처럼 달려드니 두 장수의 말발굽에서 일어나는 흙먼지는 금세 햇빛을 가렸고, 오직 칼과 극, 칼과 칼 부딪치는 소리만이 먼 우렛소리처럼 들려왔다.

이처럼 두 맹장이 싸우기 50여 합에 이르렀으나 승부는 나지 않았다. 온통 복수의 일념으로 원귀(冤鬼)가 된 듯한 호연유의 검술은 다른 날과 달라 터럭끝만한 빈틈도 없었고, 진안 또한 본래의 무용에다 필사적인 노력을 가하니 마치 두 군신(軍神)의 싸움 같았다.

바로 이때였다. 진안의 배후에서 갑자기 지축을 흔드는 듯한 함성과 말발굽 소리가 일어났다. 진안이 흘끗 돌아보니 여중백·유함·하경·왕용 등 조군의 맹장들이 각각 1만씩의 군사를 거느리고 양쪽으로 늘어서서 짓쳐 나오는 게 아닌가!

세 갈레로부터 협공을 당하자 진안이 잠깐 정세를 판단하려 할 사이에 후군에 있던 진장 유열은 석무의 단칼을 맞고 말 아래로 굴러 떨어졌다.

진안은 당황했다. 급히 말머리를 돌려 본진으로 달려가려 해도

호연유가 끈질기게 달려드는 바람에 몸을 돌릴 수가 없었다. 그동안 진장 조의(趙義)도 적해의 장창에 찔려 죽고, 신원은 왕용과 유공에게 몰려서 진 밖으로 나오질 못하고 갖은 고초를 당하다가 난병의 칼을 맞고 죽었다.

한 손으로는 바짝바짝 달려드는 호연유의 예리한 칼날을 막고, 다른 한 손으로는 혈로를 뚫기 위해 달라붙는 조병들을 후려치던 중 곡예의 명수 진안은 점점 손에 힘이 빠지는 걸 느꼈다.

'아, 진안이 마침내 이곳에서 죽는구나!'

하고 생각하는데 첩첩이 둘러싼 조군의 포위망 중 한쪽이 허술한 게 눈에 띄었다. '바로 저기다!'라고 생각하는 순간, 진안은 그쪽을 향해 탄환처럼 돌격했다.

허세를 찔린 조장 하경과 왕용은 필사의 힘을 다한 진안의 칼과 극을 맞자 말고삐를 움켜쥐고 우군 속으로 숨어버렸다. 그 틈을 타서 진안은 번개같이 말머리를 돌려 호연유를 떼어놓은 후 번개같이 사라져버렸다.

진안의 10만 대군 중 겨우 살아남은 9천의 장병도 수령의 뒤를 따라 곧장 농성으로 치달려 갔다.

진안을 놓친 호연유는 분하기 짝이 없었다.

「이 인면수(人面獸) 같은 놈아!」

고래고래 소리를 지르면서 추격했으나 얼마 안 가서 그마저 놓쳐버리자 투구를 땅바닥에 벗어 던지고 대성통곡을 했다.

진안이 도망친 걸로 싸움이 약간 뜸해지자 유공은 본부의 병력을 이끌고 돌아가서 남안을 지키고, 석종과 적해는 가서 남은 양초를 지키고, 기타 유공·왕용·하경·유함·호연유 등 제장은 석무와 같이 방금 진안이 도망친 농성을 공격하기로 했다.

유공이 사람을 황제의 진중으로 보내어 승리를 알리자 유요는 탑 아래로 내려와서 보고를 받으며 기뻐했다. 그리고 황제 스스로 평선에게 가서 출발을 명령하고, 자신도 강비·관심 등 제장을 이끌고 농성을 향해 말을 재촉했다.

한편, 진안은 유요가 스스로 대군을 통솔하고 쳐들어온다는 말을 듣자 삼군을 모아놓고 일장 훈시를 했다.

「바야흐로 조제(趙帝)가 직접 대군을 휘몰고 쳐들어온다고 한다. 그들이 쳐들어오면 이 성을 포위하고 우리를 곤경에 몰아넣으려 할 것인 즉, 이 성도 오래 지키고 있을 수만은 없을 것 같다. 그러므로 내일 과인은 스스로 성문을 열고 나가서 조제와 *건곤일척(乾坤一擲)의 결전을 행하려 하니, 그대들은 각기 힘을 다해 싸워 큰 공을 세우라. 요행히도 적을 물리치게 된다면 더불어 부귀를 누리도록 하자!」

5. 건곤일척의 싸움

이튿날, 진안은 아침 일찍부터 군사를 이끌고 성 밖으로 나와 북쪽 평원에 진을 쳤다. 유공도 이것을 보고 그쪽으로 가서 영채를 치려했는데, 멀리 지평선에 수많은 깃발이 펄럭거리며 포성이 은은히 울려왔다. 바라보니 황제가 친히 대군을 이끌고 평선을 선봉으로 삼아 달려오는 것이었다.

유공은 급히 달려가서 맞으며 마상례(馬上禮)를 드리고 전세를 보고했다.

황제가 분부했다.

「삼군은 빨리 아침을 들고 나서 모이도록 조처하라. 오늘은 짐도 나가서 제장과 함께 싸우리라.」

얼마 후, 황제는 북소리가 세 번 울리자 진문을 열어 쌍봉기(雙鳳旗)를 앞세우고 나가서 진안을 불렀다.

「짐은 경을 농우공에 봉하였는데, 그 벼슬은 낮지가 않았다. 또 식읍(食邑)으로 진롱(秦隴)과 상규 땅을 내렸는데 그 땅 역시 좁지 않았다. 그런데도 그대는 무엇 때문에 모반을 꾸며서 짐이 신임하는 신하 두 사람을 죽였는가? 그러나 짐은 옛날에 광무제(光武帝)가 두융(竇融)을 용서했듯 경에게 다시 한번 속죄의 기회를 주려고 한다. 속히 말에서 내려 명을 시행하라. 끝까지 거역한다면 삼족을 멸하리라!」

그러나 진안은 이 같은 황제의 관대한 처분에도 응하지 않았다. 그리고 자기의 무용만을 자신하고 건방지게 대답을 했다.

「너는 임금으로서 혼용하고 무도했으며, 어진 자와 어리석은 자를 판별할 줄 몰랐다. 그래서 크게 수고한 나의 공로를 잊어버리고 오랑캐에게 아첨하여 후한 상을 내렸다. 내 마땅히 장안(長安)을 다시 쳐부순 후에 너를 잡아 죽여서 이 불만스런 마음을 달래리라.」

말을 마친 진안은 단박에 중군을 무찌르고 달려들어 유요를 생포하려 했다. 이것을 본 조군 선봉장 평선이 말을 몰고 나가서 진안의 앞을 막아섰다. 진안이 고개를 들어 평선의 생김새를 보니, 얼굴은 남빛 물감을 들인 것처럼 검푸르고, 수염은 붉은 말의 갈기 같았으며, 눈은 종발 같고, 어깨와 팔의 근육은 융융하기가 굵게 꼰 새끼줄 같았다. 손에는 철모(鐵矛)를 들고, 허리에는 무쇠로 만든 칼을 꽂고, 몸에는 유죽(油竹) 갑옷을 입었다.

진안이 큰 소리로 꾸짖었다.

「너는 어떤 놈이기에 감히 내 앞을 막아서느냐! 상대가 안되니 가서 유요를 나오라고 해라.」

평선이 허연 이를 드러내어 씹어뱉듯 욕을 퍼부었다.

「에이, 이 역적 놈의 새끼가 함부로 주상의 성함을 지껄이는구내! 내 비위를 상하게 하지 말고, 어서 말에서 내려 내 철모를 더럽히지 않도록 하라.」

진안은 어디서 굴러온 줄도 모르는 무명지장에게 이와 같은 모욕을 당하니 참을 수가 없었다. 대번에 평선을 향해 달려들었다. 두 영웅은 가진 바 무용을 다해서 싸우는 듯, 그 시시각각으로 변하는 칼 쓰는 법, 창 쓰는 법 등은 가히 일대의 모범이리라 싶었다.

이처럼 말을 달려서 싸우기 3백여 합, 그야말로 *백중지세(伯仲之勢)로 아침부터 싸운 것이 오정 때가 되어도 지칠 줄을 몰랐다. 양쪽의 병사들은 이 당대의 화려한 결투를 보느라고 싸움할 것도 잊고 손에 땀을 쥔 채 관전에만 열중했다. 모든 사람의 입에서는 이것이야말로 그 옛날 마초(馬超)가 허저(許褚)를 만나고, 마무(馬武)가 잠팽(岑彭)을 만나 싸우는 것과 같다는 탄성이 울려나왔다.

진안은 평선을 맞아 그토록 싸웠으나 도저히 무술만으로는 이기지 못할 것을 알자 꾀를 냈다. 그래서 오른손에 든 칼을 평선의 머리 위에서 일부러 크게 헛치고 왼손에 든 방천화극으로 냅다 가슴을 찌르려고 했다. 그러나 평선은 왼손에 든 철모로 재빨리 진안의 칼을 막고, 오른손으로는 들어오는 방천화극의 채를 움켜쥐었다.

진안은 평선에게 잡힌 극의 채를 다시 뽑아서 찌르려고 했다. 그러나 평선의 손아귀에 들어간 극은 꼼짝도 하지 않았다. 얼마 동안 두 장수는 비지땀을 흘리면서 이 극을 서로 빼앗고자 했다. 기실 이 극을 뺏느냐 뺏기느냐에 따라서 두 사람의 승패와 생사가 달려 있는 것이다. 누구든지 먼저 뺏어들고 치는 자가 승리를 하게 마련이다.

그러나 얼마를 승강이하자 방천화극의 채는 중간이 휘는 듯싶더니 딱 소리를 내고 부러져버렸다. 진안은 화극의 끝을 평선에게 빼앗기고 채만 손에 남자 전의를 상실했다. 그대로 말을 돌려 진(陣)으로 돌아가니, 그 뒤를 황제 유요가 이끈 중군이 함성을 지르며 추격했다.

때마침 진안의 부장 신도(辛滔)가 맨 나중에 도망치는 군사를 독촉하면서 달려갔으나 어느 틈에 뒤쫓아온 평선의 철모에 목 밑을 찔려서 뒤로 나가떨어졌다.

다시 성으로 쫓겨 들어간 진안은 조군을 두려워하여 나오지 않았으나 보름이 지나도 유요는 포위를 풀지 않고 있었다. 진안은 근심이 된 나머지 조모 등을 불러들여 의논했다.

「조병이 득세했으니 우리가 아무리 농성한들 쉽게 물러가지는 않을 것이다. 그러다가 성중에 양식이라도 떨어진다면 싸우기가 더욱 힘이 들 것이다.」

제장들이 수군거린 뒤에 진안에게 물었다.

「대왕께서는 그럼 어쩌실 셈입니까?」

한참 동안 생각에 잠겨 있던 진안은 결심한 듯 머리를 들고 말했다.

「과인은 내일 다시 한번 성 문을 열고 나가서 건곤일척의 싸움을 하려고 한다. 만약 일이 잘 되어서 적장의 목을 베어 퇴각시킨다면 다행한 일, 그러나 일이 여의치 않을 때는 그 길로 평양·상규·진주 등의 고을로 달려가 병마를 모아온 후에 재차 싸워서 이 원한을 갚고자 한다.」

제장들은 진안이 심사숙고 끝에 하는 말이라 거역하지 않고 고개를 끄덕였다.

다음날 아침, 진안이 또다시 성문을 열고 짓쳐 나가니, 황제 유요는 평선·강비·관심 등에게 명하여 세 겹으로 진을 치고 그 중간에 서서 진안에게 말을 걸었다. 그러나 성급한 진안은 대오도 아직 정돈되기 전에 쌍극(雙戟)을 앞으로 내밀고 조군 속으로 돌격했다. 그 기세가 하도 흉맹스러웠으므로 유요는 얼른 몸을 피하고 평선을 진두에 대신 내세웠다.

강비는 이것을 보자 얼른 달려 나와서 진안과 맞붙었으나, 진안은 강비의 무예가 출중한 것을 알고 있으므로 그를 피한 다음, 중군 가운데 펄럭이는 황개(黃蓋)를 바라보면서 혈안이 되어 유요만을 찾았다.

평선은 이것을 보자 철모를 가로들고 욕을 퍼부었다.

「간적 진안아! 네 어이 주상을 배반하고, 들짐승을 쫓는 포수의 눈깔을 해가지고 이처럼 날뛰느냐. 선봉 평선이 이곳에 있으니 싸울 테냐!」

진안은 아무 말 없이 달려들었으나 양인이 싸우기 1백여 합에 이르렀어도 승부가 나지 않았다. 이때 관심이 넋을 잃고 싸움 구경만 하고 있는 제장들을 꾸짖는 소리가 들려왔다.

「그대들은 피 끓는 젊은 장수들인데 왜 나가서 진안을 생포하여 공을 세우지 않고 싸움 구경만 하고 있는가! 노부가 대신 나가 싸워야 하겠는가?」

이 말을 듣고 호연유와 여중백이 칼을 크게 휘두르며 진안을 향해 달려들었다. 또한 진안의 진중에서도 강충아·양백우·진기(陳奇) 등이 달려 나왔으나 그들은 모두 유공과 석무, 그리고 강장(羌將) 석천금(石千金) 등에게 저지되었다.

진안은 조군의 맹장들이 앞을 다투어서 달려드는 것을 보자 도저히 대적할 수 없음을 알고, 무슨 수를 써서라도 강충아·양백우와 합세하여 진을 버리고 도망을 치려는데, 겨우 서로 가깝게 다

가선 순간, 진기는 강장 석천금의 칼에 두 동강이 나서 대번에 말 아래로 굴러 떨어졌다.

이리하여 패장 진안은 다시 성으로 뛰어 들어가서 굳게 성을 지키고 나오지 않았다.

10여 일이 지났다. 성중에는 마침내 양식이 떨어지려 했다. 조군의 선봉 평선은 날마다 성 밑까지 달려와서 갖은 욕설을 퍼붓고 싸움을 걸었으나 의욕을 상실한 진안은 꼼짝도 하지 않았다. 진안은 마침내 양백우와 강충아를 불러서 의논했다.

「지금 성중에는 양식이 떨어져서 군사와 백성이 모두 굶주리고 있소. 이래 가지고는 도저히 버티어 나갈 수가 없으므로 과인은 혼자서 약간의 군사를 거느리고 상규와 진주 땅을 다녀올까 하오. 그곳에는 장선·진집(陳集)·조한(趙罕) 등이 많은 군사를 거느리고 있으니 그들과 합세하여 달려와서 싸우면 포위를 풀 수 있을 것이오. 그러니 경들은 굳게 이 성을 지켜주시오.」

두 장수가 응낙하자, 진안은 한밤중이 되기를 기다려서 정병 7천을 거느리고 동문 밖으로 밀고 나갔다. 동문 밖에 잠복해서 포위하고 있던 조군들은 적을 막고자 했으나 워낙 필사적으로 뚫고 나가는 바람에 막지를 못하여 황제께 보고했다. 곁에 시립해 있던 관심과 강비가 벌떡 일어나면서 아뢰었다.

「이 도적을 도망가도록 내버려두면 나중에는 수만의 군으로 친대도 평정하기가 어렵습니다. 신속히 추격하여 격파하셔야 하옵니다.」

유요는 그 말에 고개를 끄덕이고 평선·강비·여중백에게 영을 내려 3로로 나누어 상규·진롱 쪽으로 달려가게 한 후, 석무에게는 강병을 이끌고 달려가서 강호(羌胡)와 서평(西平)의 요로를 나는 듯이 달려가서 지키도록 했다.

모든 장수들이 영을 받고 달려갔는데, 이틀을 밤낮 없이 달린 후 호연유와 여중백은 도망치는 진안을 발견했다. 진안도 호연유 등이 달려오는 것을 보자 곧 몸을 돌려서 일방 싸우며 도망치며 하니, 그 결사적인 분전 앞에 두 맹장도 어쩔 수가 없었다.

다음날 지름길로 달려 나온 평선이 이것을 보고 진안의 영채를 습격, 완강하게 저항하는 진안의 결사대를 쳐부수니 7천 명의 진안군은 전사자가 반수 이상에 달했다.

이렇게 되자 진안은 상규로 가던 걸음을 멈추고 근처에 있는 협성(陝城)으로 도망쳐버렸다.

5. 진안, 마침내 죽다

황제 유요는 진안이 협성으로 도망쳐 들어갔다는 보고를 받자 곧 석종·적해·유함 등의 장수를 앞세우고 나가서 협성을 포위했다. 성중의 백성들은 이것을 보자 깜짝 놀랐다. 금세 모여서 저희들끼리 의논을 한 후, 그 우두머리 되는 자가 성루에 올라가서 외쳤다.

「진왕(陳王)의 은혜는 무겁고, 조제(趙帝)의 덕은 가볍다. 우리 마땅히 죽음으로써 성을 지키고 구원병이 오기를 기다려 적을 무찌르자!」

이 말을 들은 백성들은 일제히 찬동을 표시하는 환호성을 질렀다. 병사를 통해 보고를 받은 유요가 탄식했다.

「진안이란 놈은 법을 늦추고 은혜를 베풂으로써 민심을 낚아 놓았구나!」

아닌 게 아니라, 진안은 희대(稀代)의 반골로서 주인을 배반하고 적을 돕기를 밥 먹듯 했으나, 백성에게는 인자함으로써 대하고, 군사들 간에는 신의를 잃지 않았다. 그러므로 그가 오늘과 같은 일패

도지(一敗塗地)의 궁색한 지경에 몰려서도, 그래도 민심은 그를 떠나지 않았고 군사들은 죽기를 맹세하며 뒤따르는 것이었다. 그래서 황제 자신도 곧 백성을 타이르는 방을 써서 내걸어 백성들의 민심을 돌리고자 시도했다.

　—이번 싸움으로 인한 모든 피해자는 앞으로 1년 동안 요역(徭役)을 면제한다. 반역자라도 죄를 뉘우치고 항복하면 용서하고 벌을 주지 않는다. 단, 진안·진집·조모·강충아 4명만은 이 중에 끼지 못한다. 여타의 백성들은 놀라지 말고 오직 생업에 종사할지어다.

성내의 백성들은 이 사죄의 방을 보자 모두 머리와 귀를 맞대고 수군거리기 시작했다. 이를 안 진안은 갖은 수단을 다 써서 말리려고 했으나 듣지를 않았다. 진안은 자기가 거느린 군사가 적으므로 잘못하다가는 백성들이 변란을 일으키지 않을까 두려워서 은근히 조모를 불러 의논했다.

「협성은 너무나도 좁고, 백성들 또한 유요의 군세를 두려워해서 동요하니 틀림없이 변란을 일으킬 것 같소. 그렇다면 막기가 어려울 것이오. 그러므로 우선 포위를 뚫고 서주(西州)로 달려가서 인마를 모아 싸울 준비를 다시 하도록 합시다.」

이리하여 조모가 선봉이 되어 성문 밖으로 일제히 밀치고 나갔으나 금세 석종과 적해의 군사에 의해 앞길이 가로막혔다. 진안 역시 소수의 병력을 이끌고 북쪽 길을 바라보며 달려갔으나 얼마 가지 않아서 평선의 추격을 당해 접전하지 않으면 안될 지경에 다다랐다.

두 장수는 여기서도 용호상박하는 열전을 보였다. 평선보다 한 발 앞서 달려가 길목을 막고 있던 여중백은 평선과 진안의 싸움이 점점 고조되어 가는 것을 보다가 진안의 등을 노리고 화살을 쏘았다. 왼 손등 한가운데 화살을 맞은 진안이 당황해서 그것을 빼버리려는데, 평선이 진안의 왼손에 든 방천화극을 후려쳤다. 진안은 그만 화살 맞은 아픔 때문에 무기를 놓쳐버렸다.

진안은 항상 양손에 극을 들고 싸웠는데, 하나를 잃고 한쪽만을 가지고 싸우려니 균형을 잃어서 솜씨가 어설퍼졌다. 싸우기 3, 4합에 이르자 대적하지 못하겠음을 안 진안은 평선의 진을 뚫고 냅다 달려 나갔다. 조모도 그것을 보자 같이 뛰었고, 진안이 이끌고 온 4천 명의 군사는 고스란히 적의 수중에 빠져버렸다.

필마단기(匹馬單騎)로 포위를 뚫기에 성공한 진안이 그 길로 북쪽을 향해서 달리려는데, 여중백이 수하의 군사를 거느리고 맹렬히 추격해 왔다.

때는 이미 해도 저물어 사방이 어둑해 오는데, 날조차 흐려서 놓칠까 두려워한 여중백은 급히 화살을 뽑아 도망치는 진안의 말 엉덩이를 쏘았다. 겨냥도 바르게 사타구니를 뚫고 배에까지 살이 들어간 말은 한번 껑충 뛰더니 모로 쓰러져버렸다. 다급해진 진안은 말을 버리고 개울을 건너서 산 속으로 도망쳐버렸다.

멀리서 이것을 지켜보던 조병들은 진안이 개울을 건너는 것을 보고 급히 그 뒤를 쫓았는데 이들이 개울 가까이 당도했을 때였다. 갑자기 일진의 바람이 불어 구름을 몰고 오더니 순식간에 억수 같은 소나기가 퍼부었다.

뒤를 쫓던 여중백은 이것을 보자 급히 부하들에게 기슭을 떠나 비를 피하라고 이른 후, 삽시간에 물이 불어나서 대하를 이룬 탁류를 바라보며 탄식했다.

「아마 하늘이 이 도적을 돕나 보구나! 그렇지 않고서야 이처럼 비가 쏟아질 수 있을까. 아깝게 놓쳤어!」

　옆에서 호연유가 거들었다.

　「그놈이 타고 온 말이 여기 자빠져 있으니 멀리는 도망치지 못했을 것입니다. 내일 뒤를 쫓아도 늦지는 않겠지요.」

　한편 진안은, 비가 억수같이 퍼붓고 하늘마저 캄캄해서 더 나아가기가 어렵게 되자, 개울 옆 벼랑 밑에 몸을 피했다.

　그런 지 서너 시간 지났을까? 갑자기 비가 멎고 하늘이 개였다. 온몸이 후줄근하게 젖은 진안이 도보로 한 20리쯤 달려가니 울창한 숲이 하나 보였다. 진안은 그 숲속으로 달려 들어가서 깊이 몸을 숨겼다.

　얼마가 지났을까? 깊은 풀덤불 속에 몸을 파묻고 솜처럼 풀어진 몸을 눕히고 있던 진안은 갑자기 가까운 곳에서 말소리가 들려오는 것을 들었다. 몸을 숨긴 풀덤불에서 고개만 조금 쳐들고 보니 산 밑까지 당도한 조병들이 이쪽 산중을 바라보면서 웅성거리고 있었다. 기겁을 한 진안은 얼른 고개를 도로 풀덤불 속에 파묻고 귀만 기울인 채로 있었다.

　이때 조병을 거느리고 산 밑까지 온 장수는 호연유의 동생 호연청(胡延淸)이었다. 그는 진안을 놓친 것이 분해서 비가 멎자 곧 헤엄을 쳐 개울을 건너고, 사방을 헤맨 끝에 진안이 비 그치기를 기다리던 벼랑을 발견했던 것이다. 그 뒤부터 줄곧 진흙길에 남겨진 진안의 발자국을 따라 이곳까지 왔다.

　호연청은 진안의 발자국이 산 밑까지 와서 뚝 끊어진 것을 보고 틀림없이 이 숲 속에 진안이 숨어 있다고 단정을 내렸다. 그래서 곧 따라온 5백 명의 병사에게 명하여 산을 포위하게 하고 자기는 친히 부총(副總) 이하 20여 명의 장사만을 거느린 채 숲을 헤치며 들어갔다.

　호연청이 진안이 숨어 있는 풀숲 뒤 벼랑에 이르자, 숨어 있던 진안은 그 인원이 적은 것을 보고 자기가 있는 데로 꾀어 들여 극(戟)으로 찔러 죽인 후 호연청이 타고 온 말을 탈취해서 달아나려고 생각했다.

진안이 생각을 마친 후 극을 휘두르며 풀숲을 뛰쳐나가자 20여 명의 장사는 일제히 칼을 날리며 달려들었다. 또 산 밑에 있던 병사들도 산 중턱에서 다투는 소리가 나자 고함을 지르며 뛰어올라 왔다.

사방으로부터 창과 칼이 들어오자 진안은 순간 매우 후회했다. 그러나 용기를 내어 극을 휘둘러 몇 놈을 찔러 죽였다. 그러나 항상 쌍극을 즐겨 쓰던 손이니 한쪽만 가지고는 어설펐다. 찌르긴 찔러놓고도 앞으로 뚫고 나가지를 못해 쩔쩔매는데, 순간 호연청의 창에 어깨를 찔리고 말았다.

화가 난 진안이 극을 팽개쳐버리고 비수를 뽑아들고 머리를 숙인 채 칼을 날리며 포위를 뚫고자 했으나 군사들에게 팔뚝을 찔렸을 뿐 더 나아가지를 못했다.

아무래도 생포가 어려울 것같이 생각된 호연청은 진안이 병사들과 저돌전(猪突戰)을 하고 있는 사이를 노려서 진안의 배를 창으로 찔렀다. 그러나 창이 빗나가는 바람에 무릎을 찔린 진안은 일으키던 몸을 앞으로 구부리며 고꾸라졌다.

군사들을 시켜 고꾸라진 진안을 꽁꽁 묶어서 마상에 실은 호연청은 곧 북소리를 울려 흩어진 군사들을 모으고 일제히 협성의 본영을 향해 달려갔다.

황제 유요는 포승에 묶여 들어오는 진안을 보자 크게 웃으며 말했다.

「그대는 농우공 자리가 부족하다 해서 짐을 반했다. 그 꼴이 된 지금, 그대는 어떤 관직을 얻고 싶은가? 어디 한 번 스스로 말해 보게나.」

진안은 고개를 숙인 채 아무 대답도 하지 않았다. 황제는 그래도 진안의 용맹을 아끼고 싶어서 제장들에게 진안의 포승을 풀어 주어 동관(潼關)을 지키게 하자고 제의했다. 그러나 호연유와 호연청 형제는 아버지의 원수이기 때문에 앞으로 나서서 반대 의견을 아뢰었다.

「진안은 인면수심의 인간이옵니다. 폐하께서 그를 너그럽게 용서하신다 해도 이익만 눈에 띄면 반드시 의를 잃고 배반할 것이옵니다. 그러므로 그에게 동관을 지키게 하는 것은, 마치 범을 길러서 호위를 삼는 것과 같나이다.」

다른 제장도 묵묵부답으로 호연유 형제의 의견에 찬의를 표했기 때문에 황제는 결국 그 목을 쳐 죽이니, 일대의 반역아도 전설 속의 인물이 되었다.

황제는 곧 그 목을 들고 가서 진안의 잔당에게 항복을 권하니, 양백우는 강충아를 죽이고 농성에서 투항해오고, 송정은 진집을 죽인 후 상규를 조나라에 바쳤다.

한편 조모는 서주로 달려가서 군사를 일으키고, 재빨리 섬성에 이르러 진안과 접응하려 했다.

강수(羌帥) 등이 권했다.

「성안의 정세를 잘 살피고 나서 구원하도록 하십시오. 그렇게 하지 않으면 실패하기 십상입니다.」

조모가 그 말에 따라 출정을 연기하고 있는데 조한(趙罕)이 필마로 달려와서 외쳤다.

「유요는 이미 진왕(陳王)을 죽이고 그 목을 가지고 와서 항복을 권한다고 합니다. 방에 이르기를, 진·조·강 세 집안 사람은 용서하지 않는다 해서 도망쳐오는 길입니다.」

조모가 깊이 탄식하면서 내뱉었다.

「그렇다면 별수가 없구나! 이 오랑캐 무리라도 몰고 가서 자립하는 수밖에 없다.」

그러나 두 패장의 속셈을 눈치 챈 강수는 그날 밤 몰래 조모와 조한을 찔러 죽이고 그 목을 잘라 유요에게 바치며 조병이 침입해 들어오지 말기를 원했다. 기뻐한 황제는 곧 각 군으로 사람을 파견하여 안무하고, 약속과는 달리 부역한 자 3천 7백여 명을 잡아 죽인 후에 장안으로 개선했다.

이로부터 농중(隴中) 사람들은 유요의 잔인한 처사를 두려워한 나머지 모두 진장 요익중 막하로 달려가서 귀순을 고했다. 요익중이 이 일을 원제에게 고하자, 원제는 칙서를 하사하고, 요익중을 진서(鎭西)장군 평양공(平襄公)에 봉했으며, 조군의 보복을 두려워한 백성들은 나날이 그 문전으로 기어들어갔다.

제10장. 흔들리는 지축

1. 왕도의 대죄(待罪)

그 당시 진(晋)나라의 정세는 어떠했는가? 무창(武昌)을 지키던 대장군 왕돈이 역란을 일으키자, 초왕 사마승은 왕돈이 군사를 이끌고 무호(蕪湖)로 나가 있는 틈을 타서 왕돈의 본거지인 무창을 치고자 했다.

왕함(王含)이 이 급보를 왕돈에게 고하자, 왕돈은 위의에게 군사 5만을 내주며 상주 즉 사마승이 다스리는 장사를 치게 해서 후환을 없애고자 생각했다.

그때 상주는 거듭되는 적의 침략으로 성지는 모두 파괴되고 비축된 양식과 군사 또한 얼마 되지 않았기 때문에 부서(簿書) 벼슬에 있던 환웅(桓雄)·한계(韓階)·무연(武筵) 등은 함께 초왕 앞에 나가 아뢰었다.

「지금 장사의 성곽은 튼튼하지 못하고 병사들의 무장 또한 완전하지 못하며, 양식은 떨어지고 민심은 두려움에 떨고 있습니다. 무엇으로써 적을 막으려 하십니까? 차라리 후퇴하여 험난한 지세를 이용하여 영계(零桂)를 굳게 지키고, 우군인 감탁·도간과 연락을 취하여 무창을 공격하도록 하시면 위의는 필연코 무창을 구하기 위해 물러갈 것입니다. 이때 우리가 퇴각하는 적의 배후를 친다면 승리를 할 수도 있을 것입니다. 청컨대 백성과 군사의 목숨을 아끼시옵소서.」

한참 만에 사마승이 침통한 어조로 대답했다.

「지난날, 내가 폐하의 소명을 받고 이곳에 부임했을 때, 나는 목숨을 돌보지 않고 이곳을 지켜서 군명(君命)에 순(殉)하려 했다. 지금 적이 성문 밖에 당도한 것을 보고 내가 도망을 친다면 내가 어찌 남에게 충의를 권할 수 있겠는가. 일의 성패와 사람의 생사는 모두 운수에 달려 있다. 내가 만약 죽게 된다면 내 일편단심을 오직 후세 사람들에게 알릴뿐이다.」

그러므로 여러 사람의 계략을 듣지 않고 굳게 지키기만 했다. 위의는 군사로 성을 포위하고 공격하기 시작했다. 사마승이 우망(虞望)에게 군사를 거느리고 나가서 싸워 적이 더 창궐하지 못하도록 하라고 명을 내리니, 우망이 아뢰었다.

「전하, 조급히 구시면 안됩니다. 지금 성내의 허약한 군사를 가지고 싸움에 익숙한 위의의 정예 군사를 맞아 싸운다는 것은 *당랑지부(螳螂之斧)의 무모함일 뿐입니다. 그러므로 제 형 우이(虞悝)가 밖에서 군사를 모집하고 있고 성중이 위급하다면 밤중에라도 달려올 것이니, 그때 앞뒤로 협공하면 이길 수가 있을 것입니다.」

그러나 사마승은 이미 결심이 선 듯 우망에게 얼른 나가서 싸우라고만 재촉했다. 우망은 압력을 받으면서도 끝까지 응낙하지 않았다. 이때 감탁의 사자가 편지를 가지고 입성했다. 왕돈의 군사가 장사를 범했다는 말을 듣고 우선 초왕을 안심시키기 위해 보낸 것이다.

<소장이 듣자오니, 역적 왕돈의 군사가 전하의 영지를 침범

했다고 하옵니다. 어리석은 제 생각으로는 얼마 동안만이라도 적을 맞아서 싸우지 마시고 오직 성만 지킴이 좋으리라 봅니다. 수일이 지나면 소장의 군사가 왕돈의 뒤를 치리니, 그리 되면 상주의 포위는 자연 풀리게 될 것이옵니다.>

그러나 사마승은 감탁의 구원만을 기다릴 수 없을 만큼 심정이 절박해 있었다. 그래서 곧 사자를 들어오라 해서 회답을 써 보냈다. 감탁이 펴보았더니,

<그대가 만약 전격적으로 진군해온다면 모르되, 만약 시각을 지체하여 와서 상응(相應)하지 못하게 된다면, 과인을 닭장 속에 갇힌 닭처럼 만드는 것이 되니 알아서 하오>

라고 씌어 있었다. 그러나 감탁의 원군은 사마승의 절박한 편지에도 불구하고 금세 달려오지 않았다.

마음이 조급해진 사마승은 다시 우망을 붙들고 하소연했다.

「일전에 감탁이 편지를 보내 구원하겠다고 했으나 10여 일이 지나도 소식이 없소. 이렇게 구원만 기다리다가는 백성들의 마음이 변할까 두렵소. 그러므로 그대가 나가서 싸우지 않는다면 온 성중이 전부 살 길을 잃을 것이오.」

우망이 조용히 아뢰었다.

「전하의 큰 덕을 생각할 때, 제 한 목숨이 아까워서 못 나가는 것이 아닙니다. 지금 위의의 군사는 그 사기가 매우 왕성하여 싸워서 이기기는 어려우니 헛되이 죽음을 재촉해서는 아무 이익이 없을 것입니다. 도리어 그처럼 감정만 앞세워 행동한다면 성이 함락될 우려가 있습니다.」

사마승은 그 말을 듣자 벌컥 성을 냈다.

「그대가 그처럼 적을 두려워한다면 성중의 백성들은 멀지 않아 모두 굶어죽을 것이오!」

우망은 초왕의 괴로운 재촉을 받자 결국 군사를 이끌고 성 밖으로 나가 진을 쳤다. 위의는 며칠 동안 싸움을 기다리다가 우망이 겨우 수천 명의 약졸을 거느리고 나오는 것을 보자 대번에 함성을 지르며 달려들었다. 그러나 원래 우망이 거느린 성중 병사는 모두 경험 없는 신병이었기 때문에 왕돈 군의 군세가 웅성한 걸 보자 모두 겁에 질려버렸다.

우망은 위축된 사기를 북돋우며 좌충우돌 힘껏 싸웠으나 마침내 사면을 둘러싼 수많은 적에 의해 죽음을 당하고 말았다. 초반전에서 이긴 왕돈 군은 위의의 지휘를 받아가며 와락 성문으로 달려들었다.

바로 이때였다. 갑자기 5천의 정병과 용사 초정(焦斑)이 왕돈 군의 뒤를 강타했다. 성 밖에서 군사를 모집하고 있던 우이가 싸움이 벌어졌다는 소식을 듣고 급히 달려온 것이다.

용사 초정은 손에 50근 무게의 대추(大鎚)를 들고 좌우상하로 휘두르며 난타하니 이 큰 쇠망치에 맞아죽는 왕돈의 군사는 부지기수였다. 위의는 후군이 무너진다는 소리를 듣자 황급히 뒤돌아섰으나 자기 편 군마 때문에 길이 막혔으므로 도저히 뚫고 나갈 수가 없었다.

이것을 보자 초정이 더욱 신바람이 나서 쇠망치를 휘둘러대는 바람에 그의 몸은 삽시간에 적병의 피로 붉게 물들었다. 위의는 가까스로 장애물을 헤치고 초정을 맞아서 싸우니 초정은 말을 버리고 땅 위로 뛰어내려서 위의의 앞길을 막았다.

이것을 본 사마승도 환웅·한계·무연 등 성중의 남은 군사를 이끌고 달려 나오니 우이도 우망이 거느리고 나온 군사를 수습하

여 그 뒤에 가 섰다.

위의는 궁지에 몰리게 되자 냅다 말에 채찍을 가하여 성문 밖으로 뛰어갔다. 그 동안 성문 밖으로 나가지 못한 자들은 모두 죽음을 당했고, 초정이 추격하기 20여 리에 이르는 바람에 위의의 군사는 과반수가 죽거나 상처를 입었다.

사마승은 싸움이 일단락되자 친히 성 밖으로 나가서 우이를 영접한 후 그 손을 잡고 말했다.

「그대의 구원이 없었던들 우리는 대부분 포로의 몸이 되었을 것이오. 영제(令弟)는 적과 싸우다 전사하였소. 과인의 잘못으로 불과 한두 시간 차이로 죽게 되었으니 진심으로 애통하기 이를 데 없소. 과인의 잘못이오.」

한탄해 마지않던 사마승은 곧 우망의 시체를 찾아내어 손수 제사지내 주고 잔치를 베풀어 우이를 대접했다.

이때 유외와 대연 등은 원제의 조서를 받고 서울로 돌아갔다. 황제는 그 소식을 듣자 많은 관원을 보내어 유외를 영접하게 했다. 유외는 조정으로 들어가자 원제를 배알하고 아뢰었다.

「지금, 왕돈은 반역했지만 그의 자제들은 대부분이 조정에서 벼슬을 살고 있나이다. 폐하께서 만약 이를 먼저 치죄(治罪)하시지 않는다면 역적의 군사가 이르렀을 때 내응하지나 않을까 두렵사옵니다.」

상주를 듣고 난 원제는 약간 불쾌한 안색을 짓긴 하였으나 침착하게 대답했다.

「왕도는 곧고 충성되며 국가에 큰 공을 세웠소. 만약 왕씨를 전부 주살해야 한다면 왕도를 그 우두머리로 해야 할 것이 아닌가. 이 일을 허락해야 할는지는 짐도 재삼 생각해봐야겠소.」

유외와 조협은 일개 문사로 장수로서의 재주가 없으니 원제가 자기들의 상주를 윤허하지 않자 마음속으로 크게 놀랐다. 그리고 도리어 해나 미치지 않을까 해서 내심 두려워했다.

한편 왕도는 유외·조협 두 사람이 자기네 왕씨들을 의심한다는 말을 듣자, 곧 종족의 자제와 조카들 20여 명을 이끌고 매일 대궐문 앞에 꿇어앉아 대죄(待罪)했다. 복야 벼슬에 있는 주의(周顗)는 이것을 보자 즉시 입궐해서 원제를 알현했다.

「사공 왕도는, 왕돈의 역모를 듣자 지금 자제 20여 명을 거느리고 금궐(禁闕) 밖에 엎드려 대죄하고 있사옵니다. 신의 생각에 의하면 왕도는 진실로 왕실에 충량한 신하로서 그에게는 절대로 반의가 없는 것으로 아나이다. 만약 왕도에게 다른 뜻이 있으면, 왕돈이 반역한 지금 어째서 도망치거나 하지 않고 조정에 그대로 머물러 있겠사옵니까. 폐하께서는 이 점과 왕돈의 옛 공로를 생각하시어 그의 죄를 용서하시고 다음에는 또다시 의논하는 일이 없도록 하여주시옵소서.」

원제는 주의를 탑전에 불러 말했다.

「짐 역시 왕도에게 결코 이심(異心)이 없음을 알고 있소. 조정의 신하 중에는 기실 짐에게 왕씨를 주살하여 내환(內患)을 막으라는 이가 있긴 하지만, 짐인들 어찌 죄 없는 자에게 벌을 가할 수가 있겠소. 경들은 이 점을 알아주시오.」

주의는 원제의 공정한 처사를 찬양했다. 이때부터 황제는 주의를 불러들여 의논하는 일이 많아졌는데, 그때마다 황제는 주의에게 술을 권했으며, 주의는 약간 취해서 어전을 물러나왔다.

하루는 왕도가 궐문 밖에서 기다리다가 주의를 돌아보고 말을 걸었다.

「백인경(伯仁卿), 나는 여러 번씩이나 그대를 불렀건만 왜 대답이 없소.」

그러나 주의는 취한 척하며 일부러 돌아보지 않고 좌우의 사람을 향해 횡설수설했다.

「금년에는 역적 놈들을 죽여서 금인(金印)을 한 말 가량 빼앗은 후에 그 공으로 제후의 자리를 딸까보다.」

왕도는 자신이 무릎까지 꿇었는데도 주의가 돌아보지도 않고 대답도 안 해주는 것을 보고 마음속으로 매우 원망했다. 주의는 그 길로 집에 돌아가자 또다시 황제에게 글로써 상주했다. 그 내용은 왕도에게 공은 있으나 죄 없음을 분명히 하고, 되풀이해서 상세하고 간절하게 변명하는 것이었으나 이 사실을 왕도는 알지 못했다.

원제는 주의의 상주문을 보면서 하룻밤을 꼬박 생각한 후 그 상소문을 봉함해서 넣어두었다.

다음날 아침, 마침내 원제는 조서를 내려서 경중(京中)에 있는 왕씨 일족을 모두 방면하여 본직으로 돌아가게 하고, 조복(朝服)을 입고 입궐하여 황제께 인사를 드리도록 명령했다. 왕도가 전(殿)에 올라서 머리를 조아리고 아뢰었다.

「난신적자가 신의 일족 중에서 생겨났으니 마땅히 진멸(殄滅)을 당해야 옳을 줄 아오나, 성상 폐하께서 신 등을 오히려 벌주지 않으시고 더욱 중한 벼슬과 녹으로써 대신하였사오니 황공무지로소이다. 바라옵건대, 신들에게 추호라도 불충한 점이 있으면 만 번 죽음을 당해도 원망하지 않겠사옵니다.」

이 말을 듣자 황제는 친히 용상을 내려와서 왕도의 손을 잡고 분부했다.

「경의 마음을 짐은 본래부터 알고 있었소. 그런 말은 꺼내지 마시오. 이제 짐은 경에게 장수의 직을 내리니, 경은 의심하지 말고 받으라. 그리고 장수하여 부디 향기를 드날리고 취기(臭氣)를 남기지 않도록 하라. 이것이 장부로다.」

왕도가 원제의 관대한 말을 듣고 흐느껴 울며 재배하니, 군신의 의는 원상으로 회복되었다. 마침내 황제는 왕도를 세워 정서대도독을 삼고 조서를 조야에 내려서 분부했다.

「사도 왕도는 대의로써 친(親)을 멸하고자 하므로, 짐은 그에게 짐을 대신하여 역적을 다스릴 부월(斧鉞 : 임금이 출정하는 대장에게 형구刑具로 주던 작은 도끼와 큰 도끼)을 하사하니 제경들은 오직 그의 명령에 따라서 움직일지어다.」

다음날, 왕도는 원제에게 청하여 유외·대연·조협·주찰(周札) 등으로 하여금 각기 다른 길로 가서 왕돈을 막도록 했다. 또한 황제는 변호(卞壺)에게 금성(金城)을, 주찰에게 석두성(石頭城)을 각각 지키도록 한 다음 나머지 신하들은 모두 조정에 있으며 비어(備禦)하라 분부했다.

2. 석두성의 함락

왕돈은 원제가 금성과 석두성에 증원군을 보내는 것을 보자, 우선 금성을 공격한 후에 나가서 석두성을 취하고자 참모들과 의논했다.

장군 두홍(杜弘)이 나서서 말했다.

「이럴 경우, 우리가 금성을 먼저 공격한다면 반드시 진왕(晉王)은 군사를 석두성에 집결시켜 굳게 지키게 할 것이니, 아군은 진격하기가 쉽지 않을 것입니다.」

왕돈이 그럼 어찌해야 좋으냐고 물었다. 그러자 두홍은 단호하게 대답했다.

「우선, 즉시 군사를 움직여서 석두성을 치십시오. 현재 석두성을 지키고 있는 주찰은 늙은 데다가 목전의 이익을 탐하고 술주정

뱅이로서 군사와 백성들을 못살게 굴고 있으므로 모두 불평을 하고 있습니다. 이럴 때 우리가 나가서 들이친다면 그 성을 함락시키기 쉬울 뿐더러 그곳을 얻게 된다면 건업(建業)마저도 떨 것입니다.」

왕돈은 두홍의 계략을 옳게 여겼다. 그래서 곧 주무(周撫)와 두홍에게 군사 2만을 내주어 석두성을 치게 했다.

한편 주찰은, 자신이 대대로 내려오는 공신 집안의 출신임을 믿고 위세만 부렸을 뿐, 백성과 군사들의 목숨을 아껴주지 않고 군량조차 넉넉하게 지급하지 않았으므로 사람들은 모두 힘써 그를 도우려고 하지 않았다. 이러니 적을 막을 준비가 완전하게 되어 있을 리가 만무했다.

이때 두홍과 주무는 일제히 병마를 이끌고 기슭으로 상륙해 쳐들어갔다. 주찰은 불시에 나타난 왕돈 군을 보자 비로소 경악하며 급히 군사를 점호하고 장수를 적의 상륙지점에 파견하여 저지하도록 명령하였으나 두홍의 계략에 걸린 주찰의 군사는 대패해서 성을 바라보고 달아났다.

주찰은 군사들이 도망쳐오는 것을 보고 급히 성문을 닫으려고 했다. 그러나 이때에는 이미 아군은 물론 왕돈 군도 사태가 난 것처럼 성내로 밀려들어온 뒤였다. 당황한 주찰은 급히 도망을 치려 했으나 주무가 거느린 군사에게 겹겹이 둘러싸여 꼼짝할 수가 없었다. 결국 변변히 싸워보지도 못하고 주찰은 왕돈의 군사들에게 생포되고 말았다.

주무가 성문을 열고 왕돈을 영접해 들이니 왕돈은 성루에 올라가서 수만 군사들의 환호성에 일일이 손을 흔들어서 답례했다.

한편, 원제는 석두성이 왕돈에게 함락당했다고 하자, 곧 전봉(前鋒)장군 대연과 도독 왕도를 시켜 조협·유외·주의 등의 제장과 군사를 이끌고 나가서 왕돈을 공격하라고 명령했다.

왕돈은 경군(京軍)이 몰려온다는 보고를 받자 곧 선봉 주무, 좌장군 제갈요, 우장군 등악, 전장군 두홍, 후장군 여의 등에게 명하여 적을 막게 하고, 자신은 친히 중군을 거느리고 나와서 바라보니 유외 등이 군사를 거느리고 벌떼처럼 달려오는 것이 보였다. 왕돈은 속으로 비웃으며 곧 학익진(鶴翼陣)을 펴고 경군이 오기를 기다렸다.

달려온 유외가 왼쪽에 대연, 오른쪽에 조협을 거느리고 나와서 외쳤다.

「적장 왕돈은 어디 있는가! 나와서 말 좀 하자.」

왕돈이 북소리가 세 번 울리기를 기다려 말을 달려 나오자 유외는 상반신을 곧게 편 후에 꾸짖었다.

「그대는 국가의 중신으로서 신하가 할 도리는 다하지 않고, 자신의 강포한 힘만 믿은 나머지 임금을 능멸하고 역으로써 순을 치니 두렵지 아니한가!」

왕돈이 코웃음을 치며 대답했다.

「이 임금의 쓸개 밑에 숨어 사는 버러지야, 네가 무슨 주둥아리 놀리느냐! 너희들이 임금의 총명을 가리고, 정치를 휘어잡고, 사원(私怨)으로 원훈을 배척하고, 어진 신하를 모략하기 때문에 내가 군사를 일으키기에 이른 것이다. 이제 내가 너희들을 모두 쓸어버려서 조정을 깨끗이 하리라.」

유외 옆에 서 있던 조협이 손가락으로 왕돈을 가리키며 외쳤다.

「네놈의 말은 틀림없는 역적의 말투로구나!」

이 말을 들은 왕돈은 크게 노했다. 곧 좌우를 돌아보면서 호령했다.

「누가 나가서 저 국적을 잡아들여라!」

말이 떨어지자마자 왕돈 뒤에서 한 장수가 뛰어나왔다. 수염은 고래힘줄처럼 빳빳이 일어서고, 툭 불거진 이마에 등잔 같은 눈, 거기다가 태산 같은 체구, 바라보니 선봉 주무였다. 유외의 장수 유영(劉永)이 이것을 보더니 쌍도(雙刀)를 휘두르며 맞섰다.

두 사람이 싸운 지 30여 합에 이르러 유영은 주무의 창에 어깨가 찔린 채 뒤로 벌렁 자빠지며 낙마해버렸다.

이것을 보자 조협 막하에서 대장 주사성(周士城)이 삼차창(三叉槍)을 꼬나 잡고 달려 나왔다.

한쪽은 길이가 여덟 척이나 되는 장창이요, 한쪽은 끝이 세 갈래로 갈라진 삼차창이니, 두 장수의 무기는 허공에서 부딪칠 때마다 요란한 불꽃을 튀겼다. 찌를 때 내지르는 기합소리와 말발굽소리는 고막을 찌르는 것 같았다.

이때 대연 막하에 숨어 있던 예주의 구장 한잠은 두 장수가 30여 합에 이르도록 승패를 못 가리자 참다못해 말고삐를 움켜쥐고 달려 나왔다.

왕돈의 우장군 등악도 손에 60근짜리 철퇴를 휘두르며 한잠과 맞섰다. 둘 다 역전의 용사들이고 보면 두 장수의 싸움은 그야말로 호랑이와 용이 싸우는 것 같았다.

네 장수가 어울려 싸우는 화려한 난전(亂戰)은 한나절이 지나도 그칠 줄을 몰랐다. 은근히 등이 단 왕돈은 두홍을 가까이 오라 해서 주무를 도우라고 분부했다. 이 말을 들은 두홍은 별안간 예고도 없이 달려 나가서 주사성의 배후를 쳤다.

불의의 습격을 당한 주사성은 주홍의 비겁한 창을 등에 맞고 그대로 앞으로 고꾸라졌다.

전봉은 경군의 두 장수가 연이어 죽는 것을 본 후 사기를 크게 돋우며 나가서 한잠을 둘러싸니 그는 포위망을 뚫지 못해서 제자리걸음을 했다. 이것을 본 옛 동료 장수인 채휼(蔡遹)과 풍총은 전봉을 좌우에서 협공하여 한잠을 구출했다.

이로써 방어선이 무너진 관군은 곧장 건강성을 바라보며 도망치기 시작했다. 왕돈은 친히 대군을 휘몰고 뒤를 쫓았으나 관군의 후진에 왕도(王導)가 서 있는 것을 보자 군사를 거두어 석두성으로 회군했다.

한편 유외와 조협도 대세가 기운 것을 보자 말안장을 두드리며 탄식하고 나서 곧 군사를 거두어 서울로 돌아가서 황제 앞에 부복했다.

원제가 하문했다.

「경들과 제로의 군사가 다 왕돈의 군사를 대적하지 못하니 어찌했으면 좋겠소」

유외와 조협이 울면서 아뢰었다.

「신들은 힘을 다해서 싸웠으나 왕돈이 거느린 적군이 워낙 막강하니 어찌하오리까. 역적은 멀지 않아 금궐을 범하고자 할 것인데, 그들은 우리 두 신하의 목숨을 노리고 있사옵니다.」

여기까지 말한 두 신하는 머리로 땅바닥을 쳐서 유혈이 낭자해진 채 다음 말을 한참 동안 잇지 못했다.

「신 등이 처사를 잘못하여 폐하께마저 위험을 끼치게 되었사오니 만 번 죽은들 어찌 그 죄를 다 갚겠사옵니까.」

이 말을 듣자 황제 역시 눈물을 흘리면서 두 신하를 위로했다.

「오직 역적 왕돈이 그대 두 사람을 걸어서 역모의 구실을 삼으려고 할 뿐이지, 경들에게 무슨 잘못이 있겠는가. 그러므로 짐 역시 경들이 역적 앞에 욕을 당하는 것을 보기 민망스러우니 멀리 도망쳐서 그 해를 입지 않도록 하오」

유외와 조협은 황제의 옥음을 듣자 더욱 몸 둘 바를 몰라서 아

뢰었다.

「평상시에 군은을 입고, 이제 위기에 처해서 어찌 폐하를 버릴 수가 있겠사옵니까. 바라옵건대는 폐하의 궐하에 죽어서 저희들의 충성된 마음을 밝히게 해주옵소서.」

그러나 황제는 이 말을 허락하지 않았다. 그리고 두 신하에게 조속히 화를 피해 도망치라고 분부했다. 조협이 결심의 빛을 얼굴에 나타내며 아뢰었다.

「신은 이미 늙고 도망칠 곳도 없사옵니다. 임금이 욕을 입게 되면 그 신하는 죽어야 하는 것이 이치에 합당하니, 제가 어찌 보잘것없는 목숨을 아껴서 폐하께 등을 보이겠나이까.」

조협은 하직을 고한 후 융복(戎服)으로 갈아입고 나서 말을 달려 나갔다. 그는 왕돈의 원문 앞에 나가서 왕돈을 통렬히 꾸짖으니, 밀려나온 군사들은 조협을 쳐 죽여버렸다.

그것을 본 유외가 크게 울부짖으면서 탄식했다.

「조협은 능히 사직을 위해 죽었건만, 이 몸은 어째서 죽지를 못하고 있단 말이냐!」

민망하게 여긴 황제는 유외를 배에 태워 멀리 떠나보냈다. 유외는 우선 예주로 가서 조약한테 몸을 기대려 했으나 도중에 왕돈의 부하 장수 서흡(徐翕)이 가로막는 바람에 후조(後趙)로 도망쳤다. 그의 속셈으로는 석늑의 군사를 빌려서 왕돈의 근거지인 무창을 습격하려 했던 것이다. 그러나 유외는 왕돈이 군사를 퇴각시킨다는 말을 듣자 형초(荊楚) 지방을 치는 데 그쳤다.

후조 황제 석늑은 유외를 태부에 임명하여 오랑캐를 동화시키려 했으나 유외는 망명객임을 이유로 들어 굳이 사양했다.

한편 왕돈은 조협이 죽는 것을 보자 전봉에게 물었다.

「나는 항상 유외·조협 양인의 이름을 쳐들어 반역의 구실을 삼았는데, 이미 그들이 모두 망해버렸으니 이제는 무엇으로 핑계를 삼아야 할까?」

전봉이 고개를 끄덕이면서 대답했다.

「그래도 유외가 아직 살아 있습니다. 이것을 구실삼아 서울로 올라가서 임금을 협박하고 대위를 물려받는다면 안될 일도 없을 것입니다.」

왕돈은 그 말에 손뼉을 치며 기뻐했다.

3. 충신의 죽음

조협이 패전의 책임을 한 몸에 지고 나가서 죽었다는 말을 듣자, 태자 사마소(司馬紹)는 그 충렬을 추모하고 당일로 군사를 일으켜서 왕돈과 싸우고자 했다. 온교(溫嶠)가 이를 알자 말고삐를 단단히 쥐고서 말렸다.

「저하께서는 국가의 근본이 되실 분입니다. 어이해서 몸을 값없이 던져 필부의 소행을 따르려 하십니까.」

그러나 사마소는 듣지를 않았다. 할 수 없이 온교가 칼을 들어 고삐 끈을 끊어버리니 이때서야 태자는 깨닫고 멈췄다. 황제는 이 이야기를 듣자 곧 왕도를 불러들였다.

「일전에 올린 왕돈의 표(表)에 의하면 유외와 조협 양인이 짐을 끼고 돌며 정사를 마음대로 하기 때문에 군사를 일으킨다고 했고, 그 두 사람이 죽으면 즉각 군사를 퇴각시키겠다고 했소. 그러나 지금은 이미 그 양인이 다 죽고 없는데 왜 왕돈은 군사를 뒤로 물리지 않고 있는 것이오. 경은 그와 동기이니 짐을 위해 조서를 꾸며 왕돈에게 전하시오.」

왕도가 원제의 노여워하는 듯한 그 말을 듣고 아무 대답도 못하고 부복해 있자 원제는 조서의 내용을 죽죽 읽어내렸다.

「유외·조협 양인은 죄를 얻어서 이미 조협은 경의 휘하에서 죽고, 유외는 도망쳐서 이곳에 없다. 그 죄를 두려워하는 점, 역시 어쩌지 못할 일인 것이다. 만약 경이 국은을 생각하고 본조(本朝)를 잊지 않았다면 하루속히 군사를 거두라. 그러면 천하는 태평함을 도로 찾을 것이다. 그러나 만일 그대가 짐의 뜻을 어긴다면 짐은 언제든지 낭야로 돌아가겠으니 그대의 뜻을 채워보는 것도 좋으리라.」

원제의 이 말을 듣자 왕도는 붓을 내던지며 놀랐다. 그래서 곧 머리를 땅에 조아리며 아뢰었다.

「폐하께선 무슨 일로 그 같은 말씀을 하시나이까. 설사 왕돈이 배반했다 하더라도, 아직 밖에는 초왕 전하를 비롯하여 감탁·도간 등 근왕의 군사들이 일어나서 왕돈의 퇴로를 끊고 있고, 조약·소순·유하 등도 모두 외지를 지키고 있사옵니다. 이제 며칠 안으로 무창(武昌)에서 소식이 당도하면 왕돈의 군사는 자연히 놀라서 흩어질 터인데 무슨 걱정을 그리 하시옵니까.」

그러나 원제는 용안에 낀 수심과 분노를 걷지 못했다. 왕도는 한 무릎 다가앉으면서 더욱 황제를 위해 상주했다.

「지금 왕돈이 두려워하고 있는 것은 양양에 주둔하고 있는 감탁이옵니다. 정 폐하의 심기가 편치 않으시오면 청컨대 신이 몸소 왕돈을 찾아가서 그에게 군사를 돌리도록 권한 후에 그 동정을 살피고 오겠나이다. 두려워하실 바가 없는 줄 아뢰옵니다.」

왕도의 이 말을 들은 원제는 매우 기뻐했으나, 혹시라도 왕도가 왕돈의 꾐에 빠져 돌아서지나 않을까 근심스러워서 백관들에게 명하여 사도와 같이 가라고 했다.

왕돈은 왕도가 수많은 조정의 관리를 대동하고 들어오는 것을 보자 곧 주연을 베풀어 이를 환대했다. 술잔이 몇 번 오가자 짐짓 왕돈은 웃으면서 대연에게 물었다.

「일전에 싸우고 나서도 아직 여력이 있는가?」

대연은 왕돈의 그 말이 자기들의 속을 떠보려는 것인 줄 알고 딴전을 피우듯 대답했다.

「힘이 남는 것이 아니라 모자라지 않을 뿐입니다.」

왕돈이 대연의 말을 듣자 다시 말을 걸었다.

「오늘 내가 군사를 일으켜서 사직의 좀도적들을 제거했는데, 과연 천하는 이 일을 어떻게 생각할까?」

대연은 시침을 뚝 떼고 대답했다.

「모양(功勞공로)을 나타내는 것, 이것을 역이라 하고, 몸소 성의를 행하는 것, 이것을 충이라 합니다.」

은근히 '모양을 나타내는 자', 즉 공로를 세웠다고 자만하는 자가 바로 역적이란 뜻으로 대연이 왕돈을 꾸짖자, 왕돈은 호탕하게 웃으면서 대답했다.

「그대는 정말 말을 잘하는구려.」

왕돈은 다시 주의(周顗)를 돌아보며 속을 떠보았다.

「백인(伯仁)은 무엇 때문에 나를 외면하는가?」

주의는 대쪽같은 성미이므로 바른 소리로 면박을 주었다.

「장군은 융거(戎車)를 이끌고 금궐을 범했소. 하관(下官)은 군사를 거느리고 그대를 쳤으나 내 잘못으로 황제의 금사만 다치게 했을 뿐이오. 내가 장군을 외면하는 이유는 바로 여기에 있소」

왕돈은 아무 대답도 하지 못했다.

다음날, 왕돈은 또다시 백관을 모이게 했다. 오늘은 용기와 결단성을 갖추고 있고 조야가 모두 흠모하고 있는 태자를 불효하다고 무고하여 배척하려는 것이었다. 왕돈은 목소리를 높여서 여러 사람에게 물었다.

「황태자는 무슨 덕이 있어서 동궁(東宮)에 들어 있는가?」

온교가 옷깃을 바로잡고 대답했다.

「그 생각하시는 바가 바르고 깊어서 얕은 속으로는 측량할 길이 없으며, 예의로써 임금과 선비를 대하니 순효라 하지 않을 수 없습니다.」

모든 관원이 그 말을 듣자 함께 찬동을 표시했다. 왕돈은 속으로 생각하기를 도저히 안되겠다 싶어서 얼른 문답을 끊고 회의를 마쳤다. 조정으로 돌아온 주의를 보고 황제가 하문했다.

「경은 왕돈을 만나보고 대사를 의논했는데, 여러 사람이 모두 안전하고 양궁(兩宮 : 황제와 태자)이 무사하니 이것은 과연 왕돈이 바라는 바이오?」

주의가 공손히 아뢰었다.

「신들의 안전은 아직 알 수 없사오나 양궁께서는 안심하시옵소서.」

황제가 다시 근심스런 어조로 말하였다.

「들으니, 왕돈은 반드시 경을 해치고자 한다 하오. 경은 부디 몸조심해서 난을 면하도록 하오.」

주의는 그처럼 황제가 자기 몸을 생각해주는 것이 망극해서 엎드려 흐느끼며 아뢰었다.

「신의 지위는 구경(九卿)에 몸을 두고 있나이다. 어찌 국난에 처해서 몸을 빼고 달아나서 살기를 탐하겠사옵니까?」

이 말을 듣자 황제도 곤룡포의 소매로 용안을 가렸다.

왕돈은 백관들을 만나본 후 매일매일 사태를 수습하기 위한 협상을 하고 있는데, 왕돈의 부장 여의는 지난날 대연한테 매 맞은 일이 있으므로 회의 장소에서 왕돈의 귀에 입을 대고 모함했다.

「주의와 대연은 모두 강동의 높은 선비로서 인망이 대단합니다. 장군께서 그들을 제거하지 않으신다면 반드시 후환이 있을 것입니다.」

왕돈은 고개를 끄덕였다.

다음날, 황제는 다시 왕도를 보내 재차 왕돈의 동정을 살피게 했는데, 왕돈은 찾아온 왕도를 붙들고 물었다.

「내가 들으니 주의·대연 양인은 은근히 역모를 꾀한다 하오. 그러니 삼사(三司)에 돌려서 조사해보는 것이 어떠하오?」

왕도는 그들에게 아무 혐의 없음을 너무나도 잘 알고 있으므로 머리를 숙이고 대답하지 않았다.

「오직 내 명령에만 따르오.」

그러나 역시 대답하지 않았다. 왕돈은 왕도가 끝내 자기 말을 듣지 않을 줄 알자 단호하게 선언했다.

「그렇다면, 내가 그들을 죽여 없애리라!」

왕돈은 두홍에게 군사 5천을 내주며, 건강으로 가서 상의할 것이 있다 하고 대연을 청해오라고 명령했다. 대연은 그 말이 거짓인 줄 알긴 했으나 어쩔 수 없이 끌려갔다.

왕돈은 다시 주의를 청해오라고 했다. 두홍이 군사를 이끌고 주의의 집에 당도하니, 때마침 주의는 술을 마시고 있었다. 그는 왕돈이 장교를 보내어 자기를 청한다는 말을 듣자 이미 그 뜻을 알아차렸다. 그는 병에 남은 술을 다 마시고 나서 자리를 털고 일어섰다. 집을 나선 지 백 보도 못되었는데 두홍은 군사들에게 명령을 내려서 주의의 발에 고랑을 채우려고 했다.

「너희들은 누구의 명으로 진조(晉朝)의 대관인 내 발에 족가(足伽)를 채우려 하느냐!」

벌컥 성이 난 주의가 발버둥을 치고 대항을 했으나 결국 고랑은 채워지고 말았다. 일행이 태묘의 문 앞을 지나갈 때다. 주의는

고랑을 찬 채 태묘 쪽을 돌아보고 큰 소리로 고했다.

「역적 왕돈이 사직을 전복하기 위해 난을 꾸미고 충신을 해코자 하나이다. 신기(神祇)에 혼령이 있으시다면 당장 역적을 쳐 죽이시옵소서!」

군사들은 이 소리를 듣자 등골에 소름이 끼쳤다. 당장 창으로 주의의 입을 찌르니 찢어진 입으로부터 흘러내린 피는 발꿈치까지 흘러내렸다. 그러나 주의는 태연자약했다.

두홍은 두 사람을 잡아다가 왕돈 앞에 복명했으나 왕돈은 바로 보지 않고 얼굴을 돌린 채 거리로 끌어내다가 목을 치라고 명령했다. 이래서 두 충신은 억울하게 죽었다.

4. 감탁의 죽음

원제는 주의·대연 두 충신이 해를 입었다는 소식을 듣자 상심해 마지않았다. 역적을 쳐서 그 원수를 갚고자 해도 여의치가 않았다. 더구나 왕돈이 왕도를 확 잡아두고 군사를 뒤로 물리지 않기 때문에 마음속으로 크게 두려워하며 가까스로 원통한 심사를 참았다.

그리고 왕빈(王彬)을 시켜 술과 고기를 들고 석두성에 있는 왕돈을 찾아가 회군(回軍)을 권하라고 했다.

이때, 왕돈은 사마승과 감탁이 자기가 없는 새 무창을 치지 않을까 근심하고 있었다. 그래서 왕빈을 불러들여 날을 택해서 회군하겠노라고 대답했다. 그리고 나서 물었다.

「그대의 안색이 매우 좋지 않은데 어찌 된 일인가?」

아닌 게 아니라 왕빈의 용모는 눈으로 볼 수 없을 정도로 처참하게 수척해져 있었다. 왕빈이 옷깃을 여미며 대답했다.

「전날 백인(伯仁 : 주의)의 죽음을 슬퍼하다 보니, 아직 그 정이다 풀리지 않았을 뿐입니다.」

왕돈은 그 말을 듣자 안색이 홱 변했다. 그리고 왕빈을 노려보며 말했다.

「주의는 스스로 죄를 지어 형사(刑死)를 당했다. 무엇 때문에 그다지도 슬퍼하는가?」

왕돈의 말이 끝나자마자 왕빈은 고개를 반듯이 세워 왕돈을 노려보았다.

「형님은 임금을 배반하여 충신을 살육하고 반역을 도모했으므로 화(禍)는 지금 일문 전체에 미치고 있습니다. 왜 굽은 것을 가지고 곧다 하십니까!」

감정이 격해진 왕빈은 눈물마저 주르르 흘리며 말을 잇지 못했다. 펄펄 뛰도록 화가 치민 왕돈은 왕빈을 향하여 소리쳤다.

「내 어찌 너라고 해서 죽이지 않을까보냐!」

옆에서 이것을 보고 있던 왕도는 왕돈이 노여움을 발하자 왕빈을 말리며 일어서서 형에게 사죄하라고 했다. 왕빈이 입술을 깨물며 대답했다.

「수일 이래 발이 아파서 일어서려 해도 넘어질 뿐이오 더구나 내가 무엇을 잘못했기에 빌라는 말씀이오?」

왕돈이 이를 갈면서 물었다.

「발이 아픈가, 아니면 목이 아픈가, 어느 쪽인가?」

그래도 왕빈은 두려워하는 빛 없이 빌지 않았다. 난처해진 왕도는 재삼 화가 난 왕돈의 손을 잡아 앉히며 권했다.

「우리 형제는 모두 한 몸입니다. 말로써 서로 의를 상하지 말고 대의(大義)를 저버리는 일이 없도록 하십시오」

마침내 왕도의 노력으로 왕빈은 건강에 되돌아올 수 있었다. 왕돈은 군사를 철수시켜 무창으로 돌아가려던 참에 감탁이 무창을 습격하려고 한다는 말을 들었다. 그래서 곧 감앙(甘卬)을 양양으로 보내서 삼촌에게 싸우지 말기를 권하라고 일렀다.

감앙은 왕돈의 명령을 받은 후 곧 양양으로 떠났다. 여기서 잠깐 감앙에 대해 말하면, 그는 감탁의 형의 아들이다. 왕돈이 무창을 떠날 때, 혹시 감탁이 후환을 만들까 두려워하여 무창에 남아 있는 감탁의 자질(子姪)을 모두 잡아들여서 군중에 두고 인질로 삼은 것이다.

감앙이 떠나자 왕돈은 또 아우 왕이(王廙)에게 가서 위의(魏義)를 재촉하여 신속히 장사를 공략하란다고 일러 보냈다. 그리고 또한 사마승을 잡아서 내 앞으로 끌고 올 것 없이 그 자리에서 죽이라고 명령하니 왕이는 당장 배에 올라 길을 떠났다.

형주에 도착한 왕이는 먼저 사람을 위의에게 보내 얼른 성을 함락시키라고 재촉했다. 이때 위의는 우이(虞悝)에게 초반전에서 패한 후 다시 성을 포위하고 치던 중인데, 재촉을 받자 더욱 맹렬히 공격했다.

이리하여 성은 포위된 지 1백 일 만에 드디어 왕돈군에게 함락되었다. 이때 성중의 백성들은 온다던 감탁의 원군은 오지 않고 양식조차 떨어져 초근목피로 연명하면서 갖은 고초를 겪던 참인데 왕이의 독촉을 받은 위의가 더욱 맹렬한 공격을 가하니 더 이상 어쩔 수가 없었다. 마침내 성문은 불타버리고 왕돈군은 물밀듯 성내로 쳐들어왔다.

왕돈군은 들어오자마자 그때까지도 군민의 사기를 북돋우면서 싸우던 사마승을 생포했고, 우이와 그 자제들을 포박하여 모두 가두니 곡소리는 온 성중을 진동했다. 포승에 묶인 우이가 비분강개하여 소리쳤다.

「사람이 나서는 세상에 살고, 끝내는 죽어서 저 세상으로 간다. 이제 이 몸이 죽어서 충의의 귀신이 될 것이니 무엇을 원망할 것인가. 요행히도 하늘이 간악한 무리를 용서하지 않고 진실(晉室)이 안전하다면 죽어서도 의당히 아름다운 이름을 청사에 전할 것이니 저 역적 놈들이 어찌 부럽겠는가.」

이 말이 귀에 거슬린 위의는 우이와 그의 자제들을 모조리 죽여버렸다. 그리고 초왕 사마승은 죄수를 호송하는 함선(檻船)에 실어서 형주에 있는 왕이한테로 보냈는데, 이때 환웅·한계·무연 등 세 사람의 가신(家臣)은 모두 노예의 차림으로 변장하고 함선의 사공으로서 따라갔다.

호송을 책임 맡은 장교는 이 세 사람의 행동거지가 다른 노예들과 다름을 보고 의심을 하긴 했으나 해치고자 해도 구실과 틈이 없어 형주까지 데리고 갔다. 사마승을 잡아왔다는 보고를 받은 왕이는 불문곡직하고 초왕을 데려다가 목매달아 죽여버렸다. 세 사람은 이때 배에 남아 있게 되어 화를 면했는데, 이 사실을 알자 배를 탈출하여 야음을 틈타서 장바닥에 버려진 사마승의 시체를 거두어다가 다른 배에 싣고 건강으로 달아났다.

이때, 감탁은 이미 장사성이 함락된 줄도 모르고 군사를 이끌고 무창을 치고자 출정하려던 참이었다. 그런데 어디선지 갑자기 감앙이 달려 들어왔다. 깜짝 놀란 감탁이 감앙을 보고 물었다.

「너는 왕돈의 종사가 아니냐. 어떻게 여기까지 왔느냐?」

감앙이 숙부 감탁을 보고 아뢰었다.

「숙부께서 무창을 치신다는 말씀을 듣고 신분을 감추고 이렇게 찾아뵙는 것입니다.」

더욱 당황한 감탁이 왕돈의 소식을 물으니, 감앙은 이미 왕돈이 석두성을 함락시키고 황제의 군사를 크게 무찌른 일이며, 주의·대연·조협 등 조정의 대신들이 죽음을 당한 사실을 낱낱이 고했

다. 감탁은 깊이 탄식하면서 말했다.

「그럼 장사도 무사하지 않겠구나.」

감앙은 역시 장사성도 위의한테 함락되고 사마승도 잡혔고 그 병위(兵威) 또한 왕성하여 천하의 인심이 모두 왕돈을 두려워한다고 했다.

「제 생각입니다만 숙부께서도 왕돈과 싸움을 겨루지 마십시오. 승패는 고사하고 서로 혐의를 갖게 되기 쉽습니다.」

감탁은 그래도 충의를 사모하여 군사를 움직이고자 했으나 감앙의 말을 듣고 보니 맥이 탁 풀려서 마침내 군사의 출발을 멈췄다. 낙도융(樂道融)은 이 사실을 듣자 곧 감탁의 영채로 뛰어 들어가서 권했다.

「지금 장군께서는 큰 공로를 이룰 참인데 무엇 때문에 중도에서 그만두시오. 만약 군사를 나눠서 팽택(彭澤)을 끊고 왕돈의 퇴로를 막는다면 일전으로 왕돈을 생포할 수가 있을 것이오」

그러나 감탁은 고개를 떨어뜨린 채 아무 대답이 없었다. 이것을 보자 낙도융은 더욱 진지하게 감탁을 설득했다.

「오늘날 장군이 발분하여 군사를 일으키지 않는다면 그 누가 의를 사모할 것이오. 이제 갑자기 왕돈 치는 일을 그만둔다면 반드시 후일 왕돈이 공(公)을 삼켜버릴 것이오. 왕돈이 쓰면 뱉고 달면 삼키는 성품의 위인임을 모르시오」

그러나 용기를 잃어버린 감탁은 끝내 낙도융의 권유를 좇지 않았다. 낙도융은 하늘을 우러러 슬피 탄식했다.

「왕돈이 하늘의 뜻을 거스르고 배반하는데 감탁 역시 동조했으니 내가 죽을 날이 멀지 않았나보다.」

낙도융은 거처로 돌아가더니 분을 못 이겨 죽어버렸다.

감탁이 이미 군사를 작파했다는 소식을 듣자 왕돈은 매우 기뻐했다. 그래서 곧 사람을 감탁에게 보내 형식적인 화친을 맺었다.

참군 이양이 들어와서 아뢰었다.

「왕돈이 건강에서 군사를 돌이킨 것은 모두 장군께서 배후를 칠까봐 두려웠기 때문입니다. 이제 장군께서 그와 화친을 맺고 군사를 해산시킨다면 틀림없이 왕돈에게 화를 입으실 것입니다. 재삼 잘 생각하셔서 종족에게 해가 미치지 않도록 하십시오.」

그러나 어리석은 감탁은 끝까지 부하의 말에 귀를 기울이지 않았으므로 이양은 간하다 못해 그만둬버렸다.

한편 왕돈은 회군한 후에도 감탁이 무창을 쳐서 쑥대밭을 만들고자 했다는 소리를 들을 매마다 괘씸하기 이를 데 없었다. 그래서 날마다 모사(謀士)들을 모아놓고 감탁을 칠 계략을 꾸몄다.

심충이 나서서 말했다.

「양양의 내사(內史) 주여(周慮)는 지혜와 무용이 다 뛰어난 사람입니다. 그래서 감탁이 군사를 움직일 때는 꼭 이 사람의 지략에 따른다고 합니다. 그러니 대장군께서는 그에게 많은 금품을 내려서 그의 마음을 사두시면 틀림없이 일에 성공하실 것입니다.」

심충의 말을 들은 왕돈은 크게 기뻐했다. 그래서 곧 전봉더러 많은 금은보화를 배에 싣고 가서 주여와 친구의 의를 맺고 오라고 분부했다.

전봉이 양양에 당도하여 주여의 영채를 비밀히 방문하니 주여는 주위를 물리치고 전봉을 맞아들였다. 인사가 끝나자 전봉이 금은보화를 내놓고 말했다.

「우리 주공께서는 장군의 지략과 용기를 매우 사모하고 계십니다. 그래서 오늘은 다소의 금품을 올리고 가깝게 대할 수 있는 교분을 맺고 오라는 명을 받고 온 것입니다. 부디 물리치지 말아주십시오.」

　주여는 금은보화가 매우 귀한 것임을 알자 기쁘게 받아들이면서 전봉에게 감사를 했다.

　「제 재주나 힘이 왕장군의 눈에 든 것만 해도 영광된 일인데, 이처럼 막대한 물품까지 내리시니 어떻게 받아들여야 할지 모르겠습니다.」

　전봉은 이 말을 기다렸다는 듯이 말했다.

　「이것은 오히려 작은 선물에 지나지 않습니다. 우리 주공께서는 더욱 큰 선물을 선생께 드리려 하십니다.」

　주여는 그 말을 듣자 또 뭐 대단한 물건이나 내놓을 줄 알고 잔뜩 기대하는 눈치였다. 그러나 그날 전봉은 아무 약속이나 언질도 주지 않고 돌아갔다.

　다음날, 전봉이 또 찾아오자 하룻밤 사이에 완전히 탐욕의 귀신으로 변한 주여는 어제 말한 큰 선물이 무엇이냐며 궁금해 했다. 이 눈치를 챈 전봉이 천천히 말을 꺼냈다.

　「우리 주공께서는 감탁이 만약 죽는다면 즉시 선생을 세워서 양양의 태수로 삼으려고 하십니다. 이것이 바로 큰 선물인데 아직도 우리 주공의 의도를 짐작 못하시겠습니까.」

　이 말을 들은 주여는 깜짝 놀랐다. 그리고 떨리는 목소리로 되물었다.

　「감공(甘公)은 이곳에 부임한 이후로 아직까지 과실이라곤 범한 일이 없습니다. 어찌 그 자리를 떠나게 할 수 있겠습니까.」

　주여의 당황한 모습을 보자 전봉은 눈짓과 손짓으로 그를 가까이 부른 후에 귀에다 입을 대고 소곤거렸다. 주여는 전봉의 말이 한 마디 한 마디 끝날 때마다 고개를 끄덕거리면서 응낙했다.

　그 이튿날 무창으로 돌아온 전봉은 곧 왕돈을 찾아가서 일의 경과를 보고했다. 특히 주여에게 알려준 계략에 대해 설명하니 왕돈은 무릎을 치며 기뻐했다.

그날 저녁, 전봉은 군사 5천과 주무·여의 등의 장수를 이끌고 배를 몰아서 양양 강변에 정박했다. 상선처럼 꾸민 배 안에는 군사와 첩자들이 숨어 있었다. 이 사실을 주여에게 통고하니, 그는 곧 전봉의 계략을 시행할 준비를 했다. 그래서 누런 종이 한 장을 사서 황제의 밀서로 위조했다.

다음날 아침, 미리 금품으로 매수한 부하 몇 사람을 데리고 주여는 감탁을 뵈러 관청으로 들어갔다. 같이 따라간 주여의 부하들은 복도 양쪽의 요소를 지키고 주여는 품에 비수를 품은 채 당상(堂上)으로 올라갔다. 감탁의 종자가 물었다.

「선생께서는 어인 일로 이처럼 아침 일찍 오셨습니까?」

종자의 묻는 말에 주여는 일부러 거드름을 피면서 대답했다.

「장군을 뵙고 긴급히 품할 일이 있어서 왔다.」

종자가 안으로 들어가서 감탁에게 고하자, 감탁은 평소에 믿는 부하이고 보니 아무 거리낌 없이 들어오라고 했다. 주여는 반가워하는 감탁 가까이에 이르러 인사를 하는 척 허리를 굽히다가 품에 숨긴 비수를 뽑아 대번에 찌르니 감탁은 손 한번 발 한번 놀리지 못하고 죽어버렸다.

감탁 옆에 시립한 이서(吏書)가 급히 고함을 질렀다. 그러나 모여든 사람들 앞에서 주여는 황지(黃紙), 즉 가짜 밀조를 꺼내 들고 큰 소리로 외쳤다.

「감탁이 역적 왕돈과 공모하여 궁지에 몰린 장사를 구원하지 않고 마침내 초왕을 해치기에 이르렀으므로 나는 황제의 밀조를 받고 이곳에 이른 것이다. 자, 봐라! 이 밀조에 감탁의 목을 베어서 황제 앞에 바치라고 했으니 만약 거역하는 자가 있다면 남김없이 모두 죽여 없애리라!」

이 소리를 듣자 감탁의 친병들도 감히 덤벼들지를 못했다. 더구나 주여의 무용을 알고 있고, 복도 요소요소마다 주여의 일당들이 서 있으니 어떻게 손을 써볼 수도 없었다.

주여는 또한 강변에 정박한 배 안에 황제가 보낸 군사가 있다고 큰 소리를 쳤다. 감앙이 반신반의하며 달려가 보니 그것은 무창에서 온 왕돈의 군사였다. 전봉·주무 등이 곧 배에서 상륙하여 위지(僞旨)를 읽고 주여를 양양태수로 삼으니 속은 줄은 알았지만, 왕돈의 위세가 두려워 감히 누구 하나 나서는 자가 없었다.

감탁에 대한 근심이 없어지자 왕돈은 더욱 방자하게 행동했다. 제멋대로 조정의 관리와 군사들의 인사교체 등을 단행했으나 황제는 오직 상을 찌푸릴 뿐 어쩔 수가 없었다.

장사 벼슬에 있는 사곤(謝鯤)은 오랫동안 왕돈이 황제 앞에 나가서 조하를 드리지 않음에 대해 충고했다. 그러나 왕돈은 사곤의 말에 고개를 끄덕였지만, 자신은 가지 않고 대신 사람을 시켜서 표를 황제에게 올렸다.

5. 원제의 붕어

황제는 왕돈이 회군하고, 또한 하표(賀表)를 올린 것을 보자, 왕도가 충성으로 사직을 보전하고자 노력했다는 것을 알았다. 그래서 또다시 왕도에게 조정의 모든 정사를 맡아보도록 했다.

하루는 왕도가 중서성(中書省)에 들어가서 문서를 검토하고 있다가 금으로 봉을 한 편지 한 통을 발견했다. 예감이 이상해진 왕도가 그 편지를 뜯어보니, 그것은 바로 주의가 왕도 일문의 구명을 황제에게 탄원한 상소문이었다.

왕도는 가슴이 철렁 내려앉고 눈물이 앞을 가리는 것을 막을 수가 없었다. 그런 줄도 모르고, 자신은 궐문 밖에서 종족과 자질

(子姪) 20여 명을 거느리고 대죄할 때, 주의가 자기들을 위해 변명 한 마디도 해주지 않는다고 원망하지 않았던가?

이제 비로소 그 내용을 읽어보니 그 은근하면서도 간절한 두둔, 격하고도 절실한 원사(冤辭)가 있었기 때문에 황제가 다른 여러 조신, 예를 들면 유외·조협 등의 비난을 묵살하고 왕씨네 일문을 살렸다는 것을 알았다.

왕도는 그 길로 곧장 사제로 돌아가자 자제들에게 주의의 이야기를 하고 나서 그 죽음을 애통해 했다.

「내가 백인(伯仁)을 죽이지 않았다고 해도 백인은 나 때문에 죽었다고 하겠으니, 이 다음 구천(九泉) 하에서 그를 만난다면 무엇이라 대답할 것인가!」

말끝을 흐리는 그의 두 눈에서는 눈물이 비 오듯 흘렀다. 더구나 왕돈이 주의와 대연 양인을 죽이고자 결박했을 때, 자기가 명색이 승상이면서 아무 대답도, 적극적인 반대도 못한 것이 두고두고 한스러웠다. 왕도의 여러 자제들도 그 말을 듣자 모두 주의의 덕을 사모하며 서러워했다.

이튿날, 조정으로 들어간 왕도는 황제에게 상소를 올렸다. 주의·조협·대연 등을 추증하여 그 충성된 원혼을 위로해 줍시사고 청원한 것이다. 그 상주를 받은 황제도 세 신하의 죽음을 애달프게 여겨 곧 조신들에게 의논을 하라는 분부를 내렸다. 그 후 세 충신에게는 각각 시호가 내려졌다.

그로부터 몇 달 후에 황제는 울화병이 생겨 병상에 눕게 되었다. 왕돈이 역란을 일으켜서 충직한 신하들을 차례로 죽이고 방자하게 구는 것이 심화(心火)의 원인이 된 것이다.

이미 스스로 일어나지 못할 것을 짐작한 황제는 사도 왕도를 불러들여 분부를 내렸다.

「짐이 낭야에서 경(卿)을 만나 환란을 같이 겪었을 뿐 아니라, 영광과 행복을 같이 누려왔소. 근자에 와서 왕돈이 모역(謀逆)을 일으켜 유외와 조협이 짐의 곁을 떠나고, 주의와 대연은 살해되었으며, 초왕과 감탁마저 해를 입은즉 모든 충의의 신하를 한꺼번에 잃어버렸소. 그러므로 병이 난 것이오. 짐이 들으니 옛 사람은 한 번 군려(軍旅)를 움직이면 능히 천하를 바로잡았다고 하오. 그러나 짐은 이제 위로는 유요를 토벌하여 비명에 숨지신 회(懷)·민(愍) 양 제(帝)의 원수를 설욕하지 못하고, 아래로는 역적을 숙청하여 삼오(三吳)의 백성들을 평안케 하지 못하였으니 무슨 면목으로 이 자리를 지키고 있을 수가 있으리오. 오직 한스러운 것은 감히 지하에 계신 선제(先帝)를 어찌 뵈올까 하는 일이오.」

말을 마치자 원제는 혼수상태에 빠져버렸다. 그러나 서서히 깨어나서 재차 왕도를 돌아보고 말했다.

「태자는 돈후하고 공정하니 가히 대사를 맡길 만하오. 그러니 경은 짐을 생각해서라도 정성을 다해서 보필해 주시오. 하늘이 반드시 그대를 도우리다.」

왕도는 땅에 엎드려 흐느끼면서 아뢰었다.

「폐하, 지나치게 심려하시어 용체(龍體)에 해가 가는 일이 없도록 하옵소서. 신은 폐하와 천지신명 앞에 맡기신바 소임을 다할 것을 맹세하나이다.」

잠시 후, 유양(庾亮)·온교(溫嶠) 두 신하가 태자를 부축하고 침전에 들어와서 고명을 받았다. 황제는 나지막이 말했다.

「경 등은 태자를 보좌하여 각기 충의지심을 품고 국사에 힘쓰라.」

황제는 말을 마친 후 숨을 거두었다. 이때 원제의 나이는 47세로 재위 16년의 일이다.

원제는 재위 시 간검박실(簡儉朴實 : 번잡하지 않고 검소하며 소박하고 성실함)하고 신하들이 간하는 말을 잘 용납하였으므로, 유사(有司)가 상주하기를,

「태극전의 넓은 방에 아름다운 붉은 포장을 늘여서 천자의 위의를 보이도록 하십시오.」

라고 했다. 황제는 사치를 바라지 않아, 여름에는 오직 푸른 명주, 겨울에는 푸른 무명 휘장을 전(殿)에 늘였을 뿐이었다. 따라서 조정의 모든 관리와 비빈까지도 비단을 몸에 걸치지 않았고 오로지 명주옷만 입었다.

모든 백관의 애호성(哀號聲) 가운데 건평(建平)에 장사 지내니 이를 원릉(元陵)이라 했다. 왕도는 문무대신을 거느리고 나가서 태자 소(紹)를 세워 명황제(明皇帝)라 하고, 연호를 대녕(大寧) 원년으로 개원하고 숙종(肅宗)이라 시하고 생모 수씨(首氏)를 건안군(建安君)이라 하였다.

명황제는 왕도를 존경하여 태부를 삼고 신을 신고 전상에 오르며, 조정에 들어와서 서 있지 않아도 되게 하였으며, 국내에 특사령을 내렸다.

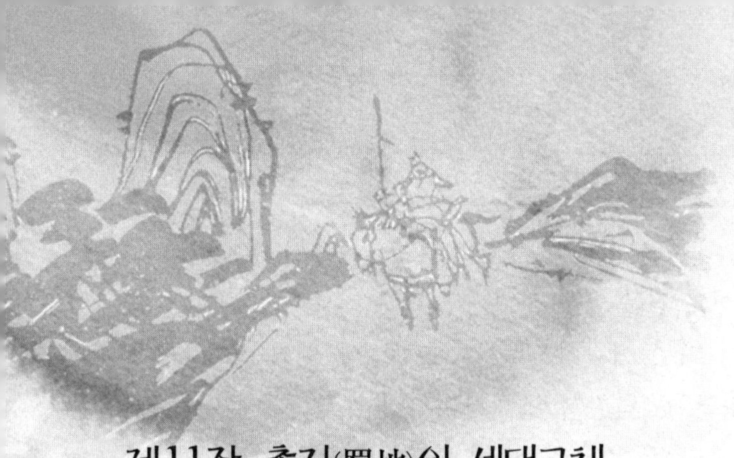

제11장. 촉지(蜀地)의 세대교체

1. 서량군, 유요를 격파하다

서조 황제 유요는 진안을 죽이고 농우지방의 모든 땅을 얻긴 했으나 함부로 죄 없는 백성들을 많이 죽였으므로 대부분의 백성들은 타국으로 흩어졌다. 또한 하늘도 그의 소행을 노여워함인지 국내에는 항상 재난과 요변스런 일이 끊이지 않고 일어났다.

그 한 예로, 무공현(武功縣)에 이름이 소무(蘇撫)라는 한 남자가 있었는데, 심한 열병을 앓고 나서 불알이 오그라들더니 여자로 변해버렸고 수염과 국부의 터럭이 모두 빠졌다.

또 섬주(陝州)에는 오장평(伍長平)이라는 소년이 있었는데 19살 때 변하여 여자가 됐다. 그 이웃에 사는 몽신(蒙臣)이란 자의 여편네는 결혼한 지 몇 해가 되어도 아이를 낳지 못하더니 마침내 남자로 변해버렸다.

몽신은 창피한 일이라 하여 아내를 집에 숨겨두고 밖으로 내보내지 않았다. 그러나 어느 날 남편인 몽신이 없는 틈을 타서 남자로 변한 그의 아내는 몰래 이웃집으로 달려가서 여자로 변한 오장평과 정을 통했다.

그 후, 이 사실을 안 몽신은 아내, 즉 남자로 변한 여편네를 암살하고 다른 계집을 얻어 들였으나, 죽은 아내의 동생이 누이를 찾아왔다가 이 사실을 알고 관가에 고발을 했으므로 이 일은 황제 유요의 귀에까지 들어갔다. 황제는 크게 근심했다.

이때 또 다른 곳, 남향(南鄕)에서는 장노(張盧)란 자가 죽었다가 살아났다. 병을 앓은 지 수년 만에 장노가 죽자, 집안이 넉넉하므로 가족들은 금은 기명(器皿)을 그 무덤 속에 넣어서 후하게 장사를 지내주었다.

그런데 그때 기명을 묻은 일꾼 중의 하나가 값진 기명에 욕심이 나서 시체를 묻은 지 스무이레 만에 무덤을 파고 관 뚜껑을 열려고 했더니, 죽은 줄 알았던 송장, 즉 장노가 벌떡 일어난 것이었다. 기절초풍을 한 도둑놈이 쓰러져 있는 새에 장노는 자기를 장사 지낼 때 묻은 기명들을 둘러메고 집으로 돌아갔는데, 병도 말짱하게 가시고 딴 사람이 되었다고 한다.

그런데 문제는 장노의 부활을 본 집안 식구들이 혹시 무슨 재앙이 다시 있을까 두려워서 일꾼들을 데리고 열린 관 뚜껑을 도로 덮으러 갔더니 관 속에 커다란 돌 한 개가 놓여 있는 것을 발견했던 것이다. 자세히 보니 그 돌에 글자가 새겨져 있는데, '파관석 막동출(破關石莫東出)'이란 여섯 글자였다.

장노는 그것을 보자 즉시 군청으로 뛰어 들어가서 이 괴변을 고했다. 그리고 군수는 이 사실을 황제에게 고하면서 그 돌을 실어다 보였다.

'파관석 막동출 — 관석(關石)을 깨고 동쪽으로 나가지 말라.'

이리저리 궁리하던 끝에 황제가 유광원·강발·유자원 등을 은밀하게 불러들여 하문하니, 세 신하는 함께 아뢰었다.

「이것은 폐하께서 지나치게 사람을 많이 죽이셨기 때문이옵니다. 진안은 공을 세웠으나 상을 받지 못했기 때문에 심중에 원

한을 품고 난을 일으켰으므로 그가 죽음을 당한 것은 마땅하다 하더라도, 별수 없이 부역한 많은 백성들을 죽인 것은 무고한 일이라 아니할 수 없나이다. 그래서 많은 백성들은 오히려 죽은 진안을 칭송하는 노래를 부르며 다른 나라로 도망쳐버렸다 하옵니다.」

이 말을 들은 황제는, 진안이 배반하기 전까지는 많은 공을 세웠음을 상기하고, 그 죽음을 불쌍히 여겨서 시체를 염한 후에 장군의 예로써 장사지내 주었다.

또한 호연식을 무열왕, 노빙을 무열공에 봉하고, 망포(蟒袍)와 금인(金印)을 하사하였다.

또한 평선은 관내후에 봉하여 거기장군의 직을 내리고, 여중백을 농서후 표기장군, 유공(劉龔)·유공(劉貢)·호연유·석종·적해·유함 등 제장도 모두 열공(列公)에 봉했으며, 그때 황제를 따라 싸움에 나간 모든 병사들에게도 2계급을 승진시켰다.

또한 호연청은 진안을 생포한 공로로 상규백(上邽伯)에 봉하고, 항복한 장수 양백우·종봉(宗奉) 등에게도 각각 봉의도위(奉義都尉) 벼슬을 내렸다. 또한 대사령을 내려서 백성들의 부역을 1년간씩 면제해 주었다. 이렇게 되니 진나라나 서량으로 도망친 백성들도 다시 고향으로 모여들어서 살게 되었다.

서량의 주인 서평공 장무는 유요가 양난적의 항복을 받고 진안을 격파한 데다가 한때 자기에게로 도망쳐 오던 농서지방 백성들마저 다시 고향으로 돌아가는 것을 보자, 군사를 일으켜서 서조의 팽창을 막으려고 생각했다.

그러나 범원(氾瑗)이 말하기를, 유요가 진안을 쳐서 영토를 확장하고 그 군세가 매우 완강하므로 잠시 대세를 돌아본 후에 치자고 했다. 그 말에 마음이 움직여서 장무가 망설이고 있는데, 후조 황제 석늑이 사신을 보내왔다.

사신이 장무에게 말했다.

「우리 주공께서는 유요가 강발을 시켜서 동관(潼關)을 공략, 석생을 패퇴시킨 것을 보시고 소신을 서평공께 보내셨습니다. 지금 유요는 그 힘을 믿고 이미 농서를 삼킨 뒤 관동지방까지도 침략하려고 합니다. 그러므로 우리 주공께서는 석호에게 군사를 주어 하동(河東)으로 나가서 막도록 하였은즉 공께서도 농우로 출정하시기를 바랍니다. 이리하여 우리가 동맹을 맺고 세력을 나누어서 서조의 군현을 친다면 유요도 하서(河西) 땅을 엿보지 못할 것이 아닙니까.」

장무는 그 말을 듣자 즉시 금성태수 장낭(張閬)과 장군 포한(抱罕)·신안(辛晏), 대장군 한박 등에게 명하여 군사 5만을 이끌고 나가서 대하성(大夏城)부터 진주까지에 있는 모든 고을을 빼앗으라고 했다. 서량군의 침략을 당한 각 고을의 수령들은 이 사실을 곧 장안에 있는 유요에게 상주했는데, 상주를 받은 유요는 곧 유공(劉貢)·평선 등에게 군사 8만을 이끌고 나가서 서량병을 격퇴하라고 했다.

이리하여 양군은 조하(洮河)를 사이에 두고 영채를 세우게 되었다. 그러나 장낭은 조군의 사기가 대단한 것을 보고 굳게 진을 지키며 나와서 싸우려고 하지 않았다. 이러기를 70여 일, 유요는 서량군이 후퇴하지 않는 것을 보자, 스스로 군사를 이끌고 진주로 나와서 적의 군세를 관찰하였다.

강비가 계략을 말했다.

「만약 서량군의 보급로를 차단할 수 있다면 장낭은 틀림없이 패배할 것이옵니다.」

유요는 그 말에 따라 곧 호연나(胡延邪)에게 정기 1만 5천을 주

면서 지름길로 해서 조하를 건너가 서량군의 보급로를 끊어버리라고 명했다.

호연나의 군사에게 수송 도중의 양초를 빼앗긴 장낭은 크게 놀랐다. 곧 대장군 한박을 청해서 의논을 했다.

「양식은 삼군의 목숨을 잇는 중대한 것입니다. 이제 조군에게 보급로를 차단당했으니, 그것이 풀리지 않는다면 우리는 후퇴할 수밖에 없습니다.」

한박이 한참 동안 생각한 끝에 대답했다.

「공은 조심해서 이곳을 지키시오 내가 군사 1만을 이끌고 나가 먼저 보급로를 차단한 조군을 치고 난 연후에 다시 돌아와 유공을 격퇴하리다.」

장낭은 그 말을 듣자 선뜻 한박에게 군사 1만을 내주어 밤에 출발시켰다. 유공은 한박이 군사를 뒤로 돌린다는 정보를 얻자 비밀리에 평선 등을 시켜 조하의 상류를 건너가게 하고, 자신은 하류로 건너가서 두 곳으로 나눠 서량군의 영채에 접근하였다. 장낭은 이것을 보고 크게 당황해서 신안(辛晏)과 의논했다.

「조군은 이미 강을 건넜고, 유요는 군사를 시켜 우리 보급로를 차단하였소 이렇게 되어 적은 힘이 강하고 우리는 약하니 어떻게 싸울 수가 있겠소 차라리 일단 후퇴해서 서량으로 돌아간 후에 다시 일을 꾸미는 것이 좋을 듯하오」

신안도 역시 별수가 없었으므로 서량병은 야밤중을 틈타 영채를 정리한 후 후퇴해버렸다. 이것도 모르고 평선과 유공 두 장수는 약속한 시간에 일제히 서량군 영채로 쳐들어갔으나 적은 이미 후퇴한 뒤였다.

유공과 평선은 서로 얼굴을 마주보면서 적을 추격할까 의논을 했으나 일단 황제에게 보고를 한 후에 결정하기로 했다.

유공이 보낸 전령으로부터 서량군의 후퇴를 보고받은 유요는, 서량은 아직 침공해 들어갈 것이 아니라, 오직 추격하여 일진을 크게 격파함으로써 아예 그들의 재침하려는 사기를 꺾는 것이 좋겠다는 강비의 의견에 따라서 유요 자신이 추격하기로 했다.

그리하여 유요는 관심·강비·호연유 등을 이끌고 바람처럼 앞질러 가서 측산(側山)에 군사를 매복시킨 후 서량군의 동정을 살피고 있었다.

한편 장낭이 이끄는 서량군은 유공과 평선이 추격하지 않음을 보자 방심하고 천천히 뒷걸음질을 쳤다. 그래서 측산에 이르렀어도 아무 방비를 하지 않고 산골짜기로 들어섰는데, 갑자기 양편 산머리에서 대포소리가 일어나며 매복한 조병들이 일제히 달려들었다.

이리하여 미처 전열도 정비하지 못한 채 서량군은 도피해 달아났다. 호연유가 30리를 추격하는 바람에 장낭은 2만의 군사를 잃었으며, 감히 군법이 두려워서 서량 땅으로는 들어가지 못하고 중도에서 사람을 고장(姑藏)으로 보내 구원을 청했다.

서평공 장무는 패전의 소식을 듣자 크게 화를 냈다. 그래서 글을 보내 패전의 책임을 장낭에게 추궁하고, 구원병은 하나도 보내지 않았다. 결국 군법에 걸려 죽음을 당할까 두려워한 장낭·신안 두 사람은 서평공의 사자를 죽이고 나서 유요에게로 도망쳐서 항복했다.

이때, 장안을 지키고 있던 유광원이 급사를 보내 보고하기를, 후조(後趙)의 석호가 군사를 이끌고 나와서 하동지방을 침탈, 이미 20여 성이 그의 세력에 말려들어가고, 후조군이 포판(蒲坂)까지 쳐들어왔다는 것이다.

이 급보를 받은 유요는 그 즉시 석종·유함을 그곳에 남겨서 호연나와 같이 한박을 적도(狄道)에서 치게 하고, 호연유와 적해를 시켜서는 음감(陰鑒)을 양쪽에서 협공하라고 분부한 후, 자신은 대군을 이끌고 장안으로 회군했다.

한편, 서평공 장무는 장낭이 조나라에 항복하고, 조병이 음감과 한박을 포위해서 공격을 가하고 있다는 소식을 듣자 당장 짓쳐나가서 구원할 계책을 의논했다.

우참군(右參軍) 벼슬에 있는 진진(陳珍)이 말했다.

「지금 유요의 대군은 이미 장안으로 회군했으니 이 기회에 한박과 음감을 구해야 할 것입니다.」

장무는 그 말을 옳게 여기고 곧 진진을 평로(平虜) 장군으로 임명하여 군사 1만 8천을 이끌고 나가서 한박을 구하라 했다. 조장 석종과 유함은 황제 유요가 회군하는 것을 보자 마침내 한박의 포위를 풀고 돌아갔다.

진진은 석종이 포위를 풀자 한박과 같이 음감을 구하려고 했으나 한박이 다른 의견을 말하므로 그것을 좇기로 했다. 즉, 유요가 급히 병마를 거두어 돌아가는 것은, 석호와 석생이 조나라의 하동 지방을 침공했기 때문이니, 아마 전의를 잃고 있을 것이다. 차라리 급히 유요의 후군을 추격해서 친다면 음감의 포위는 자연히 풀릴 것이고, 경우에 따라서는 큰 승리를 거둘 수도 있지 않겠느냐는 것이 그 골자였다.

그래서 진진과 한박이 이끄는 서량군은 지름길로 달려가서 회군하는 유요의 배후를 쳤다. 아닌 게 아니라 시급히 갈 길을 재촉하던 조군은 서량병이 그처럼 신속히 쫓아올 줄 몰랐는지 아무 방비가 없었다. 서량군이 함성을 지르며 달려들자 불의의 습격을 당한 유요의 군사는 크게 패주해 돌아갔다. 또한 음감을 포위하고 있던 호연유와 적해도 그 소식을 듣자 포위를 풀고 달아나버렸다.

이 싸움으로 서량군은 조나라의 농섬(隴陜) 지방을 모두 빼앗았으며, 승리의 첩보를 받은 서평군은 크게 기뻐하고, 진진의 공을 추켜세워 절충(折衝)장군으로 삼아 그 땅을 지키게 했다.

2. 왕손(王遜), 성군(成軍)을 대파하다

유요가 조하로부터 평선과 유공을 빼돌려 하동을 구하게 하고, 서량장수 진진(陳珍)에게 농섬 땅을 다 빼앗겼지만, 다행히도 평선과 유악(劉岳)이 후조 군을 크게 무찔러버렸기 때문에 석호와 석생은 양국으로 후퇴하지 않을 수 없었다.

장안으로 들어온 유요는 대단히 기뻐하여 주연을 베풀어 제장들의 노고를 치하하면서 여러 사람에게 물었다.

「서량이 아무 이유 없이 우리 농서 땅을 빼앗았으니 괘씸하기 짝이 없소. 더구나 그곳은 우리나라의 서쪽 경계이니 반드시 탈환하여 그 원수를 갚아야 할 테니, 지금 이 승전으로 사기가 충천한 군사를 이끌고 가서 싸우는 것이 어떻겠소?」

여러 신하가 의견을 말했다.

「서량을 취하려면 반드시 성주에게 사람을 보내 맹약을 맺은 다음에 양쪽으로 협공을 해야 공을 이룰 수 있을 것이옵니다.」

그러나 강발과 관심은 제장들의 의견과는 생각이 달랐다. 그래서 황제에게 아뢰었다.

「그렇지 않나이다. 성(成)·양(凉) 두 나라는 본래부터 서로 우호를 맺고 있는 사이입니다. 그러므로 우리가 성나라와 손을 잡고자 해도 성주는 듣지 않을 것이옵니다. 그러니 군사를 나눠서 양국을 함께 도모하되, 많은 군사를 동원시킨다면 이길 수가 있을 것이옵니다. 무엇 때문에 남의 힘을 빌리려 하시나이까.」

한참 동안 두 가지 의견에 대해 생각하던 유요는 강발과 관심

의 의견에 따르기로 했다. 그리하여 정병 28만을 셋으로 나눠서 2진을 전군, 1진을 후군으로 해 양로로 진격하되, 거짓으로 50만 대군이라고 허풍을 떨었다. 자칭 50만 대군은 양주(梁州)를 바라고 진격하다가 도중에서 갑자기 서량 땅으로 쳐들어갔다. 서량의 군사와 백성들은 이 소식을 듣자 모두 두려워서 벌벌 떨었다. 비마(飛馬)로부터 이 소식을 들은 서평공 장무도 당황해서 곧 장수들을 모아놓고 방책을 의논했다.

참군부사 마급(馬岌)이 의견을 말했다.

「이번에 쳐들어오는 조군은 지난번 패전 때문에 복수에 불타고 있으니, 그 예기가 보통이 아닐 것입니다. 그러므로 주공께서도 친히 대군을 이끌고 나가서 일대 결전을 벌여 적을 격퇴시킴으로써 이 땅을 평안케 하옵소서.」

그러나 주부사(主簿事) 벼슬에 있는 범위(氾禕)는 신중한 화평론을 피력했다.

「일전에 선공(先公)께서 작고하신 후, 우리 서량은 군사와 군량조차 넉넉지 않아서 조나라의 십분의 일에 불과한데 무엇으로 50만 대군을 대적하겠습니까. 진안은 10만의 날랜 군사를 거느리고서도 하루아침에 포로의 몸이 되었습니다. 그러므로 차라리 항복하여 백성과 나라를 보전하는 것이 나을 것입니다.」

이 말을 들은 마급은 범위를 통렬히 공박했다.

「범위는 일개 서생에 지나지 않으니 어찌 군국(軍國)의 대사를 알 수 있겠습니까. 주공 부자는 진조를 위해서 유요를 잡아 죽이고자 하신 일이 있는데, 어찌해서 스스로 포수의 그물로 뛰어드는 토끼처럼 되실 수가 있겠습니까. 군사가 적다고 반드시 싸움에 진다는 법은 아직까지 없습니다.」

장모는 주전(主戰)·화평(和平) 두 의견을 앞에 놓고 한참을 생각하더니 마침내 마급의 의견에 따르기로 했다.

장모는 우선 군사 5만을 이끌고 나가서 석두산(石頭山) 밑에 진을 치고 그 길을 막았다. 제장들은 절충장군 진진의 군사를 끌어들이자고 의논이 분분했다. 그러나 진진은 묵묵히 앉아서 아무 대답도 하지 않았다. 장무가 진진에게 물었다.

「공은 왜 아무 말도 안하시오. 적병이 많아서 두렵소?」

진진이 조용히 대답했다.

「내가 보기에 조군이 아무리 군사가 많다고 해도 두려워할 것은 못됩니다.」

장모는 진진의 말에 깜짝 놀랐다.

「유요에게는 적이 많습니다. 동쪽에는 석늑이 있고, 남쪽에는 이구가 있으니, 어찌 이곳에서 세월을 보내며 우리와 하서 땅을 다툴 수 있겠습니까. 그러니 싸우지 말고 오직 요처를 굳게 지키십시오 만약 한 달 내에 유요가 물러가지 않는다면, 그때는 제가 1만의 군사를 이끌고 나가서 주공을 위해 유요의 군사를 무찌르겠습니다.」

그러나 장무는 50만 대군이 쳐들어온다는 말에 겁을 먹고 마침내 진진의 의견을 따르지 않았다.

유요는 양롱(梁隴) 길을 가로막는 것이 없음을 알고 하서로 군사를 진격시켰다. 탐색병이 달려와서 길이 가로막혔다고 보고했다. 제장들은 군사가 많음을 믿고 앞을 다투어 강을 건너 서량군을 치고자 하는데 유요가 그 가부를 군사 강발에게 물으니, 강발이 대답했다.

「우리 군세는 대단하다고 해도 기실 먼 길을 달려오느라고 피로해서 갑작스럽게 싸우면 불리합니다. 그러므로 군사를 우선 이곳에서 잠시 쉬게 해서 예기를 기르고 위세만을 떨치시옵소서.」

유요는 그 말이 옳은 것 같아 전군에게 휴식령을 내렸다. 강발은 군사들이 밥을 짓고 무기를 손질하면서 휴식을 취하는 것을 보자 다시 유요에게 말했다.

「양주(凉主) 장무는 군사를 통솔할 만한 인재가 못되나이다. 그러니 우리 대군이 여기까지 당도한 것을 보면 틀림없이 심중에 두려움을 품고 있을 것입니다. 그러므로 폐하께서는 사람을 그에게 보내 이해(利害)로써 타이르고 조서를 내리시옵소서. 아마 열흘 안으로 반드시 항표를 보내올 것입니다.」

유요는 그 의견을 듣자 무릎을 치며 기뻐했다. 그래서 매일 영을 내려 영채를 엄격하게 경비하고, 군사를 교대로 보내 서량군의 진지를 공격하고 포위했다. 그리고 기치와 창검을 늘어놓아 병위(兵威)를 뽐내니, 조군의 군기와 천막은 1백여 리에 이르렀다. 포성이 은은하게 지축을 울리고, 밤이면 영채마다 휘황하게 불을 켜니 일대 장관이 아닐 수 없었다.

서평공 장무는 과연 겁쟁이였다. 그래서 진진·마급의 의견을 버리고 비밀리에 범위를 불러들여 유요에게 표를 올려 항복을 청했다.

조황제 유요는 장무가 표를 올려 항복을 청한 것을 보고 크게 기뻐했다. 곧 홍로경(鴻臚卿) 전숭(田崧)을 칙사로 임명하여 범위와 같이 포한 성으로 가 장무를 만나보게 했다. 유요는 또 장무를 양왕(凉王)에 봉하여 구석(九錫)을 내리고, 부하 장수에게는 모두 대장군의 직을 내렸다.

조서가 석두산에 도달한 후에야 서량군 제장들은 비로소 항복한 사실을 알고 깜짝 놀랐으나 이미 당한 일이므로 어쩔 수가 없었다. 양왕 장무는 범위를 시켜서 황제의 군문에 좋은 말 1천 5백 마리, 황금 3백 80근, 은 7백 근, 소와 양 5만 두를 헌납하여 삼군을 호궤하게 하니, 유요는 이것을 받아들인 후에 장안으로 개선했다.

한편 성나라 임금 이웅은 장무가 하서지방을 들어 조(趙)에 항복했다는 말을 듣자 울화가 치밀었다.

「서량은 우리 성(城)과 가깝다. 장무가 급한 일이 생겼다면 마땅히 짐에게 구원을 청해야 이치에 합당할 것인데, 가까이 있는 짐에게 붙지 않고 먼 곳에 있는 조에 붙다니 그 정이 매우 밉살스럽구나. 내 신속히 군사를 일으켜서 그를 치리라.」

여러 신하들이 말했다.

「우리 군사가 서량을 치려면 우선 진장 왕손(王遜)의 군사가 주둔하고 있는 영주(寧州)를 지나가야 합니다. 왕손은 항상 우리 군사의 힘을 견제하고 있으니, 이 왕손을 치지 않고는 서량을 취할 수가 없사옵니다.」

이웅이 여러 사람의 말을 듣고 나서 태위 이양(李讓)을 불러들여 물어보았다.

「영주는 우리 국경에 가깝소. 짐은 그 땅이 좁기 때문에 아직 병탄(倂呑)하지 않았던 것인데, 지금 영주 때문에 하서지방과 연락이 닿지 않아서 유요에게 하서 땅을 빼앗기고 말았다 하오.」

이양이 한 발 나서서 말했다.

「신에게 군사 5만을 주신다면 당장에 영주를 취하여 왕손의 목을 베어다 폐하께 바치겠사옵니다.」

이웅은 그 말이 마음에 들어서 즉시 이양을 평녕(平寧) 대도독으로 임명하고, 이치(李稚)·뇌항(雷恒)을 좌우 선봉으로 하여 정병 10만을 내주었다.

이양이 성군을 거느리고 경계에 당도하자, 왕손의 전초병은 벌써 영주로 달려가서 사태를 고했다. 왕손이 그 말을 듣자 곧 병마

를 소집 방비를 단단히 한 다음 군사를 요소요소의 산험(山險)에 배치시켜 백성들이 놀라는 일이 없도록 하려는데, 갑자기 탐마가 달려와서 사태를 고했다.

「이미 성군이 당도해서 삼분천(三坌川)에 주둔했습니다. 불일간에 이곳까지 쳐들어올 것입니다.」

이 말을 듣자 왕손은 내심 크게 기뻐했다. 그래서 대장 요악(姚岳)에게 명하여 군사 1만을 이끌고 가 험난한 요지를 지키되, 적의 전진을 굳게 막으면 자기가 재차 계략을 써서 적을 격파하겠다고 했다.

요악이 물었다.

「성군의 병력이 10만이라 합니다. 무엇으로 봐서 격파하기가 쉽다 하십니까?」

왕손이 자신있게 대답했다.

「군사를 쓰는 데 있어 삼요(三要)가 있는데 지리(地利)를 최고로 하오. 지금 그들은 삼분천에 주둔하고 있소. 이곳은 바로 절지(絶地 : 전멸을 당할 곳)요. 그러므로 내가 장군에게 부탁하니 군사로 적의 앞길을 굳게 가로막되 싸우려 하지 마시오. 내가 군사를 이끌고 나가서 적의 보급로와 돌아갈 길을 끊는다면 성군은 보름이 못 가서 모두 굶어죽을 것이오.」

요악이 그 계략에 따라 군사를 이끌고 달려가자 왕손은 아들 왕견(王堅)으로 하여금 성을 지키게 하고, 자신은 군사를 이끌고 샛길로 빠져나가서 성군 배후에다 방책을 세워 성군의 퇴로를 가로막았다.

이양은 매일같이 나가서 길을 다투었으나 요악은 길을 막아선 채 요새에서 나오지를 않으니 속 시원히 싸우지도 못하고 어쩔 수가 없었다. 이때 성군의 후면에서 군량을 보급하는 부대가 산골짜

기를 지나다가 왕손의 유격병한테 걸려서 양식을 몽땅 소각당했
다. 병사와 군관이 겨우 목숨만 살아와서 이 사실을 고했다.

이양은 기가 막혔으나 어쩔 수가 없었다. 이러기를 10여 일에
달하니 그때서야 양식이 떨어진 성군은 배가 고파서 지키려야 더
지킬 수가 없게 되었다. 이양이 삼군에 영을 내렸다.

「지금 우리 군은 앞뒤가 막혀서 보급이 닿지 않고 있다. 그러
니 힘을 다해 신속히 적의 병책(兵柵)을 격파하고 곧장 쳐들어가
는 수밖에는 딴 도리가 없다. 그렇지 않으면 이곳에서 굶어죽기를
기다릴 수밖에 없으니 모든 군사는 목숨을 내던질 각오를 하고 내
뒤를 따르라.」

이양은 그 길로 나가서 요악을 쳤다. 그러나 성군의 공격이 아
무리 심해도 험지(險地)을 이용하여 지키고만 있는 요악의 요새는
요지부동이었다. 결국 한나절이 되자 성군의 병사들은 모두 허기
가 져 늘어지고 번갈아가면서 땅바닥에 주저앉아버렸다.

이처럼 성군이 모두 피로해지자 요악은 병사를 풀어서 적을 치
니 성군은 적에 대항할 마음조차 일지 않아서 모두 본영(本營)을
향해 언덕 밑으로 달아났다.

도망쳐오는 병사들을 보자 이양은 친히 뇌항과 이치를 독려하
여 도망쳐오는 병사를 막으라고 했으나, 그들도 별 뾰족한 수가
없어서 부하들을 향해 고래고래 소리만 지를 뿐이었다.

이때 왕손은 대포소리를 들었다. 요악이 계략을 써서 적을 격퇴
하고 있는 것이란 판단이 내려지자 왕손도 적의 후면을 들이치면
서 접응했다. 성군은 양쪽으로부터 공격을 받게 되자 각각 진을
뚫고 도망치려 했으나 왕손이 사력을 다해서 막는 바람에 이양조
차도 도망칠 수가 없었다.

삽시간에 수라장이 된 삼분천은 성군이 흘린 피로 붉게 물들었

다. 이양은 아무래도 도망칠 수가 없게 되자, 독화살로 왕손을 쏘아 맞혀 왕손이 쓰러진 틈을 타 겨우 빠져나와야 했다. 요악은 급히 군사를 몰아서 이양의 뒤를 추격했으나 끝내 잡지 못하고 되돌아왔다.

왕손은, 요악이 자기 명령을 지키지 않고 군사를 움직여 싸웠기 때문에 이양을 놓치게 된 것이 분했다. 그래서 요악을 불러들여 크게 꾸짖은 후 장령을 어긴 죄로 곤장 40대를 때리고 행상(行賞)도 하지 않았다. 요악은 왕손이 심히 원망스러워 여러 군사 앞에서 불평을 털어놓았다.

「우리는 1백 명의 군사를 가지고 5만의 적을 쳐부수었다. 그리고 한 사람이 여러 명의 적을 추격했으니 어떻게 이양을 잡을 수 있었겠는가. 그런데도 불구하고 왕손은 나를 문책하고 때렸다. 우선 병졸들을 위로하여 해산시키고 영주로 돌아가서 힘을 길러 이 원한을 갚고 싶어도 그럴 수가 없구나.」

이때 왕손은 이양에게 맞은 독화살의 상처를 치료받고 있었는데, 치료를 담당한 의원이 말했다.

「화살에 맹독이 묻어 있으므로 일시에 낫기는 어렵겠고, 오래 양생(養生)을 하셔야 하겠습니다.」

이 말을 전해들은 요악은 어느 날 몰래 그 의원을 찾아갔다. 그리고 많은 뇌물을 내놓으며 왕손을 죽여주기를 부탁하니 뇌물에 눈이 어두운 의원은 왕손의 상처에 약이 아닌 독을 발랐다. 갑자기 아픔이 더 심해진 왕손이 의원에게 무슨 약을 발랐기에 이처럼 아프냐고 물으려 했으나, 이미 독약이 혓바닥까지 마비시켰으므로 아무 말도 못하고 죽어버렸다.

왕손의 아들 왕견은 나중에 이것이 요악의 음모임을 알았다. 그래서 일부러 자리를 마련하고 요악에게 의논할 일이 있으니 다녀가라고 청했다.

　요악이 부중으로 들어서자 미리 준비하고 있던 집안 장정들이 몰려나와 요악을 잡았다. 그러고 나서 왕견은 다시 그 의원을 잡아다가 매질을 시키니 음모의 전말이 드러났다.

　화가 난 왕견은 두 놈을 잡아내다가 한꺼번에 목을 자르고, 이 사실을 써서 건강(建康)에 고하니, 명제(明帝)는 왕견에게 영주자사 벼슬을 내리면서 서량의 장모와 손을 잡고 그 지방을 잘 다스리라는 칙서를 내렸다.

3. 성제(成帝) 이웅 죽다

　이양은 삼분천에서 진장 왕손에게 패한 후, 파주(播州) 경계를 따라 도망을 치던 도중 양난적이 무도왕(武都王)이라는 깃발을 내건 것을 보았다. 성도로 돌아온 후 이 사실을 성제 이웅에게 고하니 이웅은 펄펄 뛰면서 노여워했다.

　「짐의 나이가 아직 늙지 않았고, 우리 군의 군세가 한창인데, 그 늙은 오랑캐 놈이 제멋대로 유요한테 항복을 하고는 왕호(王號)를 내걸고 짐을 배반한단 말이냐! 우리나라를 업신여기는 그놈을 짐이 쳐부수어 버릇을 가르쳐주리라.」

　이웅은 즉시 군사를 일으켜 양난적을 치게 했다. 이치·뇌항·이함 세 장수가 거느린 10만 성군이 양난적의 영토로 쳐들어가자, 경계를 지키던 양가의 군사는 곧 말을 타고 달려가서 이 사실을 무도왕에게 전했다.

　양난적은 그 말을 듣자 급히 자기도 군사를 일으켜 적을 막으려고 하는데, 동생 양위(楊爲)가 황망히 달려 들어왔다.

　「형님, 성군이 쳐들어와서 우리나라를 침범하고 있습니다. 우리가 속히 짓쳐나가서 험난한 요소요소를 지킨다면 적은 뜻을 이

루지 못하고 물러갈 것입니다. 더구나 이곳의 산은 높고 험해서 1만여 명만 가지고도 잘 포위해서 친다면 승리를 거둘 수 있을 것입니다.」

두 사람은 우선 그렇게 하기로 합의했다. 그리고 정세를 관망하기 위하여 군사 3만을 이끌고 무도산(武都山)을 나와 산 밑에 내려가 보니, 성군은 아직 진군을 않고 있었다. 양난적이 지리를 관찰하고 온 소감을 아우 양위에게 말했다.

「내일 성나라 장수는 우리 군사가 이곳에 도착한 것을 안다면 반드시 싸움을 걸 것이다. 내 생각으로는 그들과 이곳에 대치하고만 있을 것이 아니라, 마땅히 군사를 매복시키는 계략을 써서 화살로 적의 진을 친다면 반드시 적군을 격파할 수 있을 것이다.」

양위는 곧 그 계략에 따르기로 했다. 그리하여 주철정과 군사 1만을 이끌고 가서 석벽산(石壁山) 동쪽 골짜기 입구에 매복했고, 양겸과 황모송도 군사를 이끌고 가서 석벽산 서쪽 골짜기 입구에 매복했다.

또한 양철두·양철경 형제는 군사 5천을 거느리고 좁은 산협에 매복하여 양편으로 나뉘어 각각 강궁(强弓)과 경노(硬弩)로 돌과 화살을 쏘되, 단 성군이 좁은 길목으로 쫓겨 들어가면 대포소리를 신호로 해서 일제히 공격하기로 약속했다. 모든 장수들은 명령받은 대로 각기 떠나갔다.

다음날, 성군의 장수 이치는 사람을 시켜 양난적을 문책했다. 그러나 양난적은 그자에게, 「청컨대 이치 자신이 직접 나와서 말을 걸라」 라고 한 후, 묘병(苗兵) 1만을 거느리고 석벽산의 좁은 길목을 떠나 평파(平坡)와 하변(下辨) 20리 밖에 진을 쳤다.

성나라 장수 뇌항과 이치는 심부름간 자로부터 양난적의 말을 전해 듣자 화가 났다. 그래서 산 밑 좁은 길목에 나와서 이치를 향하여 문책했다.

「우리 주상께서는 너를 박대하지 않았는데, 무엇 때문에 너는 우리를 배반하고 건방지게도 왕이라 자칭하는가?」

이 말을 들은 양난적은 껄껄 웃으면서 대답했다.

「대장부라면 서로 맞서서 움직인다. 의당히 자립하려고 하면 자립할 수 있는 것이 아닌가. 너희 소관은 너희들의 영토이고, 내 소관은 내가 다스리는 지방이다. 낸들 왕이 되어서 안될 일이 무엇이냐!」

이치는 그 말을 듣자 큰 소리로 욕설을 퍼부으며 달려 나왔다.

「이 쥐새끼 같은 오랑캐가 어찌 이리도 무례한가!」

이치가 창을 꼬나 잡고 내달리자 양난적은 환두칼을 휘두르며 달려들었다. 두 사람이 싸우는 것은 마치 호랑이가 으르렁대는 것과 같아 좁은 산골짜기를 쩌렁쩌렁 울렸으며, 두 마리 말은 입에 거품을 물고 용이 싸우듯 헐떡거렸다.

이함은 양난적이 지치지도 않고 싸우는 것을 보자 뇌항과 일제히 달려 나와서 대적하니, 양난적은 혼자서 세 장수를 대적할 수가 없다는 듯이 조금씩 말을 돌리면서 석벽산 쪽으로 적들을 유인했다.

수십 합을 싸웠을까? 온몸이 흠뻑 땀에 젖은 세 장수는 뒷걸음질을 치는 양난적을 도망칠 틈을 주지 않으려고 더욱 맹렬히 쫓으며 뒤따르는 군사들을 돌아보고 외쳤다.

「오늘, 이미 적의 간담을 서늘케 했으니 이 이긴 기세를 휘몰아서 무도(武都)까지 쳐들어가자! 힘써서 적을 잡는다면, 그때 휴식할 수 있으리라.」

이 말을 들은 양난적의 군사들은 더욱 궤멸해서 지리멸렬로 달아나니 신이 난 성군은 천지를 뒤흔드는 함성을 울리며 석벽산 골

짜기로 몰려 들어갔다.

성군이 석벽산 골짜기 입구에 당도했을 때에는 이미 양난적의 모습도 하늘로 솟았는지 땅으로 꺼져버렸는지 사라져버린 후였는데, 골짜기 속은 태고의 정적이 감돌 뿐 아무런 동정이 없었다.

한 군사가 골짜기 초입으로 들어가서 양난적의 투구가 땅에 떨어져 있는 것을 주워왔다. 뇌항은 만용을 부려 제일 먼저 앞장을 서서 골짜기 안으로 들어갔다. 그리고 그 뒤를 따라서 이함과 이치도 따라 들어섰다. 휭하니 빈 골짜기 속에는 이따금씩 길 잃은 박쥐가 칠흑 같은 날개를 펄럭거리며 날아올랐다가는 이내 숨곤 했다.

성군이 거의 고개 마루턱을 다 올라서려 할 때였다. 양쪽 골짜기 움푹 팬 곳에서 대포소리가 은은히 울려왔다. 이어서 이 소리를 신호로 양가(楊家)의 장수인 철두·철각·철경·철곤 등이 두 발을 벼랑에 딱 붙인 채 높은 곳에서부터 활을 쏘아대니 시석(矢石)은 마치 소나기와 우박이 함께 내리는 것처럼 성병들의 머리 위에 쏟아져 내려왔다.

순식간에 당한 일이라 뇌항·이치 등 성장들이 앞으로 뚫고 나가려 시도했지만 양겸과 황모송에 의해 저지되었다. 번갯불처럼 노한 뇌항이 창을 휘두르며 돌격전을 감행했으나 산 위에서 퍼붓는 노전(弩箭)은 마치 마른 논에 메뚜기 뛰는 것 같아서 화살에 맞은 놈은 맞아서 죽고 섣불리 도망치려던 놈은 말발굽과 사람의 발 밑에 밟혀 죽고 깔려 죽어서 시체는 금세 산더미처럼 쌓였다.

성병들의 신음소리와 울음소리, 거기다가 고함소리까지 교차하여 고막은 당장 찢어질 것 같았고, 심장은 놀란 나머지 터질 것만 같았다.

난군 속에서 몸의 네 군데나 화살을 맞은 이치와 가까스로 사

지를 빠져나온 이함은 같이 뒤로 물러서서 성도로 돌아가려 했으나, 모든 골짜기 입구는 전부 목석으로 가로막혀 있어서 옴치고 뛸 수조차 없었다. 산 위에서 두 사람을 노려 활시위를 만월처럼 당긴 생철정이 큰 소리로 외쳤다.

「네놈들이 이 지경에 이르러서도 항복하지 않는다면 네놈들의 몸뚱이를 벌집으로 만들어 주겠다. 헛되게 죽어 무슨 이익이 있겠느냐!」

그러나 세 장수는 계속 항복하지 않고 목숨을 던져서 최후의 돌격을 감행 돌파구를 찾으려 했다. 생철정은 이것을 보면서도 몇 번이나 엄포만 하고 쏘지를 않았으나 끝내 항복하지 않고 달려들자, 마침내 명령을 내려 팽팽히 당겨진 활시위를 놓았다. 이리하여 수천 개의 화살이 일제히 날아가서 꽂히니 슬프게도 성나라의 세 용장은 고슴도치같이 전신에 화살이 꽂힌 채 즉사했다.

이 싸움에서 성나라의 10만 대군은 한 사람도 고국으로 살아 돌아가지 못했으며, 불과 수백 명만이 항복을 하는 요행(?)을 얻었을 뿐이다. 양난적은 크게 승리하자 노획물을 주워 모은 다음 개선의 환호성을 올리면서 무도로 돌아갔다.

성제 이웅은 10만 대군과 세 사람의 용장이 전멸당했다는 소식을 듣자 용상에서 굴러 떨어지며 까무러쳤다. 얼마 후에 근신들의 부축을 받아서 겨우 후궁으로 들어가자, 이웅은 비분을 못 이겨서 가슴을 치며 통곡했다.

「과인이 어렸을 때부터 촉땅으로 들어와서 수백 번 전쟁을 겪었으나 이 같은 참패는 당한 일이 없었다. 아, 무엇으로 이 원수를 갚을꼬? 무엇으로 양난적의 고기를 씹을꼬!」

한탄해 마지않던 이웅은 스스로 천명임을 깨달았던지 이양(李讓)과 이봉(李鳳) 두 신하를 불렀다.

「짐이 선제를 따라 군사를 일으킨 이래 이번같이 불리한 때는 없었다. 영주에서 5만, 구지(仇池)에서는 전군이 전멸하고 말았으니 무엇으로 국력을 회복하겠는가.」

이양이 침통한 표정으로 아뢰었다.

「폐하, 면목이 없습니다. 그러나 자고로 전쟁에 이기고 지는 것은 병가의 상사라 하였은즉, 다음번 싸움에서 설욕을 하신다면 안될 리가 있겠나이까. 다만 이번만은 옥체를 생각하셔서라도 지나치게 심려하지 마시옵소서.」

그러나 이웅은 머리를 가로 흔들었다.

「설령 이 다음에 설욕의 기회가 돌아온다 하더라도, 그때 짐은 이미 보지 못할 것이오 짐은 아무래도 다시 일어날 것 같지 않소 그러므로 짐이 죽거든 경들은 짐의 맏형 이탕(李蕩)의 아들 이반을 받들어서 대위에 오르게 하시오.」

의외의 분부를 받게 된 두 신하는 크게 경악했다. 이에 이양이 급히 간하였다.

「폐하께서는 무슨 말씀을 하시나이까. 옛부터 적서(嫡庶)의 분별이 있는 법이온데, 이제 적(嫡)을 버리고 서(庶)를 세운다면 국가의 환란은 이로부터 일어날 것이옵니다. 부디 옛 송나라 선공(宣公), 오나라 제번(諸樊)의 고사를 생각하셔서라도 생각을 달리 하시옵소서.」

그러나 이웅은 듣지 않았다.

「지난날 짐이 이 나라를 얻게 된 것은 모두 선형(先兄)의 덕이었소 그러므로 오늘날 짐이 조카 이반을 세우는 것은 형님에게 자리를 물려주는 것이오 이미 짐의 생각은 결정되었으니 경들은 더 거역하지 마오.」

이 말을 듣자 계하에 늘어선 여러 신하들도 목소리를 함께 하

여 간했다.

「폐하께서 말씀하시는 것은 덕입니다. 그러나 적을 세우는 것은 전례(典禮)이니 전례는 어길 수가 없습니다. 그러므로 나라에 전례가 끊기면 화란(禍亂)의 시초가 됩니다. 한때의 편애로 만세의 계통을 어지럽힌다면 아마 국가도 평안을 얻지 못할 것이옵니다.」

그러나 이웅은 끝까지 듣지 않았으며, 이양 이하 여러 신하에게 거듭 이반을 잘 보필해줄 것을 부탁한 후 벽을 향해 돌아누워 버렸다. 황제의 고명을 받고 퇴출하는 길에 이양은 이봉을 돌아보면서 눈물을 흘렸다.

「이제부터 우리나라는 평안할 날이 없을 터이니 멀지 않은 장래에 나라가 망하겠구려.」

다음날, 성제 이웅이 붕어하니 이양을 위시한 문무백관은 장사를 치르고 그 유명에 따라서 이반을 세워 황제로 삼았다.

한편, 서평공 장무는 이웅이 죽었다는 소문을 듣자 손뼉을 치면서 기뻐했다.

「이웅은 번번이 나를 도모하려 했지. 일전에 다행하게도 왕손이 성병을 무찌르지 않았던들 벌써 내게 화가 미쳤을 것이다. 지금 그가 죽었으니 이 기회를 이용하여 파한(巴漢)을 취하고 성도(成都)를 평정하리라.」

그래서 장무는 곧 진진을 불러들여서 왕손과 손을 잡고 성나라를 칠 일을 물었다. 그러나 진진은 이미 왕손이 요악에게 살해당하여 그 아들 왕견이 진제(晋帝)의 명을 받들어 영지를 지키고 있다고 말한 후에 다소 나무라는 투로 말했다.

「주공께서는 유요에게 굴복하여 양왕(凉王)으로 봉함을 받으셨지만, 그 일로 인해서 가까운 이웃을 전부 원수로 돌리셨으니 앞으로 어쩌시렵니까.」

진진의 말을 들은 장무는 마음이 아팠다. 그래서 스스로도 꾸짖으며 말했다.

「내가 비록 유요의 힘에 눌려서 할 수 없이 무릎을 꿇긴 했지만, 백성을 보전하고 조상의 직위를 물려받은 몸으로서는 하루도 조나라에게 원수 갚을 일을 잊은 적이 없소 지금 조정에서는 그러한 내 충심을 몰라주고 진실로 내가 유요에게 굴복한 줄로 알겠지만, 내 생각은 오직 조속한 시일 내에 군량과 무기를 갖추어서 이 큰 수치를 설욕하고 싶을 따름이오」

이후부터 장무는 속에 쌓인 울분 때문에 한숨을 쉬고 음식조차 목에 걸리는지 잘 들지를 않더니 병석에 눕는 몸이 되고 말았다. 불과 얼마 만에 드러나게 수척해진 장무는 이미 더 살지 못할 것을 깨달았음인지 세자 장준(張駿)을 옆에 불러 앉히고 일렀다.

「세자는 나의 말을 잘 들어라. 나는 유요의 겁박을 받고 일시적으로 잘못을 저질렀기 때문에 드디어 병까지 걸리기에 이르렀다. 아마 살기는 어려울 것이다. 우리 집안은 대대로 충효와 우애로 이름이 난 집안이다. 그러므로 비록 진실(晉室)이 약하더라도 중화(中華)의 정통이니, 세자는 신(臣)으로서 지킬 바를 지켜 진실을 받들도록 하라.」

그리고 장무는 또한, 자기가 죽은 다음에 왕후(王侯)로서가 아닌 백성의 예로 장사 지낼 것과, 스스로 죄를 지었으니 조상의 사당에 배향되는 것을 바라지 않는다고 했다.

장준이 아뢰었다.

「그러나 숙부께서는 수대를 거쳐 내려온 유업을 이어받으시고, 지위는 한 지방의 왕이셨으니 장례는 공례(公禮)대로 하지 않을 수 없습니다.」

　이 말을 들은 장무는 다소 기쁜 것도 같았으나 이내 쓸쓸하고 허전한 웃음을 입가에 띠면서 이렇게 말했다.

　「나는 어리석게도 조상이 물려준 직위를 폐함으로써 유요한 테 위봉(僞封)을 받았다. 그러므로 내 관직은 진제(晋帝)가 내리신 것이 아니니 예를 받기가 어렵구나.」

　말을 마친 후 장무는 목욕을 하고 희고 깨끗한 옷을 갈아입은 다음 침상으로 들어갔다. 장무는 그날 밤에 죽었다.

　장준은 장무가 죽자 유명대로 장사를 지내고 마급·한박·진진 등의 추대를 받아 서평공 자리에 올랐다. 그리고 사신을 강동(江東)으로 보내 진실(晋室)에 고하니, 명제(明帝)는 민망히 여겨 다시 받아들이고 장준을 서량자사에 임명하였다.

제12장. 폭풍전야

1. 곽박의 신술(神術)

진나라의 무창군공(武昌郡公) 왕돈은 힘으로 황제를 위협하고, 사마승·감탁 등 여러 충신들을 모조리 죽이거나 내쫓았으므로 아무것도 거칠 것이 없었다. 그래서 우선 역모의 디딤돌로 형 왕함을 무창자사로, 왕이(王廙)를 장사태수로, 부하 장군인 주여(周盧)를 양양태수로 임명하려 한다고 명제 앞에 청했다.

이때 이미 왕서는 나라에 충성을 다한 공으로 형주자사에 임명을 받았고, 왕돈은 또한 자기를 반대하는 왕빈(王彬)을 달래기 위해서 강주자사로 임명해 주기를 황제에게 청했으나 두 사람은 황제에게 충성하는 본심을 버리지는 않았다.

칙명을 받들어 왕빈·왕서가 임지로 떠나자 왕돈은 두 아우의 뒤를 쫓아가서 먼저 왕빈을 붙들고 조용히 타일렀다.

「네가 부임해 가는 강주는 국가의 요지이다. 우선 나는 우리 집안사람을 모두 요지에 앉혀놓음으로써 힘들이지 않고 황제의 대권을 빼앗으려 하니 그리 알아라.」

왕빈은 형의 말을 듣자 안색을 붉히면서 대답했다.

「그게 남의 신하된 사람으로서 하시는 말씀입니까?」

　왕돈은 왕빈의 안색만 살피다가 난데없는 말이 나오자 왕빈의 멱살을 잡았다.

　「너는 나를 모욕하려고 그러느냐! 아래위도 몰라보는 놈 같으니라고.」

　이를 보자 난처해진 왕서는 조용히 왕돈의 소매를 잡아끌었다.

　「지난날 형님은 손위인 왕징(王澄)과 왕능(王陵)도 죽인 일이 있습니다. 이제는 동생마저 죽이려고 하십니까. 고정하십시오.」

　왕서의 이 말을 듣자 왕돈은 억지로 성질을 참으면서 슬그머니 왕빈의 멱살을 놓았다.

　어느 날, 심충이 들어와서 왕돈에게 말했다.

　「곽박은 장래를 내다볼 줄 아는 기이한 재간을 가진 자입니다. 지금 그는 모친상을 당하여 벼슬에서 물러나 집에 들어앉았으니 불러다 쓰시지요.」

　그 말을 들은 왕돈은 즉시 사람을 보내 곽박에게 오라고 전했으나, 곽박은 아직 상(喪)이 다 끝나지 않았음을 이유로 들어 응하지 않았다. 왕돈은 대신 톡톡히 부조금을 보냈다.

　여기서 잠깐 곽박이 장래에 일어날 일을 얼마나 용하게 내다보는가 하는 데 대한 이야기를 하자.

　곽박은 그 아버지가 돌아가자 시신을 강변에 묻었다. 강물과의 거리는 불과 50보(步)에 지나지 않았다. 그의 친구 왕용(王用)이 근심스레 물었다.

　「그대는 점을 잘 친다지만, 무엇 때문에 부친의 영구를 물가에다 모셨는가. 그러다가 날씨가 좋지 않아서 큰 홍수라도 난다면 시신마저 떠내려가지 않겠는가?」

　곽박은 웃으면서 대답했다.

　「자네가 걱정해주는 것은 고맙지만, 나는 이미 앞일을 내다보고 그런 것이니 걱정 말게나. 이곳은 머지않아 마른 땅이 될 걸세.」

왕용은 처음에는 그 말을 곧이듣지 않았다. 그러나 수년이 지난 후에 보니, 과연 상류에서 밀려 내려온 토사가 강가에 쌓여 강줄기는 저만치 앞으로 밀려나가고, 무덤 앞 10여 리가 모두 상전(桑田)이 되는 것이었다.

그것을 본 사람들은 모두 이구동성으로 「*바다가 변하여 뽕나무밭이 된다더니(桑田碧海상전벽해)……」 하며 곽박의 신비스런 *천리안을 찬탄해 마지않았고, 점을 치러 오는 사람, 명당자리를 알아보려고 오는 사람들로 그의 집 문 앞은 글자 그대로 *문전성시(門前成市)를 이루었다.

왕용은 곽박의 영험한 지혜를 본 후부터는 더욱 그와 교분을 두텁게 하였다. 그래서 자기 부친이 사망하자 일부러 사람을 보내 곽박에게 묏자리를 봐달라고 청했다.

청을 받은 곽박은 며칠 동안 주위의 산천을 답사하며 다니더니 드디어 왕용한테 와서 한 곳에 있는 입혈(立穴), 즉 천연동굴을 천거했다. 왕용이 뜻을 몰라서 물으니 곽박이 옷깃을 바로잡으며 대답했다.

「이곳이 바로 용이혈(龍耳穴)일세. 자네 춘부장 어른을 이곳에 모신다면, 틀림없이 3년 안에 천자께서 이곳을 친림(親臨)하실 뿐더러 훗날 자네를 불러들여 전주관(傳奏官)을 삼으실 것이네.」

그러고 나서 그 동굴 앞에 비석 하나를 세우고 비문을 썼다.

〈立龍頭 葬龍耳, 不過三年 見天子 입용두 장룡이, 불과삼년 견천자 (용머리를 세워서 용의 귀에 장사 지낸다. 불과 3년 안에 천자를 보리라)〉

곽박의 점을 믿는 사람들은 모두 그 비석에 씌어진 글씨를 보

자 사방에 그 소문을 퍼뜨렸다. 그리하여 마침내 소문은 서울에까지 퍼졌고, 근신(近臣)의 입을 통해 황제의 귀에까지도 들어갔다. 황제는 말했다.

「곽박은 짐의 신하인데, 무엇 때문에 감히 상인(常人)에게 천자의 자리를 알려주었을까 보냐. 아마 착각이겠지.」

그러나 소문이 너무나도 자주 귀에 들어오고, 내심 의문이 가기도 해서 몇 사람의 음양가(陰陽家)와 근시를 데리고 미복을 한 후에 민가 근처를 순행하면서 그 진위를 알아보았다. 만약 소문이 옳다면 곽박과 왕용을 모두 잡아들여서 천자를 낳을 명당자리에 무덤을 쓴 죄로 벌을 주려고 했던 것이다.

이리해서 미복을 한 황제는 결국 왕용의 부친 무덤이 있는 곳까지 오게 되었다. 따라온 음양가들에게 무덤 구멍을 가리키며 혈법(穴法)을 물으니 한 사람도 아는 자가 없었다.

황제는 무덤 앞에 세워진 비석을 보았다. 그 내용을 읽어보니 문사(文辭)가 매우 속되기 때문에 황제는 고개를 돌렸는데, 따라온 자들은 한 사람도 해석하지를 못하고 주위를 돌아보았다. 이때 왕용은 무덤 옆에 마련한 모옥(茅屋)에서 거상(居喪)을 하고 있었는데, 처음 보는 사람들이 와서 비석을 둘러보자 깜짝 놀라서 뛰어나왔다.

황제가 물었다.

「그대는 여기 사는 사람이오? 대관절 저 무덤은 뉘 댁 것이오?」

자기에게 말을 묻는 사람이 누구인 줄 모르는 왕용은 공손히 두 손을 앞으로 모으고 대답했다.

「예, 이 무덤은 제 부친이 묻히신 곳입니다. 제 친구 되는 곽박이 이 동굴을 제게 일러주기에 저 비석을 세웠습니다. 아마 사람들이 이 명당자리를 투기해서 파괴하지나 않을까 해서 3년을 이곳에서 지켰는데 아직 아무 일도 없습니다. 선생께서는 무엇 때문에 이것을 물으십니까?」

황제는 왕용이 묻는 말에는 대답하지 않고, 자기도 마치 풍수쟁이의 한 사람인 양 딴전을 피웠다.

「아니, 그 곽박이란 사람은 정말 용하게도 천지의 묘리를 아는 모양이오만, 내가 보기엔 다만 동굴이 너무 높은 곳에 있는 것 같소이다.」

왕용이 얼른 받았다.

「곽박의 말에 의하면 용의 귓구멍이기 때문에 그렇다고 하더군요.」

이때 옆에서 두 사람의 말을 귀담아 듣던 음양가 한 사람이 나서면서 아는 척을 했다.

「옳아, 그러고 보니 저 동굴 위의 높은 뫼는 바로 용각(龍角)이군. 저곳을 차지할 분은 제왕밖에 없습니다.」

왕용이 나서서 말했다.

「곽박은 3년 전에 제게 이런 말을 했소이다. 사람이 파괴하는 것을 말리고 있으면 3년 후에 틀림없이 이곳에 천자께서 나타나시기 때문에 뵈올 수가 있으리라고.」

이 말을 듣자 황제는 심중으로 크게 놀랐다. 재차 주위를 자세히 돌아보고 나서 근시에게 낮은 목소리로 말하였다.

「천자가 이곳에 온다고 한 말은 과연 맞는 말이다. 곽박의 점은 과연 신술(神術)이로구나!」

황제는 환궁하자 곧 곽박을 불러들여 왕돈의 미래사를 점쳐보라 하였다. 한참 동안 손으로 육효(六爻)를 꼽던 곽박이 머리를 들고 아뢰었다.

「신이 아는 바에 의하면, 국가의 기운은 왕성해도 천하를 통일

하기는 어렵겠고, 왕돈은 능히 큰일을 도모하지 못할 것이오며, 만약 재차 군사를 일으킨다면 반드시 패해서 끝내는 죽고 말 것이옵니다. 폐하께서는 심려하지 마옵소서.」

명제는 그 말을 듣자 비로소 마음을 놓았다.

곽박이 조정을 물러나와 집으로 돌아가자 왕돈이 또 사람을 보내 초청했다. 곽박이 자기 거취의 길흉을 점쳤더니, 명년 봄 안에 자신에게 여섯 가지 난(難)이 일어난다는 점괘가 나왔다.

크게 두려워한 곽박은 즉시 사람을 따라 고숙(姑熟)으로 가서 왕돈을 보니, 왕돈은 벼슬을 내리면서 은근히 자기 그늘로 들어오라고 권했다. 그러나 곽박은 겨울이 되면 죽은 모친의 복(服)이 끝나니 그때 되어서 벼슬을 받겠다고 사양했다. 왕돈은 다시 선물을 내렸다.

집으로 돌아온 곽박은 멀지 않아서 자기 몸에 화가 미칠 일이 두려웠다. 그래서 재앙을 물리칠 푸닥거리(禳壓術양압술)를 해보려고 했다. 곽박은 온 집안 식구들을 불러놓고 분부하였다.

「그대들은 이제부터 내가 이르는 말을 잘 듣고 나서 꼭 지켜다오. 첫째, 앞으로 7일 동안 내가 행동하는 것을 알려고 하거나 들여다보지 마라. 둘째, 뒤뜰에 있는 측간에 드나들지 말도록 하라. 그곳은 내가 깨끗하게 부정을 가셔 놓았으니 급히 용변을 볼 경우가 생겨도 다른 곳으로 가도록 하라. 셋째, 만약 손님이 찾아오면 볼일 때문에 먼 곳으로 떠났다고 일러서 돌려보내되, 함부로 소란하게 떠들지 말도록 하라. 넷째, 함부로 내 이름을 부르지 마라.」

이때, 곽박의 이웃에 사는 친구 환가(桓哥)가 놀러왔다가 온 집안 식구가 한데 모여 있는 것을 보고 물었다.

「아니, 왜 이렇게 모여들 계십니까? 무슨 일이라도 났습니까?」

곽박은 환가가 들어오는 것을 보자,

「마침 잘 오셨소이다. 그렇지 않아도 의논할 일이 있어서 사람을 보낼까 하는 참이었는데……」

하며 환가의 손을 잡고 방으로 이끌어 들인 다음 그 동안에 있어 온 일을 자세하게 말하고 정중히 부탁했다.

「환형의 댁과 우리 집은 벽 하나가 사이라 피차간에 자기 집 드나들 듯 왕래가 잦습니다. 그러나 지금 말씀드린 바와 같은 사정으로 금후 얼마 동안만은 빈번히 찾아오시는 일을 삼가주셨으면 합니다. 만약 급한 일이 생기시면 문 밖에서 아이 이름을 부르시되 내 이름은 부르지 말아주십시오. 그리고 침실과 부엌, 측간에는 함부로 드나드시지 않도록 해주십시오 7일이 지나면 그때는 상관없습니다. 잊지 않도록 기억해 두십시오」

환가는 처음엔 자기네를 멀리하려는 줄 알고 불쾌하게 생각했으나 곽박의 말을 자세히 귀담아 듣고 나서는 응낙했다. 곽박은 재삼 환가에게 부탁해서 돌려보낸 뒤에 곧 안심하고 푸닥거리를 했다.

이러기를 닷새째 되는 날이었다. 환가가 밖에 나가 들으니, 심충이 왕돈에게 권하기를,

「신속히 곽박을 무창으로 데려다가 앉혀 놓아 조정으로 들어가지 못하도록 하십시오」

했다는 것이다. 애꿎게도 그날따라 술에 취한 환가는 술김에 당장 곽박을 찾아가서 그 말을 전하려고 했다. 그래서 일전에 한 곽박의 부탁을 잊고서 곧 문안으로 들어섰다.

집안에는 아무도 없었다. 부엌에는 자물쇠가 잠겨 있고, 사랑채를 열어보니 그곳에도 있어야 할 안식구가 없었다. 한참을 이 방

저 방 찾아 헤매던 환가는 불현듯 측간 생각이 났다.

「옳지, 그곳에 있을 거야.」

하고 휘청거리는 걸음걸이로 그곳을 향해 가니 아닌 게 아니라 측간 앞에는 불빛이 환했다. 그리고 향을 피우는지 자욱한 향연이 저승처럼 서렸고, 푸르고 붉은 황촛불이 펄럭거렸다. 또한 측간 앞에는 주찬이 마련되어 있는데, 통으로 잡은 돼지며 닭, 그리고 술잔에 황금빛 술이 찰찰 넘게 부어진 채 놓여 있었다. 그러나 곽박은 보이지 않았다.

짙은 향내를 맡아서 그런지 아까 마신 술이 이제야 취하는 듯 한꺼번에 머리로 오르는 것을 느끼며 게슴츠레한 눈을 비비고 측간 안을 들여다본 환가는 비명을 지르면서 뒤로 넘어졌다. 곽박은 온통 머리를 풀어헤쳐서 산발을 하고 입에는 칼을 문 채 측간 벽에 기대서 있었다. 실오라기 하나 걸치지 않은 몸에서는 기름을 바른 것처럼 땀이 번들거리고 두 눈은 송장처럼 멍청한 채 뚫어지게 한 곳만을 응시하고 있었다.

놀란 것은 비단 환가뿐이 아니었다. 측간 안에서 귀신의 형상을 꾸미고 있던 곽박도 밖에서 비명을 지르자 퍼뜩 접신(接神)의 무아지경에서 깨어났다. 환가가 겨우 정신을 수습하고 땅바닥에서 일어나 달아나려고 하자, 등 뒤에서 곽박의 목소리가 들려왔다.

「아, 일이 이미 여기에 이르렀으니 무슨 수를 또 쓸까보냐!」

다시 의관을 바로잡은 곽박은 나와서 환가를 일으켜 세워 사랑으로 들어갔다.

곽박이 말했다.

「며칠 전에 내가 환형보고 그처럼 부탁을 드렸는데도 오늘 기어코 약속을 어겼소이다.」

환가는 미안해서 머리를 숙인 채 아무 대답도 못했다.

「이 모두가 역시 천수(天數)입니다. 이제는 빠져나갈 길이 없습니다. 그리고 이 재앙은 비단 나뿐 아니라 이제는 형씨조차도 빠져나갈 수 없게 되었소이다. 죽어도 같이 죽고, 살아도 같이 살지 않을 수 없게 되었으니, 환형도 각오하십시오」

이 말을 들은 환가가 눈물을 흘리며 말했다.

「내가 술 때문에 그대의 가르침을 잊고 스스로 죽을 길로 뛰어들었으니, 내 어찌 피하기를 바라겠소」

이처럼 말한 후에 손을 마주잡고 우니 두 집안 식구들도 모두 슬피 울었다. 한참 후 곽박이 눈물을 걷고 말했다.

「귀신이 놀랐으니 이젠 다른 방법이라곤 없소 다만 내 친구로 허손(許遜)·오맹(吳猛) 두 사람이 있는데, 그들은 도술이 빼어나니 그들이나 불러서 재앙으로부터 신탈(身脫)하는 방법이 있는지 알아보는 수밖에.」

이때 왕돈이 재삼 사람을 보내어 빨리 나오라는 재촉을 했다. 곽박은 더 거절할 수 없음을 알자 대충 집안일을 수습하고 왕돈의 부중으로 들어갔다. 왕돈은 들어오는 곽박을 보자 기뻐하면서 참군 벼슬을 내렸다.

허손·오맹 두 사람은 이 사실을 알자 고숙으로 곽박을 찾아왔다. 곽박은 두 사람을 맞아들인 후 지난 일을 이야기하고 재앙에서 빠져나갈 길을 물었다. 허손이 대답했다.

「푸닥거리를 했으나 도중에 잡인이 들어서 일이 깨진 것은 이미 천수입니다. 인산(人算)이 용납되지 않으니 재차 다른 방법을 행하더라도 뾪족한 수가 없을 것입니다.」

곽박이 되물었다.

「그렇다면 빠져나갈 길은 없을까요?」

「빠져나간다고는 하더라도 난을 피하지는 못할 것입니다. 그

러나 모든 일을 명백하게 하되 얼버무리려고는 하지 마십시오. 그래야 경우에 따라서는 재앙을 풀고 면하는 수도 생길지 모릅니다.」

이처럼 세 사람이 좌담하고 있는데 왕돈이 사람을 시켜서 이들을 초대했다. 세 사람이 가보니 왕돈은 술자리를 마련해서 손님을 환대하고, 다른 한편에는 집안 종족과 장수들을 배석시켰다. 술자리가 무르익어가자 기고만장한 왕돈이 두 도사(道士)를 건너다보며 물었다.

「두 분 선생께 장수하는 비결을 듣고 싶습니다.」

허손이 술잔을 내려놓고 대답했다.

「공은 조정의 대관이신데, 무엇 때문에 산야(山野)에 묻혀 사는 선비나 바라는 수련법을 물으십니까?」

그러나 왕돈은 그 대답이 흡족하지 않았든지 잠시 후에 또다시 물었다.

「나는 어제 꿈을 꾸었는데, 곧게 선 한 나무를 타고 올라가서 하늘을 들이받았습니다. 이것이 무슨 징조인지 가르쳐주십시오.」

허손이 손가락 끝으로 술상을 가볍게 치면서 대답했다.

「곧은 나무를 타고 올라가서 하늘을 들이받아 뚫었으니 바로 이것은 말(未)자올시다. 모든 일을 함부로 도모하지 마시라는 징조이니, 일을 꾸민다 해도 반드시 성사되지는 않을 것입니다. 꿈이란 믿어도 좋은 것이므로, 근본을 지키는 일이 중요합니다.」

왕돈은 속으로 이놈들이 나를 비방하는구나 생각하고 당장 잡아 죽이려고 했다. 그러나 묵묵히 앉아 있던 오맹은 벌써 왕돈의 안색을 보고 그 속을 꿰뚫어보았다. 오맹이 술잔을 들어서 대들보에 집어던지자 술잔은 한 쌍의 흰 비둘기로 화하여 지붕 위로 날아 올라갔다.

좌중의 모든 사람들이 얼이 빠져서 그 비둘기를 쳐다보는 사이에 두 도사는 낭하 밖으로 유유히 사라졌다. 한참 후에 제 정신으로 돌아온 여러 사람들이 허손과 오맹이 앉았던 자리로 눈을 돌렸을 때 그들은 이미 연기처럼 사라진 뒤였다.

이때부터 왕돈은 마음속으로 놀라고 안달을 했으며, 은연중 곽박을 싫어하여 해칠 생각을 품게 되었다.

2. 울화병이 난 왕돈

허손의 해몽은 정확하게 왕돈의 심중을 꿰뚫었다. 더구나 그 꿈괘가 나쁘게 나오자 왕돈은 역모를 나타내려고 해도 감히 얼른 시행하지를 못했다.

한편 이때 유외는 후조로 도망쳐서 석늑의 보호를 받고 있었는데, 유외로부터 왕돈의 난을 들은 석늑은 그 틈을 타서 진나라 땅을 침략하려고 했다. 그래서 공장과 도표에게 군사 5만을 주어 진나라 남쪽 경계에 있는 추산(鄒山)을 치게 했다. 추산에 주둔하고 있던 극감(郄鑒)은 대적하지 못하고 군사를 거둬 합비(合肥)로 철수했다.

공장이 이긴 기세를 타고 팽성을 치니 자사 변돈(卞惇)은 패전하여 우태(盱胎)로 후퇴, 이로부터 서연(徐兗)의 군·현 대부분이 석늑의 손아귀에 들어왔다. 복야 벼슬에 있는 기첨은 극감이 패전했다는 소식을 듣자 황제에게 상소를 올렸다.

「극감은 본래 글을 숭상하는 문신으로서 힘든 군려(軍旅)는 감당 못할 사람이옵니다. 폐하께서 차라리 그를 대각(臺閣)에 불러다 앉히신다면 맡은 일을 충직하게 볼 것이옵니다.」

황제는 그 말을 옳게 여기고 극감을 불러들여 상서우승(尙書右丞)으로 임명했다. 극감은 대각으로 들어온 후 주연(周筵)을 천거

해서 벼슬을 하도록 했는데, 그 이유는 주연이 노련하여 정사를 잘 처리하기 때문이라고 했다. 왕돈은 그 소문을 듣자 심충·정봉 양인을 불러다가 의논했다.

「지금 조정의 대신으로는 주·왕 두 성을 가진 사람이 가장 많소. 내가 거사를 하려고 해도 유사(有司)들이 아직 내 명령에 복종하지 않고 있고, 주광(周光)·주무(周撫)가 내 밑에 있다고 해도 주씨 성을 가진 자가 현직을 많이 맡고 있으니 그들이 내가 하고자 하는 일을 막지 않을까 두렵구려.」

심충·전봉 양인도 생각해보니 의외로 주씨가 많은 요직에 앉아 있으므로 절로 고개가 끄덕여졌다. 왕돈은 다시,

「일전에 건강에서 회군할 때는 생포한 주찰(周札)과 백관들을 조정으로 돌려보냈으며, 만약 주연마저 정치에 참여케 한다면 주씨가 권력을 잡게 될 것이니 이 역시 근심 한 가지를 늘이는 것이오. 무슨 좋은 수가 없을까?」

「지금 도사로 주탈(周脫)이라는 자가 있습니다. 요술로 어리석은 백성을 혹하게 하는 자이기 때문에 옥에 갇혀 있는데, 이 자가 바로 주연의 일족입니다. 그러므로 우리가 먼저 선수를 써서 이 주탈이란 자가 혹세무민하여 국가의 변란을 조장시킨다고 한 후에 그 일족인 주연까지 걸고 넘어뜨린다면 일은 간단할 것입니다.」

왕돈은 심충의 계략을 듣자 곧 전선(戰船)의 출동을 준비, 두홍·위의에게 군사를 내주어 성을 포위하게 했다. 그리고 성 내에 역적이 숨어 있으니 가서 잡아오겠다고 한 다음, 군사 3천 명을 일시에 침입시켜 주연의 관아로 달려들었다. 그리고 선언하기를,

「주탈이 주연·주찰 양인을 불러 음모를 꾸미고 백성들을 모아서 난을 일으키고자 하므로 황제의 조서를 받들어 체포한다. 단,

죄는 서울로 올라가서 문죄할 것이다.」
라고 했다.

관청은 그 상세한 내용도 모르거니와 왕돈의 세력이 두려워서 감히 말리지를 못하니 두홍은 주연을 체포하여 배로 데려가고, 나머지 주씨의 종족 7백여 명을 모두 해치워버렸다.

이때 주찰 부자는 회계(會稽)를 진수하고 있었는데, 왕돈은 후환을 일으킬까 두려워서 심충에게 군사 1만을 내주며 회계를 쳐 주찰을 없애라고 했다. 심충은 곧 군사를 이끌고 회계를 향하여 달려갔는데, 지나가던 사람들은 군사가 밀려가는 것만 봐도 두려움에 떨며 아무 말도 못했다. 그래서 심충은 산을 넘어 곧장 회계성 밑에 당도했다.

그때서야 각오를 한 주찰은 시급히 군사를 점호하고 대항하려 했으나 이미 심충은 성문을 돌파하여 관아를 향해서 쇄도해갔다. 이것을 본 주속이 수병 4, 50명만 이끌고 나가서 싸웠으나 제갈요의 칼에 맞아 죽고, 심충은 관아까지 쳐들어와서 큰 소리로 외쳤다.

「주가네 집안이 모반했기 때문에 이미 주연 등은 체포되었다. 너희들도 주찰을 돕다가 집을 빼앗기고 멸족을 당하고 싶으냐!」

이 말을 들은 군사들이 모두 뿔뿔이 달아나 버리자 주찰은 심충의 칼에 맞아 쓰러졌고, 그 일가 남녀노소도 모조리 피살되고 말았다.

왕돈은 주씨를 완전히 제거한 후부터 조야에는 자기 뜻을 거스를 자가 없음을 알고 심충·전봉을 불러들여서 같이 군사를 일으켜 거사할 것에 대해 의논했다.

그들은 이제 왕돈의 물음을 기다릴 것도 없이 자기 능력껏 협조했다.

「이제는 조정에도 아무런 장애가 없습니다. 회채(淮蔡)의 병력은 쇠퇴하고 조정에 막을 만한 장수가 없으니 이 기회에 제업(帝業)을 빼앗지 않으신다면 언제까지 기다리겠습니까. 그러다가 때를 놓칠까 두렵습니다.」

왕돈이 대답했다.

「유하·채표·소준이 이끄는 병마가 아직 회상(淮上)의 제군(諸郡)에 있으니 아마도 아직은 쉽지 않으리다.」

심충이 보채면서 대답했다.

「전번의 일을 보시지 않았습니까. 공은 오직 외지에 있는 군사를 두려워하시는데, 만약 지금 거사하지 않으시다가 다시 인심이 바뀌어서 어질고 준수한 신하가 조정으로 들어간다면 어떻게 그때 다시 일을 거행하시겠습니까.」

왕돈은 그 말을 듣자 옳다고 여겨 날을 가려 군사를 일으키고 건강을 공략하고자 했다. 그때가 바로 진 명제 태녕 2년, 조나라 유요의 광초(光初) 7년, 후조 석늑의 태화 6년이었다. 왕돈은 주무와 등악을 좌우 선봉으로 삼아 군사를 통솔시켜 진군토록 했는데, 그 출발에 앞서 명령을 내렸다.

「일이 성공되는 날에는 경들은 곧 원훈이 될 테니 의당히 공후에 봉해질 것이며 대대로 부귀를 함께 누리게 될 것이다. 그러니 그대들은 충성을 다할지어다.」

두 장수가 배명하고 나가자 왕돈은 또다시 위의·여의·제갈요 등에게 길을 나눠서 각 군을 초무(招撫)하게 한 후 당양(當陽)에서 만나기로 약속했다. 그런 후 형 왕함을 표기대장군에 임명하여 전군을 감독하게 하고, 자신은 주여·등하·주광·전봉·심충 등을 거느리고 후군이 되어 곧장 호음(湖陰)까지 나가서 주둔하니, 그 고을의 순군(巡軍)은 밤낮을 도와 건강으로 달려가서 그 사실을 황제 앞에 상주했다.

명제는 이전에 태자로 있을 때, 충신 조협이 나가 죽는 걸 보고 왕돈을 칠 마음이 있었으나 온교가 말리는 바람에 억지로 참은 일이 있었다. 그러므로 이제 순군의 말을 듣자 아무에게도 알리지 않은 채 두 사람의 근시만 데리고 바람처럼 날랜 준마에 몸을 실은 채 달 밝은 길을 달려 호음에 당도했다.

때는 이미 새벽녘인데, 황제는 혼자서 왕돈의 영채로 찾아 들어갔다. 이때 황제를 따라온 좌우 근시는 왕돈의 군세를 자세히 관찰하고 둔영(屯營) 주위를 한 바퀴 둘러보았으나 영문에는 가까이 가지 않았다.

순찰병이 황제를 발견했으나 혼자서 말을 타고 왔으므로 아마 새벽부터 물건을 팔러 온 장사꾼인가 하고 잡지는 않았다. 그러다가 그는 황제가 탄 말의 재갈 모양이 특이한 것을 발견했다. 그가 이 사실을 상관한테 보고하러 간 사이에 황제는 말을 돌려 밖으로 나가버렸다.

이때 왕돈은 깊은 잠에 빠져 있었는데, 꿈에 두 개의 붉은 해덩어리가 영채 위에 떨어져서 서쪽으로부터 동쪽을 향해 굴러가는 것을 보았다. 꿈에도 그 광채가 눈부시기 이를 데 없었다. 왕돈은 깜짝 놀라서 잠을 깨었다. 그리고 급히 의관을 정제하여 영문 밖으로 나오니, 이미 그곳에서는 참군 곽박이 일어나서 천체의 운행을 살펴보고 있었다. 왕돈이 물었다.

「선생은 하늘을 우러러보면서 무엇을 생각하고 계십니까?」

곽박이 황홀한 상태에서 대답했다.

「안된다. 참으로 신도(神道)는 수가 무궁하다. 그가 일등성을 보호하여 동쪽으로 사라졌으나 대낮에 그 별을 본 자는 아무도 그의 신분을 모를 것이다. 상세히 말하라.」

마치 꿈에서 덜 깬 사람처럼 중얼대는 곽박의 말 속에 조금 전 자기가 꾼 꿈과 부합되는 점이 있는 것 같은 생각이 들어 왕돈은 마음속으로 이상히 여기고 있는데, 아까 황제를 발견한 순찰병이 그제야 왕돈이 기침한 줄 알고 달려와서 조금 전에 있었던 일을 고했다.

「그 사람은 이 영채 밖에 혼자 서 있었습니다. 모습은 대강 이러이러하고 날쌘 준마에 몸을 실었는데, 그 재갈은 번쩍번쩍 찬란한 것이 황금 같았습니다. 그는 둔영 주위를 한 바퀴 돌아보더니 홀연 동남쪽을 바라보며 달려갔으므로 그 뒤를 쫓아갔으나 잡지를 못하고 그대로 돌아왔습니다.」

왕돈은 순찰병의 말을 듣자 깜짝 놀랐다.

「이것은 틀림없이 노란 수염을 한 선비(鮮卑)족 아이일 것이다.」

옆에 섰던 누군가가 그게 누구냐고 물으니 왕돈은 한숨을 내쉬며 대답했다.

「그 사람이야말로 황제임에 틀림없다. 황제의 모친 순씨(荀氏)는 연(燕)나라에 태어나 선비족 가운데서 성장했어. 그러므로 오늘날 사람들은 황제의 수염이 노란 것을 보고 이런 이름을 붙였다는 게야.」

그러고 나서 왕돈은 좌우에 몰려와 서 있는 군사들을 보고 큰 소리로 외쳤다.

「누구든지 그를 생포해오는 자에게는 만호후(萬戶侯) 벼슬을 내리리라.」

장교 몇 사람이 옆에 서 있다가 그 말을 듣고 나는 듯이 말을 달려 동쪽을 바라보며 떠났다.

이때 황제는 어떤 떡집 앞을 지나가고 있었는데, 뒤에서 말발굽

소리가 요란스레 나자 얼른 떡집 안으로 들어갔다. 떡을 팔던 노파는 떡을 먹으러 온 손님인 줄 알고 앞치마에 손을 씻으며 황제 앞으로 왔다. 황제는 불쑥 노파 앞에 칠보장식이 달린 말채찍을 내민 후에 말을 걸었다.

「이 말채찍을 노인에게 드릴 테니, 저 뒤에서 추격해오는 자들이 내가 간 곳을 물으면 이것을 내보이시고, 이곳을 지나간 지가 한참 되었으니 꽤 멀리 갔을 것이라고 대답하여 주십시오.」

노파가 영문도 모르고 응낙하자, 황제는 허리를 굽혀 인사한 후 또다시 말을 타고 동쪽을 바라보며 달려갔다. 한참 후에 과연 군인들이 떡집 앞으로 몰려들어 노파에게 물었다.

「노란 수염을 한 소년이 보랏빛 말을 타고 이 앞을 지나가지 않았소?」

노파는 눈을 좁혀 뜨고 그들을 쳐다보더니 칠보장식을 한 말채찍을 내보이면서 시침을 뚝 떼고,

「이 말채찍과 떡 열 개를 바꿔가지고 갔는데, 지금쯤은 아마 꽤 멀리까지 갔을 게요. 도대체 당신들은 누구요?」

그러나 군인들은 묻는 말에는 대답하지 않고 그 채찍의 칠보장식을 들여다보면서 한 마디씩 지껄여댔다.

「틀림없이 황제요. 다른 사람은 이런 채찍을 가진 것을 못 봤소. 빨리 뒤를 쫓읍시다.」

노파는 그처럼 웅성대는 군인들을 바라보면서 점잖게 말했다.

「여보시오, 젊은 양반들. 아까 그분이 틀림없이 천자라면 어찌 방비가 없겠소. 그리고 그는 용구(龍駒 : 준마의 이름)를 탔을 것이니 당신들의 보잘것없는 말로 어떻게 뒤를 쫓겠소. 헛수고 말고 돌아들 가시오.」

한 군인이 노파의 말을 듣고 말했다.

「과연 노인의 말씀이 옳소이다. 우리가 여기까지 와서 그를 본다고 하더라도 어떻게 알아보겠습니까.」

여러 사람들도 그의 말에 동조했다.

「곽 참군이 말하지 않던가, 신도(神道)가 일등성을 보호하여 동쪽으로 사라진다고. 이것이야말로 황제의 기운이 아직도 왕성한 증거이니, 우리가 무슨 수로 잡을 수 있을까보냐.」

이리하여 장교들은 노파에게 채찍을 돌려주고 나서 영채로 돌아왔다. 보고를 받은 왕돈은 발을 구르면서 억울해 했다.

「아, 사마소가 제 발로 걸어 들어왔는데 잡지를 못했구나. 이것으로 보건대 건강도 취하기가 어려운 것 같구나!」

몹시 고민하며 괴로워하던 왕돈은 마침내 식음을 전폐하고 자리에 누워버렸다. 곽박이 침소에 들어와서 말했다.

「진실의 왕기는 아직도 왕성합니다. 공은 마땅히 음모를 그만두십시오. 그리고 황제께 표를 올려서 군신의 의를 돈독히 하고, 영원토록 부귀를 누리게끔 하십시오. 어젯밤 꿈에 본 붉은 해가 바로 그 조짐입니다.」

왕돈은 그 말을 듣자 더욱 근심하더니 마침내 몸이 불덩이같이 뜨거워졌다. 심충·전봉 두 모사가 문병을 와서 장래의 일을 물으니 왕돈은 힘없이 눈을 내리뜨며 말했다.

「내가 대사의 성공을 눈앞에 두고 갑자기 이 같은 중병을 얻었으니 아마 하늘이 나를 돕지 않으시나 보오.」

전봉이 말했다.

「승상의 병을 보아하니 매우 중한 것 같습니다. 만약 쾌유하실 희망이 없으실 것 같으면 후사를 무위(武衛)장군 왕응(王應)에게 부탁하십시오.」

이 왕응이란 왕함의 아들이다. 왕돈에게는 후사(後嗣)가 없기 때문에 왕응에게 뒤를 잇게 하려는 것이다. 그러나 왕돈은 고개를 가로저었다.

「비상한 일은 비상한 사람만이 능히 이룰 수 있소. 왕응은 재주가 없으니 어찌 이 대사를 감당하겠소.」

두 모사가 아무 대답도 못하고 머리만 숙이고 있자 왕돈이 다시 말을 이었다.

「나에게 세 가지 계책이 있으니 그대들은 잘 들으오. 그 첫째는 군사를 해산하고 조정에 귀순하여 임금과 백성들의 마음을 평안히 해주는 것이니, 이것이 상책이오. 둘째는 내가 죽었다고 표를 올리고 무창으로 회군하여 군사를 수습해서 지난날의 공로를 끊지 않도록 하는 것이니, 이것이 중책이오. 셋째로는 내 병이 요행히 차도가 있으면 곧 군사를 이끌고 건강을 기습해서 한번 싸움으로 자웅을 겨뤄보는 일이니, 이것이 하책이오.」

전봉은 그 말을 듣자 곧 여러 사람 앞에 나가서 선포했다.

「승상의 하책은 곧 상계(上計)요.」

마침내 심충과 계략을 짜고 군사를 나누어서 건강을 쳤다.

한편, 황제는 호음(湖陰)의 적세를 돌아보고 나서 밤새껏 말을 달려 건강성 밑에 당도하니 수비병들은 황제를 호위하여 궁성으로 돌아갔다. 온교·유양(庾亮) 두 대신이 안으로 들어가니 황제가 옥음을 내렸다.

「짐은 경들의 말을 듣지 않고 몰래 적정을 살피다가 늙은 도적의 추격을 받았소. 왕돈이 반역할 뜻을 가진 것이 명백합니다. 내 마땅히 그를 막으리다.」

온교가 정중히 아뢰었다.

「신속히 군사를 정돈해서 적을 맞아 싸우도록 하시옵소서. 옛말에도 *부드러움(柔)을 가지고 단단함(强)을 이긴다(柔能制剛유능

제강) 했사오니, 전쟁의 판가름은 군사가 많고 적음에 있는 것이 아니라 오직 장수의 용기와 지혜에 달려 있는 줄 아나이다.」

황제는 결단을 내렸다. 곧 중의에 분부를 내렸다.

이 소식은 첩자의 입을 통해 즉시 왕돈의 귀에 들어갔다. 왕돈은 온교가 황제께 아뢴 말을 듣자 심히 온교를 미워했다. 전봉이 계책을 아뢰었다.

「오늘 아침에는 궁성을 지키는 숙위(宿衛)가 더욱 많은 것 같으니 틀림없이 계략이 있는 것 같습니다. 그러므로 우선 표를 올려서 대궐의 위병 셋 중 둘은 쉬도록 해서 국경에 증파, 이것으로 석늑의 침입을 막도록 하고, 온교를 잡아들여 이곳으로 끌고 온 후에 영(營) 안에 구금한다면 성사가 어렵지 않을 것입니다.」

그러나 왕돈의 표를 본 황제는 진노하면서 온교를 불러들여 의논했다.

「금위병 제도는 고금부터 있는데, 이 늙은 도적은 무엇 때문에 트집을 잡는 것인가. 이것은 필시 그놈이 우익을 모두 떼어버린 후에 궁궐에 침입하고자 하기 때문일 것이오. 짐은 오직 경만 믿으니, 조만간 가부를 결정해 올리시오.」

온교가 다시 아뢰었다.

「지금 숙위들은 모두 경(京) 중에 있으며 신의 지휘를 받고 있나이다. 그러므로 신이 왕돈의 말을 듣지 않는다면 필연코 그는 노여워할 것입니다. 더구나 우리는 아직 방비할 준비가 되어 있지 않으니 그의 비위를 거슬러서 난을 속히 불러들일 필요는 없습니다. 우선 신이 가서 그의 마음을 누그러뜨리고 옴으로써 급박하게 일어날 난을 막도록 하겠습니다. 그 동안 폐하께서는 밀조를 내려 회예(淮豫) 제진의 군사를 불러들여서 궁궐을 지키라고 하시옵소서.」

그러나 황제는 온교가 떠나는 걸 말렸다.

「경이 간다면 기필코 돌아오기 어려우리다. 그리 되면 짐은 한 팔을 잃게 되는 셈이니 어찌 경을 보내리오.」

비장한 결의를 얼굴에 나타내면서 온교는 다시 한번 정중히 아뢰었다.

「신에게는 갔다가 다시 돌아올 계책이 있사옵니다. 폐하께서는 심려하지 마옵소서.」

이리하여 온교는 호음에 이르러 왕돈을 만났다. 온교가 입에 침이 마르도록 그의 덕망을 칭찬하자, 왕돈은 매우 기분이 좋았다. 온교는 교묘히 세치 혀를 놀려서 왕돈을 속이고, 한편 밀모를 진행시키며 각각 다른 말로 막료들의 환심을 사니 전봉조차도 온교를 좋아하게 되었다.

온교가 거짓으로 전봉의 비위를 맞췄다.

「전 장군은 눈이 참 좋소. 온 기(氣)가 눈에 모여 있소. 훗날 반드시 귀하게 되실 것이외다.」

전봉은 본래부터 온교가 사람을 보는 눈이 있음을 알고 있으므로 그 말을 듣자 심히 기뻤다. 마침내 전봉은 정성을 다해서 온교의 지우(知遇)에 힘썼다.

한편, 온교는 계략이 착착 맞아 들어가는 것을 보자 몸을 빼어 황제 앞으로 돌아가려 했으나 뾰족한 수가 없었는데, 이때 단양윤(丹陽尹) 자리가 하나 비게 되었다.

온교가 왕돈을 보고 말했다.

「단양윤 자리는 서울로 올라가는 길목을 지키는 요직이니, 승상께서 마땅히 사람을 골라 앉히셔야 하지 않겠습니까?」

왕돈은 그 말에 귀가 솔깃하여 누가 황제 앞으로 가서 그 말을 아뢸 것인가 물었다. 온교가 대답했다.

「아마 전봉이 아니라면 어려울 것입니다.」

그러나 전봉은 조만간에 거사할 속셈을 가지고 있으므로 사양하고 대신 온교를 천거했다. 온교는 심중으로는 기뻤지만 거짓으로 사양하며 듣지 않았다. 그러나 왕돈은 마침내 사람을 시켜서 표를 올려 온교를 단양윤에 임명, 당일로 주연을 베풀어서 전송하기로 했다.

온교는 떠나는 마당에 왕돈을 보고 진실로 슬픈 듯 눈물까지 흘리면서 세 번씩이나 작별인사를 고하니, 왕돈은 정말 온교가 자기를 하직하는 게 서러워 그러는 줄로 알고 온교의 손을 잡고 위로하며 조용히 부탁했다.

「경이 단양에 도착하여 즉시 조정의 소식을 엿보아 내게 알려주면 그대를 위해서도 좋으리라.」

온교는 머리를 끄덕이면서 근심스런 투로 한 마디 했다.

「어제 송별연에서 소신은 취한 바람에 전사마의 옷자락에 술을 엎질렀습니다. 아마도 전사마는 그러한 나의 실수를 받아들이지 않으시리니 그것이 두렵소이다.」

왕돈이 온교의 등을 두드리면서 호탕하게 웃었다.

「뭐, 그 정도의 일을 가지고 그러시오. 힘써서 임지나 지키고 다른 걱정은 하지 마시오.」

온교는 왕돈의 말을 듣자 몸 둘 바를 모르는 듯 황송해 하면서 임지로 떠나갔다. 왕돈은 어진 선비 한 사람을 자기 휘하에 끌어들일 수 있었다고 자부하면서 스스로 기뻐했다.

3. 주작교(朱雀橋) 싸움

온교가 송별연 때 전봉에게 실수를 저질렀다는 것은 과연 무엇일까? 여기서 잠깐 설명하기로 하자.

전봉은 자신이 굳이 사양하여 온교를 단양윤으로 추천하였으면서도 속으로는 은근히 온교가 다른 뜻을 품고 있지나 않을까 해서 잔뜩 의심을 품고 있었던 것이다. 눈치가 빠른 온교는 자기가 일단 임지로 떠나가면 틀림없이 전봉이 왕돈에게 자기를 참소할 것이라는 데 생각이 미치자 떠나기 전에 무슨 일을 꾸며 놓아야겠다고 생각했다.

그래서 술이 몇 순배씩 돌아가서 모두들 얼근해지자 온교는 술잔을 들고 전봉 앞으로 갔다. 술을 자꾸 권하려는 것이었다. 전봉은 온교가 술을 자꾸 권하므로 겸사했다. 그러나 온교는 계속 술을 권하며 전봉의 칭찬을 늘어놓았다.

마침내 받아 마시다 못한 전봉이 일어서려 하니, 온교는 양 손에 받쳐 든 술잔을 짐짓 전봉의 옷소매에 걸리게끔 내밀어서 온통 의복에 술이 쏟아지게 했다. 기분을 상한 전봉이 그대로 뿌리치고 나가려 하자, 온교가 옷소매를 확 붙들고 시비를 걸었다.

「전사마는 무엇 때문에 이 사람이 권하는 술잔을 물리치려 하시오. 나를 모욕하실 셈이구려.」

갑자기 시비를 당한 전봉은 대답도 못하고 온교를 노려보기만 했다. 자리가 어색해지자 왕돈이 급히 손을 들면서 둘 사이에 끼어들었다.

「온태진(溫太眞)이 취했소이다 그려.」

그러나 이것은 모두 온교가 꾸민 연극에 지나지 않았다. 과연 온교가 임지로 떠난 지 이틀도 못되어 전봉은 왕돈 앞에 나가서 온교를 참소했다.

「온교는 동궁의 사부(師傅)로 오래 봉직했던 관계로 황제와는 의(誼)와 신임이 두텁습니다. 그럼에도 불구하고 우리들한테 와서 갖은 교태를 다 보인 것은 아마도 우리의 허실을 탐지하려고 한

짓이 아닐까 생각됩니다. 주공께서는 부디 이 점을 잘 생각하셔서 뒤를 밟아 없애버리거나 감시하도록 하십시오」

그러나 왕돈은 전봉의 말을 곧이듣지 않았다. 그뿐만 아니라, 일전의 조그만 실수쯤을 섭섭히 여겨 서로 헐뜯으면 되느냐고 오히려 전봉을 나무랐다. 전봉은 이후로는 온교에 대한 일을 일절 입 밖에 내지 않았다.

한편, 왕돈의 신색이 좋지 않고 병이 점점 위중한 걸 보자, 온교는 잠시 임지에 들른 다음 곧장 입경해서 황제 앞에 나가 왕돈의 역모 상을 낱낱이 고했다.

황제는 온교의 보고를 듣고 나서 곧 왕도를 불러들여 왕돈을 대적할 계책을 의논했는데, 훗날 온교가 자기들의 허실을 탐지해다가 황제 앞에 고해바쳤다는 소문을 들은 왕돈은 「내가 전봉의 말을 듣지 않다가 잔재주꾼한테 속아 넘어갔노라」라고 분해 하면서 이를 갈았다고 한다.

왕도가 황제 앞에 나가서 아뢰었다.

「신은 선제(先帝)로부터 도독(都督)의 대임을 받았사오나, 그 재주가 역형(逆兄) 왕돈에 미치지 못하여 아직까지 그를 제압하지 못했나이다. 이제 사부 온교의 말을 들어보니, 우선 적을 막을 준비를 튼튼히 해놓고서, 온교·유양·기첨·극감·변돈 등 다섯 신하를 총관에 임명하여 군사를 거느리게 한 후 적을 막으면 좋을 듯싶사옵니다. 그런 연후에 계략을 써서 적을 무찌르겠나이다.」

며칠이 지나갔다. 총관으로 임명된 다섯 신하는 각기 자기 자리를 지킬 뿐 움직이지 않았다. 적도 이쪽이 굳게 지키고 나오질 않으니 감히 달려들지 못하고 싸움은 소강상태에 머물고 있었다. 젊고 패기에 넘친 명제는 갑갑해서 견딜 수가 없었다. 왕도를 불러들여 싸우기를 재촉했다.

「짐은 경의 충의지심을 잘 알고 있소 그러기에 선제께서는 경을 도독으로 임명하셨거니와, 짐은 거기에다가 양주자사를 더하니, 오총관의 군사를 거느리고 나가서 역적을 치시오」

극감이 얼른 앞으로 나와서 아뢰었다.

「일전에 조서를 내렸으나 회채(淮蔡)의 원군은 아직 오지 않고 있으며, 신 등이 모두 밖으로 나간다면 경성은 텅 빌 것이옵니다. 그러므로 구원병을 재촉하여 안팎으로 접응하면 모르되, 경성을 텅 비게 한다면 함락당할 위험이 있사옵니다.」

황제는 그의 말을 듣자 또다시 소준·유하·조약·왕빈 등 외진(外鎭)의 수장에게 속히 입경하여 역적을 쳐서 국가에 큰 공을 세우라는 영을 내렸다.

이때, 온교·극감 등이 거느린 군사는 강가에 진을 치고 있었으나 왕돈의 군세가 강한 것을 보자 감히 앞으로 나아가지 못했다.

황제는 스스로 단필탄의 아들 단수(段琇)와 조적 막하의 장수였던 한잠에게 금문 전부를 거느리고 나오게 하여 남황당(南皇堂)에 진을 쳤다. 황제는 군사들이 겁을 집어먹고 움직이지 못하는 것을 보자 왕도를 불러들여 물으니 왕도가 계책을 아뢰었다.

「신이 들으니, 지금 왕돈은 울화병이 나서 대단하다고 하나이다. 그러므로 폐하께서는 그의 죄상을 노골적으로 폭로하고, 그의 휘하 장병에게 왕돈의 목을 바치는 자에게는 상으로 천금을 내리고 만호후(萬戶侯)에 봉한다는 조서를 내리시옵소서. 그렇게 되면 본래부터 성질이 급한 왕돈은 필연코 울화통이 터져서 병이 더할 것이옵니다.」

황제는 그 말을 듣자 고개를 끄덕였다.

왕도가 계속 아뢰었다.

「그런 다음 이쪽에서 왕돈이 이미 죽었다고 말을 퍼뜨려서 적의 사기를 꺾은 후 조서를 각처에 반포하고, 적장 심충·전봉·위의 세 놈을 친다면 반드시 적군은 심리적으로 위축을 느껴 갈등을 일으키고 드디어는 기왓장 깨지듯 분열하고 말 것이옵니다. 이미 일이 이쯤 된다면 왕함 같은 늙은 장수가 혼자 버틴다고 해도 견딜 수가 없을 것이옵니다.」

명제는 원래 담이 큰 황제이므로 왕도의 계략을 듣자 무릎을 쳤다. 그래서 곧 조서를 작성하여 왕돈의 진영으로 띄워 보냈다.

왕돈은 칙사가 황제의 조서를 받들고 왔다는 전갈을 듣자 침대에서 몸을 일으켰다. 그러나 몸이 아프기도 했지만, 워낙 뱃속에 자존망대한 생각이 들어 있는 그는 옷자락도 바로잡지 않은 채 조서를 받아들었다.

첫머리 몇 줄을 읽어 내려가던 왕돈은 안색이 새파랗게 질렸다. 그러더니 점점 읽어 내려갈수록 그의 얼굴은 만화경(萬華鏡)처럼 붉으락푸르락 시시각각으로 변했다. 드디어는 머리카락이 전부 천정을 향해 곤두서고 얼굴과 등줄기 할 것 없이 온몸에 땀이 쭉 흘렀다. 마침내 숨통이 확 막혀버린 그는 몇 번인가 도리질을 하면서 군침을 삼키더니 그대로 벌렁 나가자빠졌다.

과연 그 조서에는 무슨 내용이 씌어 있었을까?

―흉역한 도적 왕돈은 그 형을 죽이고 집안의 대를 스스로 이어받은 후레자식으로서, 이제는 그 패륜 완악한 버릇을 임금 앞에서까지도 부리려고 한다. 그러기에 조명을 이유 없이 거역하고 제위마저 엿보니, 그런 놈이 어찌 이 하늘 아래서 살기를 바랄까보냐. 기필코 제가 먼저 죽어 나가자빠질 것임에 틀림없다. 또한 간적의 수족인 심충·전봉은

간악한 꾀를 다해서 역적질을 선동하고, 마침내 군사를 이끌고 금궐로 쳐들어와 물러갈 줄 모르는구나. 이에 짐은 대도독 왕도로 하여금 반역자를 쳐서 죄를 다스리려 하니, 그 누구든지 왕돈·왕함·심충·전봉의 목을 베어 바치는 자에게는 각 수(首)마다 천금의 상을 내릴 것이요, 만호후에 봉할 것이다. 또한 형초의 군사들이 다년간 왕돈 밑에 매였던 관계로, 아직 조정의 은혜를 입지 못하였음을 짐은 매우 애석하게 여기는 바, 설혹 이번에 불가피한 사정에 의해 역적을 따라 종군한 자라 할지라도 전비(前非)를 뉘우치고 귀순한다면 지난 일은 일체 불문에 붙일 것이다. 짐이 생각건대 군사 각자는 모두 오랫동안 정든 집을 떠나서 고초가 말할 수 없을 것이므로 이 조서의 반포와 동시에 고향으로 돌아가도록 하라. 3년간의 급가(給暇)를 내린다. 부디 개개인은 이 점을 염두에 두고 역적을 무찔러서 공을 세우고 고향으로 돌아가서 몽매에도 그리던 가족과 함께 짐이 허락한 단란을 누리도록 할지어다.

나가자빠진 왕돈의 손은 그때까지도 덜덜덜 떨리고 있었다. 옆에 시립해 있던 여러 명의 군사가 부축해 일으키니, 그때서야 겨우 정신을 차린 왕돈은 억지로 입을 벌려 욕을 퍼부었다.

「이 오랑캐 년의 자식이 내게 대들려 하는구나. 내 친히 군사를 이끌고 가서 건강을 쳐부순 뒤에 잡아서 물어보리라!」

그러나 왕돈은 말도 채 마치기 전에 또다시 쓰러졌다.

한참 만에 정신이 든 왕돈은 도저히 살 수 없다는 것을 느꼈음인지 형 왕함과 심충·전봉·위의 등을 베갯머리로 불러들여서 분부를 내렸다.

「내 병이 심하니 이래 가지곤 도저히 적을 막아내기 어려울 것 같소. 그러므로 주초·여의·두홍·등악 등의 제장과 군사 5만을 이끌고 그대들은 먼저 건강을 치시오. 나는 며칠 더 요양한 뒤에 따라가서 접응하리다.」

전봉이 나서서 물었다.

「만약 일이 잘된다면 임금을 어떻게 처리할까요?」

왕돈은 주먹을 불끈 쥐며 내뱉었다.

「내가 아직 제위에 오르지 않았으니 체면이고 용서고 돌볼 것 없다. 동해왕(東海王)의 아내인 배비(裵妃) 한 사람만 내놓고는 모조리 죽여 없애라.」

7월에 접어들자 왕함은 군사 5만을 이끌고 일시에 강녕(江寧) 남안을 점령했다. 이것을 본 온교는 왕돈의 군사가 건너올까 싶어 주작교에 불을 질러 태워버리고 군사를 풀어서 그 도하 지점을 지키게 함으로써 왕돈의 진격을 막았다.

명제는 왕돈이 진중에 없다는 정보를 듣자 야습을 감행하려던 참인데, 주작교가 불타버렸다는 소식을 듣고 펄펄 뛰었다. 명제는 곧 온교를 불러오라 해서 주작교 태운 일을 문책하니 온교는 죄송해 하면서도,

「지금 우리 편 군사는 약하고 밖에 있는 군사는 불러도 아직 오지 않고 있나이다. 이때 만약 적이 힘을 믿고 쳐들어온다면 무엇으로 막으시겠사옵니까. 아마 종묘조차도 보전 못하실 형편인데 그까짓 다리 하나쯤을 가지고 그러시나이까.」

라고 하니, 그제야 깨달은 황제는 노여움을 거두고 곧 오총관을 남황당에 불러들여 장차 일을 의논했다.

「역장 왕함은 군사를 대안(對岸)에 주둔시키고 있고, 왕돈은 짐이 보낸 조서에도 아직 회답을 안 보내고 있소. 짐이 생각건대,

적은 틀림없이 쳐들어올 심산인가 보오. 경들에겐 적을 격파할 계책이 없소?」

한참 만에 단수·한잠 양인이 나서서 아뢰었다.

「왕함·전봉 등 적장이 거느린 군사가 우리보다 열 배나 우세하므로 이제는 더 싸움을 지체할 수 없을 것 같사옵니다. 더구나 원성(苑城)은 좁고 견고하지 않으며 원군 또한 오지 않으니, 폐하께서 친히 육군(六軍)을 이끌고 나가시어 적을 치신다면 격파할 수 있을 줄로 아나이다.」

극감이 얼른 손을 내저으며 아뢰었다.

「신의 생각으론 아직 급히 일을 서두를 때가 아니라고 사료되옵니다. 지금 역적들의 힘은 매우 왕성하니 병력으로는 이기기 어렵겠고, 오직 계략을 써야만 이길 수 있나이다. 신이 살피건대, 적장 왕함에게는 왕돈만한 능력이 없고, 명령 또한 왕돈만큼 권위가 없으므로 우리가 굳게 지키고 시일을 끌면 틀림없이 적은 자중지란을 일으킬 것입니다. 지금 뻗치는 혈기로써 일시에 강약을 겨룬다면 결단코 우리에게 불리할 뿐이옵니다.」

이처럼, 급속히 적을 치자는 편과 아직은 굳게 지키고 적이 와해되는 걸 기다리자는 편으로 갈려서 진지한 논의가 거듭되었으나 결국 지키자는 쪽이 우세하여 명제도 이를 따르기로 했다.

이러기를 다시 10여 일이 지나갔다. 왕함은 다리가 끊어졌으므로 건너올 수도 없고, 또 일전에 황제가 내린 조서 때문에 마음이 나태해진 군사들은 일체 군무에 열중하려 하지 않았다. 그래서 밤이면 이 구석 저 구석에 모여 회향(懷鄕)의 노래를 부르기 시작하니 오랫동안 군중에 매여 있어서 부모와 처자들이 보고 싶은 병졸들은 울적한 심사를 노래와 몇 모금의 술로 달래는 판이었다.

　왕함의 진중에서 회향곡이 들려온다는 소식이 전해지자 황제는 오총관에게 명하여 비밀리에 결사대 1천 2백 명을 뽑도록 했다. 그러나 이 소식이 금세 궁궐 내에 퍼져서 위졸(衛卒) 2천 명도 솔선하여 자원하니, 황제는 군사들의 충성심에 매우 감동해 그들에게 각각 중한 상을 내리고 군복을 같은 색으로 통일하도록 새 군복을 1습씩 내렸다.

　황제의 이 은혜를 입은 군사들은 모두 신이 나서 군은(君恩)에 보답할 것을 다짐했으며 그 사기가 매우 드높았다. 황제는 단수를 대장군에 임명하고 좌군에 진숭, 우군에 종인(鍾寅), 사마에 조혼(曹渾)을 임명했으며, 한밤중에 주작항을 건너서 왕함의 영채를 습격하는 명령을 내렸다. 또한 한잠에게 군사 5천을 내주어 단수가 이끄는 결사대와 접응하라 했고, 온교·기첨에게는 병선(兵船)을 준비하여 만약의 경우에 대비하라고 했다.

　단수가 군사를 이끌고 북안(北岸)을 통과해도 왕함의 군사는 오랫동안 긴장이 풀린 탓인지 아무런 대비책도 없이 흩어져 있었다. 보초병은 창을 겨드랑이에 낀 채 웅크리고 앉아 졸고 있었고, 군사들은 더위를 피하느라 이쪽에 한 놈, 저쪽에 한 놈씩 따로따로 떨어져서 자빠져 자고 있었다. 단수는 진숭·종인·조혼 세 장수에게 명하여 결사대를 이끌고 쳐들어가게 했다.

　왕함은 장사 1천 2백 명이 울리는 함성을 듣자 급히 영채에서 뛰어나와 군사들을 독려했다. 그러나 워낙 캄캄한 오밤중이라 적이 어디서 쳐들어오는지, 그 병력이 얼마나 되는지조차도 분간할 수가 없었다. 오직 그 함성이 해일(海溢)이라도 밀려오듯 우렁차므로 왕함은 적의 대부대가 쳐들어온 줄로만 착각했다.

　주무·등악 등은 결사대가 영채 안으로 물밀듯 쳐들어오자 엉겁결에 칼을 잡고 닥치는 대로 휘둘러댔다. 한편 간신히 말에 올라탄 위의는 난군 속을 헤치고 누문 밖으로 빠져나가서 좌우의 두홍·여의와 함께 결사대를 포위하려 했다.

이때 단수는 누문 위에서 2천 명의 위졸을 이끌고 도망쳐 나오는 적병을 쳐 죽이고 있었는데, 위의가 누문 밖으로 빠져나오는 것을 보자 어둠을 이용하여 그 뒤로 돌아갔다.

위의는 그것도 모르고 열심히 두홍·여의와 함께 전략을 짜고 있었는데, 별안간 단수가 칼을 빼들고 달려들자 도망칠 곳을 몰랐다. 어둠을 뚫고 몇 발짝 달려가다 돌부리에 걸려 몸의 중심을 잃는 순간, 뒤를 바짝 쫓아온 단수의 칼에 위의의 목은 뎅겅 날아가 버렸다.

위의의 목이 잘리자 위졸들의 사기는 크게 일어났다. 일제히 창과 칼을 번쩍거리면서 왕함의 중군으로 쳐들어가니 적병의 목은 가을 잎처럼 우수수 떨어졌다.

두홍과 여의는 중군에서 요란한 함성이 오르는 걸 듣자 급히 달려가 피하려 했으나 어둠 속에서 불쑥 한잠이 거느린 5천 군사가 나타나자 크게 낭패했다. 사모(蛇矛)를 꼬나 잡은 한잠이 큰 소리로 외쳤다.

「황제께서 친히 10만 대군을 이끄시어 너희들을 토멸하려고 나오셨다! 삼족의 멸화를 입기 전에 너희들은 얼른 무기를 버리고 나오너라!」

왕함 등은 그 소리를 들었으나 적의 수를 파악할 수도 없었고, 황제께서 친히 대군을 이끌고 나왔다는 말에 오금이 떨려 그대로 영채를 버리고 달아났다. 모든 군사들도 장수가 도망치는 걸 보고 따라서 도망치니 넘어져서 밟혀 죽는 자, 칼에 맞아 죽는 자, 창에 찔려 죽는 자가 부지기수였다.

이런 패배를 당하는 중에도 주무만은 스스로의 용력을 믿고 칼

을 휘두르며 달려드니 조혼은 대적할 수가 없어 뒷걸음질을 쳤다. 옆에서 적군을 시살하고 있던 종인은 조혼의 위기를 보자 얼른 군사들에게 명하여 활을 쏘게 했다. 일제히 날아든 화살을 맞은 주무가 그제야 도망치니 왕함의 군사는 크게 패해 주작교의 대채(大寨)를 버리고 20리 후방으로 물러갔다. 이 싸움에서 왕함 군은 대장 위의를 잃었으며 군사 1만여 명을 잃었다.

왕함은 크게 고민한 나머지 사람을 왕돈에게 보내 후군을 일으켜서 일제히 건강을 치자고 했다. 이때 왕돈의 병은 다소 회복 상태에 있었는데, 위의가 죽고 왕함이 대패했다는 소식을 듣자 다시 피가 거꾸로 솟는 듯해서 기절해버렸다.

옆에 시립한 왕응(王應)·제갈요 등은 쓰러진 왕돈을 부축하여 얼른 침상에 눕혔다.

혼절한 왕돈은 꿈을 꾸었다. 자기가 석두성 밖의 강물 위에서 땅을 갈고 있는데 큰 파도가 밀려와 애써 갈아 놓은 밭을 온통 진흙구덩이로 만들어버렸다. 깜짝 놀라 꿈에서 깬 왕돈은 곧 곽박을 불러들여 자세히 해몽을 하라고 명령했다.

곽박이 말했다.

「강물 위에서 땅을 가니, 이것은 힘만 드는 헛된 일이 아닐 수 없습니다. 또 파도가 밀려와서 모처럼 갈아놓은 밭을 진흙구덩이로 만들어 놓았으니 그런 밭에는 씨를 뿌리지 못합니다. 이 꿈은 곧 근거가 없는 데에 발을 붙이고 서려는 것이니, 쓰러질 징조인 줄로 아옵니다.」

왕돈은 이때 내심으로 건강을 꼭 쳐부술 생각이었으므로 곽박의 해몽을 듣자 기분이 언짢았다. 그래서 다시 곽박에게 물었다.

「내 몸에 지금 병이 깊소. 그대는 선견지명이 있으니, 내가 언제쯤이면 나을 수 있을지 말해 보오.」

곽박이 한참 만에 대답했다.

「주공의 명은 아직 한도에 다다르지 않았습니다. 그러므로 무창으로 회군한다면 그 복과 수명을 오래 누릴 것입니다. 그러나 만약……」

「그러나 만약 어찌 됐단 말이오?」

왕돈의 희망과 기대에 엇갈린 표정을 보자 재촉을 받은 곽박은 그 말을 되받으면서 대답했다.

「그러나 만약 마음을 거칠게 잡수시고 욕심을 부린다면 필연코 정신의 균형을 잃어 낫기 어려울 것입니다.」

기대에 찼던 왕돈의 표정은 단박 오지그릇 빛으로 변했다. 그는 크게 소리를 질렀다.

「죽고 사는 것은 천명에 달린 것인데, 너는 왜 애써 낫는 것을 말하지 않고 죽는 것만 말하느냐! 그렇다면 너는 능히 네 명을 알고 있으렷다!」

곽박이 조용히 입을 열었다.

「신의 명은 금일 오시(午時)에 끝납니다.」

왕돈은 곽박의 말을 듣자,

「어디 시험해보자!」

하고 벼르니 곽박이 다시 말했다.

「천상의 선적(仙籍)은 이미 나를 위해 자리를 비워놓고 있은즉, 신의 명은 시험해 보셔도 오시에 끝나고, 시험해 보시지 않더라도 오시에 끝납니다.」

왕돈은 그 말을 듣자, 곽박이 도술을 부려서 도망을 치려는가보다 하고 곧 밖으로 끌어내다가 목을 베라고 했다.

이때는 시간이 아직 오시 이전인데, 집형자(執刑者)는 곽박이 이름 높은 선비이므로 구명을 탄원하는 자라도 나선다면 이름 높

은 선비를 죽였다는 누명이나마 면하려고 죽이지를 않고 기다렸다. 그러나 시각이 오시에 다다라도 왕돈의 노여움을 간하는 자가 나서지를 않았다. 집형자는 오백(吳伯)을 불러서 손을 쓰라고 조용히 일렀다.

오백이 곽박 앞에 나가서 말했다.

「선생께선 너무 고지식하였소. 그러므로 대접받지 못하고 이 지경에 이르렀으니 명령을 받들어 행형(行刑)하는 이 사람을 원망치 마시오.」

곽박이 눈을 들어 그를 보니 오백이라, 지난날 그에게 베푼 한 가지 일이 생각나서 말했다.

「그대가 옛날 곤궁할 때, 내가 책당(柵塘) 가에서 옷 한 벌을 준 것을 잊었는가?」

오백은 그 말을 듣자 지난날에 그에게서 입은 은혜를 새삼 떠올리고 울면서 말했다.

「너무나 오래 된 일이라서 선생님의 큰 은혜를 잊었습니다. 하지만 선생님을 살릴 길이 없으니 이를 어찌하오리까?」

곽박은 그가 눈물을 흘리는 걸 보자 좋은 말로 달래면서 기구한 상봉을 한탄하고 나서 부탁했다.

「그대가 나를 그처럼 생각한다면 내 허리에 찬 목검(木劍)으로 내 목을 쳐주오.」

오백은 그 말을 듣자 곽박이 자기를 희롱하는구나 하고 생각했다. 그러나 곽박은,

「희롱하는 게 아닐세. 시험삼아 한번 써보게나. 아마 날카롭기가 무쇠 칼보다 나을 걸세.」

라고 했다. 오백은 할 수 없이 그 목검으로 곽박의 목을 치니 칼날이 닿자마자 곽박의 머리는 땅으로 굴러 떨어졌다. 그리고 목에서

는 한 되 가량의 백혈(白血)이 쏟아져 나왔다.

오백은 얼른 목을 주워 들고 집형자 있는 데로 가서 보였는데, 이때 홀연히 일진의 수상한 바람에 강물이 밀려오더니 곽박의 시체와 머리를 건질 사이도 없이 쓸어가 버렸다.

수급과 시체를 잃은 집형자는 강물에 떠내려가는 곽박의 몸뚱이를 손가락질만 하다가 할 수 없이 왕돈에게 급히 달려가 보고했다.

왕돈은 영채에까지 물이 찬 것을 보자 입맛만 다시고 아무 말도 하지 않았다.

제13장. 반역의 종말

1. 왕돈의 죽음

왕돈은 곽박을 죽이고 나자, 곧 군사 3만을 뽑아서 심충·주광에게 내주며 신속히 달려가 왕함을 도와 건강을 치라고 했다. 또한 별장 임이(任怡)·유방(劉芳)·왕도(王度)에게는 군사를 이끌고 가서 회북(淮北)에서 오는 길목을 지켜 구원군을 막으라고 했다.

이때, 경사(京師)의 오총관은 모두 주작항을 건너서 왕함의 진영을 점령하고 있었는데, 20리 밖으로 후퇴한 왕함과 전봉은 심충과 주광이 원군을 이끌고 온다는 기별을 듣자 수륙 양로로 나누어 건강을 쳤다.

장수 조윤(趙胤)은 쳐들어오는 왕함의 군사를 한사코 막았으나 주무와 등악이 갖은 용맹을 다 발휘하여 앞장서서 오는 바람에 주춤하고 뒤로 물러섰다.

오총관인 온교·극감·기첨·변돈·유양 등도 조윤이 위기에 처한 걸 보자 군사를 이끌고 달려들었다.

이렇게 해서 사생을 결단하는 치열한 공방전은 아침나절부터 저녁 늦게까지 계속되었다. 양군의 장병들은 한결같이 몸이 납덩이처럼 무거웠으나 일진일퇴, 한 치의 땅을 다투는 싸움이기 때문에 잠시도 쉴 틈이 없었다. 길바닥에는 즐비한 시체들이 무더운 날씨에 부취(腐臭)를 발산하고 있었고, 강물 위를 스치고 불어오는 바람에서도 끈끈한 피비린내가 느껴졌다.

밤이 되어도 승부가 나지 않자 왕함의 부장 여의는 숨어서 화살을 쏘아 조윤에게 부상을 입혔다. 어깨에 화살이 꽂혀서 아픔을 느낀 조윤이 드디어 싸우지 못하고 쓰러지니, 군사들은 얼른 조윤을 들것에 태워 후송했다. 지금까지 혼신의 용기를 내어 싸우던 조윤이 부상을 입자 관군의 사기는 크게 떨어졌다.

마침내 패배한 관군은 주작교 남안으로 물러나서 진을 쳤다. 온교와 극감 등 오총관은 두려움에 싸여서 날이 새기만을 기다렸다. 지루한 하룻밤이 지나고 새벽이 되었는데 갑자기 비마(飛馬)가 달려들어서 구원군의 소식을 전했다.

「조약 막하의 장군 풍총은 왕돈군의 장수 임의를 죽였으며, 의흥(宜興) 사람 주건(周鰰)은 의병을 모아서 주기 등의 원수를 갚고자 왕돈의 장수 유방과 왕돈의 군사를 무찔렀습니다. 또한 지금 소준·유하 등은 대군을 휘몰고 경성을 향하여 진격하고 있습니다.」

모든 관군은 이 소식을 듣자 금세 기운이 용솟음쳤다. 온교는 곧 군사를 5대로 나눠서 일제히 적을 칠 약속을 했다.

다음날 아침, 왕함과 전봉은 군사를 이끌고 일거에 주작교 나루터를 점령코자 대들었다.

이를 맞은 관군의 장수 온교·조흔·유양·한잠·극감·단수·변돈·종인·기첨·진숭 등이 군사를 5로로 나누어서 사력을 다해 크게 싸우니 오정이 되어도 난전은 멎지를 않았다. 말은 하늘을 향해 울고 연이틀 동안 잠시도 쉬지 못하고 싸운 병사들의 군복에서는 땀이 낙숫물처럼 떨어졌다.

바로 이때였다. 왕함의 후진이 어지럽게 무너지더니 소준·유

하·한황(韓晃)·채흉(蔡邁) 등이 이끄는 외진의 구원군이 두 길로 갈라져서 맹렬히 쳐들어왔다. 기습을 당한 왕함의 군사가 그 등등한 기세에 대적하지를 못하고 사태처럼 무너져서 청계(靑溪)의 방책 뒤로 후퇴하니 삽시간에 나가자빠진 적의 시체는 발이 파묻힌 정도였다.

그러나 왕함 군도 심충과 주광이 3만 군사를 거느리고 싸움을 거들러 오자 다시 힘을 내어 앞으로 짓쳐 나왔다. 심충과 주광은 곧 먼 길을 달려온 소준과 유하를 치기 위해 달려들었다. 네 명의 장수들 사이에는 이때부터 나비가 쌍쌍이 꽃밭에서 뒹구는 듯한 화려한 결투가 벌어졌다. 양군의 깃발은 때마침 불어오는 강바람으로 기세 좋게 펄럭거렸고, 창과 칼은 번쩍번쩍 불꽃을 튀겼다.

그러나 소준과 유하의 군사는 워낙 먼 길을 달려온 터라 힘이 빠져 있었다. 급히 뒤쫓는 심충과 주광에게 쫓기다 못해서 궁지에 빠져 있는데, 홀연 남쪽으로부터 정체를 알 수 없는 한떼의 군사가 자욱한 먼지를 일으키면서 달려들었다. 깜짝 놀란 두 장수가 잠시 쫓기던 걸음을 멈추고 바라보니 맨 앞에 달려오는 기수(旗手)가 크게 외쳤다.

「우리는 회계의 의병장 우담(虞譚)의 군사요!」

죽을 땅에서 귀인을 만난다고 소준과 유하는 칼을 번쩍 들어 이 의군(義軍)에게 답례했다. 우담은 군사 1만여 명을 이끌고 죽은 주찰을 대신하여 달려오는 중인데, 어가가 남황당까지 나와 계시다는 말을 듣자 곧 들어가 황제를 뵙고 나서 소준·유하 두 장수를 도와 적군을 쳤다.

이 소식을 들은 단수와 한잠 두 장수도 3로의 의병이 공을 세우는 것을 보고만 있겠는가, 의논한 후에 급히 말을 몰고 나오며 크게 고함쳤다.

「역적 왕함의 군은 이미 패배하였다. 각자 모두 힘써 싸워서 큰 공훈을 세우도록 하라!」

이 소리를 들은 관군들이 일제히 몸을 털고 일어서서 반격 태세로 들어가니, 왕함 군은 여러 갈래의 군사 때문에 연락을 잃고 산산이 흩어져 달아났다. 한광은 이것을 보자 혼자서 주무와 두홍을 가로맡아 쳤고, 조혼은 적군의 양익을 전격적으로 쳐서 지리멸렬로 교란시켰다.

이 싸움에서 관군은 적병 1만여 명의 수급을 잘랐으며, 왕함은 크게 패배하였다. 왕돈은 왕함이 또 졌다는 소식을 듣자 손가락으로 원군을 청하러 온 병사를 가리키면서 형 왕함을 욕했다.

「그 주책없이 늙은 형이 대사를 그르치는구나! 내 친히 삼군을 이끌고 가서 적을 치리라.」

평상에서 벌떡 몸을 일으킨 왕돈은 서너 발자국을 떼어놓다 말고 또다시 앞으로 푹 고꾸라졌다. 얼굴을 마루에 짓찧어 피가 흐르는데 가까스로 정신을 차린 왕돈은 조카 왕응을 곁으로 불렀다. 왕돈이 턱에까지 차오르는 숨을 몰아쉬며 곁에 다가앉은 왕응을 붙들고 말했다.

「조만간 나는 아무래도 죽을 것 같다. 너는 곧 즉위하여 먼저 문무백관을 세워라. 그런 연후에 내 장사를 치르도록 하라.」

왕응은 숙부 왕돈의 이 비원을 듣고 울음을 삼키면서 물러나왔는데, 왕돈은 그날 밤 바짝바짝 타는 가슴을 한 모금 물로 끄려다가 그대로 물 대접에 얼굴을 파묻은 채 죽어버렸다.

이것을 본 제갈요가 조용히 왕응을 불러서 말했다.

「승상께서 지금 운명하셨소이다. 그러나 아직 발상하지 않는 것이 좋을 듯합니다. 밖에서 싸우는 장병들이 이 소식을 들으면 아마 더 싸우지를 못하오리다.」

그래서 양인은 왕돈의 시체를 비단으로 싸고 갈대로 짠 자리에 둘둘 말아 영채 안에 파묻은 후 일부러 술상을 차려놓고 술을 마시며 흥겨워했다.

제갈요가 왕응을 보고 다시 말했다.

「우선 건강을 점령하는 일이 시급합니다. 대위에 오르신 다음에 거상(居喪)할 때는 태상황의 예로써 하시면 됩니다.」

일이 이렇게 되었는데도 전봉 등은 왕돈이 죽은 줄 모르고 싸움을 계속하였다.

2. 남화당(南華堂)의 대첩

왕돈은 곽박을 해쳤으나 자신도 죽었는데, 왕돈의 죽음을 모르는 전봉·심충 등은 아직도 강성한 병력을 믿고 건강성 인근에 있는 각 군을 쳐서 건강을 고립무원(孤立無援)의 상태로 만들려고 획책했다.

명제는 그 소식을 듣자 매우 근심한 나머지 사람을 심충에게로 보내 사공 벼슬을 내릴 테니 조정에 귀순하라고 권했다. 그러나 심충은 아직도 자기 쪽 군사가 강한 것을 믿고 황제의 칙사를 예로써 대접하지 않고 도리어 삼오(三吳) 땅을 함락시킨 후 전봉과 연합하여 주작대로(朱雀大路)를 향해 쳐들어갔다.

이때 왕돈 밑에서 사마 벼슬을 지낸 고양(顧颺)이란 자가 있었는데, 그가 심충을 설득했다.

「지금까지 사태의 추이를 보건대, 이미 우리 군사는 예기가 꺾이고 사기를 잃었소. 만약 이대로 계속된다면 틀림없이 패할 것이오. 그러므로 장군은 의논할 일이 있다고 전봉을 꾀어 들인 후 죽여서 그 수급을 가지고 황제 앞에 나가 항복하시오. 그래야만 전화위복(轉禍爲福)이 될 수 있소.」

그러나 심충은 그 말을 듣지 않고 도리어 청계책(靑溪柵)을 습격하여 그곳을 지키는 관군을 내쫓고 군사를 집결시켰다.

이 소식을 들은 황제가 유하에게 명하여 심충을 치라고 했으나, 유하는 적병이 많은 걸 보자 주저하고 진격하지 않았다.

이때 초왕 막하의 우이가 데리고 있던 용사 초정(焦廷)이 유하를 찾아왔다. 그는 초왕 사마승이 잡히자 부하 3백 명을 이끌고 강동으로 도망치려 했으나, 왕돈이 무창으로 회군하는 바람에 완성(皖城)으로 피해 있다가 경성이 위험하다는 소식을 듣고 달려온 것이다. 그는 팔팔한 장사 3백 명과 순숭(荀崧)이 거느린 군사 3천을 이끌고 왔다.

유하가 그 뜻을 물으니 초정은 똑똑한 목소리로 말했다.

「청컨대 장군께서는 저와 제가 거느린 군사를 선봉으로 삼으셔서 저희 주인 초왕과 우공(虞公)의 원수를 갚고, 나아가서 임금과 나라를 위해 이바지할 수 있도록 해주십시오.」

유하는 크게 기뻐하여 초정을 자기 옆자리로 불러 앉힌 후에 청계책을 탈환할 계획을 상의했다.

용사 초정이 청계책을 탈환하기 위해 장사 3백 명을 이끌고 나온다는 정보를 듣자 심충은 집안 장수 심천서(沈天瑞)를 내보내 대적케 했다. 심천서 역시 초정과 같은 패거리로, 유하는 그에 의해 세 번이나 창을 빼앗기고 패배한 일이 있었다.

심천서가 창을 꼬나 잡고 맹수처럼 돌격해 들어오니 위선(魏善)은 배후에서 말을 달리며 접응했다. 초정은 위선임을 알자 큰 소리로 꾸짖었다.

「이 부역한 반적 놈아! 아직도 무례하기가 그지없구나. 얼른 말에서 내려 네 스스로 우리 초왕 전하를 죽인 죄를 빌고 돌아서서 심충을 친다면 모르되, 그렇지 않으면 내가 너를 용서치 않으

리라.」

위선은 이 소리를 듣고 급히 말을 세웠다. 그리고 창을 들어서 초정을 삿대질하며 대답했다.

「네놈은 장사에서 죽을 것을 살려줬더니, 이 망국의 거지 패거리가 뭐라고 주둥이를 놀리는 게냐.」

곧장 초정의 심장을 겨눠서 창을 내질렀다. 초정은 그것을 보자 얼른 피하면서 철퇴를 머리 위로 핑핑 돌리고 달려드니, 위선이 다시 창을 꼬나 잡고 몸을 날려 초정을 찌르려는 찰나에 철퇴가 위선이 탄 말의 무릎을 쳤다. 무릎이 빠개진 위선의 말은 앞발을 들고 껑충 공중으로 솟아오르고 동시에 위선도 말에서 떨어졌다.

그 떨어진 위선의 면상을 철퇴가 내려치니 위선은 골이 박살나서 죽어버렸다. 초정이 얼른 위선의 목을 베어들고 다시 심천서를 향해 달려드니 놀란 그는 얼른 말머리를 돌려서 달아나려 했다. 그러나 이 간격을 놓치지 않고 찌른 유하의 창은 심천서의 옆구리에 깊숙이 박혔다.

이리하여 심충의 두 장수가 한꺼번에 거꾸러지자 관군은 크게 기세를 올리면서 심충을 겁박했다. 심충은 잠깐 동안에 막강한 두 부하 장수를 잃자 채찍으로 말 엉덩이를 힘껏 갈기며 도망쳐버렸다. 유하는 그것을 보자 부하들에게 외쳤다.

「누구든 심충을 추격하여 잡는 자에게는 큰 상을 내리리라!」

군사들은 북을 치면서 뒤쫓았다. 그 결과 심충의 군사는 물에 빠져 죽고 창에 맞아 죽고 해서 2만여 명의 군졸이 순식간에 줄어들었다. 얼마를 그렇게 싸운 후 유하와 초정이 쇠북을 울려 군사를 거둬서 황제 앞에 나가 첩보를 올리니, 명제는 두 장군에게 상을 내리고 군사들을 격려하였다.

한편, 패전 끝에 의기소침한 심충이 전봉을 만나 군사를 합쳐

경군(京軍)과 일대 결전을 감행하자고 하자, 전봉이 말했다.

「조정의 왕도독과 오총관은 두려울 게 없지만, 호위(護衛)장군 단수와 한잠은 용감하고 소준·유하 양 장군은 회채의 명장이니 경시할 것이 못되오. 만약 이 네 명만 꺾는다면 건강은 손바닥에 침을 묻혀가면서 함락시킬 수 있소」

그러고 나서 제장들을 돌아보고 누가 선봉이 되어 큰 공을 세울 것인지 물으니, 주무·등악·여의·주여·등하·오유 여섯 장수가 앞을 다투어 나섰다. 심충과 전봉은 기뻐하면서 이들에게 5만 군사를 주어 태워버린 주작교 자리에 가설된 부교를 치게 했다.

소준·유하 두 장수는 그 소식을 듣자 군사를 죽 늘어세워 놓고 진을 치고 굳게 지키며 나가서 싸우지 않았다. 그리고 급히 전령을 남황당으로 보내 황제에게 구원을 청했다. 온교가 황제에게 아뢰었다.

「이 두 장군은 역전의 맹장이니, 그 뒤를 따라 일제히 적을 치신다면 능히 단판 싸움으로 승리를 거둘 수 있나이다.」

그러나 극감은 주작 부교가 경성으로 들어오는 길목에 해당함을 들어 계속 굳게 지키기를 주장했다. 이리하여 황제는 단수·한잠 등 10명의 장수에게 명해서 속히 나가 소준과 유하의 군사를 도우라고 했다.

한편 전봉은 경병(京兵)이 틀림없이 원군을 보내리라 생각하고 재빨리 군사를 휘몰아서 공격을 감행했다. 적이 가까이 접근하여 맹렬한 공격을 가하자 소준은 한광·광효(匡孝)·서근(徐謹), 그리고 유하와 초정으로 나누어 육진(六陣)을 벌이고 싸우니 여섯 장수는 서로 제휴하여 싸우고 지키기를 두 시간 동안이나 하였다.

그래도 적병은 물러가지 않고 계속 함성을 지르며 달려드는데, 홀연 함성이 울리더니 왕돈의 부장 두홍이 군사 5천을 이끌고 용사

초정의 군졸들을 박차버린 후 겹겹이 초정을 에워쌌다.

사면팔방으로 적병을 맞은 용사 초정은 철퇴를 머리 위로 핑핑 돌리면서 혼자 5천 군사를 대적하고 있었으나 옆으로 나란히 진을 친 다섯 진의 진장(陣將)들도 자기 발등의 불이 뜨겁기 때문에 곤경에 빠진 초정을 구해줄 엄두를 못 내고 있었다.

이처럼 초정이 좌충우돌 철퇴를 유성처럼 휘두르며 연방 적을 시살해 들어갔으나 인해전술로 달려드는 적을 혼자 힘으로 당해낼 수는 없었다.

마침내 철퇴에 달린 쇠사슬이 딱 소리를 내며 끊어져 달아나자 기회를 노리고 있던 적장 등하(鄧遐)가 얼른 예리한 창끝으로 등판을 찔렀다. 등에 창을 맞은 초정은 그래도 절륜의 힘을 다해서 몇 명의 적을 맨주먹으로 쳐 죽였지만 기진맥진 대목이 쓰러지듯 쿵 소리를 내며 나가넘어졌다.

초정이 죽고 육진 중 한 진이 무너지자 관군은 단박에 사기를 잃어버렸다. 모두 슬금슬금 도망을 치려는 판에 배후에서 군사들의 외치는 소리가 하늘마저 뒤흔드는가 싶게 울리더니 단수·한잠 등 여섯 장수가 이끄는 구원군이 날개처럼 양쪽으로 벌려 서서 위풍당당하게 짓쳐 나오고 있지 않은가!

고각과 징소리와 군사들의 발소리는 은은히 지면을 울리고 깃발은 바람에 펄럭거렸다. 지옥에서 보살을 만난 듯 곤경에 빠졌던 소준·유하 등 수비군은 원군이 오는 것을 보자 일제히 용기를 내 창을 가지런히 내밀고 왕함의 군중으로 쳐들어갔다.

삽시간에 왕함의 부장 장기(張琦)·여사(呂思) 등 여섯 명이 소준과 유하의 칼에 넘어졌다. 주무·등악·오유 등은 모두 일대의 용장들이었으나 앞뒤로 관군을 맞으니 막아내지 못하고 모두 뺑소니를 쳐버렸다.

이리하여 심충과 전봉은 크게 패해서 일로 총영(總營)을 향하여 달려가 왕함을 뵈었다. 왕함도 패전해 쫓겨 오는 부하들을 보자 경악하고 곧 참모회의를 열어 방비책을 강구하려던 참인데, 포소리와 우렁찬 승리의 함성이 점점 가깝게 들려왔다.

전봉이 급히 말했다.

「전번에 패전한 상처가 채 아물지도 않았는데 경군이 또다시 쳐들어오니 물리칠 수도 지킬 수도 없을 것 같습니다. 또다시 곤경에 처할 것 같으니 이를 어찌하리까?」

왕함도 그 말을 듣자 당황해서 어쩔 줄을 몰랐다. 가까스로 원문에 나가서 군사들에게 굳게 지키기를 명령하고, 왕함 자신은 늙어서 몸이 말을 듣지 않으므로 먼저 도망쳤다. 한참 후에 왕함이 도망친 것을 안 군졸들은 자기들도 각기 기물(器物)을 싸들고 싸움터에서 빠져나가려 했다.

이를 본 전봉과 심충이 극력 말리면서 독전했으나 이미 붕괴되는 제방을 막을 길이 없듯 궤멸하는 군사들을 막을 도리가 없었다. 마침내 장수들도 모두 뿔뿔이 도망쳐버렸다. 승세를 탄 관군이 그 뒤를 바짝 추격하니 왕함의 군사들은 옷과 배낭은 물론 생명과 같은 무기마저 버리고 달아나버렸다.

3. 잔적(殘賊)의 진멸(殄滅)

이 싸움에서 왕함의 군졸 5만 명이 항복하고, 도망치지 못한 자들은 모두 죽음을 당하니, 곡소리가 진동하고 강물은 피로 물들었다.

주작교·청계책·백석영(白石營)의 세 번 싸움에서 완패의 고배를 마신 적장들은 왕함을 위시하여 모두 호음(湖陰)에 있는 왕돈의 영채로 모여들어 장차의 일을 의논코자 하였는데, 왕돈이 벌써 죽었다는 청천벽력 같은 소식을 듣자 모두 초상집에 모인 손님처럼 넋을 잃었다.

왕응이 아비 왕함을 붙들고 하소연했다.

「일이 이 지경에 이르렀으니 어떻게 대처하시렵니까?」

왕함이 아무 대답을 못하고 한숨만 땅이 꺼지게 내쉬자 왕응은 제장에게 무창으로 회군할 것을 명령했다. 군사를 이끌고 무창으로 가서 다시 일을 도모하려는 것이다. 그러나 이 말을 들은 군사들은 모두 나서서 한 마디씩 했다.

「재차 무창으로 회군한다 하더라도 황제와 겨룬다면 목숨을 보전하기 어려울 것이오. 그러므로 차라리 황제의 용서를 바라고 귀순하는 것이 좋겠소」

이때 주방(周訪)의 작은아들 주광(周光)에게는 군사들의 마음이 변한 것을 보자 왕응을 찔러 죽이고 귀순할 뜻이 있었다. 그래서 아비로부터 물려받은 정졸(精卒) 1천여 명을 이끌고 영채 안으로 쳐들어가려 하니, 형 주무(周撫)는 왕응의 심복이므로 나와서 주광을 말렸다. 주광이 말리는 형을 붙들고 설득했다.

「형님이 보시다시피 왕함·왕응 부자는 왕돈과 달라서 대사를 성취할 만한 자가 못됩니다. 만약 이대로 질질 끌려가다가 경군이라도 쳐들어온다면 멸족을 당할 것은 물론 후세에도 역적의 누명을 벗지 못할 것이외다.」

아우의 말을 듣자 우둔한 주무는 그때서야 깨닫고 어쩔 줄을 몰라 했다. 주방은 형 주무에게 계책을 말하고 전봉을 방문하도록 하니, 주무가 전봉에게 말했다.

「군사들은 황제의 군사가 무창을 토벌할까 두려워서 회군을 겁내고 있습니다. 그러므로 장군께서 친히 나가서서 말씀으로 안위시킨 후에 회군하자고 권하신다면 무리들도 따를 것입니다.」

　이 말이 계략인 줄 모르는 전봉은 즉시 주무를 대동하고 군사를 설득시키려고 나왔다. 이때 주광은 손에 칼을 들고 나무 뒤에 숨어 있었다. 전봉이 군사들을 향하여 입을 열려는 순간, 비호같이 뛰쳐나오면서 목을 쳐버렸다. 주무가 얼른 칼을 빼어들며 전봉의 수급을 주워든 다음 군사들을 향해 호령했다.

　「조정의 뜻을 받들어 나 주무는 역적의 괴수 전봉의 목을 잘랐다. 누구든지 난동을 일으키는 자가 있다면 삼족을 멸하리라. 그리고 나는 이 길로 입경하여 황제 앞에 귀순할 터인즉 누구든지 원하는 자는 나서라!」

　이것을 본 등악(鄧岳)도 이미 일이 틀어진 것을 알자 그 아들 등하에게 명하여 두홍을 유인해서 죽였으며, 주무 형제와 같이 남황당으로 가서 두 적장의 목을 바치고 황제 앞에 귀순했다. 이것을 본 황제는 크게 기뻐한 나머지 주무 형제와 등악 부자에게 관직을 내리고 남황당에 머물러서 왕함 군을 막도록 했다.

　승전한 황제가 왕도(王導)를 데리고 어가를 돌려서 성으로 돌아오니 성중에 남은 문무관원과 군사, 그리고 백성들은 한결같이 만세와 환호성으로 맞아들였으며, 그 우렁찬 소리는 거리거리 골목골목에 메아리쳤다.

　한편 왕함의 군사는 주무·등악 등 네 장수가 귀순하고 전봉과 두홍이 죽는 것을 보자 매일 수천 명씩 탈영하여 고향으로 돌아갔다. 염탐꾼이 이 소식을 경군의 영중에 보고하니, 여러 장수들은 이 기세를 타고 즉시 호음(湖陰)을 쳐서 왕함 부자를 잡자고 했다.

　그러나 온교는 덤비는 제장들을 손을 들어 제지하면서 이렇게 말했다.

　「왕논의 군사가 대패했다고는 하나 아직도 그 병력이 20만에 가깝소. 그리고 왕이·왕서·왕빈 등은 비록 역모에 가담하지 않았다고는 하나 모두 왕함의 형제들이며, 무창 인근의 고을을 차지하고 있어서 군사와 양식이 풍부하니 그 속마음을 측량할 길이 없소. 그러므로 급히 적을 쳐서 공포심 때문에 뭉치게 하느니보다 완만한 공격으로 적이 스스로 흩어지는 것을 바라야 하오.」

이리하여 모인 장수들은 모두 온교의 계책에 따라 군사를 서서히 진격시키는 한편, 황제의 조서를 호음지방의 각 도시와 마을에 붙였다.

이때 왕돈 밑에서 장사(長史) 벼슬을 하던 사곤(謝鯤)이 왕돈이 죽자 은근히 조정에 귀순할 뜻을 품고 있었다. 사곤의 속셈을 눈치 챈 왕응이 사곤의 소지품, 즉 행낭(行囊)·책·옷 등을 모두 압수해버리니, 사곤은 머리를 긁으면서 주저앉아버렸는데, 황제의 조서에 심충의 목을 바치는 자에게 벼슬과 중한 상을 내린다는 구절이 있는 걸 보고 심충을 잡아 죽일 생각을 했다. 그래서 사곤은 우선 심충의 부하인 오유(吳儒)를 설득하기로 했다.

「장군은 본래 주방의 구장(舊將)으로 그 생각하는 바가 매우 충성된데, 무엇 때문에 주저앉아서 역적의 무리와 섞여 계시오 이미 대사는 틀려버렸으니 하루속히 심충을 죽여서 이름에 묻은 더러운 때를 씻고 밝은 세상을 누리도록 합시다.」

오유는 사곤의 말을 듣자 흔연히 찬성했다. 사실 사세가 불가피하여 왕돈을 따라서 싸우긴 했지만 내심으로는 기회만 있으면 돌아서려던 참이었다. 오유는 몇 명의 측근 장교들을 대동하고 심충의 장막으로 뛰어 들어갔다.

심충은 오유가 살기등등하게 달려드는 것을 보자 후다닥 장막 밖으로 도망쳐버렸다. 오유가 말을 타고 뒤쫓으니 심충이 오유를 뒤돌아보고 비난했다.

「나는 네가 주방 막하의 한 존재 없는 장수로 있을 때 너의 무

용을 아껴서 발탁하여 심복 장수로 삼았는데, 오늘날 그런 은혜를 잊고 나를 해치려 드느냐!」

오유는 그 말을 듣자 더욱 말에 채찍질을 가하여 뒤쫓으며 대답했다.

「너는 나에게 은혜를 베풀었다지만, 그 덕에 나는 역적을 돕는 마소 역할을 한 것에 지나지 않았다. 이제 왕돈이 죽으매 장수들이 전부 흩어지는 걸 못 보았느냐? 네 뒤를 따라 죽은들 무슨 소용이 있으랴.」

마침내 심충은 오유의 칼에 목이 떨어졌다. 오유는 모든 군사를 이끌고 사곤과 함께 심충의 목을 받들어 건강으로 들어가서 황제를 뵈오니 황제는 매우 기뻐하면서 두 사람을 열후(列侯)에 봉했다.

왕함은 오유가 심충을 죽였다는 소식을 듣자 일이 완전히 틀어졌다고 생각했다. 이제는 가깝게 의논할 만한 장수도 없었으므로 겨우 아들 왕응, 장군 여의(呂毅)와 상의한 후 영채를 불사르고 무창을 향해 도망쳐버렸다. 그러나 도중에서 관군의 추격을 당하자 여의가 왕함에게 건의했다.

「우리가 무창으로 돌아간다면 기필코 조정의 정토(征討)가 멈추지 않을 것입니다. 그러므로 일단 형주로 도망쳐서 일을 도모하심이 좋을 듯합니다.」

그러나 왕응은 이렇게 말했다.

「왕서 숙부는 선비이므로 이 어려운 일을 감당하지 못할 것입니다. 그러므로 차라리 무창으로 돌아가서 숙부 왕이에게 몸을 맡깁시다. 그에게는 큰 경륜이 없다고 해도 휘하 장군 환선의 지모가 있고, 승상(왕돈)이 비축해둔 군량도 넉넉하므로 가히 지킬 만합니다.」

이처럼 의논이 구구할 때 무창으로 파견한 첩자가 돌아와서 보고했다.

「환선은 승상께서 금궐을 침범하는 걸 보자 초군(譙郡)으로 본부를 옮기고 조정과 내통하고 있습니다.」

청천벽력과 같은 이 말을 듣자 왕응은 지나치게 빠른 인심의 변화를 한탄하면서, 그러면 강주(江州)에 있는 숙부 왕빈에게로 피하자고 했다. 그러나 왕함은 아들의 말에 반대했다.

「왕빈 숙부는 본래부터 승상과는 친한 사이가 아니다. 예전에 승상이 그를 죽이고자 할 때도 너는 옆에 있으면서 한 마디도 숙부를 위해 변명을 해주지 않았는데, 이제 그곳에 몸을 의탁한다면 도리어 원망을 사지 않을까?」

순진한 청년 왕응은 그래도 왕빈을 믿고 아버지를 설득시켰다.

「제가 왕빈 숙부한테 가자는 것도 바로 그것입니다. 숙부는 승상의 세력이 강성할 때도 능히 자기 생각을 고집할 만한 힘이 있었습니다. 그러므로 조정에서도 그를 무섭게 알고 그 세력 또한 왕성하니 우리 부자가 찾아가면 틀림없이 측은히 여겨서 받아줄 것입니다.」

그러나 왕함은 왕빈의 충성과 강직함을 아는지라 틀림없이 받아들이지 않으리라 생각했다. 그들은 결국 배를 타고 형주(荊州)를 향해 떠났다.

왕서는 왕함 부자가 형주로 도망쳐온다는 전갈을 받자 아들 왕충(王充)과 의논했다.

「왕함 부자가 이곳으로 오는 것은 그 세력이 여지없이 꺾였기 때문일 것이다. 그러므로 내가 그를 맞아서 그대로 머물게 한다면 조정은 처음부터 통모(通謀)했다는 누명을 씌워서 나는 물론 삼족 전부에게 벌을 내릴 것이다.」

이처럼 의논하고 있는데 벌써 배가 부두에 닿았다는 전갈이 왔

다. 왕서는 급히 아들에게 계책을 일러준 다음 반가운 안색을 꾸미면서 왕함 부자를 맞으러 달려갔다.

그날 저녁, 왕서는 유선(遊船) 위에다 크게 술상을 차려놓고 오랫동안 싸움터에서 고생한 형을 위로한다는 핑계로 연회를 베풀었다. 왕서가 왕함에게 잔을 권했다.

「형님께서는 오랫동안 군무에 시달리셨으니 심신이 모두 피로하셨을 것입니다. 이후로는 마음 푹 놓으시고 약주나 드십시오. 지난 일을 생각하신들 무엇하시겠습니까.」

그날은 보름날이라, 강물 위에 달이 비쳐서 찬란한 금빛 파도를 일으키니 자못 취흥이 도도했다. 왕함은 지나간 일, 즉 무창을 떠날 때의 그 충천한 사기와 연달은 승전, 그리고 왕돈의 죽음과 함께 찾아온 패전의 액운과 이제는 오갈 곳조차 없는 망명객 신세가 된 자신을 생각하고 연거푸 술잔만 비웠다.

이러한 주연은 또 왕응과 왕충간에도 벌어지고 있었다. 왕충은 상심하는 형 왕응을 달래면서 계속 술을 권했다. 어느덧 한밤중이 되어 달이 기울자 왕함 부자는 오래간만에 마신 술에 대취하여 그대로 쓰러져서 잠이 들어버렸다.

왕서 부자는 그들이 완전히 정신을 잃은 것을 확인한 후 사람을 시켜서 결박을 짓고 강물 속에 내던졌다. 그리고 속히 보(表)를 조정으로 올렸다.

—신의 형 왕함 부자는 왕돈의 역모에 가담해 큰 죄를 범하고 신에게로 피신해 왔나이다. 그러나 신은, 동기의 정 때문에 차마 칼로 목을 치지는 못하였으나 붙잡아서 강물에 처박아 죽인 후 그 시체를 거두고 있사오니, 폐하께서는 신과 신의 형 부자의 죄를 다스려주옵소서.

이때 왕빈은 강주에 있었는데, 왕돈의 패사(敗死)를 듣고 왕함 부자가 틀림없이 강주로 도망쳐 오리라는 예상을 하고 배를 준비하여 기다리고 있었으나 끝내 나타나지를 않았다. 후에 왕함 부자가 형주에서 익사당했다는 소식을 듣자, 왕빈은 왕함 부자의 목을 산 채로 쳐서 효수한 후 그 죄를 밝히지 못한 것을 크게 유감으로 생각하였다.

황제는 왕돈 일당이 모조리 소탕되자 조서를 내렸다. 그리고 유사(有司)에게 명하여 왕돈의 시체를 파낸 후 그 의관을 불태워 없애고, 무릎을 꿇린 다음 다시 그 몸을 칼로 쳐서 마치 그 옛날 오자서(伍子胥)가 초나라 평왕(平王)의 *무덤을 파고 그 시신을 매질한 것처럼(掘墓鞭屍굴묘편시) 두 번 죽음을 시켰다. 그리고 그 목을 전봉·두홍·여의 등 적장의 목과 함께 주작교 다리목에 내거니, 백성들은 구름처럼 모여들어서 역적의 머리에 침을 뱉었다.

4. 평란포상(平亂褒賞)

진나라 대녕 3년에 명제는 왕돈의 난을 평정하자, 온 나라 안에 대사령을 내리고, 사도 왕도 이하 여러 공신들을 크게 포상하였다.

이번 포상으로 왕도는 시홍공(始興公)으로 봉해지고 식읍 3천 호를 받았으며, 온교는 건녕현공(建寧縣公), 유양은 영홍현공(永興縣公), 변돈은 장홍(長興)현공, 극감은 덕홍(德興)현공, 소준은 광릉(廣陵)현공, 유하는 능천(陵泉)현공으로 봉해지고 식읍 1천 8백 호씩을 하사받았다.

또한 장군 조윤은 호남후(湖南侯), 변호는 익양후(益陽侯)에 피봉되어 식읍 1천 5백 호씩을 받고, 오총관인 단수는 표양백(漂陽伯), 한잠은 단양백(丹陽伯), 조혼은 기양백(曁陽伯), 종인(鍾寅)은 동양백(東陽伯), 진숭은 송양백(宋陽伯)에 피봉되어 각각 식록 1천

석씩을 하사받았다.

또 우담(虞潭)과 주건(周騫)은 자작에 피봉되어 식읍 8백 호를 받았으며, 주광·주무·등하·오유 등 항장(降將)은 모두 사(邪)를 누르고 정(正)에 귀순하였기 때문에 열후에 피봉되고 토역(討逆) 장군에 임명되었다.

또한 사마승·대연·주의·조입·곽박·감탁·주연·주숭·초정 등 죽음으로 임금과 나라를 지킨 신하에게는 벼슬을 추증하고, 특히 우이(虞悝)를 위해서는 그의 집안에 사당 지을 돈을 하사하여 봄 가을로 제사를 지내주도록 하였다.

왕돈의 난 때 주찰(周札) 부자도 왕돈의 장수 심충과 싸우다 죽음을 당했건만 그 공을 인정받지 못하고 벼슬도 추증되지 않았다. 그래서 주찰의 옛 친구 우담은 명제에게 표를 올려서 주찰을 위해 변호하니, 상서 변호가 황제의 명을 받아가지고 주찰에 대한 것을 회의에 부친 결과 다음과 같은 결론이 났다.

‘주찰은 석두성을 온전히 지키지 못함으로써 적을 대궐 안으로 끌어들이는 역할을 하였으니 추중에 해당되지 않는다.’

그러나 왕도는 변호의 이 회답을 듣자 주찰을 위해 황제에게 간청했다.

「왕돈의 간역(奸逆)이 아직 나타나지 않았을 때는 그 간악함을 간파하여 미연에 방지하지 못한 잘못이 신에게도 있사온데, 이 점은 주찰의 잘못과 다를 바 없나이다. 요는 그 사악함을 깨달은 연후에 능히 몸으로써 군국을 지키는 충성을 다하였는가에 있사옵니다. 그러므로 신은 죽은 주찰에게도 주의·대연과 같은 예로써 벼슬을 내리시기를 간청하나이다.」

명제는 왕도의 간청을 허락하여 주찰 부자에게도 벼슬을 추증하였다.

　　그러자 유사(有司)가 또다시 왕서·왕빈·왕이의 죄를 들어서 탄핵하였다.

　　「이 3인은 대진(大鎭)을 맡아 지키고 있으면서도 혈연의 정에 이끌려 왕돈을 치지 않음으로써 국은에 보답하는 결정적인 역할을 못하였사오니, 이것은 역적을 도운 것과 다를 바 없나이다. 제명하시옵소서.」

　　그러나 명제는 왕도가 종친을 보전하려 노력한 사실을 알고 있었고, 또한 왕서·왕빈 양인이 모두 왕돈의 역모를 고발하거나 면전에서 탄핵한 일이 있음을 알고 있었기 때문에 왕서·왕빈 양인에게 조서를 내려 그 죄를 용서했다. 그리고 초왕 사마승을 죽이고도 끝까지 왕돈의 당에 붙어 귀순하지 않은 왕이만을 잡아들이라고 명령하였다.

　　왕서·왕빈 양인은 황제의 조서를 받자 그 큰 은혜에 감사하고 조정의 명에 순종하겠다는 표를 황제에게 올렸다. 그리고 환선(桓宣)을 형주로 보내 왕이를 잡아서 조정에 압송하니, 황제는 그를 제갈요·임열(任悅) 등과 같이 옥에 가두었다.

　　그 후 이 부역한 자들이 옥에만 갇혀 있을 뿐 빨리 처형되지 않음을 본 온교·극감 등 여러 공신들은 부역한 자들을 얼른 처단해주십사는 상소를 황제에게 올렸다. 그리하여 그 상소를 받은 황제는 친히 왕돈의 잔당들을 국문하였으며, 마침내 저자거리에 내다 목을 베어 죽이니 이때 죽은 자는 왕이·고양·주여·임열·제갈요 등이다. 그 밖에 서총·반구·감앙 등은 그 죄상이 무겁지 않으므로 모두 사면해주었다.

　　이와 같이 벌을 내려야 할 자에게도 사면을 내리자, 조정의 공론은 덕 있는 자를 발탁하여 형주를 다스리게 하여야겠는데, 과연 누구를 형주자사로 파견할 것인지에 대해 의견이 분분하였다. 그

러나 왕빈이 유능한 행정가 도간(陶侃)을 추천하자 모두들 찬의를 표했다.

형주 백성들은 그 동안 왕돈의 역모로 조정과의 유대가 일절 끊겨 있었는데, 이에 조정에서 도간을 파견하여 다스리게 한다는 말을 듣자 모두들 쌍수를 들어 환영하는 의사를 나타냈으며, 백성들은 모두 손에 손에 향기로운 꽃을 들고 신임 자사 도간을 맞으러 나갔다. 신임 자사 도간은 우선 오랜 병란으로 말미암아 불안해진 인심을 위무(慰撫)하여 생업에 충실할 수 있도록 보살펴주니 기뻐하지 않는 자가 없었다.

그 해 여름, 사도 왕도가 우연히 병을 얻어 달포가 지나도 낫지를 않아서 매우 근심을 하고 있는데, 종사 이인(李仁)이 들어와서 말했다.

「지금 숭산(嵩山)에는 대양(戴洋)이라는 도인이 한 분 계십니다. 일찍이 12살 때 병을 앓아 죽었다가 닷새 만에 깨어나서 그 부모를 보고 말하기를, 『나는 천제의 부름을 받아 천상엘 다녀왔습니다』 하면서 천서(天書) 한 권을 내놓더랍니다. 대양은 그 후 그 천서를 연구한 결과 점성술(占星術)과 현미술(玄微術)에 도통했으며, 영험하기가 이를 데 없다 합니다. 특히 사람의 운수를 예언하는 데는 귀신과 같이 영험하다 하니 한번 불러서 물어보시지요」

왕도는 그 말을 듣자 곧 이인을 시켜서 대양을 모셔오라 하였다. 이인은 왕도의 명령을 받고 숭산으로 달려가서 대양을 찾으니 대양은 자신이 오랫동안 인사(人事)를 끊고 오직 수도에만 열중해 오는 터이므로 산을 내려가지 않겠노라고 사양했다.

그러나 이인이,

「왕 사도는 선생께서 깊이 술수에 밝으시다는 말을 듣고 새삼 소관에게 부탁하여 뵈옵기를 원하니 내려가십시다.」

하고 청하며 물러서지 않으므로, 마침내 더 사양하지 못하고 하산하였다.

두 사람이 석두성에 이르자 왕도는 의관을 단정히 하고 친히 문까지 나와서 대양을 맞아들여 자리에 오르니, 왕도의 그러한 공손한 태도는 은근히 대양의 마음을 움직였다. 주객의 예를 필한 후에 왕도는 병의 증세며 음식의 섭취와 호오(好惡)를 자세히 설명하고 병의 원인을 물은즉, 대양은 한참 만에 머리를 끄덕이며 대답했다.

「승상의 본성은 금(金)이십니다. 그러기에 토(土)를 좋아하고 화(火)를 두려워합니다. 그러나 승상께서 지금 계신 이 석두성은 화지(火地)에 놓여 있기 때문에 금을 기를 만한 곳이 못됩니다. 금과 화는 본래 상극이니 생명을 위협받고 병이 생깁니다.」

왕도가 대양의 정연한 이론을 들으니 과연 그런 것 같았다.

「그러면 선생께서 제 병이 나을 방법을 가르쳐주십시오.」

대양은 껄껄 웃으면서 대답했다.

「그것은 참으로 간단한 일입니다. 화를 피하시기만 하면 되니 거처를 옮기십시오.」

왕도는 대양의 말을 옳게 여기고 황제께 주청하여 거처를 건업으로 옮겼는데 과연 병이 나았다.

왕도는 더욱 대양의 높은 식견을 존경하고 조정의 일을 그에게 물었다. 대양이 사면을 살피고 난 후 조용히 대답했다.

「지금 성내에 군마가 너무 많은 듯싶습니다. 물론 이것은 왕돈의 난을 평정하기 위해서 들어온 것이지만, 이제는 난도 평정되었으니 무장해제를 해야 될 줄로 압니다. 그렇지 않으면 후에 화를 초래할 것입니다.」

왕도는 그의 높은 식견에 또 한번 놀랐다. 과연 성내에는 너무

나도 많은 군사들이 모여들어 우글거리니, 야심을 품은 자가 있어 그들을 이용한다면 쉽게 난을 일으킬 수도 있을 것이다.

대양은 한참 후에 또다시 말을 이었다.

「아직까지 그런 흔적이 나타나고 있지는 않지만 조심하여야 겠지요. 그리고 황송한 말씀이오나, 폐하의 용안에 재앙이 깃들어 있사옵니다. 이것은 천수이니, 삼가 유의하시기 바랍니다.」

왕도는 그 말을 듣자 깜짝 놀랐다. 수족이 와들와들 떨리고 심히 불안했다. 그러나 애써 진정하고 막을 방법이 없느냐고 물으니, 대양은 천명이므로 막을 수가 없노라고 대답했다.

왕도는 그가 영험(靈驗)한 선비임을 알고 굳이 붙들어서 관직에 앉히려 하였으나 대양은 한사코 사양했다. 할 수 없이 왕도는 금품으로 그의 노고에 보답하려 했으나 그는 그 물건에 손 하나 대지 않고 떠나버렸다.

5. 유제(幼帝) 즉위

그 해 7월에 접어들자, 과연 대양의 예언과 같이 명제(明帝)는 병석에 눕는 몸이 되었다. 온몸이 불덩어리처럼 달아오르고, 두 눈에 붉은 핏발이 서서 형형한 것이 천낭성(天狼星) 같았다.

명제는 쉽게 기동하지 못할 줄을 알자 우위장군 우윤(虞胤)과 좌위장군 변령(卞聆), 그리고 남돈왕(南頓王) 사마종(司馬宗)을 궐내로 불러들여 아침저녁으로 금궐을 지키게 하고, 자신이 아파서 누워 있다는 소문이 밖으로 새어나가지 못하도록 하라는 분부를 내렸는데, 이것은 모두 황제의 우환을 틈타 변란이 일어나지 않을까를 두려워한 때문이었다.

그 무렵 어느 날, 급히 황제에게 상주할 일이 생긴 유양(庾亮)이 대궐로 왔다. 그가 외문이 잠겨 있어 사람을 시켜서 열어주기를 부탁하였더니, 사마종은 심부름 온 유양의 종자를 크게 꾸짖었다.

「여기가 너희 집 대문인 줄 아느냐! 무엇 때문에 야심한 때 찾아왔는가.」

종자로부터 이 말을 들은 유양은 분통이 터졌으나 그날 밤은 아무 말 없이 돌아갔다. 그러나 돌아가서 생각하니 생각할수록 분하고 괘씸한 노릇이었다. 더구나 유양은 우윤·사마종 등이 대궐의 외문을 지키는 것을 기화로 변란을 꾸미지나 않을까 하는 의심이 생겨 더 참지 못하고 조정으로 달려갔다. 그리고 여러 조신들 앞에서 사마종 등을 비난하고 황제에게 그들을 내쫓도록 상주했다.

그러나 이때 이미 병이 위중한 명제는 서양왕(西陽王) 사마승(司馬承), 승상 왕변(王卞), 상서령 변호(卞壺)와 유양·극감·온교, 시중 육화(陸華) 등 10여 인을 가까이 불러들여 부탁을 했다.

「짐은 경들의 도움으로 국난을 극복하고 사직을 바로잡았으나 불행히도 단명할 것 같소. 이를 어찌하리오. 아직 태자가 어리기에 짐의 힘이 미치지 못할 것 같으오. 오직 경들만 믿고 위탁하니 뒤를 잘 보살펴주오.」

말을 마친 명제의 용안에서는 하염없이 눈물이 흘렀다. 모든 신하들이 이를 보자 체읍하면서 아뢰었다.

「바라옵건대 폐하께서 부디 용수(龍壽) 만년을 누리시어 창생을 도탄에서 건지시고 중원(中原)을 회복하옵소서. 신들은 견마의 힘을 다 바치겠나이다.」

그러나 명제는 오히려 울먹이는 신하들을 위로하고 태자의 손을 이끌어 왕도에게 잡혀주면서 고명하였다.

「경은 조부 삼대의 고구(故舊)를 생각하고 이 어린 것을 보필해 주오. 형 왕돈을 본받지 말지니, 경이 충의지심을 다한다면 죽은 신령일지라도 감사할 것이오.」

　왕도는 황제의 이 고명을 받자 온몸에 땀이 쭉 흐르고 수족을 가누지 못했다. 드디어 머리로 땅을 두드리고 통곡하면서 아뢰었다.

　「신은 선제(先帝)의 지우와 폐하의 은혜를 돈독히 입었사온데 어찌 초심이 변할 리 있겠사옵니까. 다만 재주가 없는 것이 한갓 걱정이오나 늙은 몸에 채찍질하여 둔마(鈍馬)의 힘을 다하겠나이다.」

　황제는 좌우에게 명하여 노신 왕도를 부축해 일으켜 세운 후, 다시 온교·유양·변호 등 중신을 향하여 분부하였다.

　「짐이 죽더라도 경들은 서로 반목하지 말고 국사에 힘써주오. 그리고 벼슬길에 나아가고 물러가는 것은 다 공사(公事)이니, 짐을 생각해서라도 재직 시에는 특히 충실하게 일해주오.」

　말을 마치자마자 황제가 곧 운명하니, 이때 명제의 나이는 27살, 재위 3년이었다.

　명제는 워낙 성질이 기민 쾌활하여 능히 약(弱)으로써 강함을 제압하고, 흉역(凶逆)을 숙청하여 대업을 온전케 하였으니 모든 관리들은 누구나 슬픔을 가누지 못했으며, 붕어하자 염하여 무평릉(武平陵)에 모셨다.

　이때 태자 사마연(司馬衍)의 나이는 불과 5살이었다. 군신들은 그를 받들어 대위에 나가게 하고, 태후인 유(庾)황후를 모셔다가 조정에 임하여 수렴청정하게 하였다. 유제(幼帝)는 왕도로 하여금 상서부사(尚書府事)를 거느리게 하고, 변호와 유양을 발탁하여 좌우를 보필케 하였으며, 연호를 함화(咸和) 원년으로 개원하여 국내에 대사령을 반포하였다.

　왕도는 유제로부터 대임을 위임받자 우선 유제에게 현종성황제(顯宗成皇帝)란 존호를 올리고, 문무관원의 임기를 3년 동안 연장시키니 백관들은 모두 기쁘게 복종하였다. 이로부터 국가의 중한 일은 모두 왕도·변호·유양 세 사람에게 맡겨졌는데, 왕도는 늙어서 힘이 든다는 이유를 들어 크고 급한 국사는 모두 유태후의 오라비가 되는 국구 유양에게 결재하도록 하였다.

유양은 악광(樂廣)의 아들 악모(樂謨)를 천거하여 군중정(郡中正)으로 삼고, 유민(庾珉)의 아들 유이(庾怡)를 천거하여 정위평사(廷尉評事)로 삼았다. 그러자 변호는, 이 두 사람은 적자가 아니니 그 직책이 부당하다고 하였다.

그러나 유양은 이를 반박했다.

「사람은 아비 없이 태어나지 못하며, 직책은 사람 없이 행할 수 없다. 지금 국가에 인재가 아쉬운 이때 무슨 그런 말을 하오」

그리하여 두 사람은 각기 직업에 충성을 다할 수 있게 되었으니, 태후는 황제에게 일러 어진 선비를 천거한 유양의 공을 포상하여 그 공적이 나타나게 하였다.

유양은 또 갈홍(葛洪)을 천거하여 단양부윤을 시켰다. 그러나 갈홍은 사양하여 받지 않았다.

이 갈홍이라는 사람은 박학다식(博學多識)하여 강좌(江左)에서는 그를 따를 사람이 없었다. 저술과 편장(篇章)·반마(班馬)가 풍부하였다. 그리고 현미탐유(玄微探幽)의 오의(奧義)를 깨닫고 있었으나 제자에게 전수하지 않았다.

다만 등악만이 약간 통할 뿐, 그러나 등악도 관직을 버리지 않는다는 이유로 아직 비전을 전수받지 못하고 있었다.

갈홍은 81세가 되자, 이젠 몸을 벗어 근원으로 돌려보내야 한다고 약 한 봉지를 지어 왕도에게 바치고, 서신을 등악에게 보냈다. 서신의 내용은 이러했다.

<혹 장생(長生)의 비결을 배우고자 한다면 빨리 스승을 따를 것이다. 만약 시각이 지체되면 만날 수 없으리라.>

등악은 서신을 받고 허둥지둥 길을 나섰다. 갈홍은 오래 기다렸
으나 등악이 오지 않아 사람을 보냈다. 그러나 이도 또한 한낮이
지나도록 오지 않자 단좌(端坐)한 채 숨을 거두었다.

등악이 당도하니 이미 때는 늦어 말 한 마디 주고받지 못했다.
갈홍의 안색은 마치 소년 같고 체질은 젊어 꼭 산 사람 같았다.

제자들이 입관하여 들어올리니, 텅 빈 관 같아 사람들은 비로소
시신이 없어지고 신선이 되었음을 깨달았다.

제14장. 석늑의 야망

1. 후조의 청주 공략

진나라의 함화 원년, 후조의 태화 8년에 진의 성제(成帝)가 새로 서자 국내에는 태평의 기운이 감돌았다. 그러나 후조 황제 석늑은 진나라의 내분을 틈타서 하남을 침범하고, 진(晋)·위(魏)·연(燕)·한(韓)·노(魯)·조(趙)의 옛 땅을 모조리 차지하여 그 형세가 자못 강성하였다.

이때, 조억(曹嶷)은 겨우 삼제의 몇 군을 차지하고 있었는데, 석늑의 아들 석호·석생 등은 그 땅마저도 병합하기를 주장했다. 장빈은 그 소리를 들을 때마다 조억이 본래 한조의 구신임을 생각하고 말렸으나, 이즈음에 와서는 조억도 완전히 진나라에 붙어버렸기 때문에 더 말리지를 않았다.

석늑이 신하들을 모아놓고 의논했다.

「지금, 짐의 군사는 강하고 천하는 무사하다. 그러나 조억은 제멋대로 삼제 땅에 의거하여 전번에 역적 근준을 칠 때도 참여하지 않았고, 옛 주인인 유요에게도 신사하지 않고 있으며, 짐과도 통호(通好)하지 않고 엉뚱하게 진나라의 신하가 되어 있다. 그 품은 뜻이 매우 수상쩍으니, 누가 가서 조억을 치고 그 죄를

묻겠는가?」

석늑의 말이 떨어지기 무섭게 대도독 석호가 앞으로 나서서 조억을 치겠노라고 자청했다. 그러나 석늑은 조억이 삼제 땅을 근거로 삼은 지가 오래되어 정리(情理)가 깊고, 군사와 양식 또한 넉넉하므로 가볍게 대적할 것이 아니라고 생각되어 장빈에게 대사를 물었다.

장빈이 말했다.

「신이 생각건대 이번에 삼제를 평정한다면 기필코 조억을 생포할 것이옵니다.」

장빈의 말을 들은 석늑이 다시 한번 승부의 가부를 물으니, 장빈은 한참 동안 시국을 생각한 연후에 대답했다.

「조억은 이미 늙고 그 부하들은 보잘것없습니다. 또 진나라와 등을 대고 있다 하지만, 진 역시 자중지란(自中之亂)이 끊이지 않고 있으니 믿을 곳이 못되나이다. 그러므로 우리가 지금 군사를 일으킨다면 틀림없이 이길 수 있으리라고 신은 믿사옵니다.」

장빈은 석호가 용감하긴 해도 임기응변에 능하지 못하기 때문에 상서령 정하(程遐)를 추천하여 감군을 삼게 하고, 석호를 중군 원수, 석생과 이농(李農)을 좌군, 석정과 도표를 우군, 석민을 선봉장으로 삼아 군사 30만을 삼로로 나눠서 출발하도록 하였다.

조억은 탐군으로부터 이 소식을 보고받자 크게 놀랐다. 곧 장수를 모아놓고 협의하니, 하국신이 나와서 말했다.

「지금 석호가 대군을 휘몰아 쳐들어오는 것은 우리를 정복하여 후환을 없애려는 것입니다. 그러므로 각처의 수령들에게 영을 내려 굳게 지키게 해서 그들의 군사를 피로하게 하여야 합니다. 그런 연후에 사람을 강동으로 보내어 구원을 청하고 적의 양식이 떨어질 때를 기다려 합력해 친다면 이길 수가 있겠지만, 함부로 군사를 움직이면 패할 것입니다.」

그러나 좌장군 전화(田華)는 하국신과는 다른 의견을 내놓았다.

「지금 후조가 아무 이유 없이 우리 경계를 침범하는 것은 괘씸한 일이 아닐 수 없습니다. 그러므로 우리가 지키기만 하고 싸우지 않는다면 적에게 얕보일 우려가 있습니다. 주공께서 저에게 정병 5만만 주신다면 나가서 석호의 머리를 베어다 바치겠습니다.」

늙어서 노망한 조역은 이 허울 좋은 전화의 말을 듣자 크게 기뻤다. 그래서 하국신의 신중한 계략은 물리치고 전화를 원수, 장군 왕가상(王家相)과 이무성(李茂盛)을 좌우로 삼아 군사 10만을 이끌고 나가서 석호를 막으라고 했다.

양국의 경계에서 만난 양군은 마주치자마자 진을 치고 다같이 포성과 북소리를 울렸다. 후조의 주장 석호는 머리에 금유(金貐)의 투구를 쓰고 몸에는 반룡(蟠龍)을 수놓은 전포를 입었으며, 합선대도(合扇大刀)를 허리에 차고 융마(戎馬)에 높이 앉아 있으니, 그 위풍이 늠름했다.

조역 군의 원수 전화도 명개(明鎧)로 몸을 싸고 장창을 꼬나 잡고 깃발을 펄럭이며 나왔다. 먼저 전화가 석호에게 삿대질을 하면서 말을 걸었다.

「우리와 너희는 본래 한집에서 분가한 나라들인데 무엇 때문에 이처럼 군사를 일으켜서 쳐들어오는가?」

석호는 전화의 질문이 가소롭다는 듯이 마상에서 껄껄거리고 웃으며 대답했다.

「무엇이라고? 산동 땅은 본래 우리 경계인데 너희들은 신부(臣附)하지 않았으며, 옛 동기를 버리고 오히려 진나라의 개 노릇을 하고 있지 않느냐. 내가 이곳까지 온 것은 너희 괴수 조역을 잡아서 죄를 밝히려 함이니, 항복하지 않고 대항한다면 조금도 용

서치 않으리라.」

전화는 석호의 말을 듣자 성이 났다. 곧 장창을 꼬나 잡고 달려드니 석호는 대도를 휘두르며 맞서기 40여 합, 승부가 나지 않자 조진에서 석민이 뛰쳐나오니 왕가상이 얼른 막아서면서 싸웠다. 이 틈에 조장 석정은 도표의 도움을 받으면서 질풍같이 쳐들어가 전화의 몸에 창을 내꽂으니 기습을 당한 전화는 황급히 손을 내밀어 석정의 창을 잡았다. 그러나 재빨리 전화의 뒤쪽으로 다가선 석호의 한칼에 전화의 몸은 두 동강이 나서 말 아래로 굴러 떨어졌다.

이것을 본 왕가상은 정수리까지 약이 올랐다. 급히 창을 석정의 왼쪽 어깨에 내꽂았다. 부상을 입은 석정이 본진을 향해 줄행랑을 치는데, 분노한 왕가상은 그의 뒤를 바짝 쫓았다. 그러나 왕가상의 추격은 석민이 나오자 저지되었고, 뒤에서 석정의 위기를 구하려고 고함을 지르면서 달려드는 석호의 추격을 받자 형세는 바뀌어 왕가상이 궁지에 몰리게 되었다.

왕가상은 조장들의 용맹이 보통이 아닌 것을 보고 달려드는 조병을 걸어차고 도망치려 했으나 옆에서 불쑥 후려친 석민의 칼에 그만 토막이 나버렸다.

조억의 장수 이무성이 달라붙는 조장 유응(劉膺)·도표 등을 물리치고 앞으로 나가보니 이미 패한 군사들은 사태처럼 무너져서 뿔뿔이 흩어졌다. 도망치는 한 졸병으로부터 전화·왕가상 두 장수의 전사 소식을 들은 이무성은 뒤도 돌아보지 않고 청주성으로 도망쳐 들어왔다.

패전 소식을 들은 조억은 기가 막혔다. 하루 새에 잃어버린 10만 군사와 두 장수를 생각하고 얼른 하국신을 붙들어서 계책을 물으니 하국신이 대답했다.

「일전에 제가 뭐라고 그랬습니까. 후조의 군사는 강하고 장수들 또한 용감하니 대적한다면 불리합니다. 전화가 혈기만 믿고 싸우다 일전에 패했으니, 차라리 굳게 지키니 만 못하지 않습니까.」

조억은 하국신의 나무라는 말을 듣고도 아무 대답을 하지 못했다. 한참 만에 하국신이 다시 계책을 아뢰었다.

「일이 이쯤 되었으니 별수가 없습니다. 주공께서는 신속히 강동으로 사람을 보내 구원을 청하시는 한편, 각 성마다 군사를 배치하여 단단히 지키도록 명령을 내리십시오. 아마 소준·유하·채표 등이 진군을 거느리고 온다면 후조 군을 물리칠 수 있을 것입니다.」

조억은 곧 진제(晉帝)에게 표를 올려 구원을 청했으나, 왕돈의 난을 평정한 각 진의 군사들이 회진(回鎭)하지 않았기 때문에 구원병은 끝내 오지 않았다.

한편 석초는 청주성을 포위한 지 10여 일이 되었으나 성은 함락시키지 못하고 도리어 군사만 많이 상했으므로 속상해 하던 참이었는데, 석생과 이농이 군사를 이끌고 달려오자 사면으로 성을 공격했다.

그러나 성내에 농성하는 산동 군사들이 엄폐물을 이용하여 화살을 쏘고 돌과 나무토막을 굴리는 바람에 석호의 군사는 7천여 명이 사상했다. 싸우다 못한 석호는 정하에게 계책을 물었다.

「조억이 굳게 지키고 나오지 않는 것은 우리 무력을 소모시킨 후 인접한 고을의 구원병이 오는 것을 보아서 한꺼번에 쳐부수자는 수작입니다.」

「그러니 어떻게 했으면 좋을까요?」

정하는 한참 생각에 잠기더니 번쩍 고개를 들고 대답했다.

「옳지, 이렇게 해보십시오. 원수께서는 친히 10만 군사로 계속

청주성을 포위하시고, 각 장수들에게는 군사를 나눠주어서 인접한 고을을 치도록 하십시오. 그런 연후에 강동으로부터 오는 요로를 막는다면 조억의 우익(羽翼)을 모조리 잘라버리는 격이니, 그에게 구만리장천을 날 수 있는 대붕(大鵬)의 기운이 있다고 해도 이렇게 되면 별수 없이 우리 그물에 걸리고 말 것입니다.」

이 말을 듣자 비로소 석호의 얼굴에 낀 수심이 자취를 감췄다. 그리고 정하에게 치하했다.

「상서의 높으신 계책은 과연 적을 제압하기에 족한 것 같습니다. 비록 성을 함락하지 못하는 한이 있더라도 적을 죽도록 괴롭힐 수가 있으니 상책이라 아니할 수 없습니다.」

이에 석호는 도표에게 군사 3만을 주어 역성(歷城)을 공략하게 하고, 석생에게도 군사 3만을 주어 제음(濟陰)을, 이농에게는 동래(東萊)를, 석정에게는 임치(臨淄)를, 유응에게는 창탄(倉垣)을 각각 공략하라는 영을 내렸다.

이농은 먼저 동래성에 당도하자 군사를 천주산(天主山) 밑에 집결시켰다. 동래의 수장은 유계고(劉繼高)란 사람인데 용기와 담력을 갖춘 장수였다. 그는 당일 조군이 성을 친다는 소식을 듣자 인마를 점검하여 천주산 동쪽에 진을 쳤다. 유계고가 진을 나와서 이농을 가리키며 말했다.

「너희와 우리는 본래 한나라의 치진(治鎭)이었다. 무도한 유찬이 죽음을 당한 후 각기 자립하였는데, 옛 정리를 생각해서라도 어쩌면 이같이 쳐들어올 수가 있단 말이냐.」

이농이 대답했다.

「잔소리 말아라. 우리 임금께서는 이미 산동 땅 절반 이상을 차지하고 계시다. 어찌 이 한 귀퉁이나마 그대로 두어서 너 같은 도적이 베개를 높이 베고 자도록 놔둘까보냐.」

　대화가 끝나자마자 두 장수는 말에 채찍질을 가하면서 뛰쳐나와 맞붙었다. 그러나 막상막하의 실력을 가진 양장의 창은 무섭게 부딪쳐 불꽃만 튀길 뿐, 30여 합에 이르러도 승부가 나지를 않았다.

　유계고는 이농이 만만치 않은 적수임을 알자 그대로 상대하면 취하기가 어려울 것 같아 도망치는 척하다가 휙 말을 돌리면서 찔러버릴까 생각했다. 마침내 유계고가 말머리를 돌려서 도망쳤다. 그 속을 모르는 이농은 바짝 뒤를 쫓았다.

　두 사람의 거리가 불과 몇 발짝 사이로 단축되었을 때, 유계고는 생각대로 바람처럼 몸을 돌려서 이농의 헐떡이는 목 밑을 노리고 창을 확 찔렀다. 그러나 오히려 유계고는 그 말과 함께 앞으로 휙 공중제비를 하며 나가 떨어졌다. 말이 앞다리를 헛디뎌서 고꾸라진 것이다. 땅바닥에 나가 넘어진 유계고는 벌떡 일어나서 이농에게 대항하려 했으나, 이때는 이미 이농의 창이 유계고의 머리통을 향해 달려들고 있었다.

　장수가 전사해버리자 유계고의 군사들은 꽁지가 빠지도록 성을 향해 도망쳤다. 그러나 워낙 추격이 빨랐던 이농은 적병과 함께 성문 안으로 뛰어들었다. 이농은 동래성을 함락시키자 백성들을 위안하고 곧 청주성 아래의 석호에게 첩보를 고했다.

　제음의 수장 전양민(田養民)은 옛 제나라의 왕족 출신이었다. 석호의 군사가 청주성을 친다 하므로 막 군사를 일으켜서 구하려는 참인데, 석생이 군사를 이끌고 제음성으로 달려든다는 보고를 받았다.

　그가 곧 군사를 점호하여 청주로 통하는 요로를 지키고 백성을 보호하고자 하는데, 재빨리 달려든 석생의 군사와 딱 마주쳤다. 양군이 모두 진을 벌이자 전양민이 말을 달려 나와서 물었다.

　「각기 자신의 영토를 지키면 되거늘, 그대는 무엇 때문에 여기

까지 군사를 몰고 왔는가?」

석생이 대답했다.

「지금 우리 후조는 국력이 강하므로 장차 천하를 통일하려고 한다. 그런데 자네가 이곳에 근거를 두고 있는 것을 버려둘 수 있겠는가.」

이 말을 듣자 전양민은 화를 벌컥 냈다.

「이 도적놈들 같으니라고. 같은 한실의 덕을 입고 자란 몸이면서도, 지금 가진 땅만 해도 넉넉할 텐데, 우리 청주까지 욕심을 내느냐!」

전양민이 칼춤을 추면서 달려 나오자 석생은 철편을 휘두르며 달려들었다. 두 사람은 말고삐를 한 손에 움켜쥐고 30여 합을 싸웠으나 승패가 나지 않자 석생의 부장 신경(辛慶)이 달려 나왔다. 두 장수가 달라붙자 전양민은 대적할 수가 없는지 그 길로 제음성을 바라보면서 줄행랑을 쳤다.

성으로 돌아온 전양민이 성문을 굳게 걸어 잠근 채 항거하므로 석생은 10여 일이 지나도록 성을 둘러쌌으나 이길 수가 없었고, 도리어 군사 4, 5천 명만 손해를 보았다. 생각다 못한 석생은 나무 판대기에다 글을 써서 각 성문 앞에 내걸고 삼군에게 내보였다. 군사들과 성내의 백성들이 그 글을 보니 다음과 같았다.

<오늘부터 3일 안으로 성을 공략하여 성문을 깨뜨리지 못한다면 그 성문을 담당한 전 군사를 참형에 처할 것이다. 또한 성 중의 군사와 백성들도 목숨을 내놓고 우리에게 대항하니 성이 함락되는 날에는 풀 한 포기는 물론 개 한 마리 남기지 않고 모조리 없애버리겠노라.>

이 고시를 본 석생의 군사는 물론 성내에 농성하는 전양민의

군사와 백성들도 모두 놀라서 한숨을 내쉬며 수군거렸다.

「이 성이 만약 보전된다면 모르되, 함락되는 날에는 모조리 도륙을 당하고 폐허가 되겠구나!」

이때 성내에는 진씨(陳氏) 성을 가진 호족들이 살고 있었는데, 그 집안 장정만 해도 수만 명에 달했다. 집안 장정들로부터 석생의 포고문 이야기를 들은 족장 진세창(陳世彰)은 성이 함락되는 날 전부 죽음을 당할까 두려웠다. 그래서 집안 장정 1천여 명을 규합하여 몰래 한쪽 성문을 열고 나가서 석생에게 항복을 할 테니 도륙을 면하게 해달라고 부탁했다.

이 소식을 탐지한 전양민은 진세창이 석생과 내응하여 자기를 칠까 두려워서 가병 수십 명만 데리고 동문 밖으로 도망쳤으나 추격한 석생에게 생포되었다.

석생은 다시 방(榜)을 내붙여서 백성들을 안심시키고 진씨의 청을 받아들여 모두 용서한다고 포고했다.

이때, 노장 도표는 역성(歷城) 밑에서 대단한 고전을 치르고 있었다. 역성의 수장은 진나라로부터 파견된 자들인데, 한 사람은 여피(呂披), 또 한 사람의 이름은 심수(沈秀)였다. 그들은 후조군의 사기가 날카로운 것을 보자 굳게 지키고 있다가 조군이 지치기를 기다려서 치자고 의논했다. 그리하여 두 장수가 번갈아가면서 밤마다 친히 순시를 하니 도표는 성을 포위한 지 20여 일이 경과하였으나 격파할 수가 없었다.

마음이 조급해진 도표는 처음 얼마 동안 치열한 공격을 가했으나 진장(晉將)은 아무 반응이 없고 도표의 군사들만 상했으므로 조군은 아예 두려워서 싸움에 나가지를 않았다. 그리하여 군기가 문란해진 군사들은 인근 마을로 가서 가축을 잡아먹고, 성 밑에 있는 자들도 꾸벅꾸벅 졸거나 옷의 이를 잡고 있는 둥 그 행동이

그야말로 방약무인이었다.

이것을 보자 여피·심수는 일제히 성문을 열고 후조 군을 쳤다. 날벼락과 같은 기습을 당한 도표는 급히 두 장수를 맞아서 싸웠으나 군사들이 갑옷투구와 무기를 버린 채 모두 달아나버리니 수습할 수가 없었다. 4, 5리 밖에까지 쫓긴 도표군은 영채에 놔둔 양식과 무기를 모두 성중 군사에게 빼앗겨버렸고, 죽고 상한 자는 무려 5천여 명에 달했다. 부장 하나가 도표에게 아뢰었다.

「이 진나라 장수들은 모두 조적 밑에서 잔뼈가 굵은 자들이므로 계략에 능하고 싸움도 잘합니다. 아마 장군 혼자서는 이기기 어려울 듯하오니, 본부의 병력을 동원하여 치는 것이 좋을 것 같습니다.」

그러나 이 말을 들은 도표는 그 부장을 노려보면서 큰 소리로 꾸짖었다.

「너는 무슨 말을 하는 거냐. 이농은 이미 동래성을 취했고, 석생은 이미 제음을 함락시켰는데, 내 개국 창업을 도운 노장으로 어찌 후배들에게 질까보냐!」

말을 마치자 창을 꼬나 잡고 말을 달려 재차 성을 공격했으나 역시 여피와 심수는 꼼짝도 하지 않았다. 도표가 싸움을 걸다 못해 지쳐 돌아오자 제장들이 말렸다.

「전날에는 우리에게 양식이 있었으므로 적을 괴롭혔지만, 이제는 도리어 우리가 곤란을 받을 차례입니다. 양식을 다 빼앗기고 그들은 지키기만 하니, 무슨 수를 써서 이기겠습니까.」

도표는 이 말을 들은 후 꼭 하루를 들어앉아서 생각에 잠기더니 제장들을 불러 의논을 했다.

「지금 적장은 양식을 믿고 성을 지키는데, 아마 나에게 계략이 있는 줄은 모를 것이다. 오늘밤에 그대들은 지하도를 파라. 조심해서 네 군데로부터 파되, 길이 성 안으로 뚫리면 틀림없이 이기리라.」

이리하여 도표의 군사 중 반은 그날 밤 굴을 파는 데 동원되었다. 드디어 새벽녘이 되자 길은 성 안으로 네 줄기가 뚫렸건만, 진장 여피와 심수의 군사들은 아무 방비 없이 잠이 들어 있었다.

도표와 군사들이 일제히 쳐들어가자 성안의 진군은 크게 문란해졌다. 이미 지하도를 통해 들어간 군사들이 성문을 활짝 열어놓았으므로 도표가 그 문을 통해 대군을 이끌고 들어갔다.

심수와 여피는 문루에 의지하여 완강히 저항했다. 마침내 후조군 부장 한 명이 활을 당겨서 심수의 말을 쏘아 넘어뜨리자 졸병들이 우르르 달려들어서 그를 묶어버렸다. 여피도 마침내 쫓기다 못해서 도표에게 사로잡히게 되자 항복하고 말았다. 이로써 역성도 완전히 평정되었다.

2. 조억의 최후

유옹은 임치 공략을 명령받고 도표와 같은 날 경계에 도달했다. 춘추전국(春秋戰國)시대 제(齊)나라의 서울이었던 임치성의 성주는 노장 기안(嬰安)이었는데, 당시 그의 나이는 79세였다. 유옹이 고을을 침범했다는 보고를 받은 기안이 곧 성을 나와 항전하려 하는데 참군 구잠(丘岑)이 쫓아와서 말렸다.

「장군께서는 그처럼 고령에 어디를 가신단 말씀입니까. 부디 제 말대로 싸우지 말고 굳게 지키셨다가 적세가 해이해지면 치십시오. 그래야만 이기실 수가 있습니다.」

그러나 백전노장 기안은 웃으며 대답했다.

「유옹은 본래 나의 둘도 없는 친구였네. 비록 내 나이 늙었지만 아직은 능히 그와 대적할 수 있네.」

　기안은 구잠이 간하는 말을 듣지 않고 군사 1만으로 성에서 좀 떨어진 곳에 진을 쳤다. 유응은 군사를 이끌고 당도하자 달려 나와 손을 흔들면서 기안에게 말했다.
　「오랜만에 만나보니 노장군께선 빈발(鬢髮)이 완연히 희어지셨소이다 그려.」
　기안도 웃으면서 그 말을 받았다.
　「참으로 말씀과 같소이다. 장군의 머리도 이미 반백이니 어찌 나만 늙었겠소. 그런데 그대와 나는 예로부터 친구요. 오늘 서로 싸운다면 지금까지는 의가 좋았지만, 이제부터는 원수가 될 것이오. 왜 군사를 돌려서 각기 자기의 봉토나 안전하게 지킬 생각을 하지 않으시오.」
　유응이 뒷머리를 긁으면서 대답했다.
　「주공의 명령을 받았으니 어찌 오지 않을 수가 있겠소이까. 그러고 보면 노장군께서도 왜 양국으로 돌아가서 만년을 즐기지 않으시오. 그렇게 되면 명절(名節)에 흠이 가는 일이 없어서 좋으실 것을……」
　이 말을 듣자 노장 기안은 발끈 화를 냈다.
　「네놈의 말에 의하면, 내가 네놈을 못 이길 것이라는 말투로구나! 내 손에 익은 강부(剛斧)는 아직 늙지 않았다.」
　씹어뱉듯이 소리치며 도끼를 휘두르고 달려드니 유응도 창을 치켜들고 달려 나왔다. 두 노장은 서로 싸우기 20여 합이 되었으나 승부가 나지 않았다. 역시 유응도 늙었는지라 먼저 도망을 치니 기안은 도끼를 휘두르며 그 뒤를 쫓았다. 그래서 유응이 말을 세워 또다시 20여 합을 더 싸웠는데, 그러다 보니 날이 저물어 유응은 십리보(十里堡)에 머물고 기안은 성으로 회군했다. 구잠이 성문 밖까지 마중을 나와서 기안을 붙잡고 축하했다.

「노장군께서 공적을 세우시고 적의 기를 꺾으셨습니다. 명일은 출전치 마십시오.」

그러나 기안은 머리를 가로저었다. 공청에 들어와서 말을 내리는데, 늙어서 뼈가 굳은 기안은 스스로 내리지를 못했으며, 군사들이 부축해 내렸으나 지나친 운동 때문에 손이 떨려 술잔조차 잡을 수가 없는 형편이었다.

다음날 역시 그러더니 기안은 식음을 폐하고 죽어버렸다. 별수 없이 구잠은 군사를 단속하여 성을 굳게 지키고 사람을 광고(廣固)로 보내 원군을 청했다. 그러나 광고도 겹겹이 포위를 당했기 때문에 도저히 임치를 구하지 못하겠노라는 회답을 보내왔다. 구잠이 갈피를 잡지 못해서 망설이고 있는데, 심복부하 한 사람이 귀띔을 했다.

「참군 영감께서 무슨 힘으로 석호의 30만 대군을 막으시겠습니까. 차라리 몸을 숨기고 피하신다면 잡혀서 죽는 일은 면하실 것입니다.」

구잠은 이 말을 듣자 창고 속에 저장한 금은보화를 수습하여 거마에 실은 후 집안 식솔과 친지 1백여 인을 이끌고 해중의 섬으로 도망쳐버렸다.

다음날, 임치성 내 백성들이 문을 열고 유웅의 군사를 맞아들이니, 유웅은 백성들을 안위하고 첩보를 석호의 영채로 올렸다. 이때 석정 역시 창탄을 함락시켰다는 소식을 전해오니 석호는 크게 기뻐하면서 말했다.

「여러 성들을 모두 함락시켰으니 이는 조억의 사지를 끊어버린 것과 같다. 그가 무슨 수로 보전할 것이냐.」

석호가 크게 군사를 호령하여 총공격령을 내리니 군사들은 일제히 청주성을 향해 달려들었다. 그날 낮에 조군은 성 한 귀퉁이를 파괴하는 데 성공했다. 당황한 성중의 장수들은 군사들에게 일제히 궁노(弓弩)를 쏘라고 했다. 석호가 이것을 보고 친히 싸움을 독전하니 함성이 온 성을 진동시켰다.

대장 하국경이 조억을 보고 말했다.

「사태가 이미 극에 달했습니다. 청컨대 저에게 군사를 내주신다면 나가서 적의 일진을 무찔러 그 힘을 시험해보겠습니다.」

조억이 하국경에게 정병 2만을 뽑아서 주니, 하국경은 형 하국신을 붙들고 뒷일을 부탁했다.

「제가 주공의 은혜로 부귀와 평안을 누린 지 10여 년이 됩니다. 이제 일신을 던져서 적을 물리치고자 원하는 마당에 청주의 운명을 점쳐보니 위태롭기 열에 아홉입니다. 그러므로 형님께서는 아우와 함께 속히 이곳을 탈출하셔서 종사(宗祀)를 보전하십시오.」

하국경은 형에게 부탁을 끝내자 성이 파괴된 곳에 군사를 투입하여 굳게 지키도록 하고, 자신은 군사가 적은 서문으로 빠져나가 석호가 스스로 군사를 독전하는 남문 쪽으로 말을 달렸다.

이때 석호는 군사들을 꾸짖으면서 성문 밑으로 통하는 굴 파기 작업을 감독하고 있었는데, 하국경이 배후로부터 비호같이 달려들자 몸 돌릴 틈조차 없게 되었다.

한 군사가 보고 적이라고 소리치자 하국경의 내리친 칼날을 가까스로 피하면서 석호는 말등에 바짝 엎드렸다. 다음 순간 다시 한번 하국경의 칼날을 피하고자 몸을 획 돌렸으나 타고 있던 말이 하국경의 칼을 맞고 쓰러지는 바람에 그대로 땅바닥에 굴러 떨어졌다.

두 번씩이나 죽이는 데 실패한 하국경이 이번엔 말을 천천히 몰며 달려들어 칼을 내려치니 석호는 가까스로 다시 일어서서 칼로 막았다. 이때 멀지 않은 곳에 있던 석민이 급히 달려와서 석호를 구출하려 했으나 미치지 못할 것 같아 큰 소리로 활을 쏘라고 외쳤다. 이 말을 들은 조군의 궁노수들이 급히 활을 당겨 쏘니 가엾게도 하국경은 고슴도치가 되어서 죽어버렸다.

위기일발에서 벗어난 석호는 화가 머리끝까지 치밀었다. 그래서 성내의 군사를 향하여 외쳤다.

「이미 성벽이 다 무너졌는데도 아직 나와서 항복하질 않는구나. 내가 명일부터 공격을 개시한다면 씨도 남기지 않고 모조리 죽이리라!」

하국신은 아우가 죽는 것을 보자 더욱 수전(守戰)에 힘을 썼다. 석호 또한 그 노여움이 풀리지 않았으니, 정하는 은근히 걱정이 되어서 석호의 소매를 잡아끌고 말렸다.

「지금 성내의 군사와 백성들이 죽기로 한사코 막는 것은, 원수의 살육이 심했기 때문에 모두 성의 함락과 함께 죽을까 두려워서 그러는 것이외다. 아마 오늘밤 또 힘을 다해서 공격한다면 피차간에 사상자가 수만이 생길 것입니다. 그러므로 원수는 이 늙은이가 아뢰는 방책에 귀를 기울이십시오.」

그제야 석호도 손을 약간 멈추고 정하를 쳐다보았다. 정하가 제의했다.

「내 생각으로는 성내로 사람을 들여보내서 조억에게 항복을 권고하여 군사와 백성들이 희생되는 걸 막는다면 쉽게 성을 함락시킬 수 있을 것 같소이다.」

석호가 물었다.

「상서(尙書)의 말씀이 역시 옳습니다. 하지만 누구를 성으로 들여보내야 이 일이 성사되겠습니까?」

정하가 대답했다.

「이 일은 노부(老夫)가 간다면 잘 될 것입니다.」

이리하여 정하는 곧 말을 타고 성 밑으로 가서 앞뒤로 손을 흔들어 싸움을 말린 후, 성문을 지키는 군사를 불러내 말을 했다.

「내가 공격하는 걸 말렸으니 그대는 두려워 말고 나와서 내 말을 조공에게 전하여라. 옛 친구인 정지원(程志遠)이 찾아와서 면회를 청한다고.」

이 말을 조억한테 전하고 나서 군사들이 성문을 열고 맞아들였으므로 정하는 성으로 들어가서 조억을 만났다.

서로 인사가 끝나자 정하가 설명했다.

「지금 우리 주공께서는 군사 백만과 1천 명이 넘는 장수를 거느리고 있으니 아마 장군의 힘으로는 대적하기가 어려울 것 같소이다. 장군 손아귀에 들어 있던 속군(屬郡)은 전부 우리 후조군 손에 들어왔고, 장군이 구원을 청한 진나라는 멀기도 하거니와 아직 왕돈의 난마저 평정되지를 않아 구원병을 보내지 못하고 있는 듯하니 장군은 무슨 수로 이 성을 더 지킬 수가 있겠습니까. 제가 권하는 대로 우리 주공에게 귀순하여 부귀와 낙을 함께 누리고 이곳의 백성과 군사를 상하지 않도록 하십시오.」

땅이 꺼지게 한숨을 내쉬던 조억은 정하의 항복 권고를 듣자 한참 동안 아무 대답도 하지 않았다. 그러나 자신은 늙고 세력조차 약하니 무엇으로 막강한 석호의 대군을 대적할 수 있겠는가. 마침내 정하를 붙잡고 하소연을 했다.

「공의 의견을 따르겠소만, 석호는 성질이 광포하니 내가 자기 부친과 같은 연배임을 생각하지 않고 업신여길까 두렵소이다.」

그러나 정하는 석늑 옆에 어진 신하 장빈이 있으므로 모든 일을 자신의 일처럼 잘 돌봐줄 것이라 하며 달랬다. 조억은 정하의 그 말을 듣자 뜻을 정한 후에 정하를 돌려보냈다. 하국신이 조억을 보고 권했다.

「제가 들으니 석늑은 그 성질이 매우 잔인하다고 합니다. 아마 그에게 항복하신다면 틀림없이 해를 입으실 것입니다. 그러니 차라리 주공께서는 저와 같이 강동으로 도망을 치십시다. 그렇게 되면 비록 나라는 잃었어도 일신의 안전과 조상의 제사는 받들 수 있을 것입니다.」

그러나 조억은 머리를 가로저으면서 대답했다.

「석늑과 나는 같이 한실을 섬기던 몸이오. 그가 어찌 나를 해하겠는가.」

이 말을 들은 하국신은 우둔한 조억의 생각에 울화통이 터졌다.

「지난날 왕미는 석늑을 위해 많은 공을 세웠습니다. 그 공로를 헤아린다면 열 손가락이 모자랄 정도입니다. 그러나 석늑은 왕미를 죽였습니다. 하물며 주공의 목숨을 살려줄 줄 아십니까!」

조억은 억지로 웃으면서 대답했다.

「왕미에게는 석늑을 도모할 야심이 있었으므로 해를 입은 것이오. 그러나 지금의 내가 그에게 항복하는 것은 형세가 같지 않으니 무엇을 두려워하겠소. 석호가 30만 대군을 성 밖에 집결해놓고 있으니, 성이 실함(失陷)된다면 씨도 남기지 않을 것이오 내 뜻은 이미 결정되었소. 더 말하지 마오.」

하국신은 하늘을 쳐다보고 크게 탄식했다. 그리고 조억이 자기 의견을 곧이듣지 않으니 그의 죽을 날이 멀지 않음을 알고 곧 아우 하국상과 의논하여 대충 가족과 귀중품을 수습한 후 한밤중에 성문을 열고 강동을 향하여 망명의 길을 떠났다.

이튿날, 조억은 사람을 시켜 석호 앞으로 항서를 보냈다. 항서를 받은 석호는 곧 대군을 이끌고 성으로 들어와 백성들을 위무했는데, 조억은 선배로서의 긍지 때문에 석호 앞에 나가서 무릎을 끓지는 않았다.

이것을 본 석호는 매우 언짢았다. 그래서 뒷구멍으로 도부수(刀斧手)를 시켜 조억과 전양민을 죽이고, 이어서 청주의 유지 급에 속하는 자와 수령과 군사는 모조리 죽여버리라고 영을 내린 후, 유응을 청주목(靑州牧)에 임명하였다.

그러나 유응은 석호의 명령에 항의를 했다.

「모든 군사와 백성들을 다 죽여서 씨를 없애려면 무엇 때문에 늙은 나를 이곳에 두어 지키라고 명령하오. 차라리 이곳을 파헤쳐서 폐허를 만들든지 마음대로 하시오!」

석호는 노장 유응의 항의를 받자 할 수 없이 약간 명의 거역하는 자만을 죽여서 분풀이를 하고, 유응에게 군사 1만 명을 주어 성을 지키라고 한 후 전군을 이끌고 양국으로 개선하였다.

3. 형양성의 위기

석호와 정하가 삼제(三齋) 땅을 평정하고 개선하자 후조 황제 석늑은 크게 기뻐했다. 곧 장병들에게 크게 상을 베풀고 주연상을 차려서 자축했는데, 이 자리에서 석늑은 휘하 장수들에게 형양(滎陽)을 칠 야심을 내비쳤다.

「지금 중원은 전부 짐의 수중에 들어왔지만, 낙양이 있는 형주(滎州)·사주(司州) 두 고을은 진장 이구와 곽묵이 지키고 있기 때문에 아직 우리 손에 들어오지 않고 있소. 짐은 장차 낙양으로 도읍을 옮기고자 하지만 과연 그 누가 나서서 짐을 위해 공을 세우려는가?」

말이 떨어지자 오른쪽 자리에서 한 장수가 벌떡 일어나 자청했다. 모든 사람들이 쳐다보니 그는 바로 호분(虎賁)장군 석생이었다.

석늑은 무릎을 치면서,

「과연 내 아들이라면 필연코 공을 이루리라!」

하고 기뻐한 후에 정병 5만과 대장 이융(李隆)·왕화(王華)를 좌군, 장하도(張賀度)·장월도(張越度) 형제를 우군, 석담(石膽)을 후군으로 삼아 형양을 향하여 진군케 했다.

전초병으로부터 후조군 침공의 보고를 받은 이구는 깜짝 놀라면서 제장을 청하여 적을 물리칠 계책을 의논했다. 곽송(郭誦)이 나서서 말했다.

「장군께서 친히 군사를 이끌고 경계로 나가셔서 적세를 보신 연후에 의논하시지요.」

이구는 그의 말을 옳게 여겨 곧 군사를 휘몰아서 경계로 나갔는데, 도중에서 마주친 양군은 각기 걸음을 멈추고 진을 쳤다.

먼저 조군 진에서 한 사람의 장군이 철편을 손에 들고 앞으로 나왔다. 형양 군사들이 그의 생김새를 보니, 이마는 희고 넓으며, 눈은 방울처럼 둥글고 컸다. 거기다가 살빛은 잘 익은 참외 빛이고 수염은 빳빳하기가 철사 같았다. 훤칠한 용모에 긴 허리를 가진 그는 장자의 기풍으로 은연중에 사람을 위압하니, 진군은 모두들 경악했다. 석생이었다.

석생이 나오자 이구도 북소리에 맞춰 앞으로 나아가면서 말을 걸었다.

「나는 이 고을을 지킨 후 너희 땅을 침범한 일이 없는데 무슨 이유로 쳐들어오는가?」

석생이 눈을 부릅뜨면서 생떼를 썼다.

「그대의 진나라는 이미 강동으로 쫓겨 갔으므로 하남 땅은 모두 우리 수중에 들어왔다. 그런데 그대가 이 두 고을을 지키면서 버티고 있는 이유는 무엇인가? 또한 나는 한실의 구업(舊業)을 취하려 하는 것뿐이니 무슨 이유로 그대를 침범한다 하는가?」

이구는 석생이 한실의 후예를 자처하는 것이 아니꼽고 비위가 상했다. 그래서 버럭 소리를 질렀다.

「너희 놈들은 유씨의 후예도 아니면서 무슨 면목으로 한업(漢業)을 운운하느냐. 귓구멍이 막혀서 듣지 못하느냐! 너희들이야말로 변방 오랑캐들이로다.」

석생이 이구의 말이 채 끝나기도 전에 철편을 수레바퀴 돌리듯이 휘두르며 달려들자 곽송이 얼른 나와서 대적하려 했다. 그러나 이때 진군 속에서 장군 마상(馬尙)이 곽송을 앞질러 나오면서 크게 소리를 질렀다.

「옳지, 철편이 너의 장기로구나. 어디 나도 철편깨나 다루니 우리 한번 철편 쓰는 법을 겨뤄보자꾸나.」

마상도 역시 철편을 휘두르고 달려드니 두 장수의 실력은 막상막하, 윙윙거리며 공기를 가르는 쇠채찍 소리가 군사들의 고막을 찡하게 울렸다.

두 장수는 40여 합을 싸웠으나 통 지칠 줄을 몰랐다. 철편에 휘말려 올라간 먼지는 안개처럼 사방의 공기를 희뿌옇게 흐려 놓았고, 병사들마저 눈이 핑핑 돌아서 어지럽게 되니 양군의 진에서는 왁자지껄 갈채가 울려 퍼졌다.

이구는 아무리 기다려도 승부가 나지 않자 양손에 칼을 들고 춤을 추며 달려 나왔다. 그러자 석생의 진에서도 석담·이융 등이 일제히 고함을 지르면서 내달았다.

이구의 부장 곽송이 얼른 달려 나와서 이구를 도왔으나 석담과 이융의 사나운 전법을 어찌 막을 수 있겠는가. 일전에 패하여 달아나려 하자 이구의 진에서 곽묵이 달려 나와 얼른 석담을 가로막았다. 조군 진에서도 장하도·장월도 형제가 달려 나오고, 진군 진에서는 장피와 강패가 뛰쳐나오니 싸움은 혼란을 극했다.

　이때, 조장 왕화는 기회를 노리고 있다가 일지병마를 이끌고 진군의 영채를 점령하려고 대들었다. 장피는 이것을 보자 얼른 말머리를 돌려서 왕화한테 달려들었으나 등 뒤에서 내리찍는 장월도의 창을 맞고 대번에 쓰러졌다.

　장피가 죽는 것을 본 곽묵이 원수를 갚고자 창으로 장월도를 찔렀으므로 이번에는 장월도가 말등에서 굴러 떨어졌다. 아우가 죽는 것을 본 장하도는 곽묵을 겨누어 칼을 내리쳤으나 용케 몸을 피한 곽묵은 장하도와 10여 합을 싸우다가 옆에서 달려드는 석생을 맞아서 다시 싸웠다.

　곽묵으로부터 불의의 기습을 당한 석생은 곽묵의 창끝이 혁대 쇠고리에 맞는 것을 보자 몸을 젖히면서 철편을 휘둘렀다. 곽묵은 등에 석생의 철편을 맞고 피를 토하면서 달아나버렸다.

　이응과 왕화는 석생이 곽묵을 격퇴시킨 걸 보자 일제히 진군의 진으로 돌격해 들어갔다. 진병은 더 버티지 못하고 대패해서 달아나버렸다. 이긴 기세를 탄 조병은 천지를 울리는 듯한 함성을 지르면서 뒤를 쫓았다. 도망치는 진군이 서로 밟고, 차고, 죽음을 당하는 등 수라장을 이루니 순식간에 시체는 수북이 쌓여서 통로를 메웠다.

　패전의 고배를 마신 이구는 성으로 도망쳐 들어가자 성문을 굳게 닫고 곽묵·곽송과 앞일을 의논했다.

　「지금, 본국은 여기서 거리가 멀고, 국난 또한 평정되지 않은 듯하니 무슨 수로 우리를 구출해줄 것인가. 차라리 하내 땅을 떼어내어 유요에게 바친 다음, 이곳으로 불러들여 양조가 싸우는 틈을 타서 우리도 성을 지킨다면 어떻게 되지 않을까?」

　곽묵이 무릎을 탁 치면서 찬성했다.

　「장군의 계책이 심히 좋습니다. 하내 땅은 유요가 욕심을 낸

지 이미 오래니, 우리가 그것을 미끼로 바친다면 틀림없이 우리를 도우러 달려올 것입니다. 두 마리 짐승이 싸우게 된다면 우리는 안전을 취할 수 있습니다.」

이구는 곽묵의 동의를 얻자 곧 곽송을 장안으로 보냈다. 호로관(虎牢關)을 지나서 장안으로 들어간 곽송은 곧장 유요에게 표를 올렸다.

—외신(外臣) 이구와 곽묵은 삼가 표를 폐하에게 올리나이다. 저희 두 외신은 진을 위해 사주와 형양 두 고을을 지키고 있사온데, 후조의 석늑이 야망을 품고 저희 땅을 탐내어, 석생을 보내 성을 포위한 후 빼앗으려 하나이다. 그들의 횡포를 미워하는 저희들은 중원의 요지인 하내 땅을 귀국에 바치고 석씨의 포악한 야망을 꺾고자 하오니, 바라건대 폐하께서는 군사를 일으키시어 궁지에 몰린 저희를 도와주시옵소서.

황제 유요는 이 청원을 받자 크게 기뻐했다. 그래서 곧 정병 5만과 장군 유악·호연모·석종·적해·유함·유진 등을 형양으로 보내려 하니, 조정의 중신인 강발·관심·유광원 등 세 사람은 소식을 듣고 급히 입궐하여 유요에게 간했다.

「석조(石趙)의 군사는 지금 우리의 세 배나 되옵니다. 일전에 우리는 그들과 맹약을 맺고 하남 땅을 취한 후 친선하고 있는 중인데, 무엇 때문에 이유 없이 군사를 일으켜서 원수를 맺으려 하시나이까.」

유요가 불쾌한 어조로 대답했다.

「이구가 짐에게 사람을 보내 구원을 청하는데, 짐이 불과 몇만의 군사를 아껴서 그를 구원하지 않아야 하겠소?」

관심이 나서서 아뢰었다.

「이구가 지금 우리에게 구원을 청하는 것은 우리로 하여금 석늑과 원수를 맺게 하여 자신의 안전을 도모하려는 간계이옵니다. 병력의 소비가 문제의 핵심이 아니옵니다.」

그러나 유요는 고집을 부리며 듣지 않았다.

「석늑이란 놈은 원래 짐의 부하였소. 이제 그놈이 방자하게도 하내 땅을 집어삼키려 드는데, 나더러 가만히 앉아서 보고만 있으란 말이오?」

유요의 노여움을 보았으나 세 사람은 함께 또 간했다.

「지난날 소무(昭武) 황제께서는 신들의 간언을 용납하지 않으시더니 근준의 화란(禍亂)을 초래하셨나이다. 지금 폐하께서 또 신들의 간언을 듣지 않으시니 틀림없이 후회하실 날이 있을 것이옵니다.」

이 말에 유요는 펄펄 뛰면서 벽력같이 세 신하를 꾸짖었다.

「그대들은 제 말만 옳다고 하는구나. 그렇다면 유찬이 망하기 전에 왜 구하지 못했는가. 짐이 영토를 얻으려는 데 관해 다시는 입을 놀리지 마라.」

세 신하는 유요가 불같이 성을 내는 것을 보자 모두 섭섭한 마음을 안고 조정을 물러나왔다. 관심이 한탄하면서 말했다.

「이번 일은 폐하 스스로 화를 자초하는 것이니, 내일 다시 한 번 중의를 모은 후에 간하도록 하십시다.」

그러나 유광원은 유요의 뜻이 이미 정해졌으니, 굳이 간한다면 *역린(逆鱗)을 거슬러서 불미스런 일이 일어날 것이므로 말릴 것이 없다고 반대했다. 그리고 길게 탄식하면서 말을 이었다.

「내가 보기에 황제께서는 싸움을 좋아하고 지혜가 적으며, 군사들의 수고함을 불쌍히 여기지 않고 귀에 거슬리는 말을 듣기 싫어하니, 석늑만한 도량도 없소이다. 간언을 용납하여 장차의 일을 생각하는 것은 이 모두 나라를 위하는 백년대계가 아니겠소. 그런데 황제께서는 살생을 즐기니, 살생을 즐기는 자는 반드시 패합니다. 이대로 나간다면 이 나라에 환란이 닥칠 날도 멀지 않았소이다.」

강발 역시 고개를 끄덕이면서 유광원의 말에 수긍했다.

「공의 말씀이 맞소이다. 지난 정월 보름날, 혜성이 떨어지고 온 장안에 짙은 안개가 끼었으니 이것은 필연코 상서롭지 못한 징조입니다. 아마도 황제는 멀지 않아서 패배할 것이고 나라가 기울지 않을까 생각됩니다. 나는 병란을 피해서 촉(蜀) 땅으로 들어갈까 하는데, 두 분 생각은 어떠신지요?」

관심과 유광원도 강발의 말을 듣자 즉석에서 찬의를 표했다. 그래서 세 노신은 가정 집기와 금백(金帛)을 몇 수레 수습하여 싣고 조상의 분묘와 가족들이 살고 있는 촉 땅을 향하여 떠나갔다. 그러나 유요는 이들 세 대신이 벼슬을 버리고 돌아가는 줄은 꿈에도 모르고 있었다.

제15장. 전·후조의 각축

1. 유요의 출병

이튿날, 유요는 내시에게 강발·관심·유광원의 부중으로 나가서 마음을 안위시키고 동정을 살피고 오라는 분부를 내렸다. 그러나 세 대신의 집을 다녀온 내시는 이미 그 세 사람이 벼슬을 버리고 어디로 떠나갔는지 행방을 모른다고 보고했다.

유요는 그 말을 듣고 내심 깜짝 놀라기는 했으나 그래도 고집을 돌이키지 못하고 장군 유악에게 명령을 내려 군사 5만을 이끌고 석생에게 포위당한 진장 이구를 구하라고 했다.

석생은 유요의 군사가 형양성의 포위를 풀기 위해 달려온다는 보고를 받자 크게 노했다. 그래서 먼저 성의 포위를 풀고 뒤에서 달려드는 유요의 군사를 격파하려고 했다. 양군이 맞서서 진을 벌이자 유악이 먼저 달려 나와 석생에게 말을 던졌다.

「진장 이구가 그대와 우리 사이를 가로막는 것을 미워했었는데, 이미 그가 우리 폐하 앞에 신사(臣事)하기로 맹세했으니 그대는 군사를 거두어서 돌아가도록 하라. 이구가 우리에게 항복한 것은 곧 그대 나라에 항복한 것과 같지 않은가.」

그러나 화가 잔뜩 난 석생은 유악을 손가락으로 가리키면서 크게 꾸짖었다.

「이 도적놈 같으니라고. 지난날 동관(潼關)을 가로채 분통을 터뜨리게 하더니, 이번에는 진장 이구를 도와서 내가 세운 공로를 빼앗으려 하는구나.」

석생은 철편을 휘두르며 달려 나왔다. 유악도 칼로 철편을 막으며 각각 무용을 다해서 싸웠으나 50여 합에 달해도 판가름이 나지 않았다. 이것을 본 후조의 장하도는 끝에 깃털을 단 창을 꼬나 잡고 앞으로 나서면서 고함을 질렀다.

「누구든지 나와 맞설 자는 나오너라!」

이것을 본 서조군의 대장 호연모가 번개처럼 달려 나와,

「호연 장군이 이곳에 있다.」

하더니, 사모(蛇矛)를 휘두르며 대들었다. 그러나 그날 싸움은 날이 어두워도 끝나지 않았으므로, 캄캄해지자 양군은 각기 쇠북을 울려서 군사를 거두었다.

영채로 돌아간 유악이 여러 장수들과 적을 격파할 계책을 의논하는데, 호연모가 나서서 말했다.

「오늘밤 달이 떨어지기를 기다려서 사방이 캄캄해진 후 각각 군사 5천을 거느리고 나가 적의 영채를 야습한다면 이길 수 있을 것입니다.」

이에 유악은 호연모의 계책에 따라 군사를 셋으로 나눠서 유악과 적해(翟楷)는 전군이 되고, 호연모와 유함은 후군이 되어 각기 군사들을 함매(銜枚 : 매는 젓가락 모양의 것. 곧 매를 입에 문다는 말이니, 진군할 때 떠들지 못하도록 입에 물려 목 뒤에서 잡아맴)하고 곧바로 후조군의 영채에 육박했다.

이때 석생의 군사는 보초 한 사람만을 세운 후 모두 깊은 잠에 빠져 있었다. 어둠 속에서 불쑥 나타난 유악의 군사를 보고 고함

을 치려던 보초는 적해의 한칼에 동강이 나고 말았다. 이리하여 적해가 먼저 영채 안으로 쳐들어가고, 호연모는 후면에서 대포를 쏘아대니, 아무 방비 없이 잠이 들었던 석생의 군사는 무기를 집어들 사이도 없이 산산이 흩어지고 말았다.

크게 패한 후조군이 도망을 치자 유악은 바짝 뒤쫓으면서 낙오병을 엄살했다. 후조군은 군량과 치중(輜重)을 모두 유악의 손에 빼앗겼으므로 시체는 짐짝처럼 길거리에 버려둔 채 금용성으로 도망쳐버렸다.

석생은 겨우 정신을 수습하여 점호를 해보고 절반 이상의 군사가 손실된 것을 알았다. 석생은 화가 났으나 어찌할 수가 없었다. 그래서 곧 사람을 양국으로 보내 구원을 청했다.

구원을 청하는 석생의 편지를 받아 본 석늑은 화를 냈다. 곧 좌우를 돌아보고 누가 나가서 석생을 도와 이 원수를 갚을 것이냐고 물은즉 석호가 팔을 걷고 일어섰다. 석늑은 석호가 나서는 걸 보자 크게 기뻐하면서 석호를 대도독에 임명하여 석민·석감·주보 등을 거느리게 하고, 지굴육(支屈六)·석홀(石忽)을 뒤따르게 한 뒤 10만 군사를 동원하였다.

이때 유악은 싸움에서 이겼으므로 군사를 거두어 장안으로 회군하려던 참인데, 석호가 10만 대군을 이끌고 석생을 도우러 온다는 소식을 듣자 급히 참모회의를 열어서 석호를 대적할 의논을 했다. 호연모가 다시 나서서 말했다.

「석호가 달려온다면 그 기세가 보통이 아닐 것입니다. 그러므로 이구·곽묵을 만나 힘을 같이 해서 싸우도록 권하는 한편, 군사를 경계에 보내어 굳게 막아내야 할 것입니다.」

유악은 호연모의 말대로 사람을 형양성 내로 보내 이구에게 출동하라 권하고 즉시 군사를 이동시켜 경계에 다다르니 후조군은 이미 깃발을 바람에 나부끼고 창검을 번쩍이면서 경계까지 당도해 있었다. 양군은 곧 진세(陣勢)를 벌이고 마주섰다.

석호가 먼저 북소리를 신호로 하여 진에서 땅을 박차고 나오면서 유악을 보고 말을 걸었다.

「유악은 얼른 나와서 내 칼을 받지 못하겠느냐! 네가 저번에는 속임수를 써서 우리 군사를 쳐부쉈지만, 오늘만은 네 뜻대로 되지 않으리라.」

유악은 석호의 말을 듣고 코웃음을 치면서 대답했다.

「전날에는 석생이 진퇴를 분명히 하지 않다가 패주하더니, 이제는 너마저 내 앞에 와서 깝죽거리는구나.」

유악의 대답에 울화가 치민 석호는,

「함부로 주둥아리를 놀리지 마라.」

하고 외치더니 말을 몰아서 달려 나왔다. 유악의 부장 호연모가 이것을 보고 창을 냅다 내지르면서 내달으니, 호연모의 창과 석호의 칼은 불꽃을 튀기면서 맞부딪쳤다. 그러나 호연모가 무슨 수로 능숙한 석호의 칼솜씨를 당해낼 수 있을 것인가. 곧바로 들어오는 호연모의 창을 움켜쥔 석호가 소리를 지르면서 용을 쓰니 호연모는 마상에서 벌렁 나자빠졌다. 그 위로 빈틈없이 겨눈 석호의 칼이 떨어지자 호연모의 목은 수박이 덩굴에서 떨어지듯 밑으로 굴러 떨어졌다.

이것을 본 유악이 호연모의 원수를 갚으려고 급히 앞으로 내달려 석호를 가로막았다. 이때 석호는 호연모의 목을 자르고 나서 잠시 숨을 크게 들이쉬려던 참인데, 유악이 홱 앞으로 달려들자 잠시 당황하였다. 그러나 침착한 석호가 곧 유악과 맞서서 대도를 휘두르며 싸우니 두 장수의 칼싸움은 70여 합이 지나도 판가름이 나지 않았다.

이 무렵, 진장 이구는 곽묵과 같이 유악의 군사를 도우려고 성문을 열고 나오는 중이었다. 석호는 저만치 펄럭이는 이구의 깃발을 보자 그의 용맹을 알고 있었으므로, 얼른 석민·석감 양장에게 유악을 넘겨주고 이구를 향해 달려들었다.

이구는 석호가 싸우는 모습을 성루에서 내려다보았으므로 은근히 겁을 집어먹고 있던 참인데, 부하 장수들에게 유악을 넘겨주고 자기 앞으로 후다닥 달려들자 그만 어쩔 줄을 몰랐다. 그래서 불과 20여 합을 싸우고 더 감당할 수가 없어서 말머리를 돌리려고 했다.

이것을 본 곽묵이 크게 소리를 지르면서 이구를 감싸고 석호에게로 달려들었다. 그러나 곽묵 역시 20여 합 만에 석호가 내려친 칼에 무릎을 상하여 더 싸우지 못하고 질겁해서 도망쳐버렸다. 이에 석호는 석민·주보·석홀·석간·석담 등 제장을 휘몰고 성밑으로 달려드니, 이구의 부장 범승·강패 등은 도저히 대적할 수가 없어서 겨우 곽묵과 이구를 구해가지고 형양 성중으로 도로 들어가 버렸다.

유악 역시 석호의 군세가 자못 강성한 것을 보고 석종 등과 함께 성중으로 들어가 버리니 석호는 성을 겹겹이 둘러싼 후 연일 혹심한 공격을 가했다.

한편, 장안의 유요는 유악의 사자가 가지고 온 구원을 바라는 글을 보자 크게 당황했다. 그래서 곧 군신들을 모아놓고 의논한 후에 대군을 친히 이끌고 가서 유악과 이구를 구하고 형양을 빼앗고자 하였다. 그러나 유자원이 앞으로 나와서 극력 간했다.

「지금 국내에 요사스런 징조와 재해가 연달아 일어나고 있사오니 함부로 거동하지 마옵소서. 연전에 나라가 흥할 때는 미앙궁(未央宮) 위에 봉황이 날아와서 새끼를 다섯 마리나 깐 일이 있었습니다. 그러므로 폐하께서는 진안의 난리와 양난적을 평정하고, 장무의 항복을 받으셨는데, 요 얼마 전에 그 새끼 다섯 마리가 다 죽어버렸나이다. 새끼가 죽자 어미 새도 닷새 동안을 슬피 울다가 죽어버렸으니 이것이 좋지 못한 징조 중의 하나요, 큰 비바람이 불고 뇌성 번개가 쳐서 사흘 동안 끊이지 않더니 백성들이 1만여 명이나 벼락을 맞아 죽었으므로 이것이 두 번째로 좋지 않은 징조이옵니다. 그 밖에도 수릉(壽陵)에 심은 나무가 모두 말라죽은 일이며, 상규 땅 유공(劉龔)의 군영에서 뿔 달린 망아지를 낳은 일, 강발·관심·유광원·양계훈 등 여러 현신이 몸을 피한 일 등, 이 모두가 불길한 일뿐이옵니다. 그러므로 폐하께서 신속히 군사를 거두시어 후조와 우호를 꾀하고, 덕을 쌓아서 나라를 지키고 백성을 보호하신다면 천재도 스스로 물러갈 것입니다. 얼른 회군하라는 조서를 내리시어 화를 돌려 복을 이루시옵소서.」

그러나 고집이 센 유요는 유자원의 말을 듣지 않고 드디어 장자 유윤(劉胤)을 선봉, 평선(平先)을 부선봉으로 삼고 유공·여중백, 그리고 강평과 호연유를 좌우로, 항장 장낭·장선·신도 등을 급응사로 삼고, 유요 자신은 유아(劉雅)와 유흑(劉黑)을 거느린 채 중군이 되어 20만 대군을 이끌고 형양성을 향하여 바람처럼 달려갔다.

2. 형양성 쟁탈전

유요가 유자원의 간언을 듣지 않고 친히 20만 대군을 휘몰아 형양 경계에 당도한 날 밤이었다. 유요가 긴 행군으로 지친 몸을 평상 위에 눕히고 잠을 청하려 하는데, 홀연 그의 눈앞으로 수상한 그림자 하나가 다가왔다. 밤은 얼마나 깊었는지 장막 밖에는 바람소리만 요란한데, 그 금면주의(金面朱衣)의 그림자는 긴 칼을 거

꾸로 들고 유요 앞에 다가서더니 한번 정중하게 읍(揖)하고 나서 동쪽을 바라보며 달려 나갔다. 유요는 엉겁결에,

「누구냐?」

하고 물었으나 대답이 없었으므로 그의 신발자국을 따라가다가 그만 종적을 잃고 말았다.

다음날 아침, 장수들이 모여들자 유요가 어젯밤의 그 일을 물었더니, 장수들은 모두, 금면주의를 한 자라면 천신(天神)임에 틀림없고, 그가 동쪽을 바라본 것은 장차 동방에 일이 벌어질 것을 암시한 것이니, 이것은 폐하의 뜻이 강동(江東)을 넘겨다보고 있음을 말한다고 대답했다. 그리고 천신의 도움을 받을 것이므로 폐하의 뜻이 성취될 것이라고 하면서 소리를 함께 하여 축하를 올렸다.

그러나 이처럼 모든 장수들이 축하를 올렸건만, 오직 태사령 임의(任義)만은 고개를 숙이고 아무 말도 하지 않았다. 괘씸하게 생각한 유요가 그 이유를 묻자, 임의는 한참 만에 입을 열었다.

「신 역시 그 일로 생각했사옵니다만, 제 생각에 의하면 한편으로 상서롭지 못한 일 같아서 감히 축하를 못 올렸나이다.」

유요는 임의의 대답을 듣자 미간을 찌푸렸다. 그리고 감추지 말고 말하라고 했다. 임의가 내키지 않는 듯 대답을 했다.

「폐하께서는 그 신인이 동쪽을 바라보고 달려갔다고 하셨는데, 동방은 곧 진궁묘(震宮卯)의 방위이고, 금(金)칠을 한 사람이 칼(刀)을 거꾸로 비껴 잡았으니 이것은 묘금도(卯金刀), 즉 유(劉)자를 형성합니다. 폐하의 성은 유씨이고, 평양에서 일어나서 장안에 도읍을 정했는데, 이 두 곳은 모두 오행(五行)으로 보아 금 땅에 속하나이다. 그러나 신인은 붉은 옷(朱衣)을 입었으므로 이 빛깔은 곧 불(火)의 빛깔입니다. 불은 금을 녹이는 성질이 있으므로

상극입니다. 또한 그 신인이 읍한 다음에 물러간 것은 '공 이루어
진 뒤 일이 끝나는(功成事畢공성사필)' 괘(卦)입니다. 특히 폐하께서
밟으신 이 형양 땅은 하남(河南)으로서 불(火)에 속하니 금이 성명
(性命)인 폐하께 화를 끼치지 않을까 두렵사옵니다. 바라옵건대,
폐하께서는 태부 유광원이 아뢴 말씀처럼 군사를 거두시어 백성
들의 마음을 평안케 하시고, 후조와 우호를 맺어서 유종의 미를
거두도록 하시옵소서.」

　그러나 어디까지나 교만하고 경망스런 황제 유요는 임의가 뚜
렷한 조짐을 들어서 간하는 말조차도 듣지 않고 군사를 내몰아서
석호의 대채(大寨)를 공격하라고 명령을 내렸다.

　한편 석호는, 유요의 대군이 형양성을 향해 쳐들어온다는 소식
을 척후로부터 듣고 크게 놀랐다. 그래서 황급히 석홀·석담 등에
게 군사 1만을 거느리고 가서 적의 진격을 저지하라고 하였으나,
이때는 이미 유공·여백중 등이 거느린 유요의 군사가 석량(石梁)
과 맹행(盟淬) 두 고을을 점령한 뒤였다. 이것을 보자 석호는 석민
에게 5만 군사를 거느리고 나가서 유윤과 평선이 거느린 유요의
전군을 맞아서 일전에 자웅을 결하라고 명령을 내렸다.

　양군이 형양성 경계에서 포진을 끝내자 먼저 후조군 진에서 석
홀이 칼춤을 추며 번개같이 달려 나왔다. 그는 용기를 믿고 바람
같이 적진을 횡단하더니 유요의 장수 유흑과 맞붙어버렸다.

　유흑은 60근 대추(大鎚)를 휘두르며 말을 달려서 덤벼들었다.
양장이 싸우기 40여 합에 이르고 지켜보며 서 있는 군사들은 모두
손에 땀을 쥐고 있는데, 홀연 석홀의 칼이 허공을 가르고 빗나가
자 유흑은 석홀의 머리통을 겨눠서 대추를 내리쳤다. 일격에 눈알
이 쑥 빠진 석홀은 유요의 진 앞에 벌떡 나자빠졌다. 유요의 군사
는 이것을 보자 와아 하고 함성을 지르며 일제히 후조 군을 무찌

르려고 내달았다.

크게 당황한 후조군은 석민·이융·석양·이농 등 네 장수가 앞장서서 노도처럼 밀려오는 유요 군을 막았으나 이것도 순간, 유윤·평선 등 유요의 선봉장이 호연유·장양·신안·마충·유흑 등 장수를 거느리고 달려들자 후진의 군세는 무인지경으로 산산이 흩어졌다. 후조의 장수 석장(石將)·석정 들은 모두 중상을 입고 말등에 매달려서 도망쳤으며, 밟히고 쓰러진 군사와 말은 산처럼 쌓여 퇴로를 막고 피는 개울물처럼 흘렀다.

후조 군은 크게 패하여 형양성 바로 밑에 있는 석호의 대채까지 쫓겨 갔다. 그러나 평선 등 유요 군은 그 뒤를 추격하지 않고 마상에서 의논했다.

「지금 성중에는 대장군 유악과 형양태수 이구가 굳게 지키고 있으므로 우리가 가서 돕지 않아도 함락될 염려는 없을 것 같소이다. 그러니 차라리 이 길로 석생이 농성한 금용성을 먼저 쳐서 함락시킨 연후에 석호를 무찔러 형양성 일대를 확보합시다.」

이리하여 유요 군은 일제히 금용성을 포위하고 괴롭히기 시작했다. 그러나 석호는 장수들이 모두 중상을 입었으므로 석생이 고전하고 있다는 보고를 받고도 가서 돕지를 못하고, 제장의 무능을 탓하여 신경질만 부렸다. 석감이 듣다 못해서 말했다.

「이것은 장수들의 허물이 아닙니다. 모두들 힘껏 싸웠으나 워낙 유요의 장자 유윤이 용맹하기 때문에 대적할 수가 없었을 뿐이외다.」

석호는 그 말을 듣자 껄껄거렸다.

「뭐, 유윤이 용맹하다고? 그놈은 유요의 장자라 하지만, 본래 석회(石灰) 장사를 하던 놈인데 그에게 무슨 역량이 있겠는가. 내 기필코 내일은 그놈을 사로잡은 후 금용성을 구하리라.」

이튿날, 석호는 석양(石良)에게 군사 5만을 주어 계속 형양성을 괴롭혀서 유악과 이구가 꿈쩍을 못하게 해놓고, 자신은 친히 군사 5만을 따로 거느리고 어제 패한 석민·석홀의 원수를 갚고자 한다며 나섰다.

유요는 석호가 스스로 달려와서 원수를 갚으려 한다는 말을 듣자 역시 제장들을 이끌고 앞으로 나와 진을 쳤다. 후조의 진에서 북소리가 세 번 울리자 포성은 땅을 울리고 석호는 좌우에 석민·석감 양장을 거느린 채 큰 칼을 높이 쳐들며 달려 나왔다.

「유가(劉家)의 제장은 무엇 때문에 이유 없이 군사를 일으켜서 여기까지 왔는가? 유윤과 유흑은 얼른 나와서 모가지를 바쳐 죄를 빌고 군사를 쉬게끔 하라!」

석호의 우렁찬 목소리가 사방에 메아리치자, 유요의 진에서는 일제히 깃발이 올라가 나부끼면서 길이 쫙 갈라지더니 한 필의 기마가 앞으로 나왔다. 유요는 갈라(褐羅)를 걸친 위에 갈색 일산을 높이 받쳐 들리고, 오른쪽에는 황금 부월(斧鉞), 왼쪽에는 황금 과족(戈鏃)을 받든 군관 뒤를 따라서 문무제관을 거창하게 거느리고 나왔다.

유요가 철편을 들어서 석호를 삿대질하며 말했다.

「네 아비 세룡(世龍 : 석늑)은 본래 우리 한실의 신하였느니라. 짐은 그에게 공로 있음을 생각하고 왕에 봉하여 산우(山右)·하북·하남 땅을 갈라서 관할을 맡겼더니, 자존망대하여 제호(帝號)를 일컫고 자립하기에 이르렀다. 그러나 짐은 지난날의 의를 생각하여 그 죄를 묻지 않고 진(晉)을 막는 울타리로 삼았는데, 무슨 이유로 짐에게 귀부(歸附)한 형양을 침범하여 원수를 맺으려고 서두는가!」

그러나 석호는 방약무인이었다. 호탕하게 한번 웃어젖히더니

팔을 내두르면서 대답했다.

「지금 산동·산서와 하동·하북 등 중원 천하는 모두 우리 손에 들어왔다. 형양과 사주도 그 사이에 끼여 있으므로 취하려는 것뿐인데, 내 공로를 시샘하여 그대가 유악을 보냈으니, 어찌 내가 원수를 맺으려고 서둔다 문책할 수 있겠는가.」

석호의 거침없는 면박을 받자 유요는 불같이 화를 냈다.

「저 역적 놈의 자식이, 짐의 어가가 이곳까지 달려왔는데도 겸손하게 굴 줄 모르는구나! 누가 달려 나가서 저놈을 잡아라.」

유요의 말이 떨어지자마자 유윤이 채찍으로 말 엉덩이를 치며 달려 나갔다. 석호도 역시 쌍칼을 휘두르며 맞서 나왔다.

석호가 유윤을 보고 소리쳤다.

「오, 너는 바로 석회장수를 하던 어린애가 아니더냐! 얼른 말에서 내려 포승을 받아라.」

유윤은 그 말을 듣자 이를 부드득 갈면서 대답했다.

「에잇, 이 국적도 없는 후레자식 같으니라고. 뉘 앞에서 미친 수작을 부리느냐!」

두 영웅은 각기 생명과 명예를 걸고 재주를 다하여 싸웠다. 말은 거품을 문 채 날뛰었고, 온몸에 땀이 확 흐른 두 장수는 바늘끝만한 틈도 주지 않고 계속 기합을 넣으면서 달려들었다가는 떨어지고, 떨어졌다가는 다시 달라붙으니 마치 두 개의 붉고 푸른 불덩어리가 이합집산의 묘기를 부리는 것과 같았다.

이처럼 싸우기 80여 합, 말조차 지쳐서 헐떡거리는데 두 장수의 힘은 아직 다하지 않았고 적개심 또한 식지를 않았다. 그래서 양인은 각기 본진으로 돌아가서 지쳐빠진 말을 갈아타고 다시 싸우기를 50여 합에 달했다. 말발굽에 피어오른 모래먼지는 햇빛을 가려 온통 몽롱했고, 눈은 뜰 수조차 없이 따끔거려서 눈물을 질질 흘리기에 바쁜 양군 속에서는 일제히 갈채의 함성과 박수가 터져 나왔다.

결국 날이 저물도록 승부가 나지 않으므로 양쪽 군정사(軍政司)는 쇠북을 울려서 석호와 유윤을 불러들이고 군사를 거두어 영채로 돌아갔다.

3. 석호의 대승

유윤이 군사를 거두어 대채로 돌아가자 황제 유요는 좌우를 돌아보고 말했다.

「사람들이 석호의 용맹을 운운하는 것을 짐은 아직 믿지 않았는데, 오늘 보니 과연 소문이 헛되지 않았구려.」

유윤은 아버지가 석호를 칭찬하자 기분이 매우 언짢았다. 그래서 유요를 쳐다보고 한마디 했다.

「폐하께서는 무엇 때문에 남만 그토록 칭찬하시옵니까. 내일 다시 싸우게 되면 소자가 결단코 그놈을 생포하겠나이다.」

그러나 유요는 유윤에게 적을 가볍게 보지 말고 신중히 싸워야 한다고 일렀다.

이튿날, 또 양군이 진을 펼치고 북을 울리자 석호는 말을 몰고 나와 유윤에게 도전했다. 유윤은 석호의 약 올리는 말을 듣자,

「오늘 너를 사로잡지 못한다면 남자가 아니다!」

하고 내뱉으면서 달려갔다.

이에 두 장수가 약 60여 합을 싸웠으나 땀만 비 오듯 흘리고 승부를 얻지 못했다. 양장은 땀이 눈으로 흘러 들어가서 앞이 보이지 않으므로 잠시 칼을 집고 휴식을 취한 다음, 이번에는 투구를 벗고 다시 싸웠으나 역시 판가름이 나지 않았다.

이때 주인의 육중한 몸 때문에 말이 지쳐버려서 달리지를 못하

자, 석호는 말을 갈아타려고 유윤을 향하여 먼저 말을 걸었다.

「우리 환마(換馬)를 한 다음에 다시 싸우는 게 어떨까?」

유윤이 칼을 멈추고 대답했다.

「좋다. 그대의 말이 지쳤나보군. 갈아타느라 시간을 낭비하느니 차라리 보전(步戰)을 하자.」

이래서 양인은 말을 버리고 지상으로 뛰어내려 한 시간 남짓을 다시 싸웠으나 역시 아무런 결과도 얻지 못했다. 이것을 본 양측 군사들은 큰 소리로 외쳤다.

「두 분 장군은 잠깐 멈추시오 이미 날도 저물었으니 내일 다시 자웅을 결하도록 하고 영채로 돌아오시오!」

그러나 잔뜩 성이 치민 두 장수는 만류하는 소리에도 아랑곳하지 않고 계속 상대를 노리고 칼을 휘둘러댔다. 이것을 본 양쪽 진영에서 유함과 석감이 각각 나와 싸움을 뜯어말리니 그때서야 양장은 숨을 헐떡거리고 상대방을 꾸짖으면서 본진으로 돌아갔다.

그날 저녁, 영채로 돌아온 석호는 장수들을 모아놓고 적을 물리칠 일을 의논했다.

「유윤이란 놈은 과연 비범한 용사요. 나는 아직 그 같은 적수를 만난 적이 없소 무슨 수를 써야 이길 수가 있겠소?」

석감이 나서서 말했다.

「그와 같은 자는 힘으로 이기기는 어려워 지략을 써야만 합니다. 나에게 한 계책이 있습니다.」

석감의 계책을 자세히 들은 석호는 크게 칭찬했다. 그리고 곧 삼군을 배불리 먹인 후 출동 대기명령을 내렸다. 그리고 석생에게 급히 사람을 보내 오늘 저녁 야습을 감행할 터이니 성을 나와서 유요 군의 영채를 기습하라는 명령을 내렸다. 그리고 다시 군사들에게 술과 고기를 나눠주어 사기를 북돋우고, 석호와 이융, 석감과 주보, 이농과 지굴육, 석민과 석담 등으로써 사로군(四路軍)을 편성하여 유요 군 영채를 목표로 하여 쳐들어갔다.

이때 유요의 장수들은 겹친 피로 때문에 모두 투구와 갑옷을 풀고 잠이 들어 있었는데, 후조 군이 입을 다물고 발소리를 죽이며 다가와서 삼경 치는 소리를 신호로 하여 와락 달려들자 크게 당황했다. 수문장 여중백이 갑옷을 착용하고 제일 먼저 달려 나왔으나 달려든 이웅의 창에 왼쪽 겨드랑이 밑을 찔려서 도망치다가 석호의 칼을 맞고 앞으로 푹 고꾸라졌다.

이때 유요 군의 맹장 유흑은 여중백이 죽는 것을 보자 갑옷도 못 걸치고 알몸으로 뛰쳐나와서 대추를 휘둘러 석호의 복장 조신(趙新)을 격살하고 또 주보의 왼쪽 무릎을 후려쳤으나, 배후로부터 달려든 석민의 한칼에 피를 뿜고 쓰러졌다.

또한 유요의 장수 강평(康平)은 중문에 버티고 앉아서 연방 화살을 쏘아 숱한 후조 군을 물리쳤으므로 석감과 석민도 접근을 못하고 있던 터인데, 금용성으로부터 달려 나온 장하도가 강평의 양 어깨에 창끝을 꽂는 바람에 강평은 도망치고 유요 군도 크게 흩어졌으며, 서로 밟고 밟히는 통에 땅바닥에는 금세 시체가 산더미처럼 쌓였다.

유윤과 평선은 이때 황제 유요와 함께 난병을 뚫고 영채 밖으로 빠져나오려 했다. 그러나 어둠 속에서 불쑥 석호·석담·이농·지굴육 등 후조 군의 맹장들이 나타나서 빙 둘러싸자 크게 놀라버렸다. 그러나 유윤이 용기를 다해서 혈로를 뚫어 일동은 그곳으로 달려 나갔다. 하지만 유윤은 석감이 쏜 화살을 어깨에 맞았고, 화살도 빼지 않은 채 계속 유요가 포위된 것을 구하려다가 석호의 칼끝에 팔뚝을 찔렸으나, 달려오는 석민·석생 등을 따돌리며 절륜의 힘으로 포위를 뚫고 달아났다.

　이때서야 겨우 패잔병을 수습해 달려온 유아·유공·장양·장선·신도 등 제장은 온몸에 화살을 맞아서 전사 직전에 있는 평선을 구출했다. 그러나 유아는 또다시 석호의 포위에 빠졌으므로 이를 구하려 달려든 장선과 신도는 모두 후조 군의 창칼에 찔려서 전사해버렸다.

　다행히도 이때 석종이 유공과 힘을 합하여 막힌 포위진을 뚫었기 때문에 유요는 서쪽을 바라보며 패주해 달아났다. 이것을 본 석호는 유요의 등에다 대고,

　「하늘의 뜻을 거역하고 진나라를 도운 자가 어떤 변을 당하는지 보아라!」

　하고 쏘아붙였다.

　이때 석양은 형양성을 포위한 채 맹렬한 공격을 가하고 있었는데, 석호가 유요를 격파하자 유요를 추격하기 위하여 포위를 풀었다. 이튿날 새벽에 성이 풀린 것을 본 유악은 지름길로 달려가서 유요를 추격하는 석호군의 앞을 가로질렀다. 유악은 유요가 멀리도 못 가고 금곡원(金谷原)에서 도망치던 걸음을 멈추었다는 소식을 듣자, 모든 장수들에게 얼른 대가(大駕)를 호위하여 장안으로 돌아가라는 명령을 내린 후, 자기는 부장 양등(楊騰)·왕등(王騰) 두 장수만을 거느리고 골짜기 입구에서 밀려오는 적병을 가로막았다.

　이같이 싸우기를 반나절, 화살을 맞은 유악의 몸에서는 온통 피가 흘러 갑옷과 전포마저 적셨으나 그래도 죽기 살기로 석호의 군사를 막아서 유요의 대가가 도망치는 시간을 벌려고 했다.

　수 시간 후, 이미 유요가 멀리 도망쳤으리라 계산한 유악이 골짜기의 방어진을 풀고 도망치자, 유악 때문에 유요를 놓친 석호는 이를 부드득 갈면서 내빼는 유악을 뒤쫓았다. 쫓고 쫓기기를 몇

시간 남짓, 마침내 더 도망을 칠 수 없게 된 유악이 얼른 석량보(石梁堡)라는 작은 요새로 숨으니 화가 난 석호는 석량보 둘레에 구덩이를 파고 목책을 세워서 괴롭히기 시작했다.

보사 안에는 한 톨의 비축된 양식도 없었고, 밖으로 통하는 길도 적군에게 완전히 차단되어 양식이 떨어지자, 처음에는 말을 잡아서 배를 채웠으나, 그 말마저 다 잡아먹고 먹을 것이 떨어진 유악의 군사는 굶주리다 못해 부상을 입은 동료를 몰래 죽여서 씹어먹는 참상을 연출했다.

마침내 대다수의 군사들은 굶어죽거나 보 밖으로 기어나가다가 맞아 죽었고, 보 안의 참상을 눈치 챈 석호가 쳐들어오니, 유악과 양등은 붙잡혔고, 왕등은 스스로 목을 찔러서 자살해버렸다.

이때 석호는 관서 땅의 용맹한 군사 8천 명과 저강(氐羌)의 정예 3천 명만을 양국으로 압송하여 석늑에게 바쳤을 뿐, 남은 군사 2만 명은 모두 구덩이를 파고 생매장해버렸다. 이것을 본 석호의 대장들도 모두 그 참혹한 잔학행위에 눈길을 돌렸으나 오직 석호만은 쾌재를 부르면서 기뻐했다.

유요는 이번 싸움에 패한 결과, 상장으로는 여중백·호연모·왕등·유흑, 편장으로는 장선·신도·양등을 잃었으며, 정병 10여 만을 모두 잃었는데, 이것은 모두 어진 신하들의 간언을 듣지 않은 결과였다. 함양성 밖에 다다른 유요는 소복을 입고 교외에서 이레 동안 곡을 했다. 유자원은 사람을 보내 유요를 마중하니 그제야 유요는 조정으로 들어왔다.

4. 이구의 전사

석호는 패주하는 유요를 추격하여 크게 승리를 거두고, 또한 유요 군의 맹장인 유악을 생포하였으므로 그의 기세는 하늘을 찌를

듯했다. 그는 대채로 돌아오자 또다시 왕화·이응·석감 등 제장으로 하여금 다시 돌아와서 형양성을 포위한 석양(石良)을 도와 형양성을 함락시키라는 명령을 내렸다.

진퇴유곡에 빠진 이구는 생각다 못해서 성 밖으로 돌격해 나왔으나 부장 곽원(郭元)이 석양에게 생포되자 또다시 성 안으로 도망쳐 들어가서 굳게 지켰다. 그러나 아무리 기다린들 진나라 구원군이 올 턱도 없고, 유요의 군사 또한 대패해 달아났으니 그의 심정은 이루 말할 수 없을 정도로 초조하고 답답하였다.

이럴 때, 밖에서는 석양이 생포한 곽원의 포승을 풀어 양국으로 올려 보냈다. 그곳에 가서 곽원은 후조 황제 석늑과 함께 석호가 2만 명의 유요 군을 생매장하는 광경을 보았다. 다시 한 통의 편지를 받아가지고 형양으로 끌려 내려온 후 그에게는 형 곽송(郭誦)과 수장 이구를 설득할 사명이 강제로 부여되었다.

곽원이 가지고 들어온 석늑의 편지에는 다음과 같은 글이 씌어 있었다.

　—짐이 나라의 기초를 처음 잡기는 하북이었지만, 그 동안 수차의 원정으로 하남과 산서·한북(漢北)의 땅은 물론, 유주와 기주·연(燕) 땅이 모두 짐의 판도로 들어왔소. 지난해에는 조억을 평정하여 산동 땅을 모조리 손에 넣었고, 북쪽의 척발씨도 항복받고, 이번에는 유요를 멀리 서쪽으로 패주시켰소. 그런데 아직도 남쪽의 진(晉)은 어찌해서 감히 짐의 나라를 엿보는지 모르겠구려. 이제 천하가 넓다 해도 그 절반 이상을 짐이 얻었으니 경(卿) 따위가 지키고 있는 형양·사주 두 고을은 그야말로 우지일각(牛之一角)에 지나지 않는 것인데 무엇 때문에 경은 짐의 명령을 거역하고 사서 괴로움

을 당하고 있는 것이오. 대원수 석호에게 모든 조처를 위임 하겠소. 경은 석호의 성질을 알겠지만, 끝내 항복하지 않고 성이 파하는 날엔 두려운 결과를 가져올 것이니, 좋게 권할 때 더 이상 지체하여 군사와 백성을 괴롭히지 말고 나와서 짐의 분부를 따르도록 하오.

형식은 조서(詔書)로 되어 있으나 완전히 이쪽의 인격을 무시한 협박조의 편지였다. 이구가 미간을 찌푸리며 응하지 않으니, 석늑의 사자는 얼른 곽원을 이끌고 나가려고 했다. 이것을 본 이구는 당황해서 얼른 곽송에게 물었다.

「곽원이 또 끌려가려 하니 내 마음이 심히 편치 않구려. 그대의 뜻은 어떠하오?」

그러자 곽원의 형 곽송은 입술을 깨물면서 이렇게 대답했다.

「옛날 왕능(王陵)은 그 모친이 초(楚)나라로 끌려가는 것을 보고도 초지를 굽히지 않았습니다. 본래 충절을 다하려 하면 효성을 다하기가 어려운 것이니 이론이 있을 수 없습니다.」

이리하여 형양성은 전보다 더 강하게 버티면서 항복하지 않으니, 후조의 장수 석양이 한 달이 넘도록 공격을 하였으나 아무 효과가 없었다.

이 말을 들은 석늑은, 이번에는 사람을 시켜 곽원에게 좋은 의복과 관대(官帶)를 내리고, 곽송에게도 사슴의 꼬리로 된 값비싼 말채찍을 하사하여 은근히 귀순하기를 권했으나 곽송은 역시 받지도 않거니와 아무 회답도 하지 않았다.

석늑은 도저히 곽송의 충성된 마음을 빼앗지 못할 줄 알자 재차 석호에게 명령을 내려서 대군으로 공격하게 하니 양군은 밀남(密南)에서 크게 싸웠다. 그러나 이 싸움에서 패한 곽묵은 건강을

바라보고 도망쳤다.

곽묵이 패하여 남쪽으로 도망을 쳤다는 소식을 들은 이구는, 그가 힘을 다하여 임지를 지키지 않고 난(難)에 임하여 도망치는 것을 괘씸하게 생각하고 곽송·단문수 양인을 보내 추격해서 잡아오라고 했다. 밤을 새워 곽묵의 뒤를 쫓은 두 사람이 양성(襄城)에 당도하여 곽묵을 잡으니 그는 울면서 대답했다.

「적은 군사로 적을 막을 수가 없었으므로 나는 정말 패해버렸소이다.」

단문수와 곽송 두 장수가 힘써 그를 형양성까지 데려가려 했으나 그는 듣지를 않았고, 짐짓 자살을 가장하여 처자와 부하를 남겨둔 채 도망쳐버렸다. 할 수 없이 단문수가 곽묵의 처자와 부하만을 거느리고 형양으로 돌아와서 이구에게 넘겨주니, 곽묵이 죽은 줄로만 안 이구는 그의 처자를 극진히 위로하고 대우했다.

석호는 자신이 당도한 후 성을 공격한 지 보름이 가까워도 함락시키지를 못하자, 이대로 버틴다면 함락되는 날에는 군사와 백성들을 남김없이 생매장시키겠노라는 말을 유포시켰다. 이 말을 들은 성중의 군사들 중에는 자기 혼자만이라도 살아나려고 몰래 석호와 내통하는 자가 생기기 시작했다.

태수 이구는 양식도 거의 떨어져가고 인심마저 서서히 변해가는 것을 눈치 채자 조용하게 곽송과 단문수, 참모 곽방(郭方), 대장 마상(馬尙)·장경(張景), 주보 순원(荀遠) 등을 불러들여 도망칠 계책을 의논했다. 곽송이 물었다.

「석호 군의 포위가 철통같으니 무슨 수로 도망을 치겠습니까?」

그러나 이미 결심한 이구는 강패·건등·양지·이홍·이환·범승 등의 제장과 장사 3천 명을 비밀리에 뽑고, 성중의 남은 군사와 백성들에게는 적의 영채를 습격하기 위해 출병한다고 거짓말을 한 다음 야밤중에 성문을 열고 뛰쳐나갔다. 그러나 계획이 누설되었는지, 이구가 거느린 3천 명의 군사는 성 밖으로 나가자마자 석호 군에게 발각되어 겹겹이 포위를 당했다.

장수들이 모두 목숨을 내걸고 싸워서 겨우 포위를 뚫고 내달리기는 했으나, 이구는 전신에 네 군데나 창으로 찔리고 10여 개의 화살을 맞았으므로 움직일 수가 없었다. 그래도 장수들은 끝까지 이구를 버리지 않았고, 호송하여 노양(魯陽)까지 도망쳐 왔으나 말에서 떨어진 이구는 끝내 일어나지 못하고 말았다.

제16장. 최후의 승전

1. 장빈의 서거

이구가 전사하자 이로부터 사(司)·예(豫)·영(潁)·여(汝)·허(許)·낙(洛) 등 중원의 제주는 후조의 수중으로 들어왔다.

후조 황제 석늑은 승리의 첩보를 받자 석호에게 조서를 내려 군사를 돌리도록 했으며, 거기(車騎)대장군 벼슬을 더하여 내외의 제군을 통솔하게 하였다. 그리고 전공을 세운 장수와 군졸들도 각각 진급을 시켜주고 동시에 직위를 내렸다.

이 통에 항장 유악도 용서를 받아서 산기상시(散騎常侍) 벼슬에 제수되어 한단 땅에 살게 되었으며, 곽원(郭元)은 경성주부(京城主簿)에 임명되었다.

이때 상서령 정하는 석늑의 신임을 두텁게 받아 내정 전반을 장악하고 있었으니, 정하는 석늑의 처남이었다. 그는 석호가 양자의 몸인데다가 그 성질이 용맹 잔인하고 세력 또한 강성하니, 이대로 두었다간 그 힘을 제어하기 어려울 것이라 생각했다. 그래서 몰래 석늑에게 권했다.

「하남 땅은 새로 얻었기 때문에 아직 민심이 폐하께로 돌아오지 않고 있나이다. 신의 생각으로 석호·석생·석감·석담 네 명에게 군사 4만을 주어 하남 땅을 지키게 한다면, 적에게 도로 빼앗길 염려를 덜 것은 물론이려니와, 장차 있을 제위(帝位) 계승 때 찬탈하려는 불상사를 방지할 수 있을 것이옵니다.」

평소에 석호의 용맹을 칭찬은 하였으나 그의 포학한 성질을 미워한 석늑은 정하의 상주를 듣자 석호를 불러 분부를 내렸다.

「지금 하남 땅은 민심이 안정되지 않아 적의 재침을 받을까 두렵구나. 그러므로 너는 군사를 이끌고 가서 그곳을 지키되, 진나라와 유요가 감히 침범하는 일이 없도록 하여라.」

아버지의 말을 들은 석호는 그 계략이 정하로부터 나왔으며, 자기를 조정에 받아들이지 않으려는 것임을 뻔히 알았으나 어쩔 도리가 없었다. 그래서 조정을 물러난 뒤로 계속 가슴을 끓이며 침울해 하였으니, 후일에 일어난 후조의 환란은 모두 여기에서 비롯된 것이다.

하남 땅(鄴城)에 당도한 석호는 전쟁이 없었으므로 매일 교외에 나가 사냥을 하며 지냈다. 업성은 본래 위나라 조조(曹操)가 도읍으로 정했던 곳이라 성지도 견고하고 산천도 수려했다.

하루는 석호가 평소와 다름없이 숲에서 사냥을 하고 있는데, 한 나그네가 등에 전통을 메고 지나가는 것을 발견했다. 수상스럽게 생각한 석호가 그를 불러 물었다.

「너는 무엇 하는 자인데 무장을 하고 이 산을 지나가는가?」

그러자 그 자는 석호의 날카로운 눈초리에 겁을 먹은 얼굴로 이렇게 대답했다.

「네, 소생은 강남에 사는 장사꾼 공가(孔哥)입니다. 장사차 장안에 다녀오는 길입니다.」

상인은, 유요가 오랑캐 군사 20만을 모집해 관(關)에 주둔시키고 있어서, 그놈들이 지나가는 객상(客商)을 붙잡아서는 물건과

돈을 털기 때문에 부득이 무장을 한 채 관을 넘어오는 중이라고
했다. 석호가, 유요가 군사를 모집하는 이유를 물으니 상인은 또
다시 다음과 같이 대답했다.

「자세히는 모르겠습니다만, 금용(金墉)의 원수를 갚고, 형양을
도로 빼앗기 위해서라 하옵니다.」

상인의 말을 들은 석호는 그에게 술과 음식을 주어 보낸 다음,
곧 말을 집어타고 경성으로 들어왔다. 이때 석늑은 중신들과 연
회를 즐기고 있었는데, 대장군 석호가 시급히 아뢸 말씀이 있어
면회를 청한다는 전갈을 받자 곧 석호를 자리로 불러올려 인견
했다.

석호의 말을 다 듣고 난 석늑은 여러 중신들에게 유요를 먼저
칠 것인가, 아니면 적의 동태를 보아서 기다렸다가 칠 것인가에
대한 가부를 물었다. 석호는 속전론을 폈고, 중신들은 신중론을
택했으므로 결정내리기를 망설인 끝에 석늑은 사람을 장빈에게로
보냈다.

이때 장빈은 병이 위독해서 자리에 누워 있었다. 석늑의 사자는
장빈의 용태를 살핀 후 아무 말도 하지 못하고 돌아가서 석늑에게
보고했다.

「장 우후께서는 이미 혀에 태(苔)가 끼고, 눈에도 눈곱이 끼어
서 정신이 몽롱하십니다. 또한 물어도 목소리를 발하지 못하시어
대답이 없으십니다.」

이 말을 들은 석늑은 크게 놀라서 옷조차 갈아입지 못하고 장
빈의 부중으로 달려갔다. 그러나 이미 실어증(失語症)에 걸린 장
빈은 석늑을 알아보기는 했으나 아무 말도 못하고 멀거니 쳐다보
면서 눈물만 흘릴 따름이었다.

크게 상심한 석늑이 여윈 장빈의 손을 잡고 소리를 내어 우니,

황제를 따라온 공장·정하·장광·도표 등 늙은 신하들도 모두 목이 메어서 말을 잇지 못했다.

그날 밤, 궁으로 돌아온 후에도 계속 상심에 빠진 석늑에게 장빈의 부음이 전해지자, 석늑은 손으로 침상머리를 치면서 통곡했다.

「하늘이 내게로부터 우후를 빼앗아 가시니, 내가 무슨 재주로 기업을 넓힐 수 있으리오!」

이처럼 석늑이 침통해 하는 것을 본 여러 신하들은, 장빈의 죽음이 혹시 황제의 건강에 변화를 가져오지 않을까 하여 좋은 말로 상주를 했다.

「우후께서는 그 연세 90에 작고하셨으니 수(壽)를 다 누리셨다 하겠으며, 벼슬 또한 극품(極品)에 이르렀으니 부귀도 적잖이 누리셨나이다. 폐하께서는 지나치게 우후의 죽음을 슬퍼하셔서 옥체에 해가 미치지 않도록 하옵소서.」

한참 만에 눈물을 거둔 석늑은 제신을 돌아보면서 대답했다.

「짐이 서러워하는 것은 우후가 천수를 다 못 누렸기 때문이 아니오. 그보다 우후는 짐과 같이 기업을 일으켰고 짐은 매양 그의 뛰어난 식견과 책모로써 오늘의 공업을 이루게 되었는데, 그 태평한 세월을 다 향락하기도 전에 짐을 버리고 떠났으니 그것이 짐으로 하여금 마음 아프게 할 따름이오.」

말을 마치자 석늑의 두 눈에서는 또다시 눈물이 비 오듯 하니 모여든 조신들도 모두 비감에 잠겼다.

석늑은 그 후 조신과 함께 봉왕(封王)의 대우로써 장빈을 장사지내주었으며, 장자방 못지않은 보필의 공로를 생각하여 장빈의 후손들에게도 모두 높은 벼슬을 내렸다. 그리고 정하로 하여금 장빈의 뒤를 잇게 하여 우장리(右長吏) 벼슬에 앉히고 승상 직을 겸하게 하였다.

　석늑은 장빈이 죽은 후에 마음이 산란하여 통 군사를 일으킬 생각이 없었다. 그러나 눈치 없는 석호는 아버지의 심정도 헤아리지 못하고 또 상주를 했다.

　「지난날 유요가 거느린 25만 대군은 소자에 의해서 일전에 격파되었나이다. 지금 소자가 지키고 있는 업(鄴) 땅에는 정병 수만이 있사오니, 이 군사만 가지면 능히 적을 쳐부술 수 있으리다. 마땅히 적을 쳐부수어 폐하의 심려를 덜어드리겠나이다.」

　말을 마친 석호는 황제의 윤허도 받지 않고 어전에서 물러가버렸다. 석늑은 석호의 만용과 횡포를 혐오하는 심정이었기 때문에 그대로 내버려두었다. 굳이 말리지 않음으로써 승패의 책임을 석호가 스스로 지게끔 하기 위해서였다.

　업성으로 돌아온 석호는 황제의 명령이라고 사칭하여 군사를 일으킨 후, 석생에게 금용성을, 조용(趙勇)에게 업성을 지키게 했으며, 자신은 장군 석담·석감, 부장 지연(支衍)·사공·유술·장박 등과 군사 4만을 이끌고 장안을 향해 떠났다.

2. 포판(蒲坂)의 보원(報怨)

　이 당시 서조(西趙), 즉 유요의 형세는 어떠하였는가?

　형양성 쟁탈전에서 석호가 거느린 후조 군에게 대패를 맛본 유요는 유흑·여중백 등 일기당천의 용장을 잃고, 또한 후조 군의 손에 유악 같은 명장을 생포당하여 20만 대군을 노방(路傍)의 고혼으로 남겨둔 채 구사일생으로 겨우 목숨만 부지하여 장안으로 도망쳐왔으나, 잇단 전쟁과 흉년으로 피폐한 국정은 회복할 길이 없었다.

　더구나 유요가 동쪽으로 출정할 때, 나라 안에 일어난 여러 가지 상서롭지 못한 징조를 들어서 황제의 탐욕과 잇단 병과(兵戈)

를 간하다가, 마침내 간언이 용납되지 않자 강비·하심·유광원 등 동량지신(棟梁之臣)마저 모두 촉 땅으로 망명하고 없었으므로 창업의 구신으로는 오직 유자원 한 사람이 남았을 뿐, 조정의 분위기는 엉성하기 이를 데 없었다.

그러나 전번의 패전이 골수에 사무쳐 은근히 국력의 회복을 기다리며 전비(戰備)를 갖추고 있던 유요는 국경의 수장들이 연달아 들어와서 석호의 침공을 아뢰자 화를 펄펄 냈다.

「으음, 이놈 어디 두고 보자. 내가 네놈을 잡아 죽이기 위해 군사를 모집하려는 참인데, 네놈이 죽으려고 제 발로 걸어오는구나. 내 마땅히 네놈의 살을 저며서 씹어 유악과 여중백의 원수를 갚아주리라.」

유요는 당일로 군사 10만을 일으켜 유윤(劉胤)을 선봉장, 양서(梁胥)·서막(徐邈)·장영(蔣英)·신서(辛恕) 등으로 하여금 좌우군을 거느리게 하고, 자신은 평선·유자원과 함께 우군이 되어 포판 고개 밑으로 나가서 석호의 군사를 맞았다.

이를 본 석호는 곧 군사를 이끌고 나와서 도전했다. 그러나 유자원은 전군에게 대열을 정비하게 한 후 경솔히 나가 싸우지 못하게 하고, 또 장영·신서 등에게는 엄하게 영채를 지키라는 명령을 내렸다. 그런 다음, 평선 유아(劉雅)와 더불어 수십 기를 거느린 채 몰래 석호의 영채를 돌아보고 온 후에 황제의 대채로 들어가서 적을 격파할 계책을 의논했다.

「지금 돌아보고 온 소견에 의하면 포판 10리 길은 온통 진흙바닥이어서 곳곳에 구덩이가 깊이 패어 있사옵니다. 석호는 이곳에 오직 혼자 와 있으니 쳐부수기는 어렵지 않을 것이옵니다.」

유요가 계책을 물었다.

「우선 장군 유윤에게 분부를 내려 일전을 치른 다음, 내일 결

과를 보아 계책을 아뢰겠사옵니다. 시간을 허비하지 마옵소서.」

유요의 명령을 받자 유윤은 곧 일지병마를 이끌고 나가서 석호와 대진했다.

석호는 유요 군이 나오는 걸 보자 큰 소리로 외쳤다.

「유윤이면 나오너라! 다른 자는 내 상대가 아니로다!」

유윤은 석호의 외침을 듣자 북을 울리면서 나갔다.

「이 개도적 놈 같으니라고. 네놈은 나와 정정당당히 겨루기가 켕기니까 궤계(詭計)를 써서 나의 영채를 습격한 게로구나. 그것은 소인배나 하는 짓이다. 무슨 면목으로 오늘 또 내 앞에 나타나 승부를 겨루자고 하는가!」

욕을 먹은 석호는 벌컥 성이 올랐다. 얼른 대도를 휘두르며 달려들었다. 유윤 역시 그를 맞아 칼춤을 추며 달려들어 진창 속에서 싸우기 40여 합에 이르렀으나 날이 저무는 바람에 그날은 성패 없이 둘 다 영채로 돌아갔다

그날 저녁, 유윤이 유자원에게 계책을 물으니 유자원은 목소리를 낮추어 이렇게 대답했다.

「내일부터 며칠은 도전에 응하지 마십시오. 그런 연후 밤에는 각 영채마다 등불을 켜고 야경을 돌게 해 야습에 대비하고 굳게 지키기만 한다면 석호는 틀림없이 우리가 자기네들을 두려워하는 줄로 생각할 것이오. 그처럼 적의 심리가 흘어지게 되면 일거에 공을 이룰 수 있을 것입니다.」

이튿날, 유자원은 쉬고 있는 유윤을 불러서 좁은 길목에다 함정을 파라고 말했다. 유윤은 그 말에 따라서 곧 군사들을 동원하여 함정을 파서 그 위에 널빤지를 깔고 진흙을 덮어 놓았다. 그리고는 자기편만 알게끔 표식을 해두었다.

유자원은 또 양서와 유아에게 군사 2만을 이끌고 가서 서북쪽

산머리에 있는 버들 숲에 숨으라고 했다. 그리고 서막과 주기(朱紀)에게는 군사 2만을 주어 고개 밑 왼편 5리 지점에, 장영과 신서는 오른쪽 5리 밖에 매복시키고 평선에게는 길 뒤쪽으로 돌아가서 적의 구원군을 저지하라고 일렀다.

또한 하경(夏景)·왕용(王用) 두 장수에게는 군사 3천 명을 이끌고 함정 양쪽에 매복해 있다가 석호가 달려오면 유윤을 도와서 사로잡으라고 명령했다.

병력 배치가 끝나자 유자원은 유윤에게 나가서 싸워 적을 유인하라고 했으며, 각 장수들에게도 따로따로 계책을 일러준 다음 배치 받은 장소로 보냈다.

이때, 석호는 사흘 동안이나 계속 도전을 했으나 유윤이 통 싸울 기색을 보이지 않자 은근히 의심과 두려움을 품게 되었다. 그런데 나흘째 되는 날 아침 일찍부터 유윤이 영채를 털고 나와서 큰 소리로 욕을 퍼부으며 싸움을 걸었다.

석호는 기다리던 참이라 친히 석정·석담 두 장수와 정병을 이끌고 달려 나왔다. 좌우로 진세를 쫙 펼친 후 석호가 앞에 나와서 유윤을 가리키며 소리쳤다.

「너는 그처럼 싸우기가 두려워서 밤낮 없이 영채나 지키고 있으니, 그럴진대 차라리 투항해서 일신의 안일이나 도모하면 그 아니 좋겠느냐!」

유윤이 대갈했다.

「네가 함부로 아가리를 놀리는구나! 전날 내가 너의 꾐에 빠져 일진을 패한 후에 아직도 날만 차면 몸이 쑤셨었는데, 오늘은 마침 날씨도 따뜻하고 청명하니 내 필연코 힘을 다해서 네놈을 생포하리라!」

이리하여 숙명적인 두 장수는 또 한번 말을 달리고 칼을 휘두

르며 싸우기 시작했다. 곤죽이 된 진흙 밭은 두 장수가 탄 말이 발굽을 울릴 때마다 시커먼 흙탕물을 튀겼으며, 두 장수의 갑옷은 순식간에 튀어오른 진흙으로 엉망이 되었다. 그러나 목숨을 걸어 놓고 싸우는 두 장수는 갑옷과 말의 배가 온통 흙투성이가 되어도 아랑곳하지 않고 싸움에만 열중했다.

이처럼 문자 그대로 이전투구(泥田鬪狗)가 되어 싸우기 80여 합에 이르렀을 때였다. 유윤이 이마에 번들거리는 땀을 옷소매로 씻으면서 석호에게 말을 걸었다.

「잠깐만, 석호. 오늘은 자네와 더 싸우지 않겠네. 내일 다시 정신을 수습하고 나올 것이니, 그때 다시 싸우세.」

말을 마친 유윤은 석호의 대답도 기다리지 않고 홀연 서북쪽으로 줄행랑을 쳤다. 엉겁결에 적을 놓친 석호는,

'아마 저놈이 지난번 싸움에서 입은 창상(創傷)이 쑤셔 더 견디지 못하고 물러가는 것이렷다.'

하는 생각이 들자 곧 유윤의 뒤를 추격했다.

한 5리쯤 추격했을까, 앞에는 온통 곤죽 같은 진창길인데, 도망치던 유윤은 흘끗 뒤따라오는 석호를 보더니 길 한가운데로 말을 몰아 뺑소니를 쳤다. 석호는 유윤이 자기의 추격이 두려워서 도망치는 줄로 생각하고 놓칠까 싶어 더욱 말을 힘차게 몰았다.

바로 이때였다. 배후로부터 함성이 오르더니 버들 숲에 매복해 있던 유아와 서막이 각각 2만 군사를 휘몰고 엄살해 나왔으며, 장영과 평선도 산비탈 밑에서 장승처럼 불끈 솟아나와 석호의 정면을 강타했다.

순식간에 좌우와 뒤 삼면으로부터 적의 공격을 받은 석호는 군사를 되돌릴 틈도 없었다. 몇 번인가 좌충우돌하다가 사냥개가 달려들 듯 우르르 몰려든 적을 막을 길이 없음을 자각한 그는 조금

전에 유윤이 통과했던 진창길을 향해서 산사태처럼 무너져 나아갔다.

그러나 그것도 순간, 진창밭 가에서 왕용과 하경이 기세 좋게 대포를 터뜨리며 일어나자 지금까지 종대(縱隊)를 이루어 추격하던 석호의 군사는 눈 깜짝할 사이에 흩어져버렸고, 저마다 먼저 포위망을 벗어나려고 좁은 길목에 부설된 함정 속으로 아우성을 치며 떨어졌다.

적의 계략에 떨어진 줄 깊이 깨달은 석호는 아찔했다. 급히 말머리를 돌려서 산으로 뛰려 했으나 이때는 말발굽이 이미 두 자 깊이나 되는 진창에 빠진 뒤였다.

진구렁에 빠진 말들은 한결같이 머리를 하늘로 쳐들고 허우적거렸는데, 허우적거릴수록 발굽은 더욱 진흙 속 깊이 빠져 들어갔기 때문에 기수(騎手)는 부득이 말에서 내려 조심스럽게 끌어내지 않으면 안되었다.

석호도 별수 없이 허둥지둥 내려서 말을 끌어올리려고 했으나 워낙 깊이 빠졌기 때문에 끌어올릴 수가 없었다. 이때 왕용은 석호가 진흙구렁 속에서 허우적대는 것을 발견하고 급히 달려와서 창으로 찔렀다. 그러나 공로를 세우기에 급급한 왕용의 창이 빗나갔는지, 아직 운이 다하지 않았는지, 석호는 자기를 겨누고 찌른 창대를 맨손으로 꽉 움켜잡았다.

'아차' 하고 생각한 왕용은 얼른 창을 잡아당겼으나 석호의 구릿빛 손에 잡힌 창은 끄떡도 하지 않았다. 두 장수 간에는 그야말로 힘으로 힘을 겨루는 창 빼앗기가 시작되었다. 그러나 왕용이 어찌 절륜한 힘의 소유자인 석호의 적수이겠는가.

「이얏.」

비지땀을 흘리며 용을 쓰자 창대가 휘청하는 듯싶더니 그 힘의

반동을 이용하여 석호는 비호처럼 몸을 날려서 한길로 뛰어올랐다. 그리고는 번개같이 손을 써서 말 아래로 떨어진 왕용의 머리통에 칼을 내리쳐 수박을 쪼개듯 빠개버리고 말았다.

저만치 떨어진 곳에서 이 광경을 본 평선이 급히 창을 꼬나 잡고 달려들자 석호는 죽은 왕용의 말에 올라탄 채 뒤도 돌아보지 않고 도망을 쳤다. 이것을 본 지연·소공 등 후조 군 장병들이 군사 5천을 이끌고 석호를 구하러 달려왔다. 그러나 이들은 단 한 마장도 오지 못하고 유윤 군에게 포위되어 전멸을 당했다. 그래도 석호는 10여 군데 창에 찔린 몸을 날려서 포위를 뚫고 도망치니, 서막·하경 등 유요의 장수들은 불과 몇 자의 간격을 두고 긴박하게 쫓아왔다.

누가 보더라도 석호의 생포는 틀림이 없었다. 그래도 석호는 어디까지나 운이 좋은 사람이었다. 바로 이때 후진에 남아 있던 석정과 석담이 곤경에 빠진 석호를 구출하기 위하여 군사를 이끌고 달려든 것이다. 양인은 먼저 서막을 격퇴하고 석호를 보호하여 도망쳤으나, 끝끝내 추격해온 평선과 장영을 가로막아 싸우던 석담은 장영의 손에 사로잡히고 말았다.

유윤은 도망치는 석호의 뒤를 따라서 하룻밤에 2백 리를 달렸으나 끝내 사로잡지 못했다. 이 통에 4만 명의 후조 병은 거의 전부가 길가에서 죽어버리고 석호와 석정이 금용성에 도착했을 때에는 겨우 2백 명 남짓이 따라왔을 뿐이었다.

유요는 군사들이 개가를 올리며 영채로 돌아오자 파죽지세를 이용하여 하남을 탈취하라고 명령했다. 그 결과 유윤이 평선과 군사를 이끌고 금용성을 치니 패주한 석호는 조가(朝歌)를 향하여 도망쳐버렸다.

이로써 유요 군은 야왕(野王)·형양·사영 등의 성을 다시 탈환

했으나 금용성은 그 수장 석생이 죽음을 각오하고 수호하는 바람에 끝내 함락시키지 못하고 말았다.

당시 장안의 서명문(西明門) 안에는 늙은 느티나무가 한 그루 서 있었는데, 그 높이가 10장(丈) 가량 되었다. 어느 날 비바람이 몹시 불고 뇌성벽력이 치더니 그 나무가 뚝 부러져버렸다. 그리고 오직 밑동만 두 길 가량 남았는데, 다시 하룻밤이 지나자 그 속에서 사람 모양을 한 괴뢰(傀儡)가 하나 불쑥 나타났다.

그 허수아비는 길이가 한 자 남짓이나 되는 머리카락을 바람에 나부끼고 있었으며, 수염의 길이는 다섯 치, 눈썹의 길이는 두 치인데 모두 서릿발처럼 희고 이목구비도 제대로 갖추고 있었다. 그리고 두 손에는 황색 구슬을 받쳐 들고 눈은 게슴츠레 뜨고 있었는데, 입으로는 들어도 알 수 없는 이상한 방언을 나불거리기 때문에 아무도 해득할 수가 없었다.

이 허수아비는 그와 같이 이레 동안을 중얼거리다가 여드레째 되는 날 사람들이 가보니 수족과 모발, 이목구비는 모두 잎이 되었고, 닷새 후에는 먼저처럼 나무로 돌아가서 이전보다도 더욱 무성해 있었다.

이때 궐내에 남아서 태자 유희(劉熙)를 모시고 있던 시중 화포·교예와 대관 임의 등은 이것을 보고 모두 상서롭지 못한 조짐이라 해서 급히 표(表)를 지어 포판에 주둔하고 있는 황제에게 올렸다.

그 표에, '어가를 돌리셔서 잠깐 금용성의 포위를 풀어주신 후 무고한 백성들이 상하는 일이 없게 하소서.' 하는 구절이 보이자 유요는 상소를 받아들이기로 했다. 그래서 곧 유자원과 유윤을 불러들여 회군을 명령하고, 금용성의 포위를 풀고 장안으로 돌아가니, 얼마 동안은 나라 안이 무사했다.

3. 유요의 서량 재침

석호를 패배시켜서 잃었던 하남 땅을 수복한 유요는 다시 마음이 교만해졌다. 때마침 서량공 장무가 죽고 세자 장준(張駿)이 그 뒤를 이었는데 그 세력이 매우 강성하다는 변방 소식을 듣자, 유요는 또다시 여러 신하들을 불러들여 서량을 칠 의논을 벌였다.

「연전에 장무란 놈이 짐에게 패했으나 그가 세가(世家)의 후손임을 생각해서 왕으로 봉하고 박대하지 않았는데, 이제 장무가 죽고 그 조카 장준은 짐에게 인사 한 마디 없고 도리어 배반하려고 자립을 운운하니, 짐은 군사를 일으켜서 그놈의 죄를 문책하려고 하오.」

화포(和苞)가 황제 앞으로 나와서 간했다.

「금용성의 포위를 풀고 폐하를 회군하시게 한 것도 잇단 상서롭지 못한 징조로 보아 국가에 재앙이 있을까 두려워해서였나이다. 이제 백성과 군사가 평안함을 얻은 지 불과 얼마 되지 않아서 폐하께서 또다시 서량 땅을 치심은 좋지 않사옵니다.」

그러나 유요는 화포의 간언을 듣지 않았다.

「후조의 석늑은 짐의 적으로 그 세력 또한 경시할 수 없기에 짐도 경의 권고를 받아들였던 것이오. 허나 서량은 본래 짐의 속국이니 이것은 정벌(征伐)이라 해야 할 것이요, 깃발이 가는 곳마다 적을 평정할 것이니, 뭐 걱정할 것이 있겠소」

화포는 유요가 고집 피우는 걸 보자 다시 말하지 않았다.

이리하여 유요의 광초(光初) 10년, 후조의 태화(太和) 9년에 유윤을 원수로 해서 군사 5만과 대장군 유함과 장영·신서 등에게 하서 땅을 정토하라고 명령했다.

유요 군이 부한(扶罕)에 당도했을 때, 서량공 장준은 보고를 받자 대장군 한박에게 명하여 침략군을 막으라고 했다. 한박은 명령을 받자 송집(宋輯)을 부원수로 삼고, 무위태수 두도, 무흥태수 신암(辛岩) 등의 군사를 이끌고 옥천령(沃千嶺)으로 나가서 유조의 군사와 맞섰다.

양군은 서로 동정만 살피고 싸움 한번 하지 않은 채 두 달이 지나가니 신암은 한박을 찾아가서 밀담을 했다.

「지금 서량공은 유요의 군사가 쳐들어왔기 때문에 침식조차 불편해 하십니다. 고로 적병을 무찌르는 일을 장군에게 부탁하였는데, 장군께서 굳게 지키기만 하고 나가서 싸우시지 않는다면 서량의 수치가 아닐까요. 그러다가 양식이 떨어지고 군사들이 지치면 어찌하시겠습니까.」

한박은 신암의 재촉하는 말을 듣자 조용히 입을 열었다.

「내가 천험에 의거해서 굳게 지키고 싸우지 않는 것은 적병을 두려워하거나 무능하기 때문이 아니오. 출정하는 날 천상(天象)을 우러러보니, 태백성이 달을 침범하고 성신이 역행하며, 백홍(白紅)이 일륜을 가로질러 서변(西邊)까지 이르렀으므로, 그 천변을 두려워해서 함부로 움직이지 않는 것이오. 만약 일전으로 적을 쳐부수지 못한다면 화가 크게 미칠 것이기에 적의 허점만 노리고 있는 중이오.」

신암은 노장 한박의 해박한 지론을 듣자 고개를 끄덕였다. 한박이 다시 말을 이었다.

「지금 유요와 석늑의 그 세력은 양립할 수 없게끔 되어 있소 석호와 유윤이 빈번하게 싸워서 원수를 맺었고, 포판 싸움에 져서 석호가 하남 땅을 빼앗겼으니 틀림없이 다시 하남을 탈환하려 할 것이오. 그렇게 되면 유윤이 무슨 수로 서량에 오랫동안 머무르며 넘겨다볼 수가 있겠소 이때, 적이 물러가는 기세를 엿보아서 일

격을 가한다면 이기는 것은 쉬운 일일 것이오.」

마침내 한박에게 설복된 신암은 장준에게 상주하여 군량의 수송을 청했다. 장준이 음예(陰豫)로 하여금 양식을 싣고 옥천령 한박의 영채로 가라고 명하니, 절충장군 진진(陳珍)은 별도의 서신을 한박에게 보냈다.

<얼마 전 장군은 조수(洮水) 가에 주둔하다가 산으로 군사를 옮기는 바람에 적병에게 군량수송 부대가 피습당하여 패전하기까지 이르렀습니다. 지금 음예가 또다시 군량을 싣고 나가니, 유요의 군대가 습격하지 않을까 두렵소이다. 방비책을 세우십시오>

한박은 진진의 편지를 받자 곧 신암을 파견하여 음예의 군량수송을 돕게 하고, 또한 유윤의 기습을 막아내라고 명령했다.

한편 유윤은 서량군과 대치하여 서로 지키기를 3개월이 지났어도 아직 싸움다운 싸움 한번 해보지 못했으며, 앞으로 나아갈 수도 없었으므로 마음속으로 매우 근심하고 있었다. 그때 탐마(探馬)가 나는 듯이 들어와서 보고했다.

「서량을 출발한 음예가 군량미를 수송하여 옥천령으로 가는 중이랍니다. 한박은 혹시 우리 군사에게 수송부대가 습격당할까 두려워 어제 신암에게 군사 1만을 내주어 구원차 보냈는데 머지않아 도착할 것이라 합니다. 만약 그들 수중에 군량이 들어간다면 더욱 굳게 지키며 싸우려 하지 않을 것입니다.」

유조의 제장들은 보고를 받자 모두 근심하는 뜻을 나타냈다.

「우리 군사는 먼 길을 달려왔으므로 속히 싸워야 유리한데, 지금 적에게 군량마저 생긴다면 아군이 지칠 날을 기다리고 싸우지 않을 터이니 어떻게 대처해야 할 것인가?」

유함이 의견을 제출했다.

「적장 한박은 서량의 노장으로서 용맹하고 지모도 많소 그러므로 싸우지 않고 우리 군사를 한군데 묶어놓은 다음, 양식이 떨어져 우리가 물러갈 때쯤 되면 일격에 아군을 쳐부수려는 것이오」

유윤 이하 제장들은 모두 유함의 말에 귀를 기울였다.

「이제 이 상태로 한두 달만 더 지체한다면 우리 군사는 틀림없이 지쳐버릴 것이오 그렇게 되면 싸움에 질 것은 뻔하니 차라리 이번에 음예가 이끌고 오는 수송차량을 습격하도록 하십시다. 내 어리석은 소견에 의하면 정병(精兵)을 뽑아서 둘로 나누어 한편은 신암의 뒤를 쫓아 그의 군사를 쳐부수고, 다른 한편은 음예를 습격하여 그 수송차량을 탈취한다면 한박은 틀림없이 친히 나가서 구하려 할 것이오 그때 우리 편 장수들이 군사 2만을 이끌고 가서 한박의 영채를 습격한다면 적을 무찌를 수 있을 것이외다.」

이 말을 들은 제장들은 모두 기뻐했다. 그러나 유윤만은 우려를 감출 수 없었다.

「전번 조수 싸움에서 한박을 패주시킨 이 계략을 또다시 쓴다면 적이 걸려들 것인가?」

유함은 유윤의 근심하는 말을 들었으나 이제 와서 별다른 계책도 없으니 다시 한번 써보자고 했다. 유윤은 제장과 군사들을 향해 일장 훈시를 하였다.

「우리가 멀리 이곳까지 온 후 3개월 남짓, 이미 군량마저 떨어지려 한다. 그러나 본국은 멀기 때문에 보급을 바랄 수도 없고, 적병이 나와서 싸우지 않으니 진격할 수도 없다. 그렇다고 해서 회군을 하려고 해도 적에게 배후를 습격당하지 않을까 두려우니 물러갈 수도 없다. 천만다행으로 지금 적의 수송차량이 옥천령을 향하여 달려온다는 보고가 들어왔으므로 나는 도중에서 그

차량을 탈취하여 제군들을 호궤(犒饋)하려 한다. 그러므로 이 싸움의 성패는 오직 이번 기습작전에 달려있다. 힘껏 싸워주기 바란다.」

원수의 훈시를 듣자 군사들은 일제히 환호성을 질렀다. 아닌 게 아니라 석 달 동안 줄곧 한 곳에 주둔하여 움직이지 않았으므로 군졸들은 모두 권태에 빠져 있었던 것이다. 그러던 차에 성패는 고사하고 눈앞에 사건이 생겨서 정세의 변화가 다가왔으므로 군사들의 심중에는 장차 일어날 사태에 대한 호기심과 함께 힘이 솟아났던 것이다.

일장 훈시로 군사들의 사기를 돋운 유윤은 유함과 서막(徐邈)에게 명령하여 음예의 수송차량을 탈취하게 하고, 유아와 양서에게는 신암이 이끄는 서량병을 저지시킬 것을 명령했다.

또 유진·장영·신서에게는 각각 정병 7천 명씩을 이끌고 가서 옥천령 고개 마루턱에 있는 한박의 영채 주변에 매복해 있다가 한박이 영채를 떠나면 즉시 쳐들어가서 영채를 불태워버리라고 명령했다.

이에 명령을 받은 장병들이 각기 임지로 떠나자, 유윤은 본부 대채에 2만 군사를 두어 지키게 하고, 자신도 보병과 기병 7천 명을 거느리고 군량을 탈취하기 위해서 나섰다.

한박의 영채 뒤로 돌아간 장영과 신서 두 장수는 먼저 많은 화기(火器)를 가지고 영채로 바짝 다가가서 매복했다. 그리고 유함은 몰래 지름길을 거쳐서 음예의 수송부대 전방으로 나왔다. 또한 유아는 신암의 뒤를 추격했으나, 신암이 이미 음예의 수습부대와 만나서 같이 간다고 듣자 산그늘에 있는 좁은 길목을 찾아서 매복한 후 적의 차량이 당도하기를 기다렸다.

한편 신암의 1만 군사와 합친 음예의 수송부대는 옥천령을 향

하여 달리고 있었는데 음예는 매우 생각이 깊은 장수였기 때문에 이르는 곳마다 험한 산골짜기에 차량을 세우고 탐색병을 앞으로 내보내어 적정을 살피기 전에는 부대를 움직이지 않았다. 이날도 노상에 아무 동정이 없음을 보고받은 음예는 신암을 보고 말했다.

「우리가 여기까지 오는 동안 적군을 볼 수가 없었소 이대로 간다면 내일은 저 산골짜기를 지나서 별고 없이 대장군의 대채에 도착할 것이외다.」

신암도 머리를 끄덕였다.

「오늘밤 이 험난한 좁은 길목만 통과한다면 적병이 달려든다고 해도 두려울 것이 없소」

이리하여 그날 저녁 두 장수는 군사들을 독촉해서 수송차량을 밀고 골짜기로 들어갔다. 거의 자정 가까울 무렵, 수송부대는 좁은 길목에 도달했는데, 그 앞길은 언덕이 되어서 나아가기에 힘이 들기 때문에 군졸들은 일제히 떠들어대기 시작했다.

매복하고 있던 유조 군은 서량병이 떠드는 소리를 듣자 연주포를 울려서 신호로 삼고 일제히 일어났다. 전면에는 유함과 서막이, 후면에서는 유아와 양서가 각기 군사를 휘몰고 번개처럼 달려드니, 신암과 음예도 군사를 두 길로 나누어 적을 맞아서 싸웠다.

이때 유조 군이 수송차량을 탈취하는 것을 본 서량병 하나가 말을 달려서 옥천봉 한박의 영채에 위급을 고했다. 한박은 이미 밤이 깊었으므로 유조 군이 음예가 몰고 오는 군량을 탈취하려 하지 않을까 경계하고 있던 차라, 이 보고를 받자 크게 놀랐다. 그래서 곧 두도와 송집에게 군사 1만을 거느리고 나가서 신암과 음예를 구하라고 떠나보냈다. 그리고 자신은 친히 군사를 이끌고 달려가서 조군의 영채를 기습하여 적의 배후를 치려고 마음먹었다.

　이때 유조의 장수 양서는 적은 군사를 가지고 신암의 군사를 대전하느라 고전하고 있었는데, 사경(四更)이 되자 일원 대장이 금투구에 금갑옷을 입고 손에는 서릿발 선 대도를 휘두르며 무인지경을 달리듯 서량병을 무찌르면서 달려왔다. 곤경에 처한 양서가 흘끗 뒤돌아보니 그는 다름 아닌 대원수 유윤이었다.

　지옥길에서 관음보살을 만난 듯 용기를 얻은 양서는 크게 군사를 독려하여 신암과 음예를 쳤으나 서량병은 일제히 화살을 비오듯 쏘면서 구원병을 기다렸기 때문에 통 접근할 수가 없었다. 얼마 후에 두도와 송집이 이끄는 서량 구원병이 당도하자 수송차량을 중심에 두고 양군 사이에는 처절한 공방전이 벌어졌다.

　한편, 한박의 대채 주위에 매복하고 있던 유진 등은 한박이 유조군 대채를 겁박하려고 출발하는 것을 보자 삼로로 군사를 나누어서 함성을 지르며 서량군 영채 속으로 쇄도해 들어갔다. 갑자기 기습을 당한 서량군은 전열도 갖추지 못하고 뿔뿔이 흩어지니 장영과 신서는 도망치는 군사에게는 눈도 주지 않고 영채에 불을 질렀다.

　한박은 영채를 떠난 지 불과 얼마 되지 않아 옥천령 대채에 화광이 충천한 걸 보자 계략에 떨어진 걸 깨달았다. 그래서 유조 군 영채 겁박할 것을 단념하고 골짜기로 쳐들어가서 송집 등과 합심하여 적군을 격파하려고 작전을 변경했다.

　그러나 한박의 대군이 좁은 목에 도착했을 때는 음예는 이미 화살에 맞아 죽고 신암 혼자서 천험에 의거하여 결사적으로 수송차량을 지키고 있을 때였다.

　한박이 난군 속에서 고전하고 있는 송집·두도의 뒤에 나타나서 함성을 지르며 접응하자 구원병이 또 도착한 것을 알아차린 신암은 장병을 이끌고 나와서 유윤의 군사를 협공, 간신히 골짜기 입구에 나갈 길을 열었으나 유함 등 유조 군이 휘몰려오자 탈출에 성공하지 못했다.

이때 서량군 대채를 소각한 유진과 장영이 군사를 휘몰아서 싸움을 도우려고 달려왔다. 그들은 옥천령 영채를 점령하였으나 후속부대가 없기 때문에 신서로 하여금 빼앗은 양초(糧草)와 무기를 지키게 하고 한박의 뒤를 쫓아서 여기까지 다다른 것이다. 유진이 큰 소리로 외쳤다.

「옥천산 대채는 이미 아군에게 소각당했으며, 그곳의 양초 또한 우리 수중에 들어왔다. 군사들은 각기 힘을 다해서 적장 한박을 사로잡도록 하라!」

이 말을 들은 서량병은 자기들의 물건을 모두 옥천산 대채에 두고 나왔는데 그것이 전부 불타버렸다고 듣자 금시 투지를 상실해버리고 말았다. 한박이 아무리 소리를 지르고 중한 상을 약속하여 사기를 회복하려 했으나 일단 땅에 떨어진 사기는 더 오르지를 않았다.

이것을 눈치 챈 유조 군 원수 유윤이 스스로 대도를 휘두르고 선두에 서서 서량진으로 쳐들어가니 유함·석막·장영 등도 모두 그 뒤를 쫓아서 돌진했다. 도저히 버틸 수가 없는 것을 알자 한박·신암 등은 야수에게 몰린 양 떼처럼 양주(凉州)를 바라보고 무너져 달아났다.

서량군이 달아나기 시작하자, 유조 군은 그 뒤를 엄살하여 2만 5천 명의 목을 쳤으며, 이긴 기세를 탄 유윤은 강을 건너서 영지(令支) 성을 공략하고 진무(振武) 성을 포위했다.

진무태수 황보해(皇甫該)는 유조 군이 쳐들어오자 백성들을 모두 피난시키고 10여 일 동안을 대진하여 싸우지를 않았는데, 먼 길을 달려온 유윤의 군사가 지쳐버리자 경기병(輕騎兵)을 몰래 내보내어 유조 군의 행군 양초를 모조리 불태워 버렸다.

　불의의 강적을 만난 유윤이 겨우 타다 남은 양식을 챙겨 뒤로 물러서려 하자, 황보해는 상류의 물을 막았다가 유조 군 영채로 터놓는 바람에 유조 군 양식은 그나마 모두 모래와 진흙 속에 매몰되고 말았으며, 장차 군량이 떨어져서 굶주릴까 두려워한 유윤은 곧 사자를 장안으로 보내 군량의 수송을 청원했다.

　이때, 고장(姑藏)에 있는 서량군 장중의 공관에서는 참모회의가 열리고 있었는데, 무위태수 두도는 장준에게 군사를 내몰아서 유조 군의 양도(糧道)를 끊는다면 한 달 안에 유윤을 생포할 것이라고 진언했다. 그러나 종사 유경(劉慶)이 있다가 두도의 말을 반대하고 계책을 말했다.

　「패업을 성취하려는 사람은 함부로 군사를 움직이지 않고 엉성한 계략으로 백성을 적 앞에 내몰지 않는 법입니다. 이번 싸움으로 많은 군사를 잃고, 대장군은 예기를 꺾였으며, 또한 근년 흉년이 들어서 백성들의 살림살이가 말이 아닌데, 이럴 때는 자꾸 군사를 일으켜서 민심을 소란케 하기보다는 적과 화(和)를 맺어 군사를 기르고 백성을 쉬게 한 후 때를 기다려야 하는 것입니다. 무엇 때문에 요행을 바라고 깊은 원수를 맺으려 하십니까. 옛날 주무왕(周武王)은 군사를 돌려서 은(殷)나라가 망하기를 기다렸으며, 조조는 원소(袁紹) 형제를 너그럽게 대하고 원씨의 명신 담상(譚尙)이 죽는 걸 기다렸습니다. 이 모두가 선인들이 보인 모범이니, 한 때의 굴욕을 참지 못해서 구원한 영화를 잃어야 할 것입니까. 지금 만약 유윤을 사로잡는다 해도 유요가 대군을 이끌고 쳐들어와서 원수를 갚고자 하면 어쩔 것입니까.」

　장준이 그럼 어찌해야 될지를 묻자 유경이 대답했다.

　「지금 곧 사신을 장안으로 보내 유요와 화친을 맺고 적군을 물리게 하십시오 그런 연후에 현명한 사람을 초빙하여 국사를 맡기고,

와신상담 군사를 육성함으로써 옥천의 수치를 갚아야 합니다.」

이 말을 듣자 깊이 깨달은 바 있는 장준은 곧 참군 왕등을 장안으로 보내어 유요에게 수호(修好)를 청하라고 하였다. 왕등이 장안에 도착하여 황제 유요를 뵙자 유요는 수염을 꼬면서 하문했다.

「전날 서평공이 과인에게 관(款)을 넣어서 함께 서녘 땅을 다스려 좋은 결과를 거두었는데, 무엇 때문에 소인의 말에 귀를 기울여서 화(和)를 잃고, 짐으로 하여금 군사를 일으켜 문책하게끔 하였는가?」

왕등이 깊이 허리를 굽히고 아뢰었다.

「일전에 주공 장무가 서거하여 국사가 어지러운 통에 봉폐(奉幣)의 예를 다하지 못했나이다. 그러므로 우리 주공(장준)께서는 특히 소신으로 하여금 폐하를 알현하고 지난날의 잘못을 사죄하라 하였은즉, 폐하께서는 관대한 은총을 베풀어 주시옵소서.」

황제 옆에 서 있던 화포가 왕등에게 물었다.

「그대의 주인은 또 다시 위(威)에 굴복하여 화(和)를 통했으니 다시는 어기는 법이 없이 화약을 지키겠는가?」

그러나 왕등은 머리를 번쩍 들고 대답했다.

「알 수 없소이다.」

화포가 다시 물었다.

「그대가 이곳에 온 것은 우호를 맺어서 화평함을 얻으려는 것인데, 알 수가 없다니 무슨 뜻인가?」

왕등이 옷을 털고 일어나 대답했다.

「그 옛날 제환공(齋桓公)은 관택(貫澤)의 맹(盟)을 맺으려 할 때, 맹약이 깨질까 두려워한 나머지 제후들에게 공손히 굴었기 때문에 제후들은 약속을 하지 않았음에도 불구하고 스스로 모여들었던 것입니다. 그러나 채구(蔡丘)의 맹회 때는 환공의 마음이 교만하였기

때문에 제후들은 몇 사람밖에 모이지 않았으며, 이때 그를 배반한 나라가 아홉 나라에 달합니다. 폐하께서 소국을 대하심이 내내 오늘과 같다면 모르되, 만약 정령(政令)을 지나치게 엄하게 하여 견디지 못하도록 하신다면 폐하의 신변에 있는 신하들도 배반할 것이거늘, 하물며 우리 서량은 물어서 무엇 하시겠습니까.」

이 말을 듣자 유요는 손뼉을 치면서 좌우를 돌아보고 왕등을 칭찬했다.

「이 사람은 과연 북주(北州)의 높은 선비이며 서량 땅의 훌륭한 사신이로다. 말로서는 도저히 당할 수가 없구려.」

그리하여 다시 서량과 수호할 것을 허락하고 왕등을 고사(高士)의 예로써 대접했으며, 한편으로 조서를 내려 유윤 등 정벌군에게 회군하라는 명령을 내렸다.

제17장. 장강(長江)의 흐름

대하가 흐른다.

대하의 도도한 흐름이란, 마치 거대한 용이 꿈틀거리는 것과도 같고, 태산이 무너져 내리는 모습과도 같다.

그러므로 그 찬란한 비늘이 번쩍일 때마다 하늘에는 뇌성벽력이 치고, 비바람이 몰아치며, 마침내는 지상의 판도마저 변형시키고 마는 것이다.

이제 그 때가 돌아온 것 같다. 삼국의 멸망 이후, 그 후예들의 손으로 이루어진 후삼국도 갖은 풍상을 다 겪은 후 한 귀결점에 도달했으니, 그것이 곧 한(漢)나라, 다시 말하면 서조(西趙)의 멸망과 유요의 죽음이다.

이때가 바로 유연(劉淵)이 한을 중흥한 지 25년, 유요가 국호를 조(趙)로 바꾸고 황제로 등극한 지 꼭 10년째가 되는 해이다.

유요는 포판 싸움에서 석호의 4만 군사를 여지없이 궤멸시켜 하남의 원수를 갚고, 그 여력으로 복종하지 않는 서량 땅을 쳐서 항복받았으므로 그 기세가 자못 당당했다. 그러나 잇단 전란으로 민생은 도탄에 빠지고 국력은 피폐하였으나, 유요는 심중에 꿈틀거리는 정복욕 때문에 군비확충에만 혈안이 되었을 뿐 휼민(恤民)에는 힘쓰지

않았다.

보다 못한 유자원·화포·교예·임의 등 조정 중신들이 황제의 그러한 야심을 극간(極諫)하였으나 유요는 *마이동풍(馬耳東風) 격으로 듣지를 않았다.

한편, 포판 싸움에서 4만 정병을 잃고 겨우 목숨만 부지하여 금용성 석생(石生)에게로 도망친 석호는 석늑을 뵐 면목이 없었다. 더구나 포판 출병(出兵)이 석늑의 허락 하에 이루어진 것이 아니요, 순전히 공명심에 불타는 자기의 독단으로 감행된 일인 만큼 패전에 대한 책임감은 한결 절실했다. 생각다 못한 석호는 석생과 의논한 후 사죄하는 표문(表文)을 석늑에게 올렸다.

표문을 받은 석늑의 노여움은 매우 컸다. 그는 당장 주위에 시립한 군사들에게 명하여 석호를 포박해 대령하라고 호령했다. 상서령 정하(程遐)가 얼른 앞으로 나와서 아뢰었다.

「폐하께서는 대장군의 죄를 어떻게 다스리려 하시나이까?」

석늑이 대답했다.

「군법이 있을 뿐이오.」

정하는 이미 자초지종을 알고 있는지라 석호를 위해 강력히 탄원했다.

「불가하옵니다. 폐하께서는 대장군의 죄를 군법으로 다스리려고 하시지만, 지금은 그때가 아니옵니다. 신은 일전에 국가의 장래를 위해서 용맹만 앞세우는 대장군을 멀리하시라고 상주한 일도 있사오나, 지금 그에게 패전의 책임만을 물어서 군법을 시행하신다면 본인은 폐하에게 원심을 품을 것이고, 주위의 적국들은 손뼉을 치며 기뻐할 것입니다.」

정하의 말은 석호의 절륜한 무용(武勇)을 아끼자는 뜻이었다. 정하의 정연한 말을 듣자 석늑은 말이 없었다.

정하가 다시 황제 앞에 나가 아뢰었다.

「신에게 한 가지 계책이 있으니 이대로 시행하신다면 어떠하오리까.」

그리하여 이튿날, 정하는 밀사 한 사람을 금용성 석생에게로 보내어 석호를 회유해서 조정으로 올려 보내라고 훈령했다. 마침내 석생의 말을 들은 석호는 죄수가 입는 수의를 입고 등에는 한 짐의 형장(刑杖)을 진 채 조정으로 들어가서 석늑 앞에 엎드려 대죄했다.

석늑은 석호가 들어와서 *부형청죄(負荊請罪)하는 것을 보았으나 사흘 동안 눈길 한번 주지 않았다. 석호는 내심 매우 두려워서 꼬박 사흘간을 밤낮 없이 대죄하였으니 사흘째 되는 날에는 형색마저 초췌했다.

정하가 석늑을 향하여 아뢰었다.

「대장군 석호가 죄책감을 못 이겨 계하에 대죄하였사오니 폐하께서는 그 죄를 다스리십시오」

그러나 석늑은 그날도 석호의 죄를 용서하려 하지 않았다. 정하가 뿌리치고 나가려는 황제의 곤룡포 자락을 잡고 간했다.

「대장군 석호의 죄는 무겁사오나, 그 근본을 생각한다면 폐하와는 부자지간이십니다. 이제 그가 황부(皇父)의 명령을 거역하고 제멋대로 군사를 움직여서 패전을 자초하였으나 이것은 오직 지나치게 충성을 다하려 하다가 운이 나빠서 실패한 것뿐이옵니다. 더구나 이번 일은 그 책임이 비단 대장군 한 사람에게만 있는 것이 아니요, 조정에 있으면서도 그 잘못된 출병을 방지하지 못한 신 등에게도 있사오니, 폐하께서 정 대장군을 용서치 않으신다면 신 등도 그 책임을 면하지 못할 것이므로 함께 복죄(伏罪)할 수밖에 없는 줄로 아나이다.」

　말을 마친 정하가 조복을 벗어 던지고 계하에 대죄하려 하자 모든 관원들도 모두 그의 뒤를 따랐다. 당황한 석늑이 손을 들어서 백관들을 말리며 석호를 향하여 준절히 꾸짖었다.

　「너는 신하된 몸으로 임금의 명령을 가탁(假託)하고 군사를 움직여서 패전을 자초하였으니 그 죄는 만사(萬死)에 해당할 것이로되, 너를 위해서 신변의 위험을 돌보지 않고 죄의 신변을 주청한 백관들의 면목을 보아 특히 주륙(誅戮)을 면하니 이후로는 결단코 죄를 거듭함이 없으렸다!」

　땅바닥에 꿇어 엎드린 석호는 머리를 조아리며 사죄하였다.

　수일 후, 금용성의 수장 석생으로부터 급한 보고가 조정에 날아 들어왔다. 유요가 5만 군사로 서량을 쳐서 항복을 받았다는 것과 다시 하남·하서의 땅을 노리고 군비를 증강한다는 소식이었다.

　석늑이 정하에게 물었다.

　「지금 유요는 서량을 쳐부수고 다시 우리의 하남·하서 땅을 엿보려고 군사를 기른다는데, 경은 이 일을 어찌 생각하시오?」

　정하가 대답했다.

　「유요는 본성이 호전적이고 욕심이 많은 임금입니다. 그가 지난번 형양성 싸움에서 우리 군사에게 패전을 맛깃하였사오니, 그의 성미로 보아서 언젠가는 반드시 원수를 갚기 위해 군사를 일으킬 것입니다. 그러므로 사전에 쳐부수어 후환을 없애는 것이 상책인 줄로 아나이다.」

　석늑은 그 말을 듣자 매우 기뻐했다. 그래서 곧 20만 대군을 친히 이끌고 유요를 치기로 결심하였는데, 이때가 바로 유요의 광초(光初) 11년, 석늑의 태화(太和) 10년, 진나라 성제(成帝) 함화(咸和) 3년 서력으로 328년 초가을이었다.

석늑은 출정에 앞서 먼저 사신을 진나라 조정으로 보내어 통호(通好)해서 뒤를 튼튼히 하고, 대군을 휘몰아 포판 싸움 이후 유요에게 도로 빼앗긴 형양·사영 등 하남 땅을 쳤다.

그 곳을 지키고 있던 유요의 수장들은 일제히 급보를 장안으로 올렸다. 그러나 이때는 유요가 서량에서 개선한 지 불과 두 달도 못 된 때였다. 그러기에 유요의 군사는 아직 전쟁에서 입은 상처마저 다 회복하지 못하였는데, 유요는 그 보고를 듣자 이를 갈며 분해 하였다.

유자원이 앞으로 나와서 아뢰었다.

「우리나라는 거듭되는 전란으로 민심이 아직 안정되지 않았고, 전비 또한 넉넉지 않사오니, 비록 적이 도전해 온다고 할지라도 응하지 마시고 굳게 지키는 방향으로 나가신다면 머지않아 적은 저절로 물러갈 것이옵니다.」

그러나 유요는 서량과 포판에서 거듭 승리를 하여 오만해진 터였으므로 신하들의 말을 듣지 않았으며, 마침내 새로 초모한 강병(羌兵) 5만과 따로 군사 10만, 도합 15만 대군을 일으켜서 하남 땅으로 석늑을 맞아 출전할 뜻을 굳혔다.

유요는 이번에는 자신이 친히 중군이 되고 유윤과 평선(平先)을 좌우 선봉을 삼았으며, 유자원·화포·교예 등 중신들은 장안에 남아서 태자 유희(劉熙)를 돕도록 했다.

유자원은 태자를 모시고 10리 밖까지 황제를 전송하려고 나갔는데, 그날따라 이상하게 기분이 슬퍼진 유요는 중신들에게 골고루 전별의 술잔을 돌리면서 거듭 태자를 잘 보필하라고 부탁했다.

황제가 내린 술잔을 받아든 신하들은 한결같이 비감을 누를 길이 없었는데, 그것은 때맞춰 불어오는 가을바람 때문에 더욱 그랬는지도 모를 일이다.

　유요 군이 형양성을 구원하기 위해 군사를 일으켰다는 소식을 듣자 석늑은 더욱 공성(攻城)의 손길을 시급히 했다. 그러므로 성 밖에서는 매일같이 후조 군의 고함소리가 천지를 진동했고, 성안을 향해서 쏘는 석노(石弩)와 화전(火箭)은 빗발처럼 날아 들어왔다. 이미 비축된 양식이 떨어진 성안 백성과 군사들은 물과 초근목피로 겨우 목숨을 이어 나가는 형편이었다. 이대로 며칠만 더 계속된다면 군마는 물론 노약한 백성들마저 굶주린 군사에게 모두 잡아먹힐 판이었다. 그러나 유요의 구원을 믿는 수장들은 굳게 농성한 채 항복할 기미를 보이지 않았다.

　탐색병으로부터 유요가 친히 이끈 15만 대군이 이미 호곡관(虎谷關)을 지나서 하남 땅 경계에 근접했다는 보고를 받은 석늑은 군사를 두 길로 나누어서 한쪽은 석호에게 맡겨 계속 성을 치게 하고, 자신은 친히 10만 대군을 이끌고 경계에 나가서 진격해 오는 유요 군을 기다렸다.

　군사 정하가 나와서 계책을 말했다.

　「적은 먼 길을 달려왔을 터인즉, 틀림없이 지쳐 있을 것입니다. 폐하께서 신에게 일지 군마를 주신다면 앞으로 나가서 매복해 있다가 적의 배후를 치겠습니다. 이처럼 앞뒤로 공격을 받는다면 유요가 비록 15만 대군이라 하나 패배할 것은 손바닥을 보는 것과 같습니다.」

　정하의 계책을 옳게 여긴 석늑은 정하에게 5만 군사를 나눠주어 경계 뒤쪽에 매복하게 하고, 장군 이농(李農)과 석정·석민 등을 딸려 보내 싸움을 도우라고 했다.

　정하 등이 가서 매복한 지 반나절이 넘었을 때 유요는 유윤·평선 등을 앞세우고 경계를 향하여 진격했으나 깊이 매복한 정하의 5만 군사는 움쩍도 하지 않았다. 드디어 경계에 당도한 유요 군이 석늑이 친히 거느린 후조 군과 만났다. 양군은 곧 진세를 벌이고 마주 섰는데, 석늑은 허장성세를 부려서 기치와 창검을 늘어세웠으므로 유요의 장수들은 그 수를 헤아릴 수가 없었다.

후조 군 쪽에서 은은히 북소리가 울려나오자 일원대장이 머리에 금빛 투구, 몸에 오동(烏銅) 조각으로 된 갑옷을 입고 나왔는데, 오른쪽에는 석양·이융 등 제장을 거느렸고, 왼쪽에는 주보·지굴육 등 맹장들이 늘어섰다. 그 대장은 바람에 날리는 흰 수염을 쓰다듬으면서 앞으로 나와 말채찍으로 유요를 가리키면서 수작을 걸어왔다.

「유공, 그 동안 무고했는가?」

유요는 석늑의 조롱소리를 듣자 눈알이 뒤집히는 것 같았다. 곧 큰 소리로 석늑의 능상(凌上)하는 죄를 꾸짖고 좌우를 돌아보며 소리쳤다.

「누가 나가서 저 배은망덕한 오랑캐 놈을 잡아오겠는가!」

그 말이 떨어지기 무섭게 평선과 장영이 먼지를 일으키면서 뛰쳐 나갔다. 석늑의 진에서도 이농과 지굴육이 각각 무기를 휘두르며 달려 나와 싸우니 금시 주변은 온통 네 필의 말발굽에서 이는 자욱한 티끌로 별천지가 되어 버렸다.

싸움은 80여 합이 지나도 승부가 나지 않았다. 평선이 장모를 겨누어 이융의 가슴팍을 찌르면 지굴육이 잽싸게 평선의 배후를 칼로 내려쳤고, 평선이 지굴육의 칼끝을 피하는 찰나에 장영은 곧장 지굴육의 옆구리를 창으로 찌르려 했다. 그야말로 불꽃 튀기는 난전(亂戰)이었다.

이것을 본 유아·서막·하경·신서 등 유요의 장수들은 일제히 평선과 장영을 돕기 위해 칼과 창을 휘두르면서 달려 나왔다. 석늑의 진에서도 이융과 지굴육이 곤경에 몰리자 공장·도표 두 노장을

비롯해서 사공·장박·왕화 등이 각기 일지의 군사를 이끌고 달려 나왔다.

이리하여 기병과 보졸이 총동원된 일대 접전은 날이 저물도록 계속되었다. 그러나 후조 군이 비록 날쌔다 하지만 5만 군사로 유요의 15만 대군을 당할 길이 없었다. 더구나 유요가 강장(羌將) 양백우가 이끄는 5만 강병을 앞으로 내세우자 후조 군은 일제히 무너져서 형양성 쪽을 바라보고 궤멸해 달아나기 시작했다.

바로 이때였다. 이미 날이 저물어 사방이 어두컴컴해 오는데, 추격에 여념이 없는 유요 군 배후에서 천지를 진동하는 듯한 함성이 오르더니 정하·석민·이농 등이 이끄는 5만 복병이 일제히 횃불을 켜들고 달려들었다.

배후를 기습당한 유요의 후군은 순식간에 대오가 흐트러졌다. 그 틈을 탄 석민과 이농은 대뜸 유요의 중군을 무찌르며 황가(黃駕) 위에 올라앉은 유요 앞에 나타났다.

석민이 벽력같이 소리를 질렀다.

「호분(虎賁)장군 석민이 여기 있다. 포악무도한 유요란 놈은 냉큼 나와서 나의 칼을 받아라!」

그만 당황한 유요는 얼른 철편을 들어서 석민의 예리한 칼날을 막았다. 그러나 이번에는 이농이 배후를 시살하면서 유요가 탄 황가를 향해 곧장 육박해 왔다.

유요가 탄 황가를 호송하던 호연유와 마충은 얼른 달려 나가서 각각 이농과 석민을 막아 싸웠으나, 먼 길을 달려와서 잠시 동안의 휴식도 취하지 못한 유요 군은 전후로 적의 협공을 받자 마침내 지리멸렬이 되어 버렸다.

더구나 도망치던 후조 군이 배후에서 일어난 정하 군의 요란한 함성과 함께 일제히 기수를 돌려서 반격을 가해오자 양백우와 함께 강병을 지휘하던 송정(宋亭)은 석늑의 장수 석양의 칼에 맞아 말 아래로 굴러 떨어졌고, 선봉 평선과 유윤은 적중에 깊이 들어갔다가 지굴육·이융 등이 이끄는 후조 군의 반격을 만나 태반의 보졸을 잃고 말았다. 이리하여 초반전에서 패한 유요 군은 형양성 40리 밖으로 후퇴하고 말았다.

한편, 형양성을 공격하던 석호는 더욱 치열한 공격을 감행하여 마침내 성곽 일부를 허무는 데 성공하였다. 형양성의 수장 양서는 유요가 15만 대군을 이끌고 구원차 온다는 보고를 받자 더욱 힘을 내서 싸웠으나 워낙 중과부적(衆寡不敵)인 데다가 오랫동안의 농성으로 군사와 백성들이 다 같이 굶주렸기 때문에 더 이상 지탱하지 못할 지경에 이르렀다.

더군다나 구원병이 도중에서 석늑이 친히 이끈 후조 군에게 패전하여 진격 불가능이란 사태를 듣자 이대로 앉아서 굶어 죽느니 차라리 성 밖으로 쳐나가서 유요의 원군과 합세하려고 생각했다. 그래서 야심한 밤중에 성문을 열고 빠져 나갔는데 양서가 이끈 성중 군사는 5리도 채 달리지 못해서 낌새를 채고 달려든 석호의 군사에게 모조리 도륙을 당했으며, 겨우 양서 혼자서만 몇 명의 졸병을 거느리고 유요의 진영으로 도망치는 데 성공했다.

그날 밤으로 형양성은 후조의 수중에 함락되었다.

전세가 이처럼 불리해지자 유요는 참모회의를 열었다. 장군 유아가 나서서 아뢰었다.

「형세가 이처럼 된 바에야 차라리 얼른 장안으로 회군해서 굳게 지키는 것이 상책인 줄로 아옵니다.」

유요는 그 말을 옳게 여기고 그날로 영채를 뽑고 후퇴령을 내렸는데, 평선과 양백우는 뒤에 처져서 추격해 오는 후조 군을 끊게 했다.

　이 소식은 그날 밤으로 후조 군 탐색병을 통해 석늑의 대채로 들어갔다. 석늑도 때마침 제장들을 모아 놓고 전략을 짜던 중인데 이 보고를 받자 곧 석호에게 5만의 군사를 내주어 지름길로 앞질러서 관(關)에 나가 유요 군의 퇴로를 차단하게 했다. 그리고 석늑 자신은 여지를 두지 않고 바짝 유요 군의 뒤를 추격했다.

　꼬박 일주일 동안 주야로 맹추격을 당한 끝에 유요는 패잔군을 수습하여 호곡관에 당도했다. 경계를 벗어날 때 후조 군에게 발각될까봐 대부분의 양초를 버리고 떠나온 유요의 군사는 관 밑에 당도하자 비로소 시장기를 느끼기 시작했다.

　그러나 관 주위는 온통 바위투성이라 양식이 될 만한 것이라곤 아무것도 없었다. 군졸들은 겨우 배낭 밑바닥에 깔린 몇 톨의 쌀을 날로 씹어 삼킨 후 그날 밤은 관 밑에 야영했다가 날이 밝기를 기다려서 일제히 관을 넘으려고 생각했다. 그러나 이미 지름길을 강행군한 석호가 5만 후조 군을 관 주위에 바늘쌈지에 바늘 꽂히듯 매복시킨 줄은 꿈에도 몰랐다.

　그날 밤, 온 군사가 거듭된 싸움으로 피로한 몸을 길게 눕히고 있을 때, 석호는 유요 군 영채에 일제히 화전을 쏘면서 야습을 감행했다. 불의의 기습을 당한 유요는 군사들을 독전하여 관을 넘으려고 했다. 그러나 그때는 이미 석호 군이 유요 군 영채 주위를 빈틈없이 포위한 뒤였다.

　앞에도 적, 뒤에도 적, 옆에도 불, 밑에도 불길, 불길과 적이 일시에 밀려드는 바람에 얼이 빠져버린 유요의 군사들은 천방지축 절뚝거리는 발을 끌고 일제히 관문(關門)을 바라보며 산을 기어 올라갔다. 그러나 이미 산허리에도 매복해 있던 석호 군은 나뭇등걸 뒤나 바위틈에서 우뚝우뚝 솟아오르며 기어오르는 유요 군의 목을 후려쳤다.

유요가 겨우 정신을 수습하여 주위를 돌아보았을 때는 대장 평선도 이미 난군 속에서 자취를 감추고 오직 유아와 하경과 호연유만이 혈로를 뚫기 위해 저돌적인 공격을 감행하고 있을 때였다. 그러나 적은 밀려갔다간 다시 밀려오고 계속 공격의 손을 늦추지 않는 바람에 호연유는 몸에 몇 군데의 창상을 입었으며, 하경도 화상을 당해서 오른팔이 자유롭지가 않았다.

황가조차 잃어버린 유요는 얼른 말에 올라타고 관문을 향해 도망쳤다. 호연유·유아·하경·양서·마충 등이 그 뒤를 따랐다.

이때 석호는 관문에서 한 두어 마장 떨어진 곳에 있는 암벽 위에서 군사를 독전하고 있었는데, 그는 유요가 반드시 이곳을 통과할 것이라 생각하고 암벽 곳곳에 강한 노궁(弩弓)을 쏘는 군사들을 매복시켜 놓았었다.

아니나 다를까, 유요의 영채에 화광이 충천한 지 두어 시간쯤 되었을 때 몇 명의 장수가 졸병을 거느리고 암벽을 기어오르는 것을 발견했는데, 머리에 쓴 황금 투구와 몸에 두른 금포(金袍)로 그들 중에서 유요를 발견하기란 쉬운 일이었다.

유요 일행이 말을 버리고 관을 바라보며 산을 기어오르자, 석호는 낮은 목소리로 노궁수들에게 사격준비 명령을 내렸다. 얼마 동안의 긴장이 흘렀다. 땀을 뻘뻘 흘리면서 산을 기어오르던 유요 일행이 사정거리에 도달하자 석호는 바위 위에 올라가서 우렁찬 고함소리를 질렀다.

「무도한 역적 유요는 내 앞에 나와서 대죄하라! 대장군 석호가 여기 계시다!」

유요는 깜짝 놀라 산상을 쳐다보면서 석호를 꾸짖었다.

「너 오랑캐 자식 놈아! 일찍이 짐은 그대의 아비를 양국에 봉왕하여 후대하였거늘, 그 은혜를 원수로써 갚으려 하느냐!」

　말을 마치자 유요는 철편을 휘두르면서 석호를 취하려고 유아·호연유 등과 함께 산상으로 쳐 올라갔다. 그러나 석호의 명령일하에 빗발치는 강한 화살은 마침내 유요의 걸음을 딱 멈추게 했다.

　유요와 그 일행이 저항력을 잃어버리자 석호의 군사는 일제히 암벽과 나무숲에서 뛰어내려와 아직도 생명이 붙은 유요와 장수들을 포박해서 석늑의 대채로 호송해갔다.

　금포 겉까지 흠뻑 피가 밴 유요가 묶여서 앞으로 끌려 나가자 석늑은 호탕한 목소리로 웃더니 유요를 희롱했다.

　「유공의 모습이 왜 이리도 처량하오」

　유요는 금시 터지려는 심장 때문에 말문을 열지 못하였다.

　오직 이글이글 타오르는 눈으로 석늑을 마주 쏘아볼 뿐이었다.

　유요는 마침내 석늑의 명령으로 참형을 당했다. 애당초 석늑은 유요를 살려두고 한 급을 내려서 봉왕(封王)할 생각이었으나, 좌우에 시립한 석호와 정하는 그 같은 석늑의 생각에 정면으로 반대했다.

　「예부터 이르기를 칼을 칼집에서 빼면 반드시 피를 본 연후에 꽂으라고 했습니다. 오늘 유왕(劉王)을 살리신다면 그의 성미로 보아 후일에 틀림없이 폐하의 후환을 살 것이옵니다. 더구나 유왕은 한 나라의 제왕의 자리에 앉았던 사람, 그 자신 이 지경에 이르렀으면 살기보다는 죽음을 택할 것인 즉, 마땅히 죽여서 그의 이름에 흠이 가지 않도록 하셔야 할 줄로 신들은 아옵니다.」

　이리하여 석늑은 마침내 유요를 참형에 처한 후 그의 시체를 제왕의 예로써 후하게 장사 지내 주도록 했으니, 유요의 원통한 육신은 호곡관 험한 산골짝에 묻혔으나 넋은 슬피 흐느끼며 구천(九泉)으로 돌아갔다.

　유요를 참형에 처한 석늑은 드디어 장안에 대한 총공격 명령을 내렸다. 후조 군이 호곡관을 점령하고 일로 질풍노도와 같이 장안을 향해 진격해 들어가자, 장안에 남아서 태자를 도와 나라를 다스리고 있던 유자원은 무도왕(武都王) 양난적에게 구원을 청했다. 그러나 양난적이 채 도착하기도 전에 석늑의 20만 대군이 장안성 10리 밖까지 육박하였으므로 유자원은 할 수 없이 화포·교예 등 중신들과 의논한 후 태자를 모시고 상규(上邽)로 피난했다.

상규는 일찍이 진안(陳安)의 본거지로 성지가 튼튼하고 많은 군량이 비축되어 있어서 수비에 적합했기 때문이다.

석늑은 태자 유희(劉熙)가 상규성으로 도망쳤다는 보고를 받자 곧 석호에게 10만 군사로 상규를 치게 하고, 자신은 무풍지대와 같은 장안으로 무혈 입성했다.

태자 유희를 모신 조나라 유신(遺臣)들은 황제 유요의 죽음을 슬퍼할 새도 없이 상규성으로 도망쳤으나, 이 견고한 요새도 이듬해 봄, 즉 함화 4년에 석호의 맹렬한 공격 앞에 허무하게 무너졌고, 태자는 석호에게 생포되어 양국으로 호송되었다. 그리고 유자원 이하 조나라 유신들도 더러는 자결하여 충절을 지켰으나 더러는 미처 자결할 틈도 없이 생포되어 적국으로 끌려가는 굴욕을 맛보아야 했다.

이로써 광문황제 유연(劉淵)이 한(漢)의 중흥을 기치로 일어난 지 6대 26년, 전조의 광초 12년, 동진 성제 함화 4년, 성(成) 황제 이웅의 옥형(玉衡) 19년이고, 서력으로 329년에 전조(前趙)가 멸망하자, 석늑의 후조는 그 세력을 북방까지 뻗쳐서 그 기업을 더욱 튼튼히 하였다.

자, 그러면 여기서 전조의 멸망 이후에 성쇠를 거듭한 제국(諸國)

의 모습을 짧게 설명하고 이 도도한 역사의 흐름을 중도의 한 굽이에서 마무리해 버리기로 하자.

석늑은 전조를 멸망시키고 오랜 숙원인 중원을 완전 통일하는데 성공했으나 그 자신도 불과 4년 후인 진 성제(成帝) 함화 8년, 태화 15년에 파란중첩한 생애를 마쳤으며, 그 뒤를 이어 태자 석홍(石弘)이 섰으나 수개월 만에 석호가 홍을 죽이고 제위에 올랐으니 그가 바로 후조의 무제(武帝)인 것이다.

그는 즉위 이듬해에 도읍을 업성으로 옮겨서 전연(前燕)·전량(前凉) 등 제국을 공략하고 그 위력을 떨쳤으나 무제도 진 영화(永和) 5년(349년)에 죽고, 그의 아들 석준과 석감(石鑒)이 계속해서 제위에 올랐으나 이듬해에 일족 중 염민(冉閔)이 일어나서 석씨를 멸망시키고 위(魏)나라를 세우자 후조는 5대 31년 만에 멸망하고 말았다.

또한 진(晉)나라는 왕돈의 난을 평정한 후, 한때 국내의 평온을 되찾은 듯싶었으나 유양(庾亮)이 유태후의 오라비로서 덕 없이 국사를 전단하다가 마침내 역양내사 소준의 반란을 당하였으며, 한때는 사직의 존속마저 위태로웠으나 명신 왕도와 온교·도간·변호 등의 활약으로 겨우 사직의 명맥만은 보전할 수가 있었다.

또한 성나라는 무제 이웅(李雄)의 붕어 후에 고명에 의해서 조카 이반(李班)이 대위에 올라섰으나 수일 후에 이웅의 직계 이기(李期)가 난을 일으켜서 이반을 죽이고 제위에 올랐으니 그가 바로 유제(幽帝)인 것이다.

그러나 이기도 대위에 오른 지 불과 4년 만에 이양의 아들 이수에게 내쫓기고 수는 자립하여 소문제(昭文帝)가 되었다. 그러나 이 성나라도 소문제의 뒤를 이은 귀의후(歸義侯) 이세(李勢) 때 전진(前秦)의 부견(符堅)이 이끈 신흥 세력 앞에 굴복하고 말았다.

  이리하여 삼국 이후 천하를 주름잡던 모든 나라의 판도가 완전히 바뀌었으니, 이것은 다 저 장강의 물줄기 위에 잠깐 나타났다가 사라진 물거품과 같은 것이라고나 할 것인가.

대미(大尾)

◀역자 후기▶

저자가 《속삼국지》라 이름 붙여 지은 이 소설의 연대는 정확히 말해서 서기 280년에서 329년에 이르는 50년 동안이다.

삼국, 즉 위·오·촉한 중에 제일 먼저 촉주 유선이 위의 등애에게 항복하고, 또 위제(魏帝) 조환은 진왕 사마염에게 나라를 바쳤으며, 그리고 마지막으로 오왕 손호(孫晧)가 진 무제 사마염에게 항복한 해가 바로 서기 280년이고, 후조의 왕 석늑이 전조의 왕 유요를 쳐서 전조를 멸한 것이 서기 329년이다.

진(晋)은 천하를 통일하여 겨우 15년간 평화를 유지하다가 학원탁·제만년 등 호족(胡族)의 반란을 겪게 되어 다시 흔들리게 되었다. 그러다가 23년째 되는 해에는 중국 대륙에 다시 진(晋)만이 아닌 이른바 「오호십육국(五胡十六國)」의 대두를 보게 된다.

여기서 그 원인을 살펴보면, 첫째, 무제가 천하를 통일한 데 만심하여 대폭 군사력을 감축시켜 소위 평화체제를 너무 빨리 채택했다는 점과, 둘째, 무제 다음으로 즉위한 혜제가 암군(暗君)이어서 제친왕(諸親王)들의 골육상쟁, 즉 「8왕의 난」을 빚어냈다는 점을 들 수가 있다.

그러면 여기서 잠시 50년 동안의 우리나라 역사를 고찰해 보기로 하자. 그 이유는, 이 시기에 우리나라 역사가 크게 특기할 만한 의의를 갖기 때문이다. 물론 그 의의란 이 50년 동안의 중국의 역사와 불가분의 관계를 갖는 데서 더욱 강조되는 것임은 두 말할 필요조차 없다.

당시 우리나라는 신라·고구려·백제 세 나라와 남쪽으로 가락국(駕洛國)과 북쪽으로 낙랑(樂浪)·임둔(臨屯), 현도(玄菟)·진번(眞蕃)의 소위 한사군(漢四郡)이 있었다.

한사군은 한의 무제가 B.C. 108년에 위만조선(衛滿朝鮮)을 쳐서 멸망시키고 그 자리에 설치한 것으로서, 그 후 B.C. 57년 박혁거세(朴赫居世)가 신라를 개국하기 전까지 한반도에 존재한 유일한 나라 구실을 하여, 우리 역사의 공백기를 대신 메워 주기까지 하였다.

그 후 한반도에는 B.C. 37년에 주몽(朱蒙)이 고구려를 세웠고, 주몽의 아들 온조(溫祚)가 B.C. 18년에 다시 백제를 세워 소위 한반도에 삼국시대를 이룩하였다. 그러나 그때까지도 한사군은 여전히 건재하면서 중국대륙의 지배자가 진(晋)으로 바뀐 후에도 계속 존속하였다.

신라·고구려·백제 세 나라 가운데서 북쪽에 위치한 고구려는 우선 이 한사군이 국가 발전에 커다란 암적 존재임을 알게 되었다. 그리하여 마침내 한사군을 몰아내기 위한 고구려의 장한 역사가 점철되기 시작했던 것이다. 그래서 참고로 50년(280~329) 동안 고구려와 중국의 관계를 열거해 보기로 한다.

먼저 285년, 선비의 모용외가 고구려 서천왕 16년 부여(扶餘)를 내침했다. 그리고 293년, 모용외는 다시 고구려 봉상왕 2년에 내침했다.

고구려는 미천왕 3년(302) 진나라의 지배하에 있는 현도군을 쳐서 8천 명의 진인(晉人)을 사로잡았다. 또 백제는 비류왕 1년(304)에 낙랑군의 서현(西縣)을 탈취했다. 그리고 고구려 미천왕 12년(311) 요동의 서안평(西安平)을 탈취하고, 미천왕 14년(313) 낙랑군을 쳐서 이를 병합하였다.

또 314년에 고구려는 대방군(帶方郡)을 치고, 315년에는 현도성을 탈취했다. 그리고 미천왕 17년(320)에 요동을 쳤다.

이상에서 보는 바와 같이, 고구려는 이 기간 동안에 마침내 민족의 오랜 숙원이었던 한사군을 400여 년 만에 한반도에서 완전히 몰아냈던 것이다.

즉 고구려의 미천왕은 한반도의 역사가 시작된 이후 처음으로 한반도에서 외세를 완전히 축출하여 반도를 우리 민족만이 존재하는 땅으로 만든 것이다. 실로 우리 민족의 역사적인 중대한 의의라 할 수 있을 것이다.

고구려가 한사군을 우리 땅에서 몰아내게 된 것은 미천왕의 영특함과 고구려 국민의 용맹이 작용했음은 말할 것도 없지만, 중국의 진(晉)은 안으로는 8왕의 난과 밖으로는 오호십육국의 대두로 안팎으로 고전하고 있었기 때문에 고구려가 한사군을 병탄하는 것을 보고도 손을 쓸 수가 없었던 것이다.

그러니 결국 중국의 오호십육국 시대는 한반도에 단일민족만이 존재하는 시대를 유사 이래 처음으로 이룩해 주었다는 점에서 특기할 만하다 하겠다.

　진(晋)과 오호십육국 가운데 한(漢)·성(成) 세 나라를 지칭하여 「후삼국」이라고 일컫기도 하는데, 중국 대륙에 이 세 나라만이 존재한 때는 불과 10년밖에 되지 않는다. 즉 서기 302년에서 312년의 10년 동안이다. 그 이후는 중국 역사상 오호십육국(五胡十六國) 시대라고 부른다.

　오호란, 흉노·선비·강(羌)·갈(羯)·저(氐) 다섯 호족(胡族)을 말하며, 십육국이란 이들 다섯 호족의 지배자들과 한족(漢族)의 영웅들이 저마다 자립하여 세운 나라가 열여섯이란 말이다.

　삼국과 진을 중심으로 한 역대 연혁을 도표로 표시해보자.

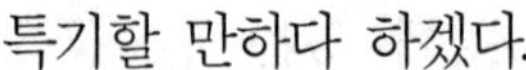

오호(五胡) : 흉노(匈奴)·선비(鮮卑)·갈(羯)·강(羌)·저(氐)

십육국(十六國) : ① 한(漢 : 뒤에 유요가 前趙로 고침) 유연〔흉노〕(304~329)

　　　　　　　　② 성(成) 이웅(李雄)〔저〕(304~347)

　　　　　　　　③ 후조(後趙) 석늑(石勒)〔갈〕(319~350)

　　　　　　　　④ 전연(前燕) 모용준(慕容儁)〔선비〕(337~370)

　　　　　　　　⑤ 전량(前涼) 장무(張茂)〔한〕(324~376)

　　　　　　　　⑥ 전진(前秦) 부건(苻健)〔저〕(351~394)

　　　　　　　　⑦ 후연(後燕) 모용수(慕容垂)〔선비〕(384~409)

⑧ 후진(後秦) 요장(姚萇)〔강〕 (384~417)
⑨ 서진(西秦) 걸복국인(乞伏國仁)〔선비〕 (385~431)
⑩ 후량(後涼) 여광(呂光)〔저〕 (386~403)
⑪ 남량(南涼) 독발오고(禿髮烏孤)〔선비〕 (397~414)
⑫ 남연(南燕) 모용덕(慕容德)〔선비〕 (398~410)
⑬ 서량(西涼) 이호〔한〕 (400~420)
⑭ 북량(北涼) 저거몽손(沮渠蒙遜)〔흉노〕 (401~439)
⑮ 하(夏) 혁련발발(赫連勃勃)〔흉노〕 (407~431)
⑯ 북연(北燕) 풍발(馮跋)〔한〕 (409~436)　　*흥망 순서로 열거.

　이 사실(史實)들은 당태종 때 방현령(房玄齡)과 이연수(李延壽) 등이 찬한 《진서(晉書)》 130권 가운데 정사(正史)로서 상세히 수록되어 있다.

　후세 사가(史家)들은 진(晉)의 무제에서 민제까지의 4대 52년을 서진이라 하고, 강동에서 즉위한 원제에서 공제까지의 11대 104년을 동진이라 부른다.

　서진의 마지막 임금 민제는 역대의 수도인 낙양을 적에게 빼앗긴 채 일시 행재소(行在所)인 장안에서 즉위하여 겨우 4년 만에 한에게 사로잡혀 죽음을 당하고 결국 서진은 망하고 말았다.

　민제는 욕되게 얻은 나라의 욕되게 죽은 마지막 임금이었던 것이다.

　후한을 찬탈한 패자 위(魏), 위를 찬탈한 패자 진(晉), 그리고

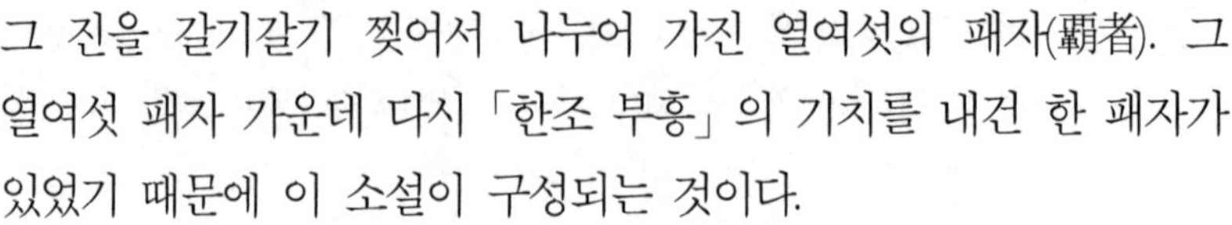

그 진을 갈기갈기 찢어서 나누어 가진 열여섯의 패자(覇者). 그 열여섯 패자 가운데 다시 「한조 부흥」의 기치를 내건 한 패자가 있었기 때문에 이 소설이 구성되는 것이다.

그러나 우리는 소설이 아닌 역사적인 현실에서 한 가닥 애석함의 실마리를 찾아볼 수가 있다.

그것은 유연이 세운 「한(漢)」이 후일 다시 유요의 「전조(前趙)」와 석늑의 「후조(後趙)」로 갈라졌다는 사실에서 비롯되는 애석이라 하겠다.

석늑과 유요는 두 사람이 모두 한의 신하였다. 그런데 이 두 사람은 한을 둘로 쪼개어 나누어 가지고 말았다.

당시 진(晋)을 멸망시키고 중원을 차지했던 한의 권력은 엄청나게 크고 방대했었다. 그러나 그것도 둘로 쪼개져서 서로 다투게 되니 허무하기 한량없다.

만일 석늑과 유요가 갈라서지 않고 끝까지 힘을 합쳐서 「한(漢)」이라는 나라를 지키고 키워 나갔다면, 아마 한이라는 나라는 다시금 광대무변한 중국 대륙을 완전히 지배하는 패자가 되었을는지도 모를 일이다.

따라서 오호십육국도 따지고 보면 석늑과 유요의 두 영걸(英傑)이 한에서 갈라져 나간 데서 생겼다 해도 그 이유의 일부가 성립되는 것이다.

이와 같이 역사의 전환(轉換)이란 극히 작은 일부분에서 비롯

됨을 우리는 알 필요가 있다고 본다.

　작자가 《속삼국지》라 이름한 이 책의 초점을 진(晉)에 두지 않고 유연의 한(漢)에 설정한 것은, 순전히 이와 같은 조그마한 역사의 전환점에 미련을 두었기 때문이다.

이원섭　李元燮

◀이 책에 등장하는 고사성어(가나다 순)▶

건곤일척 乾坤一擲 당(唐)나라 때 문장으로 첫손을 꼽는 한유(韓愈 : 자는 퇴지, 768~824)의 칠언절구로 된 「과홍구(過鴻溝)」라는 제목의 다음과 같은 시가 있다.

용은 지치고 범도 고달파 강과 들을 나누니
억만창생의 목숨이 보전케 되었네.
누가 임금의 말머리를 돌리게 하여
참으로 한번 던져 하늘땅을 걸게 만들었던가.

龍疲虎困割川原　億萬蒼生性命存　　용피호곤할천원　억만창생성명존
誰勸君王回馬首　眞成一擲睹乾坤　　수권군왕회마수　진성일척도건곤

한유가 홍구라는 지방을 지나가다가 초·한(楚漢) 싸움 때의 옛 일이 생각나 지은 시다. 진시황이 죽자 폭력에 의한 독재체제는 모래성 무너지듯 무너지고, 몸을 피해서 숨어 칼을 갈고 있던 무수한 영웅호걸들은 벌떼처럼 들고 일어났다.

마침내 천하는 항우(項羽)와 유방(劉邦) 두 세력에 의해 양분되었는데, 그 경계선이 바로 이 홍구였다. 홍구는 지금 가로하(賈魯河)로 불리며 하남성 개봉(開封) 서쪽을 흐르고 있다. 항우와 유방은 이 홍구를 경계로 해서 동쪽을 항우의 초나라로 하고, 서쪽을 유방의 한나라로 하기로 결정을 보았던 것이다.

이리하여 일단 싸움은 중단이 되고 억만창생들도 숨을 돌리게 되었는가 했는데, 유방의 부하들은 서쪽으로 돌아가려는 유방의 말머리를 돌려, 항우와 천하를 놓고 최후의 승부를 결정짓는 도박을 하게 되었던 것이다.

「건곤(乾坤)」은 하늘과 땅이란 뜻이고, 「일척(一擲)」은 한 번 던진다는 뜻이다. 다시 말해서, 이기면 하늘과 땅이 다 내 것이 되고, 지면 하늘과 땅을 다 잃게 되는 도박을 한다는 뜻이다.

유방이 걸고 한 것은 사실 글자 그대로 하늘과 땅이었지만, 지금 우리들이 쓰고 있는 뜻은, 무엇이든 자기의 운명을 걸고 흥망 간에 최후의 모험 같은 것을 하는 것을 「건곤일척」이라 한다.

또 원문은 하늘과 땅을 걸고 한 번 던진다는 뜻이었는데, 하늘과 땅을 직접 내던지는 것 같은 강한 뜻을 풍기기도 한다.

굴묘편시 掘墓鞭屍

오자서(伍子胥)의 전기에 나오는 말이다. 간신의 농간으로 충신을 역적으로 몰아 오자서의 아버지와 형을 죽인 초나라 평왕(平王)이 죽은 뒤 오자서에 의해 그의 무덤이 파헤쳐지고 시체가 채찍을 받게 되었다.

「굴묘편시」란 통쾌한 복수의 뜻으로도 쓰이지만, 좀 지나친 행동의 경우를 말할 때도 쓰인다. 아무튼 신하로서 임금의 무덤을 파서 그 시체에 매질을 했다는 것은 놀라운 사실이 아닐 수 없다.

오자서는 이름을 원(員)이라 했다. 자서는 그의 자(字)다. 오자서의 아버지 오사(伍奢)는 초평왕의 태자 건(建)의 태부(太傅)로 충신이었는데, 같은 태자 건의 소부(少傅)였던 비무기(費無忌)의 음모에 의해 억울한 죽음을 당하게 되었다.

오사를 죽이는 데 성공한 비무기는 다시 평왕을 시켜 오사의 아들 오상(伍尙)과 자서를 죽일 음모를 꾸민다. 그러나 오상만이 아버지를 따라 죽고 자서는 그 음모를 미리 알아차리고 망명길을 떠나게 된다.

왕은 오자서를 잡기 위해 전국에 영을 내려 길목을 지키게 하고, 거리마다 오자서의 화상을 그려 붙이고 많은 현상금과 무시무시한 형벌로 아무도 오자서를 숨겨주지 못하게 했다.

오자서는 키가 열 자에 허리가 두 아름이나 되었고, 쟁반만한 얼굴에 두 눈은 샛별처럼 빛나고 있었기 때문에 변장으로 사람의 눈을 피할 수

482

는 없었다. 그는 낮에는 산 속에 숨고 밤에만 오솔길을 찾아 도망을 해야
했다.

이렇게 천신만고 끝에 오나라로 망명한 오자서는 마침내 뜻을 이루어
오나라의 강한 군사를 거느리고 초나라로 쳐들어가게 되었다. 초나라는
여지없이 패해 수도가 오나라 군사 손에 떨어지고, 평왕은 이미 죽고 그의
아들 소왕(昭王)은 태후와 왕비마저 버린 채 간신히 난을 피해 도망을 치
게 된다.

소왕을 놓쳐버린 오자서는 평왕의 무덤을 찾았다. 그러나 평왕은 오자
서의 복수가 두려워 그의 무덤을 깊은 못 속에 만들고, 일을 다 끝낸 뒤
일에 동원된 석공 5백 명을 모조리 물 속에 수장시켜 버렸다. 수십 리에
걸친 못에는 물만 출렁거릴 뿐 어느 곳에 묻혀 있는지 위치마저 짐작할
길이 없었다.

오자서는 죽은 아버지와 형, 그리고 자신이 망명해 나올 때 겪은 고초
등을 회상하며 땅이 꺼질 듯한 한숨을 내쉬며 몇몇 날을 두고 못 둑을
오르내렸다.

그렇게 애쓰며 전전긍긍하던 어느 날 저녁 무렵, 백발이 성성한 한 늙은
이가 오자서의 앞으로 다가오며 이렇게 물었다.

「장군은 선왕의 충신 오태부의 아들 자서가 아닙니까?」

「그렇습니다만, 노인은 누구시오?」

노인은 묻는 말에는 대답을 않고,

「장군은 지금 죽은 평왕의 시체가 묻힌 곳을 찾고 있지 않습니까?」 하
고 물었다. 반가워서 다그쳐 묻는 자서의 말에 노인은 이렇게 대답했다.

「시체가 묻힌 곳은 내가 알고 있습니다. 나는 무덤을 만들기 위해 징발
되어 온 5백 명의 석공 중 한 사람입니다. 5백 명이 다 물 속에서 죽고
나만이 어떻게 살아남게 되었습니다. 장군의 복수도 복수지만, 나도 장군
의 힘을 빌려 억울하게 죽은 내 동지들의 원수를 갚으려는 것입니다.」

이리하여 이튿날, 그 노인의 지시에 따라 장롱 같은 돌로 만들어진 물
속의 무덤을 하나하나 뜯어내기 시작했다. 못 바닥 몇 길 밑에 들어 있는

돌무덤을 열고 엄청나게 무거운 석곽을 들어올렸다. 그러나 그 속에는 평왕의 시체를 볼 수 없었다. 그것은 사람의 눈을 속이기 위한 가짜 널이었다. 다시 한 길을 파 내려가니 진짜 널이 나왔다. 수은으로 채워진 널 속에 들어 있는 평왕의 시체는 살아 있을 때 모습 그대로 남아 있었다.

순간 오자서의 복수심은 화약처럼 폭발했다. 왼손으로 평왕의 목을 조르고 무릎으로 그의 배를 누른 다음 오른 손가락으로 그의 눈을 잡아 뽑으며,

「충신과 간신을 구별 못하는 네놈의 눈을 뽑아 버리겠다……」하고 욕을 했다. 그리고는 그의 아홉 마디 철장(鐵杖)으로 시체를 옆에 뉘어 놓고 3백 대를 쳤다. 뼈와 살이 흙과 함께 뒤범벅이 되었다.

《사기》 오자서 열전에도,

「이에 초평왕의 무덤을 파고 그의 시체를 꺼내 3백 대를 내리친 뒤에야 그만두었다.」 라고 했다.

오자서의 둘도 없는 친구 신포서(申包胥)는 이 소식을 듣자, 사람을 보내 오자서에게 이렇게 일렀다.

「그대의 그런 복수 방법은 너무 지나치지 않을까……」

그 말에 오자서도 할 말이 없었든지 이렇게 전해 보냈다.

「나는 날이 저물고 길이 멀어서, 그렇기 때문에 거꾸로 걸으며 거꾸로 일을 했다(吾日暮塗遠 吾故倒行而逆施之).」

여기서 또 「일모도원(日暮途遠)」이란 말과 「도행역시(倒行逆施)」란 말이 생겨났다.

낭중지추　囊中之錐　《동헌필록》에 있는 이야기다.

중국 장산(長山)이라는 동네에 점(占)을 잘 치는 사람이 있었다. 이 사람의 짐은 신(神)을 불러내어 그 신으로부터 모든 것을 일러 받는 일이었다. 이 점에 나오는 신은 하선고(何仙姑)라는 이름으로 그 말하는 것이 조리에 들어맞고 학문에 대해서도 조예가 깊었으므로 모든 사람들한테 인기가 높았다.

그 시절에 장산에서 공부하고 있던 학생 중에 이(李)라는 사람이 있었는데 행실이 좋고 두뇌도 문장도 능했으므로 남한테 신망을 받아 왔었다. 허나 웬일인지 이 사람이 과거(科擧)만 보면 반드시 떨어지므로 친한 친구들이 걱정하여 하선고를 불러내어 물어보기로 하였다.

「내 친구 이(李)는 인물이 훌륭한 자로 문장도 능한데 시험만 보면 꼭 떨어지니 도대체 어찌 된 셈일까요?」

하고 묻자 하선고는 대답하였다.

「이상하군. 그럼 그 이군이 쓴 글을 좀 보여주게.」

친구들이 이군이 쓴 글을 가져다 보였더니 하선고는 술술 내려 읽으며 말하는 것이었다.

「으음, 이 글은 훌륭한데. 그렇다면 장원급제는 틀림이 없겠는데, 참 이상도 한 노릇인 걸. 잠깐 조사해 보고 올 터이니 기다려 보게나.」

얼마 있다가 하선고가 말했다.

「내가 지금 관에 가서 조사를 해보았더니 시험관 책임자는 관내의 사무가 바빠서 채점을 부하에게만 맡기고 있다더군. 그 부하들이라는 것이 누구 하나 똑똑한 자가 없어 아무리 이군이 좋은 글을 썼어도 그 뜻을 못 알아보는 것일세. 한두 사람 학문이 나은 사람이 있으나 답안은 여러 사람이 나누어 보고 있으므로 요행 그런 사람에게 걸리지를 않았네. 아마 이군은 이 다음 시험에도 떨어지게 될 걸세.」

친구들은 돌아가 이군에게 이런 이야기를 하였더니 이군은 몹시 낙심을 하였다. 그렇다고 학문을 단념할 수는 없었다. 그래서 이 때 문장의 대가로서 유명한 손(孫)선생에게 가져다가 평을 받기로 하였다.

「이건 잘 됐는걸. 이런 훌륭한 글이 떨어진다는 것은 있을 수 없는 일이야. 군은 반드시 합격할 것이므로 점쟁이가 하는 말을 염려할 필요가 없네.」

이 말을 듣고 난 이군도 다시 자신을 얻어 다음 시험을 치렀다.

허나 시험 결과가 발표된 것을 보니 하선고가 말한 대로 이군은 떨어져 버렸다. 이군의 실망은 말할 것도 없고, 손선생도 이 말을 듣고 당장

이군의 답안을 갖다 조사해 보았더니 이렇다 할 결점도 없고 언제나 다름없는 훌륭한 문장이었다.

「이것은 이상한데? 이런 훌륭한 문장을 쓰고서도 합격이 안되다니. 이는 반드시 시험관의 책임자가 바빠서 직접 답안을 조사하지 못하고 부하들에게 채점을 시키고 있는 까닭일 거야.」

손선생의 말이 하선고가 말한 이야기와 같았으므로 이군은 또다시 하선고의 말이 옳았음에 감탄하여 다시 한번 하선고를 불러내어 물었다.

「요전 시험 결과는 선생이 말씀하신 대로였습니다. 이 다음 시험에는 기필코 합격해야겠는데 무슨 좋은 도리는 없겠습니까?」

하고 묻자 하선고는 대답하였다.

「별도리는 없어, 단지 참다운 길 하나밖에는. 참다운 일은 반드시 나타난다. 마치 포대 속에 송곳을 넣어 두면 언젠가는 그 끝이 포대를 뚫고 나오듯이 훌륭한 사람은 아무리 운이 나빠서 밑바닥에 눌려 있어도 언젠가는 반드시 세상에 뛰어나는 법이다. 이군은 한두 번의 실패에 낙담 말고 이제부터도 쉬지 말고 학문을 닦아, 쓴 글을 여러 사람에게 보이도록 하게. 그 동안에는 반드시 시험관도 군의 진정한 가치를 알아주게 될 것이네.」

이군은 하선고에게 들은 대로 그로부터도 열심히 공부하여 자기가 지은 문장을 계속해서 세상에 발표하였다. 그리하여 이군이 훌륭한 인물이라는 것이 논의가 되어 그 다음 시험에는 장원으로 합격하였던 것이다.

또 《사기》 모수전(毛遂傳)에 이런 이야기가 있다.

진나라가 조나라 서울 한단(邯鄲)을 포위하자 조나라는 평원군을 초나라로 보내 구원병을 청하게 했다. 평원군은 길을 떠날 때 문무를 겸한 문객 스무 명을 뽑아 데리고 가기로 하고, 인선에 들어갔으나 겨우 열아홉 명밖에 뽑지 못했다. 더 고를 만한 사람이 없었던 것이다. 이에 자청해서 나선 것이 모수였다.

평원군이 모수를 보고 이것저것 물어보니, 그는 식객으로 들어온 지도 3년이나 되었다고 하는데 그의 눈에 들지 않았다는 사실로 보아 별다른 재주가 있는 것 같지 않았다.

「어떤 사람에게 재주가 있다면 마치 주머니 속 송곳처럼 당장 비어져 나왔을 걸세(譬若錐地處囊中 其末立見). 그대는 3년 동안이나 내 집에 있었으면서도 아무런 재주도 보여주지 못했으니 안되겠네」

평원군이 못미덥다는 듯 이렇게 말하자, 모수는 벌떡 일어서며 말했다.

「제가 저를 스스로 천거하려는 것은 바로 군께서 지금 나를 주머니 속에 넣어 달라는 뜻입니다. 일찌감치 저를 주머니 속에 넣었더라면 벌써 비어져 나왔을 게 아니겠습니까?」

평원군은 모수의 말도 그렇겠다 싶어 마침내 그를 20번째 수행원으로 발탁해서 결국 모수의 큰 활약으로 목적을 달성할 수 있었다.

녹림　綠林

「녹림」은 푸른 숲이란 뜻인데, 이것이 녹림의 호걸(豪傑)이라든가, 녹림에 몸을 담는다든가 하면 의미가 달라진다. 녹림과 산림(山林)을 혼동해서 녹림처사(綠林處士)란 말을 쓰는 사람이 간혹 있는데, 새로운 문자로 쓴다면 모르되, 고사에 나오는 문자로 쓴다면 큰 실수로 볼 수밖에 없다.

옛날에는 벼슬도 세속도 마다하여 산 속에 파묻혀 글이나 읽고 지내는 사람을 산림처사라 불렀는데, 특히 이름난 학자에게는 나라에서 산림이란 칭호를 내리기도 했다.

산림과는 달리 녹림에는 처사가 있을 수 없고, 있다면 세상을 등진 호걸이 있을 수 있다. 녹림호걸의 가장 대표적인 작품을 든다면 아마 《수호지(水滸志)》가 될 것이다. 결국 녹림호걸은 권력을 잡은 사람들이 볼 때는 적에 불과한 것이다. 따라서 녹림은 도적의 소굴을 뜻하게 된다.

녹림이란 말의 출전은 꽤 오래다.

전한과 후한 사이에 왕망(王莽)의 신(新)이란 나라가 15년간 계속된 일이 있다.

왕망은 한나라 천하를 빼앗아 황제가 된 다음, 나라 이름을 신이라 고치고 모든 제도를 개혁하는 새로운 정책을 실시하려 했다. 그러나 왕망에게는 그만한 실력도 없었고, 또 개혁이 너무 급격했기 때문에 혼란만 빚고 말았다.

이리하여 극도의 생활고에 빠진 백성들은 새 정부에 불만을 품은 호걸들에 이끌려 각처에서 반란을 일으켰다. 천봉 4년(서기 14년)에 왕광(王匡)의 무리들이 형주(刑州 : 호북성)의 녹림산에 들어앉게 된 것도 다 같은 움직임에서였다.

「녹림」은 원래는 산 이름으로 그 곳에 왕광의 무리들이 굶주린 백성들을 끌어 모아 둥지를 틀고 도적이 되었기 때문에 도적의 소굴을 「녹림」이라 부르게 되었다.

또 당나라 이섭(李涉)의 「우도시(遇盜詩)」 가운데, 도적들을 가리켜 「녹림의 호객(豪客)」이라 불렀기 때문에 그 뒤로 「녹림」이란 말이 도적이란 이름으로 쓰이게끔 된 것이다.

당랑지부　**螳螂之斧**　당랑(螳螂)은 버마재비, 혹은 사마귀라고 하는 곤충이다. 「부(斧)」는 도끼로, 버마재비의 칼날처럼 넓적한 앞다리를 말한다. 「당랑지부」 즉 버마재비의 도끼란 말은, 강적 앞에 분수없이 날뜀을 비유하는 말이다.

구체적인 뜻으로는 「당랑거철(螳螂拒轍)」이란 말이 더 많이 쓰인다. 당랑이 수레바퀴 앞을 가로막는다는 말이다. 사실 버마재미는 피할 줄을 모르는 어리석다면 어리석고 용감하다면 용감한 그런 성질의 곤충이다.

《회남자》 인간훈편(人間訓篇)에 이런 이야기가 있다.

제(齊)나라 장공(莊公)이 사냥을 나갔을 때, 벌레 하나가 장공이 타고 가는 수레바퀴를 발을 들어 치려했다. 장공은 수레를 모는 사람에게 물었다.

「저게 무슨 벌레인가?」

「지놈이 이른바 당랑이란 놈입니다. 저놈은 원래 앞으로 나아갈 줄만 알고 뒤로 물러날 줄을 모르며, 제 힘도 헤아리지 않고 상대를 업신여기는 놈입니다」

「그래, 그놈이 만일 사람이라면 반드시 천하의 용사가 될 것이다」 하며 장공은 수레를 돌려 당랑을 피해 갔다는 것이다.

여기에는 당랑의 도끼란 말은 나오지 않는다.

그러나 발을 들어 그 수레바퀴를 치려했으니, 그 발이 곧 도끼 구실을 하고 있었음을 알 수 있고, 또 이른바 당랑이라고 했으니 벌써 당시부터 당랑의 성질에 대한 이야기와 당랑의 도끼란 말 등이 쓰이고 있었음을 알 수 있다.

다음에 《문선》에 실려 있는 진림(陳琳)의 원소(袁紹)를 위한 예주(豫州) 격문에는 「당랑지부」란 말이 씌어 있다.

「……그렇게 되면 조조의 군사는 겁을 먹고 도망쳐 마침내는 오창을 본거지로 하여 황하로 앞을 막고, 당랑의 도끼로 큰 수레가 가는 길을 막으려 할 것이다」

여기에서 우리는 자기 힘을 헤아리지 않고 강한 적과 맞서 싸우려는 것을 비유해서 「당랑지부」라고 한 것을 볼 수 있다.

또 《장자》 인간세편에는,

「그대는 당랑을 알지 못하는가. 그 팔을 높이 들어 수레바퀴를 막으려 한다. 그것이 감당할 수 없는 것임을 모르기 때문이다」

《장자》의 천지편에도 똑같은 대목이 나오는데, 여기서 「당랑거철」이란 말이 생겨난 것 같다. 아무튼 타고난 성질은 고치기 어렵다는 것을 당랑을 통해 우리는 배울 수 있을 것 같다. 뻔히 안될 줄 알면서 사나이의 의기를 앞세우는 어리석음을 어쩌지 못하는 것이 인간이니까 말이다.

마이동풍　馬耳東風

「마이동풍」은 「말의 귀에 동풍」이란 뜻이다. 우리말로는 「말 귀에 바람 소리」라는 것이 나을 것도 같다. 우리 속담에 「쇠귀에 경 읽기」란 말이 있는데도, 이것을 우이독경(牛耳讀經)이라고 한문 문자로 쓰기도 한다. 마이동풍은 우이독경과 같은 말이다.

이백(李白)의 「답왕십이 한야독작유회(答王十二寒夜獨酌有懷)」라는 장편 시 가운데 나오는 말이다. 왕십이(王十二)란 사람이 이백에게 「차가운 밤에 혼자 술을 마시며 느낀 바 있어서」라는 시를 보내온 데 대한

회답 시다.

왕십이란 사람에 대해서도, 또 이백이 이 시를 짓게 된 사정에 대해서도 알려진 바가 없다. 다만 후세 사람들이 추측으로「당시의 정치적 현실에 심각한 비판을 가하고, 대단한 분개를 표명하는 한편, 자신의 처지와 그에 대한 태도를 밝히고 있는 것」으로 보는 것일 뿐이다.

장편 시의 전체를 소개할 수는 없지만, 그 중 몇몇 대목을 추려 소개하면 이런 것들이 나온다.

「인생은 허무한 것, 고작 백 년을 못 산다. 자아, 이 끝없는 생각을 술로써 씻어버리지 않겠는가. 자네에게는 무슨 특이한 재주로 천자의 사랑을 받을 만한 능력도 없고, 멀리 변방으로 나가 오랑캐를 무찌르고 혁혁한 공을 세워 높은 벼슬에 오를 그런 자격도 없다. 우리가 할 수 있는 것은 햇빛 들지 않는 북쪽 창 앞에서 시를 읊고 부(賦)를 짓는 정도, 그 밖의 천만 마디 말들은 고작 한 잔의 가치도 없다.」

그러고 나서 이백은 이렇게 읊고 있다.

세상 사람은 내 말에 모두 머리를 내두른다.
마치 조용히 부는 동풍이 말의 귀를 스치는 것처럼.

世人聞此皆掉頭　有如東風射馬耳　　세인문차개도두　유여동풍사마이

이백은 이어서, 뜻을 얻지 못하고 불운했던 옛 사람의 예를 하나하나 열거함으로써 오늘의 현실의 필연성을 적극적으로 시인하고, 그까짓 하잘것없는 부귀영달 같은 건 아예 바라지도 생각지도 않는 것이 좋지 않느냐고 끝을 맺고 있다.

여기 나오는「동풍이 말의 귀를 쏜다(東風射馬耳)」가「마이동풍」이란 말을 낳게 되었고, 본래의 뜻대로 아무 관심 없는 것으로 쓰이고 있다.

만사휴의　**萬事休矣**　　「이젠 끝장이다」라는 말을 흔히 듣는다. 다시 어떻게 해볼 방법도, 행여나 하는 희망도 전연 없게 된 절망과 체념의 뜻을 나타내는 말이다.「만사휴의」란 문자가 바로 그런 경우에 쓰는

490

말이다.

「만사(萬事)」는 모든 것이란 뜻이고, 「휴의(休矣)」란 「끝장이다」
라는 뜻이다. 이 말은 《송사(宋史)》 형남고씨세가(荊南高氏世家)에 나
오는 말이다.

10세기 전반, 당나라가 망하고 난 뒤, 군벌들에 의한 이른바 오대(五
代)의 시대가 계속된다. 오대는 후오대(後五代) 혹은 오계(五季)라고도
하는데, 당과 송(宋) 사이 53년 동안에 양·당·진·한·주(梁唐晋漢周)
다섯 왕조가 번갈아 일어난다. 이들 나라에는 후(後)자를 붙여 구별하는
것이 보통이다.

이 동안 각 지방에는 당나라 때 절도사였던 군벌의 후예들이 무시 못할
세력을 유지하고, 중앙에 새로 등장한 제국에 추종을 하면서 독립된 왕국
을 형성하고 있었다.

형남(荊南 : 호북성 남부)의 고씨집(高家)도 그 하나로, 시조인 고계흥
(高季興)이 당나라 말기에 형남 절도사가 된 뒤로 그의 아들 종회(從誨),
종회의 맏아들 보융(保融), 열째아들 보욱(保勗), 보융의 아들 계중(繼仲),
이렇게 4대 다섯 임금이 57년에 걸쳐 이곳을 차지하고 있다가, 송태조(宋
太祖)에게 귀순하게 된다.

이 형남 고씨 집 4대째 임금인 보욱은 어릴 때부터 몸이 약했고, 자라난
뒤로는 몹시 음란한 짓을 좋아했는데, 매일같이 창녀들을 한방에 모아 넣
고, 군인들 속에서 몸이 건장한 사람을 뽑아 함께 난잡한 짓을 하게 만든
다음, 그 광경을 희첩들과 함께 발 뒤에 숨어 구경을 하며 즐기는 절시증
(竊視症)의 변태성욕자이기도 했다.

이 고보욱이 아직 어릴 때 일이다. 그는 수많은 아들들 가운데서 아버지
종회의 사랑을 독차지하고 있었는데, 그래서 그가 미워 눈을 흘기며 노려
보는 사람이 있어도 보욱은 자기가 귀여워서 그런 줄로 알고 벙글벙글
웃고만 있었다 한다. 이런 것을 보는 사람들은 모든 일은 끝났다(荊人目爲
萬事休矣)고 했다는 것이다.

문전성시 **門前成市**　　권세를 잡고 있는 사람의 집 앞이 방문객들로 시장처럼 붐비는 것을 말한다.

　한나라는 애제(哀帝) 때는 이미 멸망 직전에 있었다. 애제는 스무 살에 천자가 되었는데, 정치적 실권은 외척들의 손아귀에 들어 있고, 그는 다만 황제의 빈 자리만을 지키고 있을 뿐이었다. 그는 7년 만에 갑자기 죽고 말았다.

　이 애제를 받들고 정치를 바로잡아 보려고 애쓴 신하 가운데 정숭(鄭崇)이 있었다. 정숭은 명문가 출신으로 그의 집은 대대로 왕가와 인척관계에 있었다. 처음 정숭은 애제에게 발탁되어 상서복야(尙書僕射 : 지금의 국무차관급)에 있었는데, 그 무렵 외척들의 전횡은 그 도가 지나쳐서 눈을 뜨고 볼 수 없을 정도였다.

　보다 못한 정숭은 기회 있을 때마다 애제에게 대책을 건의했다. 애제도 정숭의 말에 귀를 기울이기는 했지만, 결국 외척 세력을 이겨내지 못하고 차츰 정숭을 멀리하게 되었다. 그 뒤 애제는 점점 자포자기가 되어 나라일은 일체 돌보려 하지 않았다.

　정숭은 계속 애제에게 간언을 하다가 나중에는 애제로부터 견책까지 받고 몸에 병을 얻기까지 했으나 참고 견뎠다. 이렇게 곤경에 빠져 있는 정숭을 보자, 그를 미워하고 있던 상서령 조창(趙昌)이 애제에게 모함을 넣었다.

　「정숭은 왕실의 여러 사람들과 내왕이 빈번한 것으로 보아 아마도 무슨 음모를 꾸미고 있는 것 같습니다. 그를 취조해 보시기 바랍니다.」

　애제는 조창의 말을 그대로 믿고 정숭을 불러 문책했다.

　「그대 집 앞은 사람이 시장바닥 같다는데, 무슨 일로 나를 괴롭히려 하는가?」

　그러자 정숭이 대답했다.

　「신의 문전은 시장바닥 같아도, 신의 마음은 물처럼 맑습니다.」

　이 말을 듣자, 애제는 성을 내며 그를 옥에 가두고 철저히 취조토록

492

명했다. 정숭은 끝내 옥중에서 죽고 말았다.

이 이야기는 《한서》 정숭전에 나온다. 「문전성시」란 말은 「신의 문
전은 시장바닥 같습니다(臣門如市)」라고 한 데서 생긴 말로 출입하는 사
람이 많다는 뜻으로 쓰인다.

우리말에 「세도 문 열었다」는 말이 있다. 세도를 부리는 집에는 언제
나 찾아와서 청을 넣는 사람이 많기 때문에 생긴 말인데, 그것은 문전성시
를 뜻하는 말이기도 하다. 문정약시(門庭若市)란 말도 있는데, 이것은 간
하는 신하들의 많음을 표현한 《전국책》에 있는 말이다.

반식재상 伴食宰相　당(唐)의 현종은 즉위한 이듬해(713년) 연호를
개원(開元)이라고 고치고 태평공주 일파의 음모를 제거하자, 다음 개
원 2년에는 백관의 주옥금수(珠玉錦繡)를 궁전 안마당에 쌓아 놓고 불
을 질렀으며, 백관에서 궁녀에 이르기까지 각각 그 직분에 걸맞은 의
복을 규정하고 사치에 흐르는 것을 경계했다.

국가의 치란흥망(治亂興亡)의 자취를 더듬어 보면, 군주의 사치와
후궁의 문란이 쇠망의 지름길이라는 것을 통감한 현종의 정치에 대한
굳은 결의가 엿보인다.

그 결의로서 현종은 현상(賢相)을 잘 쓰고 나아가서는 그 간언을 들
어 정사(政事)에 정려했고, 또한 문학과 예술을 장려해서 「개원(開元)
의 치(治)」라는 당나라의 최성기를 이루었다.

현종을 도와 「개원의 치」의 기초를 닦은 재상은 요숭(姚崇)이었
다. 현종이 주옥금수를 불태워 사치를 훈계한 것도, 또 형벌을 바로
잡고 부역과 조세를 감해서 민중의 부담을 가볍게 하는 한편 병농일
치(兵農一致)의 개병제도를 고쳐 모병제도(募兵制度)로 한 것도 다
이 요숭의 건의에 의한 것이었다.

요숭은 백성을 위해서 꾀하는 것이 나라를 번영시키는 길이라는 원
칙을 일관시키는 데 힘쓰고, 적어도 사사(私事)를 위해서는 감정을 겉
으로 나타내는 법이 없었으며, 정치의 재결이 신속 정확한 것에 있어

서는 그 어떤 재상도 미치는 자가 없었다고 한다. 그 일례로서 「반식재상」이라는 말이 생겼다.

언젠가 요숭은 일이 생겨 정무를 볼 수가 없어 황문감(黃門監)인 노회신(盧懷愼)이 대신 일을 보게 되었다. 노회신은 청렴결백하고 신변을 꾸미는 일이 없이 정무에 노력하는 사람으로서 요숭의 마음에 드는 국상(國相)이었으나, 요숭의 직무를 대행한 10여 년 동안 아무리 노력을 해도 요숭처럼 재결해 갈 수가 없어 정무를 크게 지체시켰다.

노회신은 자기가 요숭에게 미치지 못함을 피부로 느껴 알고, 그 후부터는 만사에 요숭을 추천하며 사사건건 요숭과 상의하게 되었다. 그 때문에 당시 사람들은 노회신을 상반대신(相伴大臣)이란 뜻으로, 「반식재상」이라 불렀다.

이 말은 무능한 대신을 혹평하는 말로서 지금도 쓰이고 있으나, 당시의 사람들 마음으로서는 노회신을 냉소한다기보다 요숭에 대한 경의에서 시작한 것이었다.

요숭 다음에는 송경(宋璟), 한휴(韓休) 등 현상이 계속하여 「개원의 치」를 발전시켰으나, 현종은 이 치세 후반에 총희인 무혜비(武惠妃)를 잃고 양귀비를 얻음으로써 정무에 권태를 느끼기 시작한다. 직언하는 자를 물리치고 간신들의 감언을 좋아하며 주색에 빠졌는데 정무를 후궁의 환락으로 바꾸어 나라를 쇠망으로 이끈 종래의 군주와 같은 길을 걸었다.

발 호   跋 扈

발(跋)은 뛰어넘는다는 뜻이고, 호(扈)는 대나무로 만든 통발을 말한다. 통발을 물에 넣어 놓으면 작은 물고기들은 힘이 없어서 그대로 남아 있지만, 큰 물고기들은 통발을 뛰어넘어 달아난다는 데서 나온 말이다.

「발호(跋扈)」는 아랫사람 또는 신하가 윗사람 또는 임금을 우습게 보고 권한을 침범하는 경우에 쓰는 말이다.

《후한서》 양기전(梁冀傳)에 있는 이야기다.

후한의 양기는 외모가 아주 특이한 사람이었다. 어깨는 성난 듯이 늘 들썩거렸고, 눈은 날카롭기 짝이 없었다. 또 눈동자는 남을 꿰뚫을 듯 섬광이 번뜩였고, 말투는 더듬거려 남들이 분명하게 알아들을 수가 없었다.

순제(順帝) 때 그는 대장군에 임명되었다. 그러나 그 기질은 그대로여서 포악함은 극에 달했다. 순제가 죽자 그는 두 살 난 충제(沖帝)를 왕위에 올렸으며, 이듬해 충제가 죽자 이번에는 여덟 살짜리 질제(質帝)를 황제에 등극시켰다.

질제는 어리지만 총명해서 양기의 교만하고 방자한 성질을 잘 알고 있었다. 일찍이 조회가 있을 때 양기를 평하면서 신하들에게 이렇게 말했다.

「그는 발호장군이다. 도무지 제멋대로란 말이야」

이 말을 들은 양기는 황제를 몹시 미워하게 되고 급기야는 임금을 독살해 버리고 말았다. 그런 다음 다시 환제를 세우고, 이고(李固)와 두교(杜喬)는 죄를 뒤집어씌워 살해해 버렸다.

나라 안은 이런 일련의 일들로 해서 탄식과 두려움으로 가득 차게 되었고 민심 또한 극도로 흉흉해졌다.

그의 권력이 얼마나 대단했는지는, 세시(歲時) 때가 되어 헌상한 물품들이 도성에 도착하면 최상품은 먼저 양기의 집으로 옮겨졌고, 천자에게는 한 등급 아래의 물품이 보내졌다는 것만 보고도 잘 알 수가 있었다.

이후 그의 가문은 크게 번성해서 일곱 명의 제후(諸侯)와 세 명의 황후를 배출했으며, 여섯 명의 귀인과 장군도 둘이 나왔다. 그가 재직한 20년 남짓 영화는 극에 달했고, 권세는 조정의 안팎에 넘쳐 모든 관리가 두려움에 떨며 감히 그의 명령에 거역할 사람이 없었다.

천자는 몸을 삼가고 정치를 아예 그에게 맡겨버려 천자가 직접 정치에 간섭하는 일도 드물게 되었다.

천자는 오래 전부터 이것을 몹시 불만스럽게 여기고 있었다. 그러다가 마침내 견디다 못해 계략을 꾸며 양기를 제거하고 조정의 안팎에 널리 깔려 있는 그의 일족과 친척들을 남녀노소를 가리지 않고 모두 도륙하고 그 시체를 시장바닥에 내걸었다.

그 밖에도 양기에게 빌붙던 벼슬아치와 교위, 자사, 군수 등 처형된 사람이 부지기수였다. 양기가 임명한 관리들 중 면직된 사람만도 3백여 명에 이르러서 조정은 삽시간에 텅 비어버렸다.

천자는 또 양기의 재산 30여만 석을 몰수하여 천자의 창고에 두고 그것을 재정에 충당하자 백성들의 세금이 반으로 줄었다고 한다. 그만큼 양기는 엄청난 권력과 부를 누렸던 것이다.

백중지세 伯仲之勢 맏이를 백씨(伯氏)라 부르고, 둘째를 중씨(仲氏), 끝을 계씨(季氏)라고 부르는 것은 지금도 행해지고 있는 호칭이다. 다만 중씨의 경우 맏형이 아니면 둘째나 셋째나 넷째나 다 중씨로 통하고, 맨 끝이 아니라도 손아래 형제를 계씨라고 하는 것은 관습상 인정되고 있는 실정이다.

따라서 백중(伯仲)은 곧 형과 아우라는 뜻이다. 순서로는 「백(伯)」이 위고 「중(仲)」이 아래지만, 그것은 오로지 나이 순서일 뿐 거기에 무슨 큰 차이가 있을 수는 없다. 또 나이 순서를 놓고 말하더라도, 한 해만 먼저 나면 형이요, 한날한시에 난 쌍둥이도 먼저 나면 형이다.

그래서 좀처럼 우열을 가릴 수 없는 양쪽을 가리켜 「백중지세」니 「백중지간(伯仲之間)」이니 하고 말한다. 또 「힘이 백중하다」는 식으로 형용동사로도 쓰인다. 이 「백중」이란 말을 최초로 쓴 사람은 위나라 문제 조비(曹丕)다. 그는 《전론(典論)》이란 논문 첫머리에,

「글 쓰는 사람끼리 서로 상대를 업신여기는 일은 예부터 그러했다. 예를 들면, 부의(傅毅)와 반고(班固)는 그 역량에 있어 서로 백중한 사이였다……(文人相輕 自古而然 傅毅之於班固 伯仲之間耳……)」 하고 서로 헐뜯는 내용을 말하고 있다.

또 두보의 시에도, 제갈양을 칭찬하여, 은나라 탕(湯)임금을 도와 천하를 얻게 한 이윤(伊尹)과 주나라 문왕 무왕을 도와 새 왕조를 창건한 여상(呂尚)이 맞먹는다고 하는 것을 백중지간이란 말로 표현한 곳이 있다. 결국 「난형난제(難兄難弟)」란 말을 약한 듯한 것이 「백중(伯仲)」

496

이란 말이다.

 「보원이덕」은 설명이 필요 없는 말이다.

그리스도의 「오른쪽 뺨을 때리거든 왼쪽 뺨도 내놓으라」 하는 교훈 역시 이 말처럼 원한에 대해 대처해야 할 인간의 태도를 말한 것이라고 생각되지만, 노자(老子) 쪽이 상대에게 덕을 베풀라고 말한 점에서 보다 적극적이다. 또 그리스도의 경우는 인인애(隣人愛)에 대한 비장한 헌신을 느끼나 노자의 경우는 그 무언지 흐뭇한 느낌이 든다.

그리스도는 맞아도 채여도 십자가에 매달려도 상대를 미워하지 않고 상대가 하는 대로 내버려두며 죽어간다는 비장한 상태를 상기시켜 주지만, 노자는 집안에 침입한 도둑에게 술대접을 하는 부잣집 영감을 상상케 한다.

《노자》 63장에,

「무위(無爲)하고, 무사(無事)를 일삼고, 무미(無味)를 맛본다. 소(小)를 대(大)로 하고, 적음을 많다고 한다. 원한을 갚는 데 덕으로써 한다(爲無爲 事無事 味無味 大小多少 報怨以德).」 라고 되어 있다.

「무미」란 「무위」나 무(無)를 상징적으로 표현한 말이다. 「무위」도 「무(無)」도 최고의 덕이다. 「도(道)」의 상태나 속성을 나타낸 말로 동이어(同異語)라고 생각해도 좋다.

「도」나 「무」는 무한한 맛을 가지고 있을 것이다. 그렇지 않으면 「도」라고 할 수가 없고 「무」라고도 할 수 없을 것이다. 위스키의 맛이나 불고기의 맛 같은 것은 아무리 복잡한 맛을 지녔다고 해도, 위스키 이상이 아니고 불고기 이상도 아니다. 한정되어 있는 맛이다.

「소(小)를 대(大)로 하고, 소(少)를 다(多)로 한다」란 노자 일류의 역설적인 표현이다. 「남(他)을 다(多)로 하고 자기를 소(少)로 해서 남을 살피고 남에게서 빼앗으려는 마음을 버리라」는 뜻일 것이다.

원래 노자류로 말한다면 대니 소니 하는 판단은 절대적인 입장에 설 수가 없는 것이다. 인간의 판단은 상대적인 것으로, 물(物)에는 소도 대도 없다는 것이 노자의 생각이다. 그러므로 남(他)을 다(多)로 하는 생각은

어리석은 생각이라고 할 수 있다.

이 항을 알기 쉽게 말하면,

「자진해서 무엇을 하려고 하지 말고, 남과 다투지 말고, 남에게서 빼앗지 말고, 무한한 맛을 알고, 자기에게 싸움을 걸고, 자기에게서 빼앗으려고 하는 자에게는 은애(恩愛)를 베풀라.」는 처세상의 교훈이다.

노자의 말, 특히 처세에 관한 말은 그 대개가 위정자에게 말하고 있다. 이 말도 그렇다. 그리하여 이것을 실행한 인간은 최고의 위정자이고, 성인이다. 성인이란 이상적인 대군주다. 그래서 은애를 베푸는 상대는 국민이나 또는 정복한 타국의 왕이다.

그리스도교의 「오른쪽 뺨을 맞거든 왼쪽 뺨도 내놓으라.」는 것 역시 피치자(被治者)에게 하는 말이 아닌가 본다.

부형청죄 負荊請罪 전국시대 조나라 혜문왕은 당시 천하의 제일가는 보물로 알려져 있던 화씨벽(和氏璧)을 우연히 손에 넣게 되었다. 그러자 이 소문을 전해들은 진나라 소양왕(昭陽王)이 열다섯 개의 성(城)을 줄 테니 화씨벽과 맞바꾸자고 사신을 보내 청해 왔다.

진나라의 속셈은 뻔했다. 구슬을 먼저 받아 쥐고는 성은 주지 않을 작정이었다. 그러나 조나라로서는 그렇다고 이를 거절하면 거절한다고 진나라에서 트집을 잡을 것이 또한 분명했다.

이럴 수도 저럴 수도 없어 중신회의에서도 결론을 내리지 못하고 있을 때, 환자령(宦者令) 유현이 그의 식객으로 있는 인상여를 추천했다. 혜문왕은 인상여를 불러 대책을 물었다. 그러자 그는,

「조나라가 거절하면 책임은 조나라에 있고, 진나라가 속이면 책임은 진나라에 있습니다. 이를 승낙하여 책임을 진나라에 지우는 것이 옳을 줄 아옵니다」 하고 대답했다.

「그럼 어떤 사람을 사신으로 보내면 좋을는지?」

「마땅한 사람이 없으면 신이 구슬을 가지고 가겠습니다. 성이 조나라로 들어오면 구슬을 진나라에 두고, 성이 들어오지 않으면 신은 구슬을

498

온전히 하여 조나라로 돌아올 것을 책임지고 말씀드리겠습니다(……城不
入 臣請完璧歸趙).」
　이리하여 인상여는 화씨벽을 가지고 진나라로 가게 되었다.
　소양왕은 구슬을 보고 크게 기뻐하며 좌우 시신들과 후궁의 미인들에
게까지 돌려가며 구경을 시켰다. 인상여는 진왕이 성을 줄 생각이 없는
것을 눈치 채자 곧 앞으로 나아가,
　「그 구슬에는 티가 있습니다. 신이 그것을 보여 드리겠습니다」 하고
속여, 구슬을 받아 드는 순간 뒤로 물러나 기둥을 의지하고 서서 왕에게
말했다.
　「조나라에서는 진나라를 의심하고 구슬을 주지 않으려 했었습니다.
그런 것을 신이 굳이 진나라 같은 대국이 신의를 지키지 않을 리 없다고
말하여 구슬을 가져오게 된 것입니다. 구슬을 보내기에 앞서 우리 임금께
선 닷새를 재계(齋戒)를 했는데, 그것은 대국을 존경하는 뜻에서였습니다.
그런데 대왕께선 신을 진나라 신하와 같이 대하며 모든 예절이 정중하지
못했을 뿐만 아니라, 구슬을 받아 미인에게까지 보내 구경을 시키며 신을
희롱하셨습니다. 신이 생각하기에, 대왕께선 조나라에 성을 주실 생각이
없으신 것 같습니다. 그러므로 신은 다시 구슬을 가져가겠습니다. 대왕께
서 굳이 구슬을 강요하신다면 신의 머리는 이 구슬과 함께 기둥에 부딪치
고 말 것입니다.」
　머리털이 거꾸로 하늘을 가리키며 인상여는 구슬을 들어 기둥을 향해
던질 기세를 취했다. 구슬이 깨어질까 겁이 난 소양왕은 급히 자신의 경솔
했음을 사과하고 담당관을 불러 지도를 가리키며 여기서 여기까지 열다
섯 성을 조나라에 넘겨주라고 지시했다.
　그러나 모두가 연극이란 것을 알고 있는 인상여는 이번에는,
　「대왕께서도 우리 임금과 같이 닷새 동안을 목욕재계한 다음 의식을
갖추어 천하의 보물을 받도록 하십시오 그렇지 않으면 신은 감히 구슬을
올리지 못하겠습니다.」
　이리하여 진왕이 닷새를 기다리는 동안 인상여는 구슬을 심복 부하에

게 주어 샛길로 조나라로 돌아가도록 했다.

감쪽같이 속은 진왕은 인상여를 죽이고도 싶었지만, 점점 나쁜 소문만 퍼질 것 같아 인상여를 후히 대접해 돌려보내고 말았다.

귀국하자 조왕은 인상여가 너무도 고맙고 훌륭하게 보여서 그를 상경(上卿)에 임명했다. 그렇게 되자 염파보다 지위가 위가 되었다. 염파는 화가 치밀었다.

「나는 조나라 장군으로서 성을 치고 들에서 싸운 큰 공이 있는 사람이다. 인상여는 한갓 입과 혀를 놀림으로써 나보다 윗자리에 오르다니 이는 용납할 수 없는 일이다.」 하고 다시,

「상여를 만나면 반드시 모욕을 주고 말겠다.」 라고 선언했다.

이 소문을 들은 인상여는 될 수 있으면 염파를 만나지 않으려 했다. 조회 때가 되면 항상 병을 핑계하고 염파와 자리다툼하는 것을 피했다. 언젠가 인상여가 밖으로 나가다가 멀리 염파가 오는 것을 보자 옆 골목으로 피해 달아나기까지 했다.

이런 광경을 본 인상여의 부하들은 인상여의 태도가 비위에 거슬렸다. 그들은 상의 끝에 인상여를 보고 말했다.

「우리들이 이리로 온 것은 대감의 높으신 의기를 사모해서였습니다. 그런데 염장군이 무서워 피해 숨는다는 것은 못난 사람들도 수치로 아는 일입니다. 저희들은 이만 물러가겠습니다.」

인상여는 그들을 달랬다.

「공들은 염장군과 진왕 중 어느 쪽이 더 대단하다고 생각하는가?」

「그야 진왕과 어떻게 비교가 되겠습니까?」

「그 진왕의 위력 앞에서도 이 인상여는 그를 만조백관이 보는 앞에서 꾸짖었소 아무리 내가 우둔하기로 염장군을 무서워할 리가 있소 진나라가 우리 조나라를 함부로 넘보지 못하는 것은 염장군과 내가 있기 때문이오 두 호랑이가 맞서 싸우면 하나는 반드시 죽고 마는 법이오 내가 달아나 숨는 것은 나라 일을 소중히 알고, 사사로운 원한 같은 것은 뒤로 돌려 버리기 때문이오」

500

그 뒤 이 소식을 전해들은 염파는 자신의 못남을 뼈아프게 느꼈다. 웃옷을 벗어 매를 등에 지고 사람을 사이에 넣어 인상여의 집을 찾아가 무릎을 꿇고 사죄했다.

「못난 사람이 장군께서 그토록 관대하신 줄을 미처 몰랐습니다.」

이리하여 두 사람은 다시 친한 사이가 되어 죽음을 함께 해도 마음이 변하지 않는 그런 사이가 되었다(卒相與驩 爲刎頸之交)」

인상여도 위대하지만, 자기의 잘못을 뉘우치고 순식간에 새로운 기분으로 돌아가 깨끗이 사과를 하는 염파의 과감하고 솔직한 태도야말로 길이 우리의 모범이 아닐 수 없다.

이 이야기가 서술되는 마지막 부분에서 「염파는 웃옷을 벗어 매를 등에 지고 인상여의 집을 찾아가서 사죄하였다. 이에 장군과 국상은 화해하고 문경지교를 맺게 되었다(廉頗肉袒負荊 至藺相如門謝罪 卒相與歡 爲刎頸之交).」 라고 쓰고 있다.

「육단부형(肉袒負荊)」 이라고도 한다. 그리고 생사를 같이할 수 있는 친구 사이를 가리켜 「문경지교(刎頸之交)」 라고도 한다.

불공대천지수 **不共戴天之讎**　☞ 권2

상전벽해 **桑田碧海**　「창상지변(滄桑之變)」 은 푸른 바다가 뽕나무밭으로 변했다가, 그 뽕나무밭이 다시 푸른 바다로 변한다는 뜻이다. 덧없이 변해 가는 세상 모습을 가리켜 하는 말이다. 우리나라에선 「상전벽해」 란 말이 더 많이 쓰이고 있다.

이 말은 당나라 시인 유정지(劉廷芝, 651~608)의 「대비백두옹(代悲白頭翁)」 즉, 백발을 슬퍼하는 노인을 대신해서 읊은 장시에서 나온 말이다. 이 말이 나와 있는 부분을 소개하면 다음과 같다.

　낙양성 동쪽의 복숭아 오얏꽃은
　날아오고 날아가며 뉘 집에 지는고
　낙양의 계집아이는 얼굴빛을 아끼며

가다가 떨어지는 꽃을 만나 길게 탄식한다.
금년에 꽃이 지자 얼굴빛이 바뀌었는데
명년에 꽃이 피면 다시 누가 있을까?
이미 송백이 부러져 땔감 되는 것을 보았는데
다시 뽕밭이 변해 바다가 되는 것을 듣는다.

洛陽城東桃李花	飛來飛去落誰家	낙양성동도리화	비래비거낙수가
洛陽女兒惜顏色	行逢落花長嘆息	낙양여아석안색	행봉낙화장탄식
今年花落顏色改	明年花開復誰在	금년화락안색개	명년화개복수재
已見松柏摧爲薪	更聞桑田變成海	이견송백최위신	갱문상전변성해

마지막 절의 뽕밭이 변해 바다가 된다는 말을 「상전이 벽해가 된다」
고도 하고, 또 「벽해가 상전이 된다」 고도 하며, 또 「벽해가 상전이 되고
상전이 벽해가 된다」 고도 한다.

또 《신선전》에 있는 마고선녀(麻姑仙女)의 이야기에서 유래된 것으
로, 옛날 마고라는 겨우 나이 열여덟쯤 되어 보이는 아름다운 선녀가 있었
다. 그녀는 도를 통한 왕방평(王方平)에게 물었다.

「제가 옆에 모신 뒤로 벌써 동해바다가 세 번이나 뽕나무밭으로 변하
는 것을 보았습니다. 이번에 봉래(蓬萊)로 오는 도중 바다가 또 얕아지기
시작해서 전에 비해 반밖에 되지 않았습니다. 또 육지가 되는 것일까요?」

「성인들이 다들 말하고 있다. 바다 녀석들이 먼지를 일으키고 있다
고」

이 대화에서 이런 문자가 생겨난 것이다.

성호사서 **城狐社鼠**　「성호사서」는 성벽에 숨어 사는 여우나 묘당
에 기어든 쥐새끼라는 뜻으로, 탐욕스럽고 흉포한 벼슬아치를 비유하여
이르는 말이다. 《진서》 사곤전(謝鯤傳)에 있는 이야기다

동진 때 대장군 왕돈(王敦)이나 대신인 조부 왕남(王覽), 숙부 왕상(王
祥) 등은 모두 힘깨나 쓴다 하는 세력가들이었는데, 그 당시 산동 왕씨는

유명한 귀족들이었다. 동진이 중국 북부에 대한 통치권을 잃고 강남으로 밀려나 건강으로 서울을 옮겼을 때의 이야기다.

왕씨 집안도 남하해서 여전히 동진의 정권을 좌지우지하였다. 이때 진원제 사마예(司馬睿)의 승상이었던 왕도(王導)는 바로 왕돈의 사촌형이었고, 왕돈의 처는 바로 사마염의 딸 양성공주였다. 그래서 당시 사람들은 「왕씨와 사마씨가 함께 천하를 휘두르고 있다(王與馬 共天下)」고 말했다. 그러나 당시 사마씨와 왕씨간의 알력 또한 만만치 않았다. 원제가 등극한 뒤 왕돈은 통수(統帥)로 임명되어 나중에 강주·양주·형주·양주·광주 등 다섯 곳의 군사들을 총지휘하고 강주자사까지 겸하면서 무창(武昌)에 주둔하고 있었다.

이리하여 왕돈은 장강 상류를 장악하고 장강 하류의 도읍지인 건강을 위협할 정도가 되었다. 이에 진원제는 유외와 대연을 진북장군에 임명하여 각기 군사 1만 명을 이끌고 왕돈을 견제하게 했다.

이때 왕돈은 진원제의 속셈을 알아차리고 군사를 움직일 채비를 차렸다. 그러나 만일 군사를 움직여 건강을 공격하게 되면 실제로 반란이 되기 때문에 가볍게 움직일 수도 없었다.

이에 왕돈은, 「유외는 나라를 망치는 간사한 무리니, 나는 임금 신변에 빌붙어 사는 그와 같은 간신을 제거하겠다」라는 명분을 내세워 군사를 일으키게 되었다. 이런 술책은 한나라 초기 오왕 유비(劉濞)의 청군측(淸君側)에서 배워 온 것이다.

이때 왕돈의 휘하에서 장사(長史)로 있던 사곤(謝鯤)은 왕돈에게, 「유외는 간신이지만 성벽에 숨어 사는 여우이며, 묘당에 기어든 쥐새끼입니다.」라고 말했다.

여우나 쥐는 사람마다 모두 잡아 죽이려고 하지만, 궁성에 숨어 있고 묘당 안에 도사리고 있기 때문에 궁성이나 묘당을 훼손할까 걱정이 되어 잡아 없애기 어렵다는 말로, 임금의 신변에 있는 탐욕스런 관리들이 바로 그렇다는 말이다.

순망치한 **脣亡齒寒**　☞ 권2

어부지리 **漁父之利**　☞ 권3

역린　**逆鱗**　거슬러 난 비늘이 「역린」이다. 용(龍)의 턱밑에 있는 이 비늘을 건드리기만 하면 사람을 죽이기 때문에 임금의 노염을 사는 것을 「역린에 부산친다」고 했다.

《한비자》 세난편(說難篇)에 나오는 말이다.

세난(說難)은 남을 설득시키기가 어렵다는 뜻으로 한비자는 이 편에서 다음과 같은 말을 하고 있다.

「상대가 좋은 이름과 높은 지조를 동경하고 있는데, 이익이 크다는 것으로 그를 달래려 하면, 상대는 자기를 비루하고 지조가 없는 사람으로 대한다 하여 멀리할 것이 틀림없다.

반대로 상대가 큰 이익을 원하고 있는데, 명예가 어떻고, 지조가 어떻고 하는 말로 이를 달래려 하면, 이쪽을 세상 물정에 어두운 사람이라 하여 상대를 해주지 않을 것이 뻔하다.

상대가 속으로는 큰 이익을 바라고 있으면서 겉으로만 명예와 지조를 대단해 하는 척할 때, 그를 명예와 지조를 가지고 설득하려 하면 겉으로는 이쪽을 대우하는 척하지만 속으로는 멀리하게 될 것이며, 그렇다고 해서 이익을 가지고 이를 달래면 속으로는 이쪽 말만 받아들이고, 겉으로는 나를 버리고 말 것이다……」

한비자는 이렇게 남을 설득시키기 어려운 점을 말하고 나서 맨 끝에 가서 이렇게 말하고 있다.

「용이란 짐승은 잘 친하기만 하면 올라탈 수도 있다. 그러나 그의 목 아래에 붙어 있는 직경 한 자쯤 되는 『역린』을 사람이 건드리기만 하면 반드시 사람을 죽이고 만다. 임금도 또한 역린이 있다. 말하는 사람이 임금의 역린만 능히 건드리지 않을 수 있다면 목적을 달성할 수 있을 것이다.」

여기에서 임금의 노여움을 「역린」이라 하게 되었는데, 임금이 아닌

504

경우라 하더라도 절대적인 권한을 가진 사람이라면 이 말을 쓸 수 있을 것이다.

원입골수　怨入骨髓　「원입골수」는 글자 그대로 원한이 뼈 속까지 들어가 있다는 뜻으로 곧 뼈에 사무친 원한을 말한다.

춘추시대 오패(五覇)의 한 사람인 진목공은 그가 도와 패천하(覇天下)까지 하게 만들었던 진문공(晉文公)이 죽자, 그 기회를 틈타 멀리 정(鄭)나라를 치게 된다. 노 재상인 백리해(百里奚)와 건숙(蹇叔)의 반대를 물리치고 진(晉)나라 국경을 거쳐 감행된 일대 모험이었다.

이 소식을 전해들은 진양공은, 자기를 무시한 행동이라 하여 상복차림으로 군대를 보내 진목공의 군사가 돌아오는 길을 앞뒤로 차단하고, 이에 공격을 가함으로써 적의 군사를 한 사람도 남기지 않고 다 무찌른 다음, 적의 대장 맹명시(孟明視)와 백을병(白乙丙), 서걸술(西乞術) 등 이른바 진나라 삼수(三帥)를 사로잡아 돌아온다.

그리고 이 싸움의 총지휘자는 중군원수 선진(先軫)이었는데, 이런 큰 전과를 올리게 된 것도 다 그의 용의주도한 계획에서였다.

그런데 진문공의 부인 문영(文嬴)은 진목공의 딸로 진양공에 대해서는 어머니뻘이 되는 현철한 여자였다. 문영은 아버지 진목공의 배경에 의해 진문공의 정부인으로 시집을 오기는 했으나, 문공에게 과거에 장가든 아내와 거기서 난 자식이 있다는 것을 알자, 굳이 먼저 아내에게 자리를 양보하는 한편 그 아들까지를 태자로 세우게 했다.

그렇게 해서 문공의 뒤를 이어 임금이 된 것이 바로 진양공이었다. 그러므로 양공으로서는 문영이 다시 없이 고마운 존재였고, 또 그만큼 우러러보고 있는 처지이기도 했다.

이 문영은 이번 사건으로 마음이 착잡했다. 친정과 시집의 싸움 틈바구니에 낀 자신이 할 일은 뒷날의 원수를 더 깊게 하지 않는 것뿐이었다. 그래서 그녀는 포로로 잡혀 온 세 장군을 어떻게든지 돌려보내고 싶었다. 그리하여 양공에게 이렇게 청했다.

「진(秦)나라 임금은 이 세 사람을 뼛속에 사무치도록 원망하고 있을 터이니, 이 세 사람을 돌려보내 우리 아버지로 하여금 직접 이들을 기름가 마에 넣어 한을 풀게 해 주세요」

진양공은 지난날의 정의를 생각해 볼 때 그런 정도의 아량은 베풀어 보이는 것이 당연할 것만 같았다. 양공은 곧 이들 세 장수를 풀어 본국으로 돌아가게 했다. 그러나 소식을 전해들은 선진은 먹던 밥을 뱉어내고 양공에게로 달려가 사실을 확인하자, 침을 탁 뱉고 격한 나머지 임금을 철이 없다고 꾸중을 했다.

늙은 자신이 천신만고로 이룬 공을 여자의 말 한 마디로 망쳐 버린 것이 너무도 분하고 원망스러웠던 것이다. 양공은 용상에서 급히 내려와 선진에 게 사과를 하고 곧 사람을 보내 그들을 다시 잡아오게 했다. 그러나 그들은 이미 대기하고 있던 자기 나라 배를 타고 강 한복판에 떠 있는 뒤였다.

선진이 예측한 대로, 진목공은 이들 세 장수를 성 밖까지 나와 환영을 하고 그들을 본래의 지위에 다시 두어 더욱 후대를 함으로써 마침내는 패자가 될 수 있었다. 진목공은 이 세 사람에 대한 원한이 아니라 자기 자신의 잘못에 대한 후회가 뼈에 사무치도록 깊었기 때문에 마침내 큰 뜻을 이루게 된 것이다.

이 「원입골수」는 《사기》 진본기(秦本紀)에 있는 「목공이 이 세 사람 을 원망함이 골수에 들어 있다(穆公之怨 此三人 入於骨髓)」는 말에서 나 온 것이다.

유능제강　**柔能制剛**　　부드러운 것이 능히 강한 것을 제압하는 것이 「유능제강」이다.

이 말은 《황석공소서(黃石公素書)》라는 병서(兵書)에 나오는,

「부드러운 것이 능히 단단한 것을 이기고, 약한 것이 능히 강한 것을 이긴다(柔能勝剛 弱能勝强)」고 한 말에서 나온 말이다.

이 두 말을 합친 말로 《노자》 36장에는 이미,

「부드럽고 약한 것이 능히 단단하고 억센 것을 이긴다(柔弱勝剛强)」

506

고 나와 있다.

부드러운 것이 강한 것을 이긴다는 말은 얼핏 생각하면 맞지 않는 말 같지만, 큰 안목과 먼 안목으로 볼 때 강한 것은 역시 부드러운 것에 의해서만 제압될 수 있는 것이다.

사나이의 거친 성질을 꺾을 수 있는 것은 여자의 부드러운 사랑뿐이다. 우는 어린아이를 달래는 방법은 무서운 호랑이보다도 달콤한 곶감이라고 하지 않는가.

인간의 억센 감정을 억센 것으로 누른다는 것은 일시적이요 표면적인 것일 뿐 영구적이고 근본적인 것은 못된다.

손으로 비비면 깨지고 마는 한 알의 씨앗이 무거운 바위와 단단한 땅을 뚫고 싹을 내밀지 않는가. 정치를 하는 것도 마찬가지다. 무서운 법으로 탄압을 한다고 사람들이 순종하는 것은 아니다. 강철은 강한 줄로는 갈아지지 않지만, 무른 숫돌에는 갈아진다.

가위는 한쪽 쇠가 물러야만 잘 드는 법이다. 무른 것을 끊을 수 있는 것은 강한 것이지만, 강한 것의 강포함을 막는 것 역시 무른 것이다.

단단한 송판을 꿰뚫고 나가는 총알이 물렁물렁한 솜이불이나 짚 둥치는 뚫지 못한다.

정쟁(政爭)에 외교가 필요한 것도, 매수니 미인계니 하는 것도 다 「유능제강」의 원리에서 나온 행동의 일면이라고 볼 수 있다.

전화위복 **轉禍爲福** ☞ 권2

주지육림 **酒池肉林** 폭군의 대명사처럼 불리는 걸·주(桀紂)의 음란 무도한 생활을 단적으로 표현한 말로, 술로 못을 만들고 고기로 숲을 이룬 것이 「주지육림」이다.

걸(桀)은 하(夏)나라의 마지막 임금이었고, 주(紂)는 은(殷)나라의 마지막 임금이었다. 《사기》에는 걸에 대해서는 그다지 구체적인 예를 들지 않고 있으나, 주에 대해서는 자세히 말하고 있다.

그는 구변이 좋고 몸이 날랬다. 보는 눈과 듣는 귀는 남보다 빨랐다. 힘이 장사여서 손으로 맹수를 쳐 죽였다. 그의 지혜는 간하는 말을 충분히 물리칠 수 있었고, 그의 구변은 자기의 그릇된 행동을 정당화시킬 수 있었다. 그래서 신하들에게 자기가 훌륭하다는 것을 자랑하고 자기의 위대한 이름이 천하에 널리 알려진 데 우쭐대고 있었다.

그는 술을 좋아하고 또 여자를 좋아했다. 특히 달기(妲己)라는 여자를 사랑해서 그녀의 말이라면 들어 주지 않는 것이 없었다. ……그는 사구(沙丘)에다 큰 유원지와 별궁을 지어 두고, 많은 들짐승과 새들을 거기에 놓아길렀다. ……술로 못을 만들고 고기를 달아 숲을 만든 다음(以酒爲池 懸肉爲林) 남녀가 벌거벗고 그 사이를 서로 쫓고 쫓기고 하며 밤낮 없이 계속 술을 퍼마시고 즐겼다.

백성들의 원성이 높아지고 제후들 중에 배반하는 사람이 생겼다. 그러자 주는 형벌을 무섭게 함으로써 이를 막을 생각으로 포락지형(炮烙之刑)이란 것을 창안해 냈다는 것이다.

「주지육림」이란 말은 여기 나오는 「이주위지(以酒爲池) 현육위림(懸肉爲林)」이 줄어서 된 말이다. 술과 고기를 진탕 마시고 먹고 하며 멋대로 놀아나는 것을 가리켜 「주지육림」이라고 하는 것도, 여기 나오는 장면을 방불케 하는 그런 뜻으로 쓰인다고 볼 수 있다.

《십팔사략》에는 걸에 대해서도 같은 내용을 말하고 있다.

걸은 탐욕스럽고 포학했으며, 힘은 구부러진 쇠고리를 펼 정도였다. 유시씨(有施氏)의 딸 말희(末喜)를 사랑해서 그녀의 말이라면 다 들어주었다.

옥과 구슬로 꾸민 궁전을 만들어 백성들의 재물을 고갈시켰다. 고기는 산처럼 쌓이고(肉山), 포는 숲처럼 걸려 있었으며(脯林), 술로 만든 못에는 배를 띄울 수가 있었고, 술지게미가 쌓여서 된 둑은 십리까지 뻗어 있었다. 한 번 북을 울리면 소가 물마시듯 술을 마시는 사람이 3천 명이나 되었다. 그것을 보고 말희는 좋아했다는 것이다.

물론 상상에 의한 과장된 표현이긴 하다. 그러나 그 속에 중국 사람들의 대륙성 기질이 들어 있다고나 할까.

천리안 千里眼

「천리안」은 불교에서 말하는 「안통(眼通)」으로, 가만히 앉아서 천리 밖을 내다볼 수 있다는 데서 나온 말이다.

《위서(魏書)》 양일전에 나오는 말이다.

남북조 시대의 북위 장제(莊帝) 때, 광주 자사로 부임해 온 양일(楊逸)은 당시 겨우 나이 스물아홉이었고, 또 명문 출신의 귀공자였지만, 조금도 교만한 데가 없고 백성들을 위해 그야말로 침식을 잊는 정도였다.

군대들이 전쟁에 나갈 때면 아무리 비바람이 불고 눈보라가 치는 속이라도 꼭꼭 몸소 나와 그들을 위로하고 격려하여 보내 주었다. 그런 다정한 성격을 지닌 그는, 또 한편 법을 엄정하게 지켜, 범법자는 지위와 귀천을 묻지 않고 이를 용서 없이 시행했기 때문에 죄를 범하는 사람이 없었다.

그가 있는 동안 흉년이 계속되어 굶어 죽는 사람이 많이 생겼다. 그는 구제할 방법이 없는지라, 나라의 승낙 없이는 열지 못하는 창고를 열어 백성에게 나눠 줄 생각을 했다. 책임자가 문책을 겁내 이를 반대하자,

「나라의 근본은 사람이다. 사람은 먹지 않고는 살지 못한다. 백성들이 굶주리고 있는데 임금만이 배불리 먹을 수 있겠는가. 만일 이것이 잘못된 일이라면 내가 죄를 달게 받겠다」하고 독단으로 창고를 헐어 죽을 끓여 굶주린 백성들에게 나눠주고, 그 사실을 나라에 보고했다.

조정에서는 물론 죄를 물어야 한다고 주장하는 신하들도 있었다. 그러나 장제는 그 같은 용단으로 인해 수만의 굶주린 백성이 목숨을 건질 수 있었다는 말을 듣고 오히려 그런 긴급 조처를 가상한 일이라고 칭찬까지 했다 한다.

이렇게 백성을 사랑한 그는 민폐를 없애기 위해 감시원을 곳곳에 배치해 두는 한편, 군대나 말단 공무원들이 지방으로 나갈 때는 반드시 식량을 가지고 가게 했다. 지방 사람들이 그들에게 식사를 제공하려 하면 그들은 누구나 할 것 없이,

「양사군께서는 천리안을 가지고 계신데 어떻게 속일 수가 있습니까(楊使君 有千里眼 那可欺之).」하고 이를 거절했다고 한다.

이토록 바른 정치로 좋은 성적을 올린 그였건만, 황제의 자리를 엿보고 있는 이주(爾朱) 일문의 시기를 받아 임지에서 서른두 살 꽃다운 나이로 죽고 말았다.

온 지역이 위아래 없이 슬퍼하며 한 달 동안이나 마을마다 사람들이 제단을 만들어 놓고 억울하게 죽은 그의 명복을 빌었다고 한다.

초미지급 焦眉之急　☞ 권2

충신불사이군 忠臣不事二君

「충성된 신하는 두 임금을 섬기지 않고 절개가 있는 여자는 두 남편을 섬기지 않는다(忠臣 不事二君 烈女 不更二夫)」라는 말은 너무도 잘 알려져 있는 말이다.

이 말은 전국시대 제나라 충신 왕촉(王燭)이 옛날부터 전해 내려온 말을 인용해서 자기의 뜻을 밝힌 것인데, 이것이 뒷날 왕권과 남자의 지배권이 확립되면서 신하들과 여자들을 두고 강조된 나머지 마침내는 꼭 지켜야 할 가장 중요한 신조(信條)처럼 되고 말았다.

실상 공자나 맹자의 말씀에는 이 같은 도덕률이 지적되어 있는 곳이 전혀 없는 것에 주목해야 한다.

공자는 반란을 일으킨 사람과 손을 잡고 세상을 바로잡아 보려고 한 일도 있었고, 맹자는 제선왕(齊宣王)이 묻는 말에, 임금이 바른 말로 간해도 듣지 않으면, 버리고 갈 수 없는 사람의 경우라면 임금을 갈아 치울 수도 있다는 말을 해서 선왕의 노여움을 산 내용이 《맹자》에 나와 있다.

권력을 쥔 지배자들이 자기들에게 유리한 도덕률이면 무조건 공자 맹자가 가르친 것으로 내세운 탓으로 공자 맹자에 대한 생각이 달라진 경우도 적지 않다.

그러나 왕촉의 경우는 조금 달랐다. 제나라를 침략한 연나라 장군 악의(樂毅)가 그를 포섭하여 정치적으로 이용하려 했기 때문에 그것을 모면하기 위해 이 말을 인용했었고, 결국에 가서는 자살까지 하고 말았던 것이다.

*여기 실린 고사성어는 明文堂 간
《소설보다 재미있는 **이야기 고사성어**》에서 인용했습니다.

속삼국지 권5 • 권세변전편

☆

초판 인쇄일 / 2005년 08월 25일

초판 발행일 / 2005년 08월 30일

☆

지은이 / 無外者

옮긴이 / 이원섭

펴낸이 / 김동구

펴낸데 / 明文堂

서울특별시 종로구 안국동 17-8

대체 010041-31-0516013

☎ (영업) 733-3039, 734-4798

　(편집) 733-4748　FAX. 734-9209

H.P. : www.myungmundang.net

e-mail : mmdbook1@myungmundang.net

등록 1977. 11. 19. 제 1-148호

☆

ISBN　89-7270-789-9　04820

ISBN　89-7270-784-8　(전5권)

낙장이나 파본은 구입하신 서점에서 교환해 드립니다.

☆

값 9,500 원